DIARIO ILUS
DO. AÑO SE
NUMERO 1
2.ª ÉP
LA LEGGE E EGUA
EL PROCESO DE LA CONDESA TARNOWSKA

LA CONDESA MALDITA

REYES MONFORTE

LA CONDESA MALDITA

PLAZA JANÉS

Papel certificado por el Forest Stewardship Council®

MIXTO
Papel | Apoyando la silvicultura responsable
FSC® C117695

Penguin Random House Grupo Editorial

Primera edición: febrero de 2024
Primera reimpresión: febrero de 2024

Printed in Spain – Impreso en España

ISBN: 978-84-01-03229-5
Depósito legal: B-21399-2023

Compuesto en Mirakel Studio, S. L. U.

Impreso en Rodesa
Villatuerta (Navarra)

L 0 3 2 2 9 A

La condesa maldita es una recreación novelada basada en una historia real.

Los personajes, diálogos y hechos que se narran están documentados históricamente y sucedieron conforme a los tiempos reflejados en la novela siguiendo el calendario gregoriano (en vez del juliano que se usaba en la Rusia de los zares) en pro de la lectura. Algunos nombres y acontecimientos han sido novelados en favor de la dramatización literaria.

Para Jose, siempre

Comete un crimen y la tierra se hará de cristal. Comete un crimen y será como si una capa de nieve cayera sobre el suelo, como si se revelara en los bosques la huella de cada perdiz, zorro, ardilla y topo. No puedes retirar la palabra dicha, no puedes borrar las pisadas, no puedes recoger la escalera sin dejar prueba, pista o indicio.

RALPH WALDO EMERSON,
Compensation. The Complete Works

PRIMERA PARTE

Venecia
4 de septiembre de 1907

No existen hechos, sólo interpretaciones.

FRIEDRICH NIETZSCHE,
Más allá del bien y del mal

1

No había sido buena idea contemplar su expresión embalsamada en el espejo bizantino que presidía la recepción del hotel Danieli. El reflejo le devolvía una imagen ajena: el rostro de un joven imberbe, pálido y demacrado, como el enfermo que aguarda rendido en el umbral de la muerte. «El enamorado, jadeante, inclinado sobre su bella, tiene el aspecto de un moribundo acariciando su tumba». Los versos de Charles Baudelaire, que le habían convertido en el mejor traductor ruso del poeta maldito, caían con un exceso de realismo sobre su rostro, cincelando una fisonomía fúnebre.

Una voz servicial interrumpió el susurro baudelaireano.

—Señor, ¿necesita ayuda con su equipaje? —preguntó el recepcionista al observar su mano temblorosa.

El huésped encerraba en el puño la llave de la habitación número 80 como si se resistiera a entregarla, porque sólo aferrándose al llavero dorado con borlas rojas podría mantenerse a salvo. Esperó unos segundos antes de insistir en su oferta:

—¿Quiere que le ayudemos con el equipaje?

—No... —respondió el joven, como si despertara de algún sueño extraño—. Yo... puede, puede que... —De nuevo, el habitual tartamudeo hilvanando sus palabras cuando la embriaguez o el éxtasis sexual le espoleaban.

—¿Se encuentra bien, caballero?

Reconoció al cliente; lo último que deseaba era otro episodio desagradable como el sucedido unas horas antes.

—Perfectamente —replicó desterrando el titubeo, como si, al abandonar su mirada la superficie del espejo, hubiese vuelto a una realidad más agradecida—. Creo que pasaré más tarde a recoger mi bolso de viaje. Debo hacer algo antes.

—Como guste. Le espera el transporte que nos ha solicitado —dijo sin perder la sonrisa, mientras señalaba el pasillo que conducía al embarcadero del estrecho canal que bañaba uno de los laterales del hotel—. Si puedo hacer algo más por usted, señor Prodorowski...

El recepcionista había pronunciado aquel nombre con una naturalidad que a él se le resistía. Por un instante, contempló con celo la escalera de mármol alfombrada en rojo que custodiaba el recibidor y llevaba a las habitaciones. Durante décadas, aquellos peldaños habían sostenido el paso de los más ilustres personajes: Charles Dickens, Rainer Maria Rilke, Marcel Proust, Honoré de Balzac, Richard Wagner, Percy B. Shelley... Un aquelarre de fantasmas tiraba de él, tentándole a recorrer los escalones para driblar así a su destino, como hicieron la novelista George Sand y el poeta Alfred de Musset cuando consumaron su amor epistolar en aquel lugar. Fue también allí donde ella terminaría enamorándose del médico Pietro Pagello, que acudió para atender a De Musset de unas fiebres tifoideas. «El amor es un crimen que no puede realizarse sin cómplice». Otra vez, Baudelaire le apremiaba.

—En realidad, hay algo que podría hacer por mí —anticipó mientras hundía la mano en el bolsillo interior izquierdo de su levita. Supo que palpaba el bolsillo incorrecto al rozar el montante laminado de liras enrolladas como un túbulo. Sus dedos buscaron la faltriquera en el lado derecho y extrajeron un sobre con un nombre y una dirección de Kiev escritos en él con una letra cuidada, perfectamente delineada—. Les agradecería que franquearan esta carta lo antes posible. Es urgente. Si pudiera salir esta misma mañana...

—Por supuesto, señor —aseguró el recepcionista—. Permítame recordarle que, si le urge mucho, el hotel dispone de un servicio telegráfico.

—Es demasiado privado para un telegrama —justificó de manera cortante, aniquilando toda réplica del conserje, que temió estar pisando arenas movedizas.

—Como desee el señor —respondió al tiempo que colocaba el sobre en la bandeja del correo urgente y esbozaba una de las características sonrisas de cartón piedra que ofrecía siempre a los clientes.

El enigmático huésped alzó la vista para contemplar el techo de cristal del atrio en mármol rosa que presidía la entrada del hotel. Qué distintos eran los palacios italianos de los rusos, pensó. Delicados frescos de temática religiosa o mitológica, coloridos y festivos, decoraban los techos de los primeros, embellecidos por los pinceles de Tintoretto o Veronese, mientras que los eslavos se mostraban oscuros y solemnes, y primaban las figuras militares, los guerreros bélicos. Sintió la mirada del conserje, que le observaba con cierta preocupación. Desde su llegada a Venecia, percibía un ejército de sombras al acecho. Era una sensación tan extraña como intimidante...

Salió por los arcos góticos bizantinos, deseoso de abandonar aquel recargado mausoleo de mármol, oro, madera, terciopelo rojo, lámparas de Murano y porcelana de Limoges que representaba el Danieli, guardián de la reminiscencia de un pasado noble en el que el dux Enrico Dandolo conquistó Constantinopla en 1204 y llenó su *palazzo* veneciano con innumerables obras de arte bizantinas, convirtiéndose en uno de los grandes mecenas de la ciudad adriática. Se ajustó la levita gris, que en unas horas parecía haber ensanchado dos tallas, e hizo lo propio con el sombrero Homburg de fieltro blanco que llevaba en la mano. Fue entonces cuando el número de la góndola negra se clavó en su retina: el 8.

—Diríjase al Gran Canal —ordenó al *gondoliere* antes de acomodarse en el interior de la embarcación.

Lo hizo con cuidado. Su estado actual, enemigo acérrimo del equilibrio, no era el más adecuado para abandonarse al balanceo de las aguas. Respiró hondo, intentando apaciguar la violencia con que la sangre golpeaba sus sienes, como si se hubiera armado con martillos de hierro.

Podría haber optado por caminar hasta su destino, el Palazzo Maurogonato —no le hubiese llevado más de diez o quince minutos—, pero las calles de Venecia no le eran tan familiares como las avenidas de Kiev, Orel o San Petersburgo, y un descuido podría ser fatal. Lo comprobó el día anterior, cuando se dirigía a consumar lo que le había llevado a la ciudad de los canales, y una confusión con los nombres del callejero le obligó a abortar su misión. Además, un paseo podría dar opción a que el sentido común, la debilidad de ánimo o un inoportuno y cobarde sentimiento de culpa conquistaran sus pensamientos. Precisaba ser impetuoso, decidido. No había recorrido casi tres mil kilómetros para dejarse arrastrar por la duda. El deber estaba por encima de todo y él se lo debía. Era un hombre de honor, y como tal tenía que actuar.

Cuando la góndola abandonó el estrecho canal y se adentró en la amplia laguna, su espíritu se serenó. Quizá era cierto que aquellas aguas de Venecia tenían cualidades medicinales y curativas, al igual que su niebla, a la que se le concedió una propiedad terapéutica «penetrante», según rezaba la publicidad de las aguas termales de los hoteles del Lido. Agradeció que la góndola no tuviera *felze*, no sólo porque el servicio en una embarcación con cabina cubierta resultaba más caro, sino porque su cuerpo febril celebraba así la hermandad entre la humedad del canal y el relente del alba. La noche anterior había bebido demasiado, como de costumbre; sólo así podría encarar lo que estaba a punto de suceder. «¡Es hora de embriagarse! Para no ser los esclavos martirizados del Tiempo, embriagaos; ¡embriagaos sin cesar! De vino, de poesía o de virtud, como os plazca». Baudelaire le recitaba su «Enivrez-vous» al oído y él se sintió afortunado de vivir en 1907; en 1348, la prohibición de la venta de vino en las inmediaciones del hotel Danieli —por entonces una zona peligrosa donde a diario se cometían asesinatos— le habría forzado a buscar el valor en otro sitio.

El sonido de las paladas del remero en el agua le acompañó mientras avanzaban por la Riva degli Schiavoni. Los primeros rayos del amanecer teñían de un argento luminoso las aguas de la laguna y contempló arrobado aquel mar de plata. Atrapó la cadena de oro que llevaba al cuello, aferró con fuerza la cruz que colgaba de ella y la besó como si la vida le fuera en ello. Necesitaba fuerzas, y aquel amuleto nació para infundírselas. «Dios te salve y te proteja», le había dicho.

Faltaban pocos minutos para las ocho de la mañana. Cerró los ojos. Ese número le hostigaba. La habitación 80, la góndola 8, las 8 de la mañana. El filósofo griego Pitágoras creía que los números tenían una esencia espiritual y, aunque él era hombre de letras, no pensaba rebatir a un erudito. Sólo esperaba que la sabiduría griega le insuflara valor.

La góndola seguía abriéndose camino por el Gran Canal. Había dejado a su derecha el Ponte della Paglia y, tras él, creyó escuchar los suspiros de los condenados que eran trasladados a prisión pasando por un puente que el tiempo bautizó como Ponte dei Sospiri. Prefirió no cruzar la mirada con los fantasmas, la reservó para el Palazzo Ducale. Un escalofrío estremeció su cuerpo. Aunque sabía que nacía de su destemple interno, dirigió la vista a las aguas, buscando alguna explicación en ellas. En el mes de enero de ese mismo año, una entrada de aire siberiano había congelado en parte la laguna, aunque el hielo no llegó a los tres metros de espesor registrados en 1694.

Se pasó la mano por el rostro en un intento de borrar la pátina de sudor que lo barnizaba. Echó en falta el bigote que obedientemente se rasuró en la habitación del hotel, dejando su rostro tan desnudo y falto de identidad como habían quedado la levita gris, los pantalones y el sombrero después de arrancarles las etiquetas. Aun cuando sabía que no debía hacerlo, se palpó el bolsillo del pantalón donde llevaba el revólver; hubiese deseado no hallarlo. Lo imaginó olvidado en un cajón de la cómoda de la habitación del hotel, hundiéndose en las aguas del canal o en la mano de algún ladrón inesperado. Pero la realidad no respondió a la fábrica de ensoñaciones: el revólver seguía en el mismo lugar donde él lo había colocado, aguardando su turno.

Apenas había cambiado de postura desde que subió a la góndola y la espalda empezó a resentirse. Al girarse mínimamente hacia la izquierda, en busca de un mejor acomodo, encontró un ejemplar doblado de la *Gazzetta di Venezia* que habría dejado allí un cliente anterior o quizá perteneciera al *gondoliere*, que aprovecharía los tiempos de espera entre servicios para afanarse en su lectura. El inicio del siglo XX había traído consigo una mayor alfabetización de la sociedad, y eso convirtió al ciudadano de a pie en un voraz lector de periódicos. Su conocimiento del italiano era lo bastante fluido para entender el titular sobre la convocatoria de unas nuevas elecciones parlamentarias en Rusia en el mes de octubre —las segundas de ese año; las primeras se celebraron en enero— para elegir la Tercera Duma, después de que el zar Nicolás II disolviera la Segunda Duma hacía menos de tres meses, en junio de 1907, en mitad de un clima de gran agitación social alentado, en parte, por la indecorosa derrota rusa en la guerra contra Japón. Recordó su breve adhesión a la Guardia Imperial; demasiado fervor bélico para alguien que sólo aspiraba a escribir versos sobre el alma rusa y a emular a los literatos bohemios entregados a los excesos del mal y a la decadencia que luego reflejaban en sus obras mientras la censura las condenaba por su inmoralidad. Ojalá Paul Verlaine le hubiese incluido en la categoría de poetas malditos.

El graznido de las gaviotas pareció advertirle. Levantó la vista y contempló la basílica de Santa Maria della Salute a su izquierda. Se aproximaba a su destino. Si hubiese podido, él también habría graznado; al fin y al cabo, se disponía a defender lo que era suyo, a proteger su territorio.

—Me apearé ahí, frente a la basílica, en Santa Maria del Giglio —comunicó al *gondoliere*, con quien no había cruzado una palabra durante el trayecto.

El ruido en su cabeza era demasiado estridente, no dejaba espacio a nada más. Ni siquiera escuchó cuántas liras le pedía por el servicio: introdujo la mano en el bolsillo, llenó el puño y le entregó varias monedas de plata de dos liras desde donde la imagen de Víctor Manuel III parecía observarle. La mirada de un hombre casado con una eslava advirtiendo a otro hombre eslavo. Quizá era un aviso, pero él sólo pudo fijarse en el relieve plateado del bigote del rey de Italia en las monedas. Le envidió. «La vida es un hospital donde cada enfermo está poseído por el deseo de cambiar de cama», insistía Baudelaire.

Le costó unos segundos deshacerse del vahído que lega el vaivén del mar en el cuerpo cuando éste regresa a tierra firme. Las piernas parecían tan ebrias como la mente. Quiso encender un cigarrillo para apuntalar el equilibrio y la serenidad que anhelaba, pero no encontró nada en los bolsillos, excepto el arma: un revólver Nagant envuelto en un pañuelo gris. Como un autómata, siguió el camino que anduvo el día previo, recorriendo las calles que desembocaban en la plaza donde se levantaba el Palazzo Maurogonato: Ponte Duodo, Campiello de la Feltrina y Campiello Santa Maria Zobenigo. Menos de dos minutos andando. Sólo cien metros le separaban del portón que cambiaría su vida.

Iba buscando presencias invisibles en los soportales, en las ventanas, en las esquinas de los edificios, detrás de las columnas... En un par de ocasiones volvió la vista atrás para asegurarse de que no le seguían. En su camino se cruzó con un hombre que portaba a la espalda un cesto repleto de barras de pan alargadas que desprendían el olor de la masa de levadura horneada; sus sentidos parecían despiertos. Los dos hombres se miraron como si hubieran retrocedido a 1727, cuando el contrabando de pan obligó al gobierno de la Serenísima República de Venecia a tallar en piedra la ordenanza para su venta, la *stele del pan*: un monolito callejero que informaba de la multa de veinticinco ducados y pena de prisión por hornear y vender pan fuera de las tiendas de los *pastiori*, así como transportarlo clandestinamente —al *gondoliere* se le quemaría la embarcación y se le retiraría la licencia—, y animaba a la ciudadanía a la denuncia anónima. Apartó la mirada al instante. Seguía sin desprenderse de la sensación de que una hueste de sombras le hostigaba.

Las palpitaciones y su respiración agitada habían enmudecido la vida en derredor. La visión de un perro con un collar marrón atado a una correa le aceleró el pulso. Su mente se convirtió en un caleidoscopio en el que bailaban imágenes de cuerdas de bramante circundando sus muñecas, traíllas y carlancas alrededor de su cuello, sogas atadas a un trineo, palos en la boca, ramas de abedul sobre su piel, látigos, su cuerpo desnudo gateando por el suelo... Como pudo, gestionó las pulsaciones sabiendo que no era el miedo lo que las disparaba. El ambiente de tensión se solidificó en su cerebro engrasando el mecanismo de fatalidad. Sentía la camisa empapada en un sudor ardiente que bajaba por su espalda como la lava de un volcán, el pecho encendido con brasas y el cuello frígido como el hielo de Siberia. Le quedaban menos de diez metros por recorrer.

Un puesto de flores coloridas, donde prevalecían las rosas rojas, cauterizó la catarsis desatada en sus entrañas. Inspiró.

El olor familiar de los recuerdos. Las flores del mal. «Los sortilegios del horror sólo embriagan a los fuertes. El abismo de tus ojos, pleno de horribles pensamientos, exhala el vértigo». Baudelaire insistía.

Por fin llegó a su destino. Lo hizo por uno de los laterales que daban al Palazzo Maurogonato. Esquivó así la imponente fachada fúnebre de la iglesia de Santa Maria del Giglio, impetuosamente blanca con sus relieves en mármol, exponente del barroco veneciano, tan majestuosa como irreverente. Ya tuvo de sobra con lo vivido el día anterior. Sólo añoró contemplar al Ángel de la Fama, con las alas desplegadas y la trompeta, símbolo del camino que se había de recorrer para alcanzar la gloria. Simpatizaba con él: no cantaba a la gloria religiosa, sino a la gloria de una familia particular, la de Antonio Barbaro, que, en 1678, legó treinta mil ducados para restaurar la fachada, como su particular billete a la posteridad. Comulgó con su manera de conseguir el paraíso: a veces no importan los medios si el fin es mayor.

Ascendió muy despacio por los escalones del pequeño puente situado sobre el estrecho canal que bañaba uno de los laterales del palacio. El final de la pasarela coincidía con la esquina del edificio, que constaba de tres plantas con otras tantas hileras de ventanas salpicando la fachada. Algunas aberturas estaban tan cerca del suelo que se podría acceder por ellas desde el exterior.

El tedioso sonido de la fricción de las góndolas, amarradas entre sí con cuerdas y cubiertas parcialmente con unos trapos azules y verdes, era lo único que se escuchaba. Pero el silencio se apagó como el fuego bajo el agua. El tañido de las campanas de la iglesia que custodiaba el palacio le hizo aferrarse a la balaustrada del puente. Por unos instantes, creyó que el Ángel de la Fama había tomado forma de ángel caído, desterrado del cielo y condenado a vivir en la tierra. Sin embargo, el repique sólo anunciaba las ocho de la mañana, y él era el emisario enviado para rebelarse contra el poder de su protector, del hombre al que consideraba como un padre, y eso, lejos de expulsarle del paraíso, le devolvería a él eternamente.

Cruzado el puente, le bastaron unos pasos para situarse frente al portón. Celebró que ninguna de las persianas de madera que cubrían las ventanas estuviera abierta y que nadie observara desde ellas, tampoco su principal inquilino.

Le sorprendió que su mano no temblara como de costumbre al coger la aldaba metálica para golpear la puerta. Tres golpes secos y enérgicos. Mientras esperaba a que alguien acudiera a la llamada, miró a ambos lados de la calle sin poder zafarse de la incómoda sensación de que un vigía le acompañaba desde que llegó a la ciudad. Pero no vio a nadie; los fantasmas son habilidosos y se mueven bien en la oscuridad, como los cobardes.

Escuchó unos pasos aproximándose detrás del portón.

Carraspeó ligeramente, como si necesitara poner en alerta sus cuerdas vocales.

2

Una de las hojas de la puerta se abrió y apareció una mujer de mediana edad, pequeña de estatura, entrada en carnes y con un gesto amable que enmarcaba en dos mofletes gruesos y sonrojados que se elevaban al sonreír, aunque presidía su gesto una mezcla de incredulidad y curiosidad por saber quién osaba presentarse en una casa de bien a esas horas. Demasiado pronto para visitas; sólo podía tratarse de una urgencia o una confusión. Amalia era el ama de llaves del nuevo inquilino del palacio.

—Buenos días —saludó él con la misma seguridad y la elocuencia empleada por el recepcionista del hotel Danieli. Todo vestigio de ansiedad, sudor o temblor que minutos antes le amenazaba había desaparecido—. Vengo a ver al conde Pavel Kamarowski.

—El señor aún descansa en sus aposentos. Ni siquiera ha llamado para el desayuno —explicó Amalia intentando deshacerse de la visita intempestiva, por mucha cara de niño piadoso que mostrase.

—El señor conde me está esperando. Soy un buen amigo suyo que viene desde Rusia. Él sabe quién soy. Le agradecería que le comunicara mi presencia. —Su peculiar italiano compartía el mismo acento eslavo de la colonia rusa asentada en Venecia desde hacía unos años, lo que confería legitimidad a su aparición, y hablaba con tal convicción que la mujer abrió por completo la puerta y permitió al desconocido franquear la entrada.

—¿Y a quién he de anunciar?

—Al amigo ruso de Charles Baudelaire. Él sabe quién soy. Dígale que acabo de llegar de Orel y que deseo verle.

Sonrió satisfecho al ver que había salvado el primer obstáculo. A punto había estado de darle su verdadero nombre, Nikolái Naumov, pero supo reaccionar a tiempo.

—Aguarde aquí. —Señaló un elegante sillón de piel marrón ubicado en uno de los rincones de la estancia que se abría a la derecha—. Voy a ver si el conde puede recibirle en este momento. Con permiso.

Mientras Amalia ascendía con andar pausado la gran escalinata de madera noble que recorría las tres plantas del palacio, sin que su mano rozara la lustrosa balaustrada, Nikolái recorrió la estancia presidida por una elegante chimenea de mármol blanco, una nutrida biblioteca que haría las delicias de todo amante de las letras y un cuadro adquirido en la Exposición Internacional de Arte de Venecia celebrada ese mismo año, con la inauguración del primer pabellón nacional de la Bienal, perteneciente a Bélgica y ubicado en los Giardini di Castello. Todo indicaba que su amigo Kamarowski planeaba instalarse definitivamente allí cuando, en unos días, contrajera matrimonio con su bella prometida, poniendo fin a un breve periodo de viudedad.

Declinó sentarse en el mullido sillón de lectura que le había señalado el ama de llaves, donde imaginó al conde disfrutando de su vasta colección de libros, entre ellos, el que permanecía expuesto y protegido en una vitrina de cristal. El ejemplar se exhibía abierto, y Nikolái se aproximó a contemplar las letras góticas características del medievo. Observó el texto conformado por cuarenta y ocho líneas escritas a dos columnas y las numerosas anotaciones manuscritas en rojo. Estaba casi seguro de que se trataba de uno de los nueve incunables que existían en Venecia del *Quadragesimale*, escrito por el franciscano Johannes Gritsch en 1440; una notoria colección de sermones de Cuaresma impresa en Venecia por Lazzaro de' Soardi en 1495: 284 páginas sin foliar y encuadernado en pergamino.

Se apartó violentamente de la vitrina, como si el diablo tirase de él. Se avergonzó de sí mismo. En otras circunstancias, podría haber estado horas observando aquella joya, pero comprendió lo inadecuada que era su actitud para sus planes.

Sobrevoló la biblioteca con la mirada y se detuvo al encontrar un ejemplar que le resultó familiar: su traducción al ruso de *Las flores del mal* de Charles Baudelaire. Su memoria rescató la tarde en la que entregó el libro al conde Kamarowski en el despacho del gobernador de Orel y sus fraternales palabras. «Me siento orgulloso, como sin duda lo estará tu padre, mi querido Nikolái. Estás destinado a hacer grandes cosas en la vida. Sólo espero estar ahí para verlas». Expulsó el recuerdo, tan inoportuno como su visita, y siguió admirando la estancia: las estilográficas sobre el escritorio, el barroco tintero de plata, el tapiz que adornaba una de las paredes... Fue otro objeto situado sobre la repisa de la chimenea el que captó su atención y se acercó para examinarlo mejor. Era una fotografía enmarcada de la prometida del conde. La observó unos segundos, antes de reparar en los hierros que colgaban de una triada del hogar: el atizador, la tenaza y la pala. Le atrajo su robustez, pero no los necesitaba. Alzó la vista y encontró su imagen reflejada en un peculiar espejo cornucopia ubicado sobre la chimenea, de marco tallado en pan de oro con motivos de volutas y rocallas de estilo rococó, y el cristal decorado al ácido con la figura de la prometida enmarcada en una orla de flores. De nuevo, ese extraño joven, pálido, sudoroso e imberbe, que ya le había importunado en la recepción del hotel Danieli, y que ahora le devolvía la mirada atrapado en la filigrana. «¡Es el Diablo quien empuña los hilos que nos mueven!

A los objetos repugnantes les encontramos atractivos». Como llevado por el ángel caído que presintió durante el tañido de campanas, abandonó la estancia y avanzó presto por las escaleras, siguiendo las voces que venían del piso superior. Su cerebro no cesaba de exaltar a Baudelaire. «Cada día hacia el Infierno descendemos un paso. Sin horror, a través de las tinieblas que hieden».

Al llegar al primer piso, le vio. Su protector, Pavel Kamarowski, el hombre que le aconsejaba, le guiaba y le animaba a seguir probando suerte con sus versos, el mismo que le consiguió trabajos y contactos, y le invitaba a acompañarlo en sus viajes para aclarar sus ideas y relacionarse con el mundo, permanecía de pie, en su dormitorio, todavía en pijama y con una bata de terciopelo de color verde oscuro anudada a la cintura con un cordón ocre. Departía con Amalia cuando advirtió la presencia del joven, y al instante una enorme sonrisa se dibujó en su rostro, extendiendo su señorial bigote hasta alzar los extremos, que aún no lucían puntiagudos porque nadie los había aseado.

—Mi querido amigo. ¡Pero qué sorpresa tan agradable! —exclamó el conde abriendo los brazos en señal de bienvenida mientras Amalia hacía mutis luciendo sus florecientes rosáceas y cerraba la puerta del dormitorio al salir.

La mujer escuchó girar la llave en la cerradura desde el interior. Le extrañó, ya que el señor no solía hacerlo. No pudo ver que fue la mano del invitado la encargada de retirar el llavín de la bocallave con tapa para después introducírselo en el bolsillo del pantalón. Y todo, sin dejar de observar a Kamarowski con rostro impasible, en contraste con el gesto feliz de su anfitrión.

—Desconocía que estuvieras en Venecia. Pero ya sabes que siempre eres bienvenido.

Sin mediar palabra, Nikolái sacó el revólver del bolsillo del pantalón, apuntó a su amigo y empezó a disparar mientras caminaba hacia él. La expresión atónita del conde evidenció su desconcierto al escuchar el primer disparo; quizá fue el estupor lo que le impidió sentir dolor al recibir el impacto. Fue en la segunda y tercera detonación cuando notó una especie de estrangulamiento en el abdomen y una punzada de fuego en el brazo, a la altura del hombro, que le hicieron retroceder unos metros, buscando refugio en la cámara contigua donde apenas unos minutos antes había abandonado la cama envuelta en un amasijo de sábanas. La punción ardiente en el estómago le hizo desviar la mirada de la mano ensangrentada, que en un acto reflejo taponaba la herida, a Naumov. Aún mantenía el equilibrio cuando escuchó un cuarto disparo y al elevar la vista vio a su atacante con el brazo extendido y el rictus impávido, como esculpido en mármol veteado, pero su cuerpo no acusó un nuevo impacto: o bien la adrenalina actuaba como inhibidor del dolor o bien la puntería del tirador renqueaba. Todavía elucubraba sobre el destino de la cuarta bala cuando sonó un quinto disparo que, esta vez sí, le atravesó el muslo y le hizo caer al suelo, donde quedó sentado y con la espalda apoyada en uno de los laterales de la cama.

Todo había sido muy rápido, como suele llegar la muerte inesperada.

Sólo la respiración jadeante del conde rompía el silencio en el que se había quedado la habitación. Kamarowski percibió los pasos de Nikolái Naumov acercándose a él.

—Pero ¿por qué me has hecho esto? —preguntó, sin que el dolor, que ya empezaba a extenderse por todo el cuerpo, diluyese el desconcierto que la situación le provocaba—. ¿Qué mal he podido hacerte? ¿Cómo he podido faltarte?

—¡No puedes casarte con ella! —gritó su verdugo, como lo hubiera hecho un niño al que arrebatan un juguete. La furia le llevó a levantar de nuevo el revólver y apuntar al conde; todavía quedaba una bala y ambos lo sabían—. ¡No puedes desposarte con Maria Tarnowska! Yo la amo. ¡La amo! ¡Y ella me ama a mí!

—Por Dios, Nikolái... ¡Eres como un hijo para mí! —balbuceó el conde con la voz cada vez más entrecortada y la visión empañada por una incandescente neblina.

En realidad, no le extrañaba la confesión de su amigo. Había visto muchas veces cómo la miraba y, como hombre versado en mil batallas, y no sólo en el campo bélico, conocía la naturaleza del destello que nace en una mirada masculina cuando observa a una mujer como objeto de deseo.

—¿Acaso no has pensado en qué situación quedaría Grania si yo muero? Acaba de perder a su madre y quieres que pierda también a su padre... ¡Huérfano a los once años! ¿Es eso lo que quieres para él?

Aquellas palabras obraron el milagro. Ahora la respiración agitada era la de Nikolái Naumov. Como si venciera el resorte que le mantenía en guardia, bajó el brazo y se dejó caer al suelo, de rodillas, frente al herido. El mármol de su rostro se fundió como una vela que se derrite ante la irreversible condena del tiempo. Empezó a balbucear algo incomprensible, ahogado en lamentos y sollozos. Las lágrimas se deslizaban por su rostro céreo dibujando un surco cristalino mientras contemplaba el reguero de sangre que escapaba entre los dedos del conde, que seguía sujetándose la herida del estómago.

—Pero... ¿qué he hecho? —Miró a Kamarowski, que estaba a punto de atravesar el umbral de la inconsciencia, aunque luchaba por evitarlo—. Perdóname, amigo. Por favor, perdóname. No sé... No puedo...

Al no obtener respuesta, Naumov se introdujo en la boca el arma que no había abandonado su mano, asegurándose de que el cañón estuviera en la posición correcta, contra el velo del paladar, como le habían sugerido. Allí mismo acabaría todo, como había prometido si el plan no salía como esperaba. Cerró los ojos, dispuesto a apretar el gatillo sin dudas, sin dilaciones, sin temblores. Por fin diría adiós a su tartamudeo, a sus inseguridades, a sus miedos. Un simple gesto y todo terminaría. Con el dedo índice presionó el disparador. Aún le dio tiempo de escuchar el grito.

—¡No! —exclamó Kamarowski con las pocas fuerzas que le quedaban—. ¡No lo hagas!

Ambos oyeron el chasquido metálico, breve y limpio. No era el estallido abrupto que esperaba Nikolái Naumov. Abrió los ojos para comprobar que seguía allí, con vida. La mirada atónita del conde custodiaba con horror el intento fallido. Los volvió a cerrar y probó de nuevo. El chirrido atorado insistía en regatear al destino. La bala seguía en la recámara y no alojada en su cerebro después de atravesar su paladar, como pretendía. No entendía nada. Miró el revólver como si aquel pedazo de hierro le hubiera traicionado. Le habían asegurado que el Nagant era fiable. ¿Por qué no eligió el Russian de Smith & Wesson? ¿Por qué renegar de lo acreditado durante sus años en la Guardia Imperial? Giró el tambor para amartillar el arma y efectuar un nuevo disparo. Le temblaba la mano como no había hecho antes.

Unas voces procedentes de la escalera llegaron hasta ellos. Cada vez se sentían más cerca. Por encima de todas, se distinguía palmariamente la de Amalia llamando a gritos al señor. Naumov pensó que seguramente ahora subiría los peldaños asiéndose de la balaustrada, sin importarle que sus huellas deslucieran el brillo de la madera que ella misma habría pulido. De inmediato, unos golpes secos contra la puerta. Alguien desde fuera intentaba abrirla girando el picaporte de un lado a otro, sin éxito. Nikolái Naumov recordó que la llave estaba en uno de los bolsillos de su pantalón; si querían acceder a la estancia, los que se hallaban al otro lado de la puerta tendrían que echarla abajo.

—Huye. No cometas más locuras. —La propuesta del conde Kamarowski tomó forma de orden, como una de las muchas que dio durante la guerra ruso-japonesa y que le valieron varios reconocimientos al valor—. Sal por esa ventana, no hay mucha altura, no te pasará nada. Sólo te pido que, de alguna manera, me envíes socorro médico.

—Pavel, perdóname. Si no lo haces, no me iré de aquí.

—¡Vete ya!

—¡Di que me perdonas! ¡He perdido la razón! Yo no quería...

—¡Te perdono, pero vete ya, o pronto entrarán, te apresarán y no podrás escapar!

Naumov se incorporó de un salto y miró la puerta, cuyo marco comenzaba a ceder a causa de los golpes, cada vez más fuertes. Sin duda, el ama de llaves había pedido ayuda, porque ella no podía tener tanta fuerza. El joven se arrodilló y puso una de sus manos sobre las del herido, teñidas de rojo. Un gran charco oscuro se había formado alrededor de su cuerpo. No recordaba haber visto tanta sangre en su vida. Las heridas en el estómago solían ser escandalosas y casi siempre fatales. Apoyó la frente contra la de su amigo, que permanecía consciente a pesar de la hemorragia; entendió que la sangre le seguía llegando al cerebro y quiso pensar que era buena señal. Quizá sólo le había herido, y con suerte, ninguna de las heridas revestiría la suficiente gravedad para provocarle la muerte. Ni siquiera se extrañó por lo pueril de su pensamiento.

Saltó por la ventana que le había señalado el conde en el preciso instante en que se vencía la puerta y cuatro personas entraban en la estancia: Amalia, otros dos miembros del servicio —una camarera y un encargado de cocina— y un deshollinador que aquella mañana había acudido a hacer un trabajo de limpieza en la chimenea, ante la inminente llegada del otoño. Mientras ellos corrían a auxiliar al herido, Nikolái Naumov huía a toda prisa. Se cruzó con algunos vecinos que habían escuchado los disparos y acudían al lugar para saber qué pasaba. Percibió la desconfianza en el rostro de alguno de ellos e improvisó sin esperar a ser preguntado. Un error de novato, como entendería más tarde: dar explicaciones sin que nadie se las exigiera.

—El conde ha intentado suicidarse. O quizá haya sido un accidente mientras limpiaba una de sus armas. Me mandan a por ayuda médica.

La mentira resultó creíble, quizá porque un asesino no luciría un rostro tan desencajado como el de aquel joven, tallado por la pavura y la hinchazón de ojos. Apretó el paso. Sólo miró atrás una vez, para asegurarse de que nadie le seguía. Fue entonces cuando observó al Ángel de la Fama sobre el margen izquierdo de la fachada barroca de la iglesia de Santa Maria del Giglio, soberbia e imperial mole de piedra blanca, con sus alas verduscas desplegadas y su trompeta en ristre. Desde su perspectiva terrenal, contempló un cielo azul intenso abriéndose detrás del arcángel, salpicado por unas nubes blancas a las que el viento apremiaba a desplazarse, una urgencia que él compartía. Dejó de caminar y empezó a correr. Fruto de esa premura y aturdido aún por lo que acababa de suceder, se dio cuenta de que se había perdido. Aquellas calles no se parecían a las que había recorrido la tarde anterior. Todo se había precipitado. Nada había salido como esperaba. Las piernas se le llenaron de calambres, y los pulmones, de fuego. Cuando la respiración no le dio alternativa, se detuvo para recuperar el aliento y orientarse. Estaba en un laberinto de travesías y plazas en la ciudad de los canales, que, como en un juego macabro, parecían haberse esfumado del mapa. Siguió caminando sin rumbo. En algún momento tendría que encontrar un embarcadero donde subirse a una góndola. La Reina del Adriático se erigía sobre un archipiélago de 118 islas comunicadas entre sí por más de 450 puentes; no podían haber desaparecido todas.

Se cruzó con algunas personas, pero renunció a pedir ayuda para que no se fijaran en él; ya había llamado bastante la atención. Era difícil no hacerlo: un joven alterado, sudoroso, jadeando en plena calle... Se miró las manos y vio que tenía restos de sangre. Las hundió en los bolsillos del pantalón, donde encontró el pañuelo gris con el que había envuelto el revólver y lo utilizó para limpiarse los dedos. Cuando devolvió el pañuelo al bolsillo, descubrió algo más: la llave de la habitación del conde Kamarowski, la que había hecho girar en la cerradura tras acceder a la estancia. La observó como si fuera un fantasma del pasado que regresa para cobrarse un castigo. Tenía que deshacerse de ella. Ese pensamiento le llevó a preguntarse qué había pasado con el revólver. No era capaz de recordar qué había hecho con él. La cabeza le daba vueltas. La adrenalina le empujaba a huir, pero le nublaba el juicio. Sólo recordaba con claridad lo que le habían aconsejado: debía arrojar el arma a cualquier canal, donde era poco probable que la encontraran, y, si lo hacían, el agua habría eliminado la mayoría de los rastros útiles, borrando cualquier vestigio de huella en su superficie. Pero no tenía el revólver; sólo la llave.

El graznido de las gaviotas anunciaba el agua y llegó a sus oídos como un canto de sirenas. No era marinero, así que no debía temer las artes de seducción fatales que suponía escuchar aquella letanía melancólica. Sólo quería huir lo más lejos posible. Tuvo la sensación de adentrarse en el poema épico de la *Odisea* y reencarnarse en Ulises, que, siguiendo las indicaciones de la bruja Circe, ordenó a sus marineros que se taparan con cera los oídos y le ataran al mástil de su barco para poder deleitarse con aquellos cantos tentadores que buscaban su perdición. La visión de la laguna actuó como bálsamo en su atormentada cabeza. «¡Hombre libre, siempre adorarás el mar! El mar es tu espejo; contemplas tu alma en el desarrollo infinito de su oleaje, y tu espíritu no es un abismo menos amargo». Baudelaire nunca le fallaba. Todo parecía volver a su lugar. Estaba más cerca de casa.

—Lléveme al hotel Danieli —solicitó a un *gondoliere*, que esperó a que su cliente se sentara para introducir el remo en el agua y adentrarse en la laguna.

Naumov trataba de encajar las imágenes que se apilaban en su cabeza de manera inconexa, sin orden ni concierto. Quizá todo había sido un mal sueño del que pronto despertaría. Llegó incluso a dudar de que la sangre de sus manos fuera real. Sabía mejor que nadie que cuando aparece la incertidumbre hay que despejarla por muy violento que resulte. Se acercó los dedos a la boca y los lamió. Ahí estaba ese sabor metálico, pese a habérselos limpiado con el pañuelo. Metió las manos en la laguna. Necesitaba desprenderse de ese sabor y el agua lo limpia todo. En ese momento se acordó de la llave que aún llevaba en el bolsillo. Vigilando que el remero no se percatara, la dejó caer al mar y respiró aliviado al ver cómo el metal brillante desaparecía entre las aguas, seguramente arrastrado por el dios Neptuno y su corte de sirenas, ninfas y nereidas. Su alma se aligeró como si se hubiera desprendido del peso de la culpa. Una prueba menos. Se pasó las manos mojadas por el pelo. Agradeció el frescor del agua en sus cabellos y sintió que se despejaba. Pensó que podía relajarse, algo que siempre supone un gran error.

Respiró hondo, cerró los ojos y se dejó mecer por el vaivén del agua. Un casi imperceptible tañido de campana amenazó con arrastrarle fuera de aquel momentáneo oasis de paz, pero era tan suave y parecía tan lejano que fracasó en su intento. Por un instante logró serenarse, hasta que algo le inquietó. Abrió los ojos y buscó la torre de la plaza de San Marcos. Nikolái contempló la enorme y brillante esfera azul del reloj donde aparecían los doce signos del zodiaco tallados en dorado, con un anillo exterior que recogía las veinticuatro horas grabadas en números romanos y una representación de las fases lunares que advertían de las mareas a los navegantes. Entornó los ojos para observar con más nitidez la manecilla, embellecida en su extremo con una representación del sol, que señalaba la hora. Lo que vio le alertó. No podía ser verdad.

—Disculpe, la campana... ¿qué hora anunciaba?

—Las nueve, señor.

—Pero eso no es posible. Debe tratarse de un error. Ese reloj no puede estar bien.

—Los *mori* nunca se equivocan —contestó sonriente el *gondoliere* refiriéndose a las dos estatuas de bronce que, armadas con un mazo, marcaban las horas golpeando una gran campana en la torre dell'Orologio—. Llevan sin fallar desde finales del siglo xv. Cuando el arquitecto Mauro Codussi construyó la torre, sabía lo que hacía. Por eso diseñó dos moros, que en realidad son dos pastores, *il vecchio*, con barba, que toca la campana dos minutos antes de que sea la hora, e *il giovane*, sin barba, que lo hace a la hora exacta —explicó, familiarizado con la costumbre de relatar la historia de cada rincón de la ciudad a los turistas—. Gracias al *vecchio* Oliodoro y al *giovane* Migliabecco, en Venecia no hay excusa para llegar tarde.

A Nikolái Naumov el tal Codussi le pareció un imbécil. ¿Por qué no había incorporado más campanas a la torre para que sonaran con fuerza y no una sola, casi muda? ¿El reloj más importante de la ciudad y resultaba casi inaudible?

—Dígame la hora exacta, por favor —preguntó con el temor de quien despierta de una pesadilla y se da cuenta de que la realidad provoca más zozobra que el sueño.

—Las nueve y cuarto —dijo el *gondoliere* echando mano de su reloj de bolsillo—. La misma que dan los *Mori.* Ya se lo dije...

Faltaban treinta y cinco minutos para que el tren con destino a Verona efectuase su salida de la estación de Santa Lucia. Él tenía que ir en ese tren y todavía estaba en el Gran Canal. Ni siquiera había comprado el billete.

—Lléveme a la estación —urgió al remero en un tono rudo.

—¿Ya no quiere ir al hotel Danieli?

—¡No! A la estación le digo. ¡Rápido! No puedo perder el tren.

—¿A qué hora sale? —preguntó el *gondoliere* mientras realizaba la maniobra para virar, ya que la estación estaba en la dirección contraria al hotel.

—A las 9.50.

—No sé si le va a dar a tiempo. Ese trayecto suele llevarme unos cuarenta minutos, con suerte media hora, pero los imprevistos...

—¡Le daré cuatrocientas liras si lo consigue!

El *gondoliere* le miró para cerciorarse de que su cliente no estaba ebrio. Desde que subió a la góndola se comportaba de manera extraña, y, aunque la discreción del remero le había hecho guardar silencio, no había bajado la guardia. Cuatrocientas liras era una cantidad muy elevada para una propina. Pensó que bromeaba, pero la expresión de su cara le hizo ver que hablaba en serio. Quizá demasiado.

—Pero, señor, vamos por el agua...

—Por cuatrocientas liras debería volar.

El joven no llevaba mucho tiempo en el oficio, pero si algo le había enseñado su padre es que al cliente siempre le asiste la razón, aunque la lógica lo rebata. Y en aquella ocasión, con semejante oferta, ostentaba la verdad suprema. Aquél podía ser su día de suerte, y sólo pasaban quince minutos de las nueve de la mañana.

—Cuatrocientas liras, amigo. —Naumov había sacado los billetes del bolsillo interior de su levita y los cimbreaba como si fueran las varillas de un abanico—. ¿Cree que podrá hacerlo?

—Por esa cantidad, soy capaz hasta de matar —bromeó el *gondoliere*, que no volvió a abrir la boca en todo el trayecto para concentrarse en cada remada.

La generosa oferta obró el milagro. Nikolái llegó a Santa Lucia con tiempo suficiente para comprar el billete del tren que le llevaría en aproximadamente dos horas a Verona. Durante el trayecto, adquiriría un boleto para Milán, desde donde iniciaría un periplo por Roma, Florencia y Nápoles. Todavía le quedó un par de minutos para acudir a los aseos de la estación y recomponer su aspecto. Le hubiese gustado regresar al Danieli para recoger sus cosas y cambiarse de ropa, tal y como había planeado, pero se vio obligado a improvisar. Mientras caminaba por el vestíbulo, intentó hacer memoria de los objetos abandonados en el hotel, por si alguno de ellos podría delatarle, pero su ofuscación mental era tan grande que desistió. De todas formas, ya no había remedio; mejor focalizar sus esfuerzos en el presente.

Santa Lucia siempre le había resultado una estación con encanto, aunque sólo fuera por su privilegiado emplazamiento a escasos metros del mar, pero aquella vez la estimó providencial, casi divina; quizá se debiera esa sensación a que el arquitecto Giovanni Battista Meduna decidió demoler la iglesia de Santa Lucia para comenzar a edificar la estación en 1860. Mientras se encaminaba hacia el andén, vislumbró un sombrero de color marrón sobre un banco del vestíbulo. A esa hora de la mañana, la estación ya bullía en un ir y venir de viajeros, la temporada turística estaba dando sus últimos coletazos, pero aún eran muchos los que se sentían atraídos por la Bienal y los estrenos operísticos programados en La Fenice. Pensó que nadie se daría cuenta si lo cogía, ni siquiera el propietario. Después de haber disparado contra un hombre esa mañana, el robo no le parecía un delito tan grave. Mientras se deshacía de su sombrero Homburg de fieltro blanco arrojándolo a una papelera, se preguntó por la suerte que habría corrido el conde Kamarowski, si la ayuda médica habría llegado a tiempo, si las heridas habrían sido mortales, si la policía ya habría llegado al Palazzo Maurogonato, si alguien le habría acusado, si le estarían buscando... A pesar de sus muchas preguntas sin respuesta, no sentía miedo. El nerviosismo que le había acompañado en los primeros momentos del día había desaparecido por completo, como si todo hubiera sucedido en otra vida, como si lo estuviera observando desde fuera, como si no fuese él quien hubiese disparado, salido huyendo por una ventana, sentido el sabor metálico de la sangre del conde en los labios y entregado cuatrocientas liras a un *gondoliere* para que le llevara a tiempo a la estación.

Cuando deslizó la puerta corredera del departamento de primera clase que indicaba su billete, encontró dentro a una joven pareja. Ella era una mujer hermosa, risueña y elegantemente envuelta en un vestido rojo, que no separaba su mano enguantada de la del hombre que la acompañaba mientras con la otra sostenía un libro con una cuidada encuadernación de piel. Naumov acertó a ver con claridad las letras doradas que conformaban el título: *El matrimonio del cielo y el infierno*, de William Blake. Sonrió a la pareja como si fuera un actor de cine frente a la cámara. Celebró realizar el viaje en compañía. La soledad hace tomar decisiones equivocadas en circunstancias abyectas.

—*Bonjour* —saludó cortés—. Soy Édouard Durand y será un placer compartir con ustedes este viaje.

Apenas unas horas transcurridas de aquel 4 de septiembre de 1907 y ya iba por la segunda identidad falsa del día. El tiempo le estaba cundiendo, y parecía disfrutar con ello.

—Encantado, monsieur Durand —recogió el saludo el caballero—. Yo soy Paolo y ella es mi prometida... quiero decir, mi esposa Emma —rectificó con una sonrisa traviesa—. Discúlpeme, es todo tan reciente que todavía no me acostumbro.

—Acabamos de casarnos. De hecho, ésta es la primera parada de nuestra luna de miel —confesó la joven alisándose el vestido rojo, que en Venecia era el color de las novias.

Se la notaba tan orgullosa de su nuevo estado civil como de la alianza dorada que lucía en el dedo anular de la mano izquierda, a juzgar por cómo se retiró el guante para mostrársela al recién llegado. En la derecha, sobre el guante, centelleaba un llamativo anillo de oro y diamantes, que Nikolái adivinó de compromiso. Le pareció que se hallaba ante la personificación del retrato nupcial de *Micer Marsilio Cassotti y su mujer Faustina*, el cuadro del artista italiano Lorenzo Lotto. Entonces, él sería el Cupido del óleo, que unía a la pareja con un yugo simbólico, y con hojas de laurel verde trenzando sus rizos, en señal de la eternidad que los mantendría unidos más allá de la tumba. Se preguntó si las locuras que se hacen en nombre de la pasión no serían culpa de los artistas y su artificiosa idealización del amor.

—En ese caso, no nos queda más remedio que celebrarlo. Si me permiten, pediré una botella del mejor champán para brindar por la feliz pareja: por una larga y triunfante vida en común.

Cuando la locomotora inició la marcha, Nikolái Naumov sintió que también lo hacía su nueva vida. Subirse a ese tren significaba dejar el pasado atrás y mirar hacia el futuro, aceptando las reglas del endiablado juego del tiempo, que huye insolente y sin remordimiento como un forajido. Tuvo un recuerdo para los *Mori* de la torre del reloj, Oliodoro y Migliabecco. Tenían razón. Les debía una disculpa por haber dudado de ellos. Al levantar la copa de champán en el vagón restaurante, brindó silenciosamente a la salud de los guardianes del tiempo, algo que sus compañeros de viaje, la reencarnación de Marsilio Cassotti y esposa, desconocían.

Quizá por eso sonreían, porque eran jóvenes y todo estaba por llegar, también el tiempo. No eran conscientes de que el tiempo, como bien presagiaba *il vecchio* Oliodoro, siempre está a punto de marcharse.

3

El intenso sabor del café *espresso* bañando su paladar le ayudó a digerir el ardor de estómago que auguraba el aviso recibido a primera hora de la mañana. En un primer momento, la comunicación informaba de un posible suicidio, pero, en sus más de veinte años de carrera, el subcomisario Fanelli no había encontrado un solo suicida que hubiese necesitado cinco disparos para conseguir su objetivo.

Los periódicos todavía no habían recogido la noticia que prometía convertirse en el principal tema de conversación en la ciudad durante los próximos días, puede que meses. La clientela del establecimiento se les había adelantado y entretejía las primeras consumiciones de la jornada con una madeja de rumores y chismes, la mayoría sin fundamento, que siempre eran los más entretenidos: «Dicen que es un príncipe ruso», «Es un capitán del Ejército Imperial que participó en la guerra ruso-japonesa», «Han sido los revolucionarios que, como no pueden matar al zar, han ido a por su primo», «He oído que puede haber sido su amante, un hombre más joven que él; la colonia rusa es muy propensa al escándalo. ¿No has visto lo que sucede en Taormina con la libertad sexual, o acaso piensas que la visita a la Gruta Azul de Capri es meramente turística?»... Escudriñando el derroche fantasioso de la ciudadanía, al subcomisario no le costaba trabajo imaginar los titulares de prensa: «Misterioso asesinato en Venecia». Nada más lucrativo para los periódicos que un crimen en la ciudad.

Su olfato le decía que iba a ser un día largo, como la espera. Miró su reloj: o la pequeña maquinaria de ingeniería alojada en el bolsillo de su chaleco se adelantaba o ese maldito muchacho llegaba tarde, una vez más. El subcomisario había citado allí a su nuevo ayudante, sobrino del delegado policial, que en los primeros días había mostrado más ganas que destreza. Mientras aguardaba a que el joven atravesara la plaza de San Marcos y se adentrara por los soportales de Procuradurías para acceder al Caffè Florian, tamborileó con impaciencia y cierta armonía sobre la mesa de mármol. Estaba en silencio. Se sabía vigilado, aunque le gustaba experimentar lo que él solía hacer con los sospechosos: observarlos con sigilo, escrutando cada gesto, mirada, movimiento o sonido que saliera de su boca. Diez pares de ojos le custodiaban desde las paredes de la estrecha Sala de los Hombres Ilustres —no en vano, el café se diseñó a modo de pasaje entre el pórtico y el patio de las Procuratie Nuove—, diez insignes venecianos con expresión dogmática captada por el pincel de Giulio Carlini: Tiziano, Marco Polo, Francesco Morosini, Carlo Goldoni, Paolo Sarpi, Enrico Dandolo... Todos ellos resistían el paso del tiempo, impertérritos, pese al indeseable barniz grisáceo legado por el humo de las lámparas de gas y más tarde de los cigarros, a lo largo de los años. ¡Qué no habrían contemplado aquellos hombres! ¡Y cuánto los habrían hecho esperar hasta poder verlo! Cuando el subcomisario Fanelli empezó en el Arma dei Carabinieri, jamás se le hubiera ocurrido hacer esperar a un superior. Los tiempos habían cambiado, aunque él no lo había hecho tanto y tampoco aquel templo de la ciudad donde paraba a diario a tomarse el segundo o tercer café de la mañana. La fuerza de la costumbre, que también vivió aquel establecimiento cuando, a pesar de haber abierto sus puertas en 1720 como

Alla Venezia Trionfante, vio mudar su nombre a Caffè Florian por imposición popular, ya que los venecianos se referían a él aludiendo al nombre de su propietario, Floriano Francesconi. Y cuando el pueblo habla, la historia escucha. «Aunque no siempre», pensó al ver llegar a su joven pupilo.

—Buenos días, señor. ¿Hay novedades? —preguntó Lucca, antes de pedir un *ristretto*.

—Absolutamente ninguna —respondió el subcomisario—. Sigue usted llegando tarde y haciendo esperar a su superior. Ustedes los jóvenes siempre pensando que el tiempo les pertenece, el suyo y el de los demás.

—Disculpe, comisario.

—Subcomisario. Apréndase eso, al menos, demonios.

—Para mí es como si ya lo fuera. Sólo le falta un gran caso para lograr el ascenso, y puede que estemos ante él. ¿Ha podido hablar con la víctima?

Fanelli le miró escéptico, con la expresión de una madre que escucha a su hijo adolescente instruirla sobre la dureza de la vida. No sólo llegaba tarde, también hacía las preguntas. La insolencia de la juventud.

—Lo hice nada más recibir el aviso. Al saber que el conde Kamarowski seguía con vida, me acerqué al hospital para ver si podía facilitarnos algún dato sobre lo sucedido. Acababan de operarle, una intervención complicada. Estaba muy débil, y no es de extrañar teniendo en cuenta que pidió a los cirujanos que lo mantuvieran despierto durante la cirugía y utilizaran el cloroformo justo. Apenas podía hablar, aunque lo suficiente para darnos el nombre de quien intentó asesinarle. —Abrió su pequeña libreta, en la que había caligrafiado un nombre y un apellido—: Nikolái Naumov. También ciudadano ruso. Hasta donde pudo contarme, es hijo de un buen amigo suyo, antiguo gobernador de Perm. He pedido más información sobre él a nuestros colegas, aunque ya conocemos la diligencia que se gastan los compatriotas del zar Nicolás II...

—Entonces, ya está todo resuelto.

—¿Usted cree? —inquirió sin disimular la ironía que Lucca se afanaba en afilarle continuamente—. Lástima no habérselo comunicado al delegado Orsini, que llegó al Santi Giovanni e Paolo acompañado del cónsul ruso y del juez instructor del caso. A los tres les hubiese encantado ser partícipes de su optimismo indocto.

—¿Ha visto a mi padre en el hospital? —preguntó el joven gratamente sorprendido, refiriéndose al delegado policial.

—Así es. Créame, le tengo muy presente, aunque no le vea —contestó con la duda de que su interlocutor captara el sarcasmo mientras dejaba sobre la mesa varias monedas para pagar las dos consumiciones—. Verá, conocemos el nombre del atacante, pero no sabemos dónde está. Y eso es tanto como no tener nada. No hay crimen sin historia, sin una lógica que lo explique. —No sabía si le agradaba la manera en que el joven abría los ojos mientras le escuchaba y, mucho menos, cuando se lanzaba a escribir en su libreta de pastas negras cualquier frase llamativa de su mentor, como se disponía a hacer en ese instante—. No haga eso, no hace falta que escriba nada. Parece gacetillero más que policía y, sinceramente, no sé qué me disgusta más. Y ahora, si tiene a bien apurar su *ristretto*, podremos acercarnos a examinar el lugar de los hechos.

Guardó la libreta en su chaqueta para apaciguar el ánimo del subcomisario y cogió la taza, pero el café estaba demasiado caliente, así que sopló para enfriarlo mientras miraba en derredor, con expresión atónita.

—¿Por qué le gusta tanto este establecimiento? —preguntó con insolencia infantil, desprovista de toda mala intención. Era un experto en verbalizar ideas sin pasarlas antes por el filtro de su cerebro—. ¿No es un poco viejo?

—Si con «viejo» quiere decir antiguo, sí; no se le escapa una —puntualizó mordazmente Fanelli—. Me gusta venir aquí porque desde sus vidrieras el Florian ha visto desmoronarse la Serenísima República de Venecia, alzarse la revolución de 1848 que nos independizó de Austria y desplomarse el Campanile hace cinco años. Y espere a ver las caídas que le quedan por presenciar, lo mismo hasta la monarquía se viene abajo. Y eso, querido amigo, me recuerda que en cualquier momento hasta las torres más altas y poderosas pueden caer... Confío en que controle las metáforas mejor que la puntualidad, joven.

—No crea. Pero el café está exquisito —admitió apurando su *ristretto*, todavía humeante, que le abrasó la lengua—. «Agua negra hirviente», así lo describió el dux Francesco Morosini —exclamó mientras señalaba el retrato del ilustre veneciano que colgaba de una de las paredes—. Yo también sé algo de historia, comisario.

Su respuesta obligó a Fanelli a cerrar los ojos mientras negaba incrédulo con la cabeza. Su teoría sobre cómo el café define a las personas era cierta: Lucca prefería el *ristretto* porque necesitaba menos tiempo de extracción y se hacía con la mitad de agua, a diferencia del *espresso* del subcomisario, cuya crema era más densa. Fanelli prefirió pensar en el ascenso que dependía del delegado de la policía. Eso le mantendría sereno mientras caminaban hacia Santa Maria del Giglio.

Rezó por que Lucca se limitara a guardar silencio y no le tomara por un confesor durante los cinco minutos de trayecto, pero nadie escucha las plegarias de un ateo.

Al llegar al Palazzo Maurogonato, las inmediaciones ya se habían convertido en un imán de fisgones. Una nube de curiosos, entre vecinos y ciudadanos, se arremolinaban a la entrada y entre ellos se intercambian la información que, en realidad, ninguno tenía y que los reporteros recolectaban como ambrosía. Si había algo que odiaba el subcomisario eran las lámparas de magnesio de las cámaras de los fotógrafos disparando sus fogonazos; siempre lo cegaban. Y si había algo más que detestaba era a los periodistas.

—Mírelos, huelen la sangre. Haga el favor de cerrar la boca, joven. Y no sonría como un colegial. Aquí no hay nada gracioso.

Bajo una lluvia de preguntas y un manto de resplandores, Fanelli y Lucca se unieron a otros *carabinieri* en el interior del palacio. Fanelli había enviado a varios de sus hombres a inspeccionar el lugar mientras él interrogaba a la víctima en el hospital. Amalia estaba sentada en el mismo sofá de lectura que le había mostrado a Nikolái Naumov cuando le permitió entrar aquella misma mañana. La mujer tenía dos pañuelos, uno en cada mano, y ninguno daba abasto para secar sus lágrimas. Lloraba como una plañidera, se persignaba mientras pronunciaba sonoros ripios lamentando la suerte del conde y besaba una pequeña cruz de plata que llevaba colgada al cuello. El subcomisario miró al policía que intentaba serenarla más que custodiarla y, por su expresión, comprendió que el ama de llaves ya había declarado todo lo que sabía y podía obviar tomarle declaración de nuevo. Mientras se encaminaba al primer piso para inspeccionar la escena del crimen, otro *carabiniere* improvisaba para él una recreación de los hechos.

—Según la señora Amalia, el hombre llamó a la puerta hacia las ocho de la mañana, lo recuerda porque acababan de sonar las campanas, y dijo que el conde le estaba esperando. Ella le invitó a aguardar en la biblioteca mientras avisaba al señor Kamarowski, pero, pasados unos minutos, no ha sabido concretar cuántos, el sospechoso subió la escalera y apareció justo aquí —indicó el policía traspasando el umbral de la puerta del dormitorio principal junto con Fanelli, que se detuvo un instante a examinar el marco reventado y parcialmente astillado—. La mujer, al ver que el conde le recibía con los brazos abiertos, se retiró. Luego escuchó unos disparos, fue a pedir ayuda para intentar abrir la puerta…

—¿Por qué no podía abrirse? —preguntó el subcomisario mientras observaba la recámara del conde y el lugar del ataque.

—La puerta estaba cerrada con llave, por dentro, algo que el conde no acostumbraba hacer según el ama de llaves. Por eso fue a buscar ayuda.

—Y cuando la abrieron...

—... encontraron al conde Kamarowski tirado en el suelo, sobre un charco de sangre y diciendo incoherencias, cosas sin sentido.

—¿Y no vieron a nadie más?

—Sólo al conde. Según la declaración de la mujer, su prioridad era atender al herido. Cuando quisieron asomarse a la ventana, sólo vieron a varias personas acercándose a la casa, alertadas por los disparos. Tengo a algunos de los muchachos hablando con vecinos, comerciantes y posibles testigos oculares por si vieron algo que pueda servirnos.

—¿Y qué hay del resto de los testigos de la casa? ¿Son coincidentes sus testimonios?

—Todos testigos ciegos. No vieron nada excepto al conde y el gran charco de sangre que rodeaba su cuerpo. Los hemos mantenido separados para no contaminar sus declaraciones y alejados de la prensa para evitar que las desvirtúen engrandeciéndolas con detalles, ya sabe...

Fanelli se aproximó a la ventana por la que había saltado Nikolái Naumov y se asomó a ella para tener una visión más clara. Observó la plaza abierta que desembocaba en numerosas callejuelas a modo de terminaciones nerviosas, la parte trasera y uno de los laterales de la iglesia Santa Maria del Giglio y, a su izquierda, el pequeño puente sobre el estrecho canal que bañaba una de las paredes del Palazzo Maurogonato. El lugar era como un queso de Gruyère con salida al mar; el sospechoso podía haber escapado por cualquier rincón y en cualquier dirección. Era una maldita ratonera inversa: el ratón escapaba, la policía se estancaba.

—Encontramos el revólver debajo de la cómoda. —El *carabiniere* le mostró el arma que había mantenido envuelta en un trapo y que sostenía en el aire asiéndola por el gatillo con la ayuda de un lapicero para evitar contaminar las posibles huellas—. Queda una bala sin explotar. Parece que intentó dispararla, pero se le debió de encasquillar.

—Supongo que a estas alturas ya la habrán tocado todos... —apreció Fanelli, molesto todavía por los errores en la manipulación de pruebas durante el último caso que investigó. No se inmutó al escuchar a su colega decirle que él mismo se había encargado de su custodia desde el momento en que el revólver fue confiscado—. ¿Nada más? ¿Ningún objeto olvidado o perdido? ¿Algo que nos ayude?

—Nada, por ahora.

—Y dice usted, joven, que el caso está resuelto... —dejó caer sarcásticamente sin que, en esta ocasión, Lucca abriera la boca—. Volvamos a comisaría. Quizá tengamos suerte y el tal Naumov se haya entregado.

Mientras el subcomisario terminaba de revisar sus notas, se aseguraba de que la orden de detención contra el sospechoso había llegado a toda la policía de la ciudad y llamaba al hospital para conocer cualquier novedad en el estado de salud del herido, a la espera de seguir tomándole declaración, Lucca leía atentamente los primeros datos de la información enviada por la policía rusa: Nikolái Naumov, nacido en Moscú el 1 de septiembre de 1884, veintitrés años recién cumplidos, licenciado en Derecho, perteneciente a una familia noble del siglo XIV, miembro de la Guardia Imperial durante un breve espacio de tiempo, traductor ruso de Charles Baudelaire y François Coppée, actual secretario de prensa del gobernador de Orel... Sólo era un esbozo, pero, como solía decir Fanelli, los pequeños detalles dan más información que un mal testigo. Llevado por esta premisa, abrió la puerta del despacho del subcomisario.

—¿Sabe que nuestro sospechoso es bisnieto del escritor Iván Turguénev? —comentó con un exceso de júbilo, como si acabara de colocar la última pieza de un complicado puzle.

—¿Y usted sabe que hay que llamar a la puerta y esperar a que le den permiso para entrar?

—¿No me diga que no sabe quién es? El autor ruso que mejor ha reflejado los amores desgraciados, el que protagonizó uno de los triángulos amorosos más célebres de la historia al enamorarse locamente de la española Paulina García Sitjes, una aclamada cantante de ópera a la que conoció interpretando *El barbero de Sevilla* en el teatro Bolshói Kámmeny de San Petersburgo... La siguió por todo el mundo sin importarle que ella estuviera casada con Louis Viardot, de quien la dama tomó el apellido, un gran hispanista, amante de las letras españolas y espléndido traductor de *Don Quijote de la Mancha* —apuntó Lucca sin apenas respirar para no dar opción a que Fanelli le interrumpiera—. Un *ménage à trois* aceptado y consentido como sólo saben hacerlo los franceses y los rusos.

—¿Y eso debería ayudarnos en nuestra investigación?

—Ya lo creo. Y más si le digo que Turguénev fue el creador del término «nihilismo». Fue el primero en utilizarlo en su libro *Padres e hijos*, dibujando el perfil del nuevo hombre ruso, progresista y europeísta, tanto que el estamento zarista le acusó de apoyar una corriente reformista; la censura le asfixió hasta tal punto que tuvo que abandonar Rusia e instalarse en Francia.

—La verdad es que no sé qué hace usted postulándose a policía. Y si le soy sincero, tampoco quiero saberlo.

—Lo tomaré como un halago.

—No debería.

—¿Puedo serle sincero?

—Ardo en deseos... —ironizó Fanelli—. Aunque, se lo ruego, no se disperse como acostumbra.

—Es el alma rusa, subcomisario. Estas cosas pasan de generación en generación. El propio Turguénev lo escribió: «Uno de los principios más básicos de la vida es el enlace entre los tiempos, la transmisión patrimonial de valores. Un mundo sin tradición crea huérfanos». Usted mismo lo dice: los crímenes se cometen sobre todo por amor o por venganza —leyó directamente de su libreta—. Puede que Nikolái Naumov forme parte de un triángulo amoroso o quizá pertenezca a un grupo nihilista que planeara matar a la víctima. ¿No me comentó que el conde Kamarowski le dijo algo sobre que un grupo nihilista lo había amenazado de muerte?

Fanelli se quedó pensativo durante unos segundos, rebuscando en su cabeza la breve declaración del conde en el hospital. Miró en sus notas. Encontró la anotación, pero aparecía dentro de un círculo, lo que en su peculiar código significaba que no era un dato fiable, ya que el herido se hallaba aún bajo los efectos del cloroformo. En ese momento, el oficial que ocupaba el mostrador de la estafeta policial se asomó a la puerta del despacho.

—Señor, tiene una visita.

El subcomisario se le quedó mirando, esperando que le proporcionara más información que, sin embargo, no llegó. Estaba teniendo un día complicado y no parecía que hubiera nadie dispuesto a facilitarle su faena.

—¿Una visita? ¿Acaso soy una señora de la alta sociedad que recibe visitas en su palacio con un vestido de plumas, organiza bailes y toma el té con sus amigas? ¡No ve que estoy ocupado!

—Es un *carabiniere* de la estación de Santa Lucia. Viene con un testigo. Tiene información que puede interesarle sobre el intento de asesinato de esta mañana...

Sin necesidad de un espejo, Fanelli pudo notar que sus facciones se relajaban. Cuando los dos hombres anunciados accedieron a su despacho, presintió que aquello podía ser importante. Era el *gondoliere* al que Nikolái Naumov había premiado con cuatrocientas liras por llevarle a la estación de tren.

—Verá usted, no es una cantidad que los clientes suelan darnos todos los días, ni siquiera los rusos que se hospedan en el Lido —explicó mientras colocaba cuidadosamente el dinero sobre la mesa del subcomisario. Hablaba de manera tranquila, no se le veía inquieto por estar en una comisaría—. Había algo raro en aquel hombre, algo que no terminaba de convencerme, no sabría explicarle. Así que, después de dejarle en la estación, le pedí a un compañero que se hiciera cargo de mi góndola, aun a costa de perder algún trayecto...

—Eso le honra como ciudadano. Continúe... —solicitó Fanelli, que temía que el testigo se perdiera en detalles inútiles y consideraciones personales.

—Seguí al caballero al entrar en la estación. Le vi comprar un billete. Luego entró en los aseos. Ahí ya no le seguí; preferí no entrar porque me habría reconocido y uno nunca sabe lo que puede pasar. Después, cuando caminaba hacia el andén, vi cómo robaba un sombrero y tiraba el suyo a una papelera.

En ese momento, el *carabiniere* de Santa Lucia que acompañaba al testigo puso sobre la mesa el sombrero Homburg de fieltro blanco, haciendo que todas las miradas se posaran sobre el complemento. El *gondoliere* siguió con su narración.

—Y la verdad, me extrañó. ¡Quién roba un sombrero teniendo cientos de liras en el bolsillo! Le seguí hasta el andén y comprobé que no me había mentido: se subió al tren de las 9.50, a un vagón de primera clase.

—¿Hacia dónde se dirigía ese tren? —preguntó el subcomisario mientras echaba una ojeada al reloj que presidía una de las paredes de su despacho: hacía cincuenta minutos que había salido de la estación.

—A Verona.

Al escuchar la ciudad de destino, Fanelli saltó de su silla, se asomó a la puerta y llamó a uno de sus hombres.

—Mande inmediatamente un telegrama al comisario de la estación de Verona. Que proceda a la detención de un ciudadano ruso de nombre Nikolái Naumov que va en ese tren. Viaja en primera clase, pero que registren todo el convoy. Quién sabe dónde puede estar. Facilítele toda la información sobre el sujeto, en especial, su atuendo.

Cuando terminó de dar las indicaciones a su hombre, volvió a la mesa, donde el *gondoliere* no dejaba de mirar las cuatrocientas liras extendidas como un abanico sobre la tabla de madera.

—Cuénteme, ¿le dijo algo más, le habló de alguien en especial? Cualquier cosa que recuerde, por pequeña que sea, puede sernos de ayuda...

—No. Sólo me preguntó la hora. ¡Espere! —exclamó el testigo dando un respingo en la silla—. Sí, hay algo más... Se me olvidaba. Primero me pidió que le llevara al hotel Danieli, pero, cuando vio la hora en la torre dell'Orologio, se puso muy nervioso y me dijo que ya no quería ir al hotel, que le llevara a la estación de Santa Lucia. Fue entonces cuando me prometió que me daría cuatrocientas liras si llegaba a tiempo de coger el tren. Y eso es todo. Al escuchar lo que había pasado en el Palazzo Maurogonato, y como le había recogido en un embarcadero próximo, fui atando cabos y pensé que podría tratarse del mismo hombre. Desde luego, era ruso, ese acento lo conozco. Disculpe, ¿puedo llevarme el dinero?

—Entenderá usted que debemos quedarnos con él... Es una prueba.

—Si he de serle sincero, no lo entiendo. Es una propina que me he ganado. No la robé.

—Nadie piensa que no se la merezca ni mucho menos que la sustrajera. Pero, por el momento, debe quedarse en depósito. En cuanto podamos se lo devolveremos. Uno de mis hombres le dará un resguardo.

—Está bien —dijo sin mucho convencimiento, pero resignado—. Y dígame, ¿es el mismo hombre que mató al príncipe ruso?

—No hay ningún príncipe ruso. Y, por ahora, nadie ha matado a nadie. Pero permítame decirle que apreciamos mucho su colaboración —le aseguró Fanelli mientras le tendía la mano en señal de agradecimiento y, en parte también, para no tener que contestar a más preguntas del testigo.

El semblante del subcomisario había mudado sutilmente. Estaba en ese punto en el que las piezas parecían dispuestas a encajar, como atraídas por un imán invisible. Se acarició la perilla que ya nacía con vetas encanecidas. Ese gesto inconsciente siempre le ayudaba a pensar y a decidir el próximo paso. Cogió su sombrero borsalino del perchero, se lo ajustó en la cabeza y dirigió una mirada a Lucca.

—Si ha terminado usted con el curso iniciado de literatura rusa y con la sección de cotilleos, quizá quiera acompañarme al Danieli. Si Nikolái Naumov salió de Venecia con tanta prisa, tal vez dejara abandonado su equipaje en el hotel y, con un poco de suerte y mano izquierda, podamos encontrar algo.

—¡El Danieli! Qué hotel tan encantador. Allí George Sand conoció al médico que se convirtió en su amante. Sand, que en realidad se llamaba Aurore Dupin, era amiga íntima de Paulina Viardot, la amante del bisabuelo de Nikolái Naumov, en la que se inspiró para el personaje de su novela *Consuelo*, ambientada en Venecia...

—Una palabra más y se queda escribiendo informes de quejas vecinales.

Ya estaban abandonando la comisaría cuando un policía gritó el nombre del subcomisario.

—Señor, ha llegado esto para usted —dijo mientras extendía la mano para entregarle un sobre.

4

El tren procedente de Venecia hizo su entrada en la estación de Verona a las 11.45. Llegaba en hora, pero la impaciencia del comisario Ernesto Carusi hacía pensar que llevaba tres días esperando su llegada. Desde que observó la densa nube de humo rucio de la locomotora manchando el horizonte, su cuerpo estaba en tensión. Alrededor de las once de la mañana había recibido un telegrama urgente de la comisaría de Venecia ordenando el arresto inmediato de uno de los viajeros, acusado de intentar asesinar a un ciudadano ruso. La autoridad competente en el tren recibió por telégrafo la orden de la policía veneciana de no permitir que ningún pasajero se apeara del convoy, y así se lo hizo saber a los dos revisores.

Acompañado de dos oficiales, el comisario Carusi subió al tren; otros dos policías quedaron en el andén. Quiso empezar el registro por los vagones de primera clase. Si la providencia estaba ese día de su parte, el sospechoso sería inexperto y no se habría movido de su berlina. Llevaba consigo la descripción física del sujeto detallada en un papel que miraba de vez en cuando para no olvidarse de ningún detalle: joven, de piel blanca, cabello rubio, sin barba ni bigote, de estatura media, no más de metro setenta de altura, vestido con levita gris, pantalón del mismo color, sombrero marrón... Lamentó no disponer de una fotografía, eso habría facilitado bastante las cosas. Durante unos minutos, recorrió el tren sin encontrar a nadie que respondiera a la descripción facilitada. Después de una segunda ronda con idéntico resultado, el comisario buscó a los interventores.

—¿Ha bajado alguien del tren?

—No, señor. Pero no hemos revisado los excusados. Algunos viajeros se refugian en ellos si no tienen billete.

Cuando se disponían a hacerlo, Carusi vio en el estrecho pasillo del tren a un hombre que portaba erguido un ramo de flores. Caminaba calmado, ninguna señal de apremio en sus pasos, como si sus pisadas se hundieran confortables en la mullida alfombra que cubría el suelo. Se detuvo ante uno de los vagones de primera clase, deslizó la puerta corredera y accedió al interior. O era inocente, o se trataba del criminal más tranquilo de la historia y por sus venas sólo corría sangre fría. Carusi apuró el paso hasta alcanzarle, como si él fuera el perseguido.

El compartimento todavía estaba abierto cuando el comisario llegó a su altura. Sus tres ocupantes se quedaron mirándole, sin que su inesperada presencia borrase la sonrisa de ninguno de ellos, que parecía petrificada en sus rostros. Dos de ellos parecían pareja, por la intimidad que mostraban sus gestos, y el tercer hombre, al que el comisario había visto caminar por el pasillo, acababa de entregarle el ramo de flores a la dama. Carusi saludó educadamente a los tres mientras observaba el esplendoroso buqué de pequeños capullos de rosas rojas salpicado con orquídeas blancas. Su mirada atravesó el cristal de la ventanilla y distinguió el puesto de flores ubicado en el andén: alguien se había despistado en el cumplimiento de las órdenes y desatendido la vigilancia. Prefirió no pensar en cuántas personas más se habrían apeado del tren ante la ineptitud del revisor de turno y se concentró en buscar un sombrero marrón en los estantes superiores situados a ambos lados, sobre los asientos tapizados de terciopelo amarillo. No encontró ninguno. La dama vestía de rojo; el caballero sentado a su lado, de un blanco casi impoluto; y el tercer ocupante estaba en mangas de camisa, con un chaleco por encima. Ni levita gris ni sombrero marrón. Quizá no era el hombre que buscaban.

—Disculpen las molestias. Estamos procediendo a una comprobación rutinaria. ¿Podrían facilitarme sus documentos?

—Por supuesto —dijo el hombre sentado junto a la dama, incorporándose para alcanzar un maletín de piel situado en el estante del equipaje—. ¿Dónde los pusiste, Emma, querida?

—En el bolsillo exterior de mi bolso, Paolo, el de tela. Está justo ahí, detrás de tu maleta —dijo ella, sin soltar en ningún momento las flores.

Al retirar el hombre el bulto para coger el mencionado bolso, el comisario divisó desde su posición un sombrero marrón. Sin hacer ninguna alusión al respecto, comprobó la documentación de la pareja mientras observaba que el otro hombre permanecía inmóvil.

—¿Me permite el suyo?

—Me temo que eso no será posible. Me robaron la maleta en Venecia y llevaba mi pasaporte en ella. Como ve, viajo sin equipaje. Soy ciudadano belga.

—*Vous n'êtes pas russe?* —preguntó el comisario Carusi, después de unos instantes en silencio, mirando fijamente al viajero sin equipaje.

—*Non, je suis belge. Je m'appelle Édouard Durand.*

Los dos hombres se mantuvieron la mirada durante unos segundos. El comisario le obsequió con una sonrisa mientras asentía con la cabeza.

—Yo creo que es usted ruso, no belga.

—Se equivoca —terció Paolo con la aquiescencia de su esposa, cuya sonrisa iba desdibujándose en el rostro conforme avanzaba la conversación—. El caballero es belga. Llevamos viajando con él desde Venecia. Un joven muy amable y encantador. Disculpe, pero ¿qué es lo que sucede?

—Va a tener que acompañarnos, monsieur Durand. No tema, sólo nos llevará unos minutos.

—¿Acompañarle? ¿A dónde? He de seguir viaje. No puedo retrasarme.

—Créame, no lo hará. Si hace el favor... —solicitó el comisario indicándole con la mano la salida del departamento.

Carusi hizo un gesto disuasivo a uno de los guardias. Prefería que no le esposaran dentro del tren; no quería causar ningún alboroto o que cundiera el pánico, ni entre el pasaje ni en el sospechoso, aunque no pudo evitar la proliferación de miradas curiosas de los viajeros y del resto de los presentes en la estación. Ya en el andén, el comisario cogió del brazo al supuesto ciudadano belga y las miradas inquisitivas se repitieron. Con paso firme, le condujo a la estafeta policial de la estación donde le invitó a sentarse en la silla situada en uno de los extremos de la mesa. Estudió al joven. No parecía nervioso, tan sólo contrariado. Antes de ocupar la silla en el otro extremo, cogió una jarra de agua y llenó dos vasos. El sospechoso observó la escena y tuvo la impresión de que le estaban esperando.

—¿Estoy detenido? —preguntó, entre indignado y sorprendido.

—En absoluto. Es usted un viajero sin pasaporte. Y eso es irregular.

—¿Es ilegal desplazarse por Italia sin pasaporte?

—No, a menos que sea usted extranjero, como es su caso. De Bélgica, ¿verdad?

—Así es. Pero eso ya se lo he dicho. Me llamo Édouard Durand.

—Cierto, también lo ha dicho. ¿Qué edad tiene usted?

—Veintiún años.

El comisario iba escribiendo en un cuaderno cada respuesta del hombre, que iba impacientándose por segundos, cuanto más tranquilo veía al policía.

—¿Qué le trae por Italia, señor Durand?

—Estoy de vacaciones. Simplemente, viajo por placer. Tengo dinero y aspiro a gastármelo. Nada más.

—Entiendo. Y dígame, ¿qué hacía en Venecia?

—Viajar, ya se lo he dicho. Comer pasta, visitar museos, darme un baño en el Adriático, acudir a la ópera... Y mi intención es seguir viaje hacia Roma, Milán, Florencia...

—¿Ha ido usted a La Fenice? ¿Qué ópera fue a ver?

—No me acuerdo. Fueron varias. No soy bueno con los nombres. Oiga, esto no tiene ningún sentido...

El cuello de la camisa empezaba a molestarle. Lo notó casi al mismo tiempo que la boca se le secaba. Sentía la lengua pegajosa; la saliva, espesa y viscosa. Nikolái Naumov cogió el vaso de agua que había sobre la mesa y bebió procurando que la mano no le temblara. Se intentó convencer de que tampoco pasaría nada si así fuera: todo el mundo muestra cierto nerviosismo cuando está ante un policía. Carusi le observaba: en realidad, no tenía nada más que un sombrero marrón. Ni siquiera estaba seguro de que fuera ruso; su francés era perfecto, fluido y exquisito, y el italiano que hablaba se hacía entender. Sólo podía confiar en que su lenguaje corporal le delatase.

—¿Tiene usted amigos en Venecia?

—No, señor, ninguno. Discúlpeme, pero necesito volver al tren. Ya se lo he dicho, tengo billetes para otros destinos y no me gustaría perderlos. No entiendo lo que está pasando. Yo no he hecho nada.

—Nadie ha dicho que lo haya hecho —respondió el comisario, sintiendo una pequeña contracción en la comisura de su boca que controló para que no mudara en sonrisa. Acababa de escuchar la frase más pronunciada por los culpables: «Yo no he hecho nada». Pero no podía precipitarse. Sólo los mediocres levantan los brazos en señal de victoria antes de cruzar la meta—. ¿Compró esos billetes de los que me habla dentro del tren, durante el trayecto?

—En efecto.

—¿Con qué dinero lo hizo, si le habían robado el equipaje con la documentación?

—El dinero lo llevo en la levita. Imagino que como todo el mundo.

—Ya veo. Muy bien. Ya casi hemos terminado —dijo el comisario mientras colocaba una bandeja de madera sobre la mesa—. Sólo una cosa más. ¿Le importaría vaciarse los bolsillos? O, si lo prefiere, yo mismo puedo registrarle.

La petición descolocó al sospechoso. Intentó recordar si llevaba algo que pudiera comprometerlo. Su mente comenzó a sobreponer imágenes a una velocidad vertiginosa, como un tren que descarrila. Conocía esos síntomas. No tardaría mucho en empezar a transpirar y pronto aparecerían los temblores. Si no era capaz de controlar esas señales, una tartamudez nerviosa ataría las palabras a su lengua, como si fuera una camisa de fuerza. Se obligó a mantener la calma. No podía haber nada en sus bolsillos. Se había deshecho de la llave en las aguas del Gran Canal y tampoco portaba el revólver Nagant. No había nada que pudiera comprometerle, excepto el nerviosismo.

Poco a poco fue extrayendo los objetos que guardaba en los bolsillos del abrigo y del pantalón, depositándolos sobre la bandeja. Cinco mil liras en billetes de diferente valor, el boleto de tren con destino a Verona y otros complementarios a Nápoles, Florencia y Roma, el resguardo de un buqué de rosas y orquídeas, el de la botella de champán consumida en el vagón restaurante... Todo iba bien. Pronto estaría fuera de aquella oficina, se subiría de nuevo al tren y continuaría su viaje, relatando a la joven pareja de recién casados el malentendido vivido con la policía de Verona. Hasta que su mano tocó algo en uno de los bolsillos del pantalón, un trozo de tela que le costó reconocer. Cuando sus dedos lo apresaron para colocarlo sobre la mesa, sus ojos se abrieron desorbitados, estremecidos ante la visión. Era el pañuelo gris salpicado de manchas oscuras que había utilizado para limpiarse los restos de sangre, el mismo en el que había envuelto el revólver. La expresión del comisario Carusi también cambió. Ahora sí había traspasado la meta y podía alzar los brazos.

—Desde este momento, queda usted detenido. Levántese y ponga las manos sobre la mesa. —Las palabras salían de la boca de Carusi como si estuviera recitando una jaculatoria, de manera mecánica y monótona—. Estos policías van a proceder a esposarle. Será mejor que no se resista.

—¿De qué se me acusa?

—Del intento de asesinato del conde Pavel Kamarowski esta misma mañana en su residencia de Venecia.

—¡Eso es mentira! Yo no he matado a nadie. Está usted cometiendo un terrible error.

—Tengo una orden de detención contra usted emitida por la policía de Venecia —le explicó Carusi mientras un policía le colocaba los grilletes, con las manos por delante del cuerpo—. Señor Naumov, a partir de este instante está usted bajo la custodia del Arma dei Carabinieri. Será retenido en una sala de esta comisaría hasta su traslado a prisión o su inminente envío a Venecia para posteriormente pasar a disposición judicial.

—¡Les digo que se equivocan! Ése no es mi nombre. No soy el hombre que buscan. Tengo derecho a defenderme. Conozco bien la ley.

—Entonces sabrá que lo que le sucede es completamente legal. Cuando quiera usted declarar, sólo tiene que comunicármelo. No me moveré de aquí. Pero permítame un consejo, y créame que sé de lo que hablo… —La voz del comisario tomó un giro fraternal más que autoritario. Sabía que esa impostada afección en el tono solía derribar muros inmunes a los mazos de acero—: Ponga en orden su cabeza antes de hablar. Los deslices verbales que se cometen bajo una situación de extrema presión sentencian a muchas personas, incluso a las que se consideran inocentes. Las mentiras siempre condenan;

la verdad exonera, aun siendo culpable. Recapacite, joven. Piense bien en qué situación se encuentra; va a tener tiempo de hacerlo.

Cuando la puerta del habitáculo se cerró tras de sí, Nikolái Naumov se sintió enterrado vivo. No gestionaba bien los lugares clausurados y sombríos. Desde la infancia, había tenido miedo a la oscuridad. De niño sufría terrores nocturnos que su autoritaria madre pretendía curar a base de encierros continuados en sótanos e incluso en el interior de armarios o baúles mientras ella le contaba historias de terror, fábulas con hadas malignas y monstruos espeluznantes, y cuentos versados sobre fantasmas procedentes de las sombras. Ahí empezaron las convulsiones incontrolables que azoraban su cuerpo y que nunca le abandonarían.

Nikolái cayó de rodillas al suelo, exactamente cómo lo hizo ante un herido conde Kamarowski. Comenzaba a faltarle el aire. Las palpitaciones se multiplicaban en su pecho amenazando con reventarlo, la sudoración desbordaba cada poro de su piel, convertida en una lámina de acero que se iba fundiendo poco a poco, como si se regocijara en la tortura infligida. Era el preludio para la llegada del temible aunque familiar monstruo que lo zarandearía hasta apoderarse de él, envolviéndolo en una sucesión de incontrolables convulsiones, una batahola a la que acudirían prestos los peores demonios. Aquel habitáculo, lejos de ser una sala como la había descrito el comisario Carusi, era un calabozo sin luz ni ventanas, sin nada que indicara que la vida dispondría de una oportunidad allí dentro. Un pandemónium al que no sobreviviría.

No habían pasado ni veinte minutos cuando el detenido empezó a golpear la puerta con los puños, gritando y pidiendo que lo sacaran de allí. Estaba dispuesto a hablar. Carusi apenas había tenido tiempo de enviar por telégrafo el reporte de la detención del sospechoso a Venecia cuando, de nuevo, se sentaba frente a él.

Los policías trasladaron al detenido a la sala de interrogatorios. Nikolái Naumov se dejó caer en la silla y tuvo que hacer un esfuerzo para no abandonar su cuerpo desmayado sobre la mesa. Mostraba un aspecto lamentable y jadeaba como si acabara de correr un maratón perseguido por el diablo. Sin haber logrado recomponerse del todo, un hilo de voz salió de su boca, afónico y débil, como si hubiera atravesado una senda infernal hasta llegar hasta allí.

—Hablaré. Pero quiero hacerlo en mi idioma. No quiero cometer ningún error ni que se produzcan malas interpretaciones. Necesito un traductor. Llamen al consulado ruso. Ellos mandarán uno.

Carusi miró al detenido. En cuestión de minutos, el adonis belga se había convertido en un andrajo humano, sin que ninguno de sus hombres le hubiera tocado un pelo. Intentó tranquilizarle, admitiendo todas las peticiones del arrestado, todas amparadas por la ley.

—Ya hemos avisado al consulado —le informó mientras le acercaba un vaso de agua, que dejó sobre la mesa—. Pero tardarán un tiempo en llegar. Y no creo que quiera prolongar mucho más esta situación. La verdad, no tiene buen aspecto. —Era la primera vez que Carusi decía algo cierto que fuera precedido por la muletilla «la verdad»—. Si quiere esperar, podemos ofrecerle el servicio de un intérprete, el señor Masprone, que suele trabajar con el consulado y colabora con nosotros asiduamente.

—Me parece bien —admitió mientras sus ojos se clavaban en el vaso como si representara una amenaza—. ¿No tiene algo más fuerte? —preguntó al fin, intentando controlar los temblores que aún sacudían su cuerpo.

No era habitual ofrecer alcohol a los detenidos, pero, viendo el estado en el que se encontraba el hombre, el comisario creyó que, lejos de afectarle negativamente, le ayudaría a serenarse y a desenredar su lengua. Sacó del armario una botella de *grappa* que guardaba para las guardias difíciles. La simple visión del aguardiente de orujo cristalino cayendo limpiamente al interior del vaso devolvió la claridad a la mente del detenido, que empezó a hablar sin que mediara ninguna pregunta previa.

—Me llamo Nikolái Naumov. Tengo veintitrés años. Nací en Moscú, en el seno de una familia aristocrática. Actualmente trabajo con el gobernador de Orel como agregado cultural y responsable de prensa.

Su tono era neutro, pausado. Hablaba a un volumen normal sin poner ningún énfasis en ninguna de sus palabras, huyendo de cualquier vestigio de emoción. Estaba diciendo la verdad. «Por algo se empieza», pensó el comisario.

—Hace unos días me trasladé de Orel a Moscú para visitar a mi familia. Hacía mucho que no veía a mi padre... Es un gran hombre, ¿sabe? Se ganó el respeto de todos cuando fue gobernador de Perm. —Como si un cortocircuito eléctrico se hubiera producido en su cabeza, dejó escapar un gemido y se echó sobre la mesa. El recuerdo paterno invocó una bacanal de sollozos y lamentos que la *grappa* difícilmente apaciguaba—. ¡Dios mío, mi padre! ¡Qué va a pensar cuando se entere de lo que he hecho! ¡No podrá soportarlo!

—Vamos, vamos... —comentó el comisario, instándole a recomponerse. Si se desmoronaba antes de empezar la declaración, el interrogatorio podría ser eterno. Conocía la facilidad con la que podía complicarse el testimonio de un detenido y no estaba dispuesto a alargar aquella situación durante días—. No piense en eso. Los padres siempre están al lado de sus hijos, sobre todo si tienen el valor de reconocer sus errores.

Nikolái se secó las lágrimas con las manos, que continuaban esposadas. Hasta ese momento, ni siquiera se había dado cuenta de la presencia de aquellos grilletes de acero y tampoco le molestaba esa atadura de las muñecas. No eran las primeras ligaduras en sus articulaciones, aunque aquellas otras solían ser de cáñamo. Ese intempestivo recuerdo hizo que se le secara la boca. Fue a beber un sorbo de licor, pero encontró el vaso vacío y, al tratar de tragar saliva para humedecer la garganta, sintió que era cemento lo que almacenaba su boca.

—Durante mi estancia en Moscú, donde estudié Derecho, me reencontré con antiguos amigos de la facultad. Fueron ellos los que me dijeron que el conde Kamarowski había hecho unas declaraciones arremetiendo contra mi persona. Eso me enfureció. Mucho. Así no actúan los caballeros. Si uno tiene un problema con alguien, lo resuelve cara a cara, batiéndose en duelo, no lanzando chismes a la espalda como si fuera una reunión de señoras...

Miró al comisario, pero de inmediato desvió la mirada, como si aquel contacto visual le quemara la retina. Estaba hablando demasiado. No debía opinar. Demasiadas palabras. Tenía que ser más explícito si quería controlar lo que decía y no dar a su interlocutor la opción de conocerle más de lo necesario. Aprovechando que Carusi había rellenado de nuevo el cubilete, volvió a beber, como si necesitara insuflarse de cierto valor para continuar. El temblor de su mano hizo que parte del líquido se le saliera por la comisura de los labios, y utilizó los dedos para limpiarse. Empezaba a sentir frío.

—Supe que el conde estaba en Venecia y decidí presentarme allí. Quería aclarar las cosas. Cuando llegué, me hospedé en el hotel Danieli. —En ese punto calló. Tenía que guardar silencio. Necesitaba ordenar sus recuerdos, archivarlos en categorías distintas y elegir cuáles podían ser verbalizados. Había cosas que no quería contar, que no podía contar.

—¿Recuerda en qué habitación se alojó?

—¿Perdone? —interpeló confuso.

—La habitación. ¿Recuerda el número de su habitación? —insistió Carusi.

El comisario leyó en el semblante del arrestado que la pregunta le había sorprendido. Le estaba haciendo pensar en detalles que le distrajeran del relato que seguramente había elaborado para evitar entrar en terrenos pantanosos y poco propicios. El detenido hablaba con frases cortas, utilizando pocas palabras, eligiéndolas con cuidado para evitar caer en contradicciones o revelar algún detalle que le condenara. Era como si Naumov caminara sobre una superficie de hielo, temiéndose que en cualquier momento se quebrara y le hiciera caer en las aguas heladas. Y Carusi tenía el picahielos que podía abrir esa grieta.

—Sí, lo recuerdo. La habitación número 80 —contestó, como si hubiera superado algún tipo de prueba.

—¿Quién le dijo dónde vivía el conde en Venecia?

—No lo recuerdo. Creo que me lo dijeron mis compañeros de estudios. O quizá lo hiciera mi padre cuando le visité días antes; ambos mantienen una amistad desde hace muchos años. No lo sé, todo está muy confuso en mi cabeza... —se le quebraba la voz.

Quizá no tenía que haber dicho que su padre y el conde eran amigos. Eso podría dar a entender que había una rivalidad entre las familias. Aunque, pensándolo bien, aquello podría ser mejor que la verdad. Bebió de un trago el vaso de *grappa*. Ni siquiera pareció hacerle efecto. Estaba acostumbrado a bocanadas ardientes mucho más fuertes. Ahora empezaba la parte comprometida. Carusi se percató de ello y no quiso que un vaso vacío dinamitara una confesión que se prometía sincera y jugosa.

—Volvamos a lo que ha sucedido esta mañana —sugirió el comisario mirando el telegrama que había llegado desde Venecia con las nuevas informaciones sobre el caso, entre ellas, la declaración del *gondoliere* y del ama de llaves ante la policía—. ¿A qué hora llegó a la casa del conde Kamarowski?

—No lo recuerdo. Ya se lo he dicho, no logro aclarar mis ideas —reconoció sosteniéndose la cabeza con ambas manos, apretándola con fuerza, como si temiera que le fuera a explotar. La tiritona que convulsionaba su cuerpo no le ayudaba a serenarse y le dificultaba concentrarse—. ¿No hace mucho frío aquí? ¿Podrían darme una manta, algo con lo que abrigarme?

—¿No prefiere beber algo caliente? —propuso Carusi pensando que un café o un té podría hacerle entrar en calor y que dejara de temblar—. Quizá eso le templaría más el cuerpo. Un buen té con jengibre reconforta y despeja la mente.

—Un poco más de eso me sentará mejor —aseguró el detenido señalando la botella que el comisario había dejado sobre la mesa.

—Estábamos en la casa del conde Kamarowski. Usted llegó a las ocho de la mañana al Palazzo Maurogonato, llamó a la puerta y le dijo al ama de llaves que quería ver al conde. ¿Sucedió así?

—No recuerdo a qué hora llegué.

—¿Y qué es lo que recuerda? —preguntó Carusi, que empezaba a temerse una confesión esquiva, superficial e incoherente. Dudó que la *grappa* estuviera ayudando tanto como pensó en un primer instante—. Tiene que hacer un esfuerzo, señor Naumov, o esto no funcionará.

—Recuerdo que subí la escalera. —Nikolái adelantó su relato para pasar por alto algunos momentos vividos en la biblioteca y así obviar el detalle de la fotografía enmarcada. No fue lo único que aceleró, también lo hizo su habla, y aumentó el volumen de su declaración—. No conocía la casa del conde, pero me dejé guiar por las voces que venían de arriba. Y entonces le vi. Corrí hacia él. Cuando los dos nos quedamos a solas, saqué el revólver y le disparé. Perdí la cabeza. Me había insultado y dilapidé la razón. No soy capaz de recordar cuántas veces disparé. Sólo lo vi ahí, tirado en el suelo. Sangraba mucho. No sabía lo que había hecho. Me arrepentí en el acto.

El detenido empezaba a mostrarse más nervioso, no hallaba acomodo en la silla. Alargó el brazo para asir nuevamente el vaso, pero lo encontró vacío y el comisario no parecía dispuesto a llenárselo de nuevo. Comenzó a frotarse las manos, como si pretendiera arrancarse la piel. Observó cómo las venas se alzaban robustas bajo su dermis, aumentando de tamaño, volviéndose más oscuras, adquiriendo un tono violáceo, retorciéndose, como si tuvieran vida propia. Temió que explotaran y que la sangre salpicara la estancia, muebles y paredes incluidos, derramándose sobre el suelo como había sucedido en la habitación del Palazzo Maurogonato. Miró espantado sus manos manchadas de rojo... Una nueva pregunta del comisario le arrastró de vuelta a la realidad.

—¿Le dijo usted algo antes de disparar?

—No lo sé —murmuró, como si le costara abandonar por completo el mundo de las extrañas imágenes—. No recuerdo que habláramos... Dudo que lo hiciéramos.

—¿Qué hizo después? ¿Cómo salió de la casa?

—Creo que bajé las escaleras y salí por la puerta. Sí, creo que eso fue lo que hice...

El comisario repartía su mirada entre el detenido y la carpeta que tenía ante sí con algunas de las informaciones facilitadas por los testigos, entre ellos Amalia, que apenas coincidía con la confesión del acusado, salvo en algunos detalles.

—¿Por la puerta? ¿No salió por la ventana?

—¿Cómo iba a salir por la ventana? Me hubiera matado.

Quizá fue la última palabra lo que le hizo reaccionar e interesarse por algo en lo que ni siquiera había reparado desde su detención. Abrió los ojos y cogió las manos del comisario.

—Pavel... ¿está muerto? Dígamelo, por favor. ¿El conde Kamarowski ha muerto? ¿Lo he matado? —preguntó confuso, como si hasta entonces no hubiera sido consciente de lo que había hecho.

Ni siquiera se percató de que se había referido a la víctima por su nombre de pila, eliminando la distancia mental que había construido entre ellos a modo de barrera de seguridad.

Como poseído por alguna fuerza extraña, agarró la cruz que llevaba al cuello, la besó y se puso a rezar por la salvación del conde, una plegaria ahogada en sollozos, lamentos y gemidos.

El comisario miró a los *carabinieri* que custodiaban al detenido, que tampoco daban crédito a lo que estaban presenciando. Estaban acostumbrados a rateros, borrachos, mujeres víctimas de un robo, maridos violentos, niños perdidos... Pero aquel hombre era difícil de encasillar: por momentos parecía perturbado, ido, medio loco, y, al instante, hablaba con tranquilidad, como si la lógica rigiera su discurso. También existía la opción de que fuera un gran actor que estuviera jugando con ellos. Otro policía entró en la estancia portando una manta grisácea para el detenido y se la puso por encima. Lloraba con un niño, o como un loco. De no estar en una sala de interrogatorios, el policía le habría dado un abrazo para intentar serenarlo.

—Haga el favor de calmarse. El conde no ha muerto. Ha sido operado de sus heridas y ahora sólo cabe esperar.

—¿De verdad? —exclamó con emoción, como si le hubieran entregado la carta de libertad—. ¿No me miente, comisario? ¿El conde está vivo?

—No acostumbro a mentir. Y aspiro a que usted tenga la misma deferencia hacia mi persona. Trate de concentrarse. Con un poco de suerte, el conde vivirá y usted sólo será acusado de intento de homicidio. Incluso puede que tengan la oportunidad de arreglar sus diferencias.

La información pareció calmarle. Cesaron los lloros, los lamentos e incluso los temblores. Su cabeza empezó a funcionar como cuando estaba lúcido. Si el conde no había muerto, eso lo cambiaba todo. Había esperanza. Tenía futuro. Podría salir de allí. Incluso él mismo podría ayudarle a aclarar el asunto. El comisario tenía razón, seguro que le ayudaría a arreglar las cosas. La voz de Carusi interrumpió sus elucubraciones.

—¿Qué hizo después de abandonar la casa?

—¿Cómo?

—Después de disparar al conde, ¿qué hizo? ¿Dónde fue?

—Me fui al hotel a recoger mis cosas —declaró, como si la pregunta del comisario acabara de arruinarle la efímera lucidez que celebraba segundos antes—. Supongo que me cambiaría de ropa y me desharía de papeles que ayudaran a mi identificación y de todo aquello que estuviera en mi equipaje que pudiera relacionarme con los hechos.

—¿Está usted seguro de eso? ¿Pudo hablar con algún empleado del hotel? ¿Le ayudaron con el equipaje, le facilitaron el transporte, le entregaron la factura para que la abonara, le dieron las gracias por haber escogido su establecimiento durante su estancia en Venecia? ¿Coincidió con algún otro cliente en el vestíbulo, en el pasillo...?

Naumov miró fijamente al comisario para después perder la mirada en un punto indefinido de la sala. Buscaba las respuestas a las preguntas que acababa de hacerle Carusi, pero no daba con ellas. En realidad ¿regresó al hotel o era lo que tenía registrado en su memoria sobre lo que debería haber hecho? ¿Por qué no podía recordarlo? Volvió a fijar los ojos en el comisario. Parecía buscar algo en sus pupilas, alguna reacción, algún gesto, algo que le ayudara a acabar con aquella pesadilla. El comisario sabía que mentía. Lo que declaraba el detenido tampoco coincidía con lo manifestado por el *gondoliere* que le llevó a la estación de tren. Observándole, no podía estar seguro de si mentía a sabiendas o si en su cabeza lo recordaba de esa manera. Por un momento, las elucubraciones de ambos hombres comulgaron en un mismo pensamiento.

En un intento de desencallar el interrogatorio y salir de aquel bucle temporal, Carusi intentó conducir las preguntas en otra dirección.

—¿Actuó usted solo o lo ayudó alguien?

—¿Me está preguntando si tuve cómplices? —inquirió, serio, evidenciando que la duda le molestaba y casi le ofendía—. ¡Por supuesto que no! Es un asunto que únicamente nos atañe al conde Kamarowski y a mí. Ya se lo he dicho, es un asunto privado.

—Esas personas con las que se reunió en Moscú, sus amigos de la universidad, ¿pertenecían a algún partido político? ¿Tienen relación con los círculos revolucionarios? ¿Quizá algún comité nihilista?

—No, en absoluto. Son simples amigos, gente de bien. Tienen sus ideas políticas como las tenemos todos.

—¿Usted también?

—Por supuesto. Pero ¿qué tiene que ver mi ideología con todo esto? —preguntó confuso.

Al escuchar en su voz el término «ideología», Nikolái se visualizó en su casa de Orel leyendo *Éléments D'Idéologie*, del marqués de Tracy, el primero en utilizarlo en 1798, en plena Revolución francesa, refiriéndose a él como la ciencia de las ideas, entendiendo las ideas como resultado de una serie de impresiones sensoriales y convirtiendo «pensar» en sinónimo de «sentir sensaciones». Siempre le sobrecogió su enfrentamiento con Napoleón, que le calificó peyorativamente como «ideólogo», y acabó preso en la Bastilla. ¿Acabaría él igual que Antoine Destutt de Tracy, encerrado por la mala interpretación de una idea, por un juicio erróneo, por una opinión equivocada, sólo porque alguien no sabía entender su procedencia y lo que le había llevado a actuar y pensar de esa manera?

No entendía por qué su mente se dispersaba tanto y parecía quedarse colgada en recuerdos, en pensamientos que se empeñaban en sacarle de aquella realidad de la que deseaba huir.

—Señor Naumov, esas creencias políticas ¿le llevaron a participar en las revueltas que se produjeron en su país hace dos años, en 1905?

—No vaya por ahí, comisario. Sé a dónde quiere llegar y yerra el tiro —dijo sin pensar en el doble sentido de su afirmación y lo poco oportuna que resultaba en sus labios—. Mis diferencias con el conde Kamarowski no eran por discrepancias políticas. Nada más lejos de la realidad.

—¿Y qué realidad es ésa? ¿Cuáles son las motivaciones que le llevaron a disparar contra el conde?

—Prefiero no hablar de eso. Ya le he dicho que me ofendió, que faltó a mi honor de una manera vil.

—Debió de ser algo muy grave para dispararle cinco veces.

—¿Cinco? —interpeló como si fuera la primera noticia que tuviera al respecto.

—¿No lo recuerda? ¿Tampoco se acuerda de que utilizó un revólver Nagant?

El rostro del detenido volvió a ensombrecerse. Su memoria, ahora sí, rescató la imagen del arma bajo la cómoda, el pañuelo gris manchado de sangre, el sabor metálico de sus dedos antes de sumergirlos en las aguas del Gran Canal, el brillo de la llave hundiéndose en las oscuras profundidades de la laguna...

—No recuerdo cuántas veces le disparé. Ni qué hora era cuando llegué a su casa ni si nos dijimos algo ni cómo llegué a la estación de tren... No logro recordarlo. ¡Por mucho que me pregunte, no consigo acordarme! —pronunció la última frase elevando el tono de voz mientras sus manos volvían a perderse entre sus cabellos, alborotando sus mechones.

Se avecinaba otra de sus crisis nerviosas, empapada en lágrimas, gimoteos y palabras indescifrables. El comisario miró el reloj. Habían transcurrido casi tres horas desde su detención.

—Terminemos con esto, señor Naumov. Dígame por qué intentó matar al conde Kamarowski y nos podremos ir todos.

—Ya se lo he dicho. Fue una cuestión de honor. Profirió comentarios poco nobles sobre mi persona, me faltó al respeto, me insultó. Prefiero no entrar en más explicaciones. Son asuntos demasiado íntimos. No insista, se lo ruego. No desvelaré la naturaleza de esa intimidad.

—Esto no parará hasta que confiese por qué disparó contra el conde. Si no me lo dice a mí, tendrá que decírselo al juez. Terminará confesándolo o, algo peor, alguien lo hará en su lugar, y eso, créame, no le beneficiará.

—Nunca se lo contaré a nadie. Jamás saldrá nada de mi boca —declaró mientras se retorcía las manos una vez más. Estaba cansado, aunque no lo admitiera; gritaban los gestos lo que la boca callaba.

Carusi pareció darse por vencido. Le había contestado de la misma manera todas las veces que le había preguntado al respecto de los motivos del crimen. Contestaciones idénticas, sin aportar detalles nuevos. No mentía, pero tampoco decía toda la verdad y eso le hacía parecer culpable.

—Está bien. —El comisario se incorporó, dando por concluido el interrogatorio y cerrando la carpeta que contenía las notas y la información sobre el caso—. No creo que saquemos nada más de aquí. Ha confesado ser el autor de los disparos y ha reconocido que tenía un motivo para hacerlo, aunque se resista a detallarlo.

Naumov escuchó en silencio sin mantener el contacto visual. Pocas veces lo había sostenido durante el interrogatorio, siempre había huido de él, como los animales del fuego.

—Ha hecho usted lo correcto —le reveló Carusi—. La verdad siempre libera.

—No creo que libere, al menos no tanto como me gustaría —masculló con voz agotada. Había estado hablando durante horas y, a esas alturas, no tenía claro lo que había dicho. Necesitaba descansar, dormir, salir de aquel lugar, cerrar los ojos—. ¿Qué va a pasar ahora conmigo?

—Será trasladado en un vehículo a la prisión Scalzi, aquí en Verona. Allí permanecerá hasta su traslado a Venecia para ser puesto a disposición judicial. Serán sólo unas horas o quizá unos días.

Al escuchar la palabra «prisión», Naumov se estremeció como si recibiera un latigazo. Aunque era una sensación familiar, no lograba acostumbrase a esas sacudidas eléctricas, como si un rayo lo atravesara. No podría resistir la estancia en una celda. Por mucho que insistiera el comisario, la verdad no libera de la realidad, y él ya comenzaba a sentirse preso de ella. En realidad, llevaba tiempo siendo presa de su albedrío.

—Le he oído mencionar a Dios y supongo que en una situación así no se suele pronunciar su nombre en vano. También veo cómo se aferra a esa cruz que lleva colgada del cuello, por lo que deduzco que es usted un hombre de fe —advirtió Carusi—. La prisión a la que va era un antiguo convento de las carmelitas descalzas. Recuerde eso cuando entre en ella. Puede que lo reconforte.

—No intenté matar al conde Kamarowski por motivos políticos —dijo mientras se dejaba conducir mansamente por dos policías que lo sujetaban de los brazos, uno a cada lado—. Mi rencor hacia él no proviene de algo tan banal. Se lo prometo.

—Eso ya me lo ha dicho muchas veces.

La última frase le pareció infantil. ¿Qué criminal promete no haber cometido un delito? En todo caso, lo jura, y, casi siempre, en hebreo. Había algo en él que desconcertaba al comisario. Le costaba creer que aquel hombre débil y entregado al llanto como una plañidera hubiese reunido la sangre fría para intentar matar a alguien, que además era amigo de la familia. Pero las personas siempre esconden dentro de sí una parte que no quieren mostrar, un rincón maldito al que no quieren que nadie acceda, y, cuando en un descuido queda al descubierto, todas las máscaras se desploman con la furia de un ángel caído.

A punto de abandonar la estafeta policial en la que había permanecido desde su detención, cerca del mediodía, Nikolái

Naumov se detuvo. Tenía algo más que decirle al comisario. Ladeó la cabeza y captó su mirada.

—Y tampoco terciaron rivalidades amorosas —añadió desde el umbral de la puerta.

La última frase dejó a Carusi en silencio, pensativo. El cariz inocente de ese último comentario actuó a modo de haz de luz en su mente para abrirle los ojos y permitirle ver con claridad. Ese resplandor excitó su retina, grabando algo sobre ella: *Excusatio non petita, accusatio manifesta.* Era una de las reglas de oro de todo interrogatorio policial. Y hacía mucho que no escuchaba una tan evidente.

Observó en silencio al detenido mientras le conducían al vehículo que le trasladaría a prisión. Durante unos segundos, se quedó absorto en sus elucubraciones. Seguía sin encontrar la pieza que faltaba en el puzle, pero estaba más cerca.

—Envíe un telegrama a la policía de Venecia —ordenó a uno de sus hombres; le dictó su contenido—: «El detenido Nikolái Naumov ha confesado ser el autor del crimen contra el conde Kamarowski. Ha sido enviado a la prisión Scalzi hasta su traslado a Venecia».

Carusi se dirigió a su despacho y cerró la puerta tras de sí. Se sentó en su butaca y abrió uno de los cajones que siempre mantenía cerrados con llave. De allí extrajo una botella de vidrio lacado y se sirvió un vaso de whisky, el «agua de vida», como rezaba su etiqueta. Era uno de los mejores destilados de Escocia, que había adquirido durante el viaje que realizó junto con su mujer con motivo de sus bodas de plata. Ese licor ambarino, además de aliviar los síntomas de su incipiente artritis reumatoide, era el premio después de un día complicado. Lo saboreó como se paladea la exquisitez, sutilmente, valiéndose del olfato para su evaluación, identificando lo elemental, percibiendo lo que no se ve a simple vista, dejándolo reposar, pero sin perder detalle de la evidencia, sólo así se conseguía un destilado más sabroso. La técnica de la cata apenas se diferenciaba de la de un interrogatorio. Carusi se encontraba en plena longitud de boca, analizando las sensaciones que habían quedado en ella para poder definir la clase y la calidad de lo analizado. Y lo mágico llegaba cuando las primeras impresiones no se correspondían necesariamente con las sensaciones finales. El eco de las últimas palabras de Nikolái Naumov persistía en sus oídos como el buen whisky añejado en barricas de roble.

Aquella sensación merecía algo más que un whisky escocés y un escueto telegrama. Dirigió la mirada al teléfono, en la pared. Ese invento del diablo estaba para las grandes ocasiones, y ésta era una de ellas. Se incorporó, no sin antes vaciar el contenido del vaso de un trago. Se aproximó al aparato y observó la pequeña placa de hierro atornillada en el relieve decorativo de la parte alta de la caja de madera, la *cathedral top*, que acreditaba el modelo 101 de Stromberg Carlson. Le habían prometido un teléfono candelabro que situaría en su escritorio y le permitiría caminar por el despacho mientras hablaba. Levantó el auricular procurando que el cable que lo unía a la caja no se le enredara en la muñeca, dio varias vueltas a la manivela situada en el lateral derecho y se acercó a la boquilla transmisora que contenía el micrófono para indicarle el número a la operadora. Apoyó un codo sobre el marco diseñado en relieve que sobresalía de la parte frontal.

Las cosas importantes merecen ser contadas de viva voz.

5

Hacía siete meses que el subcomisario Fanelli no pisaba el hotel Danieli. La última vez fue la mañana del pasado 6 de febrero. La ciudad estaba inmersa en el espíritu del carnaval cuando recibió el aviso del suicidio de una aristócrata rusa de veintiún años, Sofia Kailenskaya, a quien habían encontrado muerta en una de las habitaciones. Se había quitado la vida ingiriendo el contenido de dos pequeñas botellas de láudano, llevada por un desengaño amoroso. Un turbio asunto relacionado con una pareja de compatriotas rusos sucedido en París y que terminó de la peor manera posible. Un joven cubano, una traición amorosa, una mentira despiadada y un corazón roto, ése había sido el devenir de los últimos días de Sofia, a la que la ciudad de Venecia apodó Sonia, la bella durmiente. A Fanelli aún se le encogía el estómago al recordar la imagen de la muchacha en camisón, tendida sobre la cama, con la cabeza ligeramente ladeada sobre la almohada, mirando hacia la puerta de entrada como si esperase su llegada, con los brazos extendidos y pegados al cuerpo. Se había colocado una rosa roja a la altura del corazón, en un macabro guiño a la deslealtad de su amado. Su expresión era serena, parecía dormida, abandonada a un sueño plácido, si no fuera por la lividez de su rostro y la frialdad de su cuerpo. Estaba tan hermosa que su madre encargó un monumento funerario en el cementerio de la isla de San Michele para inmortalizar a Sofía tal y como la habían hallado en la habitación: tumbada en la cama, con un camisón blanco bajo el que se adivinaban sus formas angelicales y una rosa apoyada en el pecho. Cada vez que recordaba el funeral de la joven Sofia, celebrado en la iglesia del Santo Apóstol, Fanelli sentía un escalofrío gélido, como el manto de nieve que cubrió la ciudad el día del sepelio. Fue allí donde conoció al cónsul ruso, De Soundy —con quien había coincidido esa misma mañana en el hospital, cuando acudió para hablar con el conde Kamarowski—, que no se separaba de la madre de la fallecida. Si el subcomisario no hubiese perdido a una hija de la misma edad que Sofia, quizá no le habría impactado tanto. Desde entonces, no había tenido fuerzas para volver al hotel Danieli. Pero ese día, empujado por el testimonio del *gondoliere*, la necesidad le echó un pulso que, de entrada, Fanelli parecía tener perdido. Los recuerdos siempre juegan con ventaja porque no tienen nada que perder.

Al atravesar el vestíbulo, sintió cómo se le erizaba la piel, así como el remolino de pelo que le nacía a la altura de la nuca. Por suerte para él, el rígido cuello que su mujer le ajustaba cada mañana sobre la camisa, cerrándolo delicadamente con un botón dorado en la parte frontal, ocultaba su reacción al resto; si se descubriera que el subcomisario tenía sentimientos, se vendría abajo la imagen de hombre frío y distante que se empeñaba en cultivar.

Desde que había dejado de fumar, solía masticar una raíz de regaliz; aquel sabor dulce y a la vez fuerte le despejaba y le ayudaba a lidiar con su úlcera de estómago. Con un paloduz entre los dientes y seguido por su inseparable Lucca, se encaminó hacia la recepción, intentando que su mirada no se deslizara por la escalinata que se alzaba tras el mostrador, cuyos escalones subió de dos en dos aquella lejana mañana del 6 de febrero. El sonido de sus pisadas sobre las baldosas de mármol le ayudó a vaciar de fantasmas la cabeza, algo complicado en aquel lugar. Mientras atravesaban el lobby, se centró en la imagen real que contenía el sobre que le había entregado uno de sus hombres antes de abandonar la comisaría. La fotografía de Nikolái Naumov, enviada desde Orel gracias a la colaboración del cónsul De Soundy, había llegado a tiempo para llevársela al hotel, lo que facilitaría a los posibles testigos la identificación del sospechoso.

—Buenos días —saludó cortésmente al empleado que se afanaba en sonreír a todo el que entraba por la puerta del establecimiento.

Al enseñar la identificación policial, el gesto del recepcionista se congeló, aunque no se le desdibujó la mueca. Fanelli sabía qué impresión provocaba aquella cédula en algunas personas, así que intentaba mostrarla con rapidez y una expresión seria pero no severa.

—Necesito información sobre uno de sus huéspedes. Creemos que abandonó el hotel esta misma mañana, pero estamos seguros de que dejó su equipaje en la habitación. ¿Podríamos hablar con algún responsable?

—Puedo llamar al director, si lo desea —respondió el joven uniformado intentando mantener una apariencia profesional.

—Lo deseo, ardientemente —respondió. Sabía que el adverbio no era el más adecuado, pero aún menos lo era el verbo que había usado el recepcionista: los clientes son los que desean, los policías exigen—. Y, mientras tanto, si es tan amable, ¿le importaría buscar el nombre de Nikolái Naumov en el registro de huéspedes?

Después de apretar una disimulada manija situada bajo el mostrador que comunicaba directamente con el despacho del director, el empleado atendió diligente la petición del policía. Recorrió con el índice las hojas con las anotaciones de los datos de los clientes. Lo hizo dos veces, y ambas con idéntico resultado.

—Ese nombre no nos figura en el registro.

—¿Me permite? —preguntó Fanelli refiriéndose al libro. Era una pregunta retórica, de esas que no requieren respuesta y que no todos entienden a la primera.

—Me temo que eso no es posible, señor —replicó el joven, con una expresión infantil en la cara.

—Y yo me temo que usted no ha visto mi identificación. No soy señor, soy subcomisario, y le digo que me deje ver el libro del registro o le cierro el hotel, no sin antes llenárselo de policías y de periodistas.

—¿Puedo ayudarlos, caballeros? —Un hombre elegante y vestido con un impecable traje de tres piezas acababa de salir del despacho de dirección, alertado por la llamada.

—Eso espero. Somos policías. —Fanelli volvió a enseñar su identificación, sin entender por qué había incluido a Lucca en las presentaciones. Quizá necesitaba dar una imagen de autoridad e intimidación, y, para eso, cuanta más presencia policial, mejor—. Buscamos a uno de sus huéspedes, ha intentado matar a un hombre esta misma mañana. Por eso necesitamos ver el registro —elevó el tono de voz para apremiar al gerente.

—Por supuesto. Está a su disposición. —Con gesto cordial, el director colocó el libro sobre el mostrador para acercárselo al subcomisario, desplazando al recepcionista de su puesto.

—Muy amable —dijo sin mirarle mientras revisaba uno a uno los nombres inscritos en el registro. La raíz de regaliz actuaba de puntero recorriendo de arriba abajo las hojas. El empleado tenía razón: ni rastro de Nikolái Naumov en el listado.

—Quizá esté registrado con otro nombre... —advirtió el director. Su propuesta hizo que el subcomisario le atravesara con la mirada por encima de los cristales de sus gafas—. Algunas veces sucede, no es lo deseable, pero... Ya sabe, estamos en la ciudad del amor.

—Creí que ésa era París —apuntó Lucca.

—Pues no, caballero. Es Venecia. Al menos para nosotros. —El director hablaba a trompicones, como los telegramas que recibía para sus clientes a través del telégrafo.

—Dígame, ¿lleva usted aquí toda la mañana? —preguntó Fanelli al recepcionista mientras extraía una fotografía del sobre de color sepia.

—Mi turno comienza a las siete, comisario.

—Entonces usted me sirve —replicó el subcomisario sin entender por qué la gente se empeñaba en ascenderle de rango. Colocó la fotografía de Nikolái Naumov sobre el mostrador, delante del empleado—. ¿Ha visto a este hombre? Fíjese bien. ¿Lo reconoce como uno de sus clientes?

El recepcionista escudriñó la imagen durante unos segundos con el ceño fruncido, como si en vez de un retrato estuviera contemplando los mosaicos del atrio de la basílica de San Marcos, reconstruidos por Veronese, Tiziano y Tintoretto. Fanelli los observaba a él, al director, a Lucca y nuevamente al recepcionista. El hecho de que no hubiese respondido al instante significaba que al menos había algo en la fotografía que le resultaba familiar. Sólo por eso, el subcomisario se armó de paciencia.

—Sin prisa. Tómese su tiempo... —le instó, sin molestarse en confirmar que había captado su ironía.

—Hay algo distinto en él, pero yo creo que puede ser... —comentó el recepcionista mientras colocaba un dedo sobre el labio superior del hombre de la fotografía—. Tenía el pelo distinto, peinado hacia atrás, pero no tenía bigote. Aparte de ese detalle, yo diría que es él. Sí, sin duda. Es él.

—¿Y tiene nombre ese señor sin bigote?

—Ya lo creo. Uno inolvidable: es el señor Prodorowski —afirmó el empleado.

Fanelli vio cómo el director torcía el gesto.

—¿Algún problema con él?

—Uno. ¡Y gordo! —exclamó el recepcionista olvidando que estaba en presencia de la policía y ganándose la mirada desaprobatoria de su jefe, que no tardó en ofrecer una explicación.

—Tuvimos un problema con el señor Prodorowski el mismo día de su llegada —explicó con una voz demasiada redicha, incluso pedante, retomando así el mando del relato—. Para ser exactos, lo tuvo él con otros dos huéspedes, también rusos. Un desagradable incidente que el hotel solventó de inmediato.

El director del hotel dejó de hablar, como si diera por sentado que su explicación había sido lo bastante convincente y que los dos policías se marcharían. Lejos de hacerlo, los dos hombres, que a diferencia del resto no se habían quitado el sombrero al acceder al hotel, ni siquiera cuando se cruzaron con una dama, permanecían impertérritos, acuciándolo con la mirada.

—¿Y me lo va a contar o tengo que llevarle a comisaría? —preguntó el subcomisario. No era un hombre impaciente, pero aquel lugar ejercía sobre él una sensación de impotencia y desamparo que no le resultaba sencillo gestionar.

—Por supuesto, nosotros sólo queremos ayudar. ¿No quieren pasar a mi despacho para estar más cómodos? —propuso el director temiendo que la presencia de los dos policías perturbara a los clientes, que ya habían dejado caer alguna ojeada inquieta sobre la recepción.

—Aquí estamos bien, pero si usted lo prefiere... —Fanelli prácticamente había triturado la raíz de regaliz que solía durarle todo el día. Necesitaba controlarse y también comportarse. La próxima petición sería registrar la habitación del huésped Nikolái Naumov. Mejor mostrarse condescendiente.

El despacho del director seguía la línea de todo el hotel: señorial, bizantino, con mobiliario brillante y recargado. Sólo unos lirios azules en un jarrón de cristal de Murano daban un toque de frescor a la estancia. Después de ofrecerles asiento, el hombre continuó hablando:

—A las pocas horas de inscribirse el señor Prodorowski, hubo un incidente en su habitación. Aprovechando su ausencia, dos hombres que también se alojaban en el hotel habían entrado en su habitación y la habían revuelto, buscando algo entre sus pertenencias. Pero el señor Prodorowski regresó de improviso; creo recordar que comentó que había olvidado algo. Cuando subió, encontró la puerta de su estancia abierta y sorprendió a los intrusos dentro. Por supuesto, presentó una queja en el hotel y fuimos nosotros quienes decidimos expulsar a esos huéspedes por su actitud inaceptable.

—¿Dos hombres, ha dicho?

—Eso es. Dos hombres, siempre se les veía juntos. En realidad, tres, aunque no nos consta que el tercero entrase en la habitación. Todos de nacionalidad rusa.

—¿Tiene el registro de esos individuos? ¿Recuerda sus nombres?

—Por supuesto —respondió servilmente antes de salir del despacho para traer él mismo el libro de registro. Cuando regresó, lo hizo acompañado de otro empleado—. Aquí tienen. Él es Fabrizzio. Fue él quien recibió la denuncia del señor Prodorowski. Quizá pueda decirles algo que les sirva para su investigación.

Tanto el recién llegado como los policías asintieron a modo de saludo, y Fanelli volvió a centrarse en las anotaciones del registro, esta vez, en las que marcaba el director del hotel. Leyó los nombres en voz alta mientras Lucca los trascribía en su libreta:

—Señor Jean Roussie, señor Pierre Declaire y señor De Bouchy. Los nombres no parecen muy rusos.

—Soy bueno con los acentos —se explicó el director—. La colonia rusa asentada en la ciudad es cada vez mayor y el rusoparlante tiene un deje muy característico cuando habla italiano.

—Su acento los delataba —coincidió Fabrizzio antes de añadir—: Uno de ellos, el señor Declaire, me preguntó antes de registrarse si se alojaba en el hotel el señor Prodorowski, le respondí que sí y entonces se inscribió. Y también lo hizo su compañero, el señor Jean Roussie, y después el señor De Bouchy.

—¿Quiere decir que conocían el nombre de Prodorowski? ¿No preguntaron por el señor Naumov?

—Preguntaron directamente por el señor Prodorowski —respondió Fabrizzio.

Fanelli guardó silencio unos segundos mientras se acariciaba la perilla en un gesto inconsciente. El hecho de que los tres extranjeros conocieran el nombre falso con el que Naumov se había registrado introducía nuevas variables en una ecuación que en un principio parecía sencilla.

—¿Y qué hay del tercer hombre? De Bouchy... ¿Habló con él?

—Yo no. Ése era mucho más reservado. Actuaba como si fuera el jefe de todos ellos. Siempre se mantenía a distancia, hablaba poco, llevaba un sombrero que rara vez se quitaba y no se relacionaba con muchas personas; al contrario, parecía que huía de ellas, como si no quisiera ser visto o se escondiera de alguien. Por supuesto, es una impresión, en ningún momento es un juicio de valor —dijo Fabrizzio, fiel a la discreción que se presupone a los trabajadores de un hotel—. Muchos de nuestros clientes actúan así, vienen aquí para descansar, desconectar y estar tranquilos. Pero ese hombre parecía estar esperando algo.

—Cuando invitamos a los tres caballeros a abandonar el hotel —apuntó el director—, el señor De Bouchy fue el único que aceptó nuestra propuesta de traslado a otro alojamiento: el hotel Grand Canal Monaco. Los otros dos simplemente se marcharon y ni siquiera se molestaron en justificar lo que habían hecho.

Desde hacía unos segundos, los policías apuntaban en sus libretas cada nuevo detalle que salía de la boca de los empleados del hotel. Las miradas de Fanelli y Lucca se buscaron en silencio. El caso parecía estar adquiriendo un matiz muy diferente al que tenía cuando accedieron al hotel Danieli.

—Todos entraron en el día de ayer, 3 de septiembre —pensó en voz alta el subcomisario mientras sus ojos regresaban a las hojas del libro de huéspedes.

El primero en registrarse había sido el señor Prodorowski, alias de Nikolái Naumov, seguido de los otros tres extranjeros que, teniendo en cuenta las circunstancias, también parecían usar nombres falsos.

—¿Por qué no denunciaron el incidente en comisaría? —interpeló Lucca, cuya aportación pareció tener el visto bueno de su superior.

—Se lo propusimos al señor Prodorowski. De hecho, insistimos reiteradamente en ello. Pero rehusó hacerlo, asegurando que no quería tener más problemas. Dijo que estaba de vacaciones y que no quería perder el tiempo con la policía. Eso dijo, textualmente. Se le notaba nervioso, pero era algo comprensible después de un episodio semejante.

—¿Podemos ver su habitación?

—Por supuesto. Yo mismo los acompaño —se ofreció diligente el director.

Los cuatro hombres salieron del despacho para dirigirse al mostrador, donde el gerente solicitó al recepcionista que le entregara el llavero dorado con borlas rojas de la habitación número 80. Cuando el joven fue a alargar la mano hasta el casillero de madera situado a su espalda, su gestó se congeló. Había recordado algo.

—Quizá sea un detalle sin importancia...

—Ningún detalle carece de importancia en una investigación. Cuénteme —dijo Fanelli observándole con interés.

—Cuando el señor Prodorowski abandonó el hotel esta mañana, recuerdo haberle preguntado si podíamos ayudarle con el equipaje. Se lo planteé hasta en dos ocasiones porque parecía abstraído mirándose en el espejo. —Señaló la luna de estilo bizantino con un recargado marco dorado que presidía la recepción. El empleado hablaba despacio, como recreando lo que había sucedido hacía unas horas en aquel mismo mostrador, como si no quisiera olvidarse de nada—. Me contestó que no, que pasaría más tarde a recogerlo porque antes tenía que hacer algo importante. Volví a insistir si podía hacer algo más por él y me dijo que sí. Me entregó una carta para que la enviara. Insistió en que debía salir esta mañana con carácter de urgencia. Y así lo hice. Yo iba a depositarla en el compartimento de su habitación, como solemos hacer siempre con la correspondencia de los huéspedes, pero, al decirme que le corría prisa, la dejé en la bandeja de correo urgente. Luego envié a uno de los mozos a la oficina postal para franquear la carta sin esperar a mediodía, que es cuando solemos hacer el reparto y el envío; me he acordado ahora al ir a coger la llave del casillero.

—¿Y sabe usted a quién iba dirigida la carta? —preguntó el subcomisario como si presintiera que el sol podría estar abriéndose camino entre las nubes por encima de la cabeza, y esta vez no sería el reflejo etéreo de la luz atravesando las vidrieras azulencas y ocres del atrio—. ¿Se fijó en la dirección? ¿Pudo ver a qué ciudad o país iba dirigida? ¿Recuerda algo en la caligrafía o en el sobre que le llamara la atención? Cualquier cosa: una mancha, un dibujo, un símbolo, una letra, una esquina doblada, un color, un olor...

La cascada de preguntas hizo que el recepcionista se atorara; estaba convencido de que había hecho una descripción tan detallada que la policía no podría más que felicitarle y no esperaba un interrogatorio a modo de ametralladora.

—Lo siento, no recuerdo que viera nada especial. La verdad, tampoco me fijé. —No mentía. Desde el primer día, al personal de los hoteles se les instruye para mostrarse discretos, mirar hacia otro lado e impedir hacer o decir cualquier cosa que pueda incomodar al cliente—. Tan sólo cogí la carta, la deposité en la bandeja de correo urgente y toqué el timbre para llamar a un mozo que llevara el sobre a la oficina postal.

—¿Qué mozo? —preguntó Fanelli, que empezaba a percibir la sonrisa maliciosa del atrio, evidenciando que las señales de la providencia no están hechas para un ateo—. ¿Sigue aquí? ¿Le pueden llamar? Me gustaría hablar con él.

—Es el nuevo botones. El pequeño Gino, el sobrino de la gobernanta —detalló el recepcionista volviéndose hacia el director, como si le debiera más explicaciones a él que a la policía—. Ha salido a hacer un recado para un huésped, pero no tardará en regresar. De hecho, ya debería estar aquí. —Miró el reloj de péndulo ubicado estratégicamente en un rincón del vestíbulo.

—En cuanto regrese le haré llamar —anunció el director—. Seguramente para cuando hayan terminado de inspeccionar la habitación número 80, nuestro *bellboy* ya estará de vuelta.

Ascender nuevamente por la escalinata marmórea alfombrada en rojo abocó a Fanelli a un perverso *déjà vu*. Sintió cómo empezaba a sangrar la úlcera de su estómago que, en los últimos años, se había convertido en un eficaz mecanismo de alerta. Intentó ocultarlo, sobre todo al pasar por delante de la habitación donde descubrieron a la joven Sofia Kailenskaya. Su mirada se ancoraba en el horizonte, la peor perspectiva para un investigador, pero a veces había que obviar alguna dársena para evitar que el navío zozobrara. Mientras seguía los pasos del director por el pasillo de las habitaciones, se preguntó por qué su trabajo se había convertido en una suerte de convención rusa; casi todos miembros de la aristocracia, personas bien posicionadas, con dinero y con un relativo poder, todos empeñados en abandonar la Rusia imperial, donde el absolutismo por la gracia de Dios ostentado por los zares estaba siendo amenazado, y dispuestos a revolucionar Venecia como si fueran las minas del Donetsk, la imprenta Sytin de Moscú o la fábrica industrial Putílov de San Petersburgo, con el mismísimo sacerdote Gueorgui Gapón guiando a los huelguistas hacia el Palacio de Invierno, camino del Domingo Sangriento que encendería la llama de la Revolución rusa de 1905. Cuando su imaginación comenzaba a vislumbrar barricadas sobre el Gran Canal, el subcomisario se vio ante la puerta de la habitación número 80.

El director introdujo la llave en la cerradura y franqueó el paso a los policías, optando por esperar fuera, después de recordarles que estaba a su disposición. Los dos contemplaron la habitación, cada uno encargándose de registros diferentes, sin necesidad de que mediara indicación alguna. El subcomisario se centró en inspeccionar el escritorio, la cama y las dos mesillas que la flanqueaban mientras Lucca hacía lo propio con el armario y el cuarto de baño. En este último sólo encontró restos de productos de aseo y una considerable cantidad de pelos en el lavabo. «Se afeitó el bigote antes de ir a atentar contra Kamarowski», pensó. Observó que no había usado las toallas, excepto la del lavatorio. «No quiso que una ducha le despejara, quería estar algo ebrio», supuso Lucca. Al entrar había visto una botella de vodka, aparte de la botella de vino dulce Justino Henriques que había retirado Fanelli del escritorio. Estaba familiarizado con esa marca porque era una de las favoritas de los ciudadanos rusos y solían obsequiarla a amigos y conocidos. En el armario descubrió un bolso de viaje en cuyo interior había una camisa blanca, un pantalón negro, un sombrero marrón oscuro y una chaqueta azulada que envolvía una muda interior limpia, además de un pequeño frasco de cristal, sin etiqueta alguna que identificara su contenido. Lo abrió cuidadosamente y se lo acercó a la nariz. No percibió ningún olor. A punto estaba de llevárselo a la boca para probarlo con la lengua cuando la voz de subcomisario le detuvo.

—No es que me importe, pero yo no lo haría. —Lo dijo sin inmutarse, como si en verdad no le concerniera, pero sin poder disimular un tenue tono paternal—. Si algo he aprendido de los rusos es su manifiesta tendencia a embotellar venenos. Un ligero olor a almendras amargas, cianuro. Un etéreo hedor a zanahoria, cicuta. Un fuerte tufo a opio, láudano. —«Láudano»; esa palabra siempre le devolvía la imagen yacente de Sofia Kailenskaya muerta sobre la cama. Siguió hablando para no dar opción a su cabeza de recrear aquel escenario, tan lejano en el tiempo como perenne en su recuerdo—. Si no ha detectado olor alguno, seguramente será arsénico, pero yo no lo comprobaría.

—«El opio agranda lo que no tiene límites, alarga lo ilimitado, hace más profundo el momento, aumenta el deleite, y de placeres negros y lúgubres colma el alma más allá de su capacidad. Todo esto no vale el veneno que emana de tus ojos, de tus ojos verdes, lagos donde mi alma se estremece y se ve al revés... Mis sueños vienen en tropel para saciar su sed en esos abismos amargos». —Las palabras salieron dictadas de la boca de Lucca y le valieron la mirada recriminatoria de su superior, lo que obligó al joven a apresurar una justificación—. No lo digo yo, lo pone aquí. —Levantaba un libro que había encontrado en el bolso de viaje, escondido entre la ropa.

Era un ejemplar de *Las flores del mal* de Charles Baudelaire, encuadernado en piel y con las letras del título impresas en un color dorado que el tiempo y el uso habían derivado hacia un tono amarillento más acorde con el carácter cetrino de su contenido. Lucca lo tenía abierto por el poema «Veneno». Sonrió al recordar el informe enviado desde Orel sobre Nikolái Naumov, donde se reseñaba su condición de traductor.

—Nuestro hombre no descansa del trabajo ni cuando viaja. Imagino que cuando uno traduce a un poeta maldito, seguramente intenta emularle en otros muchos aspectos, sobre todo si aspira a convertirse en uno. Lo que le comentaba en comisaría: la herencia que pasa de generación en generación. Baudelaire consumía láudano, opio, hachís. Acudía al hotel Pimodan, en el IV Distrito de París, para participar en las reuniones del Club des Hachischins. Experimentaban con todo, desde hachís por vía oral hasta el consumo de una especie de mermelada, *dawamesk*, elaborada con pistachos, canela, azúcar y, por supuesto, hachís. Ya sé que no le interesa en absoluto mi pasión por los libros, pero debería saber que Thomas de Quincey empezó a consumir opio para aliviar los dolores de estómago. Por si quiere tomar nota, ya sabe, por su úlcera... —insinuó buscando la complicidad de su superior.

No la obtuvo porque Fanelli estaba demasiado ocupado en otro tipo de lectura.

—Si quiere leer algo realmente interesante, acérquese y mire esto.

El subcomisario sostenía tres hojas con varias tiras de papel pegadas en cada una de ellas. Las había encontrado en un cajón del escritorio. Eran tres telegramas que el huésped de la habitación 80 había recibido a través del telégrafo del tren durante su viaje desde Orel hasta Venecia. Había recibido los tres en sendas paradas: Varsovia, Viena y Verona.

En ese preciso instante, el tañido de las campanas de una iglesia próxima se coló en la habitación a través de la ventana. Fanelli ignoraba si procedía de la basílica de San Marcos o de la iglesia de San Zacarías, pero tampoco le importó. «Las señales que vienen de Dios se escuchan, sin preguntar de dónde proceden», solía decirle su mujer. Desde la muerte de su hija, ella había afianzado su devoción cristiana, mientras que la de él prácticamente había desaparecido.

—«Dios te bendiga y te proteja» —leyó el primer telegrama en voz alta, casi deletreando, y lo arrojó sobre la mesa, como si estuviera en una partida de naipes. Repitió el ademán con los dos siguientes—: «Te amo sólo a ti». «Mi corazón está contigo».

Los tres quedaron alineados en el tablero, como un *flop* sobre el tapete verde: las tres cartas que quedan a la vista en la partida de póquer. Fanelli había sido jugador, prácticamente un tahúr, lo que a punto estuvo de arruinar su vida. Sabía lo que significa esa fase del juego, ese instante en el que aparece ante el jugador una información crucial para la partida, aunque no la definitiva, tan sólo un preludio de lo que está por venir. Si estuviera sentado ante el crupier, además de romper la promesa que le hizo a su esposa, su mente ya estaría dando vuelta a las miles de posibilidades que encerraba la baraja. Sólo esperaba que su investigación criminal no abarcara tantas. Lo único seguro era que con esas tres cartas en forma de cablegramas comenzaba el juego.

—Ninguno de los telegramas está firmado. —Fue Lucca quien tomó la palabra. Pensó que sería mejor una obviedad de colegial que prolongar los largos silencios a los que el subcomisario era aficionado—. Y ninguno va dirigido a Nikolái Naumov o a su alter ego, el señor Prodorowski, sino a un tal Édouard Durand.

—O los tres son la misma persona, o son tres personas distintas en un ser único, y estamos ante un nuevo misterio de la Santísima Trinidad —apuntó el subcomisario. Si su mujer le hubiera escuchado semejante blasfemia, habría tenido problemas. Agradeció que la devoción de su ayudante se centrara en los poetas malditos y no hubiera peligro de excomunión—. Esto empieza a llenarse de gente.

Fanelli masticaba con rabia las hebras de la raíz de regaliz, tanto para aliviar la acidez de estómago como para calmar la efervescencia nerviosa que destilaba su úlcera cada vez que empezaba a proyectarse algo de luz sobre el caso. Se arrepintió de no haber pelado mejor el palo; estaba a punto de tragarse la masa pastosa en la que se había convertido, aunque sabía que no podía hacerlo. Y no era por educación, sino por pura superstición: con aquella raíz en la boca tenía la impresión de pensar e inspeccionar mejor, como si fuera un talismán o incluso una de esas varas de zahorí en forma de Y con la que los niños jugaban en la playa a encontrar monedas o algún tesoro escondido. A juzgar por lo que atisbó en el fondo de un cesto cuadrangular a modo de papelera, la leyenda del regaliz era cierta.

Alargó la mano para alcanzar el canasto y lo vació sobre el escritorio, donde permanecían los tres telegramas. Una pequeña montaña de trozos de papel, rotos en varios pedacitos, se formó ante sus ojos y, ayudado del lápiz con el que minutos atrás había rellenado las hojas de su libreta, comenzó a escarbar el montículo bajo la atenta mirada de Lucca. Cada pedazo de papel contenía algún trazo de letra, nunca una palabra completa, o garabatos lineales y ganchudos, como si imitaran una firma o un dibujo que, aun reuniendo todos los pedazos en el orden primario, carecían de sentido.

—Parece que alguien se entretuvo haciendo pruebas de escritura, no sabemos si en el afán de embellecer su caligrafía o de disfrazarla.

—Quizá sea el borrador de la carta que Nikolái Naumov dejó en recepción para enviarla con franqueo urgente.

Lucca recogió los trozos de papel para introducirlos en un sobre, tal y como le ordenó su superior.

A punto estuvo el subcomisario de pedirle otro sobre a su ayudante para deshacerse de la masilla de regaliz que empezaba a empastar su saliva, pero lo descartó; conocía las leyes de la naturaleza y, al igual que ella, la intuición seguía siendo sabia: pensaba mejor con la raíz en la boca. Se sentó sobre la cama mientras intentaba poner en orden la carraca de pensamientos que matraqueaba en su cabeza, todos inconexos, atravesados con dobles vertientes, enredados en trampas, entreverados con mentiras y apariencias, como en un maldito baile de máscaras. A Fanelli no le gustaban los carnavales: demasiados velos ocultando identidades. Si la finalidad de un encuentro festivo era pasárselo bien junto con otras personas, conocidas o no, sin subterfugios ni dobleces, ¿quién necesitaba acudir disfrazado? ¿Qué clase de diversión requiere una identidad distinta a la propia bajo la que esconderse para conseguir su objetivo?

Dirigió la vista al revoltijo de sábanas formado sobre la cama y al momento se arrepintió de haber tomado asiento allí. La imagen del cuerpo sin vida de Sofia Kailenskaya surgió nítida ante sus ojos, obligándole a levantarse como si estuviera sentado sobre la boca ardiente de un Etna en erupción. El brusco ademán hizo que Lucca se volviera hacia él. Se disponía a preguntarle si todo iba bien cuando vio la expresión del subcomisario, con la mirada fija entre las sábanas, como si estuviera viendo a un fantasma. Todos en la comisaría sabían el gran impacto que el caso de la joven aristócrata rusa había supuesto para él, aumentado por un desgraciado paralelismo con su vida personal, aunque procuraban no hablar del tema. Los policías suelen hablar de muertos ajenos, nunca de los propios. Cada uno tenía sus lémures, sobre todo después de veinte años en los Carabinieri. Sin embargo, Lucca no acertaba en sus suposiciones, o no del todo. Fanelli removió las sábanas hasta dar con lo que había atisbado con el rabillo del ojo. Era un papel arrugado en una bola. La carta de suicidio de Sofia, aparecida sobre la cama de la joven, se superponía sobre aquella otra que contemplaba en esos instantes. Como si despertara de un episodio catatónico, el subcomisario cogió la bola de papel y la deshizo.

Era un telegrama enviado desde Kiev.

> No tengo intención de aceptar su descabellada propuesta. No sé qué ha podido llevarle a albergar en su cabeza semejante insensatez. Espero que el tiempo le ayude a aclarar sus ideas. Le deseo lo mejor, pero será lejos de mí.

No había apostilla amorosa ni beso ni abrazo ni un recurrente adiós o un dramático hasta siempre. Nada. A modo de firma, dos sílabas lánguidas: *Mura.*

—Se nos acumulan los nombres y nos escasean las personas. Esta ecuación no cuadra —manifestó el subcomisario, entregando el telegrama a su ayudante para que lo leyera y siguiera el mismo destino que el resto de los hallazgos: los tres telegramas encontrados en el cajón del escritorio, los trozos de papel rotos de la papelera y ahora un cuarto telegrama abandonado entre las sábanas.

Tras un último vistazo a la habitación, se unieron al director, que permanecía esperando en el pasillo.

—Supongo que las camareras ya habrán limpiado las habitaciones de los tres huéspedes expulsados y no quedará nada en ellas.

—Me temo que así es —reconoció el gerente—. Ya han sido asignadas a otros clientes.

«¿Por qué los empleados de hotel siempre temen las cosas, en vez de reconocerlas abiertamente?», se preguntó Fanelli para sus adentros.

—Si me permiten preguntarlo, ¿todo esto guarda alguna relación con el incidente de esta mañana en el Palazzo Maurogonato?

—Alguna no: toda. Su huésped intentó asesinar a un conde disparándole cinco veces.

El subcomisario no estaba siendo indiscreto. Sabía que esa información saldría en los periódicos de la tarde. Era cuestión de minutos que el director, la clientela y toda la ciudad de Venecia leyeran los detalles del crimen, aunque la mayoría fuera un compendio de rumores, exageraciones, suposiciones y literatura barata que algunos periodistas denominaban crónica de sucesos.

—¡Dios mío! Qué espantosa publicidad para el hotel. Espero que no trascienda este detalle y que traten el asunto con discreción.

—La policía siempre es discreta —replicó Lucca.

—Otra cosa es lo que haga la prensa —apostilló Fanelli, intentando esconder la sonrisa que evidenciaba lo rápido que iba a transcribirse en los periódicos cada detalle. Incluso cabía esperar una fotografía del interior de la habitación 80 para ilustrar un reportaje. Sabía por experiencia que, una vez metidos en la vorágine de la opinión pública y publicada, cualquier publicidad resultaba buena, incluso la mala y, sobre todas ellas, la peor—. ¿Sabemos algo del mozo que llevó la carta a la oficina postal? ¿Cómo se llamaba? ¿Gino? —preguntó sin necesidad de buscar el nombre en las anotaciones de su agenda; el subcomisario tenía fama de no olvidar un detalle. La negativa del gerente dibujó una mueca de contrariedad en su rostro—. Cuando aparezca, intenten que haga memoria y, si lo consigue, que nos lo comunique. Quizá tengamos que volver a hacerles una visita. Han sido ustedes muy colaborativos. Si en cualquier momento encuentran o recuerdan algo relacionado con estos cuatro huéspedes, aunque les parezca un detalle sin importancia, háganoslo saber, por favor, podría ser útil para la investigación.

Los dos policías se disponían a cruzar el vestíbulo, bajo la atenta mirada del espectacular atrio y observados por las inmensas vidrieras ojivales que escoltaban el interior, cuando una voz les hizo detenerse y volver sobre sus pasos.

—Disculpen, señores.

Era Fabrizzio. A Fanelli le dio la impresión de que parecía un joven resolutivo y eficaz, y pensó que un día le vería ocupando el despacho de gerente. Lo que tenía que decirle no hizo más que confirmar sus sospechas.

—Al hablar de los extranjeros a los que invitamos a abandonar el hotel, he recordado algo. Pocas horas después de marcharse el señor De Bouchy, llegó un telegrama para él. Nuestra intención era enviárselo esa misma mañana al Grand Canal Monaco. Y lo hicimos. Pero, para nuestra sorpresa, no había nadie registrado con ese nombre, aunque nos constaba que se hospedaba allí.

—¿Aún tiene el telegrama en su poder? —El subcomisario sentía que era su día de suerte, pero no como cuando echaba un órdago, sino como la verdadera providencia, la imprevisible, la que aparece cuando nadie la espera.

—Por supuesto, señor. En este hotel no perdemos nada —respondió Fabrizzio mientras extendía el brazo con el pequeño trozo de papel doblado que todavía nadie había abierto—. Si me disculpa... —pronunció la consabida coletilla antes de regresar a su puesto.

Fanelli miró el telegrama como si tuviera ante sí el Santo Grial. Rasgó los pliegues del sello y leyó en silencio. Sus labios no pronunciaron una sola palabra. El único movimiento era el de sus pupilas, recorriendo el papel de izquierda a derecha, una, dos y hasta tres veces. Invirtió más tiempo del que parecía necesario dada la extensión del telegrama y finalmente arqueó las cejas, como si lo encontrado no fuera lo que esperaba.

Sin decir nada, se lo pasó a su ayudante. El joven, siempre más expresivo, lo miró frunciendo el ceño. No entendía nada.

—Viene desde Kiev. Y lo firma la señora Boucheron.

—Es lo único que se comprende de todo lo que dice.

Lucca volvió a leer el telegrama, esta vez en voz alta por si eso ayudaba a su compresión.

> No entiendo qué pregunta quieres que responda. Berta prefiere un plato frío. Haz lo que quieras. He hecho todo lo que pediste. Ayer por la tarde telegrafié a Verona. Sólo te amo a ti. Ternura infinita.

Ambos lo releyeron varias veces. La expresión en sus rostros no dejaba lugar a dudas: si el texto estuviera escrito en egipcio demótico, no habrían entendido menos.

—Es el segundo telegrama procedente de Kiev con el que nos topamos. Puede que los envíe la misma persona amparándose en dos nombres distintos: Mura y señora Boucheron. Y eso querría decir que conoce tanto a Nikolái Naumov como al hombre que lo vigilaba, De Bouchy —aventuró Lucca—. Quienquiera que sea el remitente, conocería tanto al gato como al ratón.

—O el mundo es muy pequeño, o Rusia se expande por Venecia a más velocidad que los bolcheviques por las fábricas rusas.

6

Al abandonar el hotel, el subcomisario sintió la necesidad de hacer un alto para desprenderse del exceso de equipaje con el que salía del establecimiento, como si necesitara liberarse de las pesadas alforjas del viaje en el que se había convertido su visita al Danieli. Los muros del antiguo palacio Dandolo, su arquitectura y su mobiliario recargados, atesoraban siglos de historia ligados a la política, la literatura o la música. No en vano, acogieron una de las primeras representaciones operísticas en Venecia: *El rapto de Proserpina*, con música de Monteverdi, bajo encargo de un rico noble para que se interpretase durante la boda de su hija Giustiniana Mocenigo con Lorenzo Giustiniani en 1629, dos siglos antes de que el *palazzo* se convirtiera en hotel. Su interior rezumaba innumerables leyendas e intrigas que sazonaban el lugar de magia. Era imposible no sentirse observado, bien fuera por un fresco original del siglo XVIII de Jacopo Guarana, avizor desde el techo, por las alargadas galerías coronadas por arcos moriscos, por las columnas de inspiración oriental y los bustos de mármol de Carrara o por la isla de San Giorgio Maggiore, anclada en la lejanía de la laguna. Aunque la vigilia sobre Nikolái Naumov se tresdobló; a él lo observaron tres pares de ojos más, de los que nadie sabía nada.

Fanelli consultó el reloj de bolsillo, sujeto a una cadena prendida del tercer ojal de su chaleco, de la que colgaba una brillante medalla. Eran las tres. Se les había echado la tarde encima. Escupió la raíz de regaliz, vacía ya de cualquier regusto, ante la atenta mirada de Lucca, que llevaba aguantándose la pregunta desde que leyó el último telegrama, el destinado a De Bouchy y remitido por la señora Boucheron.

—¿Quién demonios es Berta? ¿Y qué demonios hace en Verona?

—No sé quién será esa mujer, pero no está en Verona. A no ser que...

Los dos se miraron, como si buscasen una confirmación a la locura que barruntaban. A ambos les vino el mismo nombre a la cabeza.

—¿Nikolái Naumov es Berta? —sugirió Lucca sin mostrar demasiado convencimiento—. No puede ser. Él ha llegado a Verona esta mañana a mediodía, y este telegrama llegó ayer al hotel Danieli a la atención de De Bouchy, cuando Naumov aún estaba en Venecia...

—Sí, pero lea —insistió el subcomisario—: «Ayer por la tarde telegrafié a Verona». La señora Boucheron hace referencia a otro telegrama que envió anteayer, es decir, el lunes, cuando se supone que Naumov viajaba de Verona hasta Venecia para cometer el crimen.

—Quizá siguió otra ruta para venir a la ciudad.

—¿Y cómo explica que tuviera en su poder los tres telegramas recibidos en las tres estaciones antes de llegar a Venecia: Varsovia, Viena y Verona?

—Puede que uno de los tres extranjeros que entraron en su habitación los dejara en el cajón del escritorio para incriminarle. De eso no podremos estar completamente seguros hasta hablar con Naumov —desinfló Lucca el globo de la especulación.

—Para eso tendríamos que detenerle.

—Nuestro caso empieza a parecerse a la Sala de los Hombres Ilustres de su adorado Caffè Florian, pero atestada de sospechosos y criminales.

La laguna se abría ante ellos como si supiera que sus cristalinas aguas aclararían también sus pensamientos. Se quedaron en silencio observándola, hasta que la cavilación se hizo añicos. Un joven había salido del hotel con el brazo alzado, lo agitaba de un lado a otro y le llamaba a voz en grito. Los dos hombres se volvieron.

—¡Comisario! ¡Disculpe, comisario!

«¿Por qué los que trabajan en los hoteles siempre están pidiendo disculpas por algo que ni siquiera las requiere?», se preguntó el aludido. «¿Y por qué no dejan de ascenderme constantemente?».

—Comisario —dijo casi sin aliento el *bellboy* del Danieli. Era prácticamente un niño al que el uniforme intentaba convertir en adulto para así ganarse una buena propina del cliente—. Hay una llamada para usted, comisario.

—Es subcomisario... —puntualizó, contradiciendo su propio ideario sobre no corregir este tipo de deslices en el tratamiento, ya que requiere dar más explicaciones de las deseadas.

—No. Es el comisario Carusi. Llama desde Verona. En la comisaría le han dicho que estaba aquí. Quiere hablar con usted.

Fanelli se sorprendió sonriendo. Lucca sonrió sorprendido. Y el zagal uniformado con un sombrero pastillero rojo sonrió ante la sorpresa de recibir la moneda de dos liras de manos del subcomisario si contestaba a una pregunta sobre una misteriosa carta.

—¿Tú eres el famoso Gino?

—Sí, señor. El mismo.

—¿El mismo que llevó esta mañana una carta a la oficina postal con franqueo urgente?

Gino sonrió abiertamente mientras asentía con la cabeza. Fanelli encontraba adorable la inocencia de los niños. Jamás piensan que una pregunta puede ocultar peligro, malicia, mucho menos la puerta a la salvación o a la perdición.

—Y dime, ¿había algo en esa carta que llamara tu atención?

—¡Ya lo creo! Apestaba a alcohol. El mismo vino que bebe mi padre y enfada tanto a mi madre que le llama cosaco. El vino dulce de Justino Henriques. Lo reconocería incluso dormido.

—¿Viste algo más? ¿Algún nombre, alguna ciudad?

—Iba con destino a Kiev. Eso está en Rusia, de donde vienen todos los que beben el Justino como si fuera agua y lo que les sobra se lo dan a mi padre; es *gondoliere*, ¿sabe? El mejor de todos —detalló el joven Gino, con los ojos más despiertos de todo el Danieli—. ¿Me enseña su identificación policial? ¿Cree que podré tener una cuando sea mayor?

Fanelli sonrió. Las cosas empezaban a tomar forma. Y estaba a punto de conocer de qué manera.

El receptor dorado del teléfono candelabro Western Electric estaba tan frío que el subcomisario creyó recibir una pequeña descarga al colocárselo en el oído. Se puso la boquilla del transmisor frente a la boca mientras sostenía en la mano el cuello cilíndrico encerrándolo en su puño. El director del hotel le había ofrecido su despacho para que atendiera la llamada, que consideró no sólo urgente, sino confidencial.

—Subcomisario Fanelli al habla.

—Soy el comisario Ernesto Carusi, de la estación de Verona.

—Dígame que lo ha detenido.

—Por supuesto, yo mismo lo hice. Se lo comuniqué por telégrafo hará un par de horas. —Era el tiempo que llevaba Fanelli fuera de la comisaría y sus hombres no habían podido localizarle para comunicárselo—. Nikolái Naumov fue detenido en el tren, ha confesado el crimen en la comisaría de la estación y va camino de la prisión Scalzi.

—Ésas son muy buenas noticias. ¿Le ha dicho algo relevante? ¿Ha explicado los motivos?

—Mis hombres le están enviando ahora mismo los pormenores del interrogatorio. Si he de serle sincero, este joven es un pobre infeliz, imberbe y alterado. Se ha pasado toda la declaración llorando, presa de continuos temblores. Ni siquiera puedo decir que estuviera borracho, pero no parecía muy estable mentalmente. Si no fuera porque ha confesado, me costaría creer que haya sido capaz de disparar contra alguien.

—Imberbe o no, borracho o ebrio, ha confesado y eso es lo que importa. Estoy deseando leer su informe, comisario.

—Precisamente, ésa es la razón de mi llamada. Algo que ha dicho al finalizar su declaración me ha hecho pensar. El señor Naumov rechazó en todo momento desvelar los motivos que le llevaron a disparar contra el conde, tan sólo negó que fuera por razones políticas. Pero cuando abandonaba la sala mencionó algo sin que mediara pregunta alguna por mi parte.

—¿Qué dijo? —inquirió Fanelli intrigado, aumentando todavía más la curiosidad de Lucca, que no dejaba de observarlo, como si el rostro de su superior se hubiera convertido en un jeroglífico egipcio.

—«Y tampoco terciaron rivalidades amorosas» —recitó Carusi de memoria, sin necesidad de leerlo en sus notas.

Aquella frase dejó en silencio la línea telefónica durante unos instantes. Sin embargo, ambos podían escuchar sus pensamientos. Fue Fanelli el que devolvió la voz al teléfono.

—*Excusatio non petita...*

—... *accusatio manifesta* —completó Carusi—. Es lo mismo que pensé al escucharlo. Puede que sólo sea una frase... o puede que sea el móvil que estamos buscando.

Después de algunas palabras más, ambos dieron por terminada la comunicación. Cuando el subcomisario volvió a colocar el receptor en el gancho que sobresalía del cilindro vertical del teléfono, se quedó pensativo. Se atusó la barba en un gesto inconsciente.

—Puede que estemos equivocados sobre la identidad de Berta —reconoció ante Lucca, que esperaba expectante a que su superior le revelara las novedades—. Puede que esa mujer exista realmente. Lo que no sabemos es la relación que tiene con Nikolái Naumov.

—¿Y la señora Boucheron? ¿Y la tal Mura?

—Teniendo en cuenta la querencia de los rusos por los nombres falsos, podemos incluso estar ante la misma persona. O puede que en realidad sean tres mujeres distintas. Con un poco de suerte, encontraremos en la declaración del detenido algo que nos aclare este galimatías. Volvemos a comisaría.

—¿Sin comer? —preguntó extrañado Lucca.

—No me diga que es usted de los que tienen la costumbre de comer todos los días...

—El alimento es vital para la mente. Aclara las ideas y oxigena los pensamientos. Se piensa mejor con el estómago lleno. Le invito a comer y hablamos del caso. Además, es mi cumpleaños. No puede negarse.

—No me tiente...

No le emocionaba compartir mesa y mantel con su ayudante, pero al subcomisario le tocaba esperar. Aún tardaría en llegar el informe del interrogatorio de Naumov desde la comisaría de Verona, así como los elaborados por sus hombres a raíz de los testimonios de los vecinos del Palazzo Maurogonato y posibles testigos del crimen. Había encargado a uno de los agentes la elaboración de un retrato del supuesto señor De Bouchy siguiendo las indicaciones de los empleados del hotel Danieli y también del hotel Grand Canal Monaco, por donde él mismo se pasaría esa tarde. No había nada que pudiera hacer en comisaría que no pudiera hacer en otro lugar. Incluso había hablado con el comisario Carusi por teléfono y éste le había dicho lo esencial de la declaración del detenido. Además, agradecería desprenderse del regusto anisado que la raíz de regaliz le había dejado en la boca.

La mesa que les prepararon en la Sala del Senado del Caffè Florian fue del gusto del subcomisario. Valoró positivamente la elección del lugar por parte de Lucca, que se esforzaba por agradarle, en parte para hacerle olvidar que su compañía había venido impuesta por su padre. Sabía que allí no era probable coincidir con colegas y tampoco con reporteros de prensa. Aquella estancia la frecuentaban intelectuales, escritores y artistas, y hacía ya tiempo que no cruzaba el umbral ningún cargo político. Eso había quedado en los anales de la historia de la ciudad, cuando el entonces alcalde Riccardo Selvatico ideó en esa misma mesa la primera exposición internacional de arte, nacida como una manera de homenajear al rey Humberto y a su esposa, la reina Margarita; ése sería el germen de la Bienal de Venecia, inaugurada en abril de 1895. Fanelli sólo esperaba que el mármol de la mesa guardara un poco de la inspiración de antaño.

—Y dígame, ¿cuántos años cumple? —preguntó Fanelli, en un tono condescendiente, mientras probaba el vino que acababan de servirle en el vaso. Se prometió que sólo sería uno; ése era el límite que se permitía para rememorar viejos tiempos sin caer en las redes de un pasado digno de olvidar—. Y algo que me intriga aún más, ¿por qué quiere malvivir con un ridículo sueldo de policía pudiendo malvivir con un espantoso sueldo de escritor, que parece que es lo que más le gusta?

—No hace falta que hablemos de mí, subcomisario —sonrió Lucca, que había preferido pedir uno de sus habituales *spritz*, una colorida mezcla anaranjada resultante de rebajar el vino con soda.

—¿Sabe que algunos de sus amigos intelectuales, esos a los que tanto lee, le matarían si le vieran bebiendo esa bebida de señoras?

—No lo harían. Sabrían que fueron los soldados del Imperio austrohúngaro que ocupaban estas tierras los que decidieron añadir un chorro de agua para rebajar el vino italiano porque les resultaba demasiado fuerte. No fueron las señoras.

Usted mejor que nadie debe saber que nada es lo que parece. Y eso me lleva a nuestro caso… ¿Por qué cambiarse el nombre si vas a matar a alguien que te conoce? Da igual los motivos, sentimentales o políticos. Si la víctima conoce al agresor, ¿de qué sirve cambiarse el nombre? Y no una vez, sino varias.

Fanelli miró a su compañero de mesa y comprendió que quizá había infravalorado al joven. No le caía mal; era guapo, apuesto, las chicas le miraban sonriéndole y, aunque venía recomendado y tenía un padre que le podía haber colocado en cualquier cargo que hubiese querido, él había elegido la policía y sabía respetar a los que sabían más que él, aguantando en silencio sus desplantes y sus miradas de hartazgo. Quería aprender y crecer, no pisotear ni medrar.

—¿Tiene alguna teoría? Porque recuerdo que la primera que se apresuró a compartir conmigo fue que, sabiendo el nombre del sospechoso, estaba todo arreglado.

—Un arrebato de optimismo. Seguro que será capaz de perdonármelo. Usted debe de estar acostumbrado a esta práctica por parte de los novatos. Un error de juventud.

—Se equivoca, no tiene nada que ver con la juventud, sino con la soberbia que otorga la ignorancia. Los amateurs, en cualquier terreno de la vida, siempre se creen más listos que nadie, pecan de arrogancia y es cuando cometen los errores por los que acaban cayendo. Por eso creo que estamos ante un grupo de aficionados que han planeado un asesinato y les ha salido mal. Lo que todavía no sé es quiénes son y por qué actuaron así.

—Los periodistas creen que la política está detrás del crimen, algo sobre un comité nihilista que condenó a muerte al conde Kamarowski —sugirió mientras el camarero colocaba los platos sobre la mesa: carne para el subcomisario, pescado para Lucca.

—La prensa escribe para vender. Cuanto más escriben, más venden. Y cuanta mayor sea la mentira, mayores serán las ventas porque la trápala vende más periódicos que la verdad. Mire el caso Dreyfus en París, o cualquier otro que la prensa atrape entre sus garras. Las palabras son el mayor negocio de la humanidad y su valor estriba en saber utilizarlas para que suenen de manera diferente a como son en realidad. Igual que nuestros sospechosos, que no han podido vencer la imperiosa necesidad de escribir cartas y telegramas disfrazando las palabras hasta el punto de no entenderse ni ellos. Se creen tan perspicaces que han despreciado la inteligencia o la destreza de los profesionales que nos dedicamos a esto —reconoció mientras utilizaba el cuchillo con precisión de cirujano para separar la carne del hueso. Aquella pieza de la parte alta del lomo, del costillar de la res, era exquisita, pero requería de un corte riguroso para apreciar su extraordinario sabor y la jugosidad de su textura—. Por eso, lo primero que haremos cuando terminemos su comida de cumpleaños será pedir un registro en la oficina de telégrafos para saber cuántos telegramas se recibieron y enviaron durante los últimos días, incluyendo los nombres Prodorowski, De Bouchy, Boucheron, Berta y Mura. Y también introduciremos en la búsqueda el nombre del conde Kamarowski, por si alguno ha sido más estúpido de lo que creemos. Nos centraremos en los enviados desde Rusia, en especial los procedentes de Kiev y de Orel.

—¿Orel? —preguntó Lucca intentando salir airoso de la ingesta de sardinas fritas y marinadas en vinagre. Una espina de su *sarde in saor* se le había quedado clavada en alguna parte de la garganta y amenazaba con darle la comida—. Disculpe, es que mi madre suele limpiar mejor las espinas del pescado. Al cocinero se le ha debido de pasar por alto. Estas puñeteras saben esconderse y, si no estás atento, te las tragas. ¿Por qué Orel?

—Tiene que fijarse más, joven. Los crímenes están llenos de espinas que, como no sepa encontrar, se le atragantarán e incluso pueden provocar su muerte. Los detalles son cruciales en una investigación criminal. Ya sabe lo que dicen: el diablo está en los detalles —aludió a su característico mantra mientras dejaba los cubiertos apoyados en el canto del plato y utilizaba la servilleta para limpiarse la comisura de los labios—. Le he visto leyendo atentamente la información que nos envió la policía rusa sobre Nikolái Naumov y Pavel Kamarowski, y luego transcribir notas en esa libreta suya. El conde nació en Orel, en 1868. Tiene treinta y nueve años, es un héroe de guerra, participó y fue herido en la guerra ruso-japonesa en la que fue distinguido con varias condecoraciones. Es miembro en la reserva del Ejército Imperial Ruso, un esgrimista de nivel, un hombre con dinero, amante del arte. Como todo hombre, vanidoso. Como todo rico, confiado. Como todo ruso, aventurero. Enviudó hace unos meses y, desde entonces, buscaba la tranquilidad y parecía haberla encontrado en Venecia, hasta las ocho de esta mañana.

—Aquí está, Orel. —Lucca había localizado el nombre de la localidad natal del conde Kamarowski en su libreta.

—Sí, Orel. No la cierre. Puede que también encuentre esto —le aconsejó Fanelli, que incluso había tenido tiempo de hacerle un gesto al camarero para que le trajera un poco de salsa para la carne—. Nikolái Naumov tiene veintitrés años y, además de ser bisnieto de su adorado escritor Iván Turguénev y de beber como un cosaco, aunque jamás sobreviviría entre esos rudos caballeros, trabaja para el gobernador de Orel como agregado cultural, secretario de prensa, escritor... Da igual cómo lo denomine, todos los intelectuales se dedican a lo mismo, pero gustan de elegir distintas palabras para referirse a lo que hacen porque eso los ayuda a sentirse únicos, diferentes, especiales. Sólo prestó sus servicios como voluntario durante un breve periodo de tiempo en la Guardia Imperial, seguramente protegido por su padre. Es un bohemio, un artista atormentado, un escritor que se conforma con traducir la obra de otros escritores mientras espera la oportunidad de poder escribir la obra de su vida; incluso me atrevería a decir que mataría por conseguirlo. Pero no creo que haya sido ése el motivo por el que ha disparado cinco veces al conde. Aparentemente no tienen nada en común, excepto que los dos son de ascendencia noble y que tienen suficiente dinero para vivir toda su vida sin trabajar, incluso si los bolcheviques ganan su revolución. Nada en común, excepto una cosa: Orel. —Fanelli hizo una pausa valorativa no como un recurso dramático para llamar la atención del joven, puesto que la tenía desde el principio, sino para añadir un poco de salsa sobre el costillar—. Orel es lo que los une y puede que también sea lo que los ha separado. Sea lo que fuere, el motivo está ahí, pero no a simple vista. Lo único que tenemos que hacer es encontrar las espinas que se mantienen escondidas o que han pasado inadvertidas ante nuestros ojos. Sólo hay que mirar mejor, porque sabrán que las estamos buscando y se habrán disfrazado y ocultado, pero no han desaparecido. No pueden. Es imposible. Es como la salsa que acabo de poner sobre esta carne: puede que la cubra, pero sigue ahí y pienso comérmela.

Lucca le escuchaba con atención. Lo hacía hasta con los ojos. No podía dejar de mirarle, había algo hipnótico en él. Hasta que una tos le obligó a carraspear y a beber agua, como si la espina se negara a soltarse de su garganta.

—Me equivoqué al elegir. Tenía que haber pedido el bacalao con tomate y alcaparras.

—Deje de beber agua y coma un trozo del pan que ni siquiera ha probado. Las espinas pasan mejor con miga que con agua. Recuérdelo siempre: tiene al alcance de su mano todo lo que necesita para solucionar un problema. Sólo hay que hacer la elección correcta. Y eso vale para las sardinas, las espinas y también para los crímenes.

Lucca obedeció: pellizcó un poco de pan, se ayudó con los dedos para redondear la miga, se la metió en la boca y, tras masticarla levemente, se la tragó. Fue como si una bola de grasa animal hubiera atravesado su garganta dejándola suave, limpia y libre de la maldita espina.

—¿Recuerda la primera pregunta que me ha hecho después de poner en valor su *spritz*? —preguntó Fanelli, que no necesitó mirarle para corroborar que la había olvidado—. Joven, tenga siempre claras sus preguntas, no las olvide nunca porque de ello dependerá que obtenga la respuesta correcta. La verdad siempre está en la pregunta, nunca en la respuesta. Por eso los periodistas actúan como necios, porque buscan su titular en la respuesta cuando deberían empezar a buscarlo en la pregunta.

El silencio de Lucca tomó forma de contestación. Si era cierto lo que le había dicho el subcomisario sobre que el valor de las palabras estriba en saber utilizarlas, Fanelli le estaba regalando un buen cargamento de oro. Y seguía haciéndolo.

—Yo sí recuerdo su pregunta: ¿por qué cambiarse el nombre si vas a matar a alguien que te conoce? Si la víctima conoce al agresor, ¿de qué sirve cambiarse el nombre? —repitió textualmente, citando las mismas palabras que Lucca había empleado—. En la pregunta está la respuesta que busca. Nikolái Naumov no se registró con nombre falso ni se afeitó el bigote ni se peinó de forma diferente para engañar al conde Kamarowski. Lo hizo para engañar a otros. Y es en ellos donde está la respuesta. Cuando sepamos quiénes son, sabremos los motivos por los que un pobre infeliz como Naumov, al que la política le importa tanto como las armas, intentó matar a un héroe de guerra como Kamarowski, al que cinco disparos le asustan tanto como un poema. Un poeta no mata por convicción política utilizando un revólver; para eso tiene la pluma y la escritura, que suelen hacer más daño y resultan más mortales. Así que deje de leer la prensa. Ni siquiera saben de lo que escriben —sugirió Fanelli, apurando su *espresso* mientras se metía la mano en el bolsillo interior de la chaqueta para sacar su cartera—. Y dicho esto, haga el favor de guardar su dinero. No quiero que su padre me abra un expediente por intentar robarle el sueldo a su hijo.

Cuando la pareja de policías regresó a la comisaría, Fanelli dio orden de proceder al registro en la oficina de telégrafos para encontrar los posibles telegramas. Sabía que ahí residía su gran baza, más que en cualquier confesión del principal sospechoso o declaración de los testigos. Los que habían orquestado el crimen del conde Kamarowski le habían hecho el gran favor de comunicarse a través del telégrafo, lo que posibilitaba que un operador de comunicaciones tuviera acceso directo a sus mensajes. Siempre había alguien con acceso al contenido de los telegramas enviados, algo que no sucedía con el teléfono, a no ser que existiera una orden de escucha, ni tampoco con una carta postal cerrada, ya que no requería la mediación directa de nadie en el contenido, sino en la entrega, y los carteros, a no ser que fueran miembros de los servicios de inteligencia, no solían leerlas. Fanelli bendijo el día en que algunos países obligaron a las oficinas de telégrafos a guardar el historial de mensajes con sus correspondientes informes de entrega. Si todo salía como esperaba, tendría resultados en las próximas horas o días. No debería presentar complicaciones. Estaba seguro de que quienes habían enviado esos telegramas no habían tenido en cuenta el sistema de vigilancia confidencial permitido por algunas naciones para facilitar el trabajo policial en investigaciones criminales como la que tenía entre manos. Y mucho menos la posibilidad de sobornar a un telegrafista para modificar el contenido de los mensajes.

—Subcomisario, tengo listo el retrato que me encargó del tal De Bouchy —le confirmó un policía entregándole el boceto con el perfil de un hombre.

La imagen del retrato dejaba ver un rostro redondo, con la frente ancha, la nariz recta y afilada, los ojos pequeños y casi hundidos en sus cuencas, los labios finos y el pelo negro que anunciaba la aparición de sendas entradas a los lados. Junto a la primera lámina, el retratista había incluido otras que, superpuestas sobre la principal, mostrarían al sospechoso con bigote, con gafas, con sombrero...

—La descripción de uno de los recepcionistas del hotel Danieli fue muy precisa; ese hombre, Fabrizzio, podría trabajar con nosotros, es bueno en el retrato hablado: sabe mirar un rostro y tiene buena memoria para los detalles. No creo que tenga problema para que alguien lo reconozca.

—Lo veremos cuando se lo muestre a los empleados del Grand Canal Monaco. Seguramente, De Bouchy no se registró con ese nombre, pero tenemos su cara o algo muy parecido. ¿Qué hay de la declaración de los vecinos? —preguntó el subcomisario sin levantar la mirada del retrato. Enseguida escuchó, aproximándose a su mesa, los pasos del policía encargado de la tarea.

—He hablado con vecinos y comerciantes de Santa Maria del Giglio. Muchos rumores, suposiciones, cotilleos, opiniones personales...

—No somos un tribunal de justicia, somos la policía. Necesitamos algo más que rumores y chismes. ¿Algo objetivo sobre lo que podamos trabajar?

—La presencia de tres hombres extranjeros en las inmediaciones del Palazzo Maurogonato tanto ayer tarde como esta mañana. El dueño de un establecimiento de comidas asegura que estuvieron almorzando los tres hombres juntos en una de sus mesas, observando la entrada del palacio. Y algunos vecinos coinciden en que los vieron merodeando bien entrada la noche. Tenemos sus descripciones facilitadas por diferentes testigos y casi todas concuerdan entre sí.

—¿Alguna de esas descripciones coincide con este hombre? —preguntó Fanelli, sosteniendo el boceto del retrato de De Bouchy ante la atenta mirada del policía.

—Me aventuro a decirle que sí. Podría ser.

—¿Se aventura? ¿Podría? —repitió el subcomisario, como si no le hubiera gustado la respuesta—. ¿Qué tal un poco más de concreción? ¡Parecemos testigos en la sala de la Corte de los Assizes!

El subcomisario no tenía buen recuerdo del Palacio de Justicia de Venecia, donde muchos de los detenidos que entraban por la puerta de los acusados, para ser juzgados bajo las premisas de sus investigaciones, salían por una puerta distinta: la de los absueltos del delito. En la mayoría de los casos, había sido gracias a las declaraciones de testigos basadas en simples rumores o en impresiones personales, admitidos ambos por el sistema judicial italiano. «Los rumores liberan adrenalina en el organismo y asesinos en la sociedad», solía comentar Fanelli a sus hombres, a modo de mantra, para insistirles en la necesidad de buscar pruebas concluyentes que evitasen los falsos testimonios en las salas de juicio.

Lucca le observaba desde su mesa. Había regresado de la comida con la sensación de haber navegado junto con un lobo de mar a bordo de una goleta en mitad de una tormenta, de la que había salido airoso y más sabio. Se sintió reencarnado en el joven Humphrey van Weyden de la novela de Jack London, aunque su Lobo Larsen no resultaba tan fiero como aparentaba. Estaba ansioso por llegar a una isla desierta poblada de focas para enfrentarse a la aventura. Para eso, debía seguir leyendo.

7

La idiosincrasia de una ciudad suele definir la personalidad de sus habitantes con la misma infalibilidad que la genética. Venecia era la ciudad del carnaval por antonomasia y en ella nada solía ser lo que aparentaba. Ese adagio irrefutable se aplicaba tanto a las personas que la habitaban, el alma de la ciudad, como a las edificaciones que la dibujaban, el cuerpo de la urbe. Por eso, en el casino más antiguo el mundo, el Ridotto de San Moisés, abierto en 1638, los jugadores —sin importar que fueran anónimos o ilustres como Giacomo Casanova o Jean-Jacques Rousseau— estaban obligados a utilizar máscaras negras y sombreros de tres picos si querían apostar en juegos como el *biribi* y el *basetta*. Nada ni nadie podía ser como se mostraba a simple vista. En aquel casino había baldosas de mármol en el suelo que en realidad eran miradores clandestinos, ventanas con celosías de madera para ver sin ser vistos y muros enrejados tras los que se situaban los músicos para tocar sus instrumentos sin ver a quienes los escuchaban. La clandestinidad era la máscara bajo la que se escondía la verdadera identidad.

Quizá por ese espíritu trampantojo que imbuía la ciudad, Fanelli desconfiaba de los días que comenzaban con buenas noticias, porque eso suponía que todo podía ir a peor; sólo hacía falta que alguien deslizara la máscara de su rostro para desvelar la mentira.

El segundo día de investigación, el subcomisario lo había comenzado en el hotel Grand Canal Monaco, donde el retrato que enseñó de De Bouchy correspondía con el cliente que se había hospedado durante una noche, aunque se había registrado con un apellido distinto: señor Zeiffer. Por ese motivo, el recepcionista del hotel Danieli no había podido entregarle el último telegrama, firmado por la señora Boucheron: porque cuando lo remitió al Grand Canal Monaco, nadie figuraba con ese nombre. Las máscaras se multiplicaban como las ganancias y las pérdidas de los jugadores en los *ridottos* venecianos. El baile de disfraces continuaba y todavía faltaban cinco meses para el Carnaval.

La visita resultó más fructífera de lo esperado. No sólo habían reconocido el rostro del sospechoso, sino que les habían facilitado un nuevo alias y una nueva pista que seguir: la ciudad de Viena.

—Al abandonar el hotel con tanta prisa, el señor Zeiffer nos pidió que le remitiéramos cualquier telegrama que llegara a su nombre al hotel Vittoria de Viena. También nos pidió encarecidamente que no facilitáramos a nadie esta información. Pero ustedes no son nadie. Ustedes son la policía.

La acotación del director del Grand Canal Monaco contó con la aquiescencia del subcomisario.

—¿Y ha recibido alguno? —preguntó Fanelli.

—No, señor.

—Supongo que sabe a quién debe remitir los telegramas que puedan llegar a nombre del señor Zeiffer o De Bouchy, ¿me equivoco?

—No lo hace. Si eso ocurre, yo mismo se los haré llegar.

Lo primero que hizo el subcomisario al llegar a la comisaría fue enviar un telegrama a la policía vienesa para emitir una orden de detención contra un tal señor Zeiffer, De Bouchy o cualquier huésped registrado en el hotel Vittoria de Viena que respondiera a la identidad del retrato elaborado, que enviaron junto con toda la información de la investigación del intento de asesinato contra el conde Kamarowski. No era la primera noticia que tenía la policía de la capital austriaca, ya que los periódicos vieneses se habían hecho eco del suceso, al igual que los italianos. Fanelli conocía ambos y sabía que, así como las ciudades imprimen su marbete identitario en sus ciudadanos y edificios, también lo hacen en su prensa. Mientras los periódicos de Viena dedicaban artículos de opinión sobre si las bailarinas debían bailar con o sin mallas en el Volksoper o en el Burgtheater, los italianos preferían otros derroteros. Los vieneses amaban a Mozart, los italianos preferían a Vivaldi, pero su prensa se acercaba más a los acordes protagonizados por las trompetas de Wagner que aparecen en la partitura para quebrarlo todo. Fanelli compartía la misma intuición dramática del autor de *El ocaso de los dioses*; sólo con leer el rostro de Lucca, pudo entender que algo de lo publicado en los periódicos iba a contrariarle.

Las buenas noticias no solían encariñarse demasiado con los investigadores de un crimen. Tardaban en llegar y, cuando lo hacían, llevaban el marchamo de la interinidad. Para los policías era una desgracia; para los periodistas, motivo de celebración, ya que alargaba *sine die* las ventas del periódico. Por eso la suya era una relación imposible, porque sus expectativas eran contrarias; las unas se situaban en las antípodas de las otras y, sin embargo, estaban condenados a convivir juntos.

—Suéltelo de una vez —le ordenó a su ayudante, quien creyó conveniente empezar por el titular.

—«Conde ruso herido por un compatriota con disparos de revólver por causas desconocidas».

—Increíble. Por fin publican una noticia que se corresponde con la verdad.

—Espere. Hay más: «Aún se están investigando las causas que han podido empujar a Nikolái Naumov a cometer el crimen. Según ha podido saber este periódico de fuentes próximas a la investigación…».

—Ya estamos con la matraca de las fuentes próximas —interrumpió Fanelli.

—«… todo apunta a que podría tratarse de asuntos íntimos, aunque la hipótesis de que el crimen encierre motivaciones políticas está ganando peso». Y ahora viene lo que más le va a gustar: «Desde la cama del hospital Santi Giovanni e Paolo, el conde Kamarowski ha asegurado que sospechaba de la llegada de un compatriota ruso para atentar contra su vida porque así se lo habían advertido unas cartas anónimas a las que lamentablemente no prestó atención». ¿A usted también le contó algo de eso?

—¡Pero qué demonios! —bufó el subcomisario arrancándole el periódico de las manos a Lucca.

No sabía si le contrariaba más haber respetado los tiempos de recuperación del enfermo, posponiendo su declaración, o el hecho de que el conde hubiera hablado con la prensa.

La noticia ocupaba una página de las cuatro con las que contaba el periódico y en ella se relataba que la víctima se había trasladado a Venecia huyendo del creciente clima de agitación social que vivía Rusia. Incluía un perfil completo del conde, exagerándolo a conveniencia y remarcando su condición de héroe: sus numerosas medallas al valor ganadas capitaneando las tropas imperiales durante la guerra ruso-japonesa —en la que aseguraban que estuvo a punto de perder la vida por salvar la de varios compatriotas—; su historial de gran esgrimista, que le había hecho valedor de innumerables títulos; su alto tren de vida, que le permitía codearse con el mismísimo zar Nicolás II; así como una detallada crónica de las heridas que presentaba como consecuencia del ataque y un análisis pormenorizado del tratamiento que le estaba ofreciendo el equipo médico del hospital. A Fanelli le seguía fascinando la capacidad de los periodistas para convertirse en expertos en política rusa, maniobras bélicas, crónica deportiva y complicadas técnicas facultativas a lo largo de unas pocas columnas.

Arrojó el periódico sobre la mesa, cogió la chaqueta, se puso el sombrero y salió de la comisaría como alma que lleva el diablo, que parecía asentado en su boca a juzgar por sus continuos bufidos. «¡Cómo demonios...! ¡Pero qué diablos...! ¡Cuándo demontres...!». Los bramidos no cesaron hasta que sacó del bolsillo de su chaqueta una raíz de regaliz y se la puso entre los dientes sabiendo que no tendría piedad con ella: o trituraba el palo o machacaba al conde por hablar con quien no debía. Masticarlo no dejaba de ser un gesto de contención que denotaba su ansiedad. Ni siquiera se preocupó de si su ayudante seguía sus pasos; sabía de su condición de sombra. Su mente había entrado en ebullición, engrasada por el recuerdo del primer encuentro que tuvo con Kamarowski en el hospital después de la intervención quirúrgica. Aunque su olfato de policía le pedía tensar más la cuerda y seguir haciéndole preguntas al herido, el sentido común y la moral le instaron a postergar el interrogatorio. Su buen corazón siempre le hacía perder su mala cabeza. Eso le decía su mujer que, como siempre, solía acertar en sus apreciaciones.

Las zancadas del subcomisario dejaban ridículas las paladas de los *gondolieri* que a esa hora cruzaban los canales de la ciudad. A los pocos minutos, los dos policías hacían su entrada en el hospital donde estaba ingresado el conde. El olor a éter que inundaba las paredes del edificio impactó en las fosas nasales de Lucca como un golpe directo, de esos que en un cuadrilátero se propinan para frenar al rival. Al joven no le gustaba el boxeo, tampoco los hospitales y aún menos le agradaba la expresión anclada en el rostro de Fanelli.

—Quizá sea conveniente que invirtamos cierto tiempo en recuperar el aliento, lo que sin duda hará que nos relajemos. Y usted siempre dice que conviene relajar las cosas —se atrevió a sugerir, al ver el arrebato que empujaba al subcomisario a ascender por la escalera del hospital, subiendo los escalones de dos en dos, con trancos más propios de un atleta olímpico.

El lobo de mar parecía haber despertado y, dominado por sus instintos animales, se dirigía a cazar focas. Lobo Larsen había abandonado la ficción de Jack London para recorrer los pasillos de un hospital en Venecia. O el regaliz guardaba alguna sustancia dudosa, o la prensa había conseguido enfadarle más de lo habitual. Ni siquiera la observación de Lucca hizo que ralentizara el ritmo.

—¿Cree que necesito relajarme? —bramó Fanelli.

—En absoluto —respondió con gesto serio, logrando que su mentira sonara tan convincente como sus valoraciones sobre los poetas malditos enfermos de sífilis con adicción al hachís.

—En efecto, no lo necesito. ¿Por qué demonios cree que he venido andando, joven? Para desfogarme —contestó sin aminorar el paso ni retirar la mirada del largo pasillo que conformaba su horizonte—. Ese hombre es el único testigo fiable de lo que pasó ayer en su casa y necesito hablar con él. Aunque, por lo visto, se me han adelantado.

Lucca no acertó a distinguir si lo decía por la entrevista en el periódico o por el grupo de personas congregadas en la habitación del herido. Al ver el enfado que mostraba, temió que el subcomisario ordenara desalojar la sala valiéndose de su arma, que no dudaría en disparar al aire para, acto seguido, coger al conde por el cuello y sacarle todo lo que recordara de aquella mañana. El joven tragó saliva, que notó empapada en éter, y de nuevo se sintió Humphrey van Weyden, invocando a la inteligencia del lobo de mar que siempre le daba lecciones de vida. Como si fuera uno de esos artistas que copaban las pantallas de cine, el subcomisario se transformó al cruzar el umbral de la puerta. La metamorfosis había sido inaudita.

—Buenas tardes, caballeros. Soy el subcomisario Fanelli. Vengo a hablar con el conde Kamarowski. Tenemos novedades importantes sobre su caso, informaciones complejas que, como entenderán, requieren de cierta confidencialidad. Así que, si son tan amables de abandonar la habitación... —Al presentir una presencia a su espalda, el subcomisario se dio la vuelta y encontró a una monja con el atuendo de enfermera—. Usted también, hermana.

—Soy la hermana Arcángeles y se me ha encargado la custodia del enfermo.

—Y seguro que lo está haciendo muy bien. Pero en los próximos minutos me encargaré yo de su custodia. Tomaré su relevo —dijo con una sonrisa tan fingida como la mueca de conformidad de la religiosa, que no entendía cómo su condición de sierva de Dios no le otorgaba, también a ella, la facultad de estar en todas partes.

Cuando la estancia se vació por completo, el subcomisario miró a Lucca instándole a cerrar la puerta. Habían ingresado al conde en una habitación contigua a la sala de operaciones, en previsión de posibles complicaciones en su estado. Aunque el aspecto del herido era bastante bueno, tanto como para estar fumando un cigarrillo y leyendo el periódico. La primera pregunta fue casi obligada.

—Y dígame, conde Kamarowski, ¿cómo se encuentra? Le veo bastante recuperado.

Era la primera vez que Lucca escuchaba a su superior responderse él mismo a una pregunta. Parecía tener prisa por empezar el interrogatorio.

—Estoy mucho mejor. Los médicos son optimistas con la evolución de mis heridas. Ya me he levantado de la cama un par de veces, he caminado un poco con la ayuda de la hermana Arcángeles, apenas me mareo, los vómitos remiten y mañana piensan retirarme el vendaje para realizarme la primera cura. Yo diría que tengo razones para la esperanza.

—Y no sabe cómo me alegro de oírle decir eso. Para ser sincero, lo que me alegra es poder oírle —matizó Fanelli sus propias palabras mientras se situaba a los pies de la cama del herido—. Cuando vine a verle ayer, después de que intentaran asesinarle, nadie daba una lira por usted...

—Hacen falta más de cinco balas para derribar a un viejo cosaco —comentó el conde haciendo gala de su buen humor—. Afirma que tiene novedades, ¿han detenido ya a Nikolái Naumov? La prensa no dice nada.

—Eso es cierto, la prensa no dice nada. Al menos, nada que sea verdad —precisó el subcomisario—. En cuanto a su pregunta, debo decirle que sí, ayer mismo se procedió a la detención del hombre que intentó matarle. Fue interceptado en Verona y allí mismo, en la estación de tren, confesó el crimen. En unos días, quizá semanas, será traslado a Venecia para pasar a disposición judicial.

—¿Ha confesado? Creí que me dijo que había novedades. ¡Yo mismo le dije que había sido él! ¿Qué tenía que confesar? —se extrañó el conde.

—Al parecer, sólo ha admitido haberle disparado. Pero se ha negado en redondo a decirnos los motivos.

—¡Pero eso se lo puedo decir yo! No hay ninguna conspiración política como insinúa el periódico. Todo se debe a un tema íntimo, una cuestión amorosa. Él mismo me lo dijo.

—¿Se lo dijo? —preguntó asombrado. Ignoraba que víctima y atacante habían hablado. Eso no es lo que Naumov había reconocido durante su interrogatorio en la estación de Verona.

—Sí. Cuando Nikolái entró en mi habitación, caminó hacia mí apuntándome con el arma y me disparó sin mediar palabra. Todo fue muy rápido. No recuerdo bien si fue después de la cuarta o quinta detonación, pero, cuando le pregunté por qué intentaba matarme, él me lo dijo: «No puedes casarte con ella». Esas cinco palabras las recuerdo perfectamente.

—¿Y a quién se refería?

—A mi prometida, a la mujer que amo y con la que me voy a casar dentro de unos días, si logro salir de esta cama —aseguró mientras intentaba cambiar de postura, una que le permitiera estar más incorporado—. Nos amamos. Es una mujer muy hermosa, el deseo de todo hombre. Ha roto muchos corazones, y Nikolái, al que conozco desde que era niño, no fue una excepción; también sucumbió a sus encantos. Se enamoró de ella y, como ella no le correspondía, intentó matarme por celos. Una rabieta tonta. Le conozco muy bien, es como un hijo para mí y yo soy como un padre para él. En un momento de la existencia, los hijos siempre quieren matar al padre; es ley de vida. Seguro que ya está arrepentido. De hecho, me pidió que le perdonara y así lo hice. Ha sido una chiquillada, créame, la típica tontería que cometen los jóvenes por amor.

—Quizá no sea tan sencillo... —aventuró el subcomisario mientras abría la libreta para consultar algo escrito en sus notas. No le hacía falta comprobar nada, pero lo hizo de todas formas—. ¿Cómo se llama su prometida?

—Entenderá si le pido que, para salvaguardar su honor, mantenga en secreto el nombre de la dama. No quiero involucrarla en un escándalo. Ha tenido una vida muy complicada, ya ha sufrido bastante.

—No es el honor de su prometida lo que más me preocupa salvar en esta investigación —replicó Fanelli, que hacía mucho que esperaba que esa manida palabra apareciera en boca del ruso. El «honor» se había convertido en el móvil de muchos delitos, pero su intuición le decía que el crimen que los ocupaba no era uno de ellos. No terminaba de entender si el conde sabía tan poco como parecía o evitaba decir todo lo que sabía. Fingió que rebuscaba entre sus notas y preguntó de nuevo—: Dígame, ¿su prometida se llama Berta?

—¡Berta! No, por Dios. Qué estupidez —rio el conde, provocándose una punzada en el estómago que le obligó a llevarse la mano al vendaje—. ¿Por qué iba a llamarse Berta?

—Porque es el nombre de mujer que aparece en uno de los muchos telegramas intercambiados entre Nikolái Naumov, los tres hombres rusos que le siguieron hasta Venecia para vigilarlos a él y a usted, y la mujer misteriosa que les escribe a todos desde Kiev. Por eso le pregunto si su prometida se llama Berta. O quizá sea la señora Boucheron. O... —dudó mientras hacía una pausa para consultar su libreta. Esta vez, sí tuvo que mirar el nombre escrito para cerciorarse de pronunciarlo correctamente—: Mura.

El semblante de Kamarowski mudó al color de las paredes, hacia una lividez acorde con la rigidez que habían adquirido sus facciones. Escuchar aquel nombre no le había provocado tanta hilaridad como el de Berta. Se quedó mirando al policía. Al verlo tan pálido, Fanelli pensó que la sangre no le estaba llegando a la cabeza y que se desmayaría. Fue Lucca el que intervino para preguntarle si se encontraba bien y ofrecerle un poco de agua de una vasija blanca que había sobre la mesa y que él mismo le sirvió en un vaso. Cuando el conde se mojó los labios, Fanelli retomó el interrogatorio:

—¿Quién es Mura?

—Es el nombre con el que suelo dirigirme cariñosamente a mi prometida —reconoció el convaleciente, con la voz afectada—. Sólo dos personas la llamamos de ese modo: su madre y yo. Y su madre lleva muerta varios años.

—¿Cómo se llama su prometida, conde Kamarowski?

—Maria Tarnowska. Condesa Maria Tarnowska.

La mina negra del lápiz empezó a delinear el trazo de aquel nombre de mujer sobre la hoja blanca de la libreta de Fanelli. La mirada del conde lo siguió como si estuvieran escribiendo su sentencia de muerte. No entendía nada.

—¿Dónde está la condesa Maria Tarnowska en este momento?

—En Kiev —dijo el conde, como si la saliva se hubiera convertido en harina y su boca en un cubo de agua.

Ahora era el rostro de Lucca el que cambiaba de expresión, aunque el del subcomisario no parecía alterado por lo que ambos comenzaban a elucubrar.

—¿Ha tenido alguna comunicación con ella desde que se produjo el intento de asesinato?

—Le envié dos telegramas ayer, nada más llegar al hospital. Uno, antes de la operación y otro, después. Le pedí a un amigo que lo hiciera. En el primero le decía que Naumov había intentado matarme y que viniera rápido, porque no sabía cómo evolucionarían mis heridas. Al no recibir respuesta, le mandé un segundo telegrama pidiéndole que viniera a verme.

—¿Y le ha contestado?

—Sí, justo antes de que ustedes vinieran, diciéndome que estaba muy preocupada, que le contara más sobre lo sucedido y que intentaría venir lo antes posible.

—¿Puedo ver ese telegrama? —preguntó el subcomisario procurando que su voz no reflejara urgencia, sospecha o excesivo interés.

—Sí, por supuesto. Está ahí mismo, en el cajón de la mesilla.

Mientras el subcomisario cogía el telegrama y procedía a leerlo, Lucca no dejó de observarle. Quería ver su reacción, aunque sabía que el lobo de mar se encargaría de controlar los músculos del rostro para impedir que el mínimo gesto pudiera revelar lo que pensaba. Reminiscencias del jugador de póquer que seguía llevando dentro, aunque lo hubiera enterrado en el pasado. El subcomisario no le defraudó: si hubiera estado muerto, su expresión no habría sido menos elocuente.

—¿Cree que mi prometida puede estar en peligro? ¿Considera usted que debo avisarla?

—Ahora que sabemos quién es, nos será más fácil ocuparnos de ello. —Era una de las clásicas frases de Fanelli, en la que decía todo sin especificar nada—. ¿Cuándo fue la última que vio a su prometida? —continuó preguntando con voz suave y tono amable, los más peligrosos en los labios de un policía.

—Déjeme pensar... Hará unos diez días. Después de nuestro viaje a Viena.

Escuchar el nombre de esa ciudad, con la información que tenía en su cabeza, podía haber hecho que cualquiera se pusiese en alerta. Pero Fanelli no era cualquiera.

—Me encanta Viena. Tengo buenos amigos allí —comentó el subcomisario, sin dejar de sonreír—. ¿Viaje de placer o de negocios?

—Tuvimos tiempo para ambas cosas. Estuvimos algo menos de dos semanas, desde mediados de agosto hasta el 26, aproximadamente; tendría que mirarlo. Quería llevar a mi futura esposa al hotel Bristol, mi favorito; guardo gratos recuerdos de momentos vividos allí, pero necesito crear otros nuevos junto con Mura. Somos una pareja enamorada a punto de casarse y, aunque pueda parecerle que soy mayor para amparar estos sentimientos de adolescente, le puedo asegurar que estoy viviendo un periodo dulce en mi vida que unos disparos no van a amargar.

Al conde Kamarowski le cambiaba la cara cuando hablaba de su prometida. Sólo con mencionar su nombre, su expresión parecía más jovial, su mirada se vigorizaba y su locuacidad se multiplicaba. Sin duda, era un hombre enamorado.

—Y en ese viaje, ¿dice que hubo tiempo para los negocios?

—Tenía que arreglar unos papeles. Como le comentaba, tengo casi cuarenta años, voy a contraer matrimonio y debo poner en orden mi vida, por lo que pueda pasar. Debía hacer los cambios oportunos en mi testamento, así que me reuní con un abogado vienés, conocido de mi buen amigo el marqués Pateras, que nos facilitó los trámites que revisó asimismo mi abogado personal, que vino de Rusia. Y también aprovechamos para ultimar otras gestiones sobre la boda.

—¿No tenía usted abogado en Venecia para realizar esas gestiones?

—Ya lo creo que sí. Pero aquí no podían hacerme la diligencia que necesitaba. Y eso que el marqués es propietario de una agencia de seguros. Fue él mismo quien me recomendó una compañía aseguradora en Viena; ahora no recuerdo su nombre.

—¿Un seguro?

—Sí, un seguro de vida. Un caballero que se precie de serlo siempre debe dejar arregladas las cosas antes de que le llegue la muerte, ¿no le parece? Y si no, míreme, postrado en la cama de un hospital —exclamó sin abandonar su tono jocoso, aunque un velo de cansancio empezaba a cubrirle el rostro.

—Tiene usted toda la razón. Hay que ser previsor en esta vida, por lo que pueda pasar.

—Discúlpeme, subcomisario, pero me encuentro un poco fatigado. Supongo que la medicación que me suministran para paliar el dolor comienza a hacerme efecto. Necesito descansar... —solicitó mientras se recostaba en la cama—. Si precisa cualquier información más que implique tener la cabeza despejada de fármacos, el marqués Pateras y el propio cónsul ruso, el señor De Soundy, podrán ayudarlo. Cuentan con mi absoluta confianza. Yo estaré encantado de volver a hablar con usted cuando quiera. Y, para entonces, puede que tenga la oportunidad de conocer a Mura.

—Lo estoy deseando. Una última cosa... —añadió Fanelli antes de abandonar la habitación para dejar descansar al herido. El conde no mentía: estaba cansado y, en ese estado, sus respuestas no ayudarían más de lo que ya lo habían hecho—. Nos facilitaría bastante el trabajo si no hablara usted con la prensa. Deje de hacerlo. Y no se lo digo sólo porque entorpezca mi investigación, sino por su seguridad y la de todos.

—No sé de qué me habla. Yo no he hablado con los periodistas. De lo contrario, no me hubieran dibujado con semejante aspecto —bromeó el conde, refiriéndose al boceto que de su persona había publicado la prensa para acompañar la información.

En el pasillo esperaban los amigos del conde Kamarowski que él mismo había mencionado antes de que le venciera el cansancio. A Fanelli le constaba, por informaciones que le habían facilitado sus hombres, que el cónsul ruso había estado presente durante la intervención quirúrgica de su compatriota, junto con el juez instructor encargado del caso, el señor Cagnoni, y el personal médico que atendía al herido, entre ellos las dos monjas que actuaban como enfermeras. No era habitual una presencia tan concurrida en una sala de operaciones, pero como el herido había pedido que no lo anestesiaran por completo y tenía suficiente conciencia para ofrecer algunos detalles de lo sucedido, él mismo tuvo a bien la asistencia de esas autoridades, incluido el subcomisario, que llegó minutos más tarde, cuando el conde ya estaba en la habitación.

—Caballeros, necesito hablar con ustedes. Sólo serán unos minutos, no les robaré mucho tiempo —les anunció.

Al ver que los dos hombres permanecían de pie, sin moverse, uno al lado del otro y con las manos metidas en los bolsillos del pantalón, comprendió que no habían entendido la petición. Ante la atenta mirada de Lucca, que desde que había entrado en el hospital permanecía ojiplático observándole, se apresuró a aclarársela:

—Por separado, señores.

El primero con el que quiso hablar fue con el marqués Pateras. Estaban en un hospital, así que se conformaron con avanzar unos pasos por el largo pasillo, alejándose unos metros, lo suficiente para que ningún oído ajeno escuchara la conversación.

—¿Desde cuándo son amigos el conde Kamarowski y usted?

—Desde hace años. Yo vivo en Roma y fue allí donde nos conocimos, en uno de sus múltiples viajes a Italia. Al conde le gusta el arte, la ópera y las exhibiciones de esgrima, en las que participa a menudo. Nos presentaron en una de ellas, hará tres o cuatro años. Entonces estaba casado con su primera esposa,

Emilia, una mujer educada, generosa, gran amante de la música, una extraordinaria violonchelista y, sobre todo, una madre excelente; hizo un trabajo bárbaro con el pequeño Grania... Una lástima lo que le pasó.

—¿Qué le pasó?

—Murió hace unos meses. Tengo entendido que fue algo relacionado con temas femeninos, ya sabe a lo que me refiero.

—No, no lo sé.

—Creo que fue una complicación en la gestación del bebé que esperaba, pero no me haga mucho caso. Es un tema del que no le gusta hablar a Pavel, enseguida se le ensombrece el rostro y es difícil sacarle del agujero negro en el que entra cuando habla del fallecimiento de su adorada Emilia.

—¿Conoce a su prometida, la mujer con la que planea casarse?

—¿La condesa Tarnowska? —preguntó mientras un haz de luz aparecía en su rostro. Esa mujer parecía provocar el mismo efecto en todos los que pronunciaban su nombre, al menos si eran hombres—. Una mujer bellísima, encantadora. Un regalo del destino. Guapa, elegante, educada, culta, inteligente, divertida, con carácter... Desde que la conoce, Pavel es otro. Se puede decir que le ha salvado la vida o, al menos, le ha liberado de la tristeza en la que lo había sumido la pérdida de Emilia. Y el niño, Grania, la adora. Es difícil encontrar a alguien que no caiga en el hechizo de esa maravillosa mujer.

—¿Tiene el título de condesa por su futuro matrimonio?

—No. Ella es condesa desde la cuna. Pero su actual nombre le viene del hombre con el que estuvo casada, el conde Tarnowski. Se divorció de él, aunque me temo que no puedo contarle mucho más... Me consta que fue un matrimonio complejo y un proceso de divorcio igual de desagradable. Precisamente por eso viajaron hace unos días a Viena, para ultimar unas gestiones con los papeles del divorcio y modificar unos términos del testamento de Pavel antes de celebrar la boda.

—Creí que había ido para contratar un seguro de vida que aquí no podía hacerse...

—¡Ah! Veo que se lo ha contado. Sí, yo mismo le recomendé que lo hiciera en Viena. Las aseguradoras allí ofrecen unas cláusulas que aquí en Venecia no brindamos. Por eso le recomendé que hablara con la compañía Ancora, porque en Gresham nos dijeron que no era posible.

—¿Qué cláusulas son ésas?

—No sé detallarle mucho más. —El ligero fruncimiento de su ceño le indicó que el marqués no decía la verdad, pero el subcomisario le dejó hablar sin hacer interpelaciones. Seguramente, la discreción le impedía ser sincero—. Mi especialidad no son los seguros de vida y yo no estuve presente en las reuniones mantenidas entre Pavel, la condesa Tarnowska y los agentes del seguro. Pero esa información podrá facilitársela el conde o la propia condesa Tarnowska, que supongo que está a punto de llegar. Yo mismo le envié los dos telegramas que me dictó el conde.

—Dos... ¿No le llegó el primero?

—No sé decirle. Quizá Pavel no se expresó correctamente o quizá la condesa no lo recibió. Ya sabe cómo funcionan las oficinas de telégrafos.

—Sí, algo he oído —asintió con la cabeza, como si aceptara su fútil excusa.

Lucca se dedicaba a observar más que a escuchar la conversación. El subcomisario estaba dándole la razón constantemente al marqués Pateras. Sólo podía haber dos razones: o sabía que el marqués mentía o había algo en la cabeza de Fanelli que únicamente él conocía y que nadie podía imaginar a simple vista. El joven ayudante continuó observando.

—¿Dónde envió esos dos telegramas a la condesa Tarnowska?

—A Kiev, donde ella se encuentra actualmente. Lleva allí unos días. Tenía que realizar unos últimos arreglos en el ajuar, tramitar las invitaciones de boda, organizar el viaje de sus familiares en Otrada, su pueblo natal... Ya sabe, esas cosas que entretienen a las mujeres los días previos a la celebración nupcial.

—Sí, esas cosas de mujeres, entiendo... —apuntó Fanelli mientras realizaba pequeñas anotaciones en su libreta. Se había fijado en que su ayudante lo estaba transcribiendo todo, aunque no dejara de observarle a él, y no al marqués.

—¿Le consta que el conde Kamarowski estuviera amenazado por alguna organización política o algún comité nihilista?

—¿Lo dice por lo que publica hoy la prensa sobre que Pavel recibió anónimos amenazándole de muerte? Algo de eso hay, pero no tan dramático como lo cuenta el periódico. Lo estábamos comentando antes de que ustedes llegaran. Me temo que ese tipo de informaciones tan «dramáticas» provienen de otras fuentes... —zanjó el marqués dirigiendo la mirada al cónsul De Soundy.

Fanelli dio por terminada su conversación con Pateras, agradeciéndole su tiempo y comunicándole que quizá necesitase volver a hablar con él, una propuesta que contó con su conformidad y con la promesa de estar a su entera disposición.

El próximo con quien debía hablar era el cónsul ruso, aunque con él emplearía mucho menos tiempo. Hay temas que sólo requieren brevedad para ser entendidos.

—Señor cónsul, le agradezco mucho la ayuda que nos está brindando a todos en general y a nosotros en particular, en especial con el envío de la información de Nikolái Naumov y del propio conde Kamarowski a través de la embajada rusa. Y, ya que estamos en el apartado de los agradecimientos, le agradecería todavía más que dejara de hablar con la prensa para facilitarle información que sólo la policía debería tener, si es que quieren que resolvamos este caso antes de que llegue la Navidad, tiempo de amor y de paz. No sé si me estoy explicando con la suficiente claridad... —dijo Fanelli haciendo esfuerzos para contener el tono.

—Pero el trato con los periodistas es parte de mi trabajo. Considero que es bueno para todos tener una buena comunicación con los señores de la prensa.

—No, no lo es. Sobre todo, si su trabajo entorpece el mío. Y a no ser que mi investigación necesite que el cónsul ruso facilite una información a la prensa porque pueda serme útil para mi investigación criminal, es mejor que el cónsul se dedique a hacer el trabajo para el que le pagan, que es cuidar de sus compatriotas, organizar fiestas y asistir a estrenos de ópera en La Fenice, porque nadie quiere un conflicto diplomático.

—No sé qué puede llevarle a pensar que yo…

—Comprendo que su país esté pasando por un momento, digamos, delicado socialmente. Pero créame si le digo que utilizar un intento de asesinato para hacer política no es la mejor de las decisiones. Me trae sin cuidado dónde coloque usted su discurso político, al que nunca se me ocurriría calificar de propaganda, siempre que no sea encima de mi investigación.

—Desde luego, procuraré…

—No procure nada. Hágalo —respondió tajante el subcomisario, con una voz regia, autoritaria, nada que ver con el tono utilizado con el marqués Pateras—. Muchas gracias por su consideración, señor De Soundy. Me complace tratar con funcionarios públicos siempre dispuestos a ayudar.

Después de hablar con el cónsul y tras despedirse del marqués, Fanelli todavía tenía unas indicaciones que dar a la hermana Arcángeles. Había algo en esa mujer que le desagradaba y no sólo era el hábito. Le recordaba demasiado a la religiosa que había atendido a su hija, y no era un buen recuerdo.

—Quiero a la prensa fuera. Y a las visitas mudas. Es usted el ángel custodio del conde. ¿Lo ha entendido, hermana?

—Perfectamente, señor.

—Subcomisario, hermana, subcomisario. Aquí, como en la casa de Dios, no hay señores.

Los dos policías descendían por la escalinata central del edificio como si fueran una pareja de baile armonizando pasos y movimientos. Lucca no esperó a salir por la puerta para preguntarle lo que hacía rato le quemaba en la boca.

—¿Qué es lo que ha visto en el telegrama de la condesa Tarnowska? —inquirió encarando la mirada de su superior.

—Deje de mirarme como si intentara leerme la mente. Parece usted una gitana leyendo la mano de un turista de la plaza de San Marcos. Actúa usted como mi madre, o como mi mujer, y no sé qué es peor.

—Ya le voy conociendo. Sé que ha leído algo en ese telegrama que le ha subido al séptimo cielo, aunque se esforzara por disimularlo ante el conde. Pero he visto esa pequeña contracción que aparece en la comisura de su boca cuando no cuenta con la complicidad de su regaliz. Y no se moleste en negarlo; soy joven pero no estúpido. Estoy observando, leyendo los rostros, que es lo que usted me indicó que hiciera. Dígame qué ha visto en esas líneas.

Fanelli le miró con un amago de sonrisa. No era una mueca de inquietud ni de nerviosismo; reflejaba algo parecido al orgullo de un maestro ante los avances de su pupilo.

—He visto la espina en el pescado. La maldita espina.

8

Todavía tenía el telegrama en la mano cuando el subcomisario le puso el *espresso* sobre la mesa de la Sala de las Estaciones del Caffè Florian. No era su estancia preferida, pero las circunstancias del caso, y especialmente el estado de confusión de su ayudante, lo requerían antes de acudir al siguiente escenario. Acababan de abandonar la comisaría por la que Fanelli había pasado para dar nuevas indicaciones. No era de esos policías que elegían permanecer en el despacho haciendo trabajo de mesa; prefería la calle, los olores, las miradas y los espacios abiertos porque, según decía, las mentiras se oxigenan mal y la verdad queda prendida del ambiente esperando a que alguien la desenganche.

Lo primero que hizo, después de salir del hospital, fue telegrafiar a sus colegas de la policía vienesa para informarles de las últimas novedades e instarlos a ampliar los parámetros de búsqueda, tanto temporales como geográficos, centrándola no sólo en el supuesto señor Zeiffer, sino en dos nuevos nombres, esta vez auténticos: Pavel Kamarowski y Maria Tarnowska. «No se limiten a buscar en los registros del hotel Bristol, extiendan la investigación a otros lugares», había precisado. También se comunicó con la policía rusa para solicitar más información sobre la misteriosa condesa, así como su colaboración para tenerla bajo vigilancia durante el viaje que la trasladaría a Venecia, donde acudiría en las próximas horas para ver a su prometido. Antes de salir de su despacho, verificó con el oficial encargado del registro en la oficina de telégrafos si la batida había dado algún resultado, pero su negativa le confirmó que aún debía esperar. Mientras él repartía el juego, Lucca repasaba las anotaciones en su libreta y los informes del caso, como el jugador que mira sus cartas y no ve nada con lo que pueda ganar la partida. El subcomisario decidió que era el momento de abrir la mente y aclarar las ideas, haciendo un alto en el camino para tomarse un café. A ese brebaje oscuro y amargo los árabes lo llamaban el «vino del islam» porque aviva las neuronas sin necesidad de alcohol.

—Bébaselo rápido —conminó a su ayudante—. Es sencillo pero con carácter, como yo. A ver si se le pega algo —bromeó. A Fanelli la decepción que mostraba el rostro del joven después de leer el telegrama enviado por la condesa Tarnowska al conde Kamarowski le parecía cómica e incluso infantil.

Lucca contempló el café humeante que aguardaba en la taza como si fuera un pozo negro y profundo, similar al estado en el que él mismo se encontraba.

—No entiendo nada, subcomisario. ¿Qué ve usted en esas líneas que sea tan importante para el caso?

—Exactamente lo que usted no ve. Lea otra vez el telegrama e intente ir más allá de las palabras. Y por amor de Dios, no le dé esa entonación ridícula de poeta compungido.

—«¿Qué te sucedió? Dame más detalles. Estoy terriblemente inquieta. Te amo con todo mi ser. No podré salir hasta mañana. Ternura infinita» —leyó de manera mecánica. Seguía sin verlo. Incluso dio la vuelta al papel por si aquello que se le escapaba era algo ajeno al texto—. Yo sólo veo una mujer preocupada.

—Usted no reconocería a una mujer preocupada aunque la tuviera delante. Le pasa con las señoras lo mismo que con las espinas. No sé para qué escribe tanto en esa libreta si luego no sabe leerlo.

El joven tomó la taza, se la acercó a los labios y bebió su contenido de un trago. Le quemó la garganta, pero le sentó bien; quizá eso le ayudaría a pensar mejor o quizá sólo le dejaría el esófago en carne viva.

—Dígame, ¿qué ve a su alrededor? —preguntó el subcomisario, que pretendía disfrutar de su *espresso* durante algo más de tiempo.

Lucca observó la estancia en la que se hallaban. Dos grandes espejos presidían las paredes de aquella Sala de las Estaciones, uno frente al otro, creando una ilusión óptica semejante a un pasadizo infinito, un bucle ininterrumpido en el que las imágenes devoraban su propio reflejo.

—No sé, este sitio me marea un poco. Veo siempre lo mismo en el espejo, pero repetido mil veces, y ya ni lo distingo.

—Seguro que, si focaliza su mirada en un único objeto, sólo verá ese mismo objeto, por muchas veces que se repita en el laberinto del espejo —explicó Fanelli, como si fuera un acertijo—. Tengo muchas esperanzas depositadas en usted...

—¿De verdad?

—No, pero intento contarle una historia que quizá le ayude, así que no me interrumpa. En esta profesión, como en la vida, se conoce a mucha gente; en mi opinión, a demasiada. Pero uno intenta quedarse con las personas que merecen la pena. Yo tuve la suerte de conocer un día a Alphonse Bertillon. Era un joven ingenioso al que le gustaba mucho la medicina, tanto como a usted los libros, y quiso estudiar para convertirse en médico, pero no se le daba bien. Su padre, que era un prestigioso antropólogo, movió unos hilos para que su hijo entrara a trabajar en la Prefectura de Policía, tal y como hizo el de usted. La labor de Bertillon consistía en registrar miles de fotografías de los detenidos y copiar las fichas con su descripción física. Pero había tal desorganización que localizar una información que resultara útil para la identificación de los delincuentes se antojaba una misión imposible. Tiempo y dinero perdidos que siempre se traduce en ausencia de resultados.

Lucca le escrutaba con atención. Esta vez no intentaba adivinar lo que pensaba, se limitaba a escuchar. Fanelli se llevó la taza a la boca y empleó un tiempo para degustar el café en el paladar. Se sentía observado por su joven ayudante, aunque en esta ocasión no le importaba; de hecho, era lo que pretendía.

—Pero el bueno de Alphonse, perdido en ese mar de fotografías en el que todas parecían iguales, se dio cuenta de que no lo eran, que cada uno de los individuos que aparecía en ellas tenía una particularidad. Recordó de su tiempo de estudiante que cada cráneo era único, que no hay dos personas con las mismas medidas y que hay partes del cuerpo que no se modificarán en toda una vida. Acababa de descubrir el sistema antropométrico de identificación personal. Al igual que con el cráneo, sucedía con las marcas de nacimiento, los lunares, los tatuajes, la dentadura, las cicatrices, los dedos, las orejas... Elaboró un registro con la información recogida en fichas, en las que incluyó dos fotografías de cada individuo, una de perfil derecho y otra de frente, y convenció a la policía de la importancia de observar, memorizar y aprender las características físicas de los delincuentes que aparecían en esas fotografías. Gracias a él, en la policía trabajamos con las fichas policiales, esas que usted devora con feroz apetito, pero que no asimila porque su digestión no es la correcta. Si Alphonse estuviera sentado a esta mesa, le diría: «Sólo se puede ver lo que se observa y se observa sólo lo que ya está en la mente».

—No sé si le entiendo.

—Cierre los ojos.

La proposición le sorprendió tanto que, lejos de obedecer la orden, se le escapó una risa nerviosa.

—Subcomisario...

—¿Prefiere que se los cierre yo?

El tono de la pregunta le convenció para obedecer de inmediato. Cerró los ojos. Los párpados le temblaban. En el mejor de los casos, se imaginó quedándose solo después de que el subcomisario hubiera huido del establecimiento para perderle de vista. En cuanto a lo que sucedería en el peor, prefirió no imaginarse en ese escenario.

—Sé que tiene buena retentiva, así que no hace falta que revise por enésima vez sus notas. Las tiene memorizadas, como las frases que sus amigos escritores escriben en sus libros. ¿Recuerda usted el telegrama que el conserje del hotel Danieli nos entregó antes de que abandonáramos el recinto?

La pregunta del subcomisario hizo que Lucca iniciara una búsqueda mental hasta encontrar el momento preciso. Volvió a ver en su cabeza cómo el diligente Fabrizzio cogía el telegrama del casillero de la habitación del señor De Bouchy y se lo entregaba a Fanelli. Observó cómo su superior lo leía atentamente y después se lo tendía a él para su lectura.

—¿Recuerda usted lo que decía ese telegrama?

—Sí, recuerdo que lo firmaba la señora Boucheron y decía que...

—¡No abra los ojos! —le interrumpió el subcomisario al verle a punto de abrirlos para terminar la frase—. Debe mirarlo con los ojos de la mente. Sólo así lo verá.

La voz de Fanelli parecía abrirle paso por el recuerdo. Logró hacerlo con tal nitidez que, con los ojos cerrados, pronunció cada palabra del telegrama como si lo estuviera leyendo:

—«No entiendo qué pregunta quieres que responda. Berta prefiere un plato frío. Haz lo que quieras. He hecho todo lo que pediste. Ayer por la tarde telegrafié a Verona. Sólo te amo a ti. Ternura infinita».

—Y ahora visualice con esos mismos ojos el telegrama que la condesa Tarnowska envió al conde Kamarowski. Y a ver qué ve...

En la mente de Lucca, los dos quedaron superpuestos. Una única frase sobresalía de ellos como si escapara de una plantilla, la misma disposición de palabras en ambas: «Ternura infinita».

Abrió los ojos al instante, con el mismo entusiasmo del ciego al que retiran la venda y ve por primera vez. Ahora lo advertía claramente. Todo el tiempo lo había tenido delante, pero no lo había visto.

—¡Es la misma persona quien firma los dos telegramas! —exclamó con la rotundidad de la luz del sol entrando en una habitación que ha permanecido cerrada y a oscuras durante mucho tiempo—. La señora Boucheron que escribe a De Bouchy es la condesa Tarnowska que escribe al conde Kamarowski.

—Y eso, mi joven amigo, es lo que ocurre cuando se mira con los ojos de la mente.

Mientras Lucca aún disfrutaba de los efluvios de su hallazgo, el subcomisario dejó unas monedas sobre la mesa de mármol de la Sala de las Estaciones, se incorporó y se ajustó la solapa de su chaqueta observándose en el espejo que le devolvía su imagen en bucle. Se disponía a abandonar el Caffè Florian, como si su trabajo allí hubiera terminado y se requiriese su presencia en otro sitio.

—¿Dónde vamos? —preguntó Lucca como si la precipitada partida le escamoteara las mieles del éxito.

—Al Palazzo Maurogonato. Tenemos que volver a registrar la casa.

—¿Otra vez?

—¿Tiene usted algo mejor que hacer? —inquirió sin detener la marcha.

—Lo digo porque ya hemos estado allí. La policía ha hecho las fotos del lugar del crimen y...

Fanelli detuvo el paso para encararle. Ahora era él quien le observaba y costaba sostenerle la mirada, sobre todo cuando sus ojos se clavaban fijamente en las pupilas de alguien, con pretensión de atravesarlas; no lo hacía a menudo, mirar directamente a los ojos de las personas, a no ser que fueran detenidos o sospechosos. Hacerlo requería de una energía que el subcomisario debía dosificar porque era consciente de la intensidad que empleaba en ello, como en casi todo lo que de verdad importa.

—¿Ya se le ha olvidado lo que acaba de aprender? Me ha costado parte de mi tiempo y dos cafés *espresso* con los que no contaba —le espetó a su ayudante, que se conformó con negar con la cabeza, consciente de que cualquier palabra que saliera de su boca podría provocar un cisma—. Eso pensaba.

El rostro del ama de llaves del Palazzo Maurogonato al abrir la puerta conservaba el susto acumulado durante las últimas horas. La presencia de los dos policías no ayudó a tranquilizar su espíritu. Amalia no había sido capaz de esquivar los fantasmas que surgieron a raíz de la visita de Nikolái Naumov y que se saldó con el conde en la cama de un hospital y con la casa llena de *carabinieri* haciendo preguntas y fotografías. Desde entonces, no había dejado de escuchar ruidos, pisadas, golpes en las paredes y crujidos en la madera del suelo de la habitación del conde, a la que tenía vetada la entrada por orden policial. Hasta que regresara el señor de la casa, no quería encender la luz eléctrica y se negaba a prender velas porque, según ella, sólo serviría para congregar a los espíritus indeseables.

—Yo también he oído hablar mucho del alma de los rusos, que aparece y desaparece, y estoy aterrada por lo que puedan hacerme.

—No se preocupe, señora —quiso explicarle Lucca para sacarla de su error—. De lo que usted ha oído hablar es del alma rusa, nada que ver con fantasmas.

—No me diga lo que yo veo o dejo de ver, joven, y mucho menos lo que oigo o dejo de oír. Qué sabrá usted de almas, si todavía no le han salido pelos en la barba.

—Ya ha oído a la señora: no le diga lo que debe escuchar o no, y preocúpese de lo que usted tiene que ver. No creo que a la señora Amalia le importe mucho lo que escriban sus queridos Dostoievski, Tolstói, Turguénev y compañía... —le espetó mientras le aseguraba a la mujer que no estarían mucho tiempo.

En un primer vistazo, Fanelli se fijó en que la balaustrada de la escalera no mostraba el brillo del día previo. Accedieron primero al dormitorio principal, donde el subcomisario estaba convencido de que no encontraría lo que había ido a buscar. Aun así, recorrió la estancia, abrió las puertas de los armarios, registró los trajes del conde buscando en los bolsillos, inspeccionó la cama que permanecía deshecha en un revoltijo de sábanas manchadas de sangre, comprobó la ventana por la que había huido Naumov y se paseó por la habitación recorriendo cada rincón con la mirada.

Cuando terminaron, los dos policías bajaron a la biblioteca para proceder a su registro.

Lucca se inclinó sobre la vitrina acristalada que contenía el incunable del manuscrito medieval con letras góticas y, durante unos segundos, se entretuvo en la caligrafía de sus hojas y las anotaciones en rojo que poblaban el texto.

—Eso es, dedíquese a leer. No esperaba menos de usted.

El comentario del subcomisario hizo que el joven se alejara de la urna acristalada intentando disimular una sonrisa; al final, terminaría acostumbrándose a su inmarcesible sarcasmo. Miró a su alrededor. En la primera visita al Palazzo Maurogonato no había tenido tiempo de inspeccionar la biblioteca. Le pareció un museo de dimensiones reducidas, una réplica de un pasado casi inexistente, como si alguien hubiera tratado de introducir toda una vida en una sala, sin respeto al tiempo ni a los recuerdos. Lo antiguo parecía nuevo y lo nuevo simulaba viejo; la imagen de un lugar con prisas para improvisar un pasado que posibilitara un futuro, aunque la premura amenazara con privarlo del presente.

—¿Qué buscamos? —preguntó Lucca como si acabara de entrar en una tienda de antigüedades y no supiera si inclinarse por el blasón de la familia Grimani de Santa María Formosa o la medalla papal de Paulo II conmemorativa del Palazzo de Venezia de Roma.

—Lo que no vimos en nuestra visita de ayer. Aquello que se nos pasó porque estábamos entretenidos en mirar otras cosas. En esta ocasión, tenemos suerte: volvemos a la escena del crimen no para estudiar con más detenimiento un cadáver que, gracias al cielo o más concretamente a la torpeza de Nikolái Naumov, no ha habido, sino para mirar con más atención el escenario y encontrar indicios que se nos escaparan.

Fanelli buscaba algo que estuviera encerrado, posiblemente bajo llave, mientras su ayudante inspeccionaba la colección de libros que amurallaba la estancia, los tapices que abrigaban las paredes, la lámpara de araña de cristal veneciano que colgaba del techo como una clara amenaza sobre sus cabezas, un extraordinario huevo de Fabergé y los cuadros, en particular el que presidía una de las paredes.

—El conde Kamarowski no pasa penurias. Me juego el cuello a que este Fabergé vendrá de alguna repisa de la residencia del zar Nicolás II.

—Mejor no se juegue nada. Y procure no tocar mucho.

—Dicen que la Casa Fabergé únicamente fabricó medio centenar para la familia imperial rusa y que sólo algunos nobles bien relacionados lo han recibido como regalo. Hace doce años, Nicolás II le regaló el Huevo del Capullo de Rosa a la emperatriz Alejandra Fiódorovna. Al abrir el huevo, dentro había un capullo de rosa esmaltado en amarillo y dos regalos: una corona de oro engastada con diamantes y rubíes, y un colgante de rubí. —Al notar la mirada inquisidora del subcomisario sobre él, se vio obligado a explicarse—: Me lo ha contado mi madre; le encantan todas estas cosas...

—Si el huevo sigue ahí, ya podemos confirmar que a Nikolái Naumov no le movía el dinero cuando intentó asesinar al conde. No le hubiese costado mucho metérselo en el bolsillo mientras esperaba en la biblioteca —apuntó Fanelli, que vigilaba la curiosidad fácilmente impresionable de su ayudante—. No se limite a mirar; alimente el recuerdo posterior de lo que está observando para poder verlo en un futuro. Será la información clave para encontrar las respuestas a las preguntas que surjan. El buen policía memoriza todo para recordarlo más tarde, eliminando lo nimio y quedándose con aquello que le dará la clave. Y no creo que ese huevo de Fabergé le dé más claves de las que ya conoce.

Después de inspeccionar en cada caja, rincón, saliente, marco, columna y repisa de la estancia, Fanelli se sentó en el mismo sillón de cuero donde Amalia le había ofrecido a Naumov que esperase mientras ella iba a llamar al conde. Temió tener que coger uno a uno los libros de la biblioteca para hallar lo que había ido buscar; eso le llevaría toda la noche, si no varios días. Se acariciaba la perilla una y otra vez, con cierta cadencia, como si en realidad estuviera acariciando sus pensamientos.

—Tiene que estar aquí y no estamos siendo capaces de verlo.

—Si me dijera qué busca, sería más fácil. Mi madre siempre dice que todo es más sencillo de lo que parece.

—El seguro de vida que el conde Kamarowski hizo a favor de la condesa Tarnowska. Quiero encontrarlo para ver qué tipo de cláusulas tiene y no se lo quiero pedir al conde ni a sus amigos para que no lo hagan desaparecer.

—Ya entiendo; ese documento reforzará nuestras sospechas sobre la condesa Tarnowska.

—Sigue sin verlo, joven. Lo que nos enseñarán esas cláusulas será el nombre de la persona que está detrás del intento de asesinato del conde, la persona a la que en verdad beneficia ese seguro. Y no creo que sea la condesa Tarnowska, o, al menos, no únicamente.

—Si usted fuera rico y se hubiera hecho un seguro de vida, ¿dónde lo guardaría?

—Si yo fuera rico, me daría igual dónde demonios dejar...

Fanelli no terminó la frase. Se quedó mirando a su ayudante y después dirigió la mirada al escritorio. Se incorporó del sillón y se encaminó hacia allí con paso firme. Sin ánimo de ofender a la madre de Lucca, no podía ser tan sencillo. Había estado observando la escribanía, abierto el cajón central de la mesa y los tres pequeños cajones ubicados en sus extremos sin resultado. Con suavidad, como si no quisiera que la certeza devastara la esperanza, levantó el vade de cuero marrón que cubría el escritorio: allí estaba el seguro.

—Va a resultar que es usted un genio, Lucca. La explicación más sencilla suele ser la más probable —afirmó el subcomisario con la entonación de quien enuncia una evidencia.

Era la primera vez que Fanelli le llamaba por su nombre de pila, y eso hizo que el joven sonriera. Empezaba a pensar que había sido un gran día para él; no sólo había aprendido a mirar con los ojos de la mente, sino que su superior le había llamado genio. Pero su apreciación pecó de precipitada, como de costumbre.

—La navaja de Ockham —resumió el joven—. No le imaginaba seguidor de los preceptos del franciscano.

—Y no lo soy. Ockham me parece una farsa, un feriante, un vendehumos, y su condenada navaja no es más que carne para alimentar los alegatos de los abogados y llenar los divanes de los psicólogos —aclaró Fanelli, que ya había empezado a leer los términos en los que se había contratado el seguro de vida, buscando la cláusula que le diera o le quitara la razón.

Tuvo que emplear más tiempo del imaginado, hasta que dio con lo que buscaba.

—¡Eureka! —exclamó mientras cogía el documento de cinco hijas. Al final de la última, comprobó la firma del conde Kamarowski y la fecha en que se había firmado: 24 de agosto de 1907, once días antes de su intento de asesinato—. Aquí está. Lo que sospechaba. Un seguro de vida de quinientas mil libras que se pagarían al beneficiario del mismo a la muerte del asegurado, aunque esa muerte sea consecuencia de un acto violento, algo que no todas las aseguradoras aceptan, al menos, las italianas.

—¿Y quién figura cómo beneficiario?

—Su futura esposa, la condesa Tarnowska.

—En tal caso, no tenía usted razón.

—Mire esta habitación, joven. Mire su adorado huevo de Fabergé o el cuadro que cuelga de esa pared, recién adquirido en la Exposición Internacional de Arte de la ciudad de Venecia. Esa mujer ganaría más casándose con el conde que cobrando un seguro de vida de quinientas mil míseras libras.

—Entonces, ¿ella no tiene nada que ver?

—Yo no he dicho eso. A ver si, ahora que le he enseñado a ver, tengo que enseñarle a escuchar…

Cuando abandonaron el Palazzo Maurogonato era ya entrada la noche. El relente encogió los hombros del joven Lucca, que se cruzó de brazos buscando conservar el calor. Caminaba pensativo, como si algo le rondara la cabeza, lejos de su habitual verborrea. Fanelli caminaba junto a él, sin intención de distraerle de sus elucubraciones. Demasiado entretenido estaba él gestionando el temor de volver a casa.

—Subcomisario, he estado pensando —dijo sin despegar la mirada del suelo, por lo que no pudo ver la expresión resignada del interpelado—. ¿No fue Alphonse Bertillon el que ofreció un veredicto grafológico erróneo en el caso Dreyfus, que hizo que se le condenara injustamente?

—Las personas mienten, las pruebas no. Las pruebas son objetivas; el hombre es la parte subjetiva. A Dreyfus no le condenaron las pruebas, sino un juicio repleto de irregularidades procesales, manipulación caligráfica, falsificación de documentos y una campaña antisemita nutrida por los prejuicios de una sociedad alimentada a diario por una prensa sensacionalista al servicio de una política nacionalista, que sólo veía a un judío y no al hombre de honor que era el capitán Alfred Dreyfus. Las pruebas jamás le habrían condenado por alta traición.

La sonrisa inicial del joven evolucionó en cuestión de segundos en una sonora carcajada, ante el imperturbable semblante del subcomisario. Sabía que su ayudante no se había vuelto loco, sino que empezaba a ver las cosas y a apreciar los detalles en su medida.

—Cuando leí en *L'Aurore* el «J'Accuse...!» de Émile Zola sobre el caso Dreyfus, no imaginé que un día me encontraría ante otro caso cuyo devenir dependería también del estudio de una carta o un telegrama.

—En el nuestro, el examen es más sintáctico que caligráfico. Pero, al final, todo son palabras y en ellas siempre están las respuestas. Supongo que Georges Clemenceau, el editor del periódico que publicó las treinta y dos páginas del manifiesto, tampoco imaginaba que se convertiría en primer ministro unos años más tarde, cumplida ya la muerte del primer ministro francés Felix Faure en brazos de su amante, Marguerite Steinheil, mientras ésta se empleaba a conciencia en sus artes amatorias en el Salón Bleu del Elíseo. Su periódico publicó: «Quiso vivir como César y murió como Pompeo», una clara y ordinaria alusión a la manera placentera pero poco honrosa en la que falleció —detalló, provocando el sonrojo de Lucca que, al hablar perfectamente francés, sabía que *pompée*, en su argot, significaba «felación»—. Y eso es algo con lo que también puede que comulgue nuestro caso.

Hacía frío, pero Fanelli no apretaba el paso, como si ya no tuviera más escenarios donde acudir. Extrajo el reloj del bolsillo de su chaleco, abrió su tapa y, durante unos instantes, contempló su esfera, en la que parecía observar algo más que la hora.

—Le gusta mucho mirar ese reloj —comentó Lucca.

—Es un regalo de mi hija. Cuando lo miro, me recuerda que hay cosas más importantes que la hora que marca un reloj, a las que nunca deberíamos llegar tarde.

El joven no quiso hacer más preguntas porque sospechaba el inhóspito lugar adonde podría llevarle la respuesta. Pero comprendió que el subcomisario estaba mirando con los ojos de la mente, desde algún rincón de su memoria.

9

Fanelli no mentía nunca; por eso detectaba rápido a los mentirosos.

Cuando le dijo al conde Kamarowski que tenía buenos amigos en Viena, decía la verdad. El comisario de la policía vienesa, Maurice Stuchart, era uno de ellos desde que una investigación del subcomisario se enrocó y le obligó a desplazarse hasta la capital austriaca. A partir de ese momento, se había formado una sólida relación entre los dos hombres, a los que los unía algo más que el oficio: la certeza de que la verdad siempre emerge, aunque tuviera que traspasar fronteras, perseguir almas heridas, desenterrar muertos o sacar adolescentes de las aguas de un canal. Había sido el comisario Stuchart el encargado de realizar la ingrata tarea de rescatar el cuerpo de la hija de Fanelli del canal del Danubio. La joven prefirió las aguas que atravesaban el centro de Viena a aquellas del Gran Canal veneciano para evitarle el horror de tener que sacar del agua el cadáver de su propia hija. Su padre era un hombre ocupado porque los muertos necesitan mucho tiempo y por eso se lo roban a los vivos. El subcomisario no vio el hechizo que las aguas del Danubio ejercieron sobre su niña; no supo mirar el escenario por el que su hija se iba en silencio ni observar los detalles ni interpretar las señales. Fue el mayor fracaso de su carrera y se produjo el mismo día en el que acudía a investigar otro suicidio, el de la joven rusa Sofía Kailenskaya en el hotel Danieli. La imagen de su hija muerta vivía en su recuerdo; su pequeña rescatada del pequeño Danubio, empequeñeciendo su mundo hasta que sólo cupieran en él vidas ajenas.

Cuando el comisario Maurice Stuchart entró en el hotel Vittoria iba a ocuparse de una de esas vidas ajenas. La confianza que desprendía su caminar, escoltado por dos de sus hombres, tenía justificación: en menos de cuarenta y ocho horas había resuelto un fárrago de nombres arbitrarios que conducía a la misma persona. Desde que el subcomisario Fanelli le había dicho que el sospechoso de nombre De Bouchy en Venecia se hacía llamar Zeiffer en Viena y que podría hospedarse en el Vittoria, supo que ésa sería su primera parada. Pero el resultado no fue el esperado: ningún huésped respondía a tal nombre. El comisario no pensaba desanimarse por un revés; quizá el tal Zeiffer no se había registrado todavía en el hotel, pudiera ser que se hubiese alojado en otro establecimiento o incluso cabía la posibilidad de que hubiese mentido al recepcionista del hotel de Venecia para evitar que siguieran sus pasos. Stuchart puso en marcha un completo operativo para peinar la ciudad en busca del misterioso hombre. Rastreó esos nombres en todos los registros con un plazo temporal *sine die*, empezando por los hoteles siguiendo por los restaurantes, anuncios en prensa, teatros, oficinas postales, comercios, transportes, hasta llegar a un campo de tiro en las afueras de Viena donde hacía unas semanas, el 7 de agosto, un tal Zeiffer había ido a hacer prácticas de tiro. Según le aseguró el encargado del recinto, el hombre se interesaba en disparar a corta distancia, «para tener un mayor efecto», según él mismo reconoció. También había localizado un señor Zeiffer en el registro del hotel Bristol, durante la segunda quincena de agosto. Lo tenía y no se le iba a escapar. Se lo debía a su buen amigo, el subcomisario Fanelli, que, como

Fausto a Mefistófeles, le había advertido: «Quien tenga a tiro al diablo que no le deje escapar, porque no volverá a cogerle tan rápido».

—Buenos días. Soy el comisario Maurice Stuchart —anunció enseñando su credencial al joven al otro lado del mostrador. Se alegró de que no fuera el mismo empleado que encontró en su primera visita al establecimiento—. Estamos buscando a un hombre que se hospeda aquí y que responde al nombre de señor Zeiffer.

El recepcionista del hotel Vittoria apenas contestó al saludo y se apresuró a coger el libro de registros. No tardó en encontrarlo.

—Aquí está. —Señaló el nombre con el dedo índice y se lo marcó al comisario, que se inclinó sobre el libro para comprobar la anotación con caligrafía perfecta. Tenía fecha de entrada el 5 de septiembre, y la salida permanecía en blanco—. Sí, ahora lo recuerdo. Es uno de nuestros clientes habituales, cuando no decide sernos infiel con el Bristol. Acaba de abandonar el hotel, recibió un telegrama y se marchó. Se le veía con prisa —expuso el recepcionista, con un gesto hacia el casillero—. Como ve, ha dejado la llave de su habitación.

El comisario Stuchart golpeó con rabia el mostrador. Para Goethe, quizá fuera fácil retener al diablo, pero, en la vida real, el demonio resultaba más escurridizo. La confianza que lo acompañaba hasta entonces se esfumó como parecía haberlo hecho el señor Zeiffer. Se quitó el sombrero y lo arrojó contra el suelo mientras trataba de calmar su ansiedad caminando en círculos, ante la atónita mirada del recepcionista, que intentaba buscar alguna explicación en el rostro de los otros dos policías. Cuando el comisario comprendió lo inútil de su reacción, se recompuso y fue a recoger el sombrero.

—Pero si lo desea, puedo entregarle un mensaje...

El comisario Stuchart estaba terminando de incorporarse cuando escuchó la propuesta del empleado.

—¿El señor Zeiffer sigue aquí? —preguntó confuso, como si hubiera malinterpretado las palabras después de meterlas en una bolsa y agitarlas, esperando que el azar y una mano inocente hicieran el resto.

No necesitó que el recepcionista abriera la boca para contestarle. La mirada del empleado le guio hasta la respuesta. En ese momento, un hombre cuyos rasgos físicos coincidían con los del retrato del sospechoso enviado por la policía veneciana hacía su entrada por el vestíbulo.

—¿Es él? —Stuchart volvió a ponerse el sombrero e intentó no evidenciar las prisas por correr hacia él y detenerle.

—Sí, señor —confirmó el abrumado recepcionista—. Acababa de salir, pero ha regresado...

—Deje de hablar y no le mire —le instó el comisario, que, después de hacer un gesto a sus hombres para que se mantuvieran atentos a los movimientos del sospechoso, se encaminó hacia él.

Las pisadas del policía se marcaban en el suelo con la sonoridad de un segundero. Al menos, así las percibía Stuchart mientras el oficio le llevaba a dirigir la mirada a la puerta giratoria del hotel, a las situadas a ambos lados y a las escaleras repartidas por el establecimiento, todas ellas posibles vías de escape del sospechoso. Cuando apenas un metro le separaba de él, se quitó el sombrero para que el hombre no lo identificara fácilmente como policía. Una vez lo hiciera, ya no tendría margen de reaccionar.

—Disculpe, ¿el señor Zeiffer?

El aludido le miró. En centésimas de segundo, su expresión mudó de una mueca amable a una más circunspecta. Intentó abrir su campo de visión, con la previsión del fugitivo.

—Creo que se equivoca —aseguró finalmente.

—Y yo creo que no. Usted es el señor Zeiffer. O el señor De Bouchy, si lo prefiere.

—Le digo que se equivoca —insistió, convencido de poder controlar aún la situación—. Me llamo Paul Selkach...

—¡Por favor! Evíteme el embrollo de nombres. Ya hemos tenido suficiente.

—Le digo que...

—Y yo le digo que queda usted detenido por el intento de asesinato del conde Kamarowski.

—Pero ¿qué demonios dice? No tiene ni idea de lo que habla —exclamó visiblemente enfadado mientras veía cómo dos hombres con el sombrero puesto se aproximaban a él por los laterales—. ¡Está cometiendo un grave error! ¡Usted no lo entiende! Le digo que se equivoca. Yo no tengo nada que ver con el intento de asesinato del conde. ¡Al contrario!

—Entonces, le detengo por falsear su identidad y ocultarse bajo un nombre falso; mejor dicho, varios. Al parecer, ha estado usted entretenido... —le comunicó el comisario Stuchart mientras le cogía del brazo después de que sus hombres lo esposaran.

No fue consciente de cómo una leve sonrisa empezaba a nacer en su rostro. Estaba deseando comunicar a Fanelli la detención del sospechoso.

Apenas había terminado de leer el telegrama enviado por la policía de Viena comunicándole la detención del misterioso señor Zeiffer, antes De Bouchy y después Paul Selkach, cuando el subcomisario ratificó su creencia de que las buenas noticias, al igual que las malas, suelen ser contagiosas. El policía al que había encargado el registro en la oficina de telégrafos entró en el despacho sin aguardar el permiso de entrada; lo que traía era demasiado importante para que el protocolo le frenara.

—No se lo va a creer, subcomisario.

—Se sorprendería de lo que mi fe es capaz de hacer —respondió Fanelli.

—Ciento ochenta —dijo el policía mientras vaciaba sobre la mesa de su superior una bolsa llena de telegramas—. Ciento ochenta despachos entre el señor Zeiffer, el señor De Bouchy y la señora Boucheron, sólo en los últimos cinco días. No imagina las cosas que se dicen. Y aún pueden aparecer más cuando terminemos la búsqueda.

Fanelli sólo necesitó una lectura apresurada de los telegramas para levantar el auricular de su teléfono y ordenar a la operadora que le pusiera con la comisaría de Viena. No le hizo falta cantarle el número ni la dirección, era uno de los habituales. Mientras esperaba, deseó que el comisario Maurice Stuchart estuviera en su despacho. Si creyera en el más allá y en los rezos, pensaría que el cielo había escuchado sus plegarias. Como no lo hacía, se congratuló de su buena suerte, esa que le abandonaba cuando pasaba las noches ante un tapete verde.

—Me temo que le voy a dar más trabajo, comisario Stuchart —le anunció después de saludarle como se saluda a los viejos amigos en los que uno confía y a los que aprecia, aun siendo responsables de comunicarle la peor noticia de su vida—. Acabo de emitir una orden de detención contra la condesa Maria Nikolaevna Tarnowska. Viaja en un tren con dirección a Viena que llegará esta misma tarde. La policía rusa lleva siguiéndola desde que salió de Kiev, y le hemos puesto una sombra que subirá al tren en la estación de Landenburg. El policía de incógnito las escoltará sin hacerse sentir.

—¿«Las»? —preguntó intrigado el comisario Stuchart ante el plural que Fanelli había empleado—. Por lo visto, hablaba en serio cuando decía que me iba a dar más trabajo...

—La condesa viaja con su doncella, Elisa Perrier. Creíamos que viajaría con su hijo de once años, pero finalmente se quedó en el colegio donde estudia. Le he mandado la descripción de ambas mujeres y una fotografía que nos ha facilitado la policía rusa. Aunque me aseguran que no la necesitará: por lo que cuentan, es una mujer que no pasa inadvertida.

—Hasta que llegue a Viena y la detenga.

Los sábados por la tarde, la estación de Viena solía llenarse de viajeros. Aquel 7 de septiembre de 1907 no era una excepción. El fin de semana invitaba al movimiento de personas, a las llegadas y salidas, a los encuentros, los abrazos, las conversaciones animadas, los besos sentidos, los brazos agitándose en el aire, las lágrimas, las risas, las emociones a flor de piel, dependiendo del tiempo que hiciera que se esperaba al viajero de un determinado tren. Hombres ataviados con bombín y bastón se acercaban a las ventanillas destinadas a la venta de billetes, mujeres con vestidos elegantes caminaban por el andén mientras los maleteros se abrían paso con sus carros repletos de bultos, niños corriendo de un lado a otro como si tuvieran más prisa que los trenes, limpiabotas que plantaban su caja a los pies de los señores incitándoles a brillar desde los zapatos, policías recorriendo la estación para velar por el orden y el joven vendedor de periódicos voceando la noticia del día, que sonaba adulterada al pronunciarla una voz infantil precedida por el consabido latiguillo «¡Extra! ¡Extra!». Una tarde de sábado aparentemente normal que estaba a punto de dejar de serlo.

El tren en el que viajaba la condesa Tarnowska acababa de llegar a la estación. Una hilera humana abarrotaba el andén, con sus maletas, sus prisas y sus despistes. Una marabunta de gritos, saludos y empujones tomó el lugar en cuanto las puertas de los vagones se abrieron. El comisario Stuchart no quería escándalos ni momentos de tensión; conocía los peligros latentes en las aglomeraciones y así se lo había comunicado a los cuatro policías vestidos de paisano que le acompañaban. Sabía que debían esperar a que el grueso de los viajeros se apeara del tren y fuera avanzando por el andén, ya que quienes ocupaban los compartimentos de primera clase solían bajar más tarde, dando tiempo a que los maleteros cargaran su equipaje. Su atención se repartió entre los vagones, el andén y la fotografía de la condesa que le habían facilitado para su identificación. Fanelli le había asegurado que no le haría falta ninguna foto para reconocerla entre la multitud. Y así fue.

En cuanto aquella mujer se apeó del tren y posó un pie en el andén, su presencia concentró todas las miradas. Un enorme sombrero negro coronado de delicadas plumas moradas y flores del mismo color advertía de que la dama era la elegancia personificada. Lucía un exquisito vestido de color violeta de Redfern, la casa de alta costura británica que conquistaba a las mujeres más distinguidas de Europa y Estados Unidos, adquirido en su último viaje a París. Un cuerpo de encaje blanco adornado con perlas y detalles dorados que subían hasta el cuello y una falda larga de un encendido color malva salpicado con finas tiras de terciopelo rosa cincelaban cada rasgo de su esbelta figura, marcando el talle y elevando el pecho, por el que caía un extremo de la estola de piel blanca que guardaba la espalda y que ella dominaba con sus manos, cubiertas por unos guantes violáceos. Al alzar la cabeza y quedar al descubierto su rostro, su mirada iluminó el andén. Su piel era blanca como la porcelana; sus cabellos, rubios, recogidos en un moño alto que cubría con el sombrero, y sus ojos verdes y brillantes parecían desprender una suerte de embrujo al que resultaba difícil resistirse. Esa misma mirada esmeralda tanteó el horizonte, como buscando a alguien a quien no encontraba. Los policías no eran capaces de discernir si era tan alta como parecía o era una ilusión óptica motivada por cómo la dama parecía levitar sobre los demás. Cuando los hombres del comisario lograron romper el hechizo de la condesa, advirtieron la presencia de una mujer que a su lado parecía insignificante, si no fuera porque no se apartaba de la señora y tampoco de dos perros que la acompañaban, a los que llamaba al orden insistentemente: «¡Rip! ¡Gip! Estaos quietos. Venid aquí».

La condesa y su séquito empezaron a caminar por el andén. Su mirada siempre anclada en un punto fijo en el horizonte, como si nada de lo que pasara a su alrededor mereciera su atención. Sólo al final de ese punto de fuga, los ojos de la condesa se desplazaban de manera casi imperceptible de un lado a otro, en pos de un rostro conocido. En vez de eso, vio aproximarse un grupo de cinco hombres. Se fijó principalmente en el que encabezaba la comitiva. Había algo en esos caballeros que los distinguía del resto. La alerta que saltó en su cabeza ralentizó en su percepción el avance del amenazante cortejo, como si el tiempo se aliara con ella. A medida que se acercaban por el andén, notó cinco pares de ojos haciendo diana sobre su persona, como de costumbre, pero de diferente manera. Aquellos rostros carecían de emociones y ninguno de esos caballeros pensaba desprenderse de su sombrero ante su presencia, como forma de cortesía. El corazón comenzó a latirle más rápido, advirtiéndole de la cercanía de un peligro.

Un impulso súbito la obligó a girarse hacia su doncella. Elisa observó el rostro de su señora. Algo pasaba. Los expresivos ojos verdes de la condesa se helaron como los bosques de Viena acariciados por la escarcha. Sus pupilas se ensancharon, sedientas de luz. La condesa fijó la mirada en el camafeo dorado que llevaba su doncella a la altura de la garganta. Ella misma se lo había regalado: era un hermoso broche ovalado engastado en oro, con una arpista grabada en alto relieve en marfil. Había que observarla con atención para descubrir que el rostro de la arpista era el de la condesa y que el arpa era céltica. Sobre la superficie pulida en la que el prendedor se engastaba, la condesa vislumbró el reflejo de los hombres acercándose a su espalda. Venían a por ella. Siguió observando aquel reflejo en el camafeo que actuaba como espejo.

Habían regresado los reflejos a su vida: el del fuego de la chimenea familiar sobre las gafas oscuras de la pequeña Maria Nikolaevna, ciega a los ocho años a causa de una enfermedad; el reflejo de las velas sobre las inmensas cristaleras de la residencia de la familia O'Rourke en Otrada, que la separaban del mundo real; la imagen del retrato de su ascendente María Estuardo reflejándose en su taza de té, en la que se negaba a poner una rodaja de limón para no desdibujar la efigie de la reina de Escocia; el reflejo de su rostro en el lago helado sobre el que patinaba el día que por primera vez vio el poder de la sangre... Los reflejos regresaron a su realidad como el indiscutible preludio de algo inminente.

—Elisa... —acertó a decir, como si la vida se le escapara en un suspiro.

—Condesa, ¿qué sucede? —se alarmó la doncella, haciendo propio el terror de su señora.

—¿Maria Tarnowska?

La pregunta del comisario Stuchart le llegó por la espalda. La mujer cerró los ojos como si no quisiera ver más reflejos, como si permanecer sorda, ciega e inmóvil fuese a lograr que el hombre del sombrero desapareciera. Pero la vida no era tan sencilla, en especial la suya.

—Condesa Tarnowska —matizó Elisa con rostro serio—. Es la condesa Tarnowska.

—Lo sabemos; por eso estamos aquí. Condesa, soy el comisario Maurice Stuchart, de la policía de Viena. Si es tan amable de acompañarnos... —solicitó educadamente. Fanelli estaba en lo cierto: una mujer así no pasaba inadvertida, hubiera o no cinco agentes de la policía esperando para escoltarla.

—¿Estoy detenida, comisario? —preguntó con voz dulce, suave, mostrando una dicción perfecta y sosteniéndole la mirada.

Era complicado apartar los ojos de aquella dama, como si desprendiera algún tipo de hechizo, como las aguas del manantial Kaiserbründl-Quelle donde nacía el pequeño Danubio que bañaba el centro de Viena y que obsesionaron a la emperatriz Sissi con sus propiedades mágicas. Al igual que sucede con las obras de arte que pueblan los museos, en aquella misteriosa mujer siempre quedaba algo por ver, por observar, como si se la contemplara siempre por primera vez. Era una perenne invitación a la admiración, una emoción indefinida.

—No es una detención —mintió a medias el comisario. En realidad, se trataba de una detención preventiva, pero los matices no eran necesarios en mitad del andén de una estación de tren, donde la atención de los viajeros empezaba a congregarse—. Sólo tiene que acompañarnos, si es tan amable.

—Supongo que se me permite fumar, comisario —dijo mientras encendía uno de sus cigarrillos perfumados, que acopló en una llamativa boquilla de oro con tachuelas rojas que, viendo la categoría de la mujer, seguramente serían rubíes.

—Siempre que pueda hacerlo al tiempo que nos acompaña...

Conforme caminaba, y una vez abandonado el andén, la condesa Tarnowska iba observando los carteles con grandes letras mayúsculas de color negro que poblaban el interior de la estación: BUCHHANDLUG. REISEFÜHRER. GARDEROBE. RUNDREISE BILLETS. No era la primera vez que los veía, pero se dio cuenta de que los miraba de manera diferente. La hilera de farolas altas distribuidas en la parte izquierda del vestíbulo parecía aumentar la custodia policial, aunque de forma más señorial. Los hombres y las mujeres que se hallaban en la estación se volvían para mirarla y sus ojos seguían hipnóticamente su deambular, incapaces de despegar la vista. Esa atención no representaba ninguna novedad para ella, eran las miradas habituales debatiéndose entre la sorpresa y la admiración, aunque aquella vez la confusión también había entrado en escena. No había tardado en correr la voz entre los viajeros. Los periódicos vieneses habían informado de lo sucedido en Venecia sobre el intento de asesinato de un aristócrata ruso y la información hablaba de que uno de los sospechosos involucrados estaba en Viena.

La condesa miró el reloj ubicado en lo alto de la gran escalinata de la estación. Las siete de la tarde. Ésa era la hora señalada para el encuentro, pero él no había aparecido. En su lugar, cinco policías la escoltaban.

El comisario no quería ningún altercado en la estación, aunque lo provocaran curiosos y mirones. Para evitarlo, decidió entrar en una sala habilitada para la policía donde todos estarían más cómodos, hasta que pasara el revuelo. Fue allí donde Stuchart le mostró una fotografía a la condesa.

—¿Reconoce a este hombre? —preguntó colocando sobre la mesa la fotografía del varón detenido hacía unas horas en el hotel Vittoria. Ese que aseguraba ser Paul Selkach, aunque se hubiera registrado como Zeiffer y anteriormente como De Bouchy en el hotel Danieli.

La condesa Tarnowska miró la fotografía como quien desprecia el tiempo y observa la hora en un reloj, con indiferencia, con la tranquilidad de quien se considera inocente porque la culpabilidad pesa demasiado y el sentimiento de culpa arruina una vida. Se llevó la boquilla de oro y tachuelas a la boca, aspiró delicadamente y sus labios dejaron escapar una nube de humo, dejando en el ambiente un característico olor, agradable y dulzón; no olía a jazmín, aunque la publicidad de aquellos cigarrillos perfumados así lo asegurara. Retiró los ojos del retrato fotográfico; al final, el encuentro se había producido, aunque unos minutos más tarde y en circunstancias diferentes a las acordadas.

—Por supuesto que le conozco. Es mi abogado, Donato Prilukov.

El comisario se apoyó en el respaldo del asiento. Por fin escuchaba el verdadero nombre de aquel hombre.

—¿Había quedado con él?

La condesa no respondió a la pregunta porque una señora de su condición no contestaba a ese tipo de cuestiones. En su lugar, aspiró otra bocanada de su cigarrillo, desprendiendo una nueva oleada aromática.

—¿Me va a decir qué sucede y qué es lo que hago aquí? Creo que ésta no es manera de tratar a una dama.

—¿No quiere saber dónde está?

—No me interesa en absoluto dónde está mi abogado. Lo que me gustaría saber es qué ha pasado con mis perros y dónde está mi doncella.

—Su abogado está detenido desde esta mañana, acusado del intento de asesinato de su prometido, el conde Kamarowski —informó el comisario Stuchart, sin apartar la mirada de la condesa—. ¿Le interesa ahora algo más el paradero de Donato Prilukov?

10

A esas horas de la noche, la comisaría presentaba una cierta tranquilidad, en contraste con el bullicio que se respiraba el resto del día. Para los policías con más oficio y con aquello que la profesión denominaba «olfato», ese sosiego lúgubre era todo menos tranquilizador, más semejante a los silencios cargados de munición, incubando el drama que ensordecerá a todos.

El subcomisario Fanelli estaba terminando de organizar la información recibida desde Rusia y Viena, así como la hallada en el registro de la oficina de telégrafos, revisando de nuevo los testimonios de los testigos y comprobando la última declaración del conde Kamarowski realizada dos días atrás. Las cosas habían cambiado desde su último encuentro y el caso había tomado unos derroteros que todavía le hacían caminar sobre terreno resbaladizo. Mientras veía cómo su joven ayudante se aproximaba a su despacho, pensó que el día siguiente a primera hora se acercaría al hospital para interrogar otra vez al conde. Él era el único involucrado en el caso que podría arrojar algo de luz sobre ciertos aspectos que, sin su testimonio, serían más complicados de esclarecer y se eternizarían en el tiempo. Miró la hora en el reloj de la comisaría. En realidad, aún no era demasiado tarde para pasarse por el centro hospitalario. Eso era lo bueno de ser policía, la noción del tiempo y la interpretación de las horas corría por vías diferentes a las del común de los mortales, también en lo que respecta a las visitas.

—No se ha dado mal el día —dijo Lucca, entrando en el despacho y pidiendo permiso con un gesto para tomar asiento, que le fue concedido.

—Como se le ocurra decirme que el caso está resuelto, soy capaz de detenerle ahora mismo.

—No dudo de lo que lo haría. Pero desde que trabajo con usted, mi optimismo se ha ahogado en las aguas del Gran Canal.

No fue consciente de lo inoportuno de su comentario hasta que ya era tarde. Como todos en la comisaría, conocía la naturaleza del drama que había vivido el subcomisario con la muerte de su hija. Si hubiese podido tragarse las palabras, lo habría hecho, pero eso era tan imposible como devolverles la vida a los muertos. Su silencio fue la forma de disculparse, y la locuacidad de Fanelli, la confirmación del perdón. Los dramas personales son propios, no se escudan en injerencias externas.

—No creo que me pertenezca ese mérito. Se llama vida, joven, y es una ruleta rusa de sentimientos. Ya se dará cuenta cuando vaya cumpliendo años. O no, vaya usted a saber.

—Es que no creo que estemos cerca de solucionar el caso —respondió, recogiendo rápidamente el guante que le había lanzado su superior para borrar la inoportuna frase y volver al caso—. Tenemos a los tres detenidos: Nikolái Naumov, Donato Prilukov y la condesa Maria Tarnowska. Pero cuanta más información tenemos, cuantos más informes leo y cuanto más miro esos detalles que a usted tanto le gustan, menos entiendo lo que ha pasado aquí. Esto es una madeja llena de nudos gordianos que cada vez se enreda más. ¿Cómo vamos a ser capaces de desenredarla? ¿Por dónde empezar?

—Por el principio, como siempre. Hay que ir al inicio de todo para lograr entenderlo. Es la única manera —respondió

Fanelli mientras cogía el sombrero y su chaqueta—. Me debe un café, y éste es un buen momento para cobrar las deudas. Además, hace una noche agradable; puede que después demos un paseo hasta el hospital para hacer una visita a un enfermo que se recupera milagrosamente.

Se disponían a abandonar la comisaría cuando llegó la noticia.

—¡Señor subcomisario! —gritó uno de sus hombres, al que le costó unos segundos recuperar el aliento por la carrera que había realizado para alcanzarlo—. Acaban de llamar del hospital Santi Giovanni e Paolo. El conde Pavel Kamarowski ha muerto.

Habían atravesado en silencio los soportales de la plaza de San Marcos para acceder al Caffè Florian. Como si fuera la primera vez que lo veían, acertaron a leer la leyenda inscrita en las columnas de la entrada del establecimiento que se mantenía orgullosa ante la mirada de propios y extraños: VIVA SAN MARCO. VIVA LA REPUBBLICA. No estaban para entonar muchas aclamaciones, pero el tiempo suele solidarizarse con la Historia.

Aún pudieron tomarse un café. Los camareros del establecimiento sabían del insomnio que aquejaba al subcomisario y le permitían apurar el horario de cierre, incluso cuando ellos ya estaban recogiendo dentro, con las puertas cerradas al público. Fanelli y Lucca compartieron el brebaje en el mismo silencio que los había acompañado desde que salieron de comisaría, hasta que el joven sonrió como si algo le pareciera divertido. No era la diversión propia de su edad; era la misma exaltación que había reflejado su rostro cuando días atrás, en la Sala de las Estaciones, consiguió ver con los ojos de la mente.

—Sé que me voy a arrepentir de preguntarlo, pero, dígame, ¿por qué sonríe?

—¿Recuerda que le hablé del escritor Iván Turguénev?

—El bisabuelo de nuestro asesino... Supongo que ya podemos llamarle así —replicó Fanelli, rumiando aún la noticia de la muerte del conde Kamarowski.

—Veo que me escucha con atención a pesar de lo mucho que protesta... —bromeó Lucca, sin que el semblante del subcomisario se inmutara. Decidió no tentar más a la suerte; ya le había visto sonreír una vez esa mañana, no convenía forzar la situación—. Fue él quien escribió que en la vida de las personas hay grandes misterios y el amor es uno de los más inaccesibles.

—Se lo ruego... —avisó Fanelli—, no, se lo ordeno: no me dé la noche recitando a poetas rusos; hoy no.

—Le prometo que no lo haré. Pero deje que le cuente algo: mientras agonizaba en su lecho de muerte a causa de un cáncer de médula, la última frase que pronunció Turguénev fue para su antiguo amigo León Tolstói, con el que llevaba varios años sin hablarse por desavenencias políticas: «Amigo, vuelve a la literatura», dijo. Y Tolstói siguió su consejo y escribió *La muerte de Iván Ilich*, una de sus mejores obras.

—¿Qué me está diciendo? ¿Que por fin deja la policía para escribir un libro? —preguntó Fanelli con su habitual sarcasmo, fingiendo no saber a qué se refería.

Lo había sabido desde que le vio entrar en su despacho unos minutos antes, blandiendo su pesimismo ante el esclarecimiento del caso antes de que la justicia se hiciera cargo de él. Ése era el camino que los llevaría a resolverlo.

—Le estoy diciendo que tiene usted razón, subcomisario —admitió Lucca mientras se levantaba del asiento—. No hay crimen sin historia. Y las historias hay que escribirlas desde el principio para poder entenderlas.

Segunda parte

Otrada, Rusia
1889
18 años antes

Hay una historia detrás de cada persona. Hay una razón por la que son lo que son. No es tan sólo porque ellos lo quieren. Algo en el pasado los ha hecho así, y algunas veces es imposible cambiarlos.

Sigmund Freud

11

—A veces, para ver mejor, hay que apagar la luz.

La siempre reconfortante voz del tío Cillian llegó a sus oídos como lo hacía el resto del mundo, desde que una virulenta cepa del virus del sarampión le arrebató la visión a los ocho años. Desde entonces, sus ojos permanecían ocultos detrás de unas gafas negras, como si una maldición medieval hubiera recaído sobre ella en venganza por su belleza. Si la visita secreta al prestigioso oculista de Kiev salía como esperaba su madre, que había seguido la recomendación de su cuñado sin decírselo a su marido, tendría tiempo de vengarse del mundo por intentar convertirla en un vampiro, condenada a moverse durante cuatro años entre las sombras, donde los reflejos eran las únicas siluetas que existían.

Maria apretaba la mano de su madre y la de su tío, como la cría de doce años que era, en busca de protección, cercanía y confianza. El doctor le había ordenado que permaneciera inmóvil mientras vertía en sus ojos unas gotas que a la niña le parecieron un océano de aguas frías. La consulta estaba prácticamente en penumbra para que toda la luz se concentrara en el interior de los ojos de la pequeña.

—Es belladona —le explicaba con voz suave su madre, Ekaterina—. No te hará daño y te dilatará las pupilas, que es lo que necesitamos.

—¿Belladona? —Su sonido evocaba en la niña algo fastuoso.

—Es una palabra italiana —intervino el tío Cillian—. ¿Sabes lo que significa? «Mujer hermosa», como tú.

—Madre dice que las mujeres bellas atraen las desgracias.

—Eso lo dice porque se casó con el Terrible O'Rourke.

Pronunció el apellido de su hermano mayor con voz impostada, tal y como solía leerle a su sobrina los cuentos de fantasmas, brujas y almas perdidas en el bosque. Sin embargo, no exageraba; era así como se referían a él, especialmente en su familia, de puertas adentro.

—Se me ha secado la boca. Y mi corazón va muy deprisa, tío Cillian.

—Es porque la atropina está haciendo su trabajo, y no sólo en tus ojos: ahora mismo pareces una gacela con las mejillas sonrosadas. Los griegos la denominaban *atropa*. Te contaré una historia...

—Ya me las sé todas. Madre me ha leído todas las fábulas de Krylov. Mi favorita es la de «El cisne, el bagre y el cangrejo».

—Ésta es mucho mejor —le aseguró sin soltar la mano de su sobrina. Sabía que adoraba los cuentos y que oírle la distraería y disiparía todos sus temores—. En la mitología griega, Átropos era la mayor de las tres Moiras, dueñas y señoras del destino porque manejaban los hilos de la vida de cada mortal. Su hermana Cloto hilaba, su hermana Láquesis enrollaba el ovillo, pero Átropos era la más poderosa porque sólo ella tenía la facultad de cortar la hebra con su diabólica tijera.

—Madre ha dicho que no me iba a hacer daño —protestó la niña.

—Y no lo hará. Átropos no está aquí. Y el doctor sólo te está poniendo un poquito de luz para poder examinarte.

—No le cuente esas cosas a la niña —dijo el oculista mientras inspeccionaba meticulosamente los ojos de su joven paciente, como si en realidad estuviera escrutando su alma.

—Mi sobrina ya ha oído de todo y nada le da miedo. Es una O'Rourke, descendiente de María Estuardo, reina de Escocia. El bisabuelo de esta niña sirvió a la emperatriz Isabel I de Rusia, que reinó tras la revuelta militar que derribó al zar Iván VI. Los O'Rourke somos descendientes del primer rey cristiano de Connaught, miembros de la familia real británica, defensores de la libertad...

—... mártires y héroes en los campos de batalla en las guerras napoleónicas, como Cornelius O'Rourke, que sirvió en la batalla de Austerlitz. —Maria relevó a su tío en el relato como si recitara una plegaria. Se lo sabía de memoria, de tantas veces que su familia había presumido de árbol genealógico, un *orbis pictus* de la vieja Europa.

—Por la noche tendrá pesadillas, llorará, se le irritarán los ojos y no podrá ver. Y todo esto no habrá servido para nada —insistió el doctor.

—Aun sin la vista, esta niña ha contemplado más cosas que los demás porque observa con los oídos. Y sólo con los ojos de la inteligencia, con los ojos de la mente, se pueden ver las cosas como realmente son.

Al salir de la consulta, las gafas negras seguían custodiando sus ojos verdes. Sin embargo, gracias al dictamen del doctor, su rostro esbozaba una sonrisa que lo iluminaba todo, como los halos que vislumbró alrededor de los farolillos del coche de caballos en el que los tres regresarían a la residencia familiar, en Otrada. Maria también percibió dos siluetas que se abrazaban en la oscuridad, como siempre habían hecho. Ya acomodados en el carruaje, una de ellas le confió: «Yo hablaré con tu padre. Ese viejo oso, rudo y cascarrabias, no es capaz de distinguir un milagro de una embestida militar. Mientras tanto, engáñalos a todos, que crean que sigues sin poder ver. Será divertido», le confió su tío antes de golpear el techo del carruaje con el mango de plata de su bastón para ordenar al cochero que iniciara la marcha.

El juego duró unos días, hasta que el calendario marcó el regreso de Cillian a Irlanda. A juzgar por los gritos del Terrible O'Rourke, que se filtraron por cada piedra y madera de la residencia, no había sido de su agrado que su hermano se saltara su autoridad paterna y llevara a su hija pequeña a un oculista que, para colmo de males, había osado contradecir al médico de la familia y asegurar que la niña volvería a ver. Aunque lo que en realidad le alteraba era que hubiera ido junto con su esposa. El cariño que Ekaterina y Maria sentían por él era proporcional al odio que le profesaba su hermano, que sólo permitía mencionar el nombre de Cillian en su casa si era para referirse al santo irlandés del siglo VII que evangelizó Franconia.

—No entiendo por qué no te alegras por ella, Nikolái. Cualquiera diría que prefieres que tu hija se quede ciega para poder tenerla encerrada entre estos muros, aislada del mundo y negándole la libertad, ¿me equivoco? No sería la primera vez que haces algo así con una mujer de tu familia...

—¡Qué sabrás tú, si ni siquiera tienes hijos! —rugió el conde Nikolái Moritsevitch O'Rourke. Como oficial del Imperio ruso que era, no admitía lecciones de nadie y menos en su casa—. Regresa a Irlanda con tus asuntos y déjanos tranquilos. Ve a formar tu propia familia y evita inmiscuirte en la mía.

En su habitación, sentada ante el espejo de la cómoda, el único con el que había compartido su secreto, Maria oyó los gritos con gesto impasible. Lo bueno de la costumbre es la aceptación indulgente de las circunstancias, sin dramas ni temores. Ni siquiera los sintió cuando escuchó los contundentes pasos de su padre recorriendo el pasillo que llevaba a su dormitorio. Lo esperaba y ya podía verlo. Su voz no le pareció tan aterradora como cuando sólo podía oírle.

—Y tú, jovencita... —gritó según entraba en la estancia, apuntando a su hija con el dedo índice que movía de arriba abajo, como si fuera un martillo.

No tuvo ocasión de terminar la frase porque Maria se levantó, se plantó ante él, tiró las gafas oscuras contra el suelo, rompiéndolas en mil pedazos, y se quedó mirándole como si le retara a un duelo, sin temor, sin miedo, sabiendo que nada de lo que contemplaran sus pupilas supondría una mayor amenaza que la oscuridad. El Terrible O'Rourke enmudeció, como lo hacía su esposa ante sus continuos desplantes. Por un segundo pensó en enseñarle a la fuerza todo aquello en lo que su madre no había tenido a bien instruirla, pero, liberada de vendas y lentes negras, la mirada de su pequeña tenía la fuerza de un linaje atávico. Se frenó ante ella, como si estuviera ante el mismísimo Napoleón a lomos de su caballo blanco Marengo en la batalla de Borodinó; incluso parecían compartir el mismo estado febril. Una doble derrota rusa. Rojo de ira, el hombre abandonó la estancia con un portazo que hizo saltar varias astillas del marco de la puerta. Poco después, ésta se abría de nuevo para dejar paso al tío Cillian, que había seguido a su hermano en la carrera. Maria sonrió: ahora sabía lo que se sentía siendo una O'Rourke y saliendo victoriosa del campo de batalla.

Se inclinó sobre los cristales de las gafas y encontró su reflejo dibujado en la telaraña de vidrios rotos. Se dio la bienvenida al mundo. Era el momento de vengarse por el tiempo arrebatado.

—Recuerda bien lo que voy a decirte, Maria —le advirtió su adorado tío antes de regresar a Irlanda—. Bastará que esos ojos que han intentado velar se posen sobre alguien, ya sea rey, dios o mendigo, para que se arrodille ante ti y caiga rendido a tus pies. Y entonces, ellos serán los ciegos.

—¿Por qué?

—Porque hay algo que ciega a todos los hombres por igual: el amor.

—¿Y tú cómo sabes eso? —preguntó observando a su tío, que había apoyado una rodilla en el suelo para hablar a su sobrina a su misma altura.

—Tenemos sangre irlandesa, mi preciosa niña. Y nuestro linaje percibe esas cosas porque las sombras nos acompañan y las almas de los nuestros nos escoltan para susurrarnos el camino. Ellos ven sin mirar, como tú has hecho hasta ahora.

Maria Nikolaevna no había tenido una vida exenta de dificultades, aunque el tío Cillian le instaba a entenderlas como señales premonitorias que le otorgaban cierta ventaja. Su estrella quiso que llegara al mundo el 9 de junio de 1877 mientras un clima revolucionario se cernía sobre el Imperio ruso y anhelaba la muerte del zar Alejandro II. Fue bautizada en la pila bautismal de una de las iglesias que mandó construir el emperador en señal de agradecimiento tras salir ileso de un primer atentado en San Petersburgo en 1866. La unción con el óleo sagrado y las tres inmersiones en el agua bendita —«La sierva de Dios, Maria Nikolaevna O'Rourke, recibe el bautismo en el nombre del Padre. Amén. Del Hijo. Amén. Y del Espíritu Santo. Amén»— marcaron la bienvenida de Maria a la Iglesia ortodoxa, pero no había credo, templo, óleo o agua bautismal capaz de vencer la maldición que había caído sobre el zar. En los años siguientes sería víctima de otros tres atentados fallidos, hasta que el 13 de marzo de 1881 el grupo terrorista Naródnaya Volia, «Voluntad del Pueblo», consiguió su objetivo.

Aunque en ese entonces Maria aún no había cumplido los cuatro años, guardaba cierta conciencia de aquel día. Recordaba la consternación reinante en la casa; el continuo ajetreo de emisarios que llegaban con sobres lacrados; el estado nervioso de su madre, Ekaterina Seletskaya, segunda esposa del Terrible O'Rourke, que siempre desembocaba en incontrolables convulsiones que ni siquiera el láudano lograba calmar; el rostro turbado de su padre, que repetía como un mantra la frase de su amigo asesinado: «Gobernar Rusia no es difícil, pero es inútil». Para tratar de mantenerla lejos del ambiente de agitación que se respiraba en la zona noble de la residencia, la institutriz de la pequeña la envió con los criados, que permanecían reunidos en la cocina. «La sangre llama a la sangre», decía la cocinera Natasha, a modo de maldición, mientras fijaba la mirada en su hijo mayor, antes de volver a enfrascar las manos en la rosada pieza de res que esa noche se serviría en la cena, siempre y cuando los señores recuperaran el apetito que el asesinato del zar les había arrebatado. Sin ser consciente de lo que observaba, la niña fue testigo de tantos silencios cómplices como inculpatorios, de reproches silenciosos y también de encomios, del peso de la palabra muda sobre la pronunciada. Entre aquellas personas, en la cocina de la casa, aprendió que los ojos pueden ver lo que los oídos no escuchan, y suele ser la verdad.

A partir de ese día, a espaldas de su padre y ante la indiferencia aletargante de su madre, la menor de los O'Rourke empezó a pasar más tiempo con los miembros del servicio, que siempre le hacían sentirse especial y elegida, más querida que entre su propia familia, sin órdenes, sin voces destempladas ni reprimendas, sin vetos ni prohibiciones, sin llamadas al orden ni imposiciones. Era lo más parecido a la libertad que podía soñar. Especialmente con Yaroslav, el hijo menor de la cocinera, hermano de aquel otro que recibió la mirada inquieta de su madre el día que asesinaron al zar y al que nadie volvió a ver por la casa. Yaroslav era cinco años mayor que ella. A Maria no le gustaba estar con las niñas de su edad; le parecían cursis, aburridas, siempre pegadas a sus muñecas, haciendo rodar con la ayuda de un palo un estúpido aro que sólo daba vueltas para volver al mismo sitio, siempre haciéndose trenzas enlazadas con tiras de seda, como si eso les fuera a dar la belleza que la naturaleza les había negado. Prefería pasar el tiempo con quien tuviera cosas que enseñarle, sin que ninguno olvidara el lugar en el mundo que la vida había designado para cada uno. Esa disposición, como las estrellas en el firmamento, le daba sentido a todo.

En la cocina, sentada sobre la mesa mientras comía una manzana, bebía un vaso de leche o lamía la cuchara tras introducirla en un tarro de mermelada de naranja amarga, observaba cosas que escaleras arriba nadie veía por no ser de su incumbencia. Le sorprendió descubrir que unas grandes tenazas de hierro atrapaban los bloques de hielo descargados en la puerta de servicio y que alguien se encargaba de picar para llenar la fuente de cristal sobre la que se colocaba el cuenco de caviar. O ver a una de las criadas introducir varias tiras de papel matamoscas en un cubo de agua para extraer el arsénico que después se utilizaría como loción para curar heridas o imperfecciones en la piel, como granitos o verrugas, o para blanquear camisas.

—Pero cuidado no se equivoque, señorita, y vaya a echarlo en la leche donde moja el bizcocho o caiga sobre el pelo del gato, porque entonces sí que se pondría blanco. En ese caso, asegúrese de tener polvos de carbón; son el único antídoto.

—Dejad de contarle esas cosas a la niña —advertía Natasha, que se pasaba el día repartiendo más miradas entre los criados que empanadillas rellenas de repollo y calabaza—. Los críos repiten todo lo que escuchan, y arriba ni se escucha ni se habla de la misma manera que aquí abajo.

—Yo no voy a decir nada. Sólo escucho —aclaraba la pequeña O'Rourke, y no mentía.

Cuando no estaba en la cocina, o merodeando por algún lugar recóndito de la casa, Maria prefería los rincones escondidos del bosque, sembrados de rocas cubiertas de verdoso musgo y escoltados por grandes árboles que, bien arraigados en el suelo, pretendían alcanzar el cielo en señal de orgullo.

Le gustaba embriagarse del olor que desprendían las frondas: le recordaba a la agradable mezcla de manzanas y ortigas que su doncella personal le aplicaba en el pelo para aumentar su brillo y domar los endemoniados enredos; al aceite de eucalipto y madera con el que el tío Cillian sometía su espesa barba; al baño nocturno con lavanda que acariciaba sus sentidos y la llevaba en volandas hasta un sueño profundo; a las friegas con aceite de oliva caliente que mantenían su piel suave; al aceite de trébol con el que untaba sus encías cuando la atormentaban. Allí también olía a la hoja de menta que Natasha introducía en la taza del chocolate caliente que le preparaba todos los días al regresar de patinar sobre el lago helado, junto con su inseparable Yaroslav. Todos, excepto el día que la cuchilla incrustada en el botín de un niño tiñó de sangre el hielo.

Todo fue muy rápido, como siempre que sucede lo imprevisible. Había demasiados jóvenes en la misma zona y la fricción provocó que se formara una delgada capa de agua sobre la superficie helada, casi imperceptible pero suficiente para convertir el terreno en una trampa resbaladiza. El traspié inocente de un niño le hizo deslizarse sobre el hielo varios metros sin control y con los patines por delante hacia el lugar donde Maria permanecía sentada, intentando amarrar uno de los botones de su bota, que se había soltado. Iba a pedir ayuda a Yaroslav, lamentándose de no tener un abrochabotones, pero la detuvo el gesto del muchacho. El miedo esculpido en un rostro infantil resulta doblemente aterrador. Era una expresión de desasosiego que ella nunca antes había visto. Giró la cabeza hacia su izquierda, siguiendo la mirada de su amigo. Una cuchilla se aproximaba a gran velocidad y frenaría contra ella si nada lo evitaba: si tenía suerte, sólo le cortaría la cara; si no, la incisión sería unos centímetros más abajo, en el cuello, seccionándole la yugular. No hubo tiempo para decir nada, ni siquiera para gritar. Las palabras estaban tan congeladas como la sangre de Yaroslav que, en un instante, cubrió la superficie de hielo que los separaba.

Ni siquiera le dolió cuando se interpuso entre la cuchilla y el rostro de ella; le asustó más ver aquel contraste de colores y entender de dónde procedía. Una gran mancha oscura avanzaba sobre la blanca superficie helada, como un eclipse lunar, ensombreciéndolo todo, empezando por la mirada del chico, que estaba a punto de perder el conocimiento. Maria no podía apartar los ojos del enorme charco de sangre y de cómo su propia imagen se dibujaba sobre él, un reflejo maldito, emisario de malos augurios. Ni siquiera escuchaba los gritos de los otros niños y apenas pudo percibir la débil voz de su amigo fiel, convertida en un suspiro.

—Corre a pedir ayuda.

Era la primera vez que su voz modulaba una orden para dirigirse a ella.

—Hay mucha sangre... —acertó a decir mientras trataba de cerrar el profundo corte en el muslo de la pierna derecha del chico, apretando contra él su manguito de piel blanca, que no tardó en teñirse de rojo.

—Tu cinta del pelo, quítatela —le conminó Yaroslav, apenas sin fuerzas—. Yo no podré hacerlo. Átame la cinta por encima del corte. ¡Rápido!

Maria siguió sus instrucciones, sin miedo ni aprensión. La cinta era verde y blanca, pero pronto se pigmentó de un rojo parduzco. La apretó todo lo fuerte que pudo hasta que la sangre dejó de brotar por la hendidura que la cuchilla había abierto en la carne; no supo si era porque ya no le quedaba más en el cuerpo o porque ella lo había hecho correctamente. Cuando logró apartar la mirada del hipnótico avance de la sangre por el hielo, la dirigió a su amigo. Yaroslav ya no hablaba. Dormía y tenía el rostro albo como la nieve. Su semblante ya no reflejaba miedo alguno. Tampoco ella quería hablar más. Empezó a escuchar voces en la lejanía, como aquellas que aparecían en sus sueños, y se dijo que ella también quería dormir. Hacía calor pese a estar sobre el frío hielo. Era el día de los contrastes.

Cuando Maria volvió en sí y abrió los ojos, lo primero que vio fue el rostro de su madre, anegado en lágrimas, y su temblorosa mano sujetando la botellita de láudano cuyo contenido vertía en una cucharita de plata que llevaba prendida de la cintura con una cadena; las armas para la batalla convenía tenerlas siempre cerca. Para ser miembro de una familia de cosacos del Don, Ekaterina tenía poco aguante a la hora de enfrentarse a la vida o quizá fuera su matrimonio lo que la empujó a abrazar la resignación narcótica, agotada por la lucha. Lo segundo que la niña observó fue una enorme sombra cerniéndose sobre ella. La voz del Terrible O'Rourke le cayó encima como una condena.

—No volverás a ver a ese chico en tu vida. Te lo prohíbo.

—¿Dónde está Yaroslav? —preguntó aún aturdida, aunque lo suficientemente despierta para distinguir que estaba tumbada sobre la chaise longue favorita de su madre, donde solía sentarse con un libro en la mano para mirar y no ser vista—. ¿Se ha muerto?

—Para ti, lo está. Y no volveremos a hablar de esto.

Así acababa el conde O'Rourke las conversaciones, aniquilando las palabras. Era su forma de evitar discusiones o malos entendidos. Mientras ella permanecía inconsciente y su doncella personal le ponía paños fríos escurridos en una palangana con agua helada, Yaroslav esquivaba de milagro la muerte, aunque no la aguja con la que el veterinario le cosió la carne en las cuadras: la herida era tan grave que no hubo tiempo para esperar la llegada de un médico. Con los dos protagonistas fuera de juego, se había celebrado un juicio presidido por el Terrible O'Rourke en el que se declaró culpable al hijo de la cocinera, al que nadie agradeció haberle salvado la vida a la benjamina de la casa, que quedó reconocida como única víctima de lo sucedido.

Maria había heredado la belleza de su madre y la fortaleza y tozudez de su padre. Por eso, al conocer la sentencia se concentró en beber la leche caliente con canela que removía pacientemente una de las criadas y hacerlo a pequeños sorbos, evidenciando que no tenía prisa; ella sabía esperar, la vida se encargaría de enseñárselo.

Cuando llegó la noche, reconoció en ella a su aliada y cómplice. Con el sigilo de una sombra, bajó a la planta inferior. En la cocina, vio a Natasha inclinada sobre la lumbre, cocinando un reconstituyente a base de hierbas para su hijo. Con el beneplácito médico, la cocinera había permitido que Yaroslav pasara la noche en el establo: era uno de sus lugares favoritos, donde había compartido muchos momentos con su hermano mayor, rodeado de caballos, por los que se desvivía. Ella se encargaría de cuidarlo, aunque él insistiera en que le dejara solo. Pero una madre no sabe de soledades cuando se trata de sus hijos, y por eso únicamente se despegaba de su vera para volver a la residencia y prepararle algo de beber. Maria aprovechó uno de esos viajes de Natasha para cruzar con sigilo la cocina y salir fuera. Caminó hasta las cuadras, en cuyo interior advirtió la llama ámbar de un quinqué que tinturaba de oro el interior del establo. Ni siquiera tuvo que empujar el pesado portón para acceder, se deslizó por la ranura que separaba las dos hojas de la puerta. Al verse los pies cubiertos de tierra, se arrepintió de haber salido descalza. Avanzó confiada entre las caballerizas, sin sentirse intimidada por las miradas atentas de sus inquilinos: eran sus cómplices; puede que la conocieran mejor que nadie, especialmente Nagaika, un hermoso caballo Don, moteado en blanco y negro, de raza valiente y resistente, capaz de galopar trescientos kilómetros en un día por las estepas nevadas; el animal procedía de la misma región que

Ekaterina, y la niña pensó que quizá su madre sólo aguardaba la gran nevada para emularlo.

No entendía por qué los caballos permanecían despiertos tan tarde, aunque esperó que Yaroslav también lo hiciera.

—¿Te has vuelto loca? Tu padre va a matarme —dijo el muchacho nada más verla.

—Si no lo hizo antes es porque creyó que lo haría la cuchilla —bromeó Maria, como si la situación lo propiciase—. Grita mucho porque siempre está enfadado. Pero no es malo.

—¿Qué haces aquí?

—Quería verte para asegurarme de que estabas bien. Y también darte las gracias por salvarme la vida.

Yaroslav la observaba de esa manera singular que la hacía sentirse especial, como si le impusiera el blasón identificador de su linaje. Su mirada febril y el sudor que empapaba su cuerpo e iluminaba su rostro le daban un aire de vulnerabilidad que Maria nunca le había visto. El veterinario había aconsejado que durmiera desnudo bajo la manta, ya que el sudor y la convulsión pirética aparecerían en las primeras veinticuatro horas, cuando el pico de la hipertermia alcanzara más de cuarenta grados. Hacía unos minutos que había tenido un episodio de fuertes temblores que aumentó su debilidad y le abandonó en un estado de semiinconsciencia por el que deambularía durante toda la noche. Pero la visita de su amiga le mantenía despierto.

—Nunca había visto tanta sangre en mi vida. Sobre el hielo, me recordó la brillante luz de un rojo casi rosa que deja la puesta de sol en primavera sobre la ciudad de San Petersburgo. Es una imagen imponente.

—¿Te pareció hermoso ver cómo me desangraba? —preguntó el chico tan confundido como asombrado.

Maria ignoró la pregunta obviando así la respuesta. Al contrario que su padre, no aniquilaba las palabras, sólo las cambiaba por otras, amoldándolas a su conveniencia.

—¿Te dolió cuando salía toda esa sangre del cuerpo?

—¿Por qué me preguntas eso?

—No sé. ¿Te duele ahora? —Retirando ligeramente la manta, alargó el brazo hacia el aparatoso vendaje que le cubría el muslo derecho.

La mano del joven la detuvo asiéndola de la muñeca, evitando que sus delicados y pálidos dedos rozaran la venda con pequeñas manchas oscuras.

—No lo toques. Me harás daño.

—Si me dejas hacerlo, te permitiré darme un beso.

Yaroslav la miró como quien contempla un incendio, sin poder retirar la vista a pesar de que la dimensión de la tragedia empuja a salir corriendo y alejarse. Eso era Maria para él: un descomunal incendio de enormes llamas en las que anhelaba consumirse a pesar de saber que moriría abrasado. No era la fiebre lo que le empujó a escuchar la propuesta que acababa de hacerle; la pirexia no se presentaba tan tentadora. Estaba acostumbrado a sus juegos, a sus disparatadas apuestas, a sus continuas provocaciones. Todavía recordaba el día que aquel demonio vestido de ángel le propuso tragarse dos bayas de belladona para demostrarle que podía confiar en él. «No pueden estar malas, míralas, negras y brillantes, parecen chocolate —trató de convencerle—. Además, los pájaros se las comen y no les pasa nada; a no ser que sean más valientes que tú». Tan dulces como el chocolate y tan venenosas como el arsénico que estuvieron a punto de costarle la vida si Natasha, que removía los pucheros como una bruja, no tuviera amplios conocimientos sobre venenos y sus antídotos para combatir los espasmos y los vómitos que atormentaron a su hijo durante días. Sin saberlo, el joven había emulado al criado de Cleopatra, que accedió a complacer a su señora ingiriendo una baya de atropina, sólo que éste falleció al hacerlo. La culpa era únicamente de él; no de la baya, impasible en la naturaleza, y mucho menos de Maria, inmutable en su inocencia.

—¿No quieres besarme? ¿O es que prefieres que te bese yo?

Él no respondió. Tenía la boca demasiado seca para pronunciar palabra, no por la propuesta, sino por la fiebre que volvía con fuerza. Como quien acepta cometer un delito a sabiendas de la condena que traerá consigo, Yaroslav retiró la frazada para dejar la pierna al descubierto. La pequeña de los O'Rourke acercó la mano a la herida y posó los dedos sobre ella, rozando con cuidado el vendaje para terminar acariciándolo suavemente, hasta ejercer una presión mayor sobre ella. El joven lanzó un grito mientras el dolor recorría su cuerpo cauterizándolo, como si aquellos dedos infantiles fueran el hierro candente que marca la piel de los caballos. Maria le observó con fruición. No quería que su compañero de juegos sufriera, pero no era eso lo que reflejaba su semblante. La confusión y no la angustia cincelaba su rostro. Se inclinó sobre él para darle un beso que depositó cerca de su boca, pero sin rozarla. Después, ante el asombro del muchacho, besó el vendaje de la pierna. Fue ella la que, en esa ocasión, sumergió el trapo en el cubo de agua, lo escurrió con sus manos y se lo pasó por el rostro para limpiar el sudor dejándole una sensación de bienestar. Durante unos segundos, los dos quedaron en silencio, sin dejar de mirarse, como si el mutismo garantizara la sanación.

—¡Maldito hielo! —protestó ella observando el vendaje en la pierna, en el que habían aparecido varias manchas rojizas.

—No culpes al hielo, no es el culpable.

—¿Lo soy yo? —preguntó anhelando la respuesta que su mente fraguaba.

—Tú eres inocente. El agua que se formó sobre la superficie del lago es la responsable.

—Entonces, ¿no me culpas?

—Tú no has nacido para ser culpable. Eso queda para nosotros —le dijo mientras retiraba la mano con la que ella sostenía el trapo sobre su frente. A juzgar por la expresión de su amiga, le sorprendió que lo hiciera, como si renunciara a ser ungido con el óleo sagrado. Un halo de cansancio veló su rostro—. Haz caso a tu padre. Es mejor que no volvamos a vernos más.

—Eso lo decidiré yo —dijo con un rictus de enfado tatuado en el ceño.

—Coge un poco de paja al salir del establo y límpiate los pies antes de entrar en casa y meterte en la cama —le aconsejó él—. De lo contrario, dejarás huellas de barro que tu padre seguirá y que le llevarán hasta mí.

—Mis huellas siempre te llevarán a mí.

—Eres una niña consentida y malcriada. Lo llevas en la sangre, no puedes evitarlo.

—Te equivocas. Lo que llevo en la sangre es la tierra irlandesa y sé que lo que te digo es cierto. Mis huellas siempre te traerán a mí.

El traumático episodio en el lago helado no cambió la relación entre los jóvenes, que siguieron buscándose a escondidas, hallando siempre la ocasión, el rincón y la manera de continuar con sus juegos. Sólo la lenta recuperación de Yaroslav hizo que los encuentros entre ellos se espaciaran en el tiempo, lo que hizo creer al conde O'Rourke que sus amenazas habían surtido el efecto deseado. «Nada como la autoridad para criar a los hijos», solía repetir. Pero la autoridad no suele casar bien con la opresión de los espíritus libres, igual que las prohibiciones sólo avivan la tentación y subliman el pecado. Bastó un inocente juego infantil para desatar de nuevo la desgracia y su consecuente tormenta.

El conde había ordenado instalar un columpio en la rama de uno de los árboles centenarios que bordeaban la residencia de los O'Rourke, para que su hija pequeña pudiera pasar en él sus tardes en vez de deambular por el bosque. La ubicación no había sido arbitraria: el propio conde eligió el árbol, un enorme roble de porte majestuoso que se vislumbraba desde cualquier ventanal de la mansión. Los criados se afanaron en asegurar las cuerdas, afianzándolas con complejos nudos que garantizaran la seguridad. A petición de ella, pintaron de rojo, su color favorito, el tablón de madera del asiento. Cuando por fin estuvo instalado, le faltó tiempo para sentarse en él y no bajarse en horas. Le encantaba sentir cómo su cuerpo se balanceaba al albur del viento y la manera en la que cada impulso a su espalda le permitía elevarse, ir más allá y casi tocar el cielo con las manos. «¡Más fuerte! ¡Más alto!», pedía a gritos. Y como siempre, sus deseos se transformaban en órdenes cuando llegaban a los oídos de los criados.

Una tarde, su madre necesitó los servicios del sirviente que solía dejarse los brazos impulsando el columpio; lo hacía gustoso, como el resto de la servidumbre, porque aquella jovencita era la única de la casa que los trataba como a iguales, siempre tenía una palabra para ellos e incluso los miraba cuando les hablaba. Ekaterina necesitaba esos brazos para colocar uno de los tablones en el jardín de la casa donde se ultimaban los preparativos del baile que organizaban todos los años los O'Rourke. El criado le prometió que regresaría enseguida, pero no cumplió su promesa.

Maria entendió que había cosas en la vida que uno no podía hacer solo y que requerían de la ayuda de alguien. Cuando vio aparecer a su gran amigo por el camino que conducía a las cuadras, sonrió. «¡Ven! ¡Empújame!». Yaroslav la miró lo suficiente para darse cuenta de que sería un error. Dirigió los ojos a la entrada de servicio para comprobar que su madre no estaba vigilando. Después, inspeccionó los ventanales de la casa en los que solía detenerse el Terrible O'Rourke para observarlo todo. Pero hay cosas que no se ven con claridad debido a su cercanía. «¡Venga! ¡No va a pasar nada!», insistía ella a gritos. El joven obedeció y las risas de su amiga le valieron el riesgo que corría a ser descubierto. Pero Maria quería más, exigía mucho más, porque la felicidad otorga unas alas para volar más alto obviando las leyes de la gravedad.

Como sucedió aquel día en el lago helado, tampoco esta vez se escuchó ningún grito. Tan sólo un fuerte golpe contra el suelo, como si el majestuoso roble hubiera caído con toda su solemnidad. La pequeña yacía sobre la hierba, sin moverse, sin hablar. Yaroslav corrió en su auxilio como lo hicieron varios criados alertados por el golpe, entre ellos, la cocinera Natasha. Al inclinarse sobre la chica buscando una señal, le dio la impresión de que dormía. Estaba tan bella como siempre. Tan sólo encontró un trazo distinto, un delgado hilo de sangre que le salía de la nariz y uno más grueso que escapaba por su oído izquierdo. Estaba muerta, o eso le pareció a él. Reconoció el mismo miedo que le provocó la cuchilla al avanzar por el hielo, pero ya no había mal que poder evitar excepto el que auguraba la mano que le agarró del brazo. Era su madre, y vio en ella la misma mirada que, años atrás, había dirigido a su hermano cuando el zar Alejandro II fue asesinado.

Esa misma noche, cuando Maria Nikolaevna todavía no había vuelto a abrir los ojos, Yaroslav desapareció de la residencia de los O'Rourke.

12

Maria volvió a ver la luz del sol unas semanas después, aunque sus ojos no tardaron en cerrarse de nuevo. No habían pasado ni dos meses desde la caída del columpio cuando la tragedia llamaba otra vez a su puerta. Con su desahogo habitual, la dejó entrar, y el sarampión, diagnosticado por el médico de la familia, aniquiló el alma de sus ojos esmeralda durante cuatro largos y sombríos años. Tampoco le importó demasiado, porque a la única persona a la que anhelaba ver la habían hecho desaparecer entre las sombras, los silencios y el abrigo de la noche. Pero todos los túneles, por muy largos y oscuros que sean, tienen una luz al final de su recorrido; de lo contrario, serían pozos. Ella se prometió que nunca caería en un agujero que no tuviera, al menos, una salida.

La luz volvió a entrar en sus pupilas, como lo hizo Yaroslav en la propiedad de los O'Rourke: cuando nadie lo esperaba.

Nada más verle quitarse las pinzas prendidas en el bajo del pantalón, para evitar mancharlo con la cadena de la bicicleta, supo que era él. Le bastó un instante, el mismo que parecía haber transcurrido desde la última vez que estuvieron juntos. Para distinguirle no hizo falta que el muchacho alzara la cabeza y dirigiera la mirada hacia la ventana donde siempre había estado ella. Su ropa quizá fuera distinta, su levita un poco más larga a como se estilaba en los salones de la alta sociedad que él nunca pisaría, y probablemente llevaría impregnado el olor a brea que inundaba algunos barrios de San Petersburgo, pero sus ojos seguían mirándola con una enigmática mezcla de devoción y respeto, como seguramente mirarían los criados a la reina María de Escocia. Esas cosas se heredan, y no eran las únicas.

Habían pasado ocho años desde la última vez que le vio colocarse detrás de ella, como de costumbre, siguiendo en silencio sus instrucciones por descabelladas que parecieran, empujando el columpio para verla alzarse por encima de él, por encima de todos, porque el cielo sólo estaba hecho para que unos pocos lo franquearan. Desde ese día nadie había vuelto a pronunciar su nombre en su presencia, ni siquiera Natasha, que seguía haciéndose entender mejor con la mirada que con las palabras. Se preguntó si él se habría atrevido a pronunciar el suyo, aunque fuera a solas, sobre el camastro de un dormitorio o en sus sueños, quizá deslizándolo en una indiscreta confidencia a un camarada. O si, como ella, se había conformado con pensarle; así se garantizaba la eternidad de los recuerdos. Los nombres que no se pronuncian no caen en el olvido porque se aferran a la mente hasta que algo los hace emerger.

Se retiró de la ventana y dejó la mirada de Yaroslav en el aire, como él la había dejado a ella la última vez. Aún tenía que poner en orden los baúles que la habían acompañado en su último trayecto y que el servicio ya había subido a su habitación; seguía negándose a que nadie tocara sus cosas. Maria Nikolaevna acababa de regresar del colegio para jóvenes aristócratas donde había aprendido todo lo que, a los quince años, una señorita de la alta sociedad debería saber para desenvolverse en la vida; y no todo estaba en los libros. En el internado, obligada por las circunstancias, se relacionó con más jóvenes de su edad, alumnas como ella, pero también con el personal docente. Un «desagradable incidente» —como insistía en denominarlo la directora ante el rostro imperturbable de Ekaterina— con el único educador varón del colegio provocó la expulsión inmediata del profesor y la recomendación de la dirección del centro —envuelta en coartadas exculpatorias elaboradas para evitar renunciar a la generosa aportación económica de los O'Rourke— de que la joven superase aquel delicado momento en su casa, «con las personas que de verdad se preocupan por ella».

Maria seguía prefiriendo la compañía masculina porque la encontraba más estimulante, divertida e interesante, y era cierto que el profesor de Literatura era partidario de externalizar las aulas, haciendo horas extraordinarias con su alumna más aplicada, que casualmente era la más bella, una amante de los libros con quien daba largos paseos y a quien leía poesías de Mijaíl Lérmontov bajo la sombra de un árbol cuando el cansancio hacía acto de presencia. «Murió el poeta, esclavo del honor, por los vanos rumores difamado», declamaba el maestro el verso de «La muerte del poeta», que Lérmontov escribió culpando a la aristocracia de San Petersburgo de la muerte del escritor Aleksandr Pushkin y que le valió el exilio a la región del Cáucaso. No imaginó el educador que compartiría destino con el poeta maldito. A la joven alumna le gustaban más otros poemas de Lérmontov, como «El demonio» o «El baile de máscaras», donde su protagonista, enfermo de celos, mata a su amada, que es completamente inocente. Ser inocente no siempre te salva. Las víctimas del amor siempre lo eran, al menos en los libros, y eso las hacía parecer aburridas y estúpidas. Ella era más partidaria de la tragedia shakesperiana, como la que representó en el despacho de la directora, manipulando los tres actos de su obra a su antojo para hacerse con el aplauso final de un público entregado; de todo el respetable, excepto de la alumna más remilgada, la señorita Emilia, una discreta muchacha que miraba con ojos tiernos al tutor despedido porque sólo él parecía entender su amor por la música y la animaba a seguir con sus clases de violonchelo. Sólo ella defendió al profesor caído en desgracia, aunque no lo hizo públicamente, ya que temía que su nombre se viera salpicado por el escándalo y sus padres no eran benefactores como los O'Rourke. Para una señorita con pretensiones de medrar en la sociedad a través de la educación y no del linaje, el silencio puede ser cobarde, pero más conveniente que una voz valiente.

La señorita Emilia tuvo que tragarse su orgullo ante la mirada de la altanera Maria Nikolaevna que, una vez más, disfrutaba con una sonrisa de los laureles de la victoria. A quién le importaba la opinión de una acomplejada muchacha polaca que prefería abrazarse a un trozo de madera pulido antes que hacerlo a un hombre, pensó la joven O'Rourke. Eso no le impidió acercarse a Emilia el día de su marcha, estrecharla en un conmovido abrazo, aparentando una amistad que nunca existió entre ellas, y depositar un beso en su mejilla mientras le decía al oído: «Estoy convencida de que volveremos a vernos, querida. El tiempo se encargará de ello».

El Terrible O'Rourke no fue tan benevolente con su hija como lo habían sido en el internado. Maria lo entendió nada más regresar a casa, en cuanto le miró a los ojos. Pero ni siquiera la severidad de aquella mirada paterna la disuadió de su actitud. Se limitó a sonreír, le besó en la mejilla y no en la mano —algo que siempre desarmaba al conde—, y subió la larga escalinata que llevaba a su cuarto, del que nunca debería haber salido. La visita a la cocina podía esperar.

La nieve empezaba a desaparecer de los caminos. Se dio cuenta de la deserción del invierno cuando vio al cochero reemplazar las palas de trineo del carruaje por las ruedas. La primavera asomaba en el calendario para iluminar aquel lienzo blanco con una gama de colores que se prometían más vivos que nunca. Y lo hizo al mismo tiempo que Yaroslav. Las llegadas siempre exacerban el optimismo.

Ella siempre era la primera en advertir el olor a manzana que anunciaba la nueva estación, la fragancia a tierra mojada y el característico aroma a madera de los bosques. Acababa de recibir una invitación lacrada de la madre naturaleza y no era de buena educación hacer esperar al anfitrión. Miró el reloj de la biblioteca. Las manecillas, aupadas por la oscilación del pesado péndulo, confirmaron su asistencia; regresaría a tiempo para la hora de la cena. Se adentró en el bosque sola, sin más compañía que sus pensamientos y un libro que los alentaba. Era uno del pequeño lote de libros que su tío Cillian había enviado desde Londres, donde los negocios le hacían recalar, al enterarse del «incidente» en el colegio de señoritas. «Eres lo que lees. No dejes que nadie lea por ti. No permitas que nadie escriba tu historia. Hazlo tú misma». Su padrino había ocultado el contenido de la nota escribiéndola con vitriolo romano mezclado con agua, que sólo se leería frotando el papel con galla de Istria, como siempre hacía cuando tenía que decirle algo importante a su sobrina. Al leerla, lamentó que su padre no se pareciera más a su tío; eso habría facilitado las cosas entre ellos.

Era un libro de tapas rojas, con el título y el nombre del autor en letras doradas: *Las amistades peligrosas*, de Pierre Choderlos de Laclos. Estaba deseando saber más sobre la marquesa de Merteuil y el vizconde de Valmont y hasta dónde los llevaría su correspondencia epistolar, aunque no auguraba nada bueno para la cándida Cécile de Volanges, quizá porque también ella acababa de salir de un colegio para señoritas.

Sus pisadas se asentaron firmes en la tierra mojada, anhelando empaparse de la sensación refrescante y el olor a nuevo que la estación naciente germinaba en ella. Tras una larga caminata, eligió un rincón fresco y mullido por la vegetación para sentarse y apoyar la espalda contra el tronco de un árbol.

Abrió el libro de tapas escarlatas por la página marcada con una hebra de hierba y devoró sus hojas alimentadas de deseos, amor, venganzas, celos, perversión y traiciones. Las palabras se precipitaban en una cascada frenética hasta el punto de fundirse con el curso de agua que discurría por el cauce de un arroyo cercano. «¿Por qué fatalidad cada acción loable es para mí la señal de una nueva desgracia?». El sonido de aquel caudal cristalino le hizo levantar la mirada y observar en derredor. En el tiempo que había estado enfrascada en la lectura, ningún ruido había logrado distraerla, pero aquel susurro era distinto porque encerraba algo más. Al priorizar la escucha, una técnica que perfeccionó durante los cuatro años de ceguera, comprendió que el correr del agua encubría, embaucador, el verdadero eco que la había distraído de la lectura. Llegaba a ella en forma de rumor, desde un lugar no demasiado alejado, aunque no alcanzase a divisarlo. Se incorporó y caminó unos pasos más, tratando de seguir el rastro del murmullo. Cuanto más avanzaba, más se fortalecía el eco de aquel sonido que empezaba a tomar forma de vibración, hasta que su oído se acostumbró a un retumbo monótono. Era una cacofonía de voces, murmullos y antífonas. Siguiendo su estela llegó hasta una pequeña construcción de piedra que, por su aspecto semiderruido, parecía abandonada. Si ya sentía curiosidad, el tintineo de una campanilla, similar a la que solía utilizar su madre para que su doncella le trajera más té, la espoleó aún más. Se aproximó a la entrada intentando no hacer ruido, procurando que ninguna pisada inoportuna hiciera crujir alguna rama; agradeció que no fuera otoño y que las hojas no chasquearan, ni tampoco verano para que la tierra no estuviera demasiado seca. Sin dejar de mirar a su alrededor para cerciorarse de que nadie la veía, se asomó por una de las grietas del tablón de madera colocado a modo de puerta sobre una de las aberturas y vislumbró a un grupo de personas congregadas alrededor de una especie de mesa. Eran ellos los que emitían ese murmullo monótono, casi gutural, que había llegado a sus oídos.

Su ángulo de visión no era bueno, así que se arriesgó a cambiar de ubicación, adentrándose en el interior de aquellas ruinas. Tardó en acomodar la vista a la tenue luz de la estancia, y al lograrlo, abrió los ojos, sorprendida. Lo que había creído una mesa era en realidad un altar sobre el que yacía una mujer desnuda, tumbada boca arriba, con los brazos abiertos y una vela encendida en cada mano. Un crucifijo invertido y una espada presidían la pared que se alzaba sobre el altar, alrededor del cual se había dibujado un círculo con cirios encendidos. Maria conocía el lenguaje de las velas gracias a Natasha: cuando la llama oscilaba a la derecha, indicaba respuesta positiva; si era a la izquierda, la negatividad presidía el ambiente; y si se movía de lado a lado sin que ninguna corriente de aire lo provocara, advertía de la proximidad de un peligro y la conveniencia de protegerse. De momento, las velas se limitaban a prender y sus llamas eran altas, lo que se traducía en una importante concentración de energía.

En la parte exterior del círculo, varias personas permanecían de pie sosteniendo más cirios y cuencos humeantes que, por el olor que desprendían, deberían de contener alguna especie de incienso. La cacofonía subió de volumen y se convirtió en oración cuando un hombre vestido únicamente con una túnica sagrada, un hábito que le confería un rol sacerdotal, se situó detrás del altar y colocó sobre el vientre de la mujer un cáliz repleto de un líquido denso, de color rojo. Maria quiso creer que la sangre procedía de los animales muertos que alfombraban el suelo, decapitados y eviscerados, lo que explicaba el nauseabundo hedor que podía percibir incluso desde su posición y que el incienso no lograba disimular.

Había leído la historia de La Voisin, hechicera de la alta sociedad en la Francia del siglo XVII, que, amparándose en sus prácticas de ocultismo, elaboró una trama criminal a través de envenenamientos, crímenes sexuales, magia negra y asesinatos de recién nacidos. Hombres y mujeres ilustres solicitaron sus conjuros para lograr sus propósitos y ni siquiera la corte de Luis XIV se libró de sus artes sibilinas; el mismo Rey Sol, aquejado de fuerte náuseas y complicaciones gástricas, fue víctima de los métodos oscuros de su amante favorita, madame de Montespan. La Voisin terminó confesando los hechos y desvelando el lugar donde yacían enterrados los niños utilizados para los sacrificios de las misas negras: el jardín Villeneuve, el de su residencia, convertida en una casa de los horrores. Maria se detuvo a pensar si había advertido el llanto de algún bebé desde que se había adentrado en el bosque; le tranquilizó no recordarlo y se concentró de nuevo en lo que sucedía ante sus ojos.

El brujo pronunció unas palabras ininteligibles, que ella interpretó como algún rezo antiguo. Levantó las manos mostrándolas a los allí presentes y las introdujo en la copa que había colocado sobre el vientre de la mujer. Teñidas de rojo, las impuso sobre los senos de la joven, que se volvieron rojos, y desde ahí trazó un recorrido por el vientre de la muchacha hasta llegar al interior de sus muslos. Acto seguido se agachó para coger dos pequeños cuencos escondidos bajo el altar: uno contenía unos polvos blancuzcos que espolvoreó entre las piernas de la mujer e introdujo en su boca; del otro extrajo hostias de tres puntas que fue repartiendo entre los asistentes mientras la chica empezaba a convulsionar, rompiendo la quietud en la que había permanecido hasta entonces y dejando caer al suelo las velas que sujetaba. El hombre cogió una de las obleas y la partió en tres fragmentos: se llevó uno a los labios e introdujo los otros dos en la boca y en el sexo de la doncella.

Maria renunció al mínimo parpadeo mientras sus pulsaciones se desbocaban al son de los cánticos de los presentes. Lo que estaba a punto de observar no ayudaría a calmarla. Las llamas de las velas comenzaron a oscilar de izquierda a derecha, como si un aliento les hablara. Algunas de ellas se apagaron y, al intentar encenderlas, crepitaban; los espíritus tenían respuestas para sus plegarias. El hombre se deshizo de la túnica ceremoniosamente; desnudo, se subió al altar, se colocó sobre la muchacha y empezó a poseerla. Los tedeums aumentaron entre los gemidos de él y los gritos de ella, cuyo cuerpo se acalambraba. Eran temblores violentos que, sin embargo, no hicieron que el hombre se detuviera. Cuanto más gritaba la víctima, más se exaltaban los preces, que, después de unos interminables minutos, terminaron mudando en un único grito repetido en bucle: «¡Madre Tierra, abraza a Rusia!». Maria interpretó que el hombre era la Tierra y Rusia la mujer desnuda.

Al finalizar, él se incorporó y persignó a la mujer en la frente y en el vientre con los dedos impregnados de su semen. Después cogió la copa que contenía la sangre y con ella lavó su sexo y el de la joven, cuyos espasmos parecían haber disminuido desde la persignación. Cuando los brazos del hombre levantaron en el aire una daga bañada previamente en los restos de sangre del cáliz, Maria abrió la boca con la intención de soltar un grito, y lo habría hecho si una mano no hubiese cubierto sus labios, impidiendo que alertara de su presencia a los participantes de aquella macabra ceremonia. El dueño de esa mano había aparecido a su espalda; algunas cosas nunca cambian.

—La misma niña malcriada de siempre, empeñada en mirar lo que ni siquiera entiende.

La voz de Yaroslav sonaba más grave y profunda —el niño de trece años se había convertido en un hombre de veinte—, pero seguía transportando las mismas palabras.

—El mismo salvador que no sabe luchar por lo que verdaderamente quiere —respondió ella una vez libres sus labios, incapaz de aniquilar palabras ni cuando convenía.

Los dos quedaron anclados en la mirada del otro, buscando aquello que tanto anhelaban, tan ciegos de impaciencia que eran incapaces de reconocerlo cuando lo tenían enfrente. Estaban tan abstraídos escudriñándose el alma que no escucharon cómo el libro de pastas rojas había caído al suelo con un golpe sordo. El peso de *Las amistades peligrosas* alertó a los integrantes de la misa negra, que no tardaron en salir al exterior. Cuando quisieron darse cuenta, el hombre ungido con la sangre del sacrificio caminaba hacia ellos. Mientras se acercaba, Maria creyó ver que los ojos del oficiante lucían blancos, cubiertos de una ligera membrana azul celeste, como si se hubieran volteado dentro de sus cuencas, y de su boca salía sangre, quizá la misma que llenaba el cáliz que alzaba en una de sus manos. Yaroslav tiró del brazo de la pequeña de los O'Rourke con la intención de salir corriendo, pero el cuerpo de la joven estaba demasiado rígido para responder a su voluntad. El chamán arrojó contra ellos el contenido de la copa, al tiempo que abría la otra mano y soplaba el polvo blanquecino que encerraba su puño, el mismo que había espolvoreado sobre la víctima durante el ritual. Aunque intentó interponerse entre la amenaza y Maria, como años atrás en el lago helado, Yaroslav no pudo evitar que la sangre cayera sobre el cuerpo de ella, así como parte de la nube de partículas insufladas, aunque la mayoría se volatilizó en el aire.

—Los dioses te miran. Ellos hablan a través de mí. Y yo te maldigo —declamó el nigromante.

Yaroslav ya había logrado colocarse por delante de la joven y le dio un enérgico empujón al chamán que lo dejó sentado en el suelo, impidiendo que se abalanzara sobre ellos. El collar que llevaba al cuello se rompió, provocando que las chaquiras de hueso se dispersaran por el terreno. Desde allí, el hechicero siguió profiriendo lo que seguramente serían maldiciones, pero que ninguno de los dos se quedó a escuchar.

Maria no recordaba haber corrido tan rápido en su vida. Sólo detuvo unos segundos la carrera para toser; seguramente parte de aquella nube de polvo que el chamán le había soplado le habría entrado por la nariz o por la garganta, y necesitaba echarla.

—No te pares. Sigue corriendo —le instó Yaroslav.

—No puedo —dijo mientras miraba atrás, como si temiera que la ristra de velas, maldiciones y cálices le siguiera los pasos.

Notó que la debilidad se apoderaba de ella. No entendía por qué hasta hace un instante corría como una gacela y ahora todos sus músculos parecían desintegrarse. Miró a Yaroslav, como sólo ella le miraba cuando se sentía perdida. Pero a pesar de tenerle enfrente, dejó de verle. Su imagen se volatizó poco a poco, como habían hecho los polvos blanquecinos del brujo.

Una sensación de cosquilleo y escozor la despertó de golpe. Las sales para los desmayos hacían milagros con su madre, pero era la primera vez que se empleaban con ella. El sonido de la leña crepitando en la chimenea la ayudó a ubicarse: estaba en casa, en la cocina, frente al hogar que los criados siempre mantenían encendido para ellos. La llama que devoraba los troncos apenas oscilaba y se sintió a salvo, aunque la madera no era la responsable de esa protección. Estaba en brazos de Yaroslav, que había cargado con ella desde el bosque. Nada más entrar en la cocina, su madre le había ordenado que acercara a la muchacha a la lumbre. Los dos venían empapados porque las nubes que amenazaban lluvia a primera hora de la tarde habían descargado con la misma intensidad de quien se sabe deseado.

Cuando la cocinera vio los restos de sangre en la cara y el cuerpo de la joven, se alarmó.

—¿Qué ha pasado, Yaros?

—Esta condenada niña… —bufó a modo de excusa, sin atreverse a finalizar la frase.

—Aquí no hay ninguna niña. Es una mujer de casi dieciséis años con unos padres que están arriba esperándola para la cena que debemos servir. Así que no veas cosas que no existen. Con un hijo ciego o perturbado tengo más que suficiente —dijo Natasha refiriéndose a su hijo mayor, al que no veía desde aquel aciago 13 de marzo de 1881.

—¿Crees que ha sido culpa mía? ¿Es que acaso no la conoces?

—¿Y tú crees que importa de quién sea la culpa? ¿Piensas que alguien te va a preguntar?

—La encontré curioseando en las ruinas de la vieja iglesia —explicó, sabiendo que su madre no necesitaría más información. A juzgar por su mirada trémula, estaba en lo cierto.

En aquel lugar solían celebrarse misas negras. Cuando Natasha era pequeña, su madre, al igual que su abuela hizo con ella, le advirtió de que no se acercara nunca allí donde las ruinas encierran demonios que, al ser invocados, se cuelan por las grietas de las piedras para encontrar un cuerpo humano donde descansar. Se contaban muchas leyendas de aquel inhóspito lugar, historias relacionadas con la muerte de jóvenes doncellas, muchachas adolescentes y vírgenes, que habían sido sacrificadas para conseguir propósitos, ganar favores, expiar pecados o hacer ofrendas. Incluso se rumoreó que algunos de los sacrificios se realizaban en honor del zar. Natasha nunca fue partidaria de dar pábulo a chismes y habladurías, pero sí a las advertencias de las ancianas de su familia, que aseguraban que ese lugar estaba maldito.

—Dime que no... Dime, por favor, que no se os ocurrió...

—Natasha, él no tiene la culpa...

La voz de Maria todavía sonaba débil. Tiritaba. La cocinera le había limpiado los restos de sangre del cáliz y había intentado secar la humedad de su ropa, pero estaba demasiado empapada. Con la ayuda de otras criadas le quitó el vestido mientras Yaroslav, que seguía sosteniéndola en brazos, retiraba la vista hasta que su madre la envolvió en una manta. Parecía más menuda sin toda aquella ropa. Tuvo la impresión de que sostenía a un animal herido, frágil y vulnerable, necesitado de ayuda, hasta que la mirada de su madre le devolvió a la realidad.

—Beba, señorita —le instó Natasha mientras le acercaba una taza de leche caliente a los labios, en la que añadió un poco de jengibre para revivirle el ánimo—. Beba y rece para que su padre no decida bajar, porque Dios sabe que no sabría ni por dónde empezar a explicarle.

Dios estaba tan ocupado con la eternidad que ni siquiera se molestó en advertir de la llegada del Terrible O'Rourke. Su bigote estilo Vercingétorix, grande, tupido y de puntas caídas, le confería un aire de deidad. Cuando vio a su hija temblando en brazos de Yaroslav, envuelta en una manta y tirada prácticamente en el suelo, no tuvo tiempo de procesar más información. Se le encendió el rostro, se le endurecieron las facciones y comprimió los labios, como si estuviera reteniendo la lengua de fuego que en breve saldría de su boca. De nada sirvieron los intentos de Natasha de explicarle lo que había sucedido. Las explicaciones no estaban hechas para personas de su estatus. Si todo un ejército griego no había podido frenarle en la guerra de Crimea, no lo iba a conseguir su cocinera, por mucho que se esmerase en prepararle su gran debilidad culinaria, los *rasstegais*; unas empanadillas rellenas de pescado, por exquisitas que fueran, no podían hacer nada frente al honor de una hija. Y, por lo que contemplaban sus ojos, el honor de su pequeña, y por tanto el de toda la familia O'Rourke, había sido vilipendiado por un *cherni*, un hombre de clase baja, que bebía cerveza *kvas* con frutos secos y comía gachas y *shchi*, la degradada sopa de col. La clase social lo impregnaba todo en la sociedad rusa. Y su casa, en ese momento, era Rusia.

Lleno de ira, el Terrible O'Rourke observó a través de la ventana las palas de trineo que el cochero había dejado apoyadas sobre uno de los muros de la entrada. Sus ojos reflejaban una intención que Natasha fue la primera en intuir, a tenor de cómo gritó suplicando al conde que se tranquilizara, que le dejara explicarle, que nada era lo que parecía. De nada sirvió.

—¡Tú otra vez! —clamó él dirigiéndose a Yaroslav, que se había incorporado al verlo aparecer—. Cada vez que pones un pie en esta casa, traes la desgracia.

—Las desgracias ya están en esta casa. No llegan con mi presencia —respondió fríamente.

Al escucharle, Maria, que también empezaba a incorporarse, pensó que no sólo su voz se había vuelto más vigorosa, también lo habían hecho su decisión y su capacidad de responder sin miedo al señor de la casa, algo que unos años atrás hubiera resultado imposible.

—¡Maldito seas! —bramó el conde, olvidándose de las palas del trineo y arrojándose contra él.

Lo arrastró a la mesa de la cocina donde su madre había dispuesto lo necesario para hacer la repostería favorita de Maria Nikolaevna, como muestra de bienvenida. Apenas tuvo tiempo de reaccionar cuando el señor de la casa le agarró del cuello y, volteándolo, le hundió el rostro en un cuenco de gran tamaño lleno de la harina con la que Natasha espolvorearía la mesa para trabajar la masa. La mano del conde se mantuvo firme durante unos interminables segundos, como si pretendiera asfixiar al joven. Sus ojos temblaban tanto como su mano, que codiciaba lo mismo: conseguir que el cuerpo atlético del muchacho quedara inmóvil. Nadie se atrevía a decirle que parara, excepto la madre, que veía cómo iba a matar a su hijo. Pero ni siquiera eso le detuvo.

—¡Déjelo! —gritó Maria, como si lo hiciera el demonio.

Su chillido borró el gesto arrebatado del semblante de su padre, aunque no hizo desaparecer su enorme mano apresando la cabeza de Yaroslav, cuyo rostro seguía hundido en la harina. Corrió hacia su padre y descargó puñetazos sobre su fornido cuerpo para que cejara en la presión.

—¡Le digo que le deje! ¡Es usted una bestia, padre! ¡Él no ha hecho nada!

—¡Entonces, has sido tú! —clamó el Terrible O'Rourke, centrado en encontrar un culpable sobre el que verter su ira.

—Yo tampoco he hecho nada. Al menos nada que deba preocuparle y, mucho menos, incumbirle. ¿O es que han cambiado tanto las cosas en esta casa desde que no estoy en ella?

El padre miró furioso a su pequeña, pero fue sólo un instante, un destello que agonizó cuando las palabras de su hija ensombrecieron su corazón. El puñetazo verbal propinado por Maria le hizo relajar la presión de su mano contra Yaroslav, que logró desembarazarse de él y se esforzaba en dar bocanadas para que el aire volviera a sus pulmones. Cayó al suelo, con el rostro cubierto de harina y la apariencia de un fantasma, de esos que la joven escuchaba de noche deambular por la casa cuando sus ojos estaban ciegos. Le estaba costando recuperar el aliento. Una tos seca, incesante, que no daba tregua, había secuestrado su pecho, aunque su madre intentaba remediarlo limpiándole con agua para aliviar el ahogo. Todo resultaba inútil. Durante unos segundos temieron que se asfixiara, que no consiguiera respirar porque sus vías respiratorias estaban obstruidas. Maria no podía apartar la mirada de su salvador; le resultaba hipnótico, como los ojos en blanco volteados en las cuencas del chamán. Fue el Terrible O'Rourke quien finalmente le auxilió, asestándole un fuerte golpe en la espalda, que repitió en un par de ocasiones y que ayudó a expulsar la masa que se le había formado en la garganta. Cuando por fin se liberó su tráquea, todo quedó en silencio. Tan sólo los jadeos de Yaroslav se escuchaban en la estancia. Hasta que alguien, cuya presencia nadie había advertido, apareció por la puerta. Debieron imaginarlo cuando dejaron de escuchar el *Nocturno* de Chopin en el piano.

—¿Va todo bien?

Ekaterina siempre sabía hacer las preguntas correctas, aunque quizá no en los lugares adecuados ni en los momentos más propicios. Los cosacos del Don nunca tuvieron el don de la oportunidad, quizá porque tampoco les dieron ninguna. Su presencia era como aquellos nocturnos del compositor polaco: una melodía dulce, una pieza de espíritu libre que fluye armoniosa, marcada por una fuerte melancolía. Quizá había que tener el alma de un artista como la del tío Cillian para poder percibirla en toda su grandeza.

Como de costumbre, el Terrible O'Rourke no consideró necesario responder a su segunda esposa; seguía manteniéndose sordo y ciego en todo lo referente a su mujer.

—La cena se sirve en media hora, señora —anunció Natasha.

Nadie devoró sus platos aquella noche, aunque ningún miembro de la familia faltó a la mesa. Tampoco la hija mayor, Olga, que supo interpretar aquellos silencios incómodos, las miradas esquivas, el tintineo de los cubiertos sobre los platos, las pisadas de los criados moviéndose a su alrededor, cualquier sonido que quedaría fácilmente anulado por el curso de una plática en una casa normal, donde sus miembros se dedicaran al arte noble de la conversación. En ese festival del silencio, la mayor de los O'Rourke reconocía la huella de su hermana, la caprichosa, la más bella, la venerada por la familia, el ojito derecho del conde, aunque su carácter le obligaba a menudo a disimularlo, la gran esperanza de su linaje, a pesar de que era ella, como primogénita, la que debería ostentar ese rango y merecer todas las miradas. Pero los ojos no se rigen por brújulas ni atienden a imposiciones genealógicas; son ciegos a ellas y eso los hace libres para mirar donde deseen y a quien anhelen.

Maria Nikolaevna había vuelto a hacerlo: colarse en la cabeza de todos los presentes. Su hermana la odiaba, su padre la pensaba, rumiando su próximo movimiento, y su madre la ignoraba sin maldad, creyendo que así la protegía de futuras indiferencias al son del *Nocturno* opus 9 número 2 de Chopin, aunque anhelando para ella el *senza tempo* en su tramo final.

El incidente en el internado de señoritas y lo sucedido en la cocina con Yaroslav hicieron entender al Terrible O'Rourke que había llegado la hora de admitir en su casa el tipo de audiencias que se había negado a albergar hasta entonces. A partir de ese día, quería ver la bandeja de plata de la entrada repleta de tarjetas de visita, aunque para ello tuvieran que deforestar el bosque de Otrada, emulando el lienzo *La tala de árboles en el jardín de Versalles*, de Hubert Robert, perteneciente a la colección privada de los Romanov en el Hermitage, que se convirtió en una obsesión para el conde. Un oficial del Imperio ruso como él también podía sacar a relucir su alma de artista.

13

Más de cuatro años después de recobrar la visión, Maria Nikolaevna descendía por la escalinata señorial de la residencia de los O'Rourke. Lo hacía con una pretendida indolencia, pese a la apremiante llamada de su padre y a las tres ocasiones en las que su madre la había instado a acelerar su arreglo y bajar a la estancia donde esperaban los invitados. No le gustaban las visitas que se anunciaban con una tarjeta o un mensaje traído expresamente en un carruaje y que un sirviente entregaría a los señores de la casa en una bandeja de plata estilo Luis XVI. Eso le restaba emoción a la vida, deslucía todo espíritu aventurero y aniquilaba la exaltación de lo inesperado que poblaba los libros que devoraba, sobre todo aquellos que no nutrían la biblioteca del Terrible O'Rourke y que solía enviarle su tío, a pesar de la recomendación a modo de reprimenda de Ekaterina ante su afición desmedida por la lectura: «Mura, no deberías pasar el día leyendo. Los libros nublan y confunden los pensamientos. Deberías utilizarlos para mirar sin ser vista». Eso era justo lo que había hecho toda su vida el tío Cillian con su cuñada: mirarla sin ser visto; a juzgar por la distancia que los separaba, no parecía una técnica prometedora.

Pasó por delante de los dos grandes cuadros que presidían la escalinata imperial de pendiente suave de la residencia. Uno era el retrato de la primera mujer de su padre, que siempre le pareció frío y de mal gusto, como imaginó que sabría el láudano que su madre bebía para digerir semejante ofensa. El otro lienzo era *La caza de Diana*, de Domenichino. Desde que la luz había vuelto a inundar sus ojos, el mundo parecía haber tomado otras dimensiones. Y no eran los colores ni las formas de todo lo que antes no podía ver; era lo que había en el interior de aquellos objetos, el misterio que encerraban y que no todos eran capaces de percibir. Eso fue lo que experimentó con aquel cuadro de la cacería. Antes de perder la visión, le daba miedo mirarlo y cerraba los ojos cuando pasaba delante de él, o bien bajaba corriendo la escalera o desviaba la mirada hacia el retrato de la primera esposa del conde, lo que hizo que la odiara todavía más. Ahora era capaz de entender la historia y la belleza que encerraba aquella pintura. Observándola, se imbuía del ambiente festivo en el que las ninfas acompañaban a Diana, la diosa de la caza y de la naturaleza salvaje, durante una jornada de tiro en el bosque de la que había salido victoriosa, al atravesar su flecha la cabeza de un animal. Así era ella, la diosa del Olimpo que, acorde a la mitología griega, había sorprendido a un joven cazador observando cómo se bañaba en el río y, llena de ira, lo convirtió en un ciervo que terminó devorado por sus propios perros. A veces, Maria se identificaba más con la doncella desnuda sumergida en el agua que mira directamente al espectador, como invitándole a unirse a ella. Había tanto que ver en ese lienzo que una sola mirada no bastaba para comprenderlo.

Cuando se disponía a abandonar el rellano central de la escalinata, donde los dos tramos se unían en uno antes de llegar al vestíbulo tallado en el mismo mármol que las columnas que lo custodiaban, un espejo le devolvió su imagen y la obligó a detenerse. Su padre siempre decía que ese espejo doble era idéntico al que recibió como regalo de boda la emperatriz Catalina la Grande, la mujer más poderosa que jamás había dado Rusia, aunque hubiera nacido en Alemania. Un rimbombante espejo de doble cara, con marco de oro rizado, salpicado de flores, capullos y hojas plateadas que acogían diferentes animales: mariposas, caracoles, ranas, orugas... Maria contempló su imagen reflejada sobre la superficie. Era consciente de su belleza, pero admiró el gran trabajo que su doncella había hecho con las tenazas de las que se ayudó para poblar de hermosos bucles rubios su larga melena, que caía sobre la espalda y le llegaba hasta la cintura. Recordó que esa misma cabellera, larga y sin recoger, provocó su caída del columpio, causándole una conmoción cerebral que la mantuvo inconsciente durante varios días y que, a juicio del oculista que le devolvió la vista, había sido el verdadero desencadenante de su ceguera, y no tanto el sarampión, como había afirmado el médico de la familia. Se fijó en las perlas que le adornaban el cuello, herencia de la reina de Escocia, María Estuardo, según le aseguró su madre cuando le entregó el estuche azul con forro de seda blanco que las contenía, conminándola a llevarlas en aquella «ocasión especial»; Ekaterina siempre era más elocuente al piano.

Estaba un poco pálida. Le hubieran venido bien unas gotas de belladona para sonrosar sus mejillas. Sonrió al recordar al tío Cillian hablándole de la atropina; también imaginó los gestos de burla que él haría si no estuviera en Irlanda, demasiado lejos para auxiliar a su sobrina. Hacía más de cuatro años que no lo veía, desde que obró el milagro en sus ojos y su padre decidió echarle de su casa; ese tiempo se le antojaba una eternidad que las cartas y los envíos de libros desde Londres, donde tenía sus negocios, no remediaban. Pero la distancia no impedía escuchar las palabras que seguramente saldrían de su boca y que coincidían con las suyas: «Demasiado bella para encerrarme tan pronto», intuyó en la voz de su padrino mientras observaba su imagen en el espejo. «Habrá que hacérselo ver a estos caballeros», pensó.

Un reflejo siempre era una señal, un aviso; eso le había confiado su tío. Tenía que regresar a la habitación. Subió por la escalera con la premura que había despreciado a la hora de descender por ella. Recorrió el pasillo dominando como podía la falda de su vestido, muy aparatosa para una carrera. Sabía lo que quería y estaba deseando hacerlo.

—Rápido, ayúdame —le ordenó a su doncella, como si compartir su pequeña revolución la hiciera más importante; creía haberle escuchado a Yaroslav algo parecido.

—No es una buena idea, señorita.

—¿Desde cuándo las buenas ideas gobiernan el mundo?

Con ayuda de las manos expertas que la asistían siempre para vestirse y desvestirse, Maria volvió a quedar prácticamente desnuda ante el espejo. La doncella le llevó las prendas que, para su escándalo, le reclamó su joven señora, y unos minutos después ambas se reunían frente al espejo. Una sonreía, imaginando el impacto que iba a causar. La otra prefería no mirar para evitar verlo. En consideración hacia ella y por no estropear el buen trabajo que había hecho con su pelo, Maria descartó la idea de deshacerse los rizos de la melena con el peine de carey. Se observó por última vez en el espejo de cuerpo entero de su dormitorio; el rubor había regresado a sus mejillas, señal inequívoca de aprobación a lo que barruntaba su cabecita. Cuanto antes bajara y se enfrentara a ello, antes terminaría todo. Pero se haría a su manera; ellos verían lo que ella quisiera que vieran.

Al Terrible O'Rourke le extrañó no escuchar el sonido del vestido al deslizarse por el suelo, como sucedía siempre que una mujer caminaba por la casa, un rumor que se transformaba en ruido si en vez de una eran varias valsando por el salón de baile; no podía imaginar lo que estaba a punto de ver. Cuando la puerta se abrió, el conde se lanzó a hablar sin echar siquiera un vistazo a su hija, deseoso de pronunciar lo que estaba deseando decir desde hacía tiempo.

—Ésta será una elección complicada, caballeros —anunció, dirigiéndose a los tres invitados que aguardaban desde hacía más de dos horas en la estancia principal de la residencia, mientras llenaba de nuevo sus copas—. Siempre lo es cuando las opciones son un barón, un conde y un príncipe...

Pero ninguno de ellos atendía a sus palabras. Otra imagen inesperada los mantenía ocupados, debatiéndose entre la perplejidad, la sorpresa y la admiración. La mujer más esperada de la casa se presentaba ante los caballeros que venían a proponerle matrimonio vestida con un traje ecuestre de color negro, ribeteado con pieles de chinchilla, en el que destacaba el sombrero de copa alto y la prenda estrella en la que todos mantenían clavada la mirada: la falda pantalón.

La doncella que la había ayudado a vestirse se quedó a un lado de la estancia, encomendándose a los dioses para que ninguna reprimenda cayera sobre ella. Ekaterina no acertaba a encontrar la cucharilla de plata atada a su cintura con una cadenita y siempre dispuesta para colmarse de láudano, y el Terrible O'Rourke despistó la presión que ejercían sus dedos sobre la copa de cristal labrado, alzada para un brindis que terminó estrellada contra el suelo.

Lo había conseguido. Aquellos caballeros estaban observando lo que ella quería que vieran. Su gesto de satisfacción era entendible.

—Buenos días, señores. Espero que me disculpen, pero, ya que llegan a mi casa con el propósito de sacarme de ella, he creído conveniente disfrutar de mis últimos días de libertad haciendo lo que más me gusta: montar a mi querido Nagaika —declamó como si estuviera en el escenario del teatro Bolshói de Moscú.

La incredulidad en el semblante de los tres candidatos no era tanto por el significado del nombre del caballo —«látigo cosaco»— como por la indumentaria con la que la joven apareció en escena. No habían visto muchas mujeres con pantalones. En algunas grandes urbes europeas, como Londres, Viena, París o el mismo Moscú, algunas damas se dejaban ver luciendo unos bombachos para montar en bicicleta. Sólo las más atrevidas apostaban por el modelo falda pantalón; y al parecer, en Otrada había al menos una.

Al comprobar que los hombres seguían con las miradas prendidas en la parte inferior de su indumentaria, golpeó su fusta contra una de las perneras, lo que hizo que los tres dieran un respingo al unísono, como si acabaran de recibir por sorpresa un bofetón de quien menos se esperaban.

—Maria Nikolaevna O'Rourke, te ordeno que te comportes... —exigió su padre con voz grave y al borde de la congestión, consciente del imposible que pedía. Sólo al observar que ninguno de los caballeros evidenciaba el mismo enfado, optó por abandonar el dramatismo e intentar salir de aquella situación conteniendo los daños.

Maria contempló a los tres invitados que aspiraban a desposarla. Vestían sus mejores galas, pero por un instante pudo percibir en sus rostros que eran ellos los que se sentían con la indumentaria inadecuada, dadas las nuevas circunstancias; puede que empezaran a gustarle las visitas.

Sabedora de que quizá fuera la última vez que ella eligiese a la compañía masculina que la rondaría en los próximos años y no a la inversa, se tomó su tiempo para analizar cada detalle de lo que tenía delante. De todo, lo que más le llamó la atención fue la sonrisa cómplice que exhibía uno de ellos desde que había hecho su entrada estelar en la estancia, como si le divirtiera el atuendo elegido o quizá disfrutase con la provocación e incluso aplaudiera su pequeño gesto revolucionario. Siguiendo el manual femenino de cómo comportarse en sociedad, intentó ignorarle. Que fuese una descarada no la convertía en una inconsciente; no convenía revelar sus cartas nada más empezar la partida, a menos que sólo le moviera la diversión.

La voz todavía afectada de su padre hizo las presentaciones.

—Ya conoces a tu primo, el príncipe Troubetzkoi. Fue el primero en pedir tu mano. El barón Lev Andronov acaba de llegar desde San Petersburgo para presentarnos sus respetos. Y él es el conde Vasili Tarnowski, que nos visita desde Kiev —señaló antes de beber de su copa para intentar humedecer el secarral en que se había convertido su garganta.

En una revisión rápida, la pretendida hizo un análisis preciso de la situación.

Su primo era el de mayor título nobiliario, aunque no por ello el más noble, puede que también el más rico, desde luego el menos agraciado; debido a su parentesco, le había visto desnudo más de una vez en el río donde pasaban las tardes de verano y dudaba de que el tiempo hubiese sido capaz de obrar el milagro que la naturaleza no le concedió. Lo único que le impedía deshacerse de él como posible candidato era el amor que su hermana Olga profesaba por él desde su más tierna infancia. La había visto incluso caligrafiar su nombre repetidas veces sobre un papel y un día la sorprendió grabando sus iniciales en la corteza de un árbol; aquella situación podía divertirle, y ella nunca rechazaba una oportunidad de esparcimiento.

El barón Andronov era sin duda el más guapo y joven de todos, pero sus ojos parecían excesivamente tristes, a punto del llanto, quizá demasiado para hacer feliz a una mujer. Además, su piel era muy rosada, en justa armonía con su cabello pelirrojo, y desde pequeña había desarrollado cierta aversión por el color naranja, excepto cuando Natasha le preparaba la tarta de cítricos y crema que adornaba en su superficie con gajos de mandarina espolvoreados con canela. Tampoco le convencieron sus pecas, que inundaban prácticamente todo el rostro. Le daba un aire infantil y bondadoso; no sería divertido jugar con él.

El tercer candidato sí parecía más dispuesto a la diversión, puede que demasiado. Se le veía más relajado que a ninguno, como si no le importara el resultado de aquella competición, o quizá confiaba tanto en sí mismo que no se planteaba la posibilidad de salir vencido. Fue el primero que, sin pedir permiso al señor de la casa, se llevó un cigarrillo a los labios, lo encendió y empezó a fumar. Expulsó el humo como si aquélla fuera su residencia, y en ningún momento dejó de mirar a la protagonista de la jornada. Lo hacía de una manera descarada, obviando toda norma protocolaria y las reglas básicas de educación. Si se celebrase una competición para elegir al más insolente, el jurado tendría serios problemas para decidir entre la mujer del traje ecuestre y aquel hombre de complexión grande, con el pelo alborotado, los ojos flamígeros y la sonrisa cómplice.

—Tal vez mi hija quiera hablar con cada uno de ustedes o dar un paseo por el jardín para conocerlos mejor —comentó el Terrible O'Rourke, consciente de que, como paterfamilias, él tendría la potestad sobre la elección de su hija y la última palabra.

—¡Querido padre! ¡Ésa es una magnífica idea! —exclamó la aludida, sabiéndose sobreactuada—. Aunque yo preferiría primero brindar por la generosidad, la deferencia y la valentía que han tenido estos tres caballeros de venir a pedir mi mano. Seguro que están al día de lo que pasó en el colegio de...

—Mura, cariño... —se precipitó Ekaterina a cortar el parlamento de su hija mientras tocaba la campanilla con la misma vehemencia de quien alerta de un fuego—. Quizá sea buen momento para que nos sirvan el té.

—Yo preferiría brindar, madre. Mi sangre irlandesa casi me obliga a ello.

—Se pueden hacer las dos cosas —sugirió Vasili Tarnowski, rompiendo el mutismo en el que se había mantenido, para dejar claro que no estaba allí para participar en una tertulia de casino junto al resto de los aspirantes, sino para centrarse en la dama que había reunido a semejante tríada—. Primero tomaremos el té y luego, si hay algo por lo que brindar, levantaremos nuestras copas.

Había sido el último de los tres en hablar, y lo hizo con una voz fuerte, profunda, la voz con la que siempre había imaginado a los dioses cuando excitaban su furia y enviaban catástrofes en forma de hambrunas, inundaciones o plagas a los simples mortales. Pensó en el dios Seth; en el Antiguo Egipto se le conocía como el dios del mal, de la fuerza bruta, de la rebelión, señor del caos, quizá porque tenía la capacidad de pecar, amar, engañar, matar, vilipendiar, salvar, mentir, comer y beber como cualquier hombre. Vasili le recordaba a él; los atributos que veía en él le parecieron lo suficientemente terrenales para convertirle en un compendio de virtudes, pasiones y perversiones propias de la naturaleza humana, pero que admitían la condición de un dios. Todavía estaba por ver quién saldría victorioso de aquella peculiar teomaquia, pero, en aquella particular batalla de dioses, Seth prometía ajustar en su cabeza la corona de laureles. Sin duda, la joven tendría motivos para buscar su tarjeta de visita con ahínco en la bandeja de plata. La doble opción de brindar y tomar el té le pareció tan original como impertinente.

—¿Pone usted las reglas en casa de los O'Rourke? —preguntó provocadora.

—No se me ocurriría semejante grosería. Está bien claro quién las dicta, señorita.

Dos doncellas entraron en el salón con el servicio de té, aliviando la ansiedad de Ekaterina. Una de ellas se encargó de colocar sobre una de las mesas el reluciente samovar de cobre para calentar el té aromatizado con bergamota, tal y como había ordenado la anfitriona, que ya se estaba arrepintiendo de no haber añadido unas gotas de láudano en el brebaje. El tintineo de la vajilla acompañaba las conversaciones. Mientras los demás departían sobre política, propiedades, títulos, tierras, caballos, familia y guerras, Vasili y Maria se observaban lo necesario para esquivarse las miradas en cuanto éstas se rozaban. Los dos permanecían en silencio mientras el servicio terminaba de llenarles las delicadas tazas de la vajilla con el sello imperial elegida para la ocasión, realizadas por unos artesanos franceses, tal y como intentaba explicar Ekaterina.

—¿Le gusta a usted la bergamota, señor Tarnowski?

—Me gusta más Calabria, la región del sur de Italia donde suele crecer. ¿Conoce usted Italia, señorita O'Rourke? Tienen buenos y bravos caballos; no tanto como en Rusia, pero se defienden.

—¿No es en España donde están los mejores? —preguntó el príncipe Troubetzkoi, de quien los presentes conocían su afición por la equitación y su implicación en la cría de caballos—. Espero que sea así porque acabo de adquirir tres ejemplares de pura sangre, uno de ellos un extraordinario semental, todos de Andalucía. Si a la señorita O'Rourke le apetece, será para mí un placer invitarla a visitar mis cuadras y montar el que prefiera.

—Qué amable. Se nota que me conoce y sabe cuánto me gusta pasar el tiempo en las cuadras. Guardo gratos recuerdos de ellas... —dijo buscando escandalizar; pensaba en la noche en que se escapó de la cama para ir a ver a un joven Yaroslav que se recuperaba de su grave herida en la pierna, después de salvarle la vida mientras patinaban en el lago helado.

—Espero que le lleguen bien esos caballos, querido amigo. En el norte de África están bastante ocupados con su guerra con Marruecos —comentó Tarnowski refiriéndose a la guerra de Margallo que acababa de empezar en noviembre de ese año, 1893, entre Melilla y los guerreros del Rif—. Y teniendo en cuenta la semilla que sembró la guerra de África entre España y Marruecos hace treinta y cuatro años, puede que sus equinos se demoren en llegar. Aunque seguramente tenga suerte: la campaña bélica está más acotada. ¡Hace falta tener mucho valor para levantar una fortificación en un terreno, ignorando la tumba sagrada de unos indígenas! La valentía siempre termina pagándose... o cobrándose.

—En cuanto a su pregunta, señor Tarnowski, la respuesta es no —terció Maria cortando desdeñosamente la conversación; una guerra en el sur de Europa le interesaba tanto como los *Nocturnos* de Chopin que tocaba su madre para redimir su nostalgia—. No conozco Italia, pero estoy convencida de que muy pronto estaré en disposición de remediarlo. Me han dicho que hay grandes cantantes de ópera.

—El conde Tarnowski es un excelente tenor —alabó el barón Andronov, sin entender que no se presta la munición al enemigo si se anhela vencerlo.

—¿Es eso cierto? —preguntó divertida Maria, consciente de las posibilidades que esa información abría ante ella. Lo que no se esperaba era escuchar la sonora carcajada que salió de la garganta del aludido. Más que tenor le imaginó bajo. Fue como un trueno, pero, lejos de asustarla, le pareció protector y reconfortante; podía pasar la vida con alguien que se riese de esa manera—. Por favor, no nos prive de ese gran placer.

—Es usted una mujer curiosa, señorita O'Rourke. —Tarnowski apagó su cigarrillo en uno de los ceniceros y se incorporó de su butaca—. Créame que no entra en mis planes privarla de ningún placer que esté a mi alcance, pero me temo que tendremos que posponerlo para una futura ocasión. Esperarla durante más de dos horas sin duda ha merecido la pena, pero mis obligaciones no entienden de placeres mundanos. Me aguarda mi abogado para firmar la adquisición de una nueva propiedad para mi familia en San Petersburgo. Sin embargo, si me acompaña a la salida, con el permiso de sus padres, estaré encantado de cantarle lo que usted quiera o de detallarle lo que usted precise.

Al Terrible O'Rourke ni siquiera le afectó escuchar el ofrecimiento; tal y como había empezado la recepción, no cabía que transcurriera por otros derroteros. Sólo Ekaterina lamentó perderse el recital del señor Tarnowski; no le hubiera importado acompañarle al piano, cualquier cosa en favor del arte.

Al atravesar el vestíbulo, Maria contempló las ofrendas florales que los tres pretendientes habían traído a modo de obsequio. Una hermosa pero solitaria orquídea roja aparecía escoltada por dos ciclópeos centros de flores, a cuál más espectacular, persiguiendo la ostentación sobre cualquier otra intención.

—No me lo diga. La orquídea es suya.

—¿No le gusta?

—¿Se refiere a si me gusta lo sencillo?

—Me refiero a lo exclusivo. A la excelencia. Aquello único y diferenciador. Creí que usted lo entendería, al ser usted la única orquídea en esta casa...

La cadencia de voz de Vasili retaba permanentemente al duelo. Era ágil con las palabras, aunque solía dosificarlas y quizá por eso elegía objetos que hablaran por él. No debió de resultarle sencillo conseguir una orquídea roja. Podía haber elegido una blanca como expresión de pureza, una morada en señal de respeto o una rosa como símbolo de feminidad, pero optó por la roja porque era el mensaje que quería transmitir: pasión, amor y deseo. Maria se acercó a la orquídea y, después de observarla con atención, arrancó uno de sus pétalos. Con sumo cuidado desabrochó los corchetes de su chaquetilla, desabotonó el frontal de la camisa de encaje blanco y depositó el pétalo rojo en su pecho, acomodándolo entre las copas de su ropa interior.

—Realmente bonita. Así lucirá mejor. Tengo entendido que estas plantas no admiten una exposición directa al sol. Y sería una lástima que algo tan hermoso se estropeara tan pronto...

—Soy lo bastante hombre para no temer a la seducción, señorita O'Rourke. —Vasili estaba disfrutando de la visita en el vestíbulo más de lo que lo hizo en la estancia señorial de la casa—. Espero que eso también lo entienda.

—¿Va usted a cantar para mí, conde? —preguntó ella, en un esfuerzo por controlar los derroteros de la conversación.

—Cada día del resto de mi vida, si así lo desea. Pero no antes de tener una respuesta. Los artistas somos muy peculiares, como las orquídeas. Ambos requerimos de unos cuidados especiales —dijo al tiempo que recogía el sombrero y los guantes que le tendía un criado, cuya aparición fue tan breve como presuroso su mutis.

—¿No va a besar mi mano, conde?

—Señorita O'Rourke, ni que fuera usted mi madre. Viendo el numerito con el que nos ha obsequiado, la hacía más atrevida —la desafió mientras la cogía de la cintura, la atraía enérgicamente hacia él y atrapaba su boca en la suya.

La resistencia de Maria tardó en aparecer unos segundos, lo suficiente para recomponerse y asestarle un sonoro bofetón al conde Tarnowski, que lo recibió con una de sus sonoras carcajadas.

—Debí coger la fusta —fingió ella un enfado inexistente.

—Tráigala la próxima vez. Nos divertiremos.

Observó cómo Vasili abandonaba la propiedad, sin saber si el rubor que brotaba en sus mejillas era por la ira o motivado por otro sentimiento más lascivo, de esos que también albergaba el dios Seth, a pesar de ser una deidad, o quizá precisamente por serlo. Miró a su alrededor para confirmar que no existían testigos de lo que acababa de ocurrir. Se equivocó: la ninfa de *La caza de Diana* la observaba fijamente, con su cuerpo desnudo sumergido en el agua, insistiendo en la invitación. La diosa de la caza, experta en el tiro con arco, debería estar familiarizada con la manera en que los cazadores se hacían con sus presas, aunque era ella quien detentaba el poder de controlar a esas criaturas.

Al regresar al salón donde esperaba el resto de los invitados se sintió como cuando se abandona precipitadamente el lugar de recreo. La invadieron el aburrimiento, el tedio y una percepción abrumadora de pérdida de tiempo. No volvió a abrir la boca en toda la tarde, ofreciendo como única respuesta una serie de gestos, miradas y sonrisas de compromiso que ejercieron de bálsamo reparador sobre el orgullo herido del Terrible O'Rourke. Cuando por fin se terminó aquel último acto de lo que había comenzado para ella como una farsa, se produjo una reunión en el mismo salón.

—Parece que disfrutas avergonzando a tu padre —le echó él en cara.

—Al contrario, lo he hecho en su honor. Usted me regaló a Nagaika. He pensado incluso en hacerme un retrato.

—Mura, por favor... —rogó Ekaterina.

—Madre, por lo que más quiera, libérese un poco... La reina Victoria aparece retratada a caballo, majestuosa, digna y señorial. Y la actriz francesa Sofía Croizette posó con un traje ecuestre muy parecido a éste. No entiendo dónde está el problema.

—¡Desde cuándo tengo como hija a una actriz! —bramó el padre.

—Desde que mi padre pretende que me case con mi primo, el príncipe Troubetzkoi. Supongo que sería un bonito homenaje a mi sagrada ascendencia irlandesa: María Estuardo se casó con su primo Enrique Estuardo, lord Darnley. ¡Sigamos la tradición familiar!

—Tuvieron un hijo que se convirtió en rey —añadió el padre refiriéndose a Jacobo VI de Escocia y I de Inglaterra.

—Y lord Darnley terminó asesinado dos años después de la boda. Según dicen, con la mediación de un amante de ella, el conde de Bothwell, con el que se casó a los tres meses de enviudar... Los condes siempre resultan más entretenidos que los príncipes, padre —glosó, porque la situación le divertía. Añadió algo más, al ver que su hermana Olga acababa de unirse a la reunión para descargar su bilis contra ella. Una vez más, la hermana pequeña se adelantó a la mayor—: Obviando el hecho de que su otra hija está enamorada del príncipe Troubetzkoi desde que tenía dos años.

—¡Eso es mentira! ¡Mientes! Eres malvada. No te mereces a un hombre tan bueno como él.

—Olga, querida... —medió Ekaterina en un tono que evidenció la verdad de lo enunciado, más que cualquier intento de calmar los ánimos entre ambas.

—No, déjela, madre. Por una vez, mi querida hermana tiene razón. Y es más que comprensible que quiera dejarse oír en mis pedidas de mano, porque debe de estar aburrida de tanto esperar la suya y que no llegue nunca.

—¡Callaos las dos! —ordenó el Terrible O'Rourke a sus hijas. La indiferencia hacia su segunda esposa era tal que ni siquiera merecía una llamada al orden—. Como paterfamilias, soy quien ostenta la autoridad sobre el *manus* y creo que en este caso está bastante claro. El conde Tarnowski es el menos indicado para entrar a formar parte de nuestra familia.

—Querido, sus propiedades y su dinero sugieren que más bien seríamos nosotros quienes entraríamos a formar parte de la suya... —reseñó Ekaterina, que había cambiado la botella de coñac por la botellita de láudano; cada uno era libre de elegir el mejor consuelo para calmar su dolor.

—Sus modales le deslegitiman para nuestro linaje —arguyó como si la réplica de su esposa no hubiera llegado a sus oídos—. Es brusco, burdo, ordinario, y su comportamiento dista mucho del de un caballero de su edad.

—Dicen que su familia posee fábricas de azúcar para surtir durante siglos a todo el mundo. Por no hablar de su labor de mecenazgo, que explica la gran colección de arte que albergan sus propiedades —insistió Ekaterina.

—Y sabe cantar ópera, madre, no lo olvide —apuntó Maria, dejando clara la frivolidad con la que se tomaba la disquisición de su progenitor.

—El conde Andronov no creo que merezca ni siquiera un comentario; dan más ganas de acogerlo como huérfano que de tomar en consideración cualquier otra alternativa. Creo que el príncipe Troubetzkoi sería el pretendiente más indicado para entregarle la mano de mi hija.

—¿De cuál? —preguntó con ironía la pequeña de los O'Rourke, contemplando cómo la vena en la frente de Olga estaba a punto de estallar.

—Esa actitud no te va a ayudar, Maria Nikolaevna —advirtió el padre con la serenidad que no había mostrado en toda la tarde. Habló con autoridad: no había marcha atrás. Una vez más, había aniquilado las palabras, la conversación y la posible discusión—. La decisión está tomada. Lo anunciaremos en las próximas semanas y la ceremonia tendrá lugar el año que viene. 1894 será el año en el que se celebrará una boda en esta casa. En primavera. Siempre me ha parecido la estación idónea para oficiar el sagrado sacramento del matrimonio.

—También podemos seguir recibiendo a más pretendientes. La lista es larga —planteó Ekaterina—. Maria tiene dieciséis años. Aún hay tiempo, teniendo en cuenta que la decisión será para toda la vida.

—María Estuardo, reina de Escocia, se casó por primera vez a los quince años y enviudó a los diecisiete, a tres días de cumplir los dieciocho. Es nuestro linaje. A mi entender, nuestra hija ya llega tarde.

—¿Para lo primero o para lo segundo? —preguntó tajante Ekaterina.

El apunte le valió la mirada cómplice de su hija. Era la primera vez que escuchaba a su madre replicar al Terrible O'Rourke y fue para salir en su defensa.

Maria desconocía los movimientos revolucionarios que germinaban en las tabernas y saltaban a las imprentas, las industrias siderúrgicas, las empresas de ferrocarriles, las fábricas de carbón y las calles de Moscú y San Petersburgo, pero su eco había llegado hasta la residencia familiar, donde amenazaba con prender una chispa que podía arder en cualquier momento. No quiso que la tímida llama quemara a su madre, así que zanjó la conversación arrojando un cubo de arena sobre ella.

—Si ésa es su última palabra, padre... —dijo con un desconocido sometimiento.

—Lo es. Y espero que, al menos por una vez en tu vida, te comportes como una O'Rourke.

Maria Nikolaevna asintió. No cabía duda de que lo haría.

El fallo del Terrible O'Rourke hizo honor a su nombre. Su decisión no había gustado a nadie, aunque la principal afectada parecía ser Olga, convencida de que todo respondía a un complot urdido por su hermana para arrebatarle, una vez más, lo que por derecho debería haberle pertenecido a ella: belleza, posición social, suerte, fama, riqueza, pretendientes, la primera boda en la familia... y al príncipe Troubetzkoi.

Maria Nikolaevna dejó a su hermana lamiéndose las heridas provocadas por un ataque que únicamente iba dirigido a la benjamina de la casa, como si la estirpe de luchadores y guerreros con espíritu liberador urdido en mil batallas se hubiera agotado cuando Olga llegó al mundo y recuperado con el nacimiento de la hija menor. Atravesó el vestíbulo, pero, en vez de encaminarse a la escalinata que la conduciría al primer piso, se dirigió hacia la puerta de salida. No era una mujer que desaprovechara oportunidades. Ya que estaba vestida para la ocasión, iría a las caballerizas. Necesitaba calmar los martillazos que empezaba a sentir en su cabeza. Demasiada tensión, demasiadas cosas en las que pensar. Le sobraban voces en esa casa cuando sólo necesitaba escuchar una: la de su tío Cillian.

Pidió al mozo de cuadras preparar para la monta a Nagaika, con una silla española. Deseaba galopar durante horas, con la comodidad que le brindaría el amplio asiento de la montura y la posibilidad de estirar bien la pierna, algo impensable con una silla inglesa; lo último que le faltaba en ese momento era lesionarse. Mientras el mozo terminaba de apretar la cincha para asegurar la montura a los lomos del caballo, pensó que esa misma noche escribiría a su tío. Sólo a él podía confiarle sus planes porque era el único que los entendería y le alentaría a emprenderlos.

Tenía el botecito de vitriolo romano pulverizado a buen recaudo bajo una de las baldosas debajo de la cama; él mismo se lo facilitó cuando idearon su particular método de comunicación. Tan sólo tendría que mezclar el sulfato con un poco de agua, mojar la pluma y escribir en el papel todo aquello que le quemara por dentro y que sólo los ojos del tío Cillian podrían leer. Cuando se secara el trazo de esa tinta invisible, escribiría unas líneas utilizando como tinta una mezcla de carbón de sauce y agua y lo metería en un sobre rumbo a Irlanda. Su padrino sólo tendría que frotar delicadamente el papel con galla de Istria para poder leer el mensaje oculto. Era su particular correo secreto; para ella, mucho más urgente e importante que el correo del zar. «Es una práctica que ya usaron los griegos y los romanos, y que utilizan casi todos los ejércitos en guerra», le había explicado la primera vez que se lo mostró. Ese día acordaron algo más. «Si alguna vez no disponemos de galla de Istria, busca en la esquina inferior de la carta: si encuentras una equis, deberás situar el papel por encima de una llama de fuego. Si por el contrario descubres un círculo, utiliza cualquier tipo de ácido. Fue la técnica que empleó el comandante en jefe del Ejército Continental, George Washington, durante la guerra de Independencia entre Estados Unidos e Inglaterra. Recuérdalo». Su memoria rescató ese recuerdo como si hubiera sucedido aquella mañana. Pero su cabeza estaba en otro lugar.

Cuando el mozo le ofreció el caballo, colocó un pie en el estribo para impulsarse, pero no se acomodó como estaba previsto. No quería montar a sentadillas, con las piernas encogidas hacia un mismo lado. Prefería aprovechar la ventaja que le ofrecía la falda pantalón de su traje ecuestre.

—Señorita... —acertó a decir el mozo al verla sentarse a horcajadas; que una mujer abriera las piernas en público escandalizaba a cualquier estamento de la sociedad.

—Hoy monto como un hombre. Necesito pensar como ellos. —Tomó las riendas con las que guiar y controlar al caballo y salió galopando. Le pareció una acertada metáfora para pensar qué hacer con su vida.

Al regresar a la residencia, subió a su dormitorio para cambiarse y abandonarse al placer de un baño caliente con aceite de romero. Pediría expresamente a su doncella que añadiera unas gotas de esencia de gaulteria con la esperanza de que aliviara las contracciones que le agarrotaban la espalda y que le estaban causando un dolor persistente. Nada más franquear la puerta, un paquete envuelto en terciopelo rojo colocado encima de su tocador llamó su atención.

—¿Qué es eso? —preguntó a su doncella mientras ella misma se desprendía de su traje ecuestre, como si la piel le quemara.

—El conde Vasili Tarnowski lo envió después de su visita. Llegó poco después de que usted saliera a montar. Su cochero tenía órdenes estrictas de que se lo entregara personalmente a usted o, en su defecto, a su doncella personal.

—Retírate. Ya sigo yo. Tú ocúpate de prepararme el baño. Iré enseguida.

14

No le sorprendió el contenido del regalo. Lo que le divirtió fue que un hombre aparentemente rudo y ordinario, adjetivos utilizados por su padre para definir a Vasili Tarnowski, conociera a la Margarita Gautier de *La dama de las camelias* y su querencia por las flores rojas tres días al mes.

Meditó mucho su respuesta.

El conde espoleaba su pensamiento, y eso la mantenía inquieta, en guardia, ejercitando esa picardía infantil que la empujaba a sentirse más viva. Se sentó ante su escritorio, cogió una hoja de papel, mojó la pluma en el tintero y empezó a trazar la respuesta. Su letra se desplazaba elegante sobre la rugosa superficie del pliego. El mensaje era claro, directo, sin ambages. Todo juego que se precie debe realizarse sobre el tablero indicado, en el escenario propicio. Le citó en un par de días en un discreto paraje lo suficientemente alejado de la residencia familiar para evitar presencias indeseables y miradas indiscretas. No le preocupaba la agenda del conde ni dónde estuviese ahora —Vasili Tarnowski tenía propiedades por toda Rusia, sobre todo en Járkov, Kiev y, si los trámites con el abogado habían salido como esperaba, en breve estrenaría residencia en San Petersburgo—. Si de verdad le interesaba estar con ella, se las arreglaría para acudir a la cita.

Ambos lo hicieron. Los dos a caballo. Cada uno con una idea en la cabeza sobre el resultado de aquel encuentro, protegido por las ramas de un inmenso y majestuoso roble.

Maria Nikolaevna descendió de su montura con la misma habilidad con la que subía a ella: con idéntica elegancia y enarbolando el mismo carácter de siempre. Cuando estuvo ante el conde, metió la mano por debajo de la chaquetilla y sacó el libro que días antes él le había enviado.

—Mi padre tiene razón. Es usted un grosero sin la menor clase —espetó arrojándole el libro a los pies, que quedó abierto sobre el lomo. Sus hojas, formando un abanico, iban y venían a merced del viento.

—¿No le gustó la novela de Alejandro Dumas? Me la recomendaron encarecidamente —explicó Vasili con ironía.

—El libro lo leí hace años. Lo que no termino de entender es su intención al regalármelo. ¿Acaso me está llamando *cocotte*, cortesana, prostituta? ¿O contempla para mí una muerte por tisis? Porque eso es lo que le pasó a Marie Duplessis, la mujer en la que Dumas se inspiró para escribir su novela.

—Es complicado sorprenderla.

—Para usted, sí. Los caballeros galantes e inteligentes encuentran la manera. Se lo repito porque veo que le cuesta entenderlo: mi padre está en lo cierto, él cree que no es usted el candidato ideal para mí.

—Entiendo, entonces, que usted sí cree que lo soy, viendo el nulo respeto que le merece la voluntad de su padre.

—Es usted el que no merece respeto alguno. Esta situación empieza a aburrirme —le comunicó mientras se daba media vuelta en dirección a su caballo.

Esperaba escuchar algún tipo de respuesta o solicitud, quizá una súplica por parte del conde Tarnowski, y no tardó en escucharla a su espalda.

—Viendo el desparpajo del que hizo gala el otro día, pensé que era usted partidaria de mostrarse como una verdadera mujer. A no ser que, como la protagonista de la novela, tenga uno de esos días que requieren de camelias rojas —comentó Vasili.

Antes de poner un pie en el estribo, Maria se giró hacia él. El dios Seth se había desenmascarado para bajar a la tierra.

—Siento desilusionarle —dijo sin dejar de observarle, interpretando en la mirada lasciva de Vasili las verdaderas intenciones que el conde escondía tras aquella cita; aquel burdo ardid le habría funcionado con otras mujeres que no tendrían inconveniente de yacer con él siempre que el periodo menstrual se lo permitiera. Pero con ella necesitaría algo más que una velada referencia literaria—. Las camelias rojas de la dama no eran por esos días del mes, como insinúa el escritor. La verdadera Duplessis usaba camelias blancas para evitar las migrañas que le provocaban la fragancia de otras flores perfumadas. No crea todo lo que lee en los libros. Quizá así contenga su grosera imaginación.

Él se rio ante su descaro.

—¿Por qué ha venido? —planteó confiado, observando cómo la expresión glacial de la joven empezaba a derretirse—. Para decirme esto, una carta habría sido suficiente. Deje de escudarse en los libros como una niña, señorita O'Rourke, ya es toda una mujer.

—Siento decepcionarle de nuevo, conde Tarnowski. En eso también se equivoca —le aclaró de forma cortante. Tenía más de dieciséis años, pero su cuerpo todavía no había traspasado el umbral biológico de la niñez.

Aupada por la inconveniente urgencia de haber dado una explicación del todo innecesaria, que únicamente perseguía provocar el sonrojo del conde, Maria Nikolaevna colocó el pie en el estribo, impulsó el cuerpo y se acomodó en la silla. Algo, quizá bajo la cincha, debió de molestar al caballo, obligándolo a realizar un movimiento extraño que casi descabalga a su experta aunque joven amazona. El conde se apresuró a sujetar la brida.

—Cuidado, condesa. Recuerde la posición correcta en la montura: talones abajo y rodilla flexionada. La espalda siempre alineada con el talón. No queremos que una mala postura nos haga perder el equilibrio...

—Le prohíbo volver a visitarme —profirió Maria mientras las aletas de la nariz se le abrían como solían hacerlo sus pupilas. Cogió las riendas del caballo, esperando hacerlo también de la conversación.

Ya había iniciado el galope cuando escuchó a su espalda, esa vez sí, la voz del conde.

—¡Tenga cuidado con lo que prohíbe! ¡Podría cumplirse!

Eso lo sabía ella por experiencia propia.

No pasó ni una semana cuando un sobre lacrado con el sello de los Tarnowski llegó a la residencia y se la entregaron en la misma bandeja de plata Luis XVI que día tras día portaba las tarjetas de visita de los posibles candidatos. A través de su doncella, había comunicado al resto del servicio que cualquier envío de parte del conde Vasili Tarnowski se le llevase a ella directamente.

Impaciente, utilizó el dedo índice para abrir el sobre, obviando su habitual abrecartas de plata, regalo de su madre en su pasado cumpleaños. En su interior había dos entradas para *La traviata*, de Giuseppe Verdi, que se representaría en unos días en un teatro de Kiev. Sabía que la ópera basada en la novela de Alejandro Dumas se había estrenado en La Fenice de Venecia el 6 de marzo de 1853. Su madre guardaba un amarillento programa de la obra en tres actos y varios recortes de periódicos del día del estreno entre las páginas de un cuaderno, que observaba con la misma melancolía con la que miraba pasar la vida.

Una tarjeta color sepia con el nombre del conde grabado en letras negras bajo el emblema del escudo de armas familiar acompañaba el envío: «Sin bombones ni quevedos ni ramo de camelias. Prometido». Un nuevo guiño a la novela de Dumas, refiriéndose al arsenal con el que acudía la protagonista a los estrenos de ópera. La firma del conde reflejaba su temperamento a lo largo y ancho de su grafía: contundente, oblonga, con trazos amplios y puntiagudos. Maria la acarició con los dedos, sin darse cuenta de que al abrir el sobre se había hecho un pequeño corte en el índice y le sangraba. Una mancha roja profanó la cartulina, justo sobre la rúbrica del conde.

—Tenga cuidado, señorita. Hay correspondencia que la escribe el demonio —sugirió Natasha.

—¿Por qué dices eso? —inquirió ella con voz firme. Su pregunta no transmitía la habitual curiosidad que presidía sus charlas con la cocinera, sino un deje de soberbia.

—No me gusta ese hombre para usted, señorita.

—¿Y quién te gustaría para mí, Natasha?

—Yo no soy quién... —balbuceó, entendiendo el error que acababa de cometer. Nunca había tenido problemas a la hora de hablar con la señorita, pero quizá las cosas estaban cambiando.

—Dime, ¿has tenido noticias de Yaroslav? ¿Quizá alguna carta? —preguntó con tono airado, a juego con su mirada altiva—. ¿Cuánto tarda en llegar el correo desde San Petersburgo?

El silencio y la mirada gacha de la cocinera fue toda la contestación que recibió. Maria Nikolaevna estaba aprendiendo de su padre la facultad de aniquilar palabras y matar conversaciones. Era la primera vez que utilizaba la rabia para hablar a quien tantos años había sido su aliada y cómplice. Quizá había llegado la hora de restablecer el orden en el mundo. La cercanía siempre corre el riesgo de malinterpretarse.

La invitación a la ópera desató una tormenta en la familia que el propio Verdi podría haber incorporado a su obra, si no hubiera decidido dejar los cinco actos previstos en tan sólo tres. Las arias se tornaron en bramidos en la residencia de los O'Rourke, donde barítono y soprano, padre e hija, manejaron la voz con una agilidad infinita. Las amenazas cayeron como bombas contra los muros y los gritos retumbaron en la casa. Portazos, rugidos, golpes, incluso convulsiones fingidas —imitando los episodios epilépticos que sufría Ekaterina—, alaridos y lamentos se escucharon como preámbulo al silencio que reinó en la mansión después de la tempestad, similar al que deja tras de sí un ejército en un campo de batalla recién arrasado. Maria no fue a ver *La traviata*, pero a ella la escucharon.

El conde Tarnowski tenía la extraña habilidad en un hombre de divertirla, de retarla, de mantenerla siempre alerta. Su extravagancia alimentaba sus reflexiones y, por la intensidad con la que lo hacía, parecían estar famélicas. El descarado pretendiente había logrado que el primer pensamiento de la joven al despertar fuera para él, así como el último de la noche. Maria no era capaz de poner nombre a esa desconcertante sensación; no estaba interesada sentimentalmente, al menos no como identificaba ese sentimiento en las novelas que leía y que eran la única experiencia de vida que tenía a su alcance. Su referencia emocional se escondía bajo la misma baldosa de su dormitorio, donde también celaba el botecito de galla de Istria, guardiana de los ejemplares enviados por su tío que no pasarían la aprobación paterna: *Escenas de la vida bohemia*, de Henry Murger; *La Venus de las pieles*, de Leopold von Sacher-Masoch; *Madame Bovary*, de Gustave Flaubert; *Fosca*, de Ugo Tarchetti... Entre sus páginas supo de la existencia de palacios construidos con el telón de un teatro; conoció la mediocridad de otras vidas en las que «mudarse por la chimenea» requería quemar los muebles para poder encenderla; aprendió que nada excita más al hombre que la imagen de una mujer déspota, hermosa, voluptuosa y cruel; experimentó pasiones súbitas provocadas por un frenesí descontrolado, el vértigo de la seducción errada, las rebeliones abyectas contra el destino, el abismo del mal de los ambientes estimulantes... En los libros respiró la erótica de las heroínas enfermas de tisis o de histeria, la perversión de capitanes intrépidos y macabros; conoció la feminidad morbosa, la perdición de la codicia del placer artificial, la embriaguez de la naturaleza...

Una puerta al mundo se abría bajo su cama.

Desde el fuerte encontronazo familiar a raíz de la invitación a la ópera, Maria se pasaba el día leyendo, dando largos paseos a caballo —algunas veces prescindiendo de la montura y cabalgando a pelo sobre los lomos del animal— o paseando por el jardín de la residencia, pero sin adentrarse en el bosque. Permanecía más tiempo en casa, concentrada en sus pensamientos que abstraían su mirada, mientras su madre la observaba con el temor de que su niña, quizá por su propia influencia, estuviese empezando a pisar esos senderos oscuros que ella tan bien conocía. Ekaterina pensó que el anuncio del compromiso con el príncipe Troubetzkoi la había arrojado a un letargo extraño, porque no era tristeza lo que reflejaban los ojos de su pequeña, sino un brillo centelleante, eufórico, ávido de entusiasmo. Nadie espera un futuro que entiende abyecto con una expresión radiante en su rostro. El verdadero motivo de su reclusión en casa era evitar que un nuevo envío de Vasili cayera en otras manos que no fueran las suyas. Incluso el Terrible O'Rourke pensó que, a raíz de su decisión de prometerla en matrimonio y a pesar de la indiscreción del conde Tarnowski con las entradas para la ópera, su hija se había vuelto más consciente de su nueva situación y del papel que tendría que desempeñar en un futuro cercano; su padre, como siempre, tan alejado de la realidad de su hija.

Pasaron casi dos semanas hasta que el criado se presentó ante ella con una nueva misiva en la bandeja de plata. Sobre su pulida superficie aparecían dos cartas: una había recorrido un corto trayecto de apenas unos kilómetros; la otra había mordido a dentelladas el mapa para cruzar Europa, desde Irlanda hasta Rusia. Su elección en el orden de lectura le sorprendió incluso a ella misma: con gesto impaciente rasgó primero el sobre que llevaba el sello de lacre rojo de Tarnowski. No interpretó el bochorno del rubor que ya notaba instalado en las mejillas como un síntoma de traición a su querido tío Cillian. El impulso de la urgencia adolescente, ése fue su dictamen. Para evitar lesiones en los dedos, optó por utilizar el abridor de plata. O cada vez ponía más cantidad de resina para hacer más complicado rasgar el papel y quebrar el sello, o los nervios entorpecían la habilidad de sus manos. Desplegó la carta deshaciendo las dobleces que la atravesaban.

> Alguien que se arrepiente de una carta que escribió ayer, que se irá mañana si usted no lo perdona, desearía saber a qué hora podrá ir a depositar su arrepentimiento a sus pies. ¿Cuándo podrá encontrarla sola? Ya sabe usted que las confesiones deben hacerse sin testigos.

El conde Tarnowski había transcrito palabra por palabra el texto de *La dama de las camelias*, pero en su caligrafía adquiría una personalidad propia, retadora, intimidante e ilusionante. Cada vez que recibía correspondencia de Vasili, más allá de cuál fuera la reacción que posteriormente mostrara ante él, terminaba esbozando una sonrisa que le resultaba imposible de dominar, y por eso necesitaba estar a solas para leerla. Las respuestas ya no requerían tanto tiempo para ser escritas y enviadas, encumbradas por la confianza del jugador que cree controlar su vicio, aupado por su pericia, sus buenas cartas, su excelente racha y su habilidad en el reparto. La cautela estorba cuando uno se sabe ganador y los tramposos siempre se creen inmunes al engaño; quizá por eso había tantos perdedores.

La respuesta a la última carta del conde salió aquella misma tarde. Se encontrarían en una casa de campo propiedad de la familia Tarnowski, tal y como proponía el conde. Como correcta duelista, Maria había admitido el lugar propuesto por su rival, aunque las armas elegidas correrían de su cuenta. Sobre todo, después de leer la carta de su tío Cillian, que, como siempre, supo esperar con estoicismo a que llegara su turno: «Haz lo que tengas que hacer. Vive y sal ilesa». La historia del mundo debería escribirse con vitriolo romano pulverizado y leerse siempre con galla de Istria.

Mientras el zar Alejandro III comenzaba a sufrir los primeros síntomas de la nefritis contraída que le hacía orinar sangre, le dejaba un constante picor en la piel y le relegaba a un estado de somnolencia que disminuía su capacidad de concentración, Maria y Vasili se encontraban en el lugar acordado. No hacían más que seguir las enseñanzas del propio zar, aquel día que osaron interrumpir sus vacaciones en su dacha de Kotka, en Finlandia, por una urgencia diplomática con Francia: «Si el zar está pescando, Europa puede esperar». En la casa de campo de Tarnowski era temporada de pesca.

El conde estaba dispuesto a seguir sorprendiéndola para conquistarla; más que un propósito se había convertido en una obsesión que apenas le permitía pensar en otras cosas. Ni siquiera las apuestas o los naipes le habían creado tanta ofuscación como la pequeña de los O'Rourke. Había tenido decenas de mujeres en su vida y seguía habiéndolas, pero se había encaprichado con aquella joven que conseguía divertirle y ponerle a prueba a partes iguales. Que casi le duplicara la edad era un aliciente más que podía escandalizar al público femenino de la sociedad, pero en el sector masculino sólo cosecharía parabienes.

Vasili había dado orden de acondicionar el interior de la dacha para que todo estuviera al gusto de Maria. Ornamentación floral, una mesa colmada de los mejores productos, una colección de botellas labradas llenas de licores de distintos colores, estanterías repletas de libros... Todo en un ambiente cálido iluminado con las llamas de una chimenea alimentada de troncos y piñas que crepitaban musicalmente a modo de bienvenida, y la luz tenue de lámparas de gas y velas, que invitaba a la conversación y anhelaba la intimidad. La plática fluyó entre ellos como el vino y el champán lo hizo por sus gargantas, salpicada por las risas y plagada de preguntas y respuestas. Sus miradas se buscaban y no necesitaban encontrar un anclaje fuera de ese coto privado porque no sentían la precaución de rehuirlas. ¿Por qué evitar mirar lo que se desea, a quién iba a beneficiar ese comedimiento? Estaban los dos solos, con la única compañía que deseaban.

El tiempo voló en el reloj como lo hace cuando halla el segundo preciso de inmortalizar la eternidad. Era uno de esos momentos en los que la magia lo cubre todo con una fina bóveda de cristal que cualquier nimia fisura puede quebrar, sin motivo ni intención, pero sin remedio. Había que extremar las precauciones y el conde lo sabía, aunque no fuera hombre dado a las cautelas. Se incorporó de su asiento y abrió uno de los cajones de la gran cómoda que ocupaba una de las paredes de la estancia. Hasta ese instante, Maria ni siquiera se había percatado de que los dos criados encargados de servirles habían desaparecido. Vasili volvió a su asiento y dejó sobre la mesa un pequeño estuche de terciopelo azul.

—Confío en que sabrá esperar para recibir una diadema de oro y brillantes —comentó mientras lo aproximaba hacia ella—. Los joyeros franceses no son tan rápidos como suelen serlo con la zarina María Fiódorovna Románova.

—Me sobran las diademas, señor conde.

—Le sobra soberbia, querida, pero eso no me disgusta. Siempre tiene arreglo.

—Mi familia…

—Su familia también le sobra. Y las dos cosas tienen fácil solución —sentenció.

La conversación amenazaba con encaminarse por unos derroteros más íntimos, y ninguno de los dos parecía oponerse.

Vasili tomó la mano de la joven y colocó el estuche sobre su palma. Notó su mano fría a pesar del calor reinante en el interior, gracias a la chimenea que seguía encendida.

—Ábralo. —Era más una orden que una petición, y así fue atendida.

Maria observó el centelleo de las piedras de la espectacular sortija. Cogió el estuche, desprendió la joya de la trabilla que lo sujetaba y se la colocó en el dedo corazón. Le quedaba grande, demasiado, pero no le importó; un desajuste siempre tiene arreglo, ya sea en un anillo o en la cuota de soberbia. Nunca había visto en una misma pieza tantos brillantes y rubíes. Sus ojos no acertaban en cuál de toda la amplia gama posarse. Calmó su entusiasmo inicial al recordar el broche de la zarina Isabel I, compuesto por más de mil diamantes; la pieza elaborada con más piedras preciosas, incluyendo esmeraldas, topacios, brillantes, zafiros amarillos y azules; también el joyero de tres kilos de Catalina la Grande, cubierto por cuatrocientos diamantes, realizado por un maestro orfebre de un barrio de Augsburgo, a finales del siglo XVII, utilizando varias almandinas, rubíes, amatistas, esmeraldas, granates y turquesas. En Rusia, toda petición realizada en el seno de una familia de la aristocracia debía deslumbrar con el brillo de los metales y las piedras preciosas, aunque estuvieran hechos por grandes joyeros de París, Viena, Berlín o Londres. Una nueva orden logró distraerla de su concentrada visión.

—Cásate conmigo, Maria Nikolaevna.

—¿Casarnos? —preguntó ella, envolviendo su pregunta en una risa que resultó infantil—. Mi padre me mataría. Y luego te mataría a ti.

Era la primera vez que se dirigían el uno al otro desterrando el tratamiento de cortesía. La tercera persona del singular se había esfumado de su vocabulario como podía hacer la sortija en cualquier momento de su dedo, por lo holgada que le quedaba.

—No podrá matarte si no te encuentra. Y para cuando lo haga, ya serás mi esposa y, entonces, yo podré matarle a él.

—Parece que has pensado en todo.

—Es lo que hacemos los hombres.

—No siempre. Y casi nunca con acierto. A menudo apresuradamente. —Observó por última vez la joya en su dedo antes de quitársela y dejarla en el estuche, que cerró de un golpe para devolvérselo al conde.

—No pienso aceptar un no. No soy hombre que acepte negativas.

—Y yo no pienso aceptar coacciones. No soy mujer que admita presiones.

Obviando su última apreciación, el conde Tarnowski se acercó a ella. Al contrario que en la despedida de su primer encuentro en la residencia familiar, no la tomó de la cintura ni la arrastró hacia sí de manera brusca. Se aproximó a ella despacio, equilibrando su mirada en la suya, como si los dos fueran funambulistas caminando sobre un alambre a gran altura y el uno dependiera del otro para no caer al vacío. La joven había dicho que no aceptaba presiones y así sería. Maria le observaba con la soberbia que al parecer le sobraba, pero que fue cediendo, ante la fuente de calor que representaba el cuerpo de Vasili. Al sentir su aliento sobre el rostro, cerró los ojos. Cuando estimó que la espera estaba siendo demasiado larga, volvió a abrirlos. Vasili la miraba, con la misma devoción con que observó *El banquete de Cleopatra* pintado por Giambattista Tiepolo y adquirido por Catalina la Grande para el Hermitage. La serenidad de su rostro impactó a la joven, que no entendía qué estaba pasando. Había visto la misma expresión en el semblante de Yaroslav, aquella vez en el establo después del accidente en el lago helado. Y, como entonces, decidió ser ella quien tomara la iniciativa. Se abalanzó contra él, que aceptó de buen grado el envite. Ella quería su beso y, cuando lo consiguió, no tuvo motivos para seguir. Frenó el avance de Vasili, que ya se centraba en conquistar nuevos terrenos hasta que ella le apartó violentamente, aunque con la fiebre que otorga el juego.

—Creí que era usted un caballero, señor Tarnowski.

—Si de verdad creyera eso, no habría venido usted hasta aquí.

El regreso del tratamiento de cortesía tranquilizó a ambos, en especial a ella, que temía que el conde no supiera controlarse.

—Quiero volver a casa.

—Y yo quiero que esa casa a la que desee volver sea nuestro hogar. Así que se lo pediré por última vez, señorita O'Rourke...

—De acuerdo —le frenó en seco, imprimiendo una seriedad a su rostro que hasta entonces no había conocido. Duró hasta la siguiente frase—: Pero si quiere una contestación por parte de esta mujer, tendrá que hacerlo como un caballero.

El conde Tarnowski se dispuso a hacer lo que durante sus casi treinta años de vida se había empeñado en evitar. No tenía previsto que sucediera esa noche, pero la actitud de la rebelde O'Rourke no le dejaba otra salida. Como un caballo subyugado en pleno proceso de doma, Vasili hincó una rodilla en el firme, cogió de nuevo el estuche con el anillo en su interior, lo abrió y desde esa posición observó a la mujer que le había hecho someterse. Como si el ritual agravara la petición, notó que le costaba tragar; tenía la boca seca.

—Maria Nikolaevna O'Rourke, futura condesa Tarnowska... —enunció con voz grave, permitiéndose la licencia que la mirada encendida de la peticionada le concedía—. ¿Querría usted convertirse en mi esposa?

La respuesta se hizo esperar tanto que a Vasili comenzó a molestarle la rodilla clavada en el suelo, aunque estuviera sobre una alfombra persa que su padre había traído de Estambul al regresar de la guerra ruso-turca, una vez finalizada el 3 de marzo de 1878. En aquella guerra, iniciada el mismo año del nacimiento de Maria, Rusia tuvo que aceptar un acuerdo para salir victoriosa. Y eso era lo que Vasili estaba proponiéndole, aunque estuviera postrado de rodillas ante ella. Era una cuestión de honor, de territorio, de dominación y de independencia, como todas las guerras. Al fin, llegó la respuesta.

—Sí, quiero, conde Tarnowski. ¡Ya lo creo que quiero!

Sobre esa misma alfombra persa hecha a mano, testigo de las ambiciones de independencia de pequeños países balcánicos y de los sueños de dominación de grandes naciones europeas contra el Imperio otomano, demostraron lo que cada uno de ellos codiciaba. Los dos firmarían un tratado beneficioso para ambos en detrimento de otro gran imperio, personificado en el Terrible O'Rourke. Pero obviaron que los tratados de paz se firman, aunque no siempre se cumple lo pactado; puede cerrarse una guerra, pero eso no impide que se reabran sus heridas. Las verdaderas consecuencias de una contienda bélica y de su tratado de paz sólo se conocen con el tiempo y, a veces, únicamente sirven para empeorar las hostilidades.

Aquella noche, Maria llegó a la residencia de Otrada algo más tarde de lo previsto, sabiendo que su padre estaba fuera de la ciudad y que no regresaría hasta la mañana siguiente. Su acto de rebeldía, con postración y rúbrica incluida, había sido programado. Lo que garantiza el éxito de una revuelta es un buen planteamiento, más que la sobrevalorada valentía. Por eso había dejado a Nagaika en la dacha y había vuelto en el carruaje que el conde Tarnowski había puesto para ella y que tenía orden de esperarla el tiempo que fuera necesario.

Sabía que no se encontraría con el Terrible O'Rourke, pero no esperaba hallar a su madre sentada en un sillón orejero frente a la chimenea, con una carta en una mano y una copa de coñac en la otra. Parecía relajada, pero no aletargada por su fiel compañero, el láudano. Cuando el hombre de la casa estaba ausente, la mujer de la casa parecía abrirse de par en par, como las ventanas de los palacios, ansiosas por ventilar su interior. Hacía mucho que Ekaterina no tenía uno de los terribles brotes de epilepsia que zozobraban su cuerpo con violentas convulsiones. El médico le advirtió que la enfermedad podría ser hereditaria, y ese legado le preocupaba más que su propia salud. Maria pensó en subir directamente a su cuarto para recoger aquello que quisiera llevarse y esquivar la presencia materna, pero, al mirar el brillo del anillo en su dedo, reconsideró lo que sería un gesto de egoísmo por su parte. Aquella mujer le había dado la vida, aun a costa de que la indiferencia de su esposo se la estuviera quitando a ella. Al menos se merecía una explicación de lo que estaba a punto de hacer.

Accedió a la estancia procurando no hacer ruido, algo inútil porque su madre tenía oído de tísico. De ahí que la saludara antes de verla.

—Si fueras una señorita, comprenderías que a estas horas ya deberías estar en tu cuarto.

—¿No soy una señorita, madre?

—No. Tú siempre serás mi niña pequeña, la que no se separaba de mi lado en todo el día y se agarraba con sus preciosas manitas a mi falda sin intención de soltarla, y se subía a mi cama y me pedía que le cepillara el pelo, que le leyera libros y más libros... No he visto a nadie que escuchara con tanta atención las leyendas como lo hacías tú. Parecía que lo oías con los ojos más que con los oídos —recordó Ekaterina, como si el abrazo de su memoria la reconfortara más que el fuego encendido de la chimenea.

Al escuchar a su madre, Maria temió que conociera sus planes de antemano, incluso antes que ella misma. Siempre había intuido que era algo bruja y que presentía cosas, e incluso llegó a pensar que se aficionó al láudano para acallar las voces en su cabeza, más que para amortiguar el desdén de su marido.

—¿Recuerdas la fábula de Krylov, esa que me hacías leerte una y otra vez todas las noches hasta que tus ojos caían rendidos? ¿La recuerdas?

—Ya no soy una niña, madre.

—Por eso te pido que ahora me la leas tú a mí, porque ya no eres una niña y yo me siento como si lo fuera.

Maria obedeció. Era la segunda vez que obedecía en las últimas horas; demasiado para un espíritu indómito como el suyo. No le hizo falta leer nada porque aquella fábula estaba grabada a fuego en su memoria, como el hierro marcado a fuego en un caballo. Mirando la lumbre aloque de la chimenea, comenzó a recitarla:

—Un cisne, un bagre y un cangrejo a tirar de un carro se pusieron y los tres juntos se engancharon de él. Se afanan y se afanan, más el carro no marcha. La carga para ellos no habría sido pesada. Pero el cisne tira hacia las nubes, el cangrejo hacia atrás y el bagre hacia el agua. Quién de ellos es culpable, quién no lo es, no nos toca juzgar. Sólo que el carro todavía está allá.

—Moraleja: cuando entre socios no hay acuerdo, su asunto no ha de marchar bien y antes saldrá de allí un padecimiento —añadió Ekaterina.

—Madre...

—Lo sé. Estás enfadada y no sabes qué hacer con toda la ira que guardas dentro de ti. Pero la próxima vez no te portes como una niña fingiendo convulsiones. La epilepsia es algo muy serio, y rezo cada noche para que no te envenene por dentro como a mí —dijo, recordando el fuerte encontronazo vivido meses atrás cuando el Terrible O'Rourke le prohibió aceptar la invitación del conde Tarnowski—. ¿Todo esto es por la prohibición de tu padre de asistir a esa ópera?

—Me apetecía. Y, sobre todo, quería ir. En tres meses cumpliré los diecisiete. Si tengo edad para casarme, podré tener edad para ir al teatro con un amigo.

—El conde Tarnowski no es un amigo. No te mira como si lo fuera.

—Madre, me sorprende que todavía recuerde cómo mira un hombre a la mujer que ama —reconoció atrapando en sus manos las de su madre.

No fue un comentario brusco, al menos, ninguna de ellas lo percibió como tal. El impacto de la brutalidad suele disminuir cuando se normaliza, aunque no hace que desaparezca. Que Ekaterina no se quejase nunca no quería decir que no le doliera la permanente indiferencia del Terrible O'Rourke, incluso más que tener que observar cada día el retrato de su primera esposa.

—No sabía que te interesaba tanto asistir a esa ópera. Me alegra que hayas heredado de tu madre el gusto por la música —comentó irónicamente—. Yo tampoco asistí, por razones obvias, al estreno de la obra en La Fenice de Venecia. Me hubiera encantado ver el espejo que Giuseppe Verdi mandó colocar en el escenario para que se reflejara en él el patio de butacas y mostrar así la hipocresía de la sociedad, su falsa y mediocre moral, sobre todo la de los hombres, que no tienen problema en acostarse con prostitutas, pero no permiten que éstas medren y se muevan en esa sociedad con la misma libertad. Quizá fue ese atrevimiento el que llevó al gran fracaso de su estreno.

—Siempre me has dicho que fue la elección del reparto. Si no, ¿por qué triunfó un año más tarde en el teatro San Benedetto de Venecia?

—Porque el arte es incluso más desconcertante que la vida.

—Madre, no voy a casarme con el príncipe Troubetzkoi. Es un buen hombre, pero no es el hombre que me hará feliz. Y no creo que haya nadie en este mundo que pueda comprenderlo mejor que usted.

—Sí lo hay, por lo que veo… —respondió su madre mientras movía la carta que sostenía en la mano. La misiva iba dirigida a Ekaterina y el tío Cillian era el remitente. Una inadvertida letra X aparecía en uno de los márgenes; su madre había tenido que acercar la carta a las llamas de la chimenea para poder leerla—. ¿No creerás que tu tío lo inventó contigo? —preguntó traviesa al intuir la dirección de su mirada.

Eran pocas las veces que el rostro de Ekaterina se iluminaba. Pero cuando lo hacía, parecía que la primavera llegaba para colorear de tonalidades anaranjadas la nívea tundra de Siberia. No necesitó leerla para adivinar que el mensaje que el tío Cillian le había escrito a su madre se parecería mucho a la carta que le escribió a ella: «Haz lo que tengas que hacer. Vive y sal ilesa». Mucho se temió que tampoco era la primera vez que su padrino pronunciaba ese consejo, aunque aquella remota vez su madre lo ignorara.

Se fijó en la fecha que marcaba el calendario cilíndrico que descansaba sobre el escritorio: 6 de marzo de 1894. El mismo día del estreno de *La traviata* en Venecia, cuarenta y un años antes.

—Y hay algo más… —titubeó un instante, como si temiera hacer daño a Ekaterina. Los momentos de intimidad entre madre e hija no proliferaban, quizá porque cuando uno se producía, la esencia del encuentro permanecía durante mucho tiempo en su memoria.

—Lo sé. Y me da la vida que hayas querido decírmelo antes de huir con él.

—¿No me lo va a impedir?

—¿Serviría de algo? Lo que de verdad le duele a una madre no es que su hija huya para correr tras la felicidad, sino que no la alcance ni la encuentre junto al hombre que ama. Eso es lo que destroza el corazón de una madre —admitió Ekaterina sin dejar de mirar los troncos que ardían en el fuego. «Ojalá nadie me lo hubiera impedido a mí», pensó sin verbalizarlo—. Así que corre y no te demores. Las mujeres de esta familia no pueden cometer el mismo error dos veces. Que al menos una de nosotras lo consiga.

La besó como sólo recordaba haberlo hecho en su infancia, con la gratitud en la mirada, con la gracia infinita que desborda el regazo de una madre que sabe que su pecho siempre será el mejor refugio de su hija, donde nadie hará preguntas ni pedirá explicaciones ni precisará nombres, fechas y lugares porque lo único que necesita saber es que su pequeña está viva, sana y feliz, viviendo y saliendo ilesa de todo.

La *manus* del paterfamilias del Terrible O'Rourke estaba a punto de terciar en la manumisión por la que, en la Antigua Roma, el señor tenía la facultad de liberar al esclavo de su amo. Por un instante, los dominios del Imperio romano se extendieron hasta Rusia y volvieron a soñar con dominar el mundo.

Desde el carruaje del conde Tarnowski, Maria vio alejarse la gran residencia donde había vivido toda su vida. Pudo ser la excitación del momento o las décimas de fiebre que aparecieron súbitamente en su cuerpo, pero creyó ver la silueta del Terrible O'Rourke dibujada en uno de los grandes ventanales, contemplando la huida de su niña, como muchos creyeron ver al emperador Nerón desde su palacio ubicado en la colina Palatina, observando el incendio que devoraba la ciudad de Roma.

15

La noticia de la huida de la benjamina de los O'Rourke con el conde Tarnowski se extendió por toda la región de Poltava y traspasó sus límites territoriales con la misma rapidez que marchaban los preparativos de la boda. Fue la única condición de la novia: huiría de su casa, del protector manto de su linaje irlandés, de la falda materna tejida por los cosacos del Don, siempre y cuando el matrimonio con Vasili se celebrase de manera inminente. No quería ser pasto de chismes de taberna o de cuchicheos en salones aristocráticos agrandados por inventos malintencionados. El escándalo viaja tan rápido como la mentira, y ya habían comenzado a esparcirse como la pólvora los rumores de un posible embarazo que justificara el apremio de las nupcias, algo imposible, ya que la novia seguía esperando que la naturaleza tuviera a bien convertirla en mujer, un detalle biológico que sólo parecía importarle a ella. Pero la verdad nunca resulta tan creíble como el embuste, y el rumor siguió su cauce.

La boda se había fijado para la primera quincena del mes de abril de 1894. Se celebraría en una de las residencias señoriales de Kiev, propiedad del conde Tarnowski. Su familia política había acogido a Maria con cariño, extremando los cuidados hacia ella como si fuera una pieza de porcelana, delicada y valiosa, a punto de quebrarse en cualquier momento. «Amarla será como caminar sobre hielo fino», había confiado el conde a sus amigos, sin que cupiese ningún rastro de poesía. La belleza que perfilaba sus rasgos correspondía a la mujer que aún no era, más que a la niña de dieciséis años que en pocos días se convertiría en la condesa Tarnowska, a dos meses de cumplir los diecisiete. Se involucró en los preparativos de su boda, feliz y entregada. Disfrutaba de cada detalle que pasaba ante sus ojos: la vajilla ribeteada en oro en la que Vasili había mandado grabar el nombre de la pareja, la delicada cristalería fabricada por la exclusiva firma francesa Baccarat y transportada en carruajes de Nancy a San Petersburgo y de allí a Kiev —Vasili descartó la opción del envío en barco por la ruta del mar Báltico o del mar del Norte debido a la inminencia del calendario—, las grandes lámparas de araña de oro deslizando numerosas lágrimas de cristal, la elección del papel de las invitaciones, los centros de mesa florales, las cintas de seda y raso que adornarían las columnas del jardín, los candelabros de más de dos metros y más de una veintena de brazos que presidirían las estancias iluminando su interior hasta privarlos de sombras, los tapices y cortinajes que vestían las paredes, las alfombras que cubrirían el suelo, las figuras conmemorativas de la pareja que daban forma a los arbustos de la propiedad, la cubertería de plata realizada expresamente para la ocasión por una de las mejores orfebrerías de Baviera... Entre todo ello destacaba una enorme fuente ubicada en el centro del jardín exterior, de siete metros de altura, que Vasili había hecho construir a imagen y semejanza de la que embelesó al zar Alejandro III durante su visita a la Exposición Universal de París en 1867. Toda una inmensa fiesta en honor a su futura esposa, en la que todo era poco para colmar las expectativas de aquella solemne celebración.

Apenas tuvo tiempo de extrañar su antigua vida, un pasado que parecía lo bastante lejano para no enturbiarle la felicidad que el presente le brindaba. Desde la mañana siguiente a su huida, nada más llegar a la residencia de Otrada y conocer que su pequeña se había fugado con el pretendiente vetado, el Terrible O'Rourke había roto las relaciones con su hija menor y prohibió a toda la familia, incluyendo al servicio, mantener ningún tipo de contacto con ella, ni en persona ni epistolar. Ekaterina escuchó aquel desquiciado e inútil mandato como recibía todo lo que venía de su esposo: como si fuera sorda y muda. Madre e hija habían sido precavidas, estipulando previamente la manera de mantenerse en contacto, tal y como hacían con el tío Cillian. El conde O'Rourke podría seguir con su lista de proscripciones porque ninguna alteraría lo pactado.

Vasili había tenido una gran idea al aconsejarle que Nagaika se quedara en la dacha aquella noche. Su caballo era lo único que podría haber extrañado, aparte de la tarta de cítricos y crema con canela de Natasha y su mermelada de naranja amarga; aquel tarro sí iba a echarlo en falta, como la cocinera extrañaría el sonido de la cuchara de la niña tintineando contra el vidrio. La noche de la huida, Maria se había asegurado de vaciar el escondite bajo la baldosa de debajo de su cama y que durante años había guardado fielmente sus secretos, esos que siempre viajarían con ella porque formaban parte de su vida: los libros y el mágico arsenal que le serviría para comunicarse con el tío Cillian y ahora también con su madre. Como consecuencia de la prohibición paterna, nadie de su familia acudiría a la ceremonia, pero la asistencia que anhelaba fervientemente acababa de confirmar su presencia por carta desde Irlanda, y eso alivió el dolor por otras ausencias. Se consoló pensando que Ekaterina no acabaría hecha un mar de lágrimas como sucedía en todas las bodas; el trauma del pasado define siempre la herida del presente y su madre podía dar buena cuenta de ello.

La confección del vestido nupcial y el laberinto de medidas volubles los días previos al gran acontecimiento tuvo a la novia lo bastante ocupada para delegar en su futuro marido la organización de la fiesta de los esponsales, que se celebraría un día antes de la boda. La precipitación estrechaba el margen para poder espaciar las tradicionales fiestas previas a la ceremonia. Permaneció ajena a esa gran fiesta hasta unos minutos antes de partir hacia el festejo. Sentada ante el tocador de su dormitorio, esperaba que la doncella asignada a su servicio desde que había llegado a la residencia terminara de hacer los últimos retoques a su pelo. Había optado por un elegante recogido hecho con trenzas que despejaba su cuello y dejaba al descubierto parte de su espalda. Lucía un delicado vestido de corte imperial de seda blanca con un ligero efecto *moiré* que cubría su silueta, con un corpiño de terciopelo rosa ceñido a la cintura con bordados de cristal y lentejuelas, y una larga cola elaborada con el mismo terciopelo con ribetes de plata que imitaban el dibujo del jubón, y que acompañaría con un fastuoso abrigo cobertor de pieles de color blanco, obsequio del conde. En los últimos días, no había dejado de agasajarla con regalos, incluso le escribió cartas repletas de promesas de amor. Cuando advirtió la presencia de su futuro marido, mandó a su doncella retirarse.

—Tengo algo para ti —anunció Vasili entrando sin llamar en la estancia, una licencia que le valió una fingida reprimenda de su futura esposa, amparándose en la supuesta mala suerte que provoca que el novio vea a la novia antes de la ceremonia—. Eso es mañana, mi amor. Hoy es la gran fiesta para nuestros familiares y amigos.

—Querrás decir los tuyos; mi familia ha rechazado la invitación. Para hablar con propiedad —apuntó abriendo el cajón de su tocador y extrayendo el sobre con el marchamo de retorno—, debería decir que, más que rechazarla, la han devuelto. Supongo que los demás la habrán quemado. Mi padre es un acérrimo partidario de las hogueras. Los invitados van a creer que soy huérfana.

—Ellos se lo pierden. Ahora mis amigos son los tuyos y tu familia soy yo —dijo antes de besarla y volver a arrodillarse frente a ella—. Como te decía, tengo algo para ti. Y es muy importante para mí.

Maria le observó con atención sin dejar de sonreír, sin que realmente le importara lo que fuera a decirle. No desaparecía la sonrisa de su rostro. Estaba tan feliz que nada de lo que pasara a su alrededor, incluidas las ausencias, podría alterarlo. Y todo gracias al hombre que la seguía mirando como el primer día.

Vasili sacó algo del bolsillo del pantalón. Esta vez venía sin estuche ni caja, ni siquiera un pedazo de tela que lo envolviera. Era un sello de oro con el escudo de los Tarnowski que había encargado hacer para ella.

—¡Qué lástima! Me está pequeño —dijo al colocarse el sello en el dedo índice y luego en el corazón, ya que el anular estaba ocupado con el anillo de compromiso.

—Lo estás colocando mal. Este sello tiene un destino único en tu mano —le informó, colocándole el anillo en el dedo meñique, tal y como él mismo lo llevaba, idéntico al de la condesa—. Esto te reconoce para siempre como condesa Tarnowska. No importa dónde o con quién estés, este sello te designa de por vida. Es de tu propiedad, como tú eres de la mía. Y quiero que entiendas que este anillo te hace inmune a todo lo que digan, a todo lo que veas y a todo lo que escuches. Sólo somos tú y yo. Recuérdalo siempre.

Cuando terminó de hablar, besó el sello ubicado ya en el meñique de Maria, que lo miró risueña, con una leve mueca de desconcierto, como si en vez de un anillo le estuviera imponiendo un blasón de una orden secreta. Pero lo entendió como una declaración más de un hombre enamorado que, a juzgar por la copa que traía en la mano, ya había empezado con los brindis.

—Me encanta lo que me dice, conde Tarnowski —dijo besándole.

—A partir de ahora deberá encantarle incluso lo que no le diga, condesa Tarnowska.

La fiesta se celebraba en un hotel de la ciudad. Se había reservado un ala del complejo para alojar a todos los invitados, y a Maria aquel despliegue le pareció excesivo, como todo en su marido. Una gran orquesta amenizaba la fiesta que había comenzado sin ellos, a juzgar por el ambiente y por la numerosa asistencia de convidados que llenaban tanto el interior como el exterior del hotel.

La pareja accedió por los jardines de la parte trasera del edificio, que habían engalanado para la celebración con una imponente decoración a base de figuras de fuego y esculturas de hielo, un estudiado y original contraste que se estaría presente durante toda la noche. Al afinar la mirada para fijarse un poco más en los detalles, Maria distinguió que las figuras ardientes tenían formas masculinas, mientras que las de hielo eran siluetas de cuerpos de mujer. El sello de Tarnowski se hacía presente de todas las maneras posibles.

El humo de las antorchas y el vaho que desprendían las figuras de hielo por el cambio de temperatura desdibujaban los rostros de los invitados que se acercaban a ella por cortesía, curiosidad o respondiendo a las presentaciones que corrían a cargo de Vasili. No había tenido tiempo de conocer a los amigos de su prometido, así que todos eran extraños para ella. Los nombres, los títulos nobiliarios, las caras y las voces de todos ellos empezaban a dibujar un apretado collage sobre su retina que amenazaba con quebrarla en pedacitos, con el ímpetu de un puño contra un cristal. En algunos momentos tuvo la impresión de que todos ellos llevaban máscaras, como en una fiesta de disfraces o un desfile de carnaval en el que ella era la única que iba a cara descubierta.

Conforme transcurría la velada, las voces eran más altas, las risas más estridentes, los colores más vivos y los rostros más extraños. Incluso los músicos tuvieron que esforzarse para que su melodía no se apagara, como no lo hacía el fuego que cubría las figuras desplegadas por el jardín. Las fuentes de comida poblaban la veintena de mesas situadas en el exterior, así como otras tantas en el interior del hotel. La bebida hizo que la mayoría terminara saliendo a los jardines, esperando que el frescor de la noche despejara sus mentes. Ella también necesitaba un descanso, aunque apenas había bebido un par de copas de champán, obligada a responder a cada brindis, a cuál más retórico y recargado. Fueron varias las ocasiones en las que creyó estar en mitad del primer acto de *La traviata*, en la fiesta de la casa de Violetta Valéry, incitando a beber y a disfrutar de la vida porque bebiendo se avivarán los besos de amor. *«Libiamo, libiamo ne' lieti calici che la belleza infiora»*. No era capaz de contabilizar los brindis realizados en su honor ni las canciones que le dedicaron ni las que terminó bailando, como tampoco de recordar los nombres ni los rostros de los concurrentes. La vida se encargaría de volverlos a poner ante ella y serían ellos los que le recordarían su nombre.

—El rumor era cierto —dijo la mujer que acababa de ocupar el asiento contiguo al suyo. A pesar de ser la mesa más grande, en ese instante eran las dos únicas sillas ocupadas—. Es usted realmente hermosa, condesa. Es el comentario que vuela por los corrillos de la fiesta. Al menos, por algunos. Ya sabe que en la variedad está el gusto...

—Disculpe, ¿usted es...? —preguntó, confusamente halagada.

—Yo soy usted hace diez años, querida.

La declaración turbó por completo a Maria, que, sin embargo, intentó mantener la sonrisa. Pero la presencia de aquella desconocida lo dificultaba. Había conseguido llamar su atención, por lo que decidió observarla con más detenimiento. Era una mujer rubia, con exceso de maquillaje, que le hacía parecer mayor de lo que en realidad era. Todavía no habría alcanzado la treintena y su rostro guardaba el eco de la belleza, con unos pómulos marcados, una cara alargada, ojos delineados con kohl, labios gruesos, cuello esbelto y una nariz recta pero poco armoniosa que le confería la imagen de una reina egipcia. Tenía un fuerte acento alemán, aunque hablaba un ruso fluido. Fumaba con una boquilla de oro exageradamente larga, en cuyo extremo había restos de su pintalabios rojo. Bebía sin cesar de una copa tallada a la rueda que nunca quedaba vacía de champán, gracias a la pericia de un camarero. Cuanto más la miraba, más detalles descubría en ella que en un primer momento pasaron inadvertidos, como un ligero pero penetrante perfume de ámbar demasiado intenso; el perfumista no había encontrado el equilibrio perfecto con el almizcle.

—No he oído su nombre... —insistió Maria en conocer la identidad de aquella mujer, como si un nombre enmascarase una insinuación que intuyó retadora.

—Ni lo oirá. Al menos de sus labios —afirmó, dirigiendo la mirada a Vasili que, en ese instante, levantaba una botella de champán para hacer un brindis rodeado de invitados—. Y los míos están sellados.

—No lo suficiente, porque no han dejado de lanzar alusiones veladas. No me motivan las elipsis, señora. Tendrá que hacerlo mejor. ¿Cree que voy a creer a cualquier mujer que se siente a mi lado lanzando difamaciones contra mi futuro marido?

—No me crea a mí. Pero tampoco le crea a él o usted será yo dentro de diez años.

La misteriosa mujer hablaba sin rencor, sus rasgos no reflejaban malicia ni sed de venganza. Sus ojos tampoco transmitían el deseo de hacer daño, aunque el champán los mantuviera más brillantes de lo que en realidad eran. Quizá se trataba sólo de la necesidad de aliviar su conciencia y advertir a su yo del pasado.

—¿Está usted enamorada de él? ¿De eso se trata? ¿De no admitir la pérdida? —preguntó Maria, gestionando la ira que aquella invitada había tenido el descaro de alimentar en la fiesta de sus esponsales, a escasas horas de celebrar su matrimonio.

Se sentía atacada. Aquella mujer de rasgos egipcios emulaba a Nefertiti, pero ella era Cleopatra, convertida en reina de Egipto a los diecisiete años, imponiendo un nuevo canon de belleza y desterrando los anteriores, además de mostrar algo nuevo: un poder de seducción desconocido hasta entonces. Su cuello, aunque largo, era más corto que el de Nefertiti y algo más ancho, lo que en el Antiguo Egipto asociaban con la irritabilidad, mientras que una cerviz larga denotaba inquietud. La ira siempre gobernaba a la inquietud.

—¿Enamorada? —rio la desconocida—. Ese sentimiento adolescente lo dejo para las novelas. Y aquí no hay ninguna pérdida, excepto la de su inocencia. Al menos, eso espero; de lo contrario, mis palabras no habrán servido de nada. Pase buena noche, querida. Aproveche las veladas tranquilas mientras pueda.

El desconcierto provocado por aquella inoportuna visita cimbreaba en su interior, pero no alteró ningún músculo de su cara. La orquesta seguía tocando, aunque ella sólo escuchaba el *canto parlato* de Violetta, entregada a la duda de si podría vivir un gran amor verdadero, amar y ser amada, como culmen de la felicidad que siempre había perseguido y por la que huyó de su casa. *«È strano, è strano»*. El italiano sonaba con fuerza en su cabeza, y ni siquiera lo hablaba.

Todavía intentaba poner en orden las palabras de la rubia alemana enfrentadas a las de Violetta Valéry cuando apareció la hermana de Vasili.

—Veo que ya conoces a la marquesa de Kassel. Es buena amiga de la familia, aunque hace unos años lo fue más —comentó, divertida, mientras volcaba el contenido de la copa en su boca que parecía seca, pese a llevar toda la noche regándola con los mejores vinos—. No hagas caso de lo que diga. No es fácil ser madre soltera en estos tiempos, por muy prusiana que seas.

—¿Es cierto lo de Vasili? —preguntó, refiriéndose a una posible relación entre ambos.

—¿Te ha dicho lo del niño? —exclamó su futura cuñada descubriendo una carta que la marquesa no había extraído de la baraja. Se rio igual que solía hacerlo su hermano, aunque en una garganta femenina la sonoridad de la carcajada no resultaba tan atractiva—. Unos ojos azules no hacen padre a un hombre. No hagas caso, querida. Que nadie te amargue esta noche. Mi hermano es tuyo, de nadie más.

Su cuñada la besó en la frente antes de abandonarla y perderse en un bosque de siluetas abstractas, que empezaron a moverse al ritmo que marcaba el corazón desbocado de Maria. Las palpitaciones amenazaban con arrastrarla a un estado de inconsciencia del que no estaba segura de querer despertar si la música que sonaba en su cabeza no cesaba de inmediato. Puede que no fuera más que un efecto óptico teatralizado, pero las esculturas de hielo habían comenzado a adquirir la forma de las amantes de Vasili, erguidas, brillantes y gélidas, negándose a derretirse y desaparecer ante sus ojos, mientras que las figuras de fuego dibujaban un único perfil, el de Vasili, su particular Seth, el tenebroso dios del mal, riendo a carcajadas entre las llamas que lo hacían más grande, poderoso y depravado.

Maria cogió una copa y se la bebió de un trago, sin saber siquiera lo que contenía; le dolía la garganta, árida por la ansiedad y la taquicardia, y necesitaba serenarse si no quería que el nudo de su garganta le impidiera respirar. Tuvo la extraña sensación de que todos la observaban de manera insolente, hablando entre sí y riéndose, como si se burlaran de ella. Se sentía mareada. Una ola de calor convertida en bochorno hizo emerger fuego de cada poro de su piel. Le hubiese gustado arrancarse aquel vestido que conforme transcurría la noche se hacía más y más pesado, ciñéndose contra su cuerpo como si quisiera asfixiarla. No sabía si lo estaba imaginando, si en su cabeza se alojaba el mismo mal que aquejaba a su familia materna, empezando por Ekaterina y siguiendo por sus dos tías, a las que no volvió a ver desde aquel día que se subieron a un carruaje oscuro en cuyas puertas aparecía inscrito el nombre de un sanatorio mental ubicado en una ciudad polaca. Le costaba discernir si lo que estaba viviendo era o no real, si las dos copas de champán que había bebido tenían la suficiente entidad para confundirla, o si la ansiedad de los últimos días le estaba pasando una factura con demasiada anticipación. Dudó de que la marquesa de Kassel fuera real y que hubiera aparecido a su lado como el correo del zar, inesperado y casi siempre inoportuno.

De entre todo el espectáculo de sombras chinescas en el que se había convertido la fiesta de esponsales, emergieron dos siluetas que identificó con claridad, sin contornos que crearan ilusiones ópticas. Eran el conde Tarnowski y la marquesa de Kassel, hablando entre ellos. Vio la manera en la que Vasili la cogió del brazo y cómo ella lo miraba fijamente. Él estaba de frente, ella de espaldas, como si estuvieran acomodados en un sofá *tête-à-tête* diseñado para compartir confidencias y secretos a media voz. Estaba demasiado lejos para escuchar su conversación, que, sin embargo, la hirió como si un carámbano desprendido de una de las esculturas de hielo se clavara en sus ojos o una chispa desprendida de las figuras de fuego incendiara su cuerpo.

—No has podido evitarlo —le recriminaba Vasili hundiendo los dedos en el brazo de la marquesa prusiana—. Ni siquiera has esperado a que estuviéramos casados.

—¿El conde Tarnowski preocupado por una mujer? Eso sí es una novedad y no la fuente de siete metros que aseguran que has ordenado levantar en tus jardines para el gran día —replicó la marquesa destilando todas sus reservas de ironía mientras notaba cómo los dedos del conde aumentaban la presión, amenazando con quedar marcados en su carne; no sería la primera vez—. Tranquilízate, querido. No le he dicho nada. Para qué molestarme en decirle algo que la vida se encargará de mostrarle. Pero no creo que tarde en saberlo. Es demasiado lista, incluso para ti.

El lenguaje no verbal dejaba claro que no estaba siendo un encuentro romántico, pero la postura de sus cuerpos tampoco admitía la presencia de un tercero, y ésa era la perspectiva que tenía Maria.

No le hizo falta más para percatarse de la peculiar política de alianzas que existía entre los invitados a la fiesta, tal y como sucedía en el tablero geopolítico de Europa, en el que también se estaban consolidando dos grandes bloques antagonistas. Eran ella y las amantes de su marido. Al igual que Rusia se posicionaba junto a Francia al firmar en secreto la alianza franco-rusa —en respuesta a la Triple Alianza alcanzada en 1882 entre el Imperio austrohúngaro, Alemania e Italia—, Maria detectó que su marido había creado nuevos vínculos, permitiendo tratados de colaboración, acuerdos y coaliciones clandestinas que la mantenían a ella fuera.

La mirada de Vasili recorrió la distancia que los separaba para clavarse en la de su futura esposa, al tiempo que sus dedos abandonaban el brazo de la marquesa, en cuya piel aparecería esa misma noche un círculo de moratones. Mientras el conde Tarnowski atravesaba el jardín para encontrarse con su prometida, esquivando a los asistentes que amenazaban con cortarle el paso, como las bombas neutralizan el avance enemigo en el campo de batalla, Maria observó brillar en su dedo meñique el sello que le había regalado horas antes. Se preguntó si había firmado un acuerdo secreto cuyos términos desconocía. Se negaba a convertirse en una prisionera en manos del enemigo y huyó del lugar. Era la segunda vez que escapaba de su destino en poco más de un mes. Otrada quedaba lejos, pero

Kiev parecía a años luz de donde ella estaba, aunque siguiera pisando su tierra.

Corrió hasta la salida donde aguardaba el cochero, que, al verla, apagó el cigarrillo. La señora había salido tan aprisa que apenas le dio tiempo a ofrecerle el brazo para que accediera con más facilidad al carruaje. Ella le ordenó regresar a casa de manera urgente. Al ver cierta confusión en el rostro del auriga, le aseguró que era una orden del conde Tarnowski, lo que acabó por convencerle. Miró hacia atrás una única vez para observar por la pequeña abertura situada en la parte trasera de la carroza si Vasili la perseguía. No le vio; o la daba por perdida y prefería quedarse disfrutando de la fiesta, o la distancia entre ellos era mayor de lo que pensaba. En el fondo, deseaba que no corriera tras ella, aunque rezó para que la ventaja que le llevaba fuera lo único que estuviera retrasando su persecución. A ese sentimiento contradictorio y ambiguo, un escritor ruso lo denominaría «el alma rusa».

Entró en casa como si todo un ejército de cosacos la persiguiera, atravesando el vestíbulo, sin atender el requerimiento de uno de los criados al que ni siquiera prestó atención. Ascendió por la escalera y recorrió la galería que conducía hasta su habitación. Una vez allí, se desprendió del vestido con rabia, rompiendo sus costuras, destrozando las cintas del corpiño, haciendo saltar por los aires los cristales y parte del bordado de plata. La doncella la siguió hasta que un grito la ordenó salir de la estancia y obedeció de inmediato. Maria se estaba quitando los guantes cuando escuchó llegar un carruaje a la entrada de la propiedad. Se asomó a la ventana y vio a Vasili descendiendo de él. No llevaba ni abrigo ni sombrero, ni siquiera el bastón con empuñadura de plata que le habían regalado sus amigos con motivo de la boda. Corrió a su cómoda y se observó en el espejo. La ira había encendido sus mejillas y bañado de luz sus ojos, que brillaban como esmeraldas. La cólera le sentaba bien, estaba resplandeciente.

Las pisadas de Vasili devoraban a mordiscos los escalones cuando Maria se dio cuenta de que estaba en ropa interior. Miró al suelo, donde yacía su vestido; imposible ponérselo; ni un regimiento de costureras podría reconstruirlo en tan poco tiempo. Las zancadas del conde hicieron crujir la madera del suelo del corredor que conducía a la habitación. Dominando el temblor de las manos, se cubrió con una bata de seda. En apenas unos segundos, él llegaría a su alcoba y, a juzgar por el ímpetu de su pisada, sería capaz de tirar la puerta abajo. No pediría permiso, eso lo sabía; no lo hacía cuando estaba calmado, mucho menos iba a hacerlo transformado en el dios Seth, dios de la furia, los conflictos y la venganza. Observó de nuevo su imagen en el espejo: el recogido de su pelo estaba destrozado, seguramente por la brusquedad con la que se había desprendido del vestido. Intentó deshacer el peinado por completo y dejar la melena suelta, tanteando entre los mechones en busca de las horquillas que su doncella había colocado celosamente.

Cuando un manto de rizos comenzaba a caer como una cascada sobre su espalda, cubriendo en parte sus hombros, la puerta se abrió de golpe. El conde había frenado su avance justo en el umbral, como si se debatiera entre atacar o ser atacado. Su aspecto era salvaje; estaba tan congestionado, bien por la carrera, bien por la cólera, que apenas se acordaba de respirar. Se observaron durante unos segundos. Maria creyó advertir el ruido de los pensamientos de aquel hombre: o se abalanzaba hacia ella para matarla o lo hacía para besarla. Esta vez tuvo claro que rezaría para que sucediera la segunda de las opciones, aunque no pensaba ponérselo fácil.

—¿Tienes un hijo con esa ramera y la invitas a nuestros esponsales? —aulló Maria, a quien las palabras de adultos parecían quemarle en su boca de niña disfrazada de mujer.

—No es ninguna ramera. Y no tengo ningún hijo con ella —respondió contenido.

—¿«Con ella»? —bramó, empezando a reírse como si el matiz le hubiera hecho gracia—. ¿Acaso lo tienes con alguna otra?

Vasili tenía claro que cualquier cosa que saliera de su boca acabaría tergiversada. Cerró los puños para intentar controlarse y no elevar la voz. Los gritos sólo conseguían entretener a los criados y alimentar sus cotilleos durante días.

—Te estás comportando como una niña. Y yo no me caso con niñas.

—Y tú te comportas como un cerdo. Y yo no me caso con cerdos.

Maria estaba tan enfadada que empezaba a faltarle el aire. La sobreexcitación le estaba robando el aliento. No quería desmayarse, no pretendía que su enfado terminara de esa manera, con la damisela por los suelos, despertando en brazos de otra persona y con un botecito de sales bajo la nariz. Ya había estado en esa situación y no tenía pensado regresar a ella. Le habían hecho daño, estaba furiosa y quería defenderse hasta el final. Para ello necesitaba controlar su respiración, lo que Vasili entendió como una tregua o, al menos, una oportunidad para tomar la palabra.

—Todos tenemos secretos.

—Yo no. Al menos, no contigo.

—Tengo casi el doble de años que tú. He tenido más tiempo de atesorarlos. Soy un hombre...

—¿Y eso te da derecho a engañarme? —gritó ella. El tono calmado de Vasili la irritaba aún más y estaba dispuesta a quebrarlo como habían hecho con el suyo.

—Nunca te he mentido.

—Si eso es cierto, dime la verdad.

Vasili calló. Sabía que no mentir y decir la verdad eran dos conceptos distintos, aunque a los dieciséis años pudieran significar lo mismo. Debía controlar la situación antes de que se desbordase por completo y tenía que hacerlo él; era el adulto. Había bebido demasiado y no estaba en la mejor disposición para jugar con las palabras. Debía hablar despacio, sin exaltarse, aunque su temperamento le indujera a probar otras técnicas que en el pasado habían resultado más efectivas.

—La marquesa de Kassel es una amiga con la que tuve una estrecha amistad hace un tiempo. Tú no tendrías más de seis años. No puedo borrar mi pasado sólo porque vaya a casarme contigo.

—¿Eres el padre de su hijo?

—Ni siquiera he visto a ese niño en toda mi vida. —No mentía, pero tampoco estaba diciendo toda la verdad.

Dio unos pasos para aproximarse a ella, confiado en que iban acercando posiciones. Pero el rechazo volvió a aparecer.

—¡No! No me trates como si fuera tonta. Lo he visto esta noche. He presenciado cómo esas mujeres se arrimaban a ti y no te miraban ni te tocaban ni te hablaban como simples amigas —le reprochó Maria mientras empezaba a deambular por la habitación—. Mi padre tenía razón, él sabía...

—Lo único que sabe tu padre es que no quiere verte, como el resto de tu familia. De lo contrario, estarían aquí. ¿Acaso han venido? Yo soy la única familia que tienes.

—¡No, no lo eres! ¡Y tampoco eres mi padre!

—Tienes razón, no lo soy. Y por eso no pienso obligarte a hacer nada que no quieras. Todo está preparado para que mañana haya una boda en esta casa. Yo estaré en el altar y lo que más deseo en esta vida es casarme contigo. Pero no con este drama. No con estas chiquilladas. No con escenas de celos absurdas. No me lo merezco y creo que tú tampoco —expuso Vasili, que declinó volver a acercarse a ella para no provocar otro conato de incendio por una palabra mal entendida. Además, era pronto, y quería regresar a la celebración—. Ahora voy a volver a la fiesta con mis amigos, que espero que algún día sean también los tuyos. Si quieres, puedes venir conmigo. O si lo prefieres, puedes quedarte aquí pensando en lo mejor para ti. Se hará lo que tú decidas porque así actúan las personas adultas.

—No te atreverás a irte... —le retó, moldeando con su tono una amenaza.

—No te atreverás a impedírmelo... —respondió él, con certeza plena.

El conde se quedó contemplándola con una mirada indescifrable, sin dejar claro si la observaba con cariño o con la paciencia de quien está a punto de estallar. Maria pensó que le hubiese venido bien el vitriolo romano y el bote de galla de Istria para descifrarla, y entonces se dio cuenta de que ella también guardaba secretos de los que nunca le había hablado y eso no significaba que le engañara. Quizá era cierto que se estaba comportando como una niña. Era el mismo argumento que siempre empleaban los hombres cuando se enfadaban con ella: el Terrible O'Rourke, Yaroslav, Vasili... Todos menos el tío Cillian. Evocar su nombre hizo que le imaginara camino de Kiev para asistir a la boda. Ojalá estuviera ya allí y la ayudara a ver las cosas como realmente eran y no como los ojos, propios o ajenos, las interpretaban. Hacía casi cinco años que le habían quitado las lentes oscuras que nublaban su visión, pero seguía observando la realidad a través de sus propios filtros; en definitiva, como todos.

Perdida en sus elucubraciones, no se había dado cuenta de que el conde había desaparecido de la habitación.

Apenas llevaba caminados unos metros por el pasillo cuando Vasili escuchó un fuerte portazo seguido de un golpe estridente contra la puerta, como si una lluvia de cristales rotos repicara contra el suelo. Se detuvo unos instantes para después reanudar el paso. A punto de cruzar el umbral de la residencia, un criado salió a su encuentro.

—¿El señor va a salir? —preguntó. El servicio se asemejaba bastante a los abogados: siempre interpelan la evidencia.

—Yo diría que sí... —dijo Vasili, que ya veía al cochero ocupando su lugar en el carruaje para regresar al conde al lugar donde lo esperaba la fiesta.

—Disculpe, señor. Ha llegado un telegrama urgente para la señora. He intentado entregárselo cuando regresó, pero fue imposible.

Vasili cogió el trozo de papel, lo desplegó con impaciencia y empezó a leerlo. Cerró los ojos, dejando escapar una exhalación. No habría más fiesta de esponsales. Al único lugar al que regresaría esa noche sería a la habitación de Maria.

16

Vasili levantó la copa para hacer el brindis. Ella observó el sello dorado en el dedo meñique, destellando en la mano del conde, que ceñía el delicado cristal doblado con tallo largo labrado en color azul. Se identificó con aquella delicada pieza de Baccarat y, aun así, respondió al brindis de su ya marido alzando su copa, de la misma cristalería francesa, pero de color rojo. Siguiendo la tradición, el conde Tarnowski arrojó la copa a su espalda, y el estrépito del vidrio estrellándose contra el suelo le arrancó a ella un estremecimiento. En una celebración de la aristocracia rusa y en consonancia con el protocolo imperial, no se podía beber dos veces de la misma copa; eso atraería la mala suerte. El pasado hecho añicos en pro de un futuro mejor. Así era un brindis ruso, y así se mostraba la vida de la condesa desde la llegada del maldito telegrama.

La peor noticia que podía recibir le llegó impresa en dos estrechas tiras de papel mal pegadas sobre una cartulina de color sepia. Debió imaginarlo; ninguna buena nueva llega pasada la medianoche. Lo enviaba Ekaterina. «Tío Cillian ha muerto en un accidente de camino a tu boda. Sabes lo que él diría: "Vive y sal ilesa"». Lo que no contaba el telegrama eran los detalles de la muerte. El carruaje en el que viajaba tuvo un problema en una de sus ruedas. Mientras el cochero lo arreglaba, uno de los caballos se desbocó y, al intentar sujetarlo para que no hiriera al conductor, Cillian cayó al suelo y el carruaje le pasó por encima, partiéndole varias costillas; una de ellas le atravesó el corazón, otra, el pulmón. Murió casi en el acto, con los ojos abiertos mirando al cielo.

Imaginó el esfuerzo que le habría costado a su madre escribir aquel texto a modo de esquela, y no precisamente por la prohibición del Terrible O'Rourke de no comunicarse con su hija. Ambas perdían a alguien que era mucho más que un cuñado o un tío y que sólo una pequeña cantidad de galla de Istria podría desvelar. Aquello sí era perder la inocencia y no lo que le auguró la marquesa de Kassel la noche anterior en su fiesta de esponsales.

Pudo haber pensado que la muerte del hombre responsable de que sus ojos volvieran a ver era una señal de que la boda no debía celebrarse, pero aquellas cuatro palabras en el telegrama, las mismas que aparecían en la última carta que le envió su padrino, incitaban a otra interpretación. Tenía que vivir y salir ilesa, aunque en su interior abrigara las mismas heridas que habían provocado la muerte a su tío, en especial la que le partió el corazón.

Durante toda la noche contó con el apoyo de Vasili, que no se separó de su lado, acogiendo sus sollozos en su regazo, secando sus lágrimas y velando su insomnio. Él mismo le acercaba a la boca la taza de leche caliente con canela, el único bálsamo que siempre había funcionado para conciliar el sueño, aunque aquella noche sus propiedades mermaron. No permitió que la presencia de ningún criado la molestara. Su voz la abrigó con palabras de aliento, de consuelo, con gestos de ternura. El único calor que arropaba su tiritona procedía de su pecho, donde escuchaba su corazón, que alternaba furia y sosiego, según el ánimo que albergara ella. En esta acogedora guarida, a salvo de fantasmas y de las sombras chinescas que horas antes amenazaron con quebrar su vida, los armónicos latidos telegrafiaron el camino que debía seguir: se casaría con

Vasili, se convertiría en la condesa Tarnowska y no permitiría que nadie la apartara de su destino. No podía contemplar un mejor homenaje póstumo para su tío Cillian que seguir sus enseñanzas. «No permitas que nadie escriba tu historia. Hazlo tú misma». Y aunque fuera con lágrimas y sangre, empezaría a escribir el primer capítulo.

El brindis del conde Tarnowski terminó con un beso más fraterno que nupcial a la nueva condesa Tarnowska, hermosa como una Virgen pintada por Tiziano, Velázquez o Da Vinci, pero con la expresión de tristeza que tienen siempre las vírgenes en los iconos rusos. Sólo un invitado parecía tan abatido como ella: Piotr, el hermano pequeño de Vasili, al que siempre sorprendía observándola con un halo febril. Pero esa noche, la condesa era el blanco de todas las miradas, los pensamientos y las conversaciones que tejían los asistentes al convite, mientras que ella sólo podía pensar en su tío Cillian, muerto cuando se dirigía a esa misma celebración y cuyo recuerdo esculpía su semblante. Su rostro parecía de porcelana, con una palidez armónica con la infinita pedrería que dibujaba exquisitamente su vestido de novia, hecho con la seda más exclusiva y los bordados más selectos, donde incluso los botones, ribeteados de raso —con su parte trasera elaborada del mismo material de los soportes de los huevos Fabergé—, eran del mismo cristal de la firma francesa Baccarat. La infinita ristra de botones alineados sobre la espalda a modo de columna vertebral era su tarjeta de visita: el cristal encerraba el amor, el hechizo y el espejismo, la terna que gobernaba su vida en aquel momento. El brillo en sus ojos inducía a engaño al imaginar una noche en vela asolada por los nervios y no por el llanto del duelo. Sus lágrimas, como su turbación durante la ceremonia y la posterior fiesta, refrendaban la autenticidad de su sentimiento, que nada tenía que ver con la exaltación del amor y la amistad que seguían presidiendo los innumerables brindis de los convidados. La condesa Tarnowska contemplaba su propia celebración en ese espejo que, según le contó su madre, Verdi había colocado en el escenario de La Fenice para que se reflejara en él la hipocresía de la sociedad representada en el patio de butacas. Podía escuchar el eco del coro durante el brindis de *La traviata*: «¡Alegrémonos! El vino y los cantos y las risas embellecen la noche; y que el nuevo día nos devolverá al paraíso». Distinguía las voces de Violetta y de Alfredo en un encendido diálogo.

—La vida es sólo placer.
—Para aquellos que no conocen el amor.
—No hablemos de quien lo ignora.
—Es mi destino.

Cumpliendo con la encomienda del brindis verdiano, la hora efímera se embriagó del deleite y todos bebieron con el dulce estremecimiento que el amor despierta. Pero el vino que corrió a raudales por las gargantas de los invitados y especialmente del novio, junto con una amplia gama de licores, no despertó en ella los besos del amor. Deseaba a su marido, anhelaba estar con él como lo había imaginado infinidad de veces en sus sueños, unirse como nunca antes lo habían hecho, excepto en algunos juegos fugaces que avergonzarían al Terrible O'Rourke, pero no al tío Cillian. Sin embargo, aquella noche su corazón seguía roto. Su alma y su cabeza la invitaban a perderse con su marido en una larga e intensa noche de bodas, pero su cuerpo le negaba el permiso. La ópera suele acoger en su partitura el drama, pero no la mentira; era cierto que el amor es una flor que nace y muere, y no siempre se puede disfrutar. Entrada ya la noche, comunicó a su marido que deseaba subir al dormitorio y contó con su bendición. Pero igual que los ojos ven lo que quieren ver, los oídos suelen ser víctimas del mismo capricho.

Hacía pocos minutos que la condesa había llegado a su habitación, cansada y aturdida, cuando escuchó los pasos del conde Tarnowski en la galería. Eran inconfundibles: pisaba con la misma fiereza depredadora de un león, no con el sigilo de un lobo. Confiada en la nobleza y majestuosidad del señor del reino animal, adivinó su presencia como una muestra más de la consideración de la que había hecho gala en las últimas horas. Pero al verlo entrar con su melena regia, desplegando su fuerza y su capacidad de intimidación, supo que las intenciones eran bien distintas. Vasili jadeaba con fuerza, su mirada relumbraba lasciva y su mano había dejado de ceñir una delicada copa de Baccarat para empuñar el cuello de una botella de Veuve Clicquot, cuyo contenido burbujeante transitaba por su torrente sanguíneo. Sus pasos acortaban la distancia entre ambos. Cuando estuvo lo bastante cerca y pudo oler su aliento, la condesa vio la lumbre anaranjada de la chimenea reflejada en sus pupilas, crepitando. La mirada le ardía y si no estallaba era porque el alcohol de su resuello no la alcanzaba.

—Vasili, sabes que no me siento bien. Me disponía a rezar y después a descansar.

—¿Rezar? Una condesa Tarnowska seguro que encuentra un momento mejor para orar que no sea en su noche de bodas —aseguró, acercándose la corona de la botella a la boca para beber. Cuando terminó, la tiró al suelo—. Hay que consumar el matrimonio.

—Estás borracho. Y yo estoy muerta de cansancio.

—No estás muerta. Tu querido tío Cillian lo está. Es él quien debe descansar —aseveró mientras se deshacía de su chaqueta y la dejaba caer al suelo, como había hecho con el vidrio de Veuve Clicquot, y se bajaba los tirantes que sujetaban los pantalones, privándoles de la raya impecable que habían lucido hasta entonces.

La condesa permaneció inmóvil, como si no reconociera al hombre tierno e indulgente de la noche anterior, asesinado a manos del depredador que tenía delante, cuyas garras acababan de atraparla bajo su cuerpo. Nada más sentir la fuerza de sus manos, se revolvió con fiereza, a pesar de que Vasili intentaba sujetar sus muñecas con la cinta del tirante que había desprendido violentamente de la cintura del pantalón. La fuerza bruta no bastó para corregir sus torpes movimientos, afectados por el exceso de alcohol, y eso permitió a su presa escapar de él.

—¿Estás loco? ¡Sal ahora mismo de mi habitación!

—Estoy lo bastante cuerdo para recordarte tus obligaciones conyugales. Desde este mismo momento, la niña caprichosa y consentida Maria Nikolaevna está muerta. ¡Larga vida a la condesa Tarnowska! —gritó mientras la perseguía por la estancia.

Si no fuera por la gravedad de la situación, le resultaría cómico ver a todo un conde tambaleándose como un orangután borracho.

—¿Así va a ser nuestro matrimonio?

—Eso dependerá de ti, aunque siempre lo decidiré yo. Jamás he permitido que una mujer me aburra, y mucho menos voy a consentir que lo haga mi esposa en mi noche de bodas.

—Si no te vas, empezaré a gritar.

Vasili lanzó una de sus sonoras carcajadas, alejada de la sonoridad que logró conquistarla la primera vez que la escuchó, el día que la terna de pretendientes se presentó en la casa del Terrible O'Rourke para pedir la mano de su hija. Entonces se presentó ante ellos vestida de amazona; ahora deseaba tener a mano la fusta que llevaba aquel día.

—¿Y crees que a alguien le importará lo fuerte que grites? Pensarán que estás cumpliendo con tus obligaciones y yo con las mías. Y basta ya de cháchara —le anunció mientras volvía a abalanzarse contra ella, sin medir la fuerza ni la presión ejercida con su cuerpo.

Enloquecido, empezó a poseerla sobre la cama, tapándole la boca con su mano derecha, sin advertir la herida sangrante que el sello con el escudo Tarnowski le causó en el labio, mientras intentaba arrancarle el vestido de novia con la otra mano, haciendo saltar las perlas y los cristales como si fueran perdigones; algunos de ellos se le clavaron en los brazos e incluso en la cara, algo que ni sintió ni advirtió, cegado por la ira y la lujuria. La condesa se revolvía bajo aquel inmenso cuerpo, pero su corajuda lucha era inútil frente a la fuerza salvaje de su enemigo. Lo único que consiguió fue cambiar de campo de batalla, desertando de la cama para desplomarse contra el suelo, sin que la alfombra amortiguara el golpe en la cabeza y en la espalda. Poseído por la locura, el conde siguió entregado a las embestidas hasta que notó un cambio en la resistencia que mostraba su presa. Sólo entonces redujo la violencia de su ataque para contemplar a su esposa. El cuerpo de la condesa temblaba, sacudido con fuertes convulsiones. Sus ojos estaban en blanco y su boca desencajada. Las manos permanecían rígidas, al igual que las piernas, sólo alteradas por el mecánico movimiento de la agitación. La visión era estremecedora, pero Vasili lo único que veía era el teatro que ella misma le confesó haber hecho el día que el Terrible O'Rourke le prohibió asistir a la ópera: se tiró al suelo y fingió un ataque epiléptico como los que sufría su madre, que la dejaban extenuada, casi al borde de la muerte. La noche de su huida, Ekaterina le recomendó que no jugara con fuego, temiendo que llegara el día en el que sus rezos no apagaran las llamas de la enfermedad en su hija.

Vasili la observó durante unos instantes. Luego se incorporó, se subió los pantalones y recogió la botella de champán del suelo para alzarla en el aire.

—¡Por ti, condesa Tarnowska! ¡Larga vida en el teatro de la vida! Vendré a la próxima sesión. Esta escena me aburre.

Cumplió su palabra cuando los primeros rayos de sol aparecieron sobre el horizonte y los últimos invitados empezaban a marcharse en sus carruajes por los caminos de tierra que conducían fuera de la propiedad. La mayoría recelaba de iniciar la partida; las fiestas del conde siempre costaba abandonarlas. La orquesta siguió tocando para acompañar la entrada del amanecer y el mutis de los asistentes, como si todo respondiera a una cuidada puesta en escena. Tras una noche de celebración continua en la que había consumado todos sus apetitos, aunque no lo hiciera con su esposa, el cansancio había vencido finalmente al conde Tarnowski. Cuando llegó al rellano de la escalinata donde la galería se bifurcaba en dos ramales, dribló su dormitorio para acercarse a la alcoba de su mujer.

El silencio reinante en la casa taladraba sus oídos, donde todavía retumbaba el eco ruidoso de la fiesta. Se acercó despacio, temiendo hacer ruido, como si eso fuera lo más grave que había hecho aquella noche. La puerta estaba entreabierta tal y como él la había dejado al abandonar la estancia, hacía unas horas. Le extrañó que la condesa no la hubiera cerrado con llave para vetarle la entrada. Se asomó por la ranura abierta y su gesto mudó. Su mujer estaba tirada en el suelo, en el mismo lugar donde la había abandonado entre violentas convulsiones. Corrió hacia ella y se arrodilló a su lado. Estaba empapada en un sudor frío que había dibujado cercos en el vestido de novia, y un hilo rojo partía de la herida que le había abierto en el labio con el sello. La zarandeó para intentar que despertara, creyendo que se había desmayado, pero los ojos de su esposa permanecieron cerrados. Al mirarla con más detenimiento, advirtió otra mancha más oscura en la parte central del vestido que él mismo había intentado desgarrar sin éxito. Le temblaba la mano cuando se dispuso a retirar la tela del vestido. Al ver el interior de las piernas de su mujer cubierto de sangre, el conde cayó hacia atrás, como si la aterradora visión le hubiera noqueado. Lanzó un grito feroz para advertir a los sirvientes y corrió hacia el llamador de la pared que comunicaba con la zona del servicio. No sabía qué hacer. Volvió a postrarse junto a ella y la acogió en su regazo, mientras gritaba su nombre y le daba palmadas en el rostro en un intento de que abriera los ojos. No se dio cuenta de que los suyos se habían llenado de lágrimas hasta que comenzó a emborronarse la imagen de la condesa. En ese momento entraron varios sirvientes.

—¡Llamad al médico! ¡Rápido! ¡Que venga el doctor! —gritaba Vasili, que no veía a su alrededor la atención que él quería—. ¡Id a buscarle si es preciso! ¡Corred!

—¿Qué ha pasado, señor? —preguntó la doncella, que abanicaba a su señora, mientras otros dos sirvientes preguntaban si la trasladaban a la cama.

—¡Las sales! —reclamaba el ama de llaves, la primera en acudir—. ¡Traed el frasco de las sales!

Todos parecían tener órdenes que dar, pero nadie tenía soluciones que ofrecer. La confusión era total y los nervios no ayudaban a calmar la tensión.

—¿Quién queda en la casa? —preguntó Vasili refiriéndose a los invitados.

No esperó a escuchar la respuesta. Se incorporó, dejando a su esposa al cuidado de cinco sirvientes, y se apresuró a bajar las escaleras. Vio el carruaje de la marquesa de Kassel en la entrada y la llamó a gritos, como si llevara en el pecho un arsenal de rugidos. La marquesa estaba despidiéndose de otros asistentes igual de rezagados que también se dirigían a sus calesas, donde los mozos de cuadra terminaban de abrevar a los caballos. Al oír los bramidos del conde, todos dirigieron las miradas hacia él, con expresión de espanto. Vasili estaba fuera de sí.

—¡Ayudadme! Es la condesa. No sé qué le ocurre… ¡Creo que está muerta!

Lo único que le tranquilizó fue una voz familiar, que, a su vez, conocía todos sus secretos porque los había guardado durante los dos últimos años. Se trataba de la duquesa Julia Terlezkaja, una de las mujeres más famosas y elegantes de Polonia, casada con uno de los hombres más ricos del país con el que el conde Tarnowski tenía importantes negocios, un detalle que no le había impedido encamarse con ella. Toda Rusia sabía que eran amantes; la discreción no era una de sus cualidades.

Cuando Julia vio el rostro descompuesto de Vasili, supo que algo grave sucedía. Jamás había visto aquellas facciones salvajes desdibujadas como cera derretida. Parecía la representación viva del cuadro de un artista noruego amigo suyo, Edvard Munch, que hacía un año había pintado *El grito* y que expuso en su casa, como alegoría de la ansiedad humana. Fue la única que interpretó la gravedad de su rostro y que supo qué hacer. La duquesa dio unas indicaciones concisas a su cochero, que partió a toda velocidad, y solicitó a otro de los invitados que cabalgara hasta la residencia relativamente cercana de un doctor amigo suyo. Sin encomendarse a nadie y seguida por la sombra de un nervioso Vasili, ascendió por la escalinata, dominando la falda de su vestido con la misma maestría con que gestionaba la situación. No precisó indicación alguna, conocía la distribución de la casa como si fuera la suya, y fue directa a la habitación de la condesa, a quien aún no había tenido ocasión de conocer personalmente, excepto en un breve y protocolario saludo durante el convite nupcial.

Cuando accedió a la alcoba, el personal del servicio ya la había trasladado a la cama, donde dos doncellas se afanaban en limpiarla y ponerle paños fríos en la frente y alrededor del cuello. Ambas se apartaron del dosel cuando se acercó la duquesa, que colocó la mano sobre el rostro de la condesa Tarnowska para comprobar su temperatura y, acto seguido, levantó las sábanas que la cubrían; no tardó en inspeccionarla y entender lo que había sucedido. Se dirigió a una de las doncellas y le pidió algo al oído. No tuvo que explicarle más; ella sabía dónde encontrar las vendas de tela para mujeres. Todos se desenvolvían resueltos excepto el conde, que sólo atendía a pronunciar una y otra vez el mismo desesperado mensaje: «¡Por favor, salvadla! No dejéis que muera. No puedo perderla». Nadie parecía escucharle, ni siquiera la marquesa de Kassel, que había acudido a su angustiosa llamada y se hallaba en la alcoba, presenciando el drama junto a otras mujeres, que no sabía si estaban allí para ayudar o simplemente para curiosear y alimentar las lenguas viperinas en futuros corrillos.

Un carruaje llegó a la propiedad justo cuando la condesa empezaba a abrir los ojos tímidamente, como si despertara víctima de un hechizo que la había mantenido dormida durante años. Al principio sólo advirtió a su alrededor extrañas presencias, aureolas imprecisas y siluetas desdibujadas, pero poco a poco sus ojos fueron enfocando el rostro de una mujer que se inclinaba sobre ella con un gesto maternal y protector, sonreía con ternura y le prometía que todo iba a ir bien; eso sólo podía significar que antes todo había ido mal. Recuperó la conciencia por completo y con ella el recuerdo de lo ocurrido. Inspeccionó la habitación en silencio y vio al conde Tarnowski en un rincón, gimiendo como un animal herido, balanceándose de atrás adelante como un demente y murmurando algo que la repetición había convertido en mantra: «Es culpa mía. Todo es culpa mía». La mujer del rostro amable volvió a captar su atención. Era hermosa, una de esas bellezas serenas que suelen aparecer tras la maternidad.

—¿Cómo te encuentras, querida?

La voz dulce y sosegada de la duquesa invitaba a confiar en ella. En un primer momento no la reconoció; imposible recordar un rostro que sólo había visto una vez entre una multitud de caras. Quería preguntarle quién era, pero, la última vez que hizo esa pregunta a una mujer del entorno de su esposo, la respuesta había desatado una tormenta.

—Debes de estar asustada, pero no tienes motivos. Es algo natural y te acostumbrarás a ello. Todas recibimos la llegada del «marqués» una vez al mes. Tu doncella ya tiene preparadas las toallas y el cinturón elástico —dijo refiriéndose a la cincha de seda realizada con material flexible, en la que se situaría un trapo de franela o una toalla higiénica—. Soy la duquesa Julia Terlezkaja —añadió al ver que aún parecía perdida y confusa—. Es normal que no te acuerdes de mí. Somos tantas...

La condesa encajó esas palabras con un sentido diferente al que, seguramente, tenían en un principio. «Es otra de ellas. Es una de las amantes de Vasili. Y está cuidando de mí», pensó, aunque creyó escuchar su pensamiento en otra voz que no era la suya, sin entender cómo había entrado en su cabeza. Cerró los ojos y dejó escapar un suspiro. Estaba cansada, necesitaba reposar.

—Muchas gracias, duquesa. Pero estoy fatigada —murmuró, ignorando la presencia de Vasili, que observaba la escena desde lejos, sin atreverse a aproximarse.

Eran cosas de mujeres, aunque le preocupaba que fueran precisamente de esas dos mujeres, su amante y su esposa. El destino creaba extraños binomios, y aquél no le resultaba alentador.

El médico entró con urgencia en el dormitorio, maletín negro en mano, y ordenó a todos que desalojaran la habitación, antes de dejar su cabás de piel en la mesilla de noche, remangarse la camisa, pedir a uno de los criados que avivara la luz de los quinqués y solicitar a la doncella que renovara el agua del aguamanil donde se disponía a lavarse las manos. Debía reconocer a la condesa y necesitaba silencio e intimidad. Su autoridad no se cuestionó y las más de diez personas que se habían congregado en la estancia, la mayoría mujeres, hicieron el mutis que debieron haber hecho hacía casi una hora. Tan sólo Tarnowski y la duquesa Terlezkaja permanecieron en el pasillo, mientras el resto desaparecía, no sin antes ponerse a disposición del conde si se precisaba su ayuda.

—¿Qué le ocurre, Julia?

—La pregunta adecuada sería qué demonios te ocurre a ti —le espetó viendo que ni la ansiedad ni el desconcierto desaparecían de su rostro. Estaba demasiado alterado para entender lo que su amante intentaba decirle sobre su esposa—. ¿Acaso no reconoces a una mujer cuando la tienes delante? Querido, sabía que tu esposa era demasiado joven, pero no imaginé que tanto. La condesa Tarnowska ya es toda una mujer, al menos, biológicamente hablando.

—Es culpa mía.

—Creo que esto es lo único de lo que nadie podrá culparte.

—Discutimos. La dejé temblando, agitándose en el suelo entre convulsiones...

—Santo Dios, Vasili, ¿cómo se te ocurre? Pareces tú el crío, y no ella.

De nuevo, *El grito* de Munch apareció ante los ojos de la duquesa. El conde se dejó caer en un sillón de la galería, sujetándose la cabeza entra las manos, con una expresión de angustia que resultaba aterradora. Al contemplarle, Julia recordó la frase que su amigo Edvard, al ver la mala reacción del público ante su obra, había escrito a lápiz en la esquina superior izquierda del lienzo, escondida entre las pinceladas rojas del cielo: «¡Sólo pudo pintarlo un loco!». Vasili era la viva imagen de un hombre devorado por la locura a causa del sentimiento más antiguo que tortura al ser humano: el amor. Aunque no desestimó que fuera por su fiel escudera, la culpa.

Cuando el médico abandonó el cuarto de la condesa, pidió al conde que le acompañara a la salida. Había detalles del diagnóstico que sólo le incumbían a él como esposo. La duquesa no necesitaba que nadie le explicara cuál era su lugar y permaneció en el pasillo mientras los dos hombres descendían por la escalinata.

—Me gustaría hacerle más pruebas cuando se recupere. Unos análisis de sangre confirmarán mis sospechas. He visto muchas mujeres con anemia y, con un tratamiento adecuado, puede controlarse y llevar una vida normal. —Le tendió la receta que había escrito en la habitación—. Es un complemento a base de hierro. Si su estómago lo tolera, que tome una cucharada en ayunas; si no, deberá ingerirlo con las comidas.

—¿Se pondrá bien?

—Desde luego, es una mujer joven. Pero, al menos durante un tiempo, intenten refrenar el ímpetu conyugal —recomendó el doctor mientras recogía el sombrero que le había traído uno de los criados.

Vasili se ruborizó, aunque el sonrojo se debía más a la vergüenza por lo que el médico hubiera podido encontrar durante la exploración a su esposa, que no se correspondía únicamente con el ardor nupcial.

—Sí, doctor.

—Otra cosa distinta son las convulsiones. La condesa me ha comentado que su madre sufre epilepsia. Me temo que esta noche ha vivido el primer brote de muchos otros que están por venir.

—Pensé que los temblores eran fingidos...

—¿Fingidos? La epilepsia y las convulsiones son un tema grave, conde. Tómelo con la seriedad que merece.

—Por supuesto, no pretendía decir...

—Aun así lo ha hecho, y le recomiendo que no vuelva a hacerlo. ¿No ha leído *El idiota* de Dostoievski? —preguntó, provocando en Vasili la sospecha más que fundada de que el doctor estaba aprovechando el título de la novela para insultarle. Consintió el agravio al sentir que lo merecía—. También le sugiero que lo haga. Su protagonista le ayudará a entender la enfermedad, cómo brota del pecho un espantoso alarido que apaga de golpe la conciencia y deja todo en tinieblas. No es brujería ni señales divinas ni sagradas; ya lo explicó Hipócrates, pero a la gente le gusta entretenerse con brujas y sortilegios. La enfermedad de la condesa es una descarga súbita, rápida y excesiva de las células cerebrales —le ilustró con cierta dureza, utilizando las mismas palabras que el neurólogo inglés John Hughlings Jackson empleó para definir la epilepsia hacía ya dos décadas.

El facultativo no admitía bromas en su trabajo, y eso incluía las burlas sobre las enfermedades que trataba a diario. Los dos hombres se observaron en silencio, mientras el doctor se ponía sus guantes. Al tiempo que se los ajustaba a los dedos, observó los signos de ansiedad del conde.

—No tiene buen aspecto. ¿Quiere que le recete algo para los nervios?

—Estoy bien. Sólo necesito descansar y que ella se recupere.

Cuando la residencia se vació completamente de invitados y visitas, Vasili subió a la habitación de su mujer. Pasó allí todo el día, acurrucado en un sofá, velando el sueño narcotizado de su esposa, sin querer comer ni beber, sin contestar los telegramas, sin atender las visitas, sin preocuparse de nada más. Le castigaba el peso de una culpa que arrastraba con la estoicidad que otorga el arrepentimiento, sin permitirse una sola queja. Repitió la visita cada noche durante los días posteriores: entraba en la alcoba cuando la condesa dormía y permanecía en silencio, observándola, velándola, rezando. El resto del día, la condesa se negaba a verle. Ni siquiera contestaba cuando llamaba a la puerta, que franqueaban los sirvientes, pero no el señor de la casa. Tampoco leía sus cartas ni escuchaba sus ruegos ni sus continuas peticiones de perdón. La aniquilación de las palabras que la condesa aprendió del Terrible O'Rourke era el único trato que merecía. No necesitaba ninguna fusta para castigarle; la indiferencia era un látigo más doloroso, que dañaba la moral y el ánimo del conde. Así fue durante días que se convirtieron en semanas y amenazaban con ampliarse a meses.

Ya recuperada, una mañana salió de la habitación como quien abandona un largo presidio, con hambre de vida, eligiendo la manera de vivir y con quién hacerlo. Seguía sin mirar a Vasili ni dirigirle la palabra, y él asumía la humillación en silencio y apretaba los puños. Cuanto más sufría él, más recuperada parecía ella. Por eso no entraba en sus planes inmediatos perdonarle; el perdón sólo alivia a quien lo pide, creyendo que así queda exonerado de toda culpa. Lo que realmente quería el conde Tarnowski era la absolución para poder seguir con su vida y hacerlo con el permiso de su víctima. Su arrepentimiento buscaba el indulto a su condena, no remediar el daño. Por eso siempre era más sencillo pedir perdón que concederlo. A la condesa la hacía más poderosa el sufrimiento del condenado que la gracia del indultado. Y la pena de aquel reo le procuraba un placer desconocido hasta entonces.

Valiente, enérgica y poderosa. Así se sentía: como una simple mortal que castiga a un dios del Olimpo. La historia siempre resulta más estimulante contada al revés. Como Caronte, la condesa se vio cruzando el río mitológico en su barca, transportando el alma de los muertos: aquellas que habían sido justas desembarcarían en lugares placenteros; las que hubieran obrado mal sufrirían la tortura eterna. De nada le serviría al conde la moneda con la que pagar el óbolo del viaje al barquero del inframundo, alentado a cumplir con su deber por sus hermanas las Moiras, de las que el tío Cillian le habló el día que recobró la vista.

La condesa Tarnowska empezaba a saborear el placer que provocaba el poder; sobre todo el que era arrebatado.

17

El pasado deja de convertirse en un problema cuando se supera.

Desde la aparición de su dramática menarquia, la condesa Tarnowska se acostumbró a las esponjas de mar, a la piel de oveja e incluso a las bolsitas de ceniza o de aserrín para remediar la incomodidad de las menstruaciones; el alumbre de roca no le convencía en absoluto y no llegaría a formar parte de su rutina. A diferencia de tantas mujeres, un poco de sangre no la mantendría encerrada en casa; un conde no había conseguido recluirla, y un «marqués», como lo había calificado la duquesa Terlezkaja, tampoco lo haría.

La vida de la condesa se llenó de paseos bajo elegantes sombrillas, jornadas maratonianas de equitación, visitas a museos, asistencias a teatros, interminables sesiones de té en refinados salones, encuentros agotadores con modistas para llenar sus armarios de prendas que en ella lucirían con la brillantez de las joyas del imperio zarista, tardes placenteras de lectura en su chaise longue, emulando la posición favorita de Ekaterina (con quien mantenía su particular correspondencia secreta), mañanas enteras ante un caballete entregada a la pintura, bien en el interior de la casa, bien en los jardines de la residencia. También se hizo habitual de las presentaciones de libros, cenas con artistas y tertulias literarias frecuentadas por hombres y mujeres dispuestos a comentar la facilidad con la que las obras de los autores reflejaban el alma rusa, las debilidades del hombre o los vicios de la sociedad.

El matrimonio se acostumbró al silencio recíproco; él a su desprecio y a su continua indiferencia, y ella a su inquieto conformismo, que seguía resultándole muy placentero. La condesa sabía que, aunque su marido hubiera optado por guardar silencio al ver que sus requerimientos no eran atendidos —ni siquiera los que transportaban arrepentimiento, solicitud de perdón y tratados de paz—, no podía dejar de observarla como un vigía errante. Así reaccionaba a la vergüenza por su comportamiento, con mutismo, igual que ella lo hacía con desprecio. El conde podía haberse vuelto mudo, pero no era ciego. Vasili era testigo de cómo la belleza de su mujer aumentaba conforme pasaban los días, y presenciaba a diario cómo su encanto natural, que ella sabía multiplicar con perspicaces técnicas de seducción, llamaba la atención de todos. Se había convertido en la mujer de la que todo el mundo hablaba en Kiev, a la que todos miraban, con la que todos querían conversar, pasear o bailar, y todos tenían más posibilidad de hacerlo que su marido. Su simple visión, elegante y bella —en especial cuando se preparaba para acudir a algún evento, siempre sin su compañía—, hacía que Vasili entrara en cólera y su ira creciera, sin saber cómo aplacarla. Cuanto más desprecio le mostraba su esposa, más la deseaba. La condesa no hacía más que seguir las enseñanzas del libro que le regaló su tío Cillian y la acompañaba en sus tardes de paseo: *La Venus de las pieles*, de Leopold von Sacher-Masoch. «Cuanto más fácilmente se entrega la mujer, más frío e imperioso es el hombre. Pero cuanto más cruel e infiel le es, cuanto más juega de una manera criminal, cuanta menos piedad le demuestra, más excita sus deseos, más la ama y la desea».

En su obsesión por recuperarla, el conde había dejado de beber y de frecuentar a sus amantes, que cada vez entendían menos su reclusión, que tan sólo alimentaba su ansiedad al no ver colmadas sus expectativas. Había tenido algún encuentro casual con la duquesa Julia Terlezkaja, sin ningún tipo de relación carnal entre ellos, pero sí la advertencia de quien todavía se consideraba su amante. «Por algún sitio tendrá que salir tanta rabia acumulada y, cuando lo haga, no me gustaría estar cerca. Espero que ninguna mujer lo esté, incluida la tuya», le había confiado Julia durante una recepción pública a la que había asistido junto a la condesa, pero sin dirigirse ni una sola mirada. «Reacciona, Vasili, regresa al mundo y expulsa en él los demonios que llevas alojados dentro. Eres un hombre; actúa como tal». La duquesa no le encendía como lo hacía antes, pero le seguía dando que pensar.

Cuanto más se encolerizaba el conde, más aumentaba el poder y el mando de la condesa, que, a su vez, acrecentaba la lascivia en la mirada de Vasili. Ella lo notaba y por eso insistía en la tortura, negándole a él la palabra mientras hablaba con el servicio, el mozo de cuadras, el doctor que venía a visitarla para confirmarle su acertado diagnóstico —epilepsia y anemia— e incluso con el hermano pequeño del conde, Piotr, con quien solía departir cuando el joven se encontraba en casa y no en el colegio, y que hasta se había prestado como modelo para uno de sus lienzos. Esa familiaridad con los demás, incluso con quienes el conde consideraba inferiores, exacerbaba su humillación, pero sólo se permitía responder con el silencio o con la huida precipitada de la estancia.

Los dos estaban encerrados en un círculo vicioso cuya tensión crecía en busca de límites ni siquiera prescritos. Hasta que una noche, el conde decidió quebrarlo.

No fue cualquier día en el calendario. La tarde del 1 de noviembre de 1894, el zar Alejandro III murió en el palacio de Livadia, en Crimea, en el regazo de su esposa, la zarina María Fiódorovna. La nefritis que sufría le impidió llegar a Corfú, donde planeaba pasar unos días de descanso en el palacio de la reina de Grecia, y su destino definitivo terminó siendo una tumba en la catedral de San Pedro y San Pablo de San Petersburgo. A Vasili no se le escaparía la vida de la misma manera.

Ese día decidió que no habría más humillaciones ni más silencios ni más desprecios; ni un solo desplante más. La eternidad comenzaba a resultarle letárgica. Aquella celda en la que él mismo se impuso la condena del silencio y de la inacción empezaba a aburrirle, y el conde Tarnowski podía transigir con todo excepto con el tedio. Las palabras de la duquesa Julia Terlezkaja y la muerte del zar a los cuarenta y nueve años le habían abierto los ojos y estaba dispuesto a no perder la vista de nuevo. Regresó a su vida disoluta, a sus salidas nocturnas, al encuentro desaforado con sus amantes, las antiguas y las nuevas. Volvió a beber y, cuanto más lo hacía, más tarde regresaba a casa. Desterró de su vocabulario las palabras más pronunciadas en los últimos meses, como perdón, oportunidad o arrepentimiento, y borró todo sentimiento de culpa. Ante el desconcierto de la condesa, volvieron a escucharse sus carcajadas atronadoras, pero ni rastro de aquellas miradas lascivas ni de aquel silencio apesadumbrado. El viejo Vasili había vuelto a la vida para devorar al nuevo, nacido de las cenizas del primero.

Observando la metamorfosis de su marido, sintió que el poder arrebatado se le escapaba entre los dedos y corría de regreso a su verdadero propietario. Quien busca transgredir los límites entre dioses y mortales siempre termina pagándolo. La mitología griega volvía a girar sus tornas para situarla ante el fantasma de la joven Aracne, que se atrevió a tentar al destino proclamándose mejor tejedora que la diosa Atenea; ésta, furiosa ante semejante soberbia, la retó a un duelo que terminó ganando la mortal, aunque la cólera divina convirtió a Aracne en una araña, condenándola a tejer durante toda la eternidad. La condesa Tarnowska no tenía intención de pasarse la vida hilando.

Una de las noches en que el conde abandonó la casa sin mediar explicación, decidió dar un golpe de efecto. Llevaba tiempo pensando en hacerlo para retomar el control de aquel matrimonio excéntrico y desquiciado. Para lograrlo, movió sus hilos y, sabiendo que su doncella mantenía una relación con el cochero, le ordenó que averiguara el paradero del conde Tarnowski. Ni siquiera necesitó presionarla; la condesa seguía contando con el favor y la simpatía del servicio.

La condesa Tarnowska había decidido hacer acto de presencia en el mismo lugar donde esa noche estaba su esposo, pero no lo haría de cualquier manera. Debía vestirse para la ocasión. Eligió un exclusivo vestido confeccionado con seda y terciopelo rojo que había viajado directamente desde París, de una de las casas de moda franceses más elitistas, la del modista inglés Charles Frederick Worth, en el que ya había confiado en más de una ocasión y cuyas manos habían vestido a destacadas mujeres de la aristocracia europea, como las emperatrices Eugenia de Montijo e Isabel de Baviera. La joya del vestido era el enfático corpiño con un corsé hecho con diecisiete piezas que se ceñían a su cuerpo como las pinceladas a un lienzo, realzando la cintura y el pecho, todo él cosido a mano sin permitir que ninguna aguja prendida en una máquina de coser rozara el tejido. El pronunciado escote cobraba un protagonismo especial en el que la condesa había insistido. Más que vestirse, esculpió su cuerpo en una obra de arte digna de ser mostrada en el museo del Louvre, aquel que había nacido como una fortaleza por orden de Felipe Augusto y se convirtió en museo por la gracia del emperador Napoleón Bonaparte. Esa noche, la condesa iniciaría su revolución particular en la que se valdría de las únicas armas que conocía y de cuya letalidad respondía.

—¡Condesa!

Era la voz de su cuñado. La reconocería incluso con los ojos cerrados. Sonaba dulce, tímida y ligeramente aflautada desde su umbral de la adolescencia, que también insistía en dejarle una embrionaria pelusa sobre el labio superior.

—Piotr, creía que dormías. ¿Por qué no estás en tu alcoba? —dijo mientras terminaba de ajustarse los guantes de raso rojo.

El joven la observó con la devoción de quien admira a una virgen. La envolvía el mismo halo que durante la ceremonia nupcial, cuando ambos parecían compartir una misma sensación descorazonadora. Pero esa noche la condesa lucía exótica, descarada, desbordaba sexualidad por cada pliegue de su vestuario en el que el satén, el tul y el crespón de China se disputaban el protagonismo con la mirada esmeralda resaltada por el maquillaje. La recatada imagen femenina característica de la era victoriana había muerto, y ella era la prueba.

—No vayas —le pidió el joven, como si la desazón le urgiera a advertir de un peligro inminente—. Él no te merece; nunca lo ha hecho.

La confesión inesperada de su cuñado le resultó tan tierna como el beso de un niño. Sonrió gratificada, como lo hace una madre que escucha la primera palabra en boca de su hijo. Porque eso era Piotr para ella, un crío sensible y afectuoso, lleno de amor y cariño, nada parecido a su hermano mayor, con quien sólo compartía el apellido.

—Eres tan adorable, querido —dijo antes de darle un beso en la mejilla.

La encontró ardiendo y se preguntó si tendría fiebre. Le puso la mano en el rostro para comprobar la temperatura, pero él se la cogió y la besó con veneración.

—Quédate conmigo. Yo sí te comprendo. Yo puedo hacerte feliz —insistió con la mirada turbia.

—Siempre estaré contigo. Somos familia y la familia debe estar unida, y quererse, amarse y preocuparse los unos por los otros. Te prometo que yo siempre me quedaré contigo. Sabes que eres mi favorito. Y ahora vuelve a la cama.

—No me trates como a un niño —rebatió, intentando que su voz no sonara a la de un muchacho de catorce años. Tenía sólo tres menos que ella, pero hay abismos que los números no abarcan ni comprenden.

—No te comportes como tal y no lo haré —contestó la condesa, intentando que su respuesta no sonara demasiado ruda. Apreciaba a Piotr como a un hermano pequeño; de hecho, le quería más que a su hermana mayor, Olga.

—Si vas con él, te hará sufrir. Vasili siempre hace daño. Sé muy bien de lo que hablo —aseguró el joven, que en varias ocasiones había sido víctima de la ira de su hermano.

—Deja que yo me encargue de eso. Y ahora, si de verdad quieres hacerme feliz, vuelve a tu dormitorio y termina de leer el libro que te regalé —sugirió en un intento de zanjar la conversación.

—Prefiero la poesía de Baudelaire. No me gustan los escritores estadounidenses. Edgar Allan Poe y su cuervo no me aportan nada.

—Un libro siempre lo hace. Muchos libros han inspirado vidas y muertes.

—Y también crímenes —zanjó Piotr mientras ascendía por la escalera, dando la espalda a su cuñada.

La condesa sonrió ante la respuesta del joven. Ya que la naturaleza no había sido ecuánime en el reparto de intensidad entre los hermanos, ella pensaba equilibrar la balanza aquella misma noche. Antes de salir, se detuvo ante el centro de orquídeas colocado sobre la mesa de la entrada. Arrancó uno de los pétalos y buscó el lugar propicio para esconderlo, bajo la barrera de tela de su escote. Sintió el frescor de la hoja rosada al rozar la delicada piel de sus senos, partícipes del sacramento recibido. Esa noche, la condesa Tarnowska también salía a divertirse.

El carruaje se detuvo ante una enorme construcción de piedra, propiedad de uno de los grandes amigos de Vasili, el gran duque Pávlovich, conocido en la comarca por su vida disipada tejida a base de escándalos, la mayoría con mujeres de por medio, que le habían distanciado de la aristocracia más cercana a la familia imperial rusa. No sabía si lo reconocería en caso de verle de nuevo; la primera y última vez que coincidió con él había sido en su boda, y no dejó de ser un rostro más de la inagotable colección que desfiló ante ella. De lo que no albergaba la menor duda era de que él sí se acordaría de ella.

Al descender de la carroza aceptando su mano el brazo del cochero, la condesa observó su reflejo en el cristal de la puerta. Sus labios comulgaban con el rojo intenso del sombrero de ala ancha adornado con plumas de avestruz que le confería una imagen de *femme fatale*, como la que solía encontrar en las novelas francesas que devoraba, alejada de la joven de diecisiete años que había mostrado hasta entonces. Le agradó esa imagen; le hacía sentirse poderosa y le brindaba la confianza que le hacía falta.

—¿Está usted segura, condesa? —se atrevió a preguntar el cochero, preocupado por ella más allá de lo que su trabajo demandaba. Él conocía lo que sucedía entre los muros de aquel edificio.

—No se preocupe. Sé perfectamente dónde estoy y por qué.

—Esperaré aquí hasta que salga, condesa.

Nada más franquear la puerta, un inmenso templo de perversidad se abrió ante sus ojos. Hombres y mujeres desnudos transitaban desinhibidos por su interior, en actitud obscena y provocativa, o yacían unos encima de otros sobre las escaleras, adoptando todo tipo de posturas sexuales que ni siquiera pensó que pudieran existir. Vio más cuerpos desprovistos de cualquier tipo de prenda, excepto algunos complementos a base de cuerdas y cintas alrededor del cuello y de las muñecas: se hallaban sobre las mesas, el suelo, las butacas, los sillones o se exponían sobre las elegantes chaises longues tapizadas de seda y terciopelo. La naciente turbación no le hizo flaquear en su avance por el laberinto de pasillos y estancias. Ver a una pareja apoyada en la balaustrada de la escalera, a la que se unieron otros dos hombres, la convenció de seguir con su inspección y se encaminó por la galería que se abría a su derecha. Todas las estancias se hallaban sumidas en una estudiada penumbra tan sólo quebrada por la incandescente luz de cirios encendidos que alfombraban el suelo y simulaban un sendero. La estridente música que salía de fonógrafos ubicados estratégicamente en rincones escondidos de las distintas salas incidía en la obtusa confusión que monopolizaba el ambiente; quizá para intentar salir de esa asfixiante atmósfera, dedicó unos segundos a pensar quién sería la persona encargada de colocar los cilindros de fonógrafo. En ese momento se topó con el rostro de una mujer cuya boca parecía emular la bocina de amplificación del fonógrafo, pero los sonidos que emitía no se parecían al sonido grabado sobre la superficie de los cilindros de Edison; ningún instrumento podía emitir esos vagidos.

Caminó sobre sus botines puntiagudos, cuyos tacones barrocos repicaban contra el mármol del pavimento con la intensidad con que lo hacían las campanas de Santa Catalina cuando paseaba por la avenida Nevski de San Petersburgo. Fue allí, en los grandes almacenes Gostiny Dvor, donde había adquirido el intenso perfume que apenas había usado hasta esa noche. Su fragancia a opio anunciaba su presencia, aunque no necesitaba ningún olor para conseguir que todas las miradas se posaran sobre ella, no sólo por su espectacular vestido rojo y la elegancia que evidenciaba, sino porque era la única mujer con el cuerpo cubierto de tela. No le intimidaron las miradas, por muy lascivas que fueran; estaba acostumbrada a ellas y las gestionaba con la misma indiferencia con la que parecía contemplar las escenas pornográficas de las que había oído hablar en círculos exclusivos. Caminaba como si lo estuviera haciendo en un sueño o como cuando patinaba sobre hielo fino, confiada pero siempre alerta. Había ido a encontrar a su esposo, pero era complicado hacerlo porque la mayoría de los hombres abandonados al placer cubrían sus rostros con máscaras o antifaces.

—Condesa Tarnowska…

El individuo que apareció de improviso ante ella había remarcado las sílabas de su nombre, con un tono a medio camino entre el asombro y la diversión. Ella agradeció que conservara puestos los pantalones y la camisa blanca, aunque ésta estuviera abierta, dejando al descubierto parte de su torso. Inspeccionó aquel cuerpo masculino como haría con las piezas de res llevadas a la cocina: con altivez, arrogancia y sin mostrar mayor interés que el meramente fiscalizador. Un antifaz negro de encaje sólo dejaba a la vista los ojos y una boca de labios gruesos. No sabía quién era, pero estaba segura de que no se trataba de su marido.

—¿Y usted es?

—Aquí no importan los nombres —informó, provocador, antes de dar un sorbo a una botella de vodka sin dejar de observarla.

—Usted ha pronunciado el mío como si importara —replicó la condesa, concentrada en que ningún músculo de su rostro evidenciara el nerviosismo que le provocaba estar en aquella situación. Era una inquietud extraña, que mudaba en una excitación desconocida—. Y eso, junto con esa absurda máscara que lleva, le otorga una ventaja que un caballero con la suficiente valentía no necesitaría.

El comentario hizo que su interlocutor se deshiciera del antifaz y la observase con una amplia sonrisa. Con o sin máscara, no tenía la menor idea de quién era aquel hombre, que definiría como atractivo si no fuera por ese punto de soberbia que lo hacía caer al rango de bufón.

—Bienvenida a mi humilde morada, condesa. Soy el gran duque Pávlovich. Nos conocimos en su boda. No creo que me recuerde, pero yo no podré olvidarla nunca.

El silencio de ella le desconcertó, obligándole a hacer lo que nadie solía hacer en su propiedad: hablar.

—No creo que merezcamos el placer de su compañía, condesa.

—En eso le doy la razón.

—Es usted la mujer más bella que hay o ha habido nunca en esta casa.

—Tampoco creo que eso sea decir mucho... —respondió la condesa, a quien el bufón empezaba a irritarle—. Busco a mi marido, el conde Tarnowski.

—Sé quién en su marido. Es usted quien quizá no lo sepa.

—Sé que está aquí. Y quiero encontrarle.

—¿Se le ha perdido?

—Una dama sólo pierde lo que le interesa perder. Eso también nos distingue de ustedes, que pierden lo que más les interesa y ni siquiera lo saben hasta que otro lo encuentra.

—Permítame acompañarla en su búsqueda —dijo el Gran Duque, que sabía reconocer a una dama, aunque no le gustara frecuentarlas en sus fiestas nocturnas.

Se abrochó la camisa, como si ese gesto le permitiera mostrarse más presentable, y franqueó el paso a la condesa en cada estancia que atravesaban, creyendo que el ademán le fuera a devolver la caballerosidad perdida, sin advertir que sólo se pierde lo que antes se ha tenido.

El carrusel de cuerpos desnudos y posturas imposibles seguía moviéndose a su alrededor, sin que nada de lo que veía perturbara a la condesa. Llegaron a una sala más escondida, cuya puerta estaba cerrada. El Gran Duque posó la mano en el ovalado pomo dorado. Al ver que tardaba en abrirla, la condesa lo interrogó con la mirada, buscando la explicación a tanta demora. La mueca traviesa del hombre no presagiaba nada bueno.

—¿Está segura?

—Es la segunda vez que me lo preguntan esta noche. Esperaba más originalidad entre tanta... suntuosidad.

La nervuda mano del gran duque Pávlovich hizo ceder el tirador. Esa vez fue él quien atravesó primero el umbral de la puerta. La condesa siguió sus pasos para vislumbrar las siluetas que poblaban la penumbra. De nuevo, espectadora de una representación de sombras chinescas, aunque ahí las figuras no se proyectaban sobre ninguna superficie, sino sobre el escenario, y, lejos de mantenerse estáticas, se entregaban a movimientos que sólo la oscuridad lograba desposeer de la aberración que mostrarían a la luz. A juzgar por la edad de las mujeres, las sombras chinescas regresaban a su origen como juego infantil, aunque, por su naturaleza, parecían más propias de las representadas en el cabaret Le Chat Noir, de Dominique Séraphin, en París. Aun así, la condesa atrajo las miradas de todos los presentes, acallando los gemidos y las risas, y deteniendo el movimiento de las sombras chinas. Lo único que no enmudeció fue el fonógrafo, que siguió emitiendo sonidos extraños que no se correspondían con ninguna melodía, hasta que una mano, igual de invisible que el resto, lo hizo callar.

—Caballeros, la condesa Tarnowska está buscando a su marido. Como no podía ser de otra forma, me he prestado a ayudarla. Seguro que podemos echarle una mano...

Entre las sombras surgió una silueta corpulenta, de espaldas anchas y torso abultado, con la cabeza regia coronada por una melena alborotada y leonina. No hizo falta que la luz rozara su rostro para identificarle. Se aproximó hacia ella, sin dejar de fumar, con una nube de humo envolviéndole como si saliera del inframundo; quizá él fuera el verdadero Caronte y no ella. Cuando abandonó las negruras que seguían tiñendo la estancia, pudo contemplarle. No estaba desnudo, pero sin duda lo había estado. En su rostro anidaban todas las contradicciones que un semblante puede acoger, y ninguna presagiaba un final feliz. La condesa no se movió del sitio, como tampoco lo hizo ningún músculo de su cara, entregados a una controlada afasia. No podía permitirse un instante de debilidad. Vasili se acercó a su esposa en silencio, como aquellos que provocaba su mujer a su paso y que se habían convertido en su tarjeta de visita cada vez que accedía a un lugar. El conde la observó de arriba abajo; era difícil no hacerlo porque una sola mirada no podía abarcar aquel regio espectáculo. Parecía que le imponía más de lo que pensaba, y quizá por eso sus labios permanecieron fruncidos, con las palabras abrasándole en la boca, temeroso de provocar un fuego que no sabría cómo apagar. Ella no temía al fuego porque solía ser el incendio al que es imposible dejar de mirar.

—Maldito seas, Vasili Tarnowski.

—¡Señores! —dijo él con un aspaviento teatralizado, aunque sincero—: Mi esposa, la condesa Tarnowska. Vestida para la ocasión.

El conde se puso a su espalda y la sujetó por ambos brazos, antes de exponerla a los que colmaban la habitación. Ella se zafó de sus brazos y se le encaró, propinándole una sonada bofetada que apenas ladeó el rostro de Vasili, aunque consiguió removerle por dentro. Un murmullo acompañó la escena, como si fuera parte del espectáculo que hacía unos segundos se representaba. La ira encendió la mirada del conde que, esta vez sí, explotó, y no fue por la ingesta de alcohol, como en la noche de bodas. La cogió del brazo y la arrastró fuera de la estancia, obligándola a caminar a trompicones, contagiándole el apremio de sus zancadas. Sus dedos le hacían daño en el brazo, se le clavaban como lo hicieron en el de la marquesa de Kassel en la fiesta de los esponsales.

—¿Quieres jugar, condesa? ¡Juguemos, pues! Pero con las mismas reglas que nos someten a todos —le anunció, introduciéndola con violencia en un cuarto vacío y en penumbras, al igual que el resto.

Vasili no podía despegar la mirada del vestido de terciopelo rojo y de aquel escote que se alzaba como una provocación divina. Se abalanzó sobre él con más fuerza que violencia, desarmando las diecisiete varillas del corpiño que con tanto empeño habrían cosido en el taller de Charles Frederick Worth. Le quitó la falda, descubriendo las medias negras que cubrían las piernas de su mujer, que permanecía sin ofrecer resistencia, sin emitir un grito, sin golpearle como había hecho minutos antes; tan sólo se limitaba a observarle. El conde la contempló como si la viese por primera vez. También por primera vez desató los lazos de su corsé, dejando al descubierto su pecho, donde encontró el pétalo de orquídea como si fuera una aparición. Y por primera vez la observó no con la lascivia que solía vestir su mirada, sino con el misticismo de quien admira una talla religiosa en el interior de una iglesia.

—Eres tan hermosa... —reconoció como si le doliera— que sería capaz de cometer una locura por ti.

Había pronunciado esas palabras en el mismo tono que si estuviera confesándose ante un sacerdote. Se arrepentía, y, como en toda confesión, esa acción le estimulaba a transitar por los caminos placenteros de la penitencia. Pero esos senderos redentores peregrinaban por otros páramos que quizá no garantizarían la absolución de sus pecados. No quería redimirse de ellos, sino adentrarse en unos nuevos. Y, aun así, necesitaba ese sacramento para sentirse liberado. Quería ir en paz, pero deseaba que ella lo acompañara; de qué le serviría la salvación, si no.

La confesión de Vasili la hizo reaccionar.

—Y si soy tan hermosa, ¿por qué vas a buscar el placer en cualquiera, menos en mí? ¿Por qué anhelas otros cuerpos que no son el mío?

El silencio de su esposo la desconcertó tanto como a él. Advirtiendo su expresión, pensó que el conde se iba a echar a llorar, aunque también se podría abalanzar sobre ella para asfixiarla. Era imposible leer su mente e interpretar sus miradas; cuando lo intentaba, siempre topaba con un muro. La oscuridad y el mutismo los envolvían en el mismo ambiente opresor que a todos los demás cuerpos que habitaban la casa, pero no de la misma manera.

La condesa seguía esperando una réplica a su pregunta, pero no era fácil para el conde verbalizar su respuesta.

—Porque tengo miedo.

—¿Yo te doy miedo?

—Me rechazas. Siempre lo has hecho, como si no fuera lo suficientemente bueno para ti.

—Eso no es cierto.

—Demuéstramelo... —le instó, más como súplica que como provocación.

—No sé cómo hacerlo —reconoció; ahora era ella quien se entregaba a la confesión.

—Entonces, déjame enseñarte. Lo haremos juntos. No importa lo que hagamos, lo importante es que estemos unidos. Sin secretos, como tú quieres.

—¿Solos tú y yo? —preguntó, como si necesitara confirmar la promesa.

—Sólo tú y yo, en mitad de todo lo demás —matizó. El conde volvía a jugar con las palabras; no mentía, pero tampoco decía la verdad—. Quiero que seas la primera mujer que me entienda, que comprenda cómo soy realmente.

El conde Tarnowski la instruyó en todo aquello con lo que soñó aleccionarla desde el momento que la vio aparecer vestida con el traje ecuestre en la residencia de Otrada, jugando con una fusta en la mano, intentando provocar a todos, incluido al Terrible O'Rourke. No hizo nada en aquella habitación que no hubiera hecho con otras mujeres, pero el resultado fue más deleitable porque no buscaba sólo el placer, sino aquello que únicamente se encuentra si se tiene. Había esperado demasiado tiempo, pero por fin lo había logrado y con una comunión plena.

La noche no había sido como el conde había imaginado ni tampoco como ideó la condesa cuando se vistió para presentarse en la residencia del Gran Duque. Quería darle una lección a su esposo delante de sus amigos y había terminado recibiéndola ella.

—Estás loco —afirmó mientras intentaba vestirse con los restos del destrozo que habían provocado las manos del conde.

—Me dijiste que anhelabas la libertad. Sólo a través de la locura uno consigue ser libre —le confió—. No te vistas. No hemos terminado aún. Hay más lecciones que quiero que aprendas.

La condesa no imaginaba que las enseñanzas se extenderían por otros salones y en compañía de más personas. Le miró confundida, pero sin rastro de enfado; sólo estaba perdida.

—Me dijiste que estaríamos solos tú y yo —le recordó aceptando lo que el conde le daba a beber en una copa de oro, de la que él también bebió.

—Te dije que seríamos sólo tú y yo, en mitad de todo lo demás. Confíe en su marido, señora condesa. Ése era el trato.

Sin darse cuenta, las sombras chinescas la devoraron.

18

Cuando la doncella abrió las cortinas del ventanal de su dormitorio, la luz la cegó de la misma manera que la oscuridad lo hizo la noche anterior.

Una terrible migraña le impedía poner en orden lo que había pasado desde que decidió presentarse en la mansión del gran duque Pávlovich en busca de su marido. La voz de la criada sonaba lejana, envuelta en brumas, las mismas por las que ella había transitado en las últimas horas. Mientras la criada colocaba sobre la mesa una bandeja llena de comida, la luz fue entrando en la alcoba a la vez que en su memoria, que poco a poco iba proyectando las imágenes de lo sucedido. Se recordaba vestida para impactar, convertida en una moderna Salomé que llega al banquete de Herodes para realizar el seductor baile por el que recibiría como premio la cabeza de Juan el Bautista. Pero Vasili no perdió la cabeza; si acaso lo hizo ella, aunque, si estaba recurriendo a los Evangelios para rememorar sus actos, su pecado no podía ser tan grave si la Biblia lo acogía. No hay pecado sin perdón; no hay redención sin expiación.

No era capaz de recordar cómo había regresado a casa ni tampoco quién la había llevado a su habitación y metido en la cama; esperaba que hubiera sido Vasili y no unas manos extrañas, borrosas en su memoria, aunque nítidas sobre su cuerpo. Quizá esas reminiscencias tan débiles habían sido reales o puede que fueran un efecto óptico, a imitación de las sombras chinescas. No lograba encajar las piezas, aunque sí recordó lo sucedido con Vasili hasta que le dio a beber el contenido de una copa de oro. Desde ese momento, el vacío. Al girarse, encontró otra ausencia. Esperaba encontrarle a él. «No es elegante que el matrimonio duerma en la misma cama». La voz de Ekaterina se presentó de imprevisto, y el recuerdo de su madre la ruborizó. Nada de lo que recordaba de la pasada noche podía calificarse de elegante, excepto un vestido del que no había vuelto a saber nada desde que lo vio destrozado sobre el mismo suelo en el que ella también estuvo. Recordaba el contraste de su piel blanca y en llamas sobre las baldosas brunas y gélidas. Cada pensamiento le llevaba a otro y éste a uno nuevo, en un bucle hilvanado a fogonazos que alternaban luces y sombras. Se llevó las manos a la cabeza intentando sujetar el martilleo constante en su interior y vio las marcas en sus muñecas. Varios destellos en su memoria empezaron a sobreponer unas imágenes encima de otras, hasta cegarla. La misma luz, fuerte y perturbadora, que alumbraría su camino durante los siguientes meses.

El matrimonio Tarnowski se convirtió en un asiduo de los festejos y recepciones que merecieran el calificativo de importante a lo largo y ancho del territorio ruso. No se limitaron a asistir a la fiestas públicas y privadas que se celebraban en Kiev, donde habían fijado su residencia, sino que ampliaron su área de diversión a otras ciudades como San Petersburgo o Moscú. La vida de la condesa se convirtió en un carrusel de bailes, recepciones, subastas públicas, exposiciones culturales, cenas en palacios de la aristocracia rusa, brindis en las bodegas Golitsin, tardes enteras en la galería comercial Passage, estrenos en los mejores teatros de las tres ciudades imperiales más importantes y todo tipo de actos sociales que, al caer la noche, se convertían en un tiovivo de orgías sexuales y desenfreno narcótico por el que Vasili la conducía sin soltarla de la mano.

El conde cumplía su promesa de permanecer juntos y ella se limitaba a ejecutar lo que había prometido a su marido, bebiendo de copas de oro que velaban su recuerdo porque, en contra de lo que aseguraba Vasili, no todo sufrimiento, ni físico ni mental, escondía un poso de placer.

Nadie podía bajar de ese carrusel en marcha sin riesgo a lastimarse. Nada podía detener una atracción de feria cuando las luces se encendían y su mecanismo accionaba el laberinto hipnótico. Sólo una noticia logró frenarlo en seco: el embarazo de la condesa.

La llegada de su primer hijo debía significar parabienes en el seno de un matrimonio, pero las sensaciones de la futura madre se dividían a partes iguales entre la alegría y el temor. Abrigaba la idea de que el nacimiento del primogénito de Vasili lograría calmar su ímpetu nocturno y le ayudaría a abrazar una vida más familiar. Sus plegarias se escucharon al principio, ayudadas por las estrictas recomendaciones del doctor, que hablaban de reposo y recordaban el peligro que la anemia y la epilepsia podrían representar para el embarazo. La tranquilidad se instaló en el hogar y, con ella, las conversaciones, los paseos, las comidas familiares y las tardes de lectura, ella enfrascada en sus libros y él en los periódicos que informaban de los preparativos para la coronación del nuevo zar, Nicolás II, que se celebraría en mayo del año próximo, 1896.

La vida en la residencia Tarnowski parecía haberse detenido, pero el mundo continuaba su camino. El conde no tardó en entender que el embarazo era cosa de mujeres como la guerra lo era de hombres, y, si a ellas no las obligaban a cubrirse de barro, plomo y sangre en los campos de batalla, a ellos no se les podía exigir que sufrieran las incomodidades de la gestación. Los vómitos, los mareos, las jaquecas y los cambios hormonales eran cosa de la condesa; las fiestas, las amantes, la bebida y las orgías seguían siendo potestad del conde. Su matrimonio regresó a los tiempos oscuros, donde los silencios, los celos, los secretos y las mentiras volvieron a constituir los ladrillos de su hogar. La oscuridad lo veló todo, también las promesas. El miedo postergó la alegría, el consejo médico y el sosiego.

La condesa entendió que había pasado por demasiadas cosas como para perderlas por una gestación que no estaba siendo más complicada que la de otras mujeres. Había llegado la hora de actualizar los acuerdos, modificar sus condiciones y adaptarlas a las nuevas circunstancias. El mundo también lo hacía.

Tras la Triple Alianza de 1882 y la alianza franco-rusa de 1892, nacieron nuevos convenios en las coaliciones y un nuevo agrupamiento de las potencias europeas: Rusia se acercaba a Reino Unido para fortalecerse frente a Francia —país que no tardaría en unirse a ellos para no quedarse aislado—, en pro de sus respectivas colonias, mientras miraban con preocupación la posible intervención de Estados Unidos en la guerra entre España y Cuba que había estallado en febrero de ese 1895. El tablero europeo estaba lo bastante caliente para evitar que cualquier chispa prendiera y lo hiciera saltar por los aires. Hacían falta cambios para que todo siguiera igual.

La condesa Tarnowska también se puso el traje de estratega. Desde ese momento, decidió acompañar a su marido en sus salidas nocturnas, aunque no participara activamente en ellas. Vería las luces del carrusel desde el perímetro de seguridad, un espacio más apacible, exento de peligro, más silencioso, menos lujurioso, pero más cerca del conde. Todo por garantizar la ansiada paz.

La noche que comenzó a sufrir las primeras contracciones que anunciaban el inminente parto, se encontraba en un céntrico hotel de Kiev. El bebé se había adelantado unas semanas; venía con prisa, con la misma con la que su padre disponía de las noches.

El dolor punzante en el bajo vientre la convenció de que aquello no eran las molestias propias de su avanzado estado de gestación; lo corroboró al observar la gran mancha de sangre que se extendía por su camisón. Ni siquiera había roto aguas. Aquello sólo podía ser una señal de que algo iba mal. Se lo confirmó su imprevista imagen en el espejo, cuando corrió hacia el cuarto de baño. Los espejos nunca la habían engañado, ni a ella ni a nadie; cosa distinta era que no se quisiera ver. Gritó por el dolor y por el temor de verse sola en aquella habitación, cubierta de alfombras, cortinas y tapices que, lejos de abrigarla, la asfixiaban. El terciopelo y la madera noble no eran las mejores alforjas para ese viaje. La doncella que Vasili había contratado para acompañarla mientras él se abandonaba a sus quehaceres varoniles había salido para hacer unos recados, de modo que nadie le daba la mano mientras ella padecía un tormento de desgarros previos a la llegada de una nueva vida, bramando gritos de impotencia, atemorizada por la incertidumbre que lastraba sus esfuerzos. Jamás imaginó que pasaría el trance del parto a solas, con el sudor dibujando surcos en su piel que, como afluentes, terminaban vaciándose en un río de sangre.

En la otra ala del edificio, el conde bebía y fumaba con sus amigos y con la nueva corte de amistades nacidas en los ambientes nocturnos de las apuestas y los juegos de naipes, acompañado por un séquito de mujeres que miraban con recelo las casas de lenocinio, pero no la prostitución en escenarios lujosos. También él gritaba, bramaba, sudaba y bañaba su cuerpo en fluidos naturales, vaciándose de placer.

Cuando la doncella entró en la habitación, descubrió a la condesa convertida en un animal jadeante sobre el suelo del cuarto de baño, con la cabeza del crío encajada en la pelvis materna. Cuanto más empujaba la madre, más dolor sentía y menos se movía la cabecita; la expulsión resultaba imposible. Empezaba a faltarle el aire, tanto a la madre como al bebé. La doncella intentó examinarla, pero no sabía cómo proceder en aquella situación, sobre todo si las piernas de la madre no dejaban de golpearla para que se alejara. Optó por la única salida que encontró. Corrió a la estancia donde estaba el conde y entró emulando los gritos de la parturienta, explicando que la señora estaba de parto, que el niño no salía. El rostro del conde se petrificó, impotente. Era un hombre, si no sabía de embarazos mucho menos de partos. Miró a la marquesa de Kassel, que esa noche se había unido a la fiesta, como si la vida de su esposa dependiera de ella. Acompañada de otras tres mujeres presentes en la celebración, la marquesa le pidió a la doncella que la llevara hasta la habitación de la condesa, mientras daba indicaciones a un empleado del hotel para que les facilitara toallas y cuencos de agua caliente.

—Confía en mí, Vasili. No querrá verte —le dijo la marquesa, impidiéndole la entrada a la habitación.

—¿Y crees que a ti sí? —preguntó el conde.

—No conozco a la condesa lo suficiente, pero no tengo ninguna duda de que preferirá ver a una mujer que pueda sacarle a su hijo de dentro, antes que al hombre que se lo puso ahí.

El conde obedeció con gesto abrumado, como sucedía siempre que una mujer le mostraba la realidad, y aquélla lo era.

Lo primero que hizo el batallón de féminas que entró en la habitación fue colocar a la condesa sobre el sofá que presidía el baño; su precaria situación desaconsejaba moverla hasta la cama. Fue la marquesa la que se puso ante ella, le abrió las piernas y le explicó lo que iba a pasar.

—Se va a desgarrar el perineo como siga empujando, condesa. La cabeza de su bebé está encajada. Tiene que parar y seguir mis instrucciones.

Los ojos de la parturienta se clavaron en ella. La reconoció al instante. «Yo soy usted hace diez años, querida». Quizá era cierto que lo fue y que seguía siéndolo, también en la nueva situación.

—¡Sácamelo ya! —le gritó retorciéndose de dolor.

—Tiene que dejar empujar. Y debe respirar o perderá el conocimiento. Eso no nos vendría bien a nadie.

—¡No puedo! ¡Necesito que salga ya! ¡No quiero este maldito hijo! ¡Y maldito sea su padre!

Las mujeres presentes en la habitación ni siquiera intercambiaron una mirada al escucharlo; la mayoría habían sido madres o habían asistido en un parto; sabían que todo lo que saliera de su boca se volatilizaba en el aire, como el humo de un cigarro a cielo abierto. En el pasillo, la interpretación fue diferente. Los gritos de la condesa sonaron como proyectiles. La mirada de Vasili buscó la del gran duque Pávlovich, como también las del barón Vorontsova, el marqués Sheremetev y el príncipe Artamonov, que lo acompañaban durante la espera, con la sensación de ser personajes inútiles en aquel contexto, generales sin ejército, actores sin papel, zares sin imperio. Ninguno dijo nada, conscientes de que el silencio suele superar incluso a las mejores respuestas.

Después de varias horas, la marquesa de Kassel salía de la habitación seguida de las mujeres que la asistieron durante el parto de la condesa.

—Es un varón —informó. «Otro», pensó para sí sin darle voz para no arruinarle aquel momento de felicidad—. Será mejor que entres a verla. Una mujer recién parida lo agradece; sé de lo que hablo.

Se diría que el placer de ver al niño sobre su pecho había hecho que la madre olvidase el sufrimiento. Placer y sufrimiento, dos palabras que solían conjugarse juntas en su matrimonio. Buscando el placer, ambos habían desarrollado una dependencia al sufrimiento, una adicción de la que no sería sencillo escapar.

Cuando el conde entró a verla, la encontró con una serenidad que realzaba su belleza, ratificando su creencia de que el dolor puede resultar bello. También esos dos conceptos, el dolor y la belleza, solían ir de la mano en la casa Tarnowski.

Vasili se acercó con miedo a la cama donde descansaban madre e hijo. Se puso de rodillas y empezó a hablar.

—Te prometo que...

—Ni una promesa más, conde. Sólo quiero hechos. Me has robado el alma y lo he aceptado. Pero no permitiré que se la robes a nuestro hijo. Con lo que me ha costado traerle al mundo, me he ganado ese derecho.

En pocas semanas, la condesa se había recuperado por completo y estaba tan enérgica y hermosa como siempre. Vasili había contratado a una doncella personal que únicamente se encargaría de ella y del pequeño Tioka. La elección de una sirvienta tan especial siempre resultaba complicada porque, al igual que les ocurría a los padres con sus hijas cuando eran peticionadas, ninguna madre consideraba a ninguna extraña lo bastante buena para su hijo. Una amiga de la condesa le recomendó los servicios de una doncella suiza que contaba con las mejores referencias. Discreta, amable, fiel y muy profesional. «Te facilitará la vida. No podrás dar un paso sin ella», le auguró. Lo comprobó el día que la citó en su residencia de Kiev.

—Elisa Perrier —leyó la condesa el nombre en la carta de recomendación que tenía en la mano—. Es usted de Sainte-Croix...

—Sí, señora.

—Eso pertenece al cantón de Vaud, si no me equivoco —precisó sabiendo de antemano que estaba en lo cierto.

—Sí, señora.

—¿Es allí donde se hacen esas adorables cajas de música? Su madre tenía una sobre su tocador; cuando abría su tapa, podía pasar horas escuchando aquella melodía, melancólica y repetitiva de la que, sin duda, Ekaterina se contagió.

—Sí, señora.

—Veo que nació usted en 1879... —siguió leyendo la carta—. Es usted dos años más joven que yo.

—Sí, señora.

—¿Siempre responde «Sí, señora»?

—Por supuesto, señora.

La condesa la observó con el mismo detenimiento con el que se examina a un caballo antes de adquirirlo. Aquella mujer le gustaba. Parecía agradable, ni muy guapa ni muy fea, ni alta ni baja; expresiva, lo justo; sonriente, lo necesario; en alerta, siempre. Como la orografía del macizo del Jura de donde procedía, se presentaba llana y cálida, sin grandes pendientes ni complicados picos que albergaran peligros. Era de esos rostros capaces de pasar inadvertidos, con una personalidad neutra, una de esas presencias en las que nadie repara cuando abandonan una estancia. Y quizá por eso pensó que podría ser una espía, una asesina o una amante de Vasili. Si iba a meterla en su casa y en su vida para convertirse en su sombra, necesita saber algo más de ella, ponerla a prueba.

—Habrá oído hablar de nosotros, los Tarnowski. Se dicen tantas cosas... Supongo que sabe que no somos fáciles.

—No —respondió Elisa rompiendo la ristra de síes.

La condesa sonrió, intuyendo que lo había hecho a conciencia.

—¿No a qué?

—No a todo, señora. No he oído hablar de ustedes. Y en cuanto a lo de no ser fáciles, nadie lo somos.

Esa misma noche, el cochero de los Tarnowski descargaba el equipaje de la nueva doncella personal, Elisa Perrier, mientras otro de los sirvientes la acompañaba a su habitación. Se alojaría en una estancia cercana a la de la condesa y contigua al cuarto del niño, en el ala opuesta a donde dormía el conde, lo que no le impedía hacer continuas visitas a su mujer cuando ella lo permitía.

Su amiga acertó en el pronóstico: la doncella le hacía la vida más fácil. Desde el primer día, la relación que surgió entre ellas fue tan satisfactoria que la condesa aseguró necesitarla a tiempo completo y decidió contratar a una niñera que se dedicara únicamente al cuidado del pequeño Tioka. El correr de los meses afianzó su confianza: podía hablarle de cualquier cosa, comentar con ella lo que le preocupaba, sus planes, sus temores, mientras compartían momentos de esparcimiento, algunos salpicados con risas y revelaciones. No tardó en convertirse en su confidente y fiel aliada. La condesa nunca había tenido amigas, siempre había preferido la compañía de chicos mayores que ella, tanto en casa como en el colegio, y Elisa Perrier había llegado para suplir ese vacío. Pero todo con la prudencia debida para evitar caer en los mismos errores del pasado, aquellos que cometió con Natasha: la confianza con el personal de servicio nunca podría etiquetarse como una amistad, cada uno ocupaba su lugar. Las enseñanzas del Terrible O'Rourke seguían claras en su cabeza: democratizar el orden de las cosas solía llevar al caos. «El poder sólo puede recaer en unas manos porque, si se iguala, pierde su razón de ser y está condenado a desaparecer. Y con él, también nosotros». La voz paterna aparecía de vez en cuando, y su recuerdo la enfurecía y la enternecía a partes iguales. Había informado a su madre por carta del nacimiento de Tioka. La llegada al mundo del pequeño había aplacado al conde Tarnowski, pero no al conde O'Rourke, que persistía en la prohibición de mantener contacto con su hija.

La condesa se preguntó por qué algunas personas se empeñaban en complicar las cosas sencillas. En su caso, ese rol siempre lo desempeñaban los hombres, aunque se consoló pensando que ese papel protagónico no tenía patente de corso únicamente en su vida.

19

La invitación a la coronación del zar Nicolás II, hijo del zar Alejando III y la zarina María Fiódorovna, llegó por correo urgente.

El semblante de la condesa se iluminó como los rayos de sol alumbraron el interior de la catedral de la Asunción del Kremlin el día en el que el zar fue investido jefe del Estado y de la Iglesia, el 26 de mayo de 1896. La cartulina sepia con el sello imperial representaba una invitación sencilla a un mundo complejo de intensas celebraciones que la mantendrían alejada de Kiev, de las obligaciones maternas y de las conversaciones de siempre, y que le serviría para dar un poco de vida a su matrimonio.

Cuando los Tarnowski, al igual que una alta representación de la aristocracia rusa, empezando por los propios zares, llegaron a la estación de tren Smolenski de Moscú —a la que el pueblo denominaba estación Brestski desde que en 1871 se amplió la vía ferroviaria para llegar a la ciudad de Brest—, no podían imaginar cómo la vida llegaría a complicarse.

Con la ayuda de Elisa Perrier, la condesa había preparado su equipaje a conciencia para lucir esplendorosa en las numerosas celebraciones, comidas, cenas y bailes preparados para los fastos de la coronación. Aunque el acontecimiento que ella esperaba con gran excitación era el *kurtag*, el gran baile de máscaras que se celebraría la mañana del 28 de mayo en el palacio del Kremlin, presenció estoicamente la solemne proclamación y vio descender al zar Nicolás II junto a la zarina por la escalinata roja del palacio de las Facetas para situarse bajo el palio sostenido por generales rusos, escuchó el canto del 101.º salmo en la catedral, oyó al emperador rezar, bendecido por clérigos ortodoxos, y vio cómo recibía de manos del prelado la corona imperial que él mismo se impondría, para después imponer a la zarina Alejandra la corona imperial menor y abrazarse a ella. El poder ya residía en el lugar que le correspondía.

Mientras el zar permanecía de pie con la corona, el resto de los invitados se arrodilló para orar por su emperador, que sólo se quitaría la corona para pasar por las Puertas Reales del espectacular iconostasio con imágenes sagradas, que aislaba el presbiterio y su altar del resto de la catedral, donde fue ungido y, después de comulgar, juró gobernar con justicia. Lo hizo con la gran corona imperial, adornada con perlas únicas, más de cinco mil diamantes y rematada con una cruz de brillantes sobre una espinela de cuatrocientos quilates, y el orbe imperial, fabricado en oro y diamantes y adornado con un zafiro de doscientos quilates. También con el cetro imperial que contenía el diamante Orlov de ciento ochenta y nueve quilates que, según la leyenda, fue sustraído del ojo de la estatua del siglo XVII de un dios hindú, que el conde ruso Orlov compró como regalo de cumpleaños para la emperatriz Catalina la Grande. El zar inclinó su cabeza en tres ocasiones ante su pueblo, que le esperaba en las calles para aclamarle.

Durante los días que siguieron a la proclamación, mientras los invitados asistían a los banquetes, los palacios, la ópera y el teatro planificados para la ocasión, una multitud se agolpaba en una explanada en las afueras de la ciudad, en el campo Jodynka, para conseguir uno de los regalos que el zar Nicolás II mandó repartir entre el pueblo para conmemorar su coronación. Allí, Catalina II había organizado una gran fiesta en 1775 para celebrar el final de la guerra con Turquía, aunque en ese momento era un terreno destinado al entrenamiento del ejército. El emperador había ordenado instalar casetas donde el pueblo podría consumir bebida, alimentos, y obtener monedas conmemorativas, piezas de cerámica con el sello imperial, una libra de bacalao empanado, media libra de salchichón, panecillos, bolsas de galletas, cajas de caramelos y cestas de frutos secos; el pueblo también se merecía celebrar la coronación de su zar.

Mientras los fuegos artificiales iluminaban el cielo en la Plaza Roja, el Arco de Triunfo se erguía embanderado para la ocasión y el teatro Bolshói se encendía como la zarina Alejandra había prendido horas antes la iluminación eléctrica sobre Iván el Grande y el Kremlin, en Jodynka miles de personas fallecían en una avalancha mortal originada por el rumor de que no habría suficiente cerveza, pan de jengibre y monedas conmemorativas para todos. De nada sirvieron los mil ochocientos policías enviados para velar por la seguridad frente a una torticera colocación de las casetas y una pésima pavimentación del terreno, que terminó cediendo, abriéndose grandes zanjas en él y engullendo a los allí congregados.

Mientras la condesa Tarnowska y un grupo selecto de invitados de la nobleza y la diplomacia internacional acudían al palacio Petrovski para disfrutar de otro banquete, se cruzaron con carretas que transportaban los cadáveres de los muertos. Muchos no sabían lo que había sucedido y quienes fueron informados prefirieron seguir con las celebraciones y aconsejaron al zar que acudiese al baile organizado en la embajada francesa, esa misma tarde. Según sus consejeros, no hacerlo hubiera representado un desaire y había que mantener las buenas relaciones con Francia, en armonía con la alianza franco-rusa. Desde la explanada Jodynka se podía ver el palacio Petrovski, pero desde el palacio no se contemplaba la llanura fatídica. Mientras los invitados disfrutaban de un banquete a base de crema de cangrejo, trucha finlandesa, ternera y ensalada de guisantes, 1389 personas morían y 1300 resultaban heridas intentando conseguir un panecillo con salchichas y una taza de porcelana con la inscripción de la fecha de coronación. Al mismo tiempo que el zar Nicolás II abría el baile en la embajada con la marquesa de Montebello, esposa del embajador francés, y la zarina Alejandra se dejaba llevar por la música en los brazos del marqués, el pueblo ruso lloraba a sus muertos. Se habían congregado más de medio millón de personas cuando la población de Moscú era de millón y medio. Muchos habían llegado desde otras partes de Rusia. Hasta el día siguiente a la tragedia, la mayoría de los invitados a la coronación no supo lo que había sucedido.

Vasili lo leyó en el periódico, como lo hacía el resto del mundo, que calificaba la coronación del zar Nicolás II de «coronación sangrienta». La prensa no decía ni diría nunca que el responsable había sido el gobernador de Moscú, el gran duque Serguéi Aleksándrovich de Rusia, tío del zar y cuñado de la zarina Alejandra, ya que estaba casado con la princesa Isabel Fiódorovna, hermana de la emperatriz. No podía explicarse. La familia imperial, en su autocracia divina, no cometía errores, ergo no eran culpables.

—Tendrás que regresar sola a Kiev —informó el conde Tarnowski a su esposa—. Yo tengo que ir a Nizhni Nóvgorod. Debo ir a la feria de comercio. Se me ha presentado una gran oportunidad para hacer negocio y no puedo perderla: los chinos me venderán su té y yo les venderé mi azúcar. Ya lo sabes, querida, San Petersburgo es la cabeza de Rusia, Moscú su corazón y Nizhni Nóvgorod su bolsillo. Y viendo cómo está el corazón de Rusia, mejor marcharse —comentó en alusión a lo sucedido en Jodynka.

Conocía aquel proverbio ruso porque su padre lo repetía constantemente. Y también conocía que a la feria de Nizhni

Nóvgorod la denominaban «Corte de intercambio entre Europa y Asia». No es que la condesa temiera que su marido fuera a recorrer más de cuatrocientos kilómetros para encontrarse con alguna amante con la excusa de la XVI Exposición de Arte e Industria de Rusia. Lo que no entendía es que Vasili tuviera que realizar el viaje en aquel momento, cuando nada le había dicho al respecto.

—¿Me vas a dejar sola? —preguntó, aún impactada por lo que contaba el periódico un día tras otro.

—No estás sola. La doncella está contigo y los criados te ayudarán con todo lo que necesites para el traslado a la estación de tren de Moscú y el regreso a Kiev. Están todos a tu disposición.

—Pero con todo lo que está pasando...

—Viajas en un vagón de primera clase en el mismo ferrocarril en que lo hace la zarina Alejandra. Ni siquiera pasarás cerca del campo de Jodynka. Además, querida, en unos días ya no se hablará de esta tragedia, como ya nadie habla de los Juegos Olímpicos de Atenas. La gente se aburre de los temas. Todo caduca, nada es eterno —le explicaba Vasili refiriéndose a los primeros Juegos Olímpicos de la era moderna celebrados en Atenas durante la primera quincena del mes de abril. El conde ni siquiera miraba a su esposa mientras se afanaba en meter unos papeles en un maletín de piel—. Así tendrás tiempo de ponerte de acuerdo con el príncipe Leo Golitsin, que viaja en el mismo tren. Le vi muy interesado en ti durante las celebraciones y nosotros lo estamos en sus bodegas. Es un hombre interesante, el primer vinicultor que imprime el escudo imperial ruso en sus botellas y proveedor de la familia real, y no sólo en la coronación de Nicolás II. Me comentó que quería invitarnos a la Exposición de París de 1900. Pero seguro que le gustará más hablarlo contigo.

Al verla tan callada y confusa, Vasili se acercó a ella y la besó en la frente.

—Confía en mí. No tienes nada que temer. La muerte no es contagiosa, condesa.

Miró a su marido como si no supiera de lo que hablaba. Le pareció un charlatán subido a una caja de madera en mitad de un parque de Moscú vendiendo sus productos mágicos y hablando sin parar, sin saber lo que decía. No le culpaba; la ignorancia y la indolencia no eran buenos aliados de los presagios del destino. Pero su sangre irlandesa siempre le advertía de los malos augurios. Y, desde que supo de la tragedia de Jodynka, la condesa Tarnowska había vuelto a sentirse como la pequeña de los O'Rourke.

La estación de ferrocarril Smolenski de Moscú presentaba el bullicio habitual. Aunque los pasajeros de primera clase no sufrían los inconvenientes del resto de los viajeros, a la condesa solían ponerle nerviosa los andenes, las despedidas y el desagradable humo que salía de los bajos del tren. Elisa Perrier lo sabía y procuraba ahorrarle todos los trámites que podía, llevando siempre consigo el consabido frasco de sales por si la situación se agravaba. Las buenas dotes de mando y la capacidad de organización demostrada por la joven suiza habían conseguido que la ansiedad de su señora y sus brotes de epilepsia disminuyeran desde su contratación. Cuando la doncella la dejó asentada en el vagón de primera clase mientras ella se dirigía a comprar el periódico y algunas revistas, después de dar las últimas indicaciones a los mozos de estación que portaban el equipaje, la condesa recordó que no tenía caramelos en el bolso. La ayudaban a entretener el viaje y el hambre que solía aparecer disfrazada de gula cuando el aburrimiento la embargaba. Miró a través de la ventana de su departamento con la esperanza de alcanzar a Elisa. Al no avistarla, bajó del tren para comprar ella misma las golosinas.

Una voz infantil pregonaba los titulares de los periódicos sobre la dramática jornada en el campo de Jodynka. «¡Coronación sangrienta! ¡Moscú se tiñe de muerte!». Entretenida en los esfuerzos del crío y con la mirada repartida en las palabras que llenaban los ejemplares, cuya tinta estaba tan reciente que todavía podía olerse, la condesa caminaba sin mirar al frente. Un ligero encontronazo con otro viajero la devolvió a la realidad. Cuando sus ojos se detuvieron en el rostro que tenía ante ella, creyó haber regresado a Otrada.

—Yaroslav... —Pronunció aquel nombre encerrándolo en un suspiro, como si intentara desentrañar un engaño urdido por su memoria.

—Maria —dijo el joven con la seguridad que le faltaba a la condesa.

Hacía mucho tiempo que nadie de su pasado se refería a ella con ese nombre, casi el mismo que llevaba sin ver al hijo de Natasha. Intentó rescatar de su memoria la última ocasión en la que estuvieron juntos, pero las fechas y los recuerdos bailaban demasiado deprisa, como lo había hecho el zar Nicolás II con la condesa de Montebello en el baile de la embajada francesa.

—¿Qué haces aquí? —preguntó ella. Era una pregunta absurda, pero no se le ocurrió otra mejor. Estaba demasiado ocupada en poner en orden toda una catarata de sentimientos.

—Mi madre. He venido a buscarla.

—¿Natasha está aquí? —indagó con una amplia sonrisa que no logró contagiar a su interlocutor.

Yaroslav seguía mirándola con la misma expresión contenida y enigmática de siempre. Sin embargo, la condesa no vio en ella el brillo habitual, sino aquel destello febril que mostró su mirada cuando fue a verle al establo después del accidente en el lago helado. Seguía sin saber si estaba a punto de echarse a llorar o era otra la emoción que experimentaba. Gracias a la experiencia cosechada en los últimos años junto a su marido, sabía que algunas personas lloraban de placer después de mantener encuentros sexuales. La falta de respuesta del joven llenaba el pensamiento de la condesa de hipótesis y elucubraciones inconexas e irracionales que no hacían más que distraerla.

—Y dime, ¿cómo está la buena de Natasha? Hace mucho que no sé de ella, sólo lo que me cuenta Ekaterina en sus cartas —comentó mientras miraba a su alrededor buscando a la mujer que mejor le preparaba la tarta de cítricos y crema con canela.

—Está muerta.

La respuesta empalideció su delicado rostro, como ya estaba el de Yaroslav. Sintió que sus miradas rompían al unísono como la escarcha, incluso creyó escuchar el ruido.

—¿Cómo que muerta? ¿De qué estás hablando? —preguntó angustiada.

El silencio de él no la ayudaba a aplacar su ansiedad.

—¡Háblame, por favor!

—Estaba en el campo de Jodynka. Quería asistir a la coronación del zar. Había pedido permiso en la casa y se lo dieron. Es una de los muchos muertos.

La voz del niño vendedor de periódicos volvió a escucharse para ampliar el dramatismo de la escena. «¡Coronación sangrienta! ¡Moscú se tiñe de muerte!». El grito ahondó en la herida sangrante del hijo huérfano, que rompió el contacto visual que mantenía con la condesa para emprender la huida de aquel andén y alejarse de ella.

—¡Espera! Déjame ayudarte.

—¿Ayudarme? ¿Por qué ibas a hacerlo?

—Yaroslav... —exclamó, como si no terminara de entender su comportamiento. Intentaba encontrar al compañero de juegos de la infancia, al chico bondadoso, tierno y servicial que siempre estaba a su lado para protegerla y cuidarla. Pero no le resultaba sencillo hallarlo—. Nos conocemos desde que éramos niños...

—Eso no significa nada. También conocías a Nagaika y no dudaste en pegarle un tiro.

La mención al sacrificio de su caballo favorito la desconcertó. Se había visto obligada a hacerlo cuando el animal enfermó; una encefalitis de carácter infeccioso causada por el virus Borna —aunque otro veterinario habló de una infección viral que hacía comportarse al animal como si estuviera loco, caminando en círculos y cruzando las patas—. No entendía cómo Yaroslav podía saberlo. Y comprendía aún menos que estuviera echándole en cara haber sacrificado a Nagaika para evitar su sufrimiento. Donde ella veía compasión, él pretendía ver maldad. Siempre habían visto las mismas cosas, aunque sus mundos fueran diferentes. Uno de los dos había cambiado.

—Debo irme. Tengo que encontrar el cuerpo de mi madre.

—Por favor, déjame ayudarte. Iré contigo.

—No. Me están esperando.

—Dime al menos cómo puedo encontrarte —pidió la condesa, casi suplicaba.

—¿Para qué? Sigues sin entenderlo, ¿verdad? No importa el tiempo que pase, eres la misma niña caprichosa que vive en su mundo sin importarle lo que suceda en el mundo real.

—¿Por qué me hablas así? Yo no te he hecho nada. No es culpa mía que Natasha...

—¡Ahí estás! ¡No has tardado en aparecer! Siempre inocente. Nunca responsable de nada. Los culpables son siempre los otros. Debe de ser cómodo vivir así, sin conciencia ni culpa ni remordimiento.

—Pero ¿por qué me tratas de este modo? —preguntó, sintiéndose víctima de una injusticia que no entendía. Comprendía el duelo por la pérdida de su madre, pero no que la culpara a ella. Estaba intentando ayudarle, pero él se negaba a aceptar su ayuda y lo hacía con desprecio. Todo era demasiado complicado para poder entenderlo.

La voz de Elisa Perrier rompió la conversación e interrumpió la congoja que empezaba a apoderarse de la condesa.

—¿Está bien, señora? —preguntó inquieta al verla tan pálida. Llevaba en su bolso las sales para los desmayos, aunque confiaba en no tener que utilizarlas en mitad del andén de una estación de ferrocarril.

La llegada de la doncella hizo que Yaroslav desapareciera no sin antes dedicarle una última mirada.

—Adiós, Maria —dijo, despojándola con toda la intención del tratamiento nobiliario. También él pensaba que los hombres complicaban demasiado las cosas sencillas.

A la condesa le dolió la despedida no porque le privara de su título o porque no se hubiera tocado el sombrero con la mano, como hacían los caballeros cuando saludaban a una dama. Le dolió por el pasado que volvía a escapársele y, con él, Natasha y Yaroslav.

—¿Quién era, señora? —preguntó Elisa, más preocupada por la condesa que por el joven que le había parecido bastante rudo.

—Nadie —contestó ella, sintiendo que la mentira le abrasaba en la boca.

Elisa Perrier calló. En un primer momento la creyó, aunque, al pensarlo con más detenimiento, se convenció de que no era cierto, porque la condesa no solía mirar a *nadie* de esa manera.

El camino de regreso a Kiev lo realizó en silencio. Apenas abrió la boca y, cuando lo hizo, se expresó con monosílabos. No tenías ganas de hablar, sólo quería pensar en por qué todo resultaba tan complicado sin que ella pudiera hacer nada para evitarlo. No le encontraba sentido.

Una semana después, Vasili volvió a casa. El hombre que le había asegurado que la muerte no era contagiosa arribaba pletórico, como pocas veces lo había visto. Besó a su mujer como si hiciera años que no la estrechaba entre sus brazos y le puso en las manos una lata de té. Como si de un mercader se tratara, le colocó sobre los hombros unas espectaculares pieles de nutria adquiridas a un comerciante en Nizhni Nóvgorod.

—¿Sabe la condesa que cada año llegan a Rusia toneladas de kilos de té chino por valor de unos cincuenta millones de rublos y que eso puede hacernos más ricos? —preguntó de manera teatrera. El gesto confuso de su mujer le pedía una explicación y él, generoso como nunca, se la dio—. Tengo extraordinarias noticias. Considéralo un regalo por tu decimonoveno cumpleaños, condesa Tarnowska. ¡Nos vamos a Italia!

El anuncio acrecentó aún más el desconcierto de su esposa, que dejó la cajita metálica de té chino sobre la mesa, como si fuese eso lo que le impedía entender con claridad las palabras de su marido.

—¿Y por qué íbamos a hacer algo así?

—He cerrado grandes negocios, firmado contratos importantes, y nos merecemos unas vacaciones. El dinero no será un problema; en realidad, nunca lo ha sido. Se han vuelto locos con el azúcar y aún más con las pieles rojas de Kazán y Arzamás. Tenías que haberlo visto, un centenar de pabellones colmados de lo mejor de cada pueblo, de cada país, de cada región. —Mientras hablaba, enseñaba a su esposa las láminas con bocetos de las estructuras de malla de acero del ingeniero Vladímir Shújov y una fotografía del primer coche ruso que presentaron en la Exposición—. Medio mundo estaba allí metido deseando mostrarse al otro medio. Había teatros, circos, todo tipo de espectáculos... El próximo año, te llevaré conmigo.

Vasili hablaba sin parar, como lo hizo antes de abandonar Moscú, cuando la dejó sola en la estación de Smolenski. El conde deambulaba por el salón como si la impaciencia gobernara sus movimientos mientras los criados depositaban en la estancia el cargamento de regalos y obsequios traídos de Nizhni Nóvgorod, desde alfombras persas, bobinas de papel, cajas de frutos secos, rollos de telas, jarrones de porcelana o encajes, hasta una rueda de hilar que la condesa observaba sin entender qué uso iba a darle a semejante artilugio. Miró a Elisa Perrier, que contemplaba la escena desde uno de los extremos de la habitación, con Tioka en brazos.

La verborrea del conde recuperó su atención.

—¿Recuerdas a ese comerciante de pescado del sur del mar Caspio que sólo hablaba de esturiones y de caviar de beluga? ¡Sí, mujer! El que estaba sentado en nuestra mesa durante el banquete de la coronación y no te quitaba los ojos de encima. Nos vimos allí; en realidad, coincidimos en el tranvía inaugurado para la Feria. Me preguntó por ti y hemos cerrado un acuerdo. Querida, eres mi mejor talismán.

—Según tú, todos me miran... Yo no veo que nadie lo haga —comentó frunciendo ligeramente los labios, como siempre que mentía.

La condesa era muy consciente de cómo los hombres la miraban y con qué intenciones lo hacían. Había sido así desde pequeña, pero entonces sólo ella sacaba rédito de su encanto y su poder de seducción. El conde Tarnowski había encontrado una mina de oro de la que sacar provecho: su mujer.

—¿Y por qué Italia? —preguntó Piotr, que acababa de acceder a la estancia con un libro en la mano, alertado por los gritos de su hermano mayor.

—Porque quiero cantar ópera —explicó Vasili con absoluta naturalidad y la convicción de una decisión largamente meditada—. Voy a convertirme en un barítono de fama mundial y la señora Tarnowska leerá el nombre de su marido impreso en los carteles de los grandes teatros.

A la condesa le divirtió la forma en la que hablaba su esposo. La euforia le sentaba bien, sobre todo si no venía con un precinto del alcohol. Cuando le besó, no percibió rastro de bebida en su aliento; si había bebido litros de champán con ron como solía hacer, lo había hecho varios días atrás. Por eso supuso que al conde le había asaltado una locura repentina.

—¿Ópera? —rio ella—. Creía que sólo te gustaba presenciarla.

—Mejor vivir los grandes dramas de la vida en piel propia, ¿no crees? —La cogió por la cintura y comenzó a bailar con ella, dando vueltas por el salón. Vasili siempre había sido un bailarín diestro y no había perdido facultades.

—No podéis iros —anunció Piotr con tanta seriedad, que los condes dejaron de recorrer en círculos la estancia—. Ella no irá contigo.

La aseveración del adolescente había sido tan categórica que sembró un espontáneo silencio, sólo roto por la carcajada de Vasili, que lo quebró con la contundencia con que se derrumba una bóveda de cristal.

—¿Todavía estás con esa idea? —exclamó el conde, mientras le propinaba a su hermano unos golpecitos en la frente con el dedo índice—. Tienes que sacarte a mi mujer de esa cabecita de poeta maldito. Tienes que enamorarte de jovencitas que estén a tu altura, que no estén casadas o, al menos, que no lo estén con miembros de tu propia familia.

El comentario y la posterior carcajada irritaron a Piotr, que no pudo controlar su ira y se abalanzó contra él con intención de golpearle. Su ademán se frustró cuando Vasili hizo un movimiento para zafarse de él y lo dejó tirado sobre la alfombra, incapaz de gestionar la humillación.

—¡Vamos, Piotr! ¡Si quieres luchar por una mujer, tienes que pelear más fuerte! —le gritaba el conde, que parecía disfrutar con aquel juego.

—¡Basta ya, Vasili! Es sólo un crío y tú te estás comportando como tal —intentó mediar la condesa, que había decidido no decirle nada a su marido sobre las encendidas cartas que le escribía su cuñado, en las que incluía sentidos poemas sobre el amor, la pasión, la muerte y el destino. A ella también le divertía leer aquellas palabras inyectadas en sentimiento adolescente, donde el fervor y la sinrazón alcanzaban el culmen del deseo prohibido.

—¡No soy un crío! —protestó Piotr, al que las palabras de la condesa parecieron herir más que las burlas de su hermano—. Tú eres la que no entiende nada. Él no te hará feliz. No puede. Está incapacitado para hacerlo. Sólo sabe manipular a las personas hasta destrozarlas.

—¿Y tú sabrás hacer feliz a una hembra? —preguntó irónico Vasili—. ¿Tú, que todavía no has probado ninguna? Que ni siquiera te ha salido pelo en los...

—Vasili, te lo ruego. ¡Basta ya! El servicio... —esgrimió la condesa en un intento de que la excusa del qué dirán acallara el ímpetu de su marido.

—El servicio ha escuchado cosas peores, querida. ¿Por qué crees que nos duran tan poco?

—¡Maldito seas, Vasili! —clamó Piotr, mientras abandonaba la habitación entre sollozos—. ¡Malditos seáis los dos!

—¿Ve, condesa? —comentó su marido sin dejar de reír—. No hay hombre en la faz de la tierra que no caiga rendido a sus pies, aunque sea un caprichoso niño de quince años. No puedo esperar a llegar a Italia...

—No vamos a irnos a Italia. Tioka es un bebé.

—Tioka no viene. Tiene que crecer feliz, y un niño debe crecer en casa, no en hoteles, salones de baile y palcos de teatro. ¡Qué clase de padres seríamos!

—No pienso dejar a mi hijo solo —advirtió la condesa, intentando mostrar seriedad en su respuesta. Ella también podía ser convincente.

—Eso, condesa, es decisión tuya —respondió sin que pareciera preocuparle. Siempre que quería mostrar indiferencia o remarcar la subordinación de su esposa, se refería a ella como *condesa*—. Yo me limito a cumplir con la promesa que te hice.

Si decides no acompañar a tu marido, lo entenderé y lo respetaré. Quizá quieras ir a visitar a tu madre durante una temporada y ver cómo sigue el Terrible O'Rourke...

Las palabras del conde la devolvieron al pasado con la misma rudeza con que lo habrían hecho las garras de un león. En su caso, el pasado regresaba siempre con un zarpazo. Volvió a verse en su casa de Otrada, comiendo a cucharadas del tarro de mermelada de naranja, subida al columpio atado al gran roble y gritando que la empujaran con más fuerza, patinando sobre el lago helado, galopando sobre Nagaika, levantando la baldosa situada bajo su cama en busca del bote de galla de Istria, acudiendo a los establos, pasando las hojas de *Madame Bovary* apoyada en un árbol del bosque... La imagen de Natasha y de Yaroslav se superpuso a la de Vasili, que la contemplaba esperando una respuesta. El ayer la asustaba más que el mañana, y el hoy la entristecía demasiado; acababa de abrirse ante ella la puerta de la encrucijada del tiempo.

La voz del conde Tarnowski siempre era soberana. Se erigía ante ella con la gran corona, el cetro y el orbe imperial, con la autoridad de anular su voluntad porque tenía el derecho y el poder de hacerlo. Como en la coronación del zar Nicolás II en la catedral de la Asunción del Kremlin en Moscú, el poder residía en el lugar que le correspondía.

—Será divertido, querida. No somos un matrimonio que tolere el aburrimiento —sentenció Vasili sonriendo ante su inminente victoria—. Además, todavía tenemos pendiente asistir juntos a *La traviata*.

20

«Un año sin verano». Así se denominó al fuerte descenso de la temperatura mundial en 1816, que provocó la aparición de una epidemia de tifus en Irlanda cuya virulencia causó varios brotes posteriores, el mayor de ellos durante la Gran Hambruna irlandesa en 1846. La «fiebre irlandesa», como la llamaron los ingleses, motivó la muerte de un millón de personas, sin distinguir entre clases sociales ni títulos nobiliarios, y provocó el desplazamiento de más de millón y medio de irlandeses, que optaron por abandonar la isla.

La condesa Tarnowska vivió su particular «año sin verano» en Italia y la fiebre irlandesa terminó consumiéndola y dejándola al borde de la muerte. La enloquecida carrera a lo largo de la geografía italiana en busca de la formación lírica del conde los había llevado durante meses a ciudades como Roma, Florencia, Venecia, Milán y Génova, pero sin obtener el resultado deseado. La voz de Vasili podía ser convincente fuera de los escenarios, pero encima de ellos se transformaba en algo pequeño, sin cuerpo, visiblemente molesto y ridículo, como el joven Piotr tirado sobre la alfombra de la residencia de Kiev, humillado por las risas de los demás, enarbolando una infructuosa pasión adolescente.

En ese periplo desordenado y ajetreado, la condesa contrajo el tifus, una cepa peligrosa que la mantuvo en cama durante semanas al cuidado de su entregada doncella personal mientras el conde expresaba su preocupación desde la distancia, lamentando su mala suerte en fiestas, estrenos, cenas, apuestas y encuentros con amantes. La enfermedad la atacó con tanta virulencia que no había medicamentos ni cuidados que lograran recuperarla. Elisa Perrier no se separó de ella ni un momento, incluso poniendo en juego su vida, curando las erupciones que aparecían en la piel de la condesa y lavando continuamente la ropa de cama de la señora para evitar posibles transmisiones, mientras rezaba para que la neumonía no apareciera de nuevo en sus pulmones. Al mismo tiempo, el conde se jugaba la existencia y la fortuna en juegos nocturnos de muy variada y dudosa naturaleza. Las noches de la condesa se llenaban de violentas pesadillas, visiones que la hacían transitar por un averno, envuelta en terribles convulsiones que podían durar horas, con intensos dolores de cabeza que le hacían arrancarse el pelo como si quisiera deshacerse de los demonios que se hospedaban en su mente y pronunciando frases ininteligibles que a Elisa le parecieron lenguas extrañas. En esas visiones se le aparecieron espíritus, algunos conocidos: Natasha, observándola con un tarro de mermelada de naranja amarga en la mano que golpeaba insistentemente con una cuchara; Piotr, llorando y recitando sus poemas malditos; su madre Ekaterina, deambulando por la casa con una carta en una mano y un tarro de galla de Istria en la otra; el tío Cillian, aplastado por un carruaje con una costilla clavada en el corazón; Nagaika, entregado a un galope enfurecido y con todas las patas en el aire huyendo de un apoyo en el suelo; la reina de Escocia, María Estuardo, reina en un mundo gobernado por hombres, recordándole su condición de mártir; el profesor de literatura despedido del colegio de señoritas recitando a Mijaíl Lérmontov —«Murió el poeta, esclavo del honor»— en el fondo de una zanja apretando una pistola contra su sien; los cuerpos amontonados de miles de rusos en la explanada de Jodynka... Y ella subida al columpio, con la melena al viento, rebelándose contra las ataduras de las trenzas, pidiendo que la empujaran más y más alto para llegar hasta el cielo, mientras descubría que quien la impulsaba era el conde Tarnowski y no Yaroslav como ella deseaba...

Vasili mentía incluso en sus sueños: la muerte sí era contagiosa.

Su sangre celta parecía mantener una lucha sin cuartel con la fiebre irlandesa en la que parecía que el tifus saldría vencedor. Muchos fueron los médicos que la visitaron y diversas las drogas suministradas a la fuerza, o bien obligándola a tragarlas, o bien mediante agujas que clavaban en su carne como lo hizo la cuchilla en el muslo de Yaroslav. Sangre, espíritus y una familiar oscuridad que velaba sus ojos, dibujando halos luminosos que seguía contemplando a través de unas gafas negras. Las palabras de su tío Cillian volvieron a su oído: «A veces, para ver mejor, hay que apagar la luz». Pudo sentir cómo su padrino la besaba en la frente y, entonces, abrió los ojos.

Elisa Perrier no pudo evitar un grito alborozado. No era propio de ella, pero tampoco lo era regresar del mundo de los muertos como había hecho la condesa. Como todos, la había dado casi por perdida; olvidaban su linaje irlandés, como desdeñaban la voluntad del ave fénix.

El conde Tarnowski acudió a los pies de la cama de su esposa, como siempre, cuando el peligro había pasado. La besó y, cumpliendo con la tradición, emitió su sentencia: «Estás realmente hermosa. Me he aburrido mucho sin ti». La condesa había adelgazado, sus pómulos estaban más marcados de lo habitual y, debido a la enfermedad, se le había caído más pelo de lo que hubiera deseado y había perdido el brillo y la vitalidad de antaño, pero sus ojos conservaban la misma fuerza y determinación. Había visto muchas cosas mientras estaba en la oscuridad y no pensaba olvidar ninguna; sería un sacrilegio no honrar la memoria de los muertos.

—Quiero volver a casa, Vasili.

—En cuanto te recuperes del todo, lo haremos. Te lo prometo.

Las promesas del conde guardaban la caducidad de lo efímero y la misma esencia de siempre; no mintió, pero tampoco dijo la verdad. Las personas no cambian, aunque la vida intente convencerlas de lo contrario. Le había prometido regresar a su residencia de Kiev y lo harían, pero después de acudir a Milán para asistir a la representación de la ópera *Fosca* en el teatro de La Scala. Que la historia transcurriera entre Istria y Venecia venció el tedio inicial de la condesa. Esas dos palabras habían significado muchas cosas por separado —en ambas aparecía la imagen de Ekaterina; por el tío Cillian y por el estreno de *La traviata*— y le interesaba ver qué salía de aquella extraña fusión.

Había recuperado casi por completo su peso, su silueta volvía a dibujar armoniosas curvas y el brillo había regresado a su piel y a su melena, que Elisa Perrier cuidaba mejor que nadie. La doncella había desarrollado una devoción hacia su señora que la condesa sólo había visto en los hombres, aunque la de ella le agradaba más porque no parecía estar sujeta a ningún interés oculto.

En el palco de La Scala, provista de una bolsa de bombones y unos quevedos que, esa vez sí, le regaló Vasili, asistió a una historia de venganza, amores no correspondidos, celos, pasiones, asesinatos, pócimas venenosas y traiciones orquestadas que comenzaba con un simple intento de robo a los invitados de una boda en la iglesia de San Pedro en Venecia. Hasta que lo simple se complica; la historia de la humanidad. «La historia de mi vida», pensó la condesa. Los cuatro actos de la función terminaron con Fosca muerta, en los brazos de Gajolo que, blandiendo una daga, clama:

> ¡Venecia… te desafío!
> Sobre este cadáver elevo mi grito de venganza.
> ¡A las armas! ¡Al mar!

La condesa supuso que, si las óperas no fueran tan dramáticas, no tendrían razón de ser ni harían levantarse al público entre vítores y aplausos. La lucha de gladiadores en el Coliseo romano siempre había funcionado, como los dramas familiares en las obras de Shakespeare o las tragedias griegas de Sófocles o Eurípides. Las mismas gradas, la misma excitación, las mismas bestias salvajes. Después del espectáculo romano, algunos pedían devorar a los animales, incluso las tripas donde aún se conservaba la carne humana que las bestias no habían digerido. Pasión por el arte, lo llamaban.

Las luces del teatro se encendieron como las loas del público al elenco. La representación había tenido más éxito que en su estreno el 16 de febrero de 1873 en ese mismo escenario; según Vasili, porque su compositor, Carlos Gomes, había introducido varios cambios que mejoraban la obra. La condesa asintió; estaba dispuesta a aceptar todo con tal de no oírle cantar. Se disponían a abandonar el teatro cuando escuchó una voz femenina que pronunciaba su nombre. Estaba justo delante y, sin embargo, apenas había reparado en ella.

—¿Maria O'Rourke?

Le costó unos segundos reconocer aquel rostro. Tuvo que hacer un esfuerzo para escarbar entre sus recuerdos y rescatarla en la maraña de la memoria. Estaba igual de insulsa y remilgada que como la recordaba, sin apenas maquillaje en su rostro y vestida de una manera tan mojigata que no acertó a adivinar la casa de modas responsable del diseño que lucía; sin embargo, a juzgar por su acompañante, había logrado su propósito en la vida, seguramente gracias a la cobardía que mostró con su silencio. La condesa sonrió más por dentro que por fuera, al ver que no se había equivocado con ella.

—¡Emilia, querida! —dijo, sobreactuada, como si de veras se alegrara de encontrar a su antigua compañera del colegio de señoritas.

Clavó en ella la mirada, sin parpadear, emulando el duelo visual que ambas mantuvieron años atrás cuando el profesor de literatura fue despedido por un execrable comportamiento con una alumna, aunque, para Emilia, la conducta de la alumna también debía haber tenido consecuencias más graves; aún no había vivido lo suficiente para entender que no todos los culpables pagan su delito ni todos los inocentes se libran de la condena. La vida puede ser lenta enseñando lecciones.

La condesa no sonreía por el casual encuentro, sino por ver cumplido el presagio que con voz infantil le hizo cuando, el día que abandonó el colegio, se acercó a ella para darle un beso en la mejilla: «Estoy convencida de que volveremos a vernos, querida. El tiempo se encargará de ello».

—No puedo creer que nos encontremos —dijo Emilia, sin soltarse del brazo del caballero que la acompañaba, un hombre mayor que ella, de porte elegante, con clase, aunque poco atractivo.

—Te dije que el tiempo se encargaría de ello, pero tú nunca me creías; siempre tan desconfiada, nuestra Emilia... —admitió vertiendo toda la intención en cada palabra pronunciada, algo de lo que también se percató Vasili. Volviéndose hacia el acompañante, añadió con una sonrisa—: ¿No nos presentas, querida?

—Por supuesto. Es mi marido, el conde Pavel Kamarowski.

—¡Vaya! Es todo un honor... —Alargó la mano con intención de que se la besara.

Mientras el aludido lo hacía, ella miraba a su antigua compañera de internado, que en ese momento se arrepintió de haber llamado su atención. Cuando recuperó su mano enguantada en seda blanca, se giró hacia Vasili e hizo lo propio:

—Mi esposo, el conde Tarnowski. Como le advertí a mi padre el día que pidió mi mano junto a otros pretendientes, los condes son más entretenidos que los príncipes. Siempre hemos sabido elegir, querida Emilia.

—Una espléndida obra la que acabamos de presenciar, ¿no les parece? —comentó Vasili, leyendo el brillo en la mirada de su mujer; ya intuía una historia detrás de tanta sonrisa y amabilidad—. ¿Son amantes?... De la ópera, me refiero.

—Mucho. Asistimos a todas las que podemos. Organizamos nuestros compromisos sociales en función del calendario operístico: Venecia, Milán, Viena, París, Madrid... Soy un gran seguidor de Guido Vaccari, ¿le conocen? Un magnífico tenor italiano. En unos meses acudiremos a La Fenice de Venecia donde interpretará *La valkiria*. Y tenemos las entradas para verle en *Tristán e Isolda*, que representará en el teatro Verdi de Trieste. La temporada 98-99 promete... —explicaba con pasión el conde Kamarowski, que parecía ser el único en no percatarse del extraño triángulo que se había tejido en aquel encuentro improvisado—. Además, Emilia es una gran violonchelista.

—¿Es eso cierto? ¡Qué maravilla! Siempre me han merecido admiración las mujeres que tocan instrumentos de cuerda —apuntó Vasili, dosificando su ironía—. Creo que los dedos requieren de una sensibilidad especial. No es empresa fácil y parece muy sacrificada.

—Veo que sabe usted de lo que habla —apreció el conde Pavel Kamarowski, que no podía estar más lejos de ver lo que tenía enfrente.

—Recuerdo que Emilia ya soñaba con serlo cuando era joven. No hay nada como tener claras nuestras expectativas en la vida; es la única manera de alcanzarlas —afirmó la condesa Tarnowska, velando su verdadera intención en el tono.

No se refería al violonchelo, sino a las ansias de Emilia por medrar en la sociedad gracias a un buen matrimonio, aunque para eso tuviera que permitir una injusticia, renunciar a un acto de valentía y guardar un hermético silencio que condenó a un profesor inocente, el único que la animaba a continuar con sus clases de música. Hacía unos años que la condesa le dijo a la marquesa de Kassel en su fiesta de esponsales que no le motivaban las elipsis; se confundió. Ahora se daba cuenta de que disfrutaba con ellas. Empezaba a entender por qué a su marido le gustaban tanto ese tipo de juegos.

Los dos matrimonios se despidieron a las puertas de La Scala como lo harían dos parejas de amigos, deseándose lo mejor y esperando verse en otra ocasión. «No tenga la menor duda de que así será», le aseguró la condesa Tarnowska al conde Kamarowski mientras éste volvía a besar su mano y a encontrarse de nuevo con su mirada, que, sin pretenderlo, mantuvo más tiempo del que marca el protocolo. «Y será un verdadero placer volver a vernos», apostilló él.

La condesa estaba segura de que la pánfila Emilia no le contaría a su marido ningún detalle de aquella historia del internado. Algunas personas se guardan de remover el pasado ante el riesgo de que las salpique.

—¿Me lo vas a contar? —preguntó Vasili cuando se quedaron a solas.

—Es tremendamente aburrido, como ella. No merece la pena. Te resultará más entretenido imaginarlo.

El matrimonio Tarnowski aún reía al entrar en el hotel, pero, nada más cruzar la puerta de su habitación, las risas cesaron abruptamente. La expresión de Elisa Perrier no auguraba nada bueno. Los telegramas nunca lo hacen, sobre todo si vienen precedidos de insistentes llamadas de teléfono.

—¿Qué ocurre? —preguntó la condesa.

—Ha llegado este telegrama para el señor, desde Kiev. Sólo sé que es urgente. También han llamado varias veces intentando localizarle.

Los dedos del conde desgarraron los pliegues del papel. Sus ojos se desplazaron por el mensaje leyendo el texto lacónico. Empleó demasiado tiempo para un escrito tan breve. La condesa podía ver a través del papel que no había más que una tira pegada en horizontal. La concisión no suele traer buenas nuevas. El telegrama acabó arrugado en el puño de Vasili, que lo tiró al suelo. Elisa Perrier desapareció de la estancia; sabía cuándo su presencia no era oportuna.

—¿Qué es lo que sucede? —preguntó la condesa, preocupada—. ¿Es Tioka? ¿Está bien? ¿Le ha pasado algo?

A cada pregunta sin respuesta, su nerviosismo aumentaba. Casi podía ver el nombre de su pequeño escrito en aquel telegrama. Corrió a recoger el papel del suelo, lo alisó y leyó. Sintió un ligero alivio del que se avergonzó, pero no se arrepintió:

Piotr muerto. Suicidio. Volved a casa. Los dos.

Todavía no se había repuesto del impacto cuando Vasili comenzó a descargar su ira contra ella.

—Todo esto es culpa tuya —acusó mientras la señalaba con el mismo dedo que golpeó la frente de Piotr cuando le instaba a quitarse de la cabeza a la condesa—. Estaba enamorado de ti y tú alimentabas esa sinrazón.

—¿Me culpas a mí? —se sorprendió. Respiró hondo para intentar no perder los nervios y evitar entrar en el juego peligroso que proponía el conde—. No te voy a tener en cuenta la insensatez que estás diciendo porque es el dolor el que habla por ti.

—Te conozco. Sé cómo actúas. ¿Acaso crees que no sé que te escribía cartas y poemas, que posaba para ti en el jardín, que te acompañaba como un perro en tus paseos, que te propuso huir juntos los dos, lejos de mí...?

—¿Y yo soy la culpable de lo que sentía Piotr? Lo único que hice es intentar no herir sus sentimientos, esos de los que tú te burlabas. Me porté con él como una hermana, cosa que tú decidiste no ser. Así que no te atrevas a repartir culpas...

—¿Como una hermana? También lo eran Zeus y Hera... —gritó Vasili fuera de sí, refiriéndose a dos dioses que contrajeron matrimonio pese a ser hijos de los mismos padres—. Estás lo bastante enferma para haber provocado algo sí.

—Estás loco. ¡Completamente loco! Tú eres el que actúa como un enfermo, siempre lo has hecho. Él mismo me lo decía, cómo le golpeabas con saña desde que era un niño para descargar tu rabia, la forma en la que te mofabas de él y de sus sueños artísticos, lo que disfrutabas humillándole, ridiculizándole... Es tu mala conciencia la que intenta manchar la mía. Pero no te lo voy a permitir. Esta vez no. Piotr es... era tu hermano, pero también era mi cuñado, y yo le quería más de lo que tú le quisiste en toda tu vida.

—¡Lo reconoces, entonces! Le querías y no te importó seducirle y alimentar su deseo con tus artes de ramera.

—No hice más que escucharle y prestarle la atención que tú te negabas a ofrecerle.

—¡Era sólo un niño! —bramó como un león enjaulado, arrasando con el brazo todo lo que había encima del tocador—. ¡Acababa de cumplir dieciséis años!

—La misma edad que tenía yo cuando te casaste conmigo —replicó la condesa, que no pensaba permitir que la culparan también de eso—. Y no tuviste problema en tratarme en la noche de bodas como a una de las prostitutas que frecuentas.

—Tú le has provocado. Eres muy consciente del poder que ejerces en los hombres y disfrutas con ello. Eres una sátrapa de la seducción, con todas esas miradas, esa manera de hablar, la forma de abanicarte, de caminar, de vestir, los perfumes, las joyas... Todo lo que haces y dices es para provocar a los hombres. ¡Es que crees que no lo veo! Ni siquiera te importa que esté tu marido delante.

—Estás tan ciego que no te das cuenta de que es tu imagen la que contemplas en el espejo que intentas poner ante mí —le reprochó la condesa, que se había arrepentido de cerrar la puerta de la habitación y de permitir que Elisa Perrier abandonara la estancia. Conocía cómo terminaban los brotes de cólera del conde, pero no estaba dispuesta a callar ante la injusticia que estaba cometiendo con ella—. Eres tú el que actúa así, y yo te lo he permitido todo. Eres tú el que trae a tus amantes con nosotros y no tienes problema de sentarlas a la misma mesa, invitarlas a nuestra boda, escaparte con ellas por la noche mientras yo duermo... ¡Parí a tu hijo sobre el sofá del cuarto de baño de una habitación de hotel, asistida por tu querida!

—Todas ellas valen más que tú.

—¡Pues corre! ¡Vete con ellas! No creo que estén muy lejos. ¡Sal a celebrar la muerte de tu hermano como hiciste cuando yo estuve a punto de morir de tifus por culpa de tus ridículos sueños de ser un maldito tenor! —gritó la condesa sin hacer nada por reprimir su rabia. Llevaba demasiado tiempo callada y era el momento de estallar por todas las veces que no lo había hecho—. Huyes de los problemas para no tener que afrontarlos porque crees que tu ausencia te hará menos responsable. Pero tú eres el único culpable de que tu hermano se haya quitado la vida. Piotr ha muerto por tu culpa. Y tendrás que vivir con esa condena el resto de tus días.

—¡Maldita seas!

Vasili se abalanzó sobre ella para taparle la boca, como había hecho en la noche de bodas. Repitió el mismo arrebato de furia, la misma violencia que empleó para arrancarle el vestido y atrapar su cuerpo bajo el suyo. La condesa le mordió la mano en un intento de zafarse, pero sólo consiguió que la bofetada que le propinó el conde la tumbara sobre la cama, boca abajo, y Vasili aprovechó para forzarla, mientras que con la mano que recibió el mordisco le sujetaba la cabeza contra las sábanas para enmudecerla aún más. Esta vez, al conde no le importaban las consecuencias. No se detendría aunque aparecieran los temblores, los desmayos o su mujer comenzara a echar espuma por la boca. Esta vez llegaría hasta el final. Era su esposa, era culpable de provocar la muerte de su hermano pequeño y él tenía la potestad de castigarla. La condesa sabía que estaba perdida, condenada a sufrir las decisiones de aquel hombre como había sucedido desde el mismo día de la boda. Conocía la naturaleza de Vasili y sabía que era capaz de matarla en un ataque de cólera. Lo había visto con otros hombres y con otras mujeres. Dejó de gritar y esperó a que aquella bestia completara su venganza. Mientras lo hacía, escenas de la ópera *Fosca* se proyectaban en su mente. Ella también empuñaría una daga y clamaría venganza. Quizá no fuese en Venecia, pero sabría esperar. El tiempo siempre había sido su aliado.

El silencio que marcó su regreso a la residencia de Kiev no se debía únicamente al sentimiento de duelo. Allí les informaron de todos los detalles de la muerte de Piotr. El joven se había quitado la vida ahorcándose del dintel de una de las ventanas de la casa, la que daba al jardín donde pasaba tiempo con la condesa, leyendo poesías y novelas que ella misma le recomendaba, posando complacido para sus cuadros y paseando entre las hileras de árboles. Allí era donde escribía sus apasionadas cartas, esas en las que volcaba sus sentimientos presididos siempre por el amor prohibido, el deseo indecoroso y la enfermedad del alma motivada por la pasión que sentía por su cuñada. Fue allí donde un día le aseguró que sería capaz de cometer una locura por ella. No era la primera vez que la condesa escuchaba algo similar de su boca. La noche que salió en busca de Vasili a la residencia del gran duque Pávlovich también se lo insinuó con una expresión embalsamada, después de que ella le aconsejara leer el poema de Poe porque los libros inspiraban vidas y muertes. «Y también crímenes», contestó él.

Había dejado una nota con dos únicas frases, tan breves como el telegrama que informó de su muerte: «Nunca más. Que Dios ayude a mi pobre alma».

La familia aseguró que el suicidio se debió a su complicada situación en el colegio, donde había tenido problemas de atención y adaptación que habrían provocado sus malos resultados académicos. La vergüenza unida a la impulsividad que suele acompañar a la adolescencia había hecho el resto. Ésa fue la explicación que los Tarnowski se esforzaron en dar a conocer. Pero la condesa sabía que no era cierta. Había algo más y sólo ella era capaz de verlo. Lo supo en cuanto leyó la nota de despedida de Piotr, que apuntaba al poema de Edgar Allan Poe que ella le regaló. Eran las mismas palabras condenatorias que pronuncia el cuervo que entra en la habitación de un estudiante, roto de dolor por la muerte de su amada Leonora, que le pregunta si volverá a verla alguna vez. «Nunca más», sentencia el cuervo. «Nunca más». La condesa se preguntó si sería un mensaje de Piotr desde el más allá. La noche seguía relevándole su mundo interior, debatiendo continuamente entre la realidad y la ensoñación.

Volvió a verse como una diosa griega; esta vez la misma que aparecía en el cuento de Poe, Palas Atenea, diosa de la guerra, la sabiduría y la justicia que controla el paso de un mundo a otro. La segunda frase de la nota de suicidio coincidía con las últimas palabras que pronunció Poe antes de morir: «Que Dios ayude a mi pobre alma».

La nota de Piotr era un mensaje en clave para la condesa. Quería compartir ese momento sólo con ella; ya que no pudo conseguirlo en vida, al menos disfrutar de esa unión en muerte. Como el poeta, el joven había convertido su existencia en un tormento continuo, gobernado por el sufrimiento como única fuente de placer; se llevaba con él sus fantasmas, sus demonios y también a ella. Sólo muerto sería libre para amarla. Eso mismo le escribió en una de sus cartas que la condesa quemó aquella misma noche. Piotr consiguió su propósito de vida abrazado a la muerte.

La imagen del cuerpo de su cuñado colgado del dintel de la ventana no dejó de acompañarla durante mucho tiempo, como lo hizo la tormenta de violencia desatada en la habitación del hotel de Milán. Las palabras de Vasili aquella noche esculpían sus pesadillas, en las que Zeus y Hera aparecían como espíritus más que como dioses, yaciendo carnalmente a pesar de su consanguinidad. Contaban que Zeus y Hera se casaron en el Jardín de las Hespérides donde la primavera era infinita.

La condesa Tarnowska había pasado de vivir un año sin verano a una primavera infinita. Su vida continuaba siendo un relato mitológico azotado por la ira de los dioses que no cesaban de castigarla.

Tercera parte

Kiev, Rusia
1901

Nuestros actos están unidos a nosotros como el fósforo a su luz. Nos consumen, verdad es, pero producen nuestro esplendor.

André Gide

21

El matrimonio de los condes Tarnowski se había instalado en un permanente invierno siberiano. El General Invierno, como los rusos llamaban a esa estación, no duró los cinco meses prescritos en el almanaque —desde noviembre hasta finales de marzo—, sino que extendió su reinado hasta completar un cuatrienio.

Habían pasado cuatro años desde el suicidio de Piotr y del arrebato violento del conde en la habitación de un hotel de Milán, después de asistir al estreno de la ópera *Fosca*. Desde entonces, el corazón de la condesa se había convertido en un terreno al este de Siberia, Oimiakón, el pueblo más frío de Rusia y del mundo. Ni siquiera el nacimiento del segundo hijo de la pareja, una niña a la que pusieron por nombre Tatiana, consiguió derretir la era glacial surgida entre ellos. No había opción a que unos tímidos rayos de sol templasen, siquiera en apariencia, la superficie helada en la que Vasili había convertido su vida conyugal. El nacimiento de aquella preciosa niña había sido fruto de un nuevo episodio de violencia que la condesa silenció, aunque muchos, como Elisa Perrier, podían escuchar los gritos encerrados en aquel mutismo, como también lo hizo la noche de la infamia. No había opción ni existía la posibilidad del perdón o de un acercamiento como en ocasiones anteriores. Aquella noche en el hotel de Milán firmó la sentencia de muerte de su matrimonio, sellada con el marchamo del suicidio de Piotr.

La condesa reaccionó ante Vasili con su particular rebelión de los bóxers, el levantamiento iniciado por China ante las permanentes incursiones en su territorio de diversas potencias como Rusia, Estados Unidos y Japón. La chispa había saltado cuando los bóxers, un grupo de soldados organizados en una sociedad secreta por el descontento social ante la injerencia extranjera, asesinaron al embajador alemán Clemens August von Ketteler en junio de 1900, y Occidente se organizó en la Alianza de las Ocho Naciones y envió sus tropas para afianzar su poder y repeler la rebelión. La condesa esperaba tener más éxito que los chinos: su levantamiento terminó con la firma del Protocolo Bóxer el 7 de septiembre de 1901, un tratado humillante para China, confiada, no obstante, en que aquella humillación sería la semilla de algo más grande, al igual que las tensas relaciones ruso-japonesas, a causa de la ocupación rusa de Manchuria, tendrían consecuencias para los rusos en un futuro.

Las tropas extranjeras saquearon la Ciudad Prohibida de Pekín como Vasili había hecho con el cuerpo de su esposa; ambas rumiaban la venganza.

La condesa Tarnowska dedicó su vida a sus dos hijos y a alimentar a diario su libre albedrío. Los bailes, las cenas y los acontecimientos sociales conseguían mantenerla ocupada y gratamente entretenida. Procuraba acudir a todos y considerar cada una de las invitaciones que llegaban a su nombre y que copaban la bandeja de plata que le entregaba Elisa Perrier cada mañana. La mayoría de los remitentes eran hombres. Todos buscaban su presencia y, aún más, su compañía. Y todos ellos la tendrían, aunque no como a ellos les hubiera gustado, pero eso su marido no podría saberlo. Él era la única excepción en esa ruleta rusa masculina que ella amartillaba para ponérsela en la sien y apretar el gatillo. Aquel zumbido en sus oídos le permitía seguir viva, sin importarle el riesgo ni la suerte, ni siquiera el destino. No conocía límites ni fronteras ni guardianes que la custodiaran. Estaba hecha para el mundo.

Hacía un año que había regresado de la Exposición Universal celebrada en París en 1900. Había aceptado la invitación que el dueño de las bodegas Golitsin, el príncipe Leo Golitsin, cursó a su nombre, como consecuencia de aquel lejano encuentro en el tren que partía de Moscú, después de asistir a las luces de la coronación del zar Nicolás II y las sombras de la tragedia de Jodynka. Disfrutó de la experiencia, aunque no tanto de la detallada explicación del príncipe sobre cómo adquirió un terreno en Noviy Svet, donde experimentó con más de seiscientas variedades de cepas para competir con los espumosos franceses, y sobre cómo construyó unas galerías de túneles bajo el nivel del mar donde el vino se mantenía a una temperatura de entre ocho y doce grados, ideal para la maduración de sus espumosos.

En aquella Exposición Universal, el mundo se abrió ante sus ojos. En el pabellón del Perfume, frente a la fuente de cristal diseñada por René Lalique, tuvo ocasión de coincidir con un joven perfumista, François Sportuno, nacido en Córcega, que compartió con ella su gran sueño. Había llegado a París ese mismo año para trabajar en una farmacia y pensaba emprender un viaje a la Provenza con el propósito de instruirse en todo lo referente al perfume, antes de regresar a la capital francesa y abrir su propio laboratorio. Se entendieron a la perfección, quizá porque él sólo era tres años mayor que ella, una diferencia de edad irrisoria comparada con la de los hombres que solían acompañarla. Le gustaba la seguridad con la que hablaba y la claridad de sus ideas. En el inicio del nuevo siglo, resultaba esperanzador conocer a personas que anhelaran correr riesgos en la vida, como el conde Von Zeppelin, que sobrevoló el lago de Constanza con su aeronave, o las diabólicas expediciones de Amundsen al ártico. Lo fácil era quedarse quieto, lo apasionante era lanzarse al mundo. La Exposición de París brindó por la electricidad como fuente para iluminar el camino del siglo xx, mientras la condesa y sus amigos lo hacían por el príncipe Golitsin y el premio que le habían concedido en la Exposición y que lo situaba por delante de los espumosos franceses.

—¿Veinticinco kopeks la botella, príncipe? Así se arruinará pronto —le vaticinó el perfumista.

—Soy un hombre rico, joven. Lo tengo todo. ¿Por qué no hacer que el obrero y la doncella puedan beber un buen champán?

—Le precede su generosidad, príncipe Golitsin, y eso no es algo que suela verse en la aristocracia rusa —intervino la condesa—. Me consta su ayuda desinteresada a los estudiantes de la calle Tverskaya de Moscú y a otros muchos comerciantes de la zona.

—Querida, la generosidad no suele ser rentable —se atrevió a comentar Vasili—. Pregúntaselo a nuestro joven emprendedor. Si el perfume se democratizara, todos oleríamos igual y, entonces, ¿cómo nos distinguiríamos los unos de los otros?

—No debe usted preocuparse por eso, François. Su olor será único, se lo puedo asegurar. Me lo dice mi sangre irlandesa, que nunca se equivoca. —La condesa alzó hacia él su copa—. No haga caso de quienes traten de desanimarle; sólo le darán más impulso para conseguir su éxito.

—Y ese día, no faltará un frasco de mi perfume en su tocador, condesa. Le doy mi palabra.

—Le deseo suerte con su empresa. Espero que se haga usted rico vendiendo perfumes, aunque eso signifique que todas las mujeres terminen oliendo igual —insistió Vasili.

—Eso no pasará nunca. Mi fragancia, como todas, varía según la piel en la que se deposite. Es el aroma de una mujer el que engrandece mi perfume. Sucede como con los libros; no todos los lectores interpretan lo mismo, aunque sus ojos lean la misma novela; cada uno hace una lectura diferente de lo leído, y eso depende de muchos factores, tanto internos como externos. Ése será el gran misterio de mi perfume: hará única a la mujer porque cada mujer es irrepetible.

—Me temo que mi espumoso se disfruta igual en todos los paladares —lamentó con ironía el príncipe, a quien el zar Alejandro III nombró enólogo maestro de las fincas imperiales del Cáucaso y Crimea en 1891—. Pero brindo por su perfume.

—El pueblo ruso no está hecho para la igualdad. —Vasili parecía empeñado en extender la guerra con la condesa al resto de los invitados—. Nuestros grandes autores lo evidencian, como Pushkin en su libro *Evgueni Oneguin*. ¿Qué bebía su protagonista? Veuve Clicquot, mientras que la clase más baja tenía que conformarse con Tsimlianskoie.

—No confunda tradición con calidad, querido conde —le interrumpió el príncipe Golitsin—. El Tsimlianskoie es un buen espumoso de la región del Don, con poca fama pero mucho cuerpo.

—No conozco ese vino —confesó el perfumista.

—Mi madre nació en esa región y yo misma me sentí atraída por el color rojizo de su espumoso. ¡Qué importa la fama ante la primacía del cuerpo! —comentó la condesa, provocando la risa cómplice de los presentes.

—Hay algo que siempre he tenido claro —habló François—: Dele a una mujer el mejor producto, comercialícelo en el frasco perfecto, hermoso en su sencillez, pero impecable en su buen gusto, fije un precio razonable y será testigo del nacimiento de un negocio.

—¿Y tiene usted nombre para ese paraíso del perfume? —interpeló Vasili con una sonrisa de medio lado; había desarrollado cierta antipatía hacia el joven sólo por la empatía que mostraba con su mujer—. Porque me temo que Sportuno no es nombre que embelese demasiado...

—Lo tengo todo pensado. Mi madre se llamaba Marie Coti, la perdí siendo niño cuando apenas tenía cuatro años. Utilizaré su apellido: seré François Coty.

La condesa Tarnowska lo celebró con un aplauso.

—Me gusta cómo suena. Y estoy convencida de que su fragancia me conquistará igual.

—Mi perfume evocará el poder mágico e hipnótico de la seducción. En otras palabras: la quiero a usted en un frasco, condesa.

—Eso sí es electricidad y no lo que nos muestran aquí —rio el príncipe Golitsin.

—Confío en ello, aunque no todos lo disfrutarán igual. Hay quien no sabe apreciar lo que tiene en su boca, en su piel o en sus manos. —El perfumista buscó con la mirada la aprobación de la condesa.

—¡Por las mujeres únicas! —El príncipe alzó de nuevo su copa de champán y todos le imitaron.

Leo Golitsin era un hombre generoso al que la condesa miraba con la ternura que provoca la admiración. Le gustaba estar en su compañía porque no se parecía nada a su marido, al que ni siquiera miraba ni dirigía la palabra, aunque Vasili se las arreglara para acudir a la Exposición de París igual que para gestionar los frecuentes rumores que recorrían Kiev, San Petersburgo y Moscú sobre la vida disipada de la condesa, su desdén marital y la humillación constante a su marido, a quien ignoraba mientras sonreía a los demás. Los focos se centraban en ella, pero las risas y los comentarios malévolos recaían sobre el conde, al que veían incapaz de gobernarla. Tampoco lo conseguía en París ni en Londres ni en Viena, donde sorteaba las conversaciones llenas de dobles sentidos, las miradas portadoras de mensajes incendiarios y las sonrisas veladas de intenciones secretas de la condesa, que inflaban los rumores y, como el buen espumoso, estallaban en cuanto las burbujas de su interior ejercían la suficiente presión contra sus paredes. El conde nunca había sido hábil a la hora de descorchar las botellas de champán, no lograba hacerlo de forma controlada; nunca supo equilibrar sus fuerzas. Quizá por eso siempre adulteraba el champán mezclándolo con vodka, como si quisiera rebajar su naturaleza rebelde y explosiva, sin entender que resulta complicado modificar el carácter y la condición de las cosas. Y lo mismo ocurre con las personas.

La colección de amantes del conde Tarnowski seguía en aumento. Lejos de resultarle un fastidio, la condesa se mostraba encantada: cuanto más entretenido estuviera su esposo y más tarde llegara a casa, más feliz se sentiría ella. No era la felicidad que había añorado desde niña, cuando se imaginaba protagonizando las mismas historias de amor que leía en las novelas y viviendo pasiones que la embarcarían en grandes locuras. La profecía de su tío Cillian se había cumplido: «Bastará que esos ojos que han intentado velar se posen sobre alguien, ya sea rey, dios o mendigo, para que se arrodille ante ti y caiga rendido a tus pies. Y entonces, ellos serán los ciegos. Porque hay algo que ciega a todos los hombres por igual: el amor». Y, sin embargo, ella no había encontrado el amor que buscaba ni al hombre que la cuidara y la protegiera como siempre había anhelado. Mientras llegaba el ciego a su reino, se entretenía con los tuertos.

Uno de los elegidos que captaron su atención fue el conde Paolo Tolstói. Algunos aseguraban que era familiar del famoso escritor, pero hacía mucho que la condesa no se dejaba impresionar por linajes ni títulos nobiliarios. Aquel caballero le hacía gracia y lograba entretenerla lo suficiente para ver cómo la bilis de Vasili le teñía de amarillo el blanco de los ojos. Le resultaba desconcertante que un hombre que había despreciado a una mujer de todas las formas imaginables siguiera protagonizando absurdas escenas de celos. Ella sabía que no tenía nada que ver con el noble sentimiento del amor ni mucho menos con el honor, sino con la vileza de la posesión. En cuanto Vasili notó aquella presencia merodeando a su esposa con demasiada frecuencia, sacó su particular arsenal de ofensas, lo que únicamente sirvió para que la condesa frecuentara más a su nuevo acompañante, que se prestaba a sus juegos sin reparo alguno. Le gustaba llevar al límite a Paolo, obligándole a correr determinados riesgos. Si en verdad la amaba y quería estar con ella, debía demostrárselo. Las rosas y las cartas de amor no bastaban. El olor de las rosas sólo sirve para aliviar el presente, y las palabras, para justificar el pasado; el futuro requería de otro lenguaje. El juego tenía que ir más lejos.

Una noche, Vasili interceptó una de esas cartas, y sin duda ésa era la intención de la condesa; tales descuidos no eran propios de ella. La tenía por una mujer calculadora, pérfida, con la malicia suficiente para que nadie sospechara lo que barruntaba su mente. Sabía que además contaba con la complicidad de los sirvientes, que mostraban una inquebrantable fidelidad por el buen trato que la señora les dispensaba frente a la rudeza del señor, sin olvidar el gran baluarte que representaba su doncella. Vasili tenía la certeza de que, de ser hombre, Elisa Perrier podría haber llegado a matar por ella. Por eso sospechó que el sobre abandonado en el pasillo que conducía a su habitación no era fruto de un descuido, sino parte de un plan preconcebido. Su mujer quería que la leyera, y eso hizo. No había nombres y tampoco distinguió el sello lacrado de Tolstói, pero reconoció la letra de Paolo; habían tenido la amistad suficiente para hacerlo. Su caligrafía era firme, por lo que dedujo que no lo escribió obligado.

> Tu reproche me duele tanto como que no confíes en mi decisión. Mi amor por ti está fuera de toda duda y estoy dispuesto a demostrártelo. Lo haré, aunque me cueste la vida. Si no ha sucedido todavía es porque no se ha presentado la ocasión. Te enojas conmigo porque crees que no hice lo suficiente cuando le encontré en la estación. Pero, amor mío, ¿qué esperabas que hiciera? Él me rehuyó en todo momento, apenas conversamos

y, cuando lo hicimos, fue amable. Estoy seguro de que no sospecha nada y eso me facilitará las cosas. Además, había demasiada gente alrededor. Te doy mi palabra de caballero y siervo tuyo de que, cuando llegue la hora, nada ni nadie podrá detenerme.

Tuyo siempre.

La carta estaba fechada el 9 de junio de 1900, lo que confirmó sus sospechas: hacía un año que esa carta tendría que haber sido devorada por el fuego de la chimenea o guardada a buen recaudo junto a otras muchas que seguramente la precedieron. Volvió a leer el texto analizando cada palabra; era lo bastante ambiguo para poder significar la mayor de las vilezas o la más inocente. Vasili rescató de su memoria aquel día en que coincidió en la estación con el conde Tolstói. El matrimonio Tarnowski regresaba de San Petersburgo, donde había asistido a una recepción en el Hermitage, una ampliación del Palacio de Invierno ideada por Catalina la Grande. Vasili no recordaba que Paolo estuviera especialmente nervioso ni afligido ese día, por lo que entendió que, o flaqueó su ánimo o no tenía demasiada prisa para acometer lo que la condesa le había pedido. La carta podía dar a entender que planeaba matarle o hacerle daño, pero también podía referirse a una sencilla confesión de la aventura que estaba teniendo con su esposa o incluso al deseo de arrebatarle a su mujer a través de algún tipo de acuerdo que eludiera el escándalo. Eran rusos y, como el mismo conde Tarnowski solía decir, «los rusos no tenemos moral, por eso inventamos el concepto del alma rusa».

No le costó decidirse: entraría en el juego de la condesa. Hacía mucho que no se divertía lo suficiente y quería ver a ambos en acción. Pocos días después, el conde Tarnowski hizo algo que llevaba años sin hacer. Algo que no pensó que volvería a hacer en lo que le restaba de vida.

El 18 de junio de 1901, en el palacio de Peterhof, la zarina Alejandra daba a luz entre rezos al cuarto hijo de los zares de la Rusia imperial. Sus plegarias no habían sido escuchadas; de nuevo una niña, a la que llamarían Anastasia. La decepción del zar Nicolás II y de toda la familia imperial se acrecentaba ante la ausencia de un heredero.

Esa misma mañana, la condesa Tarnowska contemplaba desde la ventana de su dormitorio la llegada de un carruaje hasta la residencia y cómo se apeaban de él dos hombres vestidos de negro de pies a cabeza, desde la levita hasta el sombrero pasando por los guantes. Uno de ellos portaba un estuche rectangular; el otro esperaba circunspecto la salida del conde Tarnowski, con repetidas ojeadas a la puerta de la casa. Como si se supiera observado, elevó el rostro hasta advertir la presencia de la condesa en la ventana, y sus miradas se imantaron sin remedio. Era un hombre de porte soberbio, con silueta de caballero imperial y un perfil de ángulos perfectos. La salida del conde rompió aquel vínculo. Vasili había retado al conde Tolstói a batirse en duelo y había elegido como padrinos a dos conocidos que no llegaban a la categoría de amigos porque necesitaba que, al menos ellos, estuvieran sobrios. La condesa vio alejarse el carruaje rumbo a un lugar en las afueras de la ciudad, equivalente al Pré-aux-Clercs parisino, un prado donde los franceses se batían en duelo en el siglo XVII. Había asistido a multitud de ellos en las páginas de novelas como *Los tres mosqueteros*, pero aquella vez la ficción se le quedaba pequeña para las expectativas que podía ofrecerle la realidad. Deseó coger un caballo y seguir a la comitiva, con el fúnebre anhelo de regresar ya como viuda, pero Elisa Perrier la convenció de lo inconveniente que sería.

—No es lugar adecuado para una mujer, condesa.

—Llevo años en un lugar que no me corresponde, Elisa. Los lugares inapropiados se han convertido en mi hábitat.

—Que la señora vaya no cambiará en nada el resultado del duelo. Mejor esperar aquí, hágame caso —insistió la doncella convencida de que, si se presentaba en el lance, sería capaz de dispararle ella misma.

Al igual que la zarina Alejandra, rezó para que el destino abrigara sus ruegos: la emperatriz rogaba por la llegada de un niño, la condesa imploraba para que su marido no regresara.

Cuatro horas después, el carruaje negro hacía su entrada por el camino de tierra de la residencia. La urgencia de la condesa Tarnowska por conocer el resultado del reto la apremió a descender por la escalinata de la casa y cruzar la puerta. Los segundos que tardó el coche de caballos en llegar a la entrada ella los invirtió en imaginar a los padrinos del duelo sacando el cuerpo sin vida de Vasili, vestido aún con la camisa blanca manchada de sangre y con el rostro lívido, como cuando se arrodillaba a los pies de su cama para implorar un perdón que hacía años que no llegaba. El corazón cabalgaba en su pecho a más velocidad que los caballos tirando del carruaje; no le inquietaba una inminente viudedad, sino su perentoria confirmación. El rostro inexpresivo del cochero no le anticipó una respuesta; aquel hombre mostraba el mismo gesto para comunicar el nacimiento de un niño que la muerte de un padre. Cuando la puerta del carruaje se abrió, vio descender al primer padrino portando el estuche con las armas. Todo parecía ir tan lento que a punto estuvo de subirse a la carroza para sacar ella misma el cadáver. No hizo falta. Vasili salió a trompicones y caminó hacia ella apoyándose en su padrino de armas, descamisado y apestando a alcohol. Se detuvo cuando llegaron a la altura de la condesa.

—La próxima vez, querida —acertó a decir con su voz pastosa—. Tendrás que posponer tu duelo.

Ella permaneció hierática.

El nombre de la nueva gran duquesa de Rusia, Anastasia —del griego *anastasis*, «resurrección»—, resultó profético:

Vasili había resucitado en aquel estúpido duelo y la condesa compartió la decepción que había sentido el zar al saber que no se cumplían sus deseos. Las frustraciones son difíciles de gestionar porque demuelen esperanzas.

El segundo padrino también descendió del coche de caballos y se dirigió hacia la condesa, que permanecía en la entrada, rumiando lo que consideraba un nuevo revés del destino. Pudo observarle más detenidamente. De cerca, su presencia resultaba aún más impactante de lo que intuyó horas atrás desde la ventana. Su rostro parecía cincelado por el propio Miguel Ángel, con una estructura ósea perfecta, ojos rasgados y negros como el averno, frente ancha, pómulos marcados a hierro y boca prominente con un cuidado y señorial bigote que aumentaba su atractivo. Puede que fuera el hombre más bello que había visto en su vida. Pero sobre todo ello, fue su mirada hipnótica, casi animal, lo que le impedía apartar sus ojos de él; tuvo la sensación de estar contemplándose a sí misma en un espejo. Era su misma mirada, el mismo efecto hechizante sobre quien osara perderse en ella.

—Soy Alekséi Bozevski. Su marido me eligió como...

—Sé quién es usted —le cortó, como si no necesitara explicaciones que incluyeran el nombre de su esposo, que sólo ambicionaba ver grabado en una lápida de granito.

Alekséi Bozevski entendió la desilusión de la mujer, seguramente como la zarina Alejandra comprendió la de su marido. Él también la examinó con más pausa. No era la primera vez que la veía, aunque siempre lo había hecho a cierta distancia. De cerca, la condesa le resultó más atractiva de lo que ya sabía que era. Era cierto lo que decían: su belleza complicaba el habla de quien la observaba. No era fácil resistir estoico ante su presencia sin caer en brazos de una devoción casi mística. Empezaba a sentirse víctima de esa leyenda de hechicera que la perseguía y se obligó a hablar.

—En los duelos sólo cuenta la caprichosa Fortuna, condesa. Esta vez la diosa ha favorecido a su esposo.

—Lleva años haciéndolo. Los mismos que lleva esquivándome.

—Yo sólo veo fortuna al mirarla... —añadió como un halago.

El comentario hizo que la condesa volviera el rostro hacia él, como si lo retara en duelo. Había algo en él que le impedía pensar, reaccionar o comportarse como solía hacerlo en presencia de los hombres, y eso le creaba una desazón desconocida hasta entonces.

—¿No quiere saber qué ha pasado con el conde Tolstói?

—¿Acaso importa? ¿Cambiaría algo? Supongo que sus padrinos se habrán encargado de él. Espero que hiciera las paces con Dios.

—La última vez que lo vi, entraba a gatas en su carruaje, después de brindar por enésima vez con su marido. Yo diría que ambos hicieron las paces, aunque sin presencia divina —le informó, advirtiendo una ligera contrariedad en su gesto.

No quiso entrar en detallarle que ambos duelistas habían llegado perjudicados al encuentro y que decidieron hablar con sus lenguas anestesiadas antes que dispararse. Tampoco quiso pormenorizarle los cánticos ebrios que salieron de sus bocas, las risas mordaces y el abrazo de entregada amistad que se dieron al despedirse.

—No sé qué clase de mundo es éste en el que los hombres ya no saben luchar ni matar por una mujer.

—Condesa... Debo decirle algo. —Dudó, le costaba seguir adelante. Se preguntó si debía hacerlo y decidió que era lo más caballeroso—. Este duelo ha sido por una mujer. Pero esa mujer no era usted.

La mirada de la condesa Tarnowska se congeló, anclada en la de Alekséi Bozevski, que guardaba silencio y tragaba de manera contundente; necesitaba reunir fuerzas antes de avanzarle el nombre de la dama. Pero la condesa le libró de ese peso.

—¿Y cree que eso me concierne? Le hacía más inteligente, señor Bozevski. Está claro que las personas nos equivocamos al juzgar a los demás —respondió con una sonrisa para después adentrarse por los jardines de la propiedad.

Necesitaba dar un paseo para airear sus ideas y recomponer su pensamiento. También el zar Nicolás II había necesitado caminar antes de ver a su nueva hija. Para enfrentarse al futuro, se precisa asentar el presente desde el que contemplarlo con perspectiva.

A veces, la diosa Fortuna reparte triunfos disfrazados de derrotas. La jornada no había transcurrido como ella imaginó. Sin embargo, la jugada del duelo no había resultado tan decepcionante para la condesa Tarnowska como seguramente pensaba el conde, que necesitó tres días completos para recuperarse de la embriaguez de la resurrección. Ese día la condesa tomó una decisión, sabiendo que hay decisiones capaces de cambiar el resultado de lo sucedido. Para ella, el conde Paolo Tolstói murió, aunque ninguna bala le atravesara el pecho. Desapareció de la vida de la condesa con el mismo apremio con el que se enterraba a los muertos durante la peste negra en el siglo XIV. Si Europa se repuso de la muerte de cincuenta millones de personas para dejar paso a una nueva vida, ella también lo haría, ante la inminente aparición de alguien que cambiaría la suya: Alekséi Bozevski.

El baile de nombres seguía sucediéndose en torno a la condesa, danzando sin tregua como en los salones imperiales, con el vaivén enloquecido de los vestidos deslizándose por el suelo, persuadidos por el ambiente de una fiesta continua y entregados al placer y a la diversión. Y la música no tenía intención de detenerse.

22

La vida de los condes Tarnowski se mostraba tan intensa socialmente como la Rusia imperial en 1902, repleta de visitas de mandatarios europeos: ese año Nicolás II recibió al monarca italiano Víctor Manuel III y al presidente francés Émile Loubet, cuyas recepciones multitudinarias recorrieron las calles de San Petersburgo.

El Palacio de Invierno, residencia de los zares, tampoco se libraba de la fábrica de rumores sobre las infidelidades de sus inquilinos, en especial los referidos a la supuesta relación entre el zar y la primera bailarina de los teatros imperiales rusos, Mathilde Kschessinska, que triunfaba en la capital del imperio. Seguramente a la zarina Alejandra le preocupaban más las habladurías sobre la posible deslealtad del zar que a la condesa Tarnowska los confirmados adulterios de Vasili, entregado en cuerpo y alma a un carrusel sempiterno de amancebamientos.

Cuanto más intentaba evidenciar el conde la prolífica compañía femenina que colmaba su vida, más indiferencia manifestaba su mujer, y ya empezaba a sentirse ridículo en una casa en la que ni sus hijos, Tioka y Tatiana, le prestaban la menor atención, siempre agarrados a las faldas femeninas, ya fueran las de su madre o las de la doncella de ésta. Ni aun con grandes dispendios conseguía atraerlos, como cuando le regaló a la pequeña Tatiana un burro a semejanza del que el zar Nicolás II le había regalado a su hija Anastasia. Tioka prefería subirse a lomos de su padre e incitarle a trotar sobre la alfombra del salón con un movimiento de sus pies, mientras el gesto de la condesa evidenciaba que consideraba a ambos, burro y esposo, el mismo animal. Los rebuznos de su marido le interesaron tan poco como los vientos de revolución inflados por el Partido Laborista Socialdemócrata Ruso, que llegaban cargados de derechos para los trabajadores y hacían que el ministro de Hacienda, Serguéi Witte, le pidiera al zar ceder a las demandas. Sólo prestaba atención cuando alguna de las palabras tenía un significado particular para ella, como cuando escuchó hablar de la primera huelga de trabajadores en el Don, en noviembre de 1902; entonces pensó que hacía tiempo que no escribía a su madre y que debería hacerlo.

Ekaterina le había hecho llegar el cuadro *La caza de Diana* y, aunque lo agradeció, le extrañó aquel envío; demasiado personal. Sólo esperaba que su madre también se hubiese deshecho del tremebundo retrato de la primera esposa del Terrible O'Rourke, con el que seguía sin hablarse desde que huyó para casarse con el conde. Cuando el insomnio la visitaba algunas noches para mantenerla en vela, barruntaba la idea de romper aquel silencio acortando la distancia entre ellos, que iba más allá de los kilómetros que separaban Otrada de Kiev. Pero cuando estaba a punto de ceder, se percataba de que tendría que darle la razón a su padre sobre la verdadera condición del conde Tarnowski, y entonces enterraba la bandera blanca y le pedía a Elisa una taza de leche caliente con canela que la ayudara a conciliar el sueño.

Seguía buscando otros mundos en la lectura, aunque no le había gustado la última novela que tuvo entre manos, *Los bajos fondos* de Maksim Gorki. Le pareció demasiado intensa, trágica e innecesaria; si así eran los protagonistas de la cacareada revolución que amenazaba por expandirse por Rusia, aquél sería un levantamiento aburrido. A la condesa no le interesaba leer sobre la miseria en la que vivían otras personas —mucho menos si eran pobres, de clase baja, rameras y alcohólicos— y, cuando vio en la prensa la reacción de León Tolstói al respecto de esa misma lectura, coincidió en su veredicto: «¿Por qué demonios habrá escrito eso?». Sólo siguió leyéndolo porque había sido un regalo de Alekséi Bozevski, que, desde el día del duelo, se convirtió en un devoto de la condesa. Ella alimentaba sus sueños de pasión de la misma manera que durante años cabalgó a Nagaika: manejando las riendas y evidenciando quién dominaba la situación, daba igual a quién importunase. Lo que ella pretendía hacer iba a escandalizar a la alta sociedad rusa mucho más que si atravesara la avenida Nevski de San Petersburgo galopando sobre su caballo Don, a horcajadas, como jamás lo haría una «auténtica dama».

Alekséi la visitaba a menudo en su residencia de Kiev, haciendo coincidir esas cortesías con las numerosas ausencias del conde. Cada promesa de encuentro encendía en ella una llama que crepitaba en su interior con una intensidad desconocida, cada tarjeta de visita que traía el criado en la bandeja de plata la recibía buscando ya sus iniciales y cada carruaje que entraba por el camino de tierra la hacía suspirar en silencio deseando que fuera él. Y casi siempre lo era, algo que anunciaba el rostro de Elisa sin necesidad de verbalizarlo.

Una tarde, mientras la criada servía el té en el salón y Elisa jugaba con los niños en el jardín, Alekséi se fijó en el cuadro *La caza de Diana,* que la condesa había ordenado colocar en el salón. Se acercó a él mientras la sirvienta colocaba los platos medianos para el bizcocho sobre la mesa, junto a un plato para el limón y los cubiertos de postre, después de comprobar que el samovar estaba a la temperatura adecuada para servir el té. Cuanto más apremio sentía la condesa, más parecía tardar la criada en la operación. Cada segundo a solas era urgente, cada interrupción la impacientaba.

—Gracias, Nina. Ya lo hago yo.

Cuando por fin se quedaron a solas, la condesa tomó la tetera de cerámica vidriada de la parte superior del samovar y vertió parte de su contenido en la delicada taza de porcelana china azul y blanca, colores que la identificaban como una pieza de la dinastía Yuan, uno de los muchos obsequios que Vasili recibía desde hacía unos años.

—¿Azúcar? —preguntó a su invitado.

—Para endulzar el té, no hay nada mejor que el amor y el escándalo —respondió Alekséi, provocando la aparición de una mueca cómplice en el rostro de la anfitriona.

—¿También lee a Henry Fielding? —Había reconocido la cita—. Me sorprende que le guste la novela británica. Tendré que permitirle el acceso a mi biblioteca. Sepa que no suelo hacerlo con cualquiera. Guardo ejemplares únicos y algunos serían capaces de emplearlos como alimento de la chimenea —se burló en clara alusión a su esposo.

El olor de la manzana y el bergamoto que desprendía el té la reconfortó, como lo hace el fuego de la chimenea en una habitación en invierno o los chaparrones ligeros a media tarde que humedecen el ambiente más que la tierra. Los olores siempre le traían recuerdos del pasado con vocación de abrazo.

—Siempre me ha admirado este cuadro. No sabía que lo tuviera —comentó Alekséi mientras aceptaba el servicio de té y aprovechaba para rozar la mano desnuda de la condesa, que en ese momento consideró que el mundo sería un lugar más acogedor si las mujeres dejaran de cubrir sus manos con guantes y comenzaran a montar a caballo con las piernas abiertas.

—Es un regalo de mi madre.

—Una gran mujer, si aprecia la pintura. El arte pictórico siempre es inspirador.

—Ekaterina es más bien una mujer que no se apreció lo suficiente y aceptó convivir a diario con el retrato de la primera esposa de mi padre. Espero que algún día lo queme porque, de lo contrario, lo haré yo. Eso sí sería inspirador.

Alekséi se llevó la taza a los labios y la condesa imitó el gesto, haciendo coincidir ambos ademanes. Era lo más cerca que habían estado de besarse.

—¿Qué es lo que más le atrae de este cuadro, condesa?

—La ninfa que está en el agua, justo ahí, en el centro. —Señaló con el dedo—. Su mirada es hipnótica, parece que esté invitándonos a entrar en el lienzo y a chapotear desnudos en el agua.

—Una técnica artística con la que Domenichino pretendía ir más allá de los límites instituidos en el Barroco. Se basó en la *Eneida* de Virgilio para demostrar que la pintura estaba muy por encima de la literatura.

—Los hombres y su necio afán de competir por todo.

—Pocos pintores manejaron con tanta maestría la luz y la sombra. Todo un revolucionario.

—Le agradecería que no pronunciara esa palabra en mi casa. Algunos escuchan revolución y empiezan a quemar muebles.

—¿Así que la ninfa, condesa? La creía más observadora —dijo Alekséi, volviendo al cuadro—. Pensé que una mujer dueña de una mirada imperiosa como la suya, para la que ningún hombre es lo bastante bueno, se fijaría en lo que se esconde en la parte derecha del lienzo. Si mira a esa ninfa con galgo, la llevará hasta los dos hombres que se ocultan detrás de unos arbustos. —Alekséi guio su mirada y los ojos de ella se abrieron, como cuando sus pupilas se ensanchaban sedientas de luz. ¿Cómo era posible que no hubiese visto esa escena tan inquietante?—. Es imposible no especular sobre su historia: ¿se esconden de alguien? ¿Esperan algo? ¿Qué traman? ¿Vigilan a las ninfas o disfrutan con la competición de tiro? ¿Son aliados de Diana o enemigos? ¿Será un mensaje secreto que el pintor quiso transmitir a un destinatario especial?

—¿Y qué mensaje le sugiere a usted? —preguntó la condesa al adivinar que las preguntas de Alekséi iban más allá del lienzo.

—Que debería acercarme más a la ninfa para que me ayudase a descifrarlo.

Los dos observaban el cuadro con los cuerpos lo suficientemente próximos para que la pregunta se uniera a la respuesta sin necesidad de palabras. Cuando sus labios a punto estaban de encontrarse, el sonido de un carruaje los obligó a detenerse. O la diosa Diana había errado la flecha o Virgilio llegaba a Kiev con intención de defender la supremacía de la literatura sobre la pintura.

No necesitó mirar a través de los ventanales para confirmar la identidad de la inoportuna presencia. Las zancadas de Vasili seguían retumbando como lo hacían sus carcajadas, que ya sólo inspiraban miedo, bochorno y rechazo en ella. Le importunó tener que alejarse de Alekséi. Deseaba besarle desde hacía mucho tiempo. Era difícil contenerse ante alguien tan hermoso. Ahora entendía el sentimiento que sobrepasaba a los hombres cuando la tenían enfrente; también ella estaría dispuesta a dejarse llevar por la locura, a romper cualquier regla por poseer algo así.

La irrupción del conde en la estancia resultó tan inoportuna para ellos como inesperado fue para Vasili encontrar a su mujer en la grata compañía de su amigo. La última vez que había visto a Alekséi Bozevski fue como padrino de duelo, y de eso hacía ya más de un año. El primer pensamiento que cruzaba la mente del conde cuando veía a su esposa en compañía de un hombre siempre se refería al adulterio, a una relación inmoral, con los protagonistas encamados. Según su argumentario, todos los que miraban a la condesa la deseaban, y ella, bien aleccionada por él durante años de orgías y depravación, cedía. Pero le extrañó que esta vez fuera el caso. Nunca antes los había visto juntos; dudaba incluso que se conocieran.

Dirigió una mirada a la condesa, inmediatamente repelida por la destinataria, y avanzó hacia el joven con la mano tendida.

—Mi buen amigo, ¿cómo usted por mi casa? No le esperaba. —Sonreía—. No me diga que he olvidado una cita. No suelo ser tan desconsiderado.

—Al contrario, conde. El descortés he sido yo por no anunciar mi visita —mintió Alekséi mientras extraía un sobre del bolsillo interior de su levita—. He venido para invitarlos a una fiesta muy especial que el doctor Stahl celebrará en su casa.

—¿Y le está haciendo usted de correo al bueno del barón? —sugirió Vasili entre divertido y sorprendido.

—Un amigo está para los menesteres que le sean requeridos, como usted bien sabe —respondió Alekséi, trayendo al salón el recuerdo de aquel peculiar duelo que los unió—. La señora Stahl ha tenido que viajar a Alemania por complicaciones familiares que él no me detalló, algo relacionado con la salud de su madre, y al doctor la planificación del evento le sobrepasa.

La condesa asistía admirada al despliegue teatral de Alekséi Bozevski. Al parecer, había contemplado cualquier escenario que pudiera surgir como consecuencia de su visita, sin dejar nada al azar. La fascinación que sentía por él aumentaba.

Vasili observó con detenimiento la tarjeta de la invitación y, por su gesto, pareció encontrar algo en ella que lo cautivó.

—¿Una competición de tiro? —leyó sorprendido.

—¿No será tiro con arco? —preguntó la condesa disfrutando de una conversación en clave, que su marido jamás descifraría pese a estar en presencia de *La caza de Diana*.

—Hubiese sido una gran idea, condesa —observó Alekséi—. Una pena que a los Stahl no se les ocurriera, pero me temo que los rusos estamos más familiarizados con las armas de fuego.

—Disculpe a mi señora. Para ella, los rusos somos una especie de bárbaros. No sé si ha tenido tiempo de comentarle su linaje irlandés. Ellos gestionan su barbarie de otra forma, son más dados a las brujerías, los envenenamientos, los espíritus...

—Nada que disculpar, conde. Al contrario, la condesa ha tenido la gentileza de invitarme a un té a pesar de mi inesperada presencia. Ahora, si me disculpan, debo retirarme.

Cuando Alekséi abandonó la casa, la condesa ignoró el gesto inquisidor del conde. Desde el simulacro de duelo que había protagonizado con Paolo Tolstói, ella volatilizaba aquellas miradas indagadoras como si fuera la reencarnación del maquiavélico cardenal Richelieu acabando con la nobleza francesa envuelta en conjuras reales. La realidad palpable era que Vasili había perdido el derecho de encarar a «la eminencia roja». Un caballero podría pecar de todo menos de ridículo y de cobarde. Y el conde resultó ser un pecador que adolecía de ambas flaquezas.

Cuando el calendario alcanzó el día de la fiesta en casa de los Stahl, la condesa se vistió para impactar, como de costumbre. Llevaba mucho tiempo sin hacerlo y no fue para despertar los celos enfermizos de su marido, sino para reivindicarse como la mujer que el cosaco ruso Tarnowski, con todo su dinero, su poder y su perversión, no había podido controlar ni retener; el conde no entendía tanto de caballos purasangre como insinuó el día en que se conocieron, cuando intentó ridiculizar al príncipe Troubetzkoi. Eligió para la ocasión un elegante y sugerente vestido de seda de color burdeos con adornos en terciopelo negro. Brillante y poderosa como la Rusia imperial que regían los Romanov desde 1613, se dispuso a encumbrarse como la diosa Diana, gobernando aquel peculiar concurso de tiro donde también confiaba en que Cupido y sus flechas hicieran acto de presencia.

Saludó al doctor Stahl con el cariño que le profesaba desde que los presentaron. Era un hombre extraño, con un mundo interior complicado, como sucede siempre que un despiadado tártaro se instala en la tierra y encuentra acomodo en un corazón humano; quizá era eso lo que le hacía atractivo. Además de doctor en medicina, Vladímir Stahl era teniente del Ejército Imperial Ruso, pero sus prácticas poco reglamentarias en la dispensación de recetas y administración de medicamentos, así como su excesivo consumo de opio y otras sustancias narcóticas como la morfina y la heroína que corrían habitualmente por los salones de la alta sociedad, le valieron la suspensión en la carrera militar. Sólo una guerra tendría el poder de revertirlo. Su matrimonio con una hermosa mujer de la nobleza alemana le había convertido en barón, por lo que el dinero y la condición social no representaban ningún problema para él, aunque no le hacía inmune a las críticas de muchos, algunos de los cuales se paseaban ese día por los amplios jardines de su palacio.

—Barón Stahl, su originalidad le precede a la hora de organizar fiestas. —Tendió la mano al anfitrión, que la besó como si la tela del guante fuera la piel que sus labios anhelaban recorrer algún día—. Aunque no sé si me atreveré a competir con un arma de fuego, quizá el tiro con arco me resultaría más apropiado.

—Sería la primera vez que la condesa Tarnowska no se atreviera con algo. Y cuídese de las flechas; suelen ser el arma de los salvajes y su herida atraviesa la carne con una violencia que no aparentan.

—Baronesa, tan hermosa como siempre. —Vasili besó la mano de la señora Stahl, y sus ojos se cruzaron como si las flechas también los hubieran atravesado a ellos en algún momento del pasado. La velada complicidad no pasó inadvertida a la condesa, pero la obvió con la misma indolencia con la que ignoraba todo lo concerniente a su esposo desde lo ocurrido en aquella habitación de hotel en Milán—. Espero que su madre se encuentre bien.

—¿Y por qué no iba a estarlo, conde? Como buena alemana, mi madre tiene una salud de hierro que nos abatirá a todos.

Conmigo, ya lo está consiguiendo —replicó risueña la baronesa, sin saber que con su respuesta acababa de sembrar la duda en Vasili.

El conde recordaba que Alekséi Bozevski aludió a un viaje de la baronesa a su país natal para atender a su madre enferma como excusa para ir a entregar en mano a los Tarnowski la invitación a esa fiesta. En realidad, había sido una estratagema ideada por Bozevski y por el propio doctor Stahl, interesado en que su buen amigo Alekséi, al que le unía una larga amistad fraguada en el ejército, se acercara a la condesa, ya que a él se le antojaba inalcanzable. También ella reparó en el desliz de la baronesa e intentó cambiar de tema, como si eso fuera a borrar la huella que la mentira había dejado en un terreno pantanoso y resbaladizo.

—¿Irán al baile de disfraces que la familia imperial organizará en febrero del próximo año? —preguntó la condesa, mencionando la invitación cursada y entregada por correo en la residencia de los Tarnowski con motivo de la celebración de los doscientos noventa años de la familia Romanov en el trono de Rusia—. Al parecer, ha sido la emperatriz quien ha tenido la genial idea de que todos los invitados acudan con la indumentaria rusa que vestían los nobles en la corte de Pedro el Grande. Creo que será divertido, incluso fascinante.

—La zarina Alejandra ya no sabe cómo quitarse de encima a la nobleza rusa y ha decidido disfrazarnos a todos como si estuviéramos en la Rusia del siglo XVII. Supongo que es un intento de mandarnos a todos al pasado, ante la imposibilidad de enviarnos a otro lugar… —intervino con ironía otro de los invitados.

—Esa mujer es tan absurdamente puritana… Dicen que hace dormir a sus cuatro hijas en camastros para que no se acostumbren a las comodidades del palacio. Pobres niñas, viviendo como campesinas. Quizá por eso no tengamos un heredero todavía; el angelito no querrá venir si le espera un establo por cuna... —se burló la baronesa Stahl mientras aceptaba la copa de champán que le ofrecía uno de los sirvientes.

—Seguro que ha sido ella la responsable de que el zar esté casi preso en el palacio de Tsárskoye Seló. No me extraña que el emperador quiera dar una fiesta en el Palacio de Invierno, así al menos se relacionará con más personas, aunque vengan del pasado —se unió a la conversación el gran duque Pávlovich, no sin antes desnudar con la mirada a la condesa Tarnowska, añorando tiempos pasados.

—El error de Nicolás II fue meter a una extranjera en la familia imperial, por muy nieta de la reina Victoria que sea. Su alteza gran ducal la princesa Alix Victoria Elena Luisa Beatriz de Hesse y el Rin no deja de ser una alemana luterana por mucho que se rusifique el nombre o se convierta a la fe ortodoxa... Dicho con todos los respetos, baronesa Stahl —se apresuró a añadir Vasili, al recordar que la anfitriona compartía origen alemán con la zarina.

—Los tiene usted, conde, y debo decirle que comparto lo que dice. Cualquiera diría que esa mujer odia más a la aristocracia rusa que a los campesinos que amenazan con la revolución, a pesar de que la servidumbre se abolió gracias a la familia real y a la insistencia del ministro de Finanzas. No sé qué más van a pedir esos condenados *mujiks*, ¿vivir en nuestros palacios? —preguntó irónica la anfitriona.

—Para ser justos, querida, siguen sirviendo a los nobles. Una ley no hace que la realidad desaparezca de la noche a la mañana, al contrario de lo que ocurre con las revoluciones, que saltan con una facilidad pasmosa ante la incredulidad de aquellos que las ven venir, pero prefieren menospreciarlas.

—Disculpen a mi marido. Algunas veces se olvida del terreno que pisa y que, como benefactor de esa propiedad, debería defender. Creo que el barón Stahl se inclina más por las reformas que por la autocracia que defendemos la gran aristocracia, empezando por el propio zar Nicolás II, como demostró al limitar y revertir algunas reformas hechas por su padre. Mi querido Vladímir tiende al afrancesamiento. Y se lo dice una alemana partidaria de la rusificación… —reconoció sarcástica la baronesa antes de beber de su copa—. Si les digo la verdad, no sé cómo este matrimonio nuestro sobrevive. Quizá porque, a veces, también nosotros nos disfrazamos —apuntó con un gesto cómplice que distribuyó entre varios de los presentes.

—El inconveniente es que cuando uno deja entrar a un extranjero en su propia casa, la puerta permanece abierta para otros muchos —comentó el conde Tarnowski—. Y sí, me refiero al hermano de la zarina, el gran duque y gobernador de Moscú. Todos sabemos por qué se produjo la tragedia de Jodynka hace seis años y por qué nunca se encontró al verdadero responsable.

—La familia de Sunny, como nos consta a los aquí presentes, está maldita —insistió la baronesa Stahl, utilizando el apelativo infantil de la zarina Alejandra que el zar empleaba en la intimidad. La mujer parecía sentir una inquina personal hacia la emperatriz, casi idéntica a la que la zarina profesaba por la vieja aristocracia rusa—. Toda ella está tocada por la desgracia: su hermano mayor murió de hemofilia y la difteria arrasó con medio linaje familiar… Querido, tú mejor que nadie deberías saber que esas cosas tienden al contagio.

—Las desgracias no se contagian —matizó el doctor Stahl que, como de costumbre, había empezado la fiesta antes de la llegada de los invitados.

—Depende de cuáles. Algunas enfermedades son hereditarias, sobre todo las que tienen que ver con la sangre.

Por cómo lo dijo, la condesa tuvo claro que su marido no hablaba tanto de la hemofilia en la familia de la zarina, como de la sangre irlandesa de su esposa, que él siempre había considerado maldita.

Cada comentario en la conversación parecía esconder un significado distinto dependiendo de quién lo escuchara. Aquella reunión de amigos no tenía nada que envidiar a las intrigas palaciegas de la familia imperial que recorrían San Petersburgo, Moscú o Kiev y que, gracias a los periódicos y la mejora del telégrafo, llegaban casi al mismo tiempo hasta el último rincón de la Rusia imperial. En cierta medida, la condesa Tarnowska entendía a la zarina, asfixiada en un ambiente cerrado, opresor y cainita, con constantes amenazas de traición y de revueltas que le haría ver enemigos en los lugares más familiares. No obstante, ella apreciaba la parte positiva de los enemigos: uno sabe que no le decepcionarán porque siempre estarán en su contra. Por eso Vasili nunca más podría defraudarla.

—A mi marido le gusta contradecirse —confesó la condesa—. No hace mucho solía decir que la muerte no es contagiosa.

—Su marido se equivoca, querida. Los hombres tienden a confundirse... —le respondió la anfitriona, que también sabía cómo insinuar.

—El verdadero peligro no es la familia, sino otros personajes siniestros. —El barón Stahl no aclaró si se refería a las extrañas compañías que rondaban a los zares o a algunos de los presentes.

La condesa Tarnowska admitió su fracaso al elegir el tema de conversación. Su excitación por el peculiar baile de disfraces que se celebraría del 24 al 26 de febrero de 1903 en el Palacio de Invierno de San Petersburgo no había despertado el mismo interés entre el resto de los comensales, que parecían más atraídos por conjuras palaciegas y revueltas de campesinos.

—¿Nos retiramos? —preguntó una voz a su espalda. Era Alekséi Bozevski, y los ánimos de la condesa renacieron como prometía hacer la primavera en cuanto pasara aquel duro invierno que azotaba el mes de diciembre de 1902—. Está a punto de comenzar la competición de tiro. Será mejor que busquemos una buena ubicación que nos permita disfrutar de ella con detalle.

Ambos se encaminaron hacia la explanada donde iba a celebrarse el torneo. La mirada de Vasili los siguió como la Ojrana —la policía secreta del zar en el Imperio ruso— hostigaba a los revolucionarios en fábricas, tabernas y casas particulares. El conde empezaba a sospechar de todo y de todos.

No eran los únicos que habían tenido esa idea. Muchos de los lugares situados alrededor de la explanada donde iba a celebrarse la competición estaban ya ocupados, por lo que tuvieron que conformarse con un emplazamiento algo más alejado de las gradas principales. La jornada de tiro al blanco no se parecía en nada al cuadro de Domenichino. Las ninfas no protagonizaban el lienzo y sólo los hombres tenían el privilegio de disparar, relegando a las mujeres a simples espectadoras, como los dos sujetos escondidos detrás de unos arbustos en el cuadro. Era una posición similar a la que ocupaban la condesa y Alekséi Bozevski. En la vida real, lejos de la pictórica barroca, las mujeres requerían de armas diferentes para probar su habilidad en el disparo y su certera puntería, aunque la victoria siempre residía en el número de piezas conseguidas. Para un espectador normal, sin intereses particulares en ninguno de los participantes, la competición podría resultar incluso tediosa, ya que se sabían de antemano los favoritos, los ganadores y los que ocuparían los últimos puestos. El aburrimiento seguía siendo uno de los grandes males de la aristocracia rusa.

—¿Le gustaría disparar? —preguntó Alekséi, a quien cada vez le costaba más mantener las distancias con la condesa.

—Para eso tendría que aprender.

—No puedo creer que una mujer como usted no sepa manejar un arma.

—No la adecuada para esta competición.

—¿Le gustaría aprender?

—¿Le gustaría enseñarme?

El juego que ambos protagonizaron resultaba más entretenido que el tiro al blanco, aunque tenía sus riesgos si no se controlaba. Alekséi la condujo hasta un páramo cercano. Conocía el terreno que pisaba porque solía frecuentarlo gracias a su amistad con el doctor Stahl. Allí era donde los dos amigos realizaban sus prácticas de tiro. Estaba lo suficientemente alejado del ajetreo de la competición y de miradas indiscretas.

—¿Por qué quiere enseñarme a disparar? —preguntó la condesa al ver cómo Alekséi disponía unos leños en vertical sobre un gran tronco situado en horizontal.

—Porque usted me lo ha pedido —admitió mientras cogía la escopeta que Stahl había dejado la tarde anterior apoyada en un árbol, cuando quedaron para practicar.

—¿Y siempre hace lo que le piden?

—Eso depende de quién me lo pida.

La condesa le observaba con atención mientras él se desprendía de la levita para disparar con más comodidad. Nunca le había visto sin la chaqueta. Cuando le contempló con la camisa blanca y con el chaleco negro, se reafirmó en lo que pensó la primera vez que le vio: era el hombre más bello que había visto en su vida. Y ese hombre la miraba como había soñado que la mirasen todos los hombres. Los demás sólo la miraban con deseo, con aspiraciones concretas, con pasión, con codicia y con la perversión grabada en la retina. Bozevski la miraba con la devoción del hombre entregado en cuerpo y alma que anhela abrigar, cuidar y proteger a la mujer amada. En definitiva, eso era lo que la condesa siempre había soñado, tal y como había leído en las novelas francesa, rusas, británicas y españolas. Los libros no mentían nunca; los hombres solían hacerlo siempre.

Cuando el hombre más bello del mundo se situó a su espalda, dibujando con su propio cuerpo la posición en la que debía situarse el de la condesa para disparar sin hacerse daño, su piel se erizó hasta el punto de sentir que iba a perder el conocimiento. Esa vez no le importaría desmayarse y despertar en sus brazos.

—Ahora debe tener cuidado. Ya he revisado el arma, los cartuchos están en perfecto estado y usted sólo tiene que apuntar a uno de los troncos. He preferido la madera porque así hará menos estruendo.

—¿No me tapa los oídos? —preguntó la condesa.

—¿Quiere que lo haga?

—No quiero que el ruido de los disparos los dañe. Son delicados.

Alekséi se dispuso a obedecer la orden, pero antes de hacerlo quiso decirle algo:

—La amo, condesa.

La inesperada confesión la desconcentró y le hizo olvidar todo lo que su instructor le había dicho minutos antes. Con el pulso agitado y la respiración acelerada, le iba a resultar imposible mantener el brazo con la firmeza que el rifle requería, pero se recompuso pensando en que era ella quien debía manejar la situación.

—La amo desde la primera vez que la vi—insistió Alekséi.

—¿Por qué me dice eso justo ahora?

—Porque quiero ser sincero con usted. Y quiero que usted también lo sea conmigo.

—¿Y cómo puedo saber que me dice la verdad? Conozco a los hombres, suelen mentir hasta que consiguen lo que quieren.

—Yo no. Puede confiar en mi palabra —aseguró mientras colocaba la mano contra la boca del rifle—. Compruébelo usted misma. Le aseguro que no la retiraré. Y ahora, dispare.

—No me impresiona, señor Bozevski —afirmó categóricamente la condesa—. He venido a disparar y eso es lo que voy a hacer.

—Hágalo. Puede confiar en que no quitaré la mano.

—¿Y por qué haría eso? ¿Acaso quiere que le haga daño?

—Si con eso se convence de que no miento y de que puede confiar en mí, me daré por satisfecho. Si se comete por usted, todo sacrificio valdrá la pena.

La condesa invirtió unos segundos en mirarle como no solía observar a los hombres. Los ojos de Alekséi brillaban, pero no de miedo, sino de excitación. Vio seguridad en ellos, intuyó firmeza y confirmó valor. Se preguntó hasta dónde sería capaz de llegar él y hasta dónde lo haría ella.

La condesa quitó el seguro esperando que aquel sonido metálico le convenciera para retirar la mano, pero no lo hizo. La mantuvo firme en la boca del cañón del rifle. Apuntó al trozo de madera que fijó como objetivo. Él mismo le había enseñado cómo hacerlo. Fijó los ojos en los de Bozevski durante unos instantes, sosteniéndole la mirada como en un duelo en el que ambos deseaban participar. Supo entonces que ella no sería tan cobarde como Vasili, que no le temblaría el pulso, que no desistiría del envite, que lo afrontaría. Siempre fue más valiente y atrevida que el conde, aunque él se riera de su sangre irlandesa. Sintió un temblor que le recorría el cuerpo, pero no se parecía a los que la visitaban durante los brotes de epilepsia; era de naturaleza distinta, como si emanara de una fuente de energía similar a aquella que impactó al mundo en la Exposición Universal de París en 1900 en su pabellón de la Electricidad. Iba a disparar, Alekséi retiraría la mano y ella no interpretaría que faltara a su palabra como un acto de cobardía, sino como un juego más del que ambos estaban disfrutando.

Notó cómo su respiración se acompasó con la de él en una comunión perfecta, como en un baile. Le miró por última vez y cerró los ojos, quizá para darle ventaja.

Escuchó un fuerte estruendo. Había disparado.

23

El estrépito del disparo ensordeció a ambos.

Cuando la condesa abrió los ojos, creyó que la ceguera de su infancia había regresado. La sangre que brotaba de la mano de Bozevski era demasiado oscura para poder considerarse roja. Una densa lava escarlata le cubría los dedos y avanzaba viscosa por el brazo, hasta que terminó por manchar su camisa blanca. La condesa entendió entonces que Alekséi no había retirado la mano, que cumplió su palabra y que podía confiar en él. Pero eso, lejos de tranquilizarla, sólo consiguió aumentar su nerviosismo. El recuerdo de la sangre de Yaroslav avanzando sobre la superficie del lago helado regresó a su memoria como un siniestro *déjà vu* y una sensación de angustia comenzó a devorarla. El mismo sofoco que aparecía como antesala de un ataque epiléptico escalaba por su columna vertebral, electrificándola. Sin embargo, no vio ningún reflejo en el que contemplar su rostro, ninguna superficie brillante le devolvía su imagen; si no había reflejo, no había mal augurio.

No entendía qué le estaba pasando. Ni siquiera sabía si lo que estaba sucediendo era real. Regresó a Alekséi. Estaba lívido, con una capa brillante cubriendo su hermoso rostro, pero ningún lamento había salido de su boca. Se limitaba a observarla con el mismo halo de misticismo con el que solía hacerlo, sin rencor, sin turbación, como si no apreciara dolor. Pero ella sí lo sentía.

Abrumada por el miedo y la culpa, la condesa liberó un grito ahogado que la mano lacerada de Alekséi ahogó en un acto reflejo. Sus labios captaron el sabor metálico de la sangre que brotaba de la herida y, sin saber por qué, empezó a besársela, a lamerla, como si con ello pudiese borrar la infamia recién cometida. Ambos fueron presa de una excitación difícil de gestionar. Ninguno entendía lo que les sucedía, simplemente se dejaban guiar por sus instintos, por un deseo animal que había surgido entre ellos y que, aunque los sobrepasaba, estaba lejos de avergonzarlos. Podían haber muerto en ese instante y ninguno de los dos hubiera sentido nada, más allá de la pasión que los consumía. El deseo se presenta en extrañas formas, pero aquélla superaba las barreras establecidas. Sólo la imprevista imagen de un tiempo lejano detuvo a la condesa. Se contempló a sí misma besando el vendaje de Yaroslav que el veterinario le había colocado alrededor del muslo el día del accidente. Si el olor solía traer recuerdos del pasado, el sabor también parecía transportarlos.

Retiró la boca de la mano ensangrentada de Alekséi y le miró asustada. No sabía de dónde procedía ese repentino temor, pero la azoraba. Estaba tan confundida que no lograba dirimir si en realidad había realizado el disparo. El gesto de él también mudó al contemplar la sangre en el rostro de la condesa, que intentó limpiar con su propia camisa y su pañuelo.

Sólo entonces las palabras volvieron donde antes únicamente había jadeos.

—¿Por qué no retiró la mano? —sollozó la condesa, como si ella fuera la agraviada.

—Porque le di mi palabra y no importa cuáles sean las consecuencias. Quiero que confíe en mí, condesa. Y quiero mostrarle hasta dónde soy capaz de llegar para conseguirlo.

—¿Es que se ha vuelto loco? ¡Mire su mano! Yo le he hecho esto. He sido yo la culpable —se lamentaba entre sollozos.

Era la primera vez que la condesa se declarable responsable de algo. Hasta entonces, el sentimiento de culpabilidad no tenía cabida en su cuadro de emociones, pero algo había cambiado.

—Usted nunca podrá tener la culpa de nada —insistió Alekséi, que humedecía el pañuelo con su propia saliva para limpiar la sangre que manchaba la cara de la mujer. Le preocupaba más eso que su propia herida.

—¡Pero mire su mano! —le instó la condesa que, viendo el desgarro parcial que el perdigón había causado, sólo pudo agradecer que en la competición no se emplease munición real—. ¿Es que no comprende lo que acabo de hacerle? ¡Va a odiarme el resto de su vida!

—Eso jamás sucederá, aunque sea usted la que me dispare en el corazón.

—Está loco, señor Bozevski.

—Sí, por usted. El amor me ha vuelto loco y sólo puedo bendecir esa divina demencia —admitió acercándose a ella con la intención de que sus bocas se encontraran, pero sin que lo hicieran—. Sé que usted también lo siente. Reconózcalo. Diga que me ama.

La última petición alteró aún más el ya trastornado ánimo de la condesa y salió corriendo. Necesitaba alejarse de aquel lugar, apartarse de ese hombre y dejar de contemplar la sangre que brotaba de la herida. Le faltaba el aliento y le flaqueaban las fuerzas. Quería llegar hasta la entrada de la casa para subirse a un carruaje y huir de lo que acababa de suceder. Tenía que volver a pensar en ella misma; desde que Alekséi Bozevski apareció en su vida, era él quien ocupaba su mente día y noche.

El sonido del disparo que desgarró una parte del dorso y la palma de la mano de Alekséi Bozevski no había inquietado a nadie de los que participaban en la competición de tiro al blanco. Ni siquiera a la propia víctima, que improvisó una suerte de vendaje a modo de torniquete con la lazada que llevaba al cuello, confiando en que ningún nervio o tendón se hubiera visto comprometido, lo que le complicaría el manejo de armas y su futuro como militar. Sin embargo, los invitados sí vieron a la condesa cruzar el jardín de manera precipitada y unos minutos más tarde presenciaron la llegada de Bozevski, que sostenía su mano envuelta en una tela teñida de rojo. El paso del herido era menos apremiante que el de la condesa, y por eso pudo explicarse ante la expectación levantada entre los asistentes.

—No se preocupen, un accidente sin importancia —explicó intentando aplacar el revuelo, aunque comprendió que para eso debía esmerarse—. Un deshonroso error de principiante que me avergüenza más de lo que pueda dolerme la herida. Pero me temo que he asustado a la condesa. Ha sido culpa mía.

Todos creyeron su versión y fue la anfitriona quien le urgió a hacer la primera cura de la mano herida en la que todos centraban su atención. Todos, excepto dos personas: el doctor Stahl, que mantuvo la mirada con su buen amigo Alekséi, madurando un gesto de complicidad, y el conde Tarnowski, más preocupado por seguir la senda que había iniciado su esposa para él también desaparecer tras ella.

A escasos metros del carruaje en el que regresaría a casa, la condesa detuvo su carrera ante la insistencia de su marido.

—¿Qué te ha sucedido? —preguntó alterado Vasili al ver la sangre en su rostro, especialmente en la mejilla y cerca de la boca. Su preocupación parecía real, aunque sólo consiguió irritarla más—. ¿Estás herida? Déjame ver.

—¡Ahora te preocupas al ver sangre en el cuerpo de tu mujer! ¡Ahora, maldito bastardo! —gritó lo bastante alto para que la oyeran el cochero y algunos miembros del servicio. La condesa apenas podía controlar el grado de excitación acuartelado en su cuerpo desde que escuchó en su oído la declaración de amor de Alekséi y contempló la sangre que manaba de su mano—. No te atrevas ni siquiera a mostrarte afligido. También perdiste ese derecho.

La escena contaba con un nuevo espectador. La baronesa Stahl había accedido al interior de la residencia para rescatar el maletín médico de su marido, que se encargaría de valorar el alcance de la lesión de Alekséi. Ella también asistió al violento cruce de impresiones entre el matrimonio Tarnowski, que hizo aflorar una sonrisa en su rostro. Las desgracias de terceros siempre hacen dichosos a quienes los han precedido en sus reveses; lo mismo ocurre en las investigaciones criminales, cuando la aparición de un nuevo sospechoso alivia el temor del verdadero culpable. La baronesa permaneció atenta a la escena hasta que los dos protagonistas optaron por subir al carruaje y abandonar el escenario. No era lo habitual entre la nobleza desaparecer de una fiesta sin presentar las consabidas excusas, pero incluso en la más alta aristocracia, la educación deserta cuando la necesidad y la vergüenza hacen acto de presencia.

Vasili había accedido al coche de caballos sin ninguna esperanza de que su esposa le explicara lo sucedido. Sabía que su boca permanecería cerrada y su cuerpo blindado hasta que llegaran a su residencia. No le sorprendió el silencio que envolvió la atmósfera irrespirable en el interior del *brougham* durante el camino de regreso. Ninguno de los dos tenía nada que escuchar del otro que no se hubieran dicho antes y si algo restaba por decir requeriría un escenario más abierto y menos angosto que la cabina del carruaje. No había acompañado a su mujer con intención de apaciguar el sobresalto que el accidente de Alekséi le habría provocado, sino para evitar las miradas del resto de los invitados que, a esas alturas, estarían entretenidos elucubrando la verdadera naturaleza del incidente.

El conde Tarnowski no esperó a que su esposa ascendiera por la escalinata de la residencia hasta su alcoba, donde la fiel

Elisa Perrier acudiría para ayudar a desvestirla y limpiar los restos del suceso, que ya habría alcanzado la categoría de infamia en las bocas de la aristocracia reunida en casa de los Stahl.

—Disfrutas poniéndome en ridículo —le espetó agarrándola del brazo con fuerza, como si deseara arrancárselo.

—Para eso te bastas tú solo. Es en lo único que no necesitas ayuda porque incluso en los duelos requieres de asistencia para salir vivo de ellos.

—Algún día tendré en mi mano la facultad de arruinar tu vida. No dudes de que lo haré y que disfrutaré con ello.

—De eso estoy convencida. Sólo espero que sea un arma lo que sostenga tu mano; así tendré alguna posibilidad. Tu fama de mal tirador aumenta día a día, querido —comentó serenamente, aunque con tanta inquina como fue capaz.

Antes de abandonar la competición por la salida precipitada del recinto, el conde ya iba el último en el torneo, aunque el incidente de su esposa le reconocería como uno de los protagonistas de la jornada.

La diosa Diana seguía alzándose como ganadora.

No había tenido noticias sobre el estado de salud de Alekséi Bozevski después del incidente. Ni siquiera el eficaz servicio de información que representaba la servidumbre de su casa había logrado hacerse con alguna pesquisa con la que aliviar la angustia de la condesa. Elisa Perrier también lo había intentado, pero siempre regresaba con el mismo y vano resultado. Nada se sabía sobre él, como si la tierra se lo hubiese tragado. Le inquietó especialmente el silencio del doctor Stahl, que siempre se había mostrado generoso con ella, llevado por el deseo que la condesa despertaba en él desde hacía tiempo y que sólo un profundo sentimiento de vergüenza había impedido transmutar en palabras. En realidad, sí lo había hecho; el barón había escrito más de doscientas cartas confesándole sus sentimientos, pero las mantenía guardadas en el interior de una caja, en un lugar seguro de su despacho. La condesa temió que aquel silencio se debiera a una complicación médica o de algo incluso peor: que Alekséi Bozevski hubiera desertado de sus sentimientos y hubiera dejado de amarla. «Señora, cuando un hombre está realmente enamorado no hay bala, rumor o prohibición que lo detenga —le había confiado Elisa, aliviando su espíritu—. Es sólo cuestión de tiempo, sólo tiene que esperar».

Desde aquel aciago día, que terminó sufriendo un violento episodio de epilepsia y asistida siempre por su doncella, la condesa no había acudido a ninguna fiesta o acto social con la excusa de la laboriosa confección de su vestuario para el baile de disfraces de los zares en el Palacio de Invierno.

Elisa Perrier tenía razón. Sólo era cuestión de tiempo, aunque también de espacio. Viajar a San Petersburgo le permitió poner distancia con Kiev y con la corte de rumores que la recorrían, con ella como principal protagonista. Ya estaba acostumbrada a ser el centro de atención y el blanco de todas las miradas, pero la tercera ciudad más importante de la Rusia imperial empezaba a quedársela pequeña. Por eso agradecía las grandes avenidas que tejían la capital del imperio, que en aquel mes de febrero de 1903 prometía convertirse en un ciclópeo túnel de tiempo. La condesa no podía esperar a cruzarlo y alejarse de todo y de todos.

Los actos de celebración se dividieron en dos jornadas, el 24 y el 26 de febrero. Los invitados se reunieron la primera noche en la Galería Romanov y en el Gran Salón del Palacio de Invierno para disfrutar de las diversas atracciones que los zares habían planeado para sus ilustres invitados. La condesa disfrutó con entusiasmo de las escenas de la ópera *Boris Godunov* y aún más del encuentro posterior que mantuvo con sus protagonistas, especialmente con Fiódor Chaliapin, con quien departió durante largo tiempo, ante la atenta mirada del conde Tarnowski, cuyo semblante se iba tiñendo de rojo cuanto más animada se mostraba la conversación entre ellos. Si la ópera le había permitido olvidar sus preocupaciones que creía enterradas en Kiev, la representación del ballet de *El lago de los cisnes*, con la extraordinaria interpretación de Anna Pávlova, recordó a la condesa la certeza que encerraba la leyenda persa del criado que huye de Bagdad a Ispahán para escapar de la muerte: no se podía huir del destino porque siempre te alcanza.

Le costó abandonar la charla con los artistas, entre los que se encontraba más cómoda que con el resto de los invitados, que no dejaban de considerar a los actores como unos meros bufones cuando las luces se apagaban y volvían a convertirse en simples mortales fuera del escenario. La zarina había ideado una cena en tres ambientes que se celebraría en tres salones distintos: el Flamenco, el Español y el Italiano. La comida, la vajilla, la ambientación, la orquesta y hasta el uniforme de los criados variaban en cada una de las estancias. Las mesas se habían dispuesto siguiendo unos parámetros preestablecidos, pero la gran cantidad de invitados permitió que algunos de ellos driblaran la férrea organización protocolaria y cambiaran su asiento en uno de los salones para encontrar ubicación en otro, primordialmente en el Salón Español, la verdadera joya de las estancias. Después de la cena, los invitados se disponían a disfrutar de un gran baile en el Pabellón. Pensar en que tendría que acercarse a Vasili para que éste la llevara por todo el salón de baile le hizo anhelar un desmayo; no tenía el ánimo de brincar, menos aún con semejante pareja de baile. Se consoló sabiendo que las peticiones del resto de los invitados le evitarían dar un solo paso de vals junto a él.

Uno de los muchos que se presentaron como salvadores fue Serguéi Solomko, el talentoso artista encargado de diseñar y confeccionar los disfraces que se lucirían en el baile de disfraces de la noche del 26 de febrero, en menos de cuarenta y ocho horas. El nerviosismo del artista era tan evidente que apenas acertó con los compases de la mazurca que en ese momento interpretaba la orquesta; la destreza de sus manos no se correspondía con la mostrada por sus pies. La condesa fingió un cansancio repentino que requirió de la atención de su patosa pareja de baile, librándole de una situación incómoda que para un artista siempre resulta más perturbadora que para el resto.

—Es usted un ángel, condesa, con alas incluidas —agradeció Solomko—. Por eso, quiero invitarla a un rincón secreto para agradecerle que me haya librado del ridículo, si bien ya le anuncio que mi proposición se tornará indecente. A no ser que alguien la espere…

—Me temo que ese alguien está demasiado lejos.

La condesa aceptó su brazo sabiendo que aquel hombre de gran talento y sensibilidad artística, responsable de que la aristocracia rusa se hubiera gastado grandes sumas de dinero en la confección de los disfraces, no representaría ninguna amenaza para ella. Como dos intrusos que buscaban el escondite de las sombras y los vericuetos arquitectónicos, recorrieron raudos los laberínticos pasillos del Hermitage. Por la seguridad con la que caminaba por ellos, sin asomo de duda ante cada encrucijada, diría que conocía el terreno y que no era la primera vez que lo transitaba.

—Me formé en la escuela artística de Moscú. Pero créame que lo que está a punto de contemplar no se enseña en ningún aula de escultura, arquitectura o pintura. Al menos, no al gran público.

—El gran público está sobrevalorado, al igual que la belleza.

—Eso es fácil decirlo para alguien que la posee en abundancia.

La expresión de Solomko y una ostentosa puerta de entrada a una sala escondida de miradas extrañas le indicaron que habían llegado a su destino.

—¿Preparada para entrar en la Historia?

—Creí que eso era dentro de dos días, en el baile de disfraces.

—Me refiero a la verdadera Historia, a la que se esconde en las alcobas y en los lugares más recónditos de la intimidad de sus protagonistas, oculta a la mirada de ese gran público que ambos aborrecemos.

La sonrisa de la condesa asintió por ella antes de transformarse en un gesto de asombro contenido. Ante sus ojos se abría la estancia secreta que Catalina la Grande ordenó construir como su refugio particular, un lugar de descanso en el que anhelaba pasar gran parte de su tiempo, entre valiosas obras de artes y la visita de sus numerosos amantes. Si los rumores de la corte hablaban de más de seiscientas amantes del zar, los números de la emperatriz más carismática del Imperio ruso no iban a la zaga. La condesa observó los tesoros de las mejores colecciones de arte comprados por Catalina II de Rusia durante su vida, especialmente durante los treinta y cuatro años de su reinado. En anteriores visitas había tenido oportunidad de ver alguna muestra, pero nada comparado a lo que ahora admiraba. Sin embargo, la expresión de Solomko le informó de que no la había llevado allí para contemplar obras que podría encontrar en cualquier museo del mundo. Había algo más.

—Lo que está a punto de ver es algo muy íntimo que pocos conocen y que el pueblo ignora —le anunció Solomko mientras abría una de las puertas—. Es sólo una parte de la colección. El resto se conserva en el palacio Tsárskoye Seló.

La mayor colección de arte erótico que hubiera podido imaginar le dio la bienvenida. Ante sus ojos empezaron a aparecer mesas, sillas, butacas, escritorios, espejos, marcos, cajas de música, tapices y cuadros decorados con ornamentos sexuales, en particular falos y senos femeninos y vaginas, aunque también había otros más explícitos, con prevalencia del sexo oral, como el tallado en el respaldo de unas butacas. Penes de madera decoraban las paredes, los cuadros reflejaban escenas pornográficas que se extendían a las cortinas y los cojines, las esculturas que poblaban la estancia representaban siluetas desnudas en posturas sexuales y la colección de fotografías desplegadas por la sala revelaban escenas de zoofilia, violaciones y pedofilia.

—Compréndalo, condesa. La emperatriz se casó a los quince años con el duque Pedro, que resultó ser impotente. ¿Alguien puede culparla de buscar el placer donde la Historia se lo negaba?

—El duque tenía amantes incluso cuando se convirtió en el zar Pedro III. Dudo que fuera impotente.

—Las queridas no cuentan. Estamos en el templo de la oficialidad, condesa. Aunque, contemplando el final del zar, ni siquiera de eso puede uno fiarse.

—A Pedro III le asesinaron por sus complicadas relaciones con Prusia.

—¿Acaso existen relaciones que no lo sean? Hubo quien vislumbró la sombra de la emperatriz en ese asesinato. Quién sabe, quizá la emperatriz tenía tanto apetito de trono como de amantes. Siempre me han gustado las mujeres con apetito. —Solomko deslizó la mano por los objetos de la colección erótica—. Y la emperatriz Catalina tenía un gran apetito sexual. Por eso el pueblo la denominaba la Mesalina del norte, aunque ella prefería llamarse «la filósofa del trono». Y, además, era inteligente: cuando terminaba con sus amantes, les ofrecía un cargo de confianza para tenerlos bien cerca. Su último amante era cuarenta años menor que ella. ¿No le parece digno de la Rusia imperial?

—No puedo creer que esto sea verdad... —señaló la condesa, sin poder retirar la vista de aquellas piezas; cuanto más observaba, más detalles descubría. En ese momento rodeaba una lámpara, intentando encontrar la dirección correcta en la que observar aquellas figuras representando un *cunnilingus.*

—No sea mojigata, condesa Tarnowska. Deje ese papel para la zarina. No creo que la emperatriz haya pisado siquiera esta habitación. De hacerlo, moriría como la emperatriz Catalina la Grande... —La expresión pretendidamente escandalizada de la condesa le llevó a explicarse mejor—: De una apoplejía mientras estaba en el baño, querida, no penetrada por la verga de un caballo, como aseguran las malas lenguas. Las malas lenguas y el propio Voltaire, al que cuentan que la emperatriz escribió una carta reconociendo sus relaciones con un hermoso equino.

—Las malas lenguas siempre mienten.

—Todos lo hacemos. Si he de ser sincero —bajó el volumen de su voz, como si en esa sala hubiera alguien más aparte de ellos—, prefiero una zarina como ella dedicada a las artes, a las letras y a la cultura. Supo mantener firmes muchas cosas en esta corte y fuera de ella, también las revueltas y los conatos de protesta, una senda que marcó Pedro el Grande. De ahí el acierto de organizar un baile de disfraces en su época. Lo que me lleva a preguntarle, ¿tiene todo listo para el gran espectáculo?

El sonido apremiante de unos pasos en el pasillo exterior hizo que los dos callaran y se contemplaran como si fueran dos de los miles de revolucionarios que organizaban las huelgas dispuestas a asolar el país mientras trescientos noventa miembros de la aristocracia se divertían en el Hermitage.

—Será mejor que volvamos —propuso Serguéi Solomko, después de que la amenaza del pasillo se fuera como había llegado—. Seguro que alguien la estará echando de menos.

La condesa salió de aquella habitación reafirmándose en sus creencias. Los secretos, por muy perversos y escandalosos que sean, mantienen a salvo el mundo. Quizá el comportamiento sexual del conde Tarnowski no era tan extraño entre la aristocracia rusa. Se preguntó qué pensaría el pueblo si conociera aquel arsenal erótico de una de las zarinas más poderosas de la historia de Rusia. Cuanto más escondidas permanecieran algunas cosas, más contribuirían a mantener la paz; la verdad no siempre garantiza una vida mejor. Los Romanov llevaban casi tres siglos en el poder y habían logrado guardar secretos, por muy oscuros que éstos fueran: traiciones, asesinatos, perversiones, robos, desviaciones, torturas... Cuanto mayores eran los secretos, mayor se hacía Rusia, tanto en extensión como en grandeza. Si Pedro I el Grande coleccionaba enanos, Catalina la Grande coleccionaba falos de madera. El poder excita, y por eso Rusia y su gran familia imperial resultaban tan estimulantes. Si alguien descubriera sus secretos, el imperio caería. Quizá aquélla era la verdadera razón para la gran mascarada que se celebraría en unas horas en el Palacio de Invierno.

Durante toda la noche, la condesa elucubró sobre si el desconocimiento conseguía evitar más guerras y revueltas que todas las políticas del mundo. Y si no sería esa misma ignorancia sobre el estado de salud de Alekséi Bozevski lo que estaría asegurando la paz en su vida.

Sin embargo, algo en esa ecuación no le convencía.

Si ése era el precio de la paz, prefería la guerra. Si para ser feliz necesitaba desvelar su secreto, lo haría, aunque cayeran mil imperios.

24

A las once de la noche del 26 de febrero de 1903, la Rusia del siglo XVII tomó el Salón de Malaquita del Palacio de Invierno. Los casi cuatrocientos invitados pertenecientes a la aristocracia rusa lucieron sus disfraces como si compitieran por ver quién vestía las mejores telas, las pieles más espectaculares y las joyas más valiosas. En Rusia todo terminaba siendo una pugna, aunque no siempre el mejor resultaba vencedor.

—Estás espectacular, aunque debo decir que me decepcionas —comentó Vasili al ver el imponente aspecto de su esposa—. Hubiese sido una oportunidad única de homenajear al Hermitage disfrazarte de diosa Sejmet, con cuerpo de mujer y cabeza de león. Incluso la luna llena te acompaña esta noche y siempre ha sido tu aliada.

La condesa ignoró el comentario malicioso del conde. Se refería a la misteriosa escultura que guardaba el palacio en la sala dedicada al Antiguo Egipto de la diosa Sejmet, símbolo del poder y la venganza cuyo aliento creó el desierto. Era una contumaz sanguinaria que deseaba aniquilar a la raza humana, en especial a los hombres. Según la leyenda que recorría Rusia, una vez al año y coincidiendo siempre con la luna llena, alrededor de la escultura de la diosa aparecía un charco de color rojo, que permanecía ahí hasta que el ojo humano intentaba posarse en ella.

—Tú también me defraudas. Esperaba verte con un hábito negro y un casco en el que aparecieran un cráneo de perro y una escoba. —La condesa aludía a los *opríchniki*, una serie de guerreros y monjes que abandonaron a su familia para formar la guardia personal de Iván el Terrible y que, jurando lealtad al zar y actuando para salvaguardar su poder, se comportaban de manera violenta y cruel contra la sociedad, empleando el asesinato, la tortura, las violaciones y el robo. El cráneo de perro en el casco respondía a su mote: «los perros del zar»; la escoba, a su función de barrer la basura de Rusia—. Sería un disfraz muy adecuado para ti, querido: tampoco a ellos los echó nadie de menos cuando se volvieron contra su creador y él se encargó de purgarlos. No conviene ensañarse con tu propia gente y ver enemigos en quienes son amigos.

Un carrusel venido de la Rusia ancestral, comandado por Iván el Terrible y Pedro I el Grande, llenó la sala de aristócratas vestidos con los trajes tradicionales rusos utilizados dos siglos atrás. Las marquesas, baronesas, condesas y duquesas del siglo XIX aparecían engalanadas con llamativos *sarafanes*, vestidos de colores sin mangas y sobrepuestos en camisas blancas de manga larga y con el tradicional *kokóshnik*, un tocado rígido con acabado redondo o picudo y adornado con diferentes joyas en su parte frontal. Los hombres se convirtieron en boyardos, con sus casacas largas, sus abrigos de terciopelo y sus gorros de piel altos, y en *streltsí*, los antiguos militares rusos provistos con el tradicional arcabuz, su característica arma de fuego que se cargaba por el cañón, y enarbolando el *bardiche*, el hacha habitual de estos guerreros. Muchos también aparecieron como arqueros y cetreros con sus caftanes blancos con águilas bordadas.

Cuando los zares entraron en el Salón de Malaquita, una gran exclamación recorrió la sala.

Nicolás II había elegido convertirse en el zar Alejo I, luciendo un majestuoso caftán brocado en oro, un gorro con borde de piel, y en su mano el cetro que le confería la autoridad. Homenajeaba al zar al que apodaron el Apacible, un héroe para muchos por iniciar las reformas que continuó e instauró su hijo Pedro I el Grande —el zar más famoso de la historia y responsable de la modernización del país—, aunque mantenía en secreto sus depravadas orgías, así como las torturas a las que sometió a su propio hijo.

Los mayores elogios fueron para la zarina, reencarnada en la bella María Miloslávskaya, esposa del zar Alejo I, con un vestido hecho en satén y una corona diseñada por la firma Fabergé, con todo tipo de piedras preciosas y perlas engarzadas, que se disputaban el protagonismo con la gran esmeralda que la zarina lucía a la altura del pecho. Hubiese resultado imposible comprobar la correspondencia real con la original, ya que, en aquella época, las zarinas y sus hijas vivían prácticamente confinadas en palacio y ni siquiera asistían a los bailes celebrados, al no ser adecuado mantener contacto con los hombres de la corte.

Los invitados se acomodaron en las treinta y dos mesas desplegadas por el Salón de Malaquita y por otros adyacentes para disfrutar del banquete amenizado por uno de los coros más emblemáticos del país, el de la ciudad de Arcángel. Pero antes de hacerlo, pasaron por una peculiar sesión fotográfica encargada por los zares para inmortalizar el baile de disfraces que prometía convertirse en toda una referencia para fiestas posteriores. Los Romanov cumplían doscientos noventa años consecutivos en el poder. Casi tres siglos en el trono merecían quedar inmortalizados en centenares de instantáneas, tanto de grupo como individualizadas. Todos posaban altivos y sofisticados. Siguiendo las indicaciones, miraban de frente al pequeño cilindro metálico a modo de objetivo que sobresalía de las cajas de madera situadas sobre trípodes; los mejores fotógrafos, como un pelotón de fusilamiento apuntando a lo más granado de la aristocracia rusa.

—La zarina ha encargado la publicación de un libro con las fotografías de los disfraces, sobre todo de los más espectaculares. Y el suyo es uno de ellos, querida —comentó una de las invitadas.

—¿Y para qué lo quiere? ¿Quizá como un obsequio a los que asistimos al baile?

—Ella siempre tiene fines más altruistas, aunque sean otros los que los financien. Seremos nosotros los que lo compremos, y ese dinero se destinará a nuestras tropas imperiales enviadas a Manchuria y Corea. Eso si los japoneses no deciden aguarnos la fiesta antes... —Era conocida la creciente inestabilidad entre ambos países.

El fogonazo cegó sus ojos. Por un momento, todo se volvió blanco para después tornarse negro. Temió un desmayo o algo peor, un ataque epiléptico, como el que sufrió después del accidente de Alekséi Bozevski y que Elisa Perrier tuvo que gestionar. Vasili la ayudó a volver en sí. Le tendió la mano y la encontró fría como un témpano.

—¿Estás bien? —preguntó el conde sin obtener respuesta.

Observó a su mujer; aquella vez no era indiferencia lo que percibió en su esposa, sino cansancio, como si se hallara a kilómetros de distancia de allí, como si de verdad deambulara por los anales del siglo XVII.

A la condesa, el baile de máscaras comenzaba a resultarle asfixiante. Deseaba que aquel carnaval de fantasmas del pasado volviera a replegarse entre las sombras para que ella pudiera arrancarse el disfraz con el que cargaba desde hacía tiempo.

Semanas después de la celebración del espectacular baile de disfraces en el Palacio de Invierno, que sólo consiguió rivalizar en importancia con las celebraciones por el segundo centenario de la ciudad de San Petersburgo, la condesa recibió un envío postal en su residencia de Kiev. Era el álbum fotográfico realizado a petición de la zarina y que todos los invitados habían adquirido. Contempló las ciento setenta y cuatro fotografías y la veintena de grabados que conformaban el ejemplar, cuya encuadernación se había realizado con el mejor papel y cuidando cada detalle, como los hilos de oro que cosían la piel de la cubierta.

Vasili contempló el libro, se detuvo en la foto colectiva.

—No me gustan las mujeres con caras serias, especialmente si son rusas. Parece que estén pensando, y de ahí a pedir el voto como las inglesas y las estadounidenses hay un estrecho margen.

—Un escándalo que las mujeres reclamen lo que los hombres se empeñan en quitarles.

La condesa había pasado de exhibir una indiferencia total hacia su marido a responderle con altas dosis de sarcasmo que buscaban ridiculizarle y provocarle. Era un nuevo paso atrás en su matrimonio, aunque el conde lo interpretó como un avance; al menos su mujer le dirigía la palabra.

Ella también había visto las noticias que aparecían en la prensa sobre el sufragismo en las ciudades inglesas y cómo la Unión Nacional de Sociedad por el Sufragio de las Mujeres, a imitación de otros movimientos surgidos con anterioridad en Estados Unidos, ampliaba la reivindicación de derechos de las mujeres, que iban desde la igualdad de salario hasta la incorporación a determinados ámbitos profesionales y sociales que permanecían vetados para ellas y, lo que personalmente más le interesaba a la condesa, el derecho de las madres a ser tutoras legales de sus hijos.

—Me encantaría seguir escuchando tu opinión sobre las sufragistas y demás dementes e histéricas, pero tendrá que ser más tarde. Mis obligaciones me requieren —anunció el conde a su mujer, para quien su marcha representaba la puerta de acceso al paraíso, sin importarle en absoluto la naturaleza de sus deberes.

Cuando se disponía a salir de la estancia, donde la condesa permanecía hojeando el álbum de fotos ayudándose de una lupa, uno de los criados entró en la sala.

—Un correo para la señora —informó el sirviente, lo que no evitó que la mano del conde apresara el sobre de la bandeja de plata.

Odiaba que su marido fiscalizara su correspondencia con el descaro propio de la impunidad, aunque no le inquietaba. Seguía disfrutando del favor del servicio, que, en el caso de recibir una carta de determinados caballeros, se la entregaría personalmente a la condesa o a su doncella personal. El conde podía examinar todo lo que quisiera; lo importante nunca se mostraba a la luz. Ella, como los Romanov, sabía guardar sus secretos en compartimentos bajo llave.

El nombre del remitente no era sospechoso de esconder secretos de alcoba: «K. K. Bulla. San Petersburgo». Era uno de los fotógrafos más conocidos de la capital, nacido en Prusia, cuyas fotografías solían aparecer en la prensa retratando tanto la vida de la ciudad como la de palacio. En su último viaje, la condesa se había acercado a su taller, ubicado en la avenida Nevski, después de hacer unas compras en los almacenes Gostiny Dvor, que no quedaban lejos de su estudio, para hablar de la posibilidad de hacer unos retratos de sus hijos Tioka y Tatiana; crecían demasiado rápido, aunque el tiempo pasaba demasiado lento para ella. Él se había ofrecido a acudir a la residencia de Kiev, y ese encargo seguía pendiente.

El conde volvió a poner el sobre en la bandeja de plata para que le fuera entregado a su verdadera destinataria. Seguía sin recibir la misiva que ella quería; aun así, no dejó traslucir la decepción y rasgó los bordes de la envoltura ayudándose del abrecartas. Karl Karlovich Bulla había cumplido la promesa que le hizo durante la sesión fotográfica del 26 de febrero en palacio, cuando se comprometió a enviarle personalmente una copia de las fotografías en las que apareciera sola. Contempló aquellas instantáneas en las que salía elegante y bella, aunque demasiado seria; no parecía ella y no era culpa del disfraz. Su marido no se equivocó cuando aquella noche del baile de disfraces le dijo que estaba hermosa. Tampoco falló en su apreciación sobre que las mujeres serias parecían estar pensando y eso podía ser un peligro para el orden establecido. Mientras el carruaje de Vasili abandonaba la residencia, ella seguía observando esas fotografías, comprobando lo poco que se parecían aquellos retratos a los que Bulla hacía de los basureros o de las limpiadoras. Su cámara captaba con la misma maestría los comedores sociales a los que acudían los pobres, los restaurantes caros como el Medved o los bailes de disfraces en el Palacio de Invierno, donde se habían lucido joyas con valor suficiente para dar de comer a toda Rusia durante varias décadas. Era un fotógrafo de la vida, sin importarle dónde residiera ésta. Y, además, era un hombre de palabra. Ojalá todos los hombres de su vida hubieran mantenido sus promesas.

La aparición de Elisa Perrier le pareció de lo más oportuna.

—Recuérdame que le envíe al señor Bulla una carta de agradecimiento. Y de paso, concretaré con él una fecha para realizar los retratos de los niños. Como tarde más, Tioka y Tatiana saldrán con sus propios hijos...

La expresión de la doncella le impidió seguir hablando. Pasaba algo. No temió por sus pequeños, a los que escuchaba en el salón de juegos. El semblante de Elisa era de excitación contenida, no de preocupación.

—Señora, hace un día precioso. Es una pena que permanezca aquí encerrada.

Conocía los tonos de Elisa, y aquél le sonó a música celestial.

—¿Qué sucede? Habla, estamos solas.

—Yo la acompañaré —insistió, intentando expresar con su mirada lo que se negaba a enunciar con palabras—. Le traigo el chal por si desciende la temperatura fuera; no creo que lo haga, aunque puede que llueva.

La condesa obedeció, más intrigada que inquieta por el secretismo de su doncella. Desde que había entrado a trabajar para ella, se había distinguido por su fidelidad y su exquisita discreción, aunque en aquella ocasión le pareció que pecaba de exceso. Cuando ambas abandonaron el interior de la residencia para encaminarse a los jardines, la condesa rompió el sigilo que le estaba resultando demasiado teatralizado.

—¿Se puede saber qué ocurre? Pareces Tioka con sus adivinanzas. ¿Y por qué me haces salir de la casa? Ni que tuviéramos espías…

—Las cosas cambian y las personas mucho más. Ahora lo entenderá.

—¿Qué sucede, Elisa? ¡Habla de una vez!

—Alekséi Bozevski. Eso sucede.

El sonido de aquellas dos palabras sí le pareció la entrada al paraíso. Su rostro se iluminó como lo había hecho el Kremlin durante la coronación de Nicolás II. Desde que había regresado de San Petersburgo, sólo había recibido noticias suyas a través del doctor Stahl, que, enviado por él, había acudido a visitarla para comunicarle que se encontraba bien, aunque la herida se había infectado y requería más cuidados de los previstos. Su vida no corría peligro, al menos como consecuencia de aquel disparo. Por boca del doctor, le había pedido que le esperara, que no le olvidara y le había prometido que él se pondría en contacto con ella cuando las circunstancias lo permitieran. Alekséi, como Bulla, también había cumplido su palabra.

—¿Está aquí? —Comenzaba a faltarle el aire.

La mirada de Elisa se clavó en un punto a la espalda de la condesa, y ella se dio la vuelta. Ahí estaba. Ni siquiera advirtió que su doncella se alejaba para dejarlos solos. La imagen del bello Bozevski era todo el mundo que sus sentidos percibían. Sin preocuparse de comprobar si alguien los observaba —algo que ya había hecho su fiel doncella—, corrió hacia él y, por primera vez, le besó como ambos habían deseado hacerlo desde el primer día en que sus miradas se cruzaron.

—Me estaba volviendo loca. Todos estos meses sin saber de ti, sin poder verte ni escribirte. Temía que me hubieras olvidado.

—Ni siquiera la muerte logrará que te olvide o que deje de amarte.

—No hables de muerte, no en un momento así. He estado pensando... —le confesó la condesa, incapaz de apartar de él sus manos.

—Espera... —la interrumpió.

—Ya he esperado mucho. No pienso hacerlo más. Te amo, Alekséi. ¿No era eso lo que me pediste que te dijera la última vez que nos vimos? —le recordó la condesa, recuperando en su memoria la competición de tiro en casa del doctor Stahl.

—Lo recuerdo y, en lugar de eso, me disparaste en la mano —ironizó.

Ella bajó la mirada buscando la mano herida. Todavía llevaba un aparatoso vendaje, aunque Alekséi insistía en quitarle importancia.

—No te burles. Aún tengo pesadillas de ese día.

—Me gusta aparecer en tus sueños.

A oídos de la condesa, sus palabras parecían una réplica de las novelas románticas que seguían entreteniendo sus días y en especial sus noches. Pero había algo en el rostro de Alekséi que lo mantenía agarrotado, a pesar de su sonrisa y del centelleo luminoso de su mirada. Le ocultaba algo, podía percibirlo. Quizá por eso se asustó al ver su imagen parcialmente reflejada en el pasador dorado prendido en el pañuelo que Bozevski llevaba anudado al cuello.

—Tengo que contarte algo —admitió él al ver su gesto retraído.

No podía haber un desenlace feliz para aquel anuncio. Se retiró mínimamente del cuerpo de Alekséi para poder contemplarle, como si fuera a escuchar mejor con los ojos aquello que tuviera que decirle.

—Me estás asustando —admitió la condesa. Que él no tratara de calmarla la intranquilizó aún más.

—Elisa me ha confirmado que no recibiste mi última carta...

—¿Me escribiste? ¿Cuándo? No recibí nada —reconoció la condesa, cada vez más alterada.

—Me temo que el conde ha convencido a alguno de los criados para que ceda en la fidelidad que siempre te han mostrado. Es la única explicación que encuentro para que la carta no llegara a tus manos, aunque entrara en tu casa.

—Eso no puede ser… —negó la condesa, confundida y entendiendo mejor la prudencia de Elisa Perrier—. Pero ahora eso no importa. ¿Qué me decías en tu carta?

—Tu marido me ha retado a un duelo.

La confesión de Alekséi provocó un tsunami de fuego que se abrió paso en su interior hasta que las llamas casi la impidieron ver. Una vez más, la maldita palabra *poyedinok*. El fantasma del duelo volvía a aparecer en su vida cuando empezaba a vislumbrarla de nuevo. La noticia talló su rostro en mármol.

—No puedes hacerlo.

—No puedo negarme. Soy un caballero.

—¡Pero tu mano, Alekséi! —exclamó, encontrando la verdadera razón de su gesto serio—. No será un duelo justo. No puedes sujetar el arma.

—Vasili es un tirador nefasto. Puede que tenga una oportunidad —bromeó.

—¿Es que no ves lo que intenta? Es un cobarde que sólo se atreve a pelear cuando sabe que su enemigo está herido. —La condesa había entendido la razón de ese precipitado duelo, pero no estaba dispuesta a seguirle el juego a su marido—. Te prohíbo que vayas. El duelo es por mi culpa, por salvaguardar mi honor, ¿verdad? No necesito el honor si no puedo amarte. ¡Huyamos! Te digo que he estado pensando…

—Nada me haría más feliz. Y te prometo que lo haremos. Pero no antes de acudir a ese duelo.

—¡Te va a matar! ¿Es eso lo que quieres? ¿Acaso lo deseas más que a mí? ¿Para esto tantas palabras de amor? ¿Para que los hombres acabéis matándoos entre vosotros y condenándome a mí?

—Veo que no contemplas que gane...

—No va a ganar nadie. Sólo lo haremos si nos marchamos antes. Tengo la excusa perfecta: iré a San Petersburgo para que un fotógrafo retrate a Tioka y Tatiana. Podemos encontrarnos allí, o ni siquiera tenemos que llegar al destino. ¡Huyamos, Alekséi! Si en verdad me amas, renuncia a ese estúpido duelo y no a mí.

—No he amado a nadie en toda mi vida como te amo a ti. Y en nombre de ese amor, tengo que batirme en duelo con tu marido. No hay otro remedio.

—Te equivocas —dijo de manera tajante, convencida de que jamás saldría victoriosa de aquella situación—. Hay otro camino.

Se alejó de él haciendo esfuerzos por contener la rabia que le desgarraba el alma, ya que no podía contener las lágrimas. El sol, que hacía unos minutos bañaba de oro el jardín, se ocultaba ahora tras el velo de unas nubes negras que, como sus ojos, empezaron a descargar toda la turbación que guardaban dentro. La lluvia ahogó la tierra del mismo modo que las palabras de Alekséi lo habían hecho con sus sueños, convirtiéndolos en barro, en una arcilla inútil que se escapa entre los dedos imposibilitando modelar nada.

Entró en la residencia calada hasta los huesos. El inesperado aguacero había disfrazado de lluvia sus lágrimas: el final era el mismo, todo era agua. Ésa es la grandiosidad de la naturaleza que el ser humano no entiende, empeñado en ver otras cosas. Se observó en el espejo de la entrada. Su madre Ekaterina tenía razón: todos los espejos, con independencia del oro de su marco, ofrecían la misma imagen.

Cuando Elisa la vio llegar con el rostro desencajado, no fue capaz de preguntar nada. Corrió tras ella, pero le resultó imposible acceder a la habitación que la condesa cerró de golpe y con llave, como los secretos. Durante horas, sus gritos se escucharon en toda la casa: maldiciones, juramentos y bramidos, llantos en guerra con la tormenta eléctrica desatada en el exterior. No había cielo para acoger tanto rayo ni tampoco garganta para amparar más quejas. Su voz parecía el lamento de un animal herido de muerte; así se sentía desde que Alekséi le confesó sus intenciones. La naturaleza insistía en mantener la igualdad entre las especies.

Sólo al final de la tarde permitió la entrada de Elisa, que la contempló con la preocupación de siempre cuando algo inquietaba a la señora, como si le doliera más a ella que a la propia condesa. En ese caso no era así. La condesa llevaba muerta unas horas. Después de informarle de lo que había ocurrido en los jardines de la residencia con Alekséi Bozevski, le comunicó la decisión que había tomado y que comunicaría al conde en cuanto éste llegara a casa. La doncella le rogó que no se precipitara, que todavía estaba a tiempo de buscar otra solución, que aquello la enterraría en vida, que las cosas por la noche se ven más oscuras de lo que en realidad son. Pero de nada sirvieron los siempre bien recibidos consejos de Elisa. La decisión era firme y también la más difícil que había tomado jamás. Quizá era así como acabaría todo. Quizá era ella la que realmente se estaba batiendo en duelo.

—Señora, confíe en mí, no lo haga. Espere a mañana, siempre hay esperanza.

—La esperanza es lo más peligroso del mundo. Por eso estamos así.

Cuando el conde Tarnowski llegó a la casa, una silueta de mujer, erguida como una diosa egipcia, lo aguardaba en el salón a pesar de lo avanzado de la noche. Se adentró en la estancia para confirmar que era su esposa y no una visión nacida del alcohol y el reflejo de la chimenea que crepitaba como si el demonio estuviera declamando un monólogo. El rostro de la condesa estaba más serio que el de las mujeres en las fotografías del álbum del baile de disfraces y mucho más triste que el de la Madre de Dios en los iconos rusos. Vasili caminó despacio, como si temiera que estuviera armada y fuera a dispararle. Una noche en casa del gran duque Pávlovich le había confesado que la tenía miedo. Ese sentimiento no le había abandonado.

—Tengo algo que proponerte —le comunicó ella. Su voz era clara y limpia; su tono, concluyente—. Y será mejor que prestes atención porque no es algo que suelas escuchar.

Vasili la miró con el temor del acusado ante la sentencia de un gran tribunal, sin saber si será la puesta en libertad o una condena a muerte. Una vez más, la condesa había conseguido atraer toda su atención.

—Tú ganas, Vasili. No volveré a verle. Seré exclusivamente tuya, una pieza más de tu propiedad —anunció sin dejar de mirarle. Pronunció cada palabra como si la estuviera tallando en piedra. El gesto de su marido se abrió, como lo hacía la madera en el fuego de la chimenea—. Sólo hay una condición: debes suspender el duelo con Alekséi Bozevski. Es la mejor oferta que te van a hacer en tu maldita vida. Eres comerciante, sabes que no lograrás un acuerdo mejor. Ya me comunicarás tu decisión cuando puedas considerarla, supongo que cuando se te pase la embriaguez.

La condesa dejó sobre la mesa el vaso de brandy que sujetaba en las manos, lo único que había logrado calentarle el ánimo. A punto estaba de abandonar el salón cuando escuchó la respuesta del conde:

—No necesito pensar nada. Acepto. Mañana mismo se lo comunicaré al señor Bozevski.

25

El paquete incluía un sobre con su nombre escrito en él. Le llamó la atención la claridad de la caligrafía: delicada, pulcra y elegante. Imaginó que correspondería a una mano femenina, aunque nada en aquel envoltorio informaba de la identidad del destinatario. No solía recibir envíos desde París, a no ser que vinieran en grandes baúles con el marchamo de una casa de modas. Antes de abrir la pequeña caja para descubrir su contenido, rasgó el papel del sobre para conocer quién lo mandaba. Al ver el nombre grabado en el tarjetón sonrió como llevaba tiempo sin hacer, tanto que casi le hizo daño.

Habían pasado dos semanas desde el acuerdo alcanzado con su marido. La vida de la condesa se había vaciado y no había quedado nada en su interior. Sentía el corazón negro como los rescoldos del fuego apagado, pero, a diferencia de la chimenea, nadie lo limpiaba. Su semblante evidenciaba la derrota, aunque nadie puede culpar al rival cuando la retirada ha sido voluntaria. La condesa sabía que su decisión era la única posible si quería evitar la muerte del hombre al que amaba; lo hizo por el amor que sentía hacia Alekséi, pero también por egoísmo: si Bozevski fallecía en el duelo, ella también moriría. Hubiese sido capaz de quitarse la vida y no podía hacerle eso a sus hijos. Prefería vivir sintiéndose muerta, pero sabiendo que él seguía vivo. Elisa lo había llamado esperanza; ella, purgatorio. Nunca había realizado mayor declaración de amor que aquella propuesta que el conde Tarnowski aceptó con la celeridad de los cobardes, conscientes de que no podrán vencer si no es por la debilidad o el abandono del rival.

Había tenido mucho tiempo para pensar, y llegó a la conclusión de que los verdaderos cobardes eran quienes se suicidaban por amor. Se acordó de su cuñado, el joven Piotr, que se ahorcó por la pasión que sentía por ella y la imposibilidad de verse correspondido. Había que ser muy valiente para seguir viviendo con el corazón convertido en un tizón parcialmente carbonizado mientras los responsables de esa combustión seguían disfrutando de sus vidas construidas sobre los rescoldos. Al menos, a la condesa le quedaba el consuelo de imaginar a Alekséi caminando, comiendo o hablando; a salvo, en definitiva. La tristeza era lo único que los mantenía unidos y con eso habrían de conformarse.

Ante esa tediosa perspectiva, ver aquel nombre impreso en el tarjetón le había hecho olvidar por un instante que estaba muerta en vida: François Coty. El joven perfumista francés al que conoció en la Exposición Universal de París había cumplido su sueño y también la promesa que le hizo ante el príncipe vinicultor Leo Golitsin. Emocionada, leyó la misiva:

> Querida condesa Tarnowska:
>
> No me pregunte por qué, pero creo que es el destino lo que me lleva a escribirle esta carta. Me animó usted tanto en perseverar para conseguir mi sueño que me siento en deuda con usted. Por esa razón, le mando un frasco de mi primer perfume. Su nombre es La Rose Jacqueminot y su lanzamiento está previsto para el próximo año. Presiento que 1904 será un gran año para todos. Espero que mi fragancia la acompañe como un buen amante que logra que su aroma prevalezca en el tiempo y en la memoria...

En la carta le detallaba cómo el destino había intercedido para que ocurriera el milagro. Unos meses antes, había acudido a Les Grands Magasins du Louvre, uno de los muchos grandes almacenes y tiendas de París que recorrió para ofrecer su perfume. Hasta entonces sólo había recibido negativas e incluso burlas, y, cuando el responsable del departamento rechazó su producto, la rabia hizo que François estrellara un frasco de su perfume contra el suelo, inundando el local con su aroma. Las clientas que se encontraban en la tienda se interesaron por aquel olor único, exquisito y embriagador. Ese día se vendieron todos los frascos de La Rose Jacqueminot que llevaba el perfumista: una docena. Los pedidos no dejaron de crecer. Todos querían un frasco de aquella fragancia, anhelaban tener en su piel el enigmático olor que seducía por igual a hombres y mujeres. El director del establecimiento le pidió una primera remesa de medio centenar de frascos, y François y su mujer Yvonne se pasaron toda la noche preparando el pedido en su pequeño apartamento de París.

La condesa Tarnowska dobló la carta siguiendo los pliegues y la introdujo de nuevo en el sobre, aún con la sonrisa en la cara. Después abrió la caja para descubrir una hermosa bolsa de seda roja en cuyo interior aguardaba el frasco, hecho con un delicado cristal de Baccarat que contenía un líquido ambarino. El atractivo diseño invitaba a tocarlo con las manos; el tapón, en forma de esfera poliédrica, cobraba especial protagonismo. En el cuello del frasco había atado un hilo de oro que, según explicaba en la carta, había sido idea de su mujer, sombrerera de profesión, que le ayudó a presentar el producto de una manera atractiva. Volvieron a ella las palabras del perfumista en la lejana Exposición de París: «Dele a una mujer el mejor producto, comercialícelo en el frasco perfecto, hermoso en su sencillez, pero impecable en su buen gusto, fije un precio razonable y será testigo del nacimiento de un negocio». A los pocos días, François recibió un primer encargo de su perfume La Rose Jacqueminot valorado en más de quince mil dólares. Aquella explosión de rabia y frustración había dado sus frutos y estaba a punto de reportar al perfumista francés grandes beneficios.

«He aquí un hombre que sabe alcanzar sus sueños burlando al destino y utilizando un aparente revés como catalizador del éxito», pensó la condesa mientras abría el frasco para dejarse embriagar por su olor. Cerró los ojos para concentrarse mejor en el misterioso aroma de rosas con un ligero toque confitado. Aparentemente simple, sencillo, pero tremendamente sugerente y soberbiamente elegante. «Mi perfume evocará el poder mágico e hipnótico de la seducción. En otras palabras: la quiero a usted en un frasco, condesa», le había dicho François hacía tres años.

Fue como si aquel olor y el recuerdo de aquellas palabras despertaran algo en su interior. Sintió que se desataba en ella lo mismo que se había desencadenado cuando el frasco de perfume se estrelló contra el suelo. Igual que su fragancia se escapó para conquistar a todo el que entraba en Les Grands Magasins du Louvre, ella también necesitaba estallar para dejar escapar su verdadera esencia.

Tuvo que esperar a la mañana siguiente para hablar con el conde durante el desayuno. Aunque ella se comprometiera a ser sólo de su propiedad, como Vasili le recordaba constantemente, él continuaba saliendo cada noche al encuentro de sus amantes, una lista cada vez más extensa. Desde que le propuso el acuerdo, la condesa se negó a acudir a fiestas y demás celebraciones sociales, obligando al conde a asistir solo o a declinar la invitación, disculpando su ausencia con alguna excusa improvisada que nadie creía. Era sospechoso que un hombre casado con la mujer más hermosa y seductora de la ciudad no apareciera nunca con ella, y los rumores de toda índole seguían recorriendo la corte. Sólo alguna visita, como la del doctor Stahl, rompía su monotonía, aunque el barón no suponía ningún peligro a ojos del conde: el abuso de alcohol y de la morfina le habían dejado casi impotente, una debilidad que Vasili conocía por la indiscreción de la baronesa Stahl, a quien no le quedó más remedio —se justificaba ella— que consolarse en los brazos del conde Tarnowski.

Por eso, cuando su esposa le propuso asistir a la gran fiesta que se celebraría en el Grand Hotel de Kiev y que congregaría a lo más granado de la alta sociedad kievita, él lo interpretó como una nueva victoria. Pensó que su bella mujer ya se había cansado de guardar ausencias eternas y que el aburrimiento le había hecho entrar en razón y abandonar el tedio que los estaba perjudicando a ambos. Los únicos que habían salido ganando con el claustro de la condesa fueron los pequeños Tioka y Tatiana que, aunque acostumbrados a jugar con la niñera, siempre eran más felices si estaba su madre cerca. Vasili soltó una de sus sonoras carcajadas, que atronó en los oídos de su esposa como si fuera el bramido del demonio. Parecía fuera de sí, como si hubiera recibido la mejor de las noticias.

—Cómprate el vestido más espectacular del mundo. Llama a tus amigos franceses y que te hagan una de sus soberbias creaciones. Quiero que en toda Rusia se hable de lo bella que iba la condesa del brazo de su marido, el conde Tarnowski —aventuró, tan excitado como al regresar de sus viajes de negocios con cuernos de elefante, alfombras persas, estatuas de mármol, muestrarios de pieles o vajillas de diferentes dinastías chinas que ni siquiera sabía distinguir y que, quizá por eso, tampoco echaba de menos si por accidente acababan rotas en mil pedazos.

Ella le escuchó en silencio, valorando sus palabras en lo que valían, pero con un gesto de complacencia que ocultaba lo que realmente pensaba. Creyó que su esposo le repetiría por enésima vez el título de propiedad que ostentaba sobre ella, pero incluso alguien tan necio como él entendió que no era la ocasión de frustrar un momento que intuía de gloria.

—Así lo haré —se limitó a contestar, obviando que ya había tomado esa decisión. El vestido sería espectacular, pero no sería para él.

—Me han dicho que ayer llegó un paquete de París... —comentó Vasili, confirmando que alguien del servicio había cambiado su lealtad hacia quien mejor pagaba.

—¿Recuerdas al joven perfumista que conocimos en la Exposición de París? Finalmente ha conseguido vender su perfume y ha tenido a bien enviarme una muestra. ¿Quieres olerlo?

La condesa se incorporó ante la mirada atenta y escéptica de su marido. Había dejado el recipiente sobre un mueble cercano, por lo que no tuvo que irse muy lejos para cogerlo.

—No huele a nada —sentenció Vasili después de acercar su nariz al frasco. Lo dijo con desdén, dejando claro su opinión sobre el perfumista, como ya hizo en la capital francesa.

Su esposa lo observó procurando que su mirada no se mostrara demasiada cristalina. No olería la excelencia ni teniéndola instalada en la glándula pituitaria. Cogió el recipiente de cristal Baccarat, volcó ligeramente el frasco para impregnar la parte inferior del tapón, se lo pasó cuidadosamente por las muñecas, la clavícula y el interior del escote. Después se acercó a él, que la contemplaba expectante.

—Quizá en la piel lo huelas mejor. —Se inclinó ligeramente para que su marido percibiera la fragancia—. Algunas cosas se aprecian mejor cuando se airean y se muestran al mundo, querido.

—Bienvenida, condesa —respondió a la insinuación de su mujer—. La he echado de menos.

Ella sonrió. Estaba de vuelta, aunque todavía no había hecho su gran aparición.

El Grand Hotel de Kiev se había engalanado para recibir a los insignes invitados de la fiesta más glamurosa e importante de la temporada. Nadie con título nobiliario o el nombre adecuado quiso faltar a la celebración. Se había contratado a las mejores orquestas, que no dejarían de tocar durante toda la noche, y a chefs de renombre, algunos de ellos venidos expresamente de San Petersburgo e incluso de París, que prepararían las carnes más selectas, el pescado más fresco, el caviar más exquisito y el champán más caro. Las invitadas llegaban ataviadas con sus mejores galas: seda, encajes, tules, terciopelo, raso, perlas, diamantes, tocados con plumas, brocados de oro, pieles de visón, chinchilla y zorro, a cual más espectacular... Era una ocasión para mostrarlo todo y en la que todos se afanaban por mostrarse.

La condesa se había comprado el vestido más espectacular que se vería en la fiesta del Grand Hotel, una creación confeccionada con una seda traída de China especialmente para ella, de un intenso y rutilante color blanco, con espectaculares brocados de oro y ribeteada con pieles blancas que le conferían el aspecto de una diosa. El resplandor de su piel aumentaba con aquella indumentaria. Su rostro parecía atraer toda la luz y sus ojos verdes evidenciaban un brillo inquieto que se dispersaba entre los asistentes. A última hora, decidió lucir en el cuello las impresionantes perlas que pertenecieron a la reina de Escocia, María Estuardo. Una esplendorosa estola de piel de visón blanca abrazaba su cuerpo, envolviendo sus hombros como anhelaban hacerlo los que la contemplaban. Las miradas de admiración que provocó entre los asistentes, tanto hombres como mujeres, parecieron satisfacer más a Vasili, hinchado por el éxito de lo que consideraba su propiedad.

Le alegró encontrar una cara amiga.

—Querida, estás espectacular, aunque supongo que ya lo sabes. Debes de estar aburrida de oír una y otra vez lo mismo en boca de todos... —reconoció el doctor Stahl, con su habitual expresión de eterno enamorado.

La mirada de la condesa le dejó claro que no era la boca de todos la que pretendía.

—La noche es larga, condesa. Controle su impaciencia... —susurró Stahl, procurando que su comentario pasara inadvertido para el resto. Al doctor se le daba bien esconder sus verdaderos propósitos.

Conforme iba transcurriendo la velada, el barón aumentaba su embriaguez, que siempre se presentaba tranquila y sosegada. A la condesa nunca le había importado que su amigo abusara de la morfina y del alcohol porque entendía que era su forma de gestionar sus frustraciones profesionales y acallar sus pasiones, ya de por sí silenciadas porque nunca se había atrevido a confesarle sus verdaderos sentimientos. Pero en aquella ocasión lo necesitaba lúcido, despierto y atento para acompañarla en su espera y facilitar su misión. Él había sido el elegido para comunicar a Alekséi Bozevski que la condesa le estaría esperando en la fiesta y que debía acudir allí si aún la amaba.

Se habían sentado en la misma mesa junto a otros amigos y ninguno de los dos parecía interesado en participar en las conversaciones que se abrían y cerraban con la misma celeridad. Ni al barón Stahl ni a la condesa Tarnowska les importaba la posible guerra ruso-japonesa que obligó a Rusia a reforzar sus tropas en Port Arthur ni las reformas del ministro de Hacienda, Serguéi Witte, ni la beatificación del monje Serafín de Sarov que emocionaba al zar Nicolás II; tampoco el asesinato del rey Alejandro I de Bélgica y su esposa en Belgrado ni la construcción del ferrocarril siberiano. Los dos se limitaban a observar y alimentar la espera mientras el resto pasaba la noche engullendo blinis con caviar y vaciando sus copas de Veuve Clicquot. Al menos en su grupo de amigos no había nadie que sorbiera las ostras como estaba haciendo uno de los invitados de la mesa contigua. Según le contó el duque que se sentaba a su lado, se trataba de un abogado de Moscú bien relacionado que debió de ganarse una invitación a la fiesta como pago por algún favor; en contadas ocasiones, a esas fiestas también acudían comerciantes reconocidos o profesionales que convinieran a los intereses de alguno de los presentes. Su nombre era Donato Prilukov y su aspecto no resultaba demasiado noble: de corta estatura, con tendencia a engordar, una incipiente calvicie en la coronilla y ojos demasiado pequeños, aunque extrañamente saltones. Nada que pudiera llamar la atención de la condesa, que dejó de oír sus sorbidos cuando escuchó por enésima vez de boca de la baronesa Stahl la historia de Barbe-Nicole Clicquot, la viuda que con veintisiete años se hizo cargo del negocio de vinos de su marido y de cómo lo había convertido en un imperio mundial que le valió el título de reina del champán.

—Las guerras napoleónicas estuvieron a punto de arruinarla, pero, gracias al zar Alejandro I y su veto al champán francés, burló al destino y los rusos nos enamoramos del Veuve Clicquot —relataba la baronesa con un extraño orgullo, como si la viuda perteneciera a su árbol genealógico—. Siempre es rentable tener un amigo con el que se comparta algún enemigo. Eso une más que nada.

El comentario de la baronesa resultó profético. No había terminado de pronunciar su loa sobre lo beneficioso de tener un enemigo común cuando la condesa vio aparecer a Alekséi Bozevski por uno de los salones. Temió que fuera una ilusión óptica, ya que apenas le vio un segundo. Demasiadas personas se habían puesto en pie, incorporándose de sus mesas para dirigirse al salón de baile. La mirada punzante del doctor Stahl le confirmó que no había sido un sueño.

La condesa miró a su marido para comprobar que no había reparado en él, pero Vasili estaba demasiado ocupado repitiendo la historia de la *nikolashka*, la bebida que el zar Nicolás II tomaba después de la cena y que se obtenía mezclando café molido con azúcar y una rodaja de limón.

—Perfecto para tomar después de un coñac —aseguraba Vasili, invitando a los comensales a hacer la prueba allí mismo.

—Condesa Tarnowska, ¿me haría el honor de concederme el primer baile de la noche? —solicitó el doctor Stahl, con la obligada mirada al conde, que, borracho como estaba y viendo que se trataba del barón impotente, no puso objeción alguna.

—Será un inmenso honor, querido barón. Creía que no me lo iba a pedir nunca.

La baronesa Stahl, al igual que el resto de los invitados con los que compartían mesa, estaba demasiada ocupada con la *nikolashka* como para reparar en las miradas de los dos desertores. Con los nervios, la condesa no había advertido que su estola de visón blanca había resbalado de su espalda hasta caer sobre el respaldo del asiento y deslizarse finalmente hasta el suelo; sólo cayó en la cuenta al sentir una punzada fría en el cuello, como si un estilete lo hubiera atravesado. Su grito hizo que toda la mesa se volviera hacia ella. Las manos del abogado Donato Prilukov, demasiado frías para la delicada piel de la condesa, habían ido al rescate de la estola con la intención de colocarla de nuevo sobre la espalda de su dueña, pero había conseguido asustarla.

—Condesa, ni que le hubiera picado un escorpión —exclamó el conde Tarnowski dejando escapar una carcajada.

—Discúlpeme, señoooraaa... —solicitó el abogado afincado en Moscú, en un evidente estado de embriaguez; sólo el brazo de Stahl evitó que cayera sobre ella.

Después del desagradable episodio, los comensales siguieron machacando el limón con el café molido y el azúcar, con la misma energía y convicción que los campesinos y los obreros de las fábricas preparaban los levantamientos que protagonizarían en los próximos meses. Ninguno de los comensales volvió a levantar la mirada. De haberlo hecho, se habrían dado cuenta de lo que estaba a punto de suceder sobre la pista de baldosas negras y blancas.

—¿Está bien, querida? —preguntó Stahl, interesándose por el percance con Prilukov—. No entiendo cómo ciertos personajes pueden tener acceso a estos eventos.

—¡Qué ser más desagradable! Verdaderamente, era como un escorpión. Menos mal que estaba usted, barón —dijo agradecida, y no sólo por apartar al abogado borracho.

—Espero que al menos me dedique un baile y no se lance directa a sus brazos. —Las palabras del barón sonaron más a súplica que a broma.

—No tiene ni que pedírmelo, Vladímir. Sabe que siempre es un placer.

—Para mi desgracia, no lo sé. Ni creo que lo sepa nunca —admitió, sabiendo que la condesa obviaría su comentario.

La orquesta se entregó a las primeras notas de la pieza que abría el baile, como se había institucionalizado por decreto desde 1717, durante el reinado del zar Pedro I. Los invitados fueron llenando el salón, dejándose ir sobre el suelo de mármol como si volaran, al ritmo de valses, mazurcas, polonesas y cuadrillas. La condesa cumplió con lo prometido y el primer baile lo hizo entre los brazos del barón Stahl, que cerró los ojos para vivir con más intensidad aquel momento, como si necesitara concentrarlo en un pequeño frasco de perfume de Baccarat, semejante al que esa noche llevaba en la piel la mujer con la que bailaba. Intuyó esa fragancia, pero creyó que se debía a las rosas que adornaban la cabellera de la condesa, y no a La Rose Jacqueminot. Habría sido capaz de seguir bailando hasta el final de sus días si eso le hubiese brindado la opción de no separarse de la condesa. Pero la orquesta tenía un programa y el doctor Stahl sabía que, cuando terminara la primera pieza, la nueva partitura se convertiría en la cruel sentencia que le separaría de ella para entregarla a otro hombre. Había llegado la hora de abandonar el paraíso. Se sintió pagado con la sonrisa de la condesa antes de que ésta se mudara a los brazos de Alekséi Bozevski, que había estado observándola durante el baile y supo tomar el testigo con celeridad.

Por fin estaban el uno frente al otro. Al mirarle a los ojos y notar sus manos sobre su cuerpo, asiéndola de la cintura y tocando con los dedos su delicada mano enguantada en seda blanca, fue como si la música de la orquesta hubiera cesado y el resto de los participantes hubieran desalojado la pista para dejarlos solos, recorriendo el tablero de ajedrez dibujado en el suelo; la reina, sabiéndose la más poderosa del juego, y el rey, consciente de ser el más importante, ante el resto de las piezas que vigilaban sus movimientos, algunas de ellas buscando dar jaque mate. La condesa notó que la piel se le crizaba. Tuvo la impresión de que sus pies ya no tocaban el suelo, como si los brazos de Alekséi la mantuvieran en el aire. No podía saber si todo a su alrededor daba vueltas o eran ellos quienes habían caído en un remolino que nada tenía que ver con el vals que sonaba. Sintió que iba a desvanecerse y sólo lo lamentaría porque dejaría de ver el rostro del oficial más bello de la Guardia Imperial, aquel con el que había soñado cada noche de los últimos meses. Ni siquiera fue capaz de pronunciar una palabra. Su expresión embelesada era tan evidente que obligó a Alekséi a quebrar el silencio.

—Creía que me esperabas para hablarme.

—Llevo toda mi vida esperándote.

—Cuando el doctor Stahl me dio tu mensaje, no podía creerlo.

—Mi marido va a matarnos. Pero no me importaría siempre que muera en tus brazos.

—Deja de llamarle así o seré yo quien termine matándolo. Es a mí a quien deberías llamar esposo. ¿Te das cuenta de que esto es una locura? ¿Entiendes lo que puede hacernos si nos ve juntos?

—Me da lo mismo lo que me pase. Si te he pedido que vinieras es porque quiero que nos vea juntos, que todos lo hagan.

Gracias a un amigo francés he entendido que a veces hay que dar un golpe de autoridad y hacer añicos todo lo que te oprime. Sólo así los demás verán tu verdadera esencia y participarán de ella. Y entonces seremos libres y alcanzaremos nuestro sueño de estar juntos.

—No sé quién es ese amigo, pero bendito sea.

—Llevo su perfume. Me lo envió con una carta en la que deseaba que esta fragancia me acompañara como un buen amante que perdura en el tiempo y en el espacio. Y aquí os tengo a los dos.

El baile de la pareja había entrado en un bucle en el que ni siquiera escuchaban la música, sólo bailaban abrazados, mirándose, con sus latidos como único metrónomo marcando el tempo de sus movimientos. Podía haber pasado un minuto o una hora, el tiempo había dejado de importarles.

Pero la reina había cometido un error, el más común entre los principiantes. Había salido demasiado pronto al tablero y, al ser la pieza más codiciada, corría el peligro de ser acosada y capturada.

Con las prisas por encontrarse con Alekséi, la condesa había abandonado su abanico sobre la mesa y junto a él, el carnet de baile. Cuando el conde Tarnowski se percató, se dirigió hacia el salón para entregárselo a su mujer, un gesto que seguramente agradecería para aliviar el sofoco de su rostro y, de paso, las incómodas peticiones. Además, le apetecía bailar con su esposa para seguir despertando las envidias de los asistentes y marcar su territorio.

Vasili entró al salón de baile que parecía un tiovivo enloquecido y avanzó con dificultad por uno de los laterales observando la tolvanera de danzantes y escuchando el roce de los vestidos de las damas contra el suelo, que ni siquiera la música de la orquesta lograba tapar por completo. Demasiadas parejas ocupaban la parte central, pero su mujer era fácil de encontrar gracias a su belleza y a su espectacular vestido: no todas se atrevían con el blanco, demasiado inmaculado para la mayoría. Sonrió cuando por fin la vio, dando vueltas y más vueltas. Parecía feliz.

El doctor Stahl contemplaba también el tablero. Se sabía un peón en aquella partida y asumía su papel de entregada sumisión. Una pieza modesta, infravalorada por muchos, pero consciente de que si cruzaba el tablero podría dar jaque al rey. Al fin y al cabo, como había asegurado el ajedrecista Danican Philidor en 1749, los peones eran el alma del ajedrez. Pero estaban en Rusia y el alma solía acarrear problemas. Un mal movimiento y el peón ya no tendría capacidad de dar marcha atrás.

La pista de baile se había convertido en un cinematógrafo, y las imágenes en movimiento entorpecían la visión del conde Tarnowski, que no podía distinguir quién era el acompañante de su mujer. Imaginó que sería el doctor Stahl, pero cuando le descubrió de pie, a escasos metros de él, en uno de los laterales de la sala, mirándole con rostro inexpresivo, sus ojos volvieron rápidamente a buscar a su esposa. Fue entonces cuando creyó identificar a su acompañante y su rostro mudó.

Las numerosas parejas que bailaban en el salón impedían el paso del doctor Stahl y como peón no podía dar marcha atrás. Tenía que avanzar como fuera, a codazos si hacía falta.

Cuando la condesa y Alekséi se percataron de la presencia de Vasili entendieron el peligro que corrían. Debían moverse rápido por el tablero.

Alekséi Bozevski conocía su jugada contra Vasili: mate de dama y rey contra rey, un jaque mate completo que conseguiría arrinconar al rey enemigo.

La condesa Tarnowska debía desplazarse por las casillas desocupadas del tablero, sin poder saltar sobre otras piezas.

Vasili seguía avanzando como el rey enemigo y barruntaba su jugada: rey contra rey, aunque unas tablas no le interesaban; quería capturar al rey, aunque era un movimiento imposible. Su ambición era quedarse solo en el tablero.

El peón Stahl se desplazaba despacio, una casilla cada vez, pero de forma segura. Hasta que consiguió llegar al otro lado del tablero y convertirse en la pieza más importante. Había logrado la coronación, pero, en vez de ser la pieza reemplazada, fue él quien ocupó el lugar dejado por Alekséi en los brazos de la condesa e hizo que el rey desapareciera; no era un abandono del rival, tan sólo un rey ahogado al no poder moverse por las casillas. Los dos reyes no podían situarse uno al lado del otro; cualquier movimiento contra el rey enemigo pondría al rey en movimiento en jaque.

Cuando Vasili logró abrirse paso entre las parejas de baile y llegó ante su mujer, la halló en brazos del doctor Stahl. Los tres se observaron durante unos segundos como si no fueran los rostros que esperaban encontrar. Podían escuchar el reloj de doble espera, mientras barruntaban sus próximos movimientos.

Vasili estaba furioso, con los ojos inyectados en ira y la boca contraída por la cólera: había visto a Alekséi Bozevski con su esposa o, al menos, eso le había parecido.

La condesa se mostraba confusa, fingía no entender el enfado del conde e interpretaba el papel con tanta convicción que Vasili empezaba a considerar que su imaginación seducida por el alcohol le había jugado una mala pasada.

El doctor Stahl sonreía, intentando hacerle ver que había bebido demasiado y eso le hacía ver fantasmas. Finalmente, el barón pulsó el botón para detener el reloj: en esa partida ya no habría movimientos nuevos.

—Discúlpeme, conde. Quizá he acaparado a la condesa durante demasiado tiempo. Supongo que querrá usted bailar con ella.

Una mezcla de confusión y locura presidía la expresión de Vasili, que observaba a su mujer, como si confiara en encontrar alguna explicación en su retina. Ni siquiera se dio cuenta de lo ridículo que estaba sosteniendo el abanico y el carnet de baile en mitad de la pista. La orquesta siguió tocando la mazurca que marcaba la partitura en los atriles de los músicos, acompañando la salida abrupta del conde Tarnowski.

El doctor Stahl resopló. Ni siquiera la morfina le había dispensado jamás el alivio mental que supuso la retirada de Vasili.

Como jugadora inexperta cuando había amor de verdad sobre el tablero, la condesa había pecado de exceso de confianza en las capacidades de la reina a la hora de diseñar su estrategia. Un mal movimiento la condenaría a ella y, en consecuencia, al rey. Incluso pondría en peligro la continuidad de la partida.

El ajedrez era un duelo de damas y caballeros. Para que fuera honorable, los jugadores rivales debían tenerse respeto. Pero no todos los jugadores respetaban las reglas. Era entonces cuando aparecían las jugadas imposibles, las ilegales, aquellas que van contra el alma del juego.

Vasili no volvió a ver a su mujer en toda la velada. Se limitó a vaciar las copas de champán que los camareros le llenaban una y otra vez, como las notas colmaban los pentagramas que los músicos volcaban en sus instrumentos. Las horas avanzaron por el reloj como las parejas por la pista blanquinegra del salón de baile. Todos parecían divertirse excepto él, que barruntaba en su interior el delirante ambiente que se respiraba en el Grand Hotel de Kiev.

Cuando el doctor Stahl volvió a la mesa, el conde Tarnowski le observó como si quisiera matarle, aunque no sin antes obtener de él la información que precisaba.

—¿Qué está pasando, barón?

—¿A qué se refiere, conde?

—He visto a Alekséi Bozevski. Está aquí. No estoy tan borracho como para imaginar cosas.

—No lo dudo. Toda la nobleza de Kiev está aquí, incluso aquellos que no lo son —asintió el doctor Stahl mirando al abogado Donato Prilukov en la mesa contigua: el alcohol le había vencido y condenado, una derrota a la que no acostumbraba en los tribunales.

—No es buena idea tomarme por idiota. Los idiotas son peligrosos.

—Relájese, conde, no hay ningún peligro, aunque no puedo decir lo mismo sobre los idiotas —trató de aligerar el ambiente.

—¿Dónde está mi esposa? —preguntó Vasili en tono amenazante.

—Eso es algo que usted debería saber. Me temo que yo no puedo ayudarle. Como bien se encarga de recordarle a todo el mundo, incluida mi esposa, soy un triste barón impotente; no represento ningún peligro.

El conde se incorporó violentamente de la mesa. El ímpetu que imprimió a su movimiento despertó incluso al abogado borracho, que empezó a farfullar palabras inconexas a las que nadie prestó atención. Vasili se perdió por el interior del hotel, recorriendo con la inquietud de un náufrago las salas, subiendo y bajando escaleras, inspeccionando los jardines, accediendo incluso a las cocinas del Grand Hotel. Fue en vano; no había rastro de su mujer.

No supo cuánto tiempo invirtió en la búsqueda, pero cuando regresó al salón casi no quedaban comensales. La fiesta estaba a punto de extinguirse y los invitados se disponían a abandonar el recinto. La música había cesado, las luces comenzaban a menguar, las conversaciones habían bajado el volumen, huérfanas de risas y anécdotas, los músicos se afanaban en recoger sus instrumentos tal y como los camareros hacían con los restos del banquete desperdigados sobre las mesas. Siguió el goteo de personas que avanzaba hacia la salida del hotel para subirse a sus carruajes y regresar a casa. Distinguió a la baronesa Stahl y a su marido despidiéndose del gran duque Pávlovich, en una animada charla que cesó conforme el conde se aproximaba a ellos. Al hacerlo, pudo ver el carruaje abierto en el que había llegado a la fiesta, situado a escasos metros, y en su interior, a la condesa Tarnowska, sentada, departiendo feliz con algunos de los invitados a la fiesta y despidiéndose de la mayoría, que poco a poco fueron desapareciendo de su vera. Cuando apenas quedaba nadie alrededor de la condesa, vio aproximarse a ella al fantasma que llevaba rondándole toda la noche.

Alekséi Bozevski apareció impecablemente vestido, impoluto, con el porte distinguido que le caracterizaba y la belleza varonil por la que suspiraba la población femenina de Kiev. La escena transcurrió ralentizada ante los ojos del conde, como si el tiempo se hubiera aliado con ellos. La condesa alargó una mano enguantada en seda blanca para que Alekséi la besara, pero, antes de hacerlo, la mujer se desprendió de la tela que cubría su brazo, más allá del codo. Los dedos del joven atraparon los de la condesa y sus labios apresaron la piel blanquecina de su mano para depositar en ella el consabido beso. En ese preciso momento, la mano de Vasili se introdujo en el interior de su levita para atrapar su pistola. No hubo tiempo de pensar. Nadie advirtió lo que iba a suceder. Ningún grito se escuchó a modo de aviso.

El conde Tarnowski sabía a qué juego se enfrentaba: el rey nunca se captura. Puede ser atacado, pero no puede retirarse del tablero a no ser que el rey rival lo sitie. Entonces la captura es inevitable, la partida se termina y sólo hay un ganador. La única forma de detener el ataque sería mover el rey rival, pero éste permanecía quieto, rozando con sus labios la mano de la reina, sabiendo que estaba donde quería estar, haciendo lo que deseaba hacer.

El ruido de un disparo alertó a todos. Les llevó unos segundos entender lo que sucedía, hasta que vieron a Alekséi

Bozevski caído a los pies del carruaje. Permanecía tirado en el suelo, inmóvil, con la conciencia perdida, sangrando abundantemente por la herida. La bala del conde le había entrado por el cuello. La condesa, impactada por el estruendo de la detonación y por la visión de la sangre sobre el rostro de Alekséi, bajó del coche de caballos y se postró ante el herido. Mientras lo colocaba sobre su regazo, entendió que el rey era la pieza más débil del tablero.

26

Todos los invitados corrieron hacia ellos. El primero en hacerlo fue el doctor Stahl, que se desprendió de su pañuelo para colocarlo sobre la herida de Bozevski, intentando contener la hemorragia. Sus ojos atraparon los de la condesa y, por primera vez, contempló el pánico en ellos. La sangre no tardó en oscurecer por completo el pañuelo, salía a borbotones.

—Su estola... —le pidió a la condesa, que parecía en shock—. Condesa, necesito su estola o Alekséi se desangrará.

El anuncio de lo que podía suceder apremió su entendimiento. La estola de visón blanca que había congregado todas las miradas al inicio de la fiesta, la misma que había provocado el grito de la condesa cuando el escorpión Prilukov se la colocó sobre los hombros tras recogerla del suelo, cubría ahora el cuello del herido que, como si reaccionara al tacto de la piel de la condesa, empezó a abrir los ojos. Miró el círculo de rostros asomados a él, hasta que encontró el que buscaba. La mirada de la condesa le dio las fuerzas necesarias para pronunciar las primeras palabras.

—No me dejes —acertó a decir con gran dificultad.

—Jamás lo haré. Estaré siempre a tu lado y no nos separemos nunca. Te amo, Alekséi, te amo como no he amado a nadie en toda mi vida —respondió la condesa, con el miedo tatuado en el semblante. Se arrepintió de no habérselo dicho mucho antes.

—No tengas miedo. Yo no lo tengo. Soy dichoso al saber que me amas. Si éste es nuestro destino...

—¡No! No lo es. No digas eso... —le rogó la condesa.

—Intente no hablar. No es bueno que haga esfuerzos —solicitó el doctor Stahl, que inspeccionaba la herida con preocupación.

Necesitaba trasladar al herido, pero temía que la bala permaneciera dentro y tocara algún nervio, músculo o hueso que, al moverlo, provocara un fatal desenlace.

Mientras todos asistían a la escena con preocupación, escucharon un sonido tan aterrador como el disparo. Era la carcajada de Vasili, que, aún con el arma en la mano, contemplaba con regocijo lo que había hecho. Todos lo miraron como si estuvieran ante un loco desconocido. La condesa también lo hizo. Si las circunstancias hubiesen sido otras, habría corrido hacia él para golpearle, gritarle el odio que le profesaba, decirle que le abandonaba, que era un criminal y que ella jamás podría amar a un asesino. Pero tenía a alguien más importante del que ocuparse y al que dedicar su tiempo y sus palabras.

—Mi esposa, la condesa Tarnowska, sólo conduce al camino de la perdición —gritó Vasili mientras apuntaba con su arma a Alekséi Bozevski—. Quien la sigue termina muriendo.

La condesa protegió con su cuerpo al herido. Si Alekséi moría, a ella no le importaría que una bala la atravesara. Al contemplar de nuevo la indiferencia de su mujer, volvió a apretar el gatillo. Los invitados gritaron asustados por la nueva detonación. El conde había disparado al cielo, como si también tuviera algo contra el dios que permitía que sucediera algo así. Se aproximó a la condesa y levantó el arma contra ella, que permaneció inmóvil sentada en suelo y manteniendo en su regazo el cuerpo de Alekséi. Durante unos segundos, todos temieron un tercer disparo, incluso ella misma. Sin embargo, no mostraba el temor que le hubiese gustado a su marido.

—Repartes muerte, condesa. Estás maldita, como tu sangre irlandesa —le dijo Vasili estirando el brazo para apuntarla más de cerca.

Tampoco aquella amenaza pareció inquietarla.

Después de unos instantes eternos, el conde Tarnowski bajó el arma y empezó a caminar en dirección contraria, alejándose del lugar. Todos le vieron subirse a un caballo y desaparecer envuelto en una nube de polvo.

En ese momento, la condesa notó cómo vencía la cabeza de Alekséi sobre sus brazos. Había vuelto a quedar inconsciente y aquello sí que consiguió preocuparla. El doctor Stahl ordenó subir al herido a un carruaje y llevarlo a un hospital; era preferible que quedara paralizado de por vida a que muriera desangrado allí mismo.

Mientras el conde Tarnowski se entregaba a la policía, a la que relató cómo había disparado a un hombre desarmado porque estaba besando la mano de su esposa, la condesa contemplaba los restos de sangre en su vestido de seda blanco con brocados de oro, que Elisa intentaba limpiar sin éxito. Observó con horror sus manos teñidas de rojo. Una mancha de sangre era difícil de quitar. El zar Nicolás II, al que muchos apodaban el sangriento desde la avalancha mortal en Jodynka durante las celebraciones de su coronación, sabía que las manchas en la reputación no salían con facilidad. Se metían dentro, se aferraban con la fortaleza de un náufrago a un trozo de madera, igual que la sangre al tejido, ansiando la perpetuidad que negaba al cuerpo del que había huido a borbotones. La mancha de sangre compartía la misma naturaleza que el odio; cuando aparecía, era muy difícil de eliminar.

Alekséi Bozevski no murió desangrado aquella noche ni quedó paralítico, aunque se vio forzado a permanecer inmóvil y en cama la mayor parte del tiempo, a riesgo de que la bala que continuaba alojada entre los músculos del cuello, demasiado cerca de arterias importantes, se desplazara. Durante varios meses, la condesa viajó con él por toda Europa en busca del especialista que lograra devolver al oficial más bello de la Guardia Imperial su gallardía de siempre o, al menos, la posibilidad de permanecer de pie sin que el orificio que tenía en el cuello le imposibilitara mover la cabeza y, por tanto, el resto del cuerpo. Se alojaban en los mejores hoteles de París, Berlín, Moscú, San Petersburgo, Viena, Roma o Londres, después de recorrer las consultas de las mayores eminencias médicas en los mejores hospitales. La condesa se convirtió en la enfermera particular de Alekséi, del que no se separaba ni un segundo y ante el que no se permitía una mala cara ni un gesto de agotamiento, mucho menos un llanto nervioso.

Mientras tanto, Elisa intentaba cuidar de su señora —un cometido que cada día resultaba más complicado— y Ekaterina se hacía cargo de sus nietos Tioka y Tatiana en la residencia familiar de Otrada. El Terrible O'Rourke seguía sin hablar a su hija menor y, después de que el escándalo del intento de asesinato y la posterior fuga de la pareja de enamorados saltara a la prensa, las posibilidades de que cejara en su actitud eran tan nimias como la recuperación del herido. Por esos mismos periódicos, la condesa supo que habían liberado al conde Tarnowski después de que un tribunal le declarara inocente por considerarle una víctima que se vio forzada a actuar de esa manera para defender su honor ante la infidelidad pública de su esposa. El rey del adulterio había sido declarado inocente apoyándose en la culpabilidad de una dama que ni siquiera le había sido infiel más que de pensamiento. La defensa y la acusación se confundían en su cabeza como parecían haberlo hecho en una sala de juicios. Pensó que no había justicia en el mundo si una buena persona, cuyo único delito había sido amar a una mujer casada, estaba condenado a vivir postrado en una cama el tiempo que le quedase de vida, mientras que un criminal quedaba libre y exento de toda responsabilidad. No le costó imaginar que las amistades del conde habían intercedido a su favor en el juicio y en su posterior sentencia absolutoria, que parecía escrita por una mano amiga. Era un hombre importante, con poder y dinero, argumentos suficientes para construir un alegato sólido que no se le resistiera a ningún juez.

En todo ese tiempo, la condesa no tuvo contacto con nadie que no tuviera una bata blanca, aunque los doctores siempre enunciaban el mismo diagnóstico: la operación era inviable. «Demasiado riesgo», le decían, como si la alternativa fuera mejor; no había solución, todo estaba en las manos de Dios. Esas manos fueron las únicas a las que no acudió. No quedaba nadie a quien rogar, suplicar o pedir una solución para el hombre al que amaba. Sólo quedaba una persona que jamás la abandonaría: el doctor Stahl.

Recién llegada al hotel de Yalta, en Crimea, localidad donde recibieron la peor de las noticias, la que acababa definitivamente con el sueño de un posible restablecimiento de Alekséi, la condesa decidió enviar un telegrama al barón para que se uniera a ellos. Estaba desesperada, sin fuerzas que la animaran a seguir; necesitaba a alguien sobre el que descargar las culpas y los remordimientos que la acechaban. Los hombros de Elisa no podían resistir toda la carga del pesado equipaje que su señora llevaba sobre las espaldas. La doncella era la única con la que se permitía el lujo de llorar, lamentarse y maldecir, a la que podía confesar su pesar, culpabilizándose de la situación en la que se encontraba su amado. «Si no me hubiera conocido nunca, él seguiría con su vida», se lamentaba, inconsolable.

La llegada de Vladímir Stahl iluminó su ánimo como un rayo de luz en una habitación oscura. Los dos amigos se fundieron en un abrazo largo en el que resultaba difícil dilucidar quién se aferraba a quién. Para él, era un anhelo del cuerpo; para ella, un bálsamo para el alma. Dos rectas paralelas condenadas a no cruzarse nunca. También Bozevski se alegró de verle. La condesa lo achacó a que Alekséi agradecía tener un hombre con el que hablar, ya que se pasaba el día rodeado de mujeres. Por eso accedió a dejarlos solos durante más tiempo del que a ella le hubiera gustado y aprovechó para salir junto con Elisa a dar un paseo, tomar el aire y hacer algunas compras.

A los cuatro días de la llegada del doctor Stahl a Yalta, los dos amigos se encontraban en uno de los jardines del hotel tomando un té mientras Alekséi descansaba en la habitación al cuidado de Elisa. El barón había ido para pasar una semana con ellos y pronto tendría que regresar a casa, no porque le esperase su mujer o por un sentimiento de añoranza, sino porque su presencia en aquellas circunstancias carecía de sentido, a no ser que hallara alguno. No sería fácil, pero debía intentarlo. Desde que la conocía, nada había resultado sencillo con la condesa.

—Eres tan bueno conmigo, Vladímir —le confesó ella mientras echaba ligeramente la cabeza hacia atrás para dejarse acariciar por unos tímidos pero reconfortantes rayos de sol. Esos meses los habían unido en la desgracia y, cuando estaban a solas, toda formalidad del trato desaparecía entre ambos.

—No es bondad lo que me mueve, pero eso ya lo sabes. No hay mayor fuerza en este mudo que la que otorga el amor prohibido. Creo que incluso supera a la del amor imposible.

—¿Y no es lo mismo? —preguntó la condesa, que no tenía ánimos para perderse en juegos semánticos.

—Ni mucho menos. El amor prohibido aún guarda alguna esperanza de prosperar porque está vivo. Mientras que el amor imposible nunca podrá progresar porque está muerto.

—No lo entiendo...

La condesa tenía los ojos cerrados y el sol parecía besar su rostro. El doctor Stahl consideró que quizá era ya hora de decirle lo que llevaba días considerando, desde su conversación con Bozevski.

—Tú eres mi amor prohibido y Alekséi es tu amor imposible...

Ella necesitó unos segundos para comprenderlo. Cuando finalmente lo hizo, abrió los ojos y le miró aterrorizada. El doctor Stahl había sido el único especialista que le había ofrecido un diagnóstico con toda la valentía y la frialdad que requería la situación. Sin ambages, sin retórica, sin medias tintas, sin subterfugios. Nadie había pronunciado la palabra «muerte», como si hacerlo deshonrara el oficio de la medicina. Había sido necesaria la presencia de un amigo que se atreviera a decir la verdad, aunque con ello se ganase su rencor eterno.

—¿Cómo te atreves a decirme eso? —refutó molesta.

—Es lo mismo que te han dicho todos los especialistas, pero no has querido escucharlos. Has preferido entender algo distinto a lo que encerraban sus palabras porque engañarse resulta menos descorazonador. Pero a mí no tienes más remedio que oírme.

—¿Y crees que es el mejor momento para hablarme de tus sentimientos hacia mí?

—Nunca es buen momento para escuchar una verdad incómoda, pero eso no lo convierte en una ofensa. Estoy aquí para ayudarte.

—Me arrepiento de haberte pedido que vinieras. No sé en qué estaría pensando.

El sosiego que había aparecido minutos atrás en el ánimo de la condesa se había convertido en historia. Una historia breve, casi imperceptible, como los interludios de silencio en una guerra que suelen ser el preludio de un ataque mayor.

—Sabes que siempre haré lo que me pidas, sin pensar en las consecuencias —admitió sin alterarse el doctor Stahl, intentando que el tono de su voz no expresara la gravedad de su mensaje—. Soy tu esclavo, y, como tal, sabes que no espero nada a cambio.

—Quiero que te vayas. Ahora —ordenó ella, con más rabia que enemistad.

—Está bien. Pero antes subiré a despedirme de Alekséi —admitió, incorporándose de su asiento.

—¿Así es como quieres ayudarme? ¿Huyendo ante la primera contrariedad?

El doctor Stahl la miró. Su esposa solía decirle que él nunca había entendido a las mujeres porque no sabía escucharlas con la atención requerida. Pero, cuando lo hacía, tampoco le resultaba sencillo discernir qué querían decir en realidad. Los ojos de la condesa, que tantas veces había visto brillar de alegría, ahora lo hacían de furia, pero el resultado era el mismo. Pese a los meses de dedicación absoluta al cuidado de un enfermo y de la extenuación que ese esfuerzo había supuesto, le pareció que seguía tan hermosa como siempre. Se avergonzó de la naturaleza de sus sentimientos, pero siempre se había sentido incapaz de controlar su deseo, incluso en circunstancias como aquéllas. No era culpa suya ni de nadie. Si lo juzgase el mismo tribunal que absolvió al conde Tarnowski, también reconocerían su inocencia.

—Sólo puedo ayudarte de una manera —admitió el doctor Stahl, cuando volvió a sentarse.

—¿Cómo? ¡Dímelo! Cualquier solución que incluya a los dos me parecerá buena —dijo refiriéndose a Alekséi.

—Incluye a los dos. Me atrevería a decir que por igual. Y sabes perfectamente a qué me refiero... —Sabía que no le resultaría fácil hacérselo entender a la condesa.

No se equivocaba. Lo supo antes de que la condesa le propinase una sonora bofetada, provocándole incluso una herida sangrante en la mejilla con uno de sus anillos. Notó que le miraba como los enfermos observan a la parca acercándose hacia ellos, con más rabia que miedo, con más pena que resentimiento, con más impotencia que congoja.

—Debes de estar loco para proponerme algo así. ¿Por eso has venido? —Le costaba encontrar las palabras exactas para lo que quería decirle. Sólo encontró una manera de definirle—. Eres como Vasili: como no podéis conseguir lo que queréis por vosotros mismos, recurrís a la violencia para arrebatárselo a otro.

—Me duele y me ofende que me digas eso.

—Más me duele a mí lo que me propones.

—Es la única solución. Si no es por ti, hazlo por él. Es inhumano lo que está sufriendo cuando sabe que todo el padecimiento es inútil porque va a morir irremediablemente.

—Por él estoy haciendo todo lo que hago. Yo soy la que está con él, día y noche. Yo soy la que sabe lo que necesita. Y yo soy todo lo que él necesita.

—Te ama más a ti que a su propia vida. Lo antepone todo a ti, incluso a sí mismo. Por eso no te dice nada, para que no sufras.

—¿Qué es lo que Alekséi no me dice?

—Lo mismo que tú te niegas a entender. Prefiere sufrir él a que lo hagas tú. Eso, querida, es el verdadero amor: más sacrificio que lealtad.

—¿Qué quieres decir? ¿De qué sacrificio hablas?

—De la vida. Por eso sufre. Tienes que liberarle.

—¿Y qué te hace pensar que eso no me hará sufrir a mí? —preguntó con el rostro encendido, tan incapaz de canalizar la cólera como de gestionar la evidencia.

—Porque eso te liberará a ti también. Y dejarás de padecer, que es lo que él quiere. Se siente culpable porque estás condenada a cuidarle, renunciando a tu vida.

—¿Te lo ha dicho él? No me creo tus palabras. ¿Por qué demonios te iba a decir a ti lo que no le dice a la mujer que ama?

—Porque hay cosas que un hombre nunca le dirá a una mujer, y sí a cualquier hombre. No te enfades conmigo. Sólo soy el mensajero.

—¡Mientes! ¡Ahora sí que quiero que desaparezcas para siempre! ¡Márchate! ¡No quiero volver a verte!

La condesa entró en la habitación como alma que lleva el diablo. Así se sentía, como un alma perdida. Y así es como veía al doctor Stahl, la representación del mal en la tierra, el demonio que había venido para desestabilizarla e intentar destruir el amor que había entre ella y Alekséi, el único amor verdadero que había conocido. Todos los hombres de su vida habían intentado retenerla, de la forma que fuera, incluso a la fuerza. La querían encerrada para tenerla siempre cerca, como una propiedad más, como cacareaba Vasili, sin importarle si era o no feliz. El único que estaba dispuesto a sacrificarse por liberarla era Alekséi Bozevski, el único hombre al que deseaba unirse para siempre. Sintió que la vida se empeñaba en ir en la dirección contraria a la que marcaba su brújula, sin sentido, sin lógica, sin más razón que la malevolencia.

Cuando Elisa la vio entrar, se preocupó por su estado.

—¿Qué sucede, señora?

—¿Cómo está Alekséi? ¿Duerme?

—Desde hace unos minutos. Ya lo conoce. Morirá antes de quejarse por algo. Es un ángel.

—¿Por qué dices eso? ¿Por qué hablas de morir y de ángeles?

—Es una manera de hablar, condesa. No se altere, no es bueno que la vea así.

—Dime, ¿ha hablado contigo? ¿Te ha comentado algo que no me hayas dicho para no hacerme sufrir?

—Nada, señora. ¿A qué se refiere?

—Tengo miedo, Elisa. Tengo mucho miedo —confesó mientras se dejaba caer en uno de los butacones de la habitación contigua a la estancia donde el enfermo dormía.

—¿De qué tiene miedo?

—De todo. Jamás en mi vida me había invadido esta sensación de continua amenaza. Todo me da miedo: me da miedo dormir por si al despertar él ya no respira, me da miedo tocarle por si le hago daño, me da miedo amarle como le amo por si eso le hace sufrir más y durante más tiempo. Y me da miedo pensar en su muerte, en qué pasará el día que él ya no esté a mi lado... —La voz de la condesa se quebraba al tiempo que las lágrimas anegaban sus ojos—. Me da miedo la vida que me espera, me da miedo volver a ver a mis hijos y tener que explicarles por qué su madre ha estado tanto tiempo ausente. Me da miedo volver a casa, pedir el divorcio y enfrentarme a Vasili, me da miedo que quiera quitarme a mis pequeños, porque me conoce y sabe que ésa sería su mayor venganza... Todo me da miedo. No me reconozco. Ésta no soy yo. Yo siempre he sido valiente y ahora no soy más que una cobarde amenazada por la aprensión. Y por eso, yo también me doy miedo.

Elisa había sido incapaz de detener sus palabras a pesar del incesante llanto que había salpicado toda la confesión. Nunca había visto a su señora en ese estado de excitación y ahora era ella la que tenía miedo de que algo pudiera sucederle. Intentó tranquilizarla ofreciéndole un baño con aceites relajantes de eucalipto y una taza de leche caliente con canela que siempre lograba serenarla; incluso probó con un vaso de whisky, pero nada funcionaba. Se preguntó si el doctor Stahl tendría algo que ver con esa agitación de espíritu, pero sabía que el problema venía de atrás, desde que hacía diez días llegaron a Crimea y recibieron el informe médico en el que habían depositado su última esperanza, un veredicto que hablaba de finales próximos, de esperas sin recompensa, de caminos sin retorno, de pérdida de confianza en la medicina. El doctor Stahl se había limitado a pronunciar la palabra maldita que tiende a evitarse ante su inminencia: «muerte».

El cansancio provocado por el continuo llanto logró vencerla hasta quedarse dormida. La despertaron los gemidos provenientes de la habitación contigua. Alekséi procuraba ahogarlos colocándose una almohada en la boca para amortiguar los gritos, pero el dolor era demasiado intenso para acallarlo. Corrió a su lado, con la mala conciencia de haberse quedado dormida en la otra sala y de no estar a su vera en ese momento para atenderle. Los dolores eran cada vez peores y las medicinas menos efectivas. Cada noche era un tormento mayor, unido al martirio que le suponía tratar de disimular su padecimiento ante ella. Cada vez estaba más demacrado. Su rostro reflejaba el calvario vivido durante los últimos meses. Ninguna belleza resiste semejante tortura, y, sin embargo, la condesa aún lo veía como el hombre hermoso que siempre había sido. Era un milagro, ya que el herido apenas podía dormir más de dos horas seguidas sin que le despertaran los dolores. Cada vez le resultaba más complicado mantener erguida la cabeza, sin movimientos bruscos que pudieran empeorar el orificio de bala que continuaba supurando. Los médicos no habían sido capaces de cerrarlo y la herida permanecía abierta, despreciando la cicatrización.

—Estoy aquí, mi amor. Dime qué puedo hacer para hacerte sentir mejor.

—Necesito dormir. Sólo quiero descansar un par de horas —susurró Alekséi, como si caminara entre la consciencia y el desmayo—. Unas horas, Mura. Dormir, descansar, olvidarme de todo...

Escuchar ese nombre en sus labios la desarmó. Sólo la llamaban así Ekaterina y él, las dos personas que más la habían querido y que ella había correspondido de igual manera. No podía engañarse más. Debía escuchar las palabras que salían de la boca de Alekséi, no de la suya. Aquel hombre no se merecía eso. No podía ser tan egoísta de anteponer su deseo al de él, no era de su propiedad. Ella mejor que nadie debería entenderlo.

Pidió a Elisa que fuera a llamar al doctor Stahl, que aún permanecía en el hotel, a pesar de que la condesa le había pedido que se marchara; la resiliencia de los amores prohibidos.

Cuando Alekséi le vio aparecer en la habitación, su mirada se abrió y creyó adivinar una sonrisa tímida trazándose en su boca.

—Amigo Stahl, sólo un par de horas. Necesito poder descansar tan sólo dos horas. No pido más.

El barón miró a la condesa antes de aproximarse a la cama del enfermo. No supo si lo hizo por miedo, para obtener su permiso o para volcar sobre ella la responsabilidad de lo que se disponía a hacer. Interpretó el gesto vencido de la mujer como la autorización que buscaba.

Antes de sentarse al lado de Alekséi, puso sobre su lecho el pequeño estuche marrón que siempre le acompañaba y que solía introducir en su maletín médico, quizá para disfrazar las verdaderas intenciones. Lo abrió con mimo, como si tuviera en sus manos un potente explosivo que podría detonar ante el menor movimiento. El mundo de los tres estaba a punto de saltar por los aires.

27

La tenue luz de las velas acrecentaba el ambiente tenebroso que gobernaba la habitación. Sólo una lamparita eléctrica permanecía encendida, como si temiera que aquel atisbo de modernidad hiciese demasiado real lo que estaba sucediendo.

Las manos del doctor Stahl mostraban la firmeza que la experiencia acumulada durante años les había otorgado. Extrajo del estuche de piel marrón una botellita de morfina prendida en una de las presillas del interior, tapizado en terciopelo rojo, y con gran habilidad montó la jeringa hipodérmica, cogiendo la jeringuilla de vidrio y plata esterlina y acoplando en su extremo la aguja hueca con la que le suministraría el narcótico que a principios del siglo XIX fue denominado por la comunidad médica como «el medicamento más importante que el hombre había inventado»; obviaron que siglos antes, China ya había alabado sus virtudes, pero alertando de utilizarlo con cautela porque podía llegar a matar como un cuchillo.

—Sólo le suministraré una pequeña dosis, suficiente para que descanse unas horas sin que el dolor se lo impida —informó el doctor Stahl mientras introducía la aguja en la parte interna del brazo de Alekséi y empujaba el émbolo que recorrió lentamente el tubo, desplazando el líquido blanco hasta la vena.

La condesa contemplaba la administración con cautela, temerosa. Siempre había sido reacia al consumo de morfina.

Lo había vivido en casa, primero con el Terrible O'Rourke, que había sido uno de los millones de hombres que se volvieron adictos a la morfina a raíz de la guerra franco-prusiana de 1870; luego con Ekaterina, aunque en menor medida: ella también alimentaba su adicción, aunque prefería las botellitas de vidrio ambarino que contenían láudano.

—¿Le hará bien? No quiero que esto empeore su situación ni que se convierta en esclavo de la morfina como...

—¿Como yo? —completó la frase Stahl, sin darle mayor importancia. Era médico y militar; no temía decir la verdad ni tampoco escucharla—. Cuando ejercía activamente la medicina, teníamos una máxima: no administrar al paciente una droga más peligrosa que la enfermedad que le aqueja. Y los tres sabemos que éste no es el caso.

En cuanto la morfina empezó a correr por las venas de Alekséi, su rostro se deshizo de las contracciones que le agarrotaban el gesto en los últimos meses y que habían propiciado la aparición de una línea de expresión en el entrecejo, como si fuera un estigma. Parecía que, después de tanto tiempo de tortuosa travesía, había encontrado el oasis de tranquilidad que los médicos y sus diagnósticos le negaban. Pero ese sosiego no calmó los nervios de la condesa, temerosa de que el opiáceo lo relajara en exceso y dejase de controlar el movimiento de su cabeza. El doctor Stahl se había ocupado de que eso no sucediera, acomodando el cuello del enfermo entre varias almohadas.

—Puedo ayudarte a ti también —le dijo en un susurro mientras guardaba en el estuche los utensilios recién utilizados—. ¿Confías en mí?

—No lo sé, aunque ya es un poco tarde para preguntarme eso... —contestó la condesa, incapaz de asimilar la batalla desatada entre la moral y la conciencia.

El doctor Stahl sonrió como lo haría un padre protector que intenta evitar un sufrimiento mayor a su vástago.

—Yo diría que sí. Fue a mí a quien llamaste cuando ya no podías más.

—¿Por qué estás tan tranquilo, Vladímir?

—¿Verme nervioso haría que te sintieras mejor? ¿Eso rebajaría tu pena o tu sentimiento de culpa?

—No. No creo que haya nada que logre en mí ese efecto.

—Lo hay. Pero tienes que responder a mi pregunta —insistió mientras mantenía abierto el pequeño escuche como si fuera un libro, lleno de aventuras, experiencias y viajes—. ¿Confías en mí?

La mirada de la condesa se concentró en el terciopelo rojo que vestía el interior del estuche donde había prendidas más botellitas de morfina. Vladímir la miraba expectante, como de costumbre, aguardando una orden suya, sumiso y obediente, como el peón que era, siempre apareciendo en su ayuda sin importarle las consecuencias.

Ella retiró su mirada de la tentación para dirigirla sobre Alekséi, que permanecía profundamente dormido. Hacía mucho que no encontraba esa serenidad en su rostro y, por lo tanto, en su alma. Le alivió verlo así, despreocupado de todo dolor, descansando de macabras elucubraciones y pensamientos malditos. Por fin, el silencio y la quietud. Por fin, la ansiada paz. Y todo conseguido a través de un rápido e indoloro pinchazo que ni siquiera había dejado una herida en la piel; la tentación era demasiado seductora para resistirse a ella. Bozevski tenía razón, sólo necesitaba dormir dos horas más. Ella también lo necesitaba: dos horas, desconectar de la realidad durante un lapso de tiempo pequeño para volver a ella con más fuerzas, como él se merecía. No haría mal a nadie. Nadie lo sabría, excepto el doctor Stahl, y él sabía guardar secretos. No habría consecuencias. Nada tendría que temer. Sólo sería una vez.

Ni siquiera recordó haber asentido; su mirada esmeralda habló por ella como tantas veces lo había hecho. Lo último que vio con claridad fue la mano del doctor Stahl extendiendo con suavidad su brazo y su rostro reflejado en el pistón plateado de la jeringuilla. Esa vez no quería señales ni avisos, necesitaba olvidarse de todo. Cerró los ojos e inclinó la cabeza hacia atrás, sobre el cojín de la chaise longue de terciopelo verde. Sintió la aguja entrando en su piel para verter en su cuerpo el bálsamo milagroso, el billete del viaje que la trasladaría al oasis en el que estaría Alekséi, con quien anhelaba encontrarse de nuevo como antes del disparo, bailando en el salón del Grand Hotel de Kiev, desplazándose felices por sus baldosas negras y blancas, uno en brazos del otro, observándose como si fueran los únicas personas en el mundo, pero yendo más allá de lo que jamás habían ido con sus cuerpos, buscándose uno al otro, explorando terrenos escondidos, besándose en los lugares jamás rozados, descubriendo el ansiado placer que el destino les había negado…

El letargo en el que la morfina la había arrojado parecía demasiado real para ser una ilusión narcótica. Podía sentir el calor de su cuerpo. Su mapa sensorial se llenó de flashes cegadores que le turbaban la mente. Músculos entumecidos. Labios que apresaban la pálida túnica de su piel. Palabras susurradas al oído. Manos que dibujaban una y otra vez su anatomía sin descuidar ningún rincón por recóndito que fuera, como si quisieran apresarla para siempre en la memoria táctil… Todo alcanzaba dimensiones demasiado reales para un mundo de naturaleza químicamente onírica. Las imágenes se mezclaban en su mente y volvían los fantasmas, como un collage irreverente, y también las voces que le hablaban, distintas a la que le susurraba palabras ininteligibles al oído y quizá por eso la percibía en forma de aliento, de débil resuello. Las voces en su cabeza siempre sonaban diferentes a como lo hacían en los oídos. No sentía dolor ni le asaltaba la preocupación ni el remordimiento ni tampoco el inaudito sentimiento de culpa que por la noche la visitaba para responsabilizarla del martirio que vivía Alekséi. La culpa dolía demasiado, quizá por eso nunca la había sentido, porque se vivía mejor siendo inocente de todo. Iba demasiado deprisa, como si cabalgara a lomos de Nagaika, pero había perdido las riendas; no era ella quien mandaba, alguien lo hacía en su lugar. Deseaba abrir los ojos para ver con claridad, pero sus párpados pesaban demasiado y le negaban la visión. Volvía a estar ciega, como si alguien no quisiera que observase lo que pasaba y la convenciera de contemplar el mundo a través de unas lentes oscuras que velaran la realidad. A veces, los párpados cedían levemente y un ejército de sombras danzaba a su alrededor, envueltas en halos luminosos de formas indefinidas.

Hasta que el negro gobernó por completo su letargo narcotizado.

Sucedió de pronto, sin previo aviso.

De la misma manera que Vasili había sacado su pistola, apretado el gatillo y disparado contra Alekséi, hiriéndolo de muerte en el cuello.

Cuando despertó, no lo hizo a la misma realidad que había abandonado hacía unas horas, bastantes más de las esperadas. El sol entraba con fuerza por las ventanas iluminando la habitación de manera basta, sin permiso, con la altanería de ser el rey astro. Las velas se habían consumido, vencidas por el tiempo, aburridas de aguardar a que un aliento las apagara. Le costó un tiempo asentar su conciencia, reconocer el espacio y empezar a dar forma a los objetos que lo habitaban, como los muebles, las puertas, las cortinas, la chaise longue sobre la que estaba tumbada... El terciopelo verde del asiento le devolvió la imagen del pistón de plata de la jeringuilla y recordó el pinchazo de la aguja entrando en su brazo. Alzó la mirada y vio frente a ella la silueta de un hombre que ocupaba el sillón lindante. Conforme la luz entraba en sus ojos, el raciocinio también regresaba. Distinguió en aquella silueta al doctor Stahl, que pronto asoció con el contorno que había aparecido durante su marasmo narcótico.

Poco a poco, su memoria se desperezaba y la ayudaba a recomponer la imagen del collage alojado en su cabeza. Cuanto más se acoplaban las piezas, mayor era la inquietud que la invadía. La aguja no fue lo único que tocó su cuerpo sin un permiso explícito. Horrorizada ante los retazos que le brindaba el recuerdo, pensó en saltar sobre él, pero la maquinaria de su memoria seguía avanzando sin su consentimiento, como había hecho Stahl unas horas antes, hasta llegar a una parada más importante que su propio cuerpo ultrajado.

Se levantó de golpe y corrió hacia la cama donde había dejado a Alekséi sumergido en un oasis de tranquilidad. «Tan sólo unas horas, Mura. Dormir, descansar, olvidarme de todo...» Él mismo se lo había rogado y él nunca pedía nada, quizá porque pensaba que ya lo tenía todo teniéndola a ella. Incluso para dejar de sufrir le había pedido permiso, como parte del sacrificio que para él significaba el amor.

Se acercó a la cama mientras pronunciaba su nombre como si fuera un grito de auxilio. Él siempre contestaba al escuchar su voz, pero esa vez no lo hizo. La condesa elevó el volumen y el dramatismo de su tono, pero la respuesta seguía sin llegar. Cuando se postró ante él, tenía el mismo gesto de sosiego en su rostro que la última vez que le vio. Y, sin embargo, era completamente distinto. El estigma que presidía su frente parecía más marcado y oscuro, como grabado con un hierro candente, como símbolo de esclavitud o de propiedad, al igual que se hacía con los caballos o, hasta hacía medio siglo, con los esclavos. Su tez lucía más pálida, marmórea, y el vendaje de su cuello ya no era blanco como cuando cerró los ojos, sino rojo y amarillo, formando una enorme mancha oscura. Le cogió la mano. La frialdad que encontró en ella la hizo chillar. Fue un bramido desgarrador, no como el que anuncia la muerte cuando llega, sino cuando ratifica su reinado. Lo zarandeó para obligarle a despertar, sin importarle el vaivén que la sacudida provocaba en la cabeza de Alekséi, libre ahora de la rigidez de los últimos meses.

El oficial más bello de la Guardia Imperial había fallecido y la muerte no le había sorprendido en los brazos de su amada, como se habían jurado mutuamente, acompañándole en el último suspiro, cogiéndole la mano y sin dejar de hablarle para que su voz fuera lo último que escuchara en vida. La impotencia que oprimía el pecho de la condesa apenas le permitía respirar. Necesitaba un culpable y sólo halló al doctor Stahl, que presenciaba la escena con la misma expresión febril y enferma de siempre, como si lo contemplase en un cuadro, desde fuera.

—¡Qué has hecho! ¡Esto es culpa tuya! —gritó la condesa, sosteniendo en su regazo el cadáver de Alekséi, columpiando su cuerpo como si quisiera acunarlo para justificar su falta de respuesta.

Alertada por los gritos, Elisa entró en la habitación a cuya puerta, por primera vez en su vida, no había llamado previamente para solicitar el permiso. Los consentimientos y las anuencias habían desaparecido de aquel inframundo en el que se encontraban desde hacía unas horas. Descubrió a su señora arrodillada sobre la cama, arrullando el cuerpo sin vida de Alekséi, y no supo por quién de los dos lamentarlo más. Corrió hacia ellos, mientras observaba impertérrito al doctor Stahl, que parecía haber tenido más tiempo para asimilar la muerte de Bozevski. Tampoco en aquella ocasión la doncella pudo distinguir quién de los dos estaba más lívido.

—¡Condesa, por favor! Cálmese. —Pedía un imposible. Ni la condesa iba a serenarse ni pretendía soltar el cuerpo de su amante, por mucho que su doncella insistiera en comprobar su estado—. Llamaré a un médico.

—No hay nada que un médico pueda hacer. ¡Llama a la policía! ¡Él lo ha matado! Y no es el único delito que ha cometido esta noche... —bramó ahora que recordaba a la perfección todo lo que había pasado.

Elisa escuchaba confusa, miraba alrededor sin entender nada. Por fin logró que su señora dejara de abrazar a Alekséi como si estuviera vivo, pero sólo lo consiguió porque ella quiso, para poder acometer lo que su cabeza le ordenaba. La condesa abandonó la cama con el mismo apremio con el que había llegado a ella y se abalanzó violentamente sobre el doctor Stahl, golpeándolo con tal fuerza que le tiró al suelo, donde siguió asestándole golpes sin que él mostrara ninguna resistencia, excepto cuando intentaba protegerse con los brazos de la ira de la mujer de la que estaba enamorado, aunque eso no le había impedido poseerla aquella noche mientras ella se encontraba bajo los efectos de la morfina, a escasos metros de donde yacía herido de muerte Alekséi Bozevski. Los tres estuvieron refugiados bajo un manto narcótico que veló sus sentidos, por eso el doctor Stahl no podía hallar respuestas a las preguntas que le planteaba, fuera de sí, la condesa. Hasta que pasó lo que Elisa temió que sucediera desde que escuchó los gritos. La condesa Tarnowska cayó al suelo envuelta en violentos espasmos que dejaron su cuerpo con la rigidez de una barra de hierro, con los ojos entreabiertos, escupiendo espuma por la boca e incapaz de parar, alimentando las falsas leyendas que asociaban la epilepsia con la posesión diabólica y los espíritus. La doncella necesitó la ayuda de Stahl para sujetarla.

Cuando despertó, lo hizo en la cama de la habitación contigua a donde había fallecido Alekséi. Había sufrido uno de sus ataques, uno de los más violentos, que requirió de asistencia médica y del cuidado de su doncella. El mismo médico que la trató a ella certificó la muerte de Alekséi Bozevski. El informe que elaboró sobre el fallecimiento no mencionaba nada de lo ocurrido la noche anterior. Desde hacía tiempo, era un final previsible teniendo en cuenta sus heridas y nadie requirió una autopsia para determinar las causas del deceso, sobre todo porque sabían que un doctor había estado presente en el momento de la expiración. La condesa nunca supo si Vladímir mintió a las autoridades médicas y policiales sobre las causas de la muerte de Alekséi, aunque, según le comentó más adelante Elisa, no hizo falta que mintiera: únicamente evitó decir toda la verdad. Por segunda vez, comparó al doctor Stahl con Vasili, experto también en no mentir y en soslayar la verdad al mismo tiempo.

Alekséi Bozevski no tenía familia, por lo que la condesa, algo más recuperada de su episodio de epilepsia, tuvo que encargarse de los trámites para el sepelio y el traslado de su cuerpo. En algún momento de los últimos meses le había comentado que, llegada su hora, le gustaría ser enterrado en su ciudad natal, Orel, una pequeña localidad situada a algo más de quinientos kilómetros de Kiev y a más de mil seiscientos kilómetros de donde había fallecido, en Yalta, por lo que inició las diligencias oportunas para cumplir con su última voluntad. Contó con la ayuda de su doncella y, sobre todo, del doctor Stahl, al que, desde aquella aciaga noche, trató como a un esclavo, como él mismo se había declarado. Le negó el derecho a hablarla y a mirarla, se dirigía a él sólo para ordenarle lo que debía hacer, le prohibió aparecer en la misma estancia donde ella estuviera y le dejó claro que, cuando todos los trámites fúnebres hubieran terminado, él desaparecería de su vida para siempre, como si nunca hubiera existido. Lo convirtió en lo que siempre había sido, una sombra, un fantasma, un espíritu errante que una aciaga noche tomó forma humana reivindicando su presencia de la manera más ignominiosa. No existía una condena peor para él que privarle de su presencia, ni mayor venganza que su desprecio. Ella también se transformó en una esclava y, paradójicamente, sus cadenas la mantendrían unida al doctor Stahl durante más tiempo del que hubiera deseado. El dolor por la pérdida de Alekséi era tan lacerante que siguió recurriendo a la morfina no para aliviarlo, algo que se le antojaba imposible, sino para apartarse del mundo que la condenaba a seguir viviendo sin él, pero con la indeseable compañía de otros fantasmas que la merodeaban. Así confirmó que habitaba en el mundo sobrenatural de los muertos, situado por debajo del de los vivos; vivía en el reino particular de Hades, el infierno de las almas perdidas.

Después de prohibirle al barón Stahl la asistencia al funeral de Alekséi Bozevski, tuvo una última conversación con él. No le importó que Elisa la presenciara, aquella mujer era la única persona del mundo en la que podía confiar. A diferencia de todos los demás, incluidos los que aseguraban ser sus esclavos, aquellos que juraban amarla por encima de todo, los que se comprometieron a protegerla de por vida, los que se batieron en duelo por ella y aseveraban ser capaces de cometer cualquier locura en su nombre, incluso matar, la doncella suiza sí sabía cumplir su palabra, sin tantos anuncios previos ni promesas lanzadas al aire.

—Te voy a hacer dos preguntas y quiero que me respondas. ¿Le mataste tú? —interpeló secamente la condesa. Al ver el gesto contrariado del doctor Stahl, amplió la pregunta—: ¿Le administraste más morfina después de la primera inyección? Es una pregunta sencilla que sólo requiere un sí o un no. Necesito escucharlo.

—No lo recuerdo. Yo también me administré una dosis. No era fácil para mí...

—No me interesa nada que sólo te atañe a ti. Intenta recordar, ¿le proporcionaste una segunda dosis?

—No lo sé. Pero si lo hice es porque él me lo pidió; sólo le he liberado de su sufrimiento. Y a ti también. Y lo volvería a hacer. No se merecía sufrir más.

—¿Y yo? ¿Yo también te pedí que abusaras de mí? —No alteró su tono de voz, algo que sí hizo el gesto de Elisa al escucharlo—. ¿Yo también merecía lo que me hiciste?

—Te lo juro, Mura, no me acuerdo...

—¡No te atrevas a llamarme así! No tienes ese derecho ni nunca lo tendrás. Ensucias un nombre que sólo ha estado en boca de las personas que me han amado y a las que he amado, y tú no estás entre ellas.

Ni siquiera se despidió de él. Elisa recogió las botellitas de morfina que le había llevado el doctor Stahl, suficientes para una temporada. Aquel opiáceo era lo único que los había mantenido unidos en las últimas semanas, pero todo terminaba allí, en el andén de la estación de tren que las llevaría a Orel, junto con el ataúd de Alekséi Bozevski.

Después del entierro, la nueva realidad le aterraba tanto que sólo encontraba consuelo en la morfina.

—¿Y ahora qué haré, Elisa? —se lamentaba.

—Volvamos, condesa. Es hora de regresar.

—No hay nada a lo que volver —murmuró, sintiendo que esa respuesta la desgarraba por dentro.

—No diga eso, señora. ¿Es que no se da cuenta? La están esperando.

—¿Quiénes?

—Sus hijos, condesa. Tioka y Tatiana. Ahora son ellos los que la necesitan. ¿Es que no lo entiende?

—Tioka... Tatiana... —repitió como si aquellos nombres los hubiera borrado el mismo efecto narcótico de las inyecciones que empezaban a dejar costuras en su piel y en su cabeza—. ¡Mis niños!

No podía creer que se hubiera olvidado de ellos, que su primer pensamiento después de enterrar a Alekséi no hubiera sido correr hacia la residencia de sus padres en Otrada para abrazar a sus hijos y explicarles que lamentaba la prolongada ausencia, pero que, a veces, debemos estar en un lugar que no nos gusta, pero es donde nos corresponde. Aquel veneno que entraba en sus venas y se alojaba en su cerebro estaba impidiendo que viera el mundo con claridad. Por unas horas conseguía aliviarle el dolor de espíritu, pero era sólo un espejismo, una mentira más, porque cuando su efecto pasaba, el dolor regresaba más punzante. Cada dosis de morfina era una nueva lente oscura sobre sus ojos.

La revelación le hizo estrellar con rabia las botellas de morfina contra el suelo. Allí se cerraba una etapa.

Pero la vida no entiende de ciclos clausurados.

Y la muerte seguía siendo una senda contagiosa.

28

No le llevó mucho tiempo entender que el odio es uno de esos crímenes que dejan más víctimas que muertos.

Cuando Vasili disparó aquella bala en el Grand Hotel de Kiev, no sólo arrebató la vida de Alekséi Bozevski, también dejó herida la de la condesa, la de Tatiana, la de Tioka, la del doctor Stahl, la de la baronesa Stahl, la de Ekaterina, la del Terrible O'Rourke, la de Elisa Perrier, la suya propia y otras muchas que estarían por venir a causa de la onda expansiva.

El odio, cuando estalla, también esparce su hedor, alcanzando a todos.

Lo supo cuando leyó el telegrama que Ekaterina le había enviado.

Mientras Rusia y Japón se enfrentaban en una guerra iniciada meses atrás —en febrero de 1904— para dilucidar cuál de los dos imperios se quedaba con la provincia china de Manchuria y con la península de Corea, otros dos imperios luchaban por ver colmadas sus ambiciones. El conde Tarnowski, aupado por su absolución judicial a pesar de que su intento de homicidio se había convertido en asesinato, había aparecido en la residencia del Terrible O'Rourke en Otrada para llevarse a sus hijos, argumentando que su madre estaba ausente de sus vidas desde hacía más de un año, amancebada con su amante. A pesar de la oposición de Ekaterina, Vasili consiguió llevarse a su hija Tatiana, entre gritos y sollozos de los presentes, y sólo la casualidad impidió que hiciera lo mismo con Tioka, que se hallaba con su abuelo fuera de la propiedad, visitando un criadero de caballos. El conde prometió, a voces y con amenazas, que volvería a por él.

Los intereses del matrimonio Tarnowski eran irreconciliables y ninguno de los dos estaba dispuesto a dejarse vencer en un conflicto del que ambos se responsabilizaban mutuamente, un fiel reflejo de lo que sucedía entre las flotas enviadas al Báltico y al Pacifico en la guerra ruso-japonesa.

A la condesa no le sorprendió el zarpazo que acababa de asestarle su marido. Temió que algo así sucediera desde que decidió huir junto a Alekséi para intentar encontrar una cura que lo mantuviera con vida. Era un miedo parecido al que acechó a Japón durante los años previos a la contienda, temiendo ser invadido por el Imperio ruso, sobre todo desde que en 1891 el zarévich Nicolás Aleksándrovich fue herido con un sable por un policía japonés en la ciudad de Otsu. Temiendo que Rusia se valiera de aquel ataque como excusa para proceder a la invasión, todo el país se volcó en disculparse por lo sucedido ante el zar Alejandro III, desde el primer ministro Matsukata Masayoshi hasta el emperador Mutsuhito. Una mujer nipona llegó a cortarse el cuello con una cuchilla frente al edificio de la Prefectura de Kioto, a modo de expiación. A Japón le aterraba una posible invasión rusa. Sabía que siempre había un acto de violencia inesperado que provocaba que todo estallara.

La acción de Vasili no sorprendió a la condesa, pero no dejaba de asombrarla la maldad de su esposo a la hora de elegir el momento más delicado para ella, en el que estaría con la guardia baja, para arrebatarle a su hija. En cuestión de estrategia, el conde había sido más hábil.

El telegrama de Ekaterina había cambiado sus planes de pasar por Kiev antes de regresar a su ciudad natal. Tenía que ir a Otrada e impedir que el conde también se llevase a Tioka. Pero no le resultaría fácil. El patriarca seguía sin levantar el veto a su presencia en la residencia familiar, afianzado por los últimos acontecimientos que habían expuesto al linaje ancestral de los O'Rourke en el negro sobre blanco de los periódicos. Las manchas de sangre en la reputación seguían siendo difíciles de limpiar.

Gracias a la ayuda encubierta de su madre, la condesa había ideado un plan para recuperar a Tioka sin tener que aparecer por la casa. Sería Elisa la encargada de recogerle, escondida en un carruaje y con la complicidad de Ekaterina, que la esperaría en un parque de la ciudad donde solía ir con el niño. La idea era que la doncella y el pequeño se dirigieran al hotel donde la condesa los esperaba. Pero apareció un problema que nadie había contemplado. Las mismas ganas que tenía la condesa de encontrarse con su hijo las albergaba Ekaterina con respecto a su hija, y estaba dispuesta a desafiar la prohibición del Terrible O'Rourke de ver a la condesa, por lo que no entregaría el niño a Elisa a no ser que los dos entraran en ese carruaje. Era un chantaje del que se sabía vencedora, aunque sólo fuera porque nadie lo esperaba. La sorpresa es la mejor baza en cualquier batalla, como sabían los diez destructores japoneses cuando atacaron por sorpresa a la flota rusa en Port Arthur, dañando a los grandes acorazados —Tsesarévich, Retvizan y el crucero Pallada, entre otros—, que tuvieron que encallar para evitar hundirse. Ekaterina acababa de lanzar un torpedo a la línea de flotación del carruaje con los mismos efectos. Elisa no tuvo ni el poder ni las ganas de discutir con la señora O'Rourke y entendió que su argumento era irrefutable. A las dos mujeres les unían demasiadas cosas desde hacía demasiados años, aunque sólo ellas dos lo supieran.

La condesa deambulaba nerviosa por la habitación del hotel, frotando sus manos sin descanso, como si quisiera arrancarse alguna mancha de la piel. Lo que realmente quería extirparse de la cabeza era la imagen de Vasili entrando en la estancia para llevarse también a Tioka. Había tenido esa pesadilla los últimos tres días. Necesitaba relajarse; si su hijo la veía alterada, podría asustarse. Fue a coger su bolso. Todavía le quedaban algunas botellitas de morfina. Al abrirlo, encontró la carta que el doctor Stahl le había escrito, pese a haberle prohibido que lo hiciera. No había tenido tiempo de leerla; de hecho, no pensaba hacerlo, pero quizá su lectura lograra entretenerla hasta que Elisa llegara con el pequeño. La abrió con desgana. Guardaba hacia él demasiado odio y el recuerdo de una complicidad anterior no bastaba para hacerlo desaparecer. Que el barón hubiera regresado al ustedeo para dirigirse a ella le pareció un signo más de su autoridad sobre él.

> Querida condesa Tarnowska:
>
> Por favor, no queme esta carta. Sé que me prohibió cualquier contacto, pero quiero comunicarle que el tiempo que me quede de vida lo consagro a usted. Tiene mi palabra de honor de que haré todo lo que me ordene sin importarme las consecuencias y que esta entrega voluntaria, lejos de significar un sacrificio para mí, será una encomienda. Quedo a su disposición. Sabe que soy su esclavo. He querido escribirle estas líneas para que las guarde por si le provoca placer enseñar esta carta para humillarme. Lo consideraré como un merecido castigo, aunque le reitero que no puedo arrepentirme de nada de lo hecho. Siempre he actuado en nombre del amor y seguiré haciéndolo, cumpliendo todo aquello que usted me ordene. Permaneceré un tiempo en Kiev.
>
> Siempre suyo,
>
> VLADÍMIR STAHL

Quiso convertir en profético el inicio de la misiva y quemarla, arrojándola a la chimenea, pero las voces y unos pasos que avanzaban por el pasillo hicieron que se olvidara de la carta, devolviéndola al bolso. Cuando escuchó llamar a la puerta, la ansiedad disparó sus latidos, como cuando su cuerpo pedía una dosis urgente de morfina. Estaba nerviosa ante el inminente reencuentro con su hijo, al que hacía tantos meses que no veía. Pasó minutos eternos abrazada a Tioka, estrechándolo contra su pecho, oliéndolo, besándole la cara, las manos, el pelo, buscando en sus rasgos las pistas de lo que había vivido en su ausencia. Estaba abrumada por el peso de las emociones, que aumentó al alzar la vista y encontrar una figura inesperada, ausente de su vida incluso cuando estaba presente.

Creyó que su acelerado corazón no resistiría la doble sorpresa. No tuvo regazo suficiente para acoger las partes de su vida que aún seguían en pie. No podría haber mejor medicina que aquélla, lejos de cualquier vial, opiáceo o jeringuilla. Como muchas otras veces, pensó que las personas seguían complicando las cosas sencillas.

—¡Madre! Pero ¿cómo se le ocurre? ¿No entiende que pueden verla? Otrada es una ciudad pequeña llena de miradas indiscretas —dijo con la certeza que otorga la experiencia. Ella misma había podido notar las insidiosas miradas durante el poco tiempo que llevaba en la localidad.

—¿Crees que me importa que puedan verme cuando soy yo la que puede ver lo realmente importante? —respondió Ekaterina, que no podía controlar la emoción de reencontrarse con su hija por primera vez desde que huyó de casa para contraer matrimonio con Vasili, diez años atrás—. ¿Es que no te he enseñado nada?

—¿No tiene miedo de que el Terrible O'Rourke...?

—Mura, mi niña, hace mucho que enterré el disfraz del miedo para vestirme con la máscara de la indiferencia. No creo que haya ningún hombre en la tierra que pueda darme miedo porque ya no queda ninguno al que amar.

La condesa Tarnowska sufrió una regresión que la devolvió al cuerpo de Maria Nikolaevna, la niña querida, mimada, caprichosa, inconsciente, que comía a cucharadas la mermelada de naranja amarga de un tarro y que pedía que la empujaran más fuerte en el columpio; aquella niña que no se había abierto al mundo y, como consecuencia de ello, era feliz. Nadie la llamaba «Mura» con el cariño de su madre; Alekséi Bozevski lo hacía con la devoción que insufla la pasión.

—Madre, no sabe la vida... No sé por dónde empezar.

—Por el principio suele ser una buena opción. Pero no hace falta que pases de nuevo por eso. Conozco los antecedentes...

—Se equivoca. En mis cartas no contaba ni una décima parte de lo que sentía.

—En las tuyas, no. Pero alguien se encargaba de hacerlo por ti... —dijo buscando la mirada cómplice de Elisa.

La doncella había mantenido correspondencia con la señora O'Rourke cuando veía que la condesa no tenía el tiempo ni el valor para sentarse a responder las misivas de su progenitora.

—¿Tú? —preguntó gentilmente a Elisa, que prefirió enterrar su mirada, entre avergonzada y satisfecha, agradeciendo no escuchar ningún reproche. En las cartas que había escrito a Ekaterina no había ningún secreto que su señora le hubiera confiado y que una madre no pudiera conocer.

—No culpes a la buena de Elisa. Se ha ocupado de ti, pero también de mí. Muchas veces no hace falta que una mujer sea madre para comportarse como tal.

Elisa comprendió entonces la naturaleza explosiva de su señora: los cosacos del Don compartiendo la sangre irlandesa de los O'Rourke. Demasiado poco había sucedido para las posibilidades que ofrecía aquella mezcolanza. Y la condesa Tarnowska entendió por qué durante un año pudo pagar las facturas médicas, los hoteles, los viajes y los cuidados que Alekséi necesitó sin preocuparse del dinero. Fue Ekaterina la que había corrido con los gastos de aquel dispendio sobrevenido con los fondos que enviaba regularmente a través de Elisa. En ningún momento la condesa se paró a pensar de dónde salía el dinero que gastaba a mansalva; nunca en su vida lo había tenido que hacer y seguía sin hacerlo. No había sido educada para eso, por lo que no tenía conciencia de ello.

Las confidencias llenaron aquella habitación de hotel durante horas, en las que Tioka no se separó de los brazos de su madre excepto para comer y jugar con Elisa. No recordaba haber mantenido una conversación tan larga con su madre en sus veintisiete años y lamentó no haber aprovechado mejor las oportunidades que la vida le había brindado y que no supo apreciar en su día. Pensaba que las personas siempre iban a estar ahí, esperando, sin hacerse notar, como si tuvieran la obligación de ser, sin importarles que esa disposición incondicional les restara su valor real, al igual que sucedía con el dinero que llegaba a las manos de la condesa. La vida pasó sobre madre e hija entre aquellas cuatro paredes, ignorando los caminos abiertos por el tiempo.

—Tus tías murieron —le informó Ekaterina, como si el capítulo de las muertes fuera una parada obligada en toda conversación familiar—. No quise decirte nada en las cartas para no apenarte. Sé lo mucho que querías a mis hermanas.

—¿Murieron las dos?

—El mismo día, casi al mismo tiempo, con los mismos cinco minutos de diferencia con los que nacieron. Dicen que no es extraño que ocurra en el caso de los gemelos. Tampoco debe de serlo si las dos están encerradas en el mismo manicomio... —dijo pensativa mientras removía con la cucharilla el té que ya se había quedado frío en la taza de porcelana. Su hija jamás entendió por qué tenía esa costumbre, si nunca añadía azúcar ni leche, por lo que no tenía nada que remover.

La última vez que la condesa había visto a sus tías maternas fue antes de quedarse ciega a causa del sarampión o de la caída del columpio —los médicos nunca se pusieron de acuerdo sobre las causas—, a través de la ventana de su habitación, escondida tras las cortinas. Recordaba que había caído una gran nevada el día que un carruaje negro, con el nombre de un sanatorio pintado en una de sus puertas, llegó a la residencia a primera hora de la mañana para recoger a las dos mujeres, bajo la atenta mirada del Terrible O'Rourke, responsable de su internamiento. No eran los únicos precedentes de locura en la familia materna. Su abuela también había tenido problemas mentales, al igual que un tío suyo y los hijos de éste. «Murió loca», «murió loco», era la frase más temida en aquel linaje de cosacos del Don, el mismo diagnóstico por el que fue sacrificado Nagaika de un tiro en la frente, a causa de la llamada enfermedad de los caballos locos, una encefalitis de carácter infeccioso causada por el virus Borna. También él era de la región del Don. Quizá toda la comarca estaba maldita y no toda la responsabilidad caía sobre el linaje irlandés del Terrible O'Rourke. La muerte llama a la muerte. Le resultaba imposible quitarse esa idea de la cabeza.

—Me encontré con Yaroslav en Moscú. Me dijo que Natasha había muerto. Parecía enfadado conmigo... —recordó con dolor.

—No estaba enojado contigo, sino con el mundo, igual que lo estás tú ahora. La muerte de alguien querido es tan incomprensible que consigue enfurecernos con los que siguen vivos. No es fácil asumir la verdad, sobre todo si adquiere la forma de una dolorosa tragedia.

Aquellas palabras sobre la verdad le recordaron al doctor Stahl. La inoportuna reminiscencia le amargó el té que estaba tomando. Fue sólo un instante, lo que tardó en levantar de nuevo la mirada y ver a su madre. Estaba más hermosa que nunca, con esa belleza serena que siempre la acompañaba.

—¿Regresó a la casa en algún momento?

—¿Yaroslav? Se convirtió en un fantasma, como temía Natasha. Había crecido a la sombra de su hermano mayor, y eso era lo que su madre intentó evitar toda su vida, que lo imitara. Pero los hijos tienen planes propios que no suelen coincidir con los que elaboran sus padres. Tu padre lo llama ley de vida. Qué sabrá él de vida y de leyes si no respeta ni lo uno ni lo otro...

—Entonces, no ha vuelto a saber de él...

—Prometió escribir y también aseguró que regresaría a Otrada con el cadáver de su madre. Natasha siempre decía que quería descansar en la misma tierra que le había dado una oportunidad porque los muertos tienen más memoria que los vivos. No sé, a veces decía cosas extrañas o, al menos, a mí me lo parecían. Claro que yo en esa época...

—En esa época tocaba el piano muy fuerte para no tener que escuchar ciertas cosas, madre.

—Y lo sigo haciendo. Mis *Nocturnos* de Chopin hablan por mí.

Sonrió al comprobar que, a pesar de los vaivenes con los que el destino intentaba marearlas, había cosas que no cambiaban. Y no por el aroma a bergamota y cítricos que desprendía la tetera que compartían, sino al contemplar los ojos de Ekaterina merodeando por el fondo de su taza. Ambas se abrazaron en una mueca cómplice.

—¿Cuánto hace que no lees los posos de té a tu madre? —preguntó traviesa Ekaterina, animada por el recuerdo de Mura con apenas cinco años, interpretando las hebras adheridas en el fondo de la taza. Soltó una delicada risa al evocar a su pequeña teatralizando su papel de hechicera.

—Madre, ya no soy una niña.

—Como te dije una vez, para mí siempre serás una niña —recordó, ofreciéndole su taza para que procediera con la lectura—. ¡Vamos, Mura! Será divertido. Un poco de diversión no le hace daño a nadie. Además, recuerdo que solías acertar en casi todo, aunque fuera un juego.

La condesa miró a Elisa que, a juzgar por su expresión, acababa de descubrir una nueva faceta de su señora. Ekaterina tenía razón, era sólo un juego, y, ahora que Tioka estaba dormido en la cama, vencido por el cansancio y las emociones del día, era su turno. Cogió la taza de té de su madre, después de pedirle que lo removiera por última vez y vertiera el contenido líquido en otro recipiente. Quizá era ésa la razón por la que Ekaterina removía la tisana: para cambiar su destino.

—Está bien, lo haré. Pero sólo porque usted me lo pide, madre. Ni siquiera recuerdo las bobadas que decía. Si la vida fuera tan fácil, no estaría escrita en el fondo de una taza, sino cincelada a golpes en una piedra de la tundra siberiana, donde todo el mundo pudiera verlo.

Ante la expectación de su madre y de la propia Elisa, la condesa giró la taza que sostenía con los dedos, dibujando círculos de izquierda a derecha, de arriba abajo. Los posos negros se aferraban al blanco de la porcelana como lo harían dos amantes ante la eventualidad de ser separados. Observándolos, tuvo la impresión de que el contraste entre el blanco y el negro adquiría formas distintas, hasta asemejarse a las letras negras impresas sobre el papel blanco de un telegrama. Soltó la taza que acabó rodando por la mesa, como si por un mal manejo se hubiese resbalado de sus manos.

—¿Está bien, señora? —preguntó Elisa, inquieta ante el menor gesto de la condesa, dada la sombra de su herencia epiléptica.

—Sí, sólo un poco cansada. El viaje, Tioka, madre, Otrada... —mintió.

—Cualquiera diría que has visto algo... —dijo Ekaterina intentando quitarle importancia.

—Madre, ni veía nada de pequeña en el fondo de la taza ni veo nada ahora —mintió por segunda vez—. Le recuerdo que estuve ciega unos cuantos años y que si no hubiera sido por el tío Cillian...

Escuchar aquel nombre en su voz pareció sobrecoger a ambas. Se dieron cuenta de que hacía muchos años que no lo pronunciaban en voz alta. Las unían tantas cosas que ninguna de las dos entendió por qué la vida se había empeñado en separarlas.

—Dígame la verdad, madre... El tío Cillian y usted... —Se atrevió a insinuar algo a lo que nunca había dado voz, no sabía si por pena, por cariño o por respeto.

—No irás a hacer como los abogados, Mura; formular preguntas cuyas respuestas ya conocen de antemano. —Ekaterina esbozó una sonrisa silenciosa, preñada de recuerdos.

Ese silencio fue el encargado de tejer la respuesta. Las voces siempre se enredan en palabras que al llegar al cerebro cambian de significado. Las palabras no son de fiar; los silencios nunca mienten y por eso son los guardianes de los secretos. Ésa es la razón por la que las sonrisas silenciosas siempre dicen la verdad.

—Y hablando de abogados... Debes contratar los servicios de uno bueno. Es mejor que lo encuentres en Moscú o en San Petersburgo. Todos sabemos las amistades y los contactos que tiene el conde Tarnowski en Kiev. Si contratas un abogado allí, estarás vencida antes de comenzar. Y aquí en Otrada pasaría lo mismo. En los pueblos pequeños la gente se siente en la obligación de hablar demasiado, quizá para escapar de un espacio tan parvo, o quizá para no ahogarse.

—Tengo que recuperar a Tatiana. Pobre hija mía, qué pensará de su madre.

—Los niños a esa edad no piensan. Sólo se dejan llevar.

—Por eso mismo. Me aterra adónde pueda llevarla el malnacido de su padre —reconoció con rabia, como si le quemaran las palabras en la boca—. Cómo pude estar tan ciega...

Su rostro se ensombrecía cada vez que pensaba en su hija, elucubrando dónde estaría, cómo sería su vida, si tendría amigas, si le iría bien en el colegio, qué juegos le gustarían, cómo se vestiría y qué relación mantendría con su padre. Ese pensamiento la hacía situarse ante el espejo para contemplar su propia relación padre-hija.

En el fondo, deseaba hablar de él, preguntar por el Terrible O'Rourke, entender por qué consideraba tan grave la ofensa de una huida adolescente como para no poder perdonar a su propia hija. Lo hubiese deseado, pero su madre no estaba dispuesta a hacerlo. El odio y el rencor ya habían ocupado demasiado espacio y tiempo en esa familia.

—Estuviste ciega porque te impidieron ver durante mucho tiempo. Pero ahora debes estar con los ojos bien abiertos. Escucha a tu madre —le pidió Ekaterina, mientras le cogía las manos—: Consigue el divorcio y recupera a tus hijos, que no te importe nada más. Tu familia tendrá el título y todo el dinero que te haga falta, de eso me encargo yo. Y después, forma un hogar con Tioka y Tatiana, si quieres lejos de aquí, incluso fuera de Rusia, pero con los ojos bien abiertos, Mura. No los entierres en libros que...

—Madre, los libros no tienen la culpa.

—La tienen cuando no se saben leer correctamente. ¿Por qué crees que algunos los queman o los prohíben? Porque lo que contienen puede ser más peligroso que las armas. Son como los posos de té, no todos saben interpretarlos, y quien sabe hacerlo debe tener cuidado de utilizarlo correctamente.

—Creía que me iba a decir que viniera a vivir a Otrada... —dijo para huir de los posos del té.

—Si eso es lo que en realidad quieres, así será.

—Olga se suicidaría si me viera regresar. Sólo por ver su cara, estoy tentada de hacerlo.

—No digas eso. Tu hermana siempre te ha querido.

—Mi hermana ha querido lo que yo tenía.

—Mura, eras tú la que siempre querías lo que ella deseaba y, para su desgracia, siempre lo conseguías. Querías lo que ella anhelaba porque sabías que podías arrebatárselo.

—Entonces, será padre quien no lo permita —dijo, como si de verdad deseara volver a la casa familiar.

—En ese caso, le mataremos entre las dos.

Ekaterina pronunció aquellas palabras con tanta convicción que, durante unos segundos, su hija la observó como si la creyera. La elegante risa de su madre le hizo comprender que estaba bromeando.

—Por un momento, he pensado que sería capaz, madre.

—Todos somos capaces de cosas que no creeríamos ni por un instante.

Cuando la condesa O'Rourke se incorporó para ponerse el abrigo y regresar a casa, su hija comprobó que ya no llevaba consigo la cucharita de plata atada a la cintura con una cadena. Tal vez por eso sus frases eran más reveladoras, sus ojos más risueños y su mirada más alerta, hasta el punto de adivinar lo que estaba pensando su pequeña.

—Sólo en contadas noches, cuando los espíritus hablan demasiado alto y necesito acallarlos y mantenerlos en silencio —anticipó Ekaterina refiriéndose al láudano que antes tomaba a todas horas—. Cuando tienes a un hijo demasiado lejos, debes estar alerta, y el demonio no quiere que estés atento. Tú también deberías mantenerlo lejos, no es buen compañero de viaje.

La condesa se preguntó si su madre conocía su dependencia de la morfina. Buscó la confirmación en la mirada de Elisa, que con un gesto revelador le informó de que, al menos por ella, no podría saberlo. Quizá era Ekaterina la que realmente sabía leer los posos del té y hasta el pensamiento como lo hacían sus hermanas, las locas; quizá por eso siempre estaba tan callada, para poder escuchar lo que otros elucubraban.

—Una cosa más que debes recordar cuando estés con tu abogado: recupera el cuadro de *La caza de Diana* que te envié a tu residencia de Kiev. Hay compañías que no se merecen, ni siquiera estando muerto. No me gustaría que esa obra de arte quedara en manos de semejante animal. Además, me lo regaló tu tío Cillian.

—No lo sabía, madre. Nunca me lo dijo —comentó sonriente.

Supo entonces que su madre también sabía jugar sus cartas y solían estar marcadas. Entendió por qué ese lienzo parecía rivalizar en la gran escalinata de la residencia familiar con el retrato de la primera mujer del Terrible O'Rourke, por qué siempre había sido su favorito. Debía aprender de ella y comprender que la venganza silenciosa, como la conquista y la revolución, da mejores resultados que aquella que se anuncia con algarabía.

—Recuerda, Mura: haz lo que tengas que hacer. Vive y sal ilesa —le aconsejó, consciente de la carga sentimental de aquel mantra que sólo ellas dos entendían.

Aquella frase, la misma que el tío Cillian había escrito a las dos al amparo de la intimidad que le otorgaba la galla de Istria, convocó las lágrimas a sus ojos verdes. Abrazó a su madre, tan fuerte como hacía cuando era pequeña, siguiendo el consejo de sus tías maternas, aquellas que subieron una mañana de intensa nevada a un carruaje negro: «Deja que tu madre te abrace fuerte porque, cuando ella no esté, tu cuerpo guardará la memoria de ese abrazo que estarás condenada a extrañar durante el resto de tu vida».

De haber tenido el valor de no retirar la mirada de los posos del té, quizá hubiera abrazado a su madre durante más tiempo y se hubiese dejado apretar mucho más fuerte.

29

La memoria no quiso dulcificar el recuerdo. Se acordaba de él: el Escorpión. Así le habían apodado en la fiesta del Grand Hotel. Las personas parecen diferentes cuando están en su hábitat. Un héroe en su casa puede parecer un delincuente en la del vecino; un borracho sin clase con más pretensiones que méritos sociales puede alzarse como un salvador con corazón noble y visos de intelectual. Aquel hombre decidido, vestido con un traje caro de tres piezas y diestro en utilizar las palabras en el tiempo preciso y la forma correcta, no se asemejaba en nada al hombrecillo ebrio que recogió del suelo la estola de visón blanca para colocarla sobre los hombros de la condesa y que le arrancó un grito al sentir su mano fría y punzante en su cuello, como la picadura de un alacrán. Ambos confiaron en la mala memoria del otro, pero la confianza no estaba viviendo sus mejores momentos en la Rusia de 1905.

Donato Prilukov llegó a su despacho de Moscú espoleado por la premura de escapar de los disturbios callejeros y envuelto en una nube de papeles. Llegaba tarde y su primera clienta de la mañana, además de ser una mujer distinguida, venía recomendada por un antiguo cliente de Kiev, un miembro importante de la nobleza, el mismo que le había invitado a aquella lejana fiesta en Kiev que terminó en tragedia, aunque el abogado conoció los detalles de lo ocurrido días más tarde, cuando leyó la noticia en los periódicos. Su secretaria tenía orden de invitar a la condesa Tarnowska a esperar en su despacho en caso de que él se demorara, y así lo había hecho. Apenas había empezado a degustar la taza de té que la obediente empleada le había servido cuando el abogado entró.

—El problema de Rusia son las prisas y la impaciencia. Pero la impaciencia es cosa de pobres y el sosiego que otorga la riqueza sólo lo tienen unos pocos. Y en medio de ambos, estamos personas como yo, burgueses e intelectuales, intentando mediar entre unos y otros, construyendo un puente, diciéndoles a los de abajo que confíen en las reformas prometidas por el zarismo y asegurando a los de arriba que los obreros y campesinos desconfían de sus patronos y del propio zar —explicó Prilukov mientras se deshacía del abrigo y contemplaba desde la ventana las asonadas callejeras de las que se había zafado no sin dificultades, a pesar de simpatizar con sus reivindicaciones por mero interés profesional.

Las de Moscú no eran las únicas calles incendiadas por los cócteles molotov de las revueltas. La impaciencia también era contagiosa. El nuevo año había comenzado con una huelga en la gran fábrica Putílov. Cuatro días después, el número de trabajadores en paro se acercaba a los ciento cincuenta mil, y el 22 de enero, San Petersburgo, ciudad natal del abogado, amanecía con una huelga general y con los trabajadores mirando con recelo al Palacio de Invierno. Cerca de tres mil personas, lideradas por el Gueorgui Gapón, un sacerdote ortodoxo que dirigía la Asamblea —una suerte de sindicato de la clase obrera de San Petersburgo que insistía en alejarse de los socialistas revolucionarios y de la insurrección—, participaron en una marcha pacífica hacia el Palacio para pedirle al zar mejoras en sus condiciones de trabajo, salarios más altos y una jornada laboral de ocho horas, así como el final de la guerra rusa-japonesa y el sufragio universal. Los participantes, mujeres y niños entre ellos, portaban iconos religiosos y cantaban himnos y canciones patrióticas, algunas de ellas ensalzando al zar, que horas antes había abandonado su residencia oficial para desplazarse al palacio de Tsárskoye Seló, un traslado que los manifestantes desconocían. La protesta transcurría de manera pacífica hasta que el responsable de seguridad de la ciudad, el gran duque Vladímir Aleksándrovich, tío del zar, ordenó a la Guardia Imperial disparar contra los manifestantes e incluso contra la población que no había participado en ella, como hicieron más de dos mil soldados en la avenida Nevski. Algunos hablaron de mil muertos y más de dos mil heridos; otros rebajaron esa cifra a unos centenares, ajustándola a su relato. Un Domingo Sangriento que agrandó la mancha sobre el reinado del zar Nicolás II, aparecida en la tragedia de Jodynka.

Aquel Domingo Rojo sólo sirvió para embravecer más los ánimos y que la onda expansiva de la huelga abrazada por un millón de personas llegara a cientos de ciudades y entrara en las principales fábricas e industrias, especialmente ferrocarriles, minas, correos, imprenta y prensa.

—El problema es la falta de confianza —añadió el abogado Donato Prilukov abandonando la ventana para situarse detrás del escritorio, donde intentaba poner orden en las montañas de papeles y carpetas que rivalizaban por conseguir su atención—. El pueblo que acudió el domingo al Palacio de Invierno ya no confía en el padre Gapón, hasta entonces su líder indiscutible. El zar desconfía de las masas. Y los burgueses ya no se fían de unos ni de otros; de hecho, no nos fiamos ni de nosotros mismos. Cuando la violencia y la sangre llegan a las calles, la confianza y el estoicismo desaparecen. Son incompatibles, como el agua y el aceite.

La condesa le observaba en silencio. El Escorpión siempre empezaba sus frases con el mismo enunciado: «El problema». Eso la tranquilizó; un hombre que sabía cuál era el problema no tendría dificultad para encontrar la solución.

—Pero discúlpeme, la estoy aburriendo. Y eso, aunque en mi gremio suele representar una victoria, en presencia de una señora como usted roza el delito.

—No se preocupe. Le agradezco que tenga tiempo para recibirme. Sé que es un hombre muy ocupado —reconoció ella, con una exquisita educación.

—El problema es la necesidad de cambiarlo todo. Los obreros quieren ser revolucionarios, el pueblo revolucionario quiere convertirse en proletarios urbanos y los proletarios urbanos aspiran a ser socialdemócratas. Los pobres quieren ser ricos y los ricos no quieren que deje de haber pobres porque eso los haría menos ricos. Ahora todos tienen instinto de clase. Nadie está contento con lo que tiene. El zar quiere ser Dios y Dios... a saber lo que quiere nuestro Señor.

—Me temo que lo mío es algo más terrenal.

—El problema es el pánico de poder, por defecto o por exceso. En su caso y en el de todos —dijo antes de beber un poco de agua que él mismo se había servido de una jarra.

—¿Y contempla usted una solución entre tanto problema?

—El problema no es encontrar una solución, sino dar con la mejor de ellas.

El abogado había estudiado el caso de la condesa y quizá por eso sufría de incontinencia verbal. Le gustaba escucharse, pero sobre todo disfrutaba siendo escuchado, especialmente por personas que por cuna, riqueza y posición social estaban por encima de él. Como había dicho él mismo, el pánico del poder.

—Entonces, ¿se encargará usted de llevar mi divorcio?

—Será un placer, condesa Tarnowska —manifestó con una sonrisa de suficiencia, pero mostrando una cara amable. Era la primera frase que comenzaba sin aludir a un problema y su nueva clienta vio en ello un indicio favorable—. Sólo voy a pedirle que tenga paciencia y que confíe en mí.

—Eso no será un obstáculo. En cuanto a sus honorarios...

—No se preocupe por eso. Una dama de su categoría no debe ensuciar su boca hablando de banalidades. Llevaré su caso de manera desinteresada. Y no me entienda mal, lo haré con el mayor interés, pero no le cobraré por mis servicios. Se trata de un favor, y los favores no se pagan. Y no insista, se lo ruego... —solicitó el abogado al intuir en la condesa un ademán de sorpresa que insinuaba una leve protesta—. Si me conociera, sabría que suelo anteponer la justicia al dinero, y hay casos que merecen justicia. El suyo es uno de ellos.

La condesa sonrió agradecida. Sentaba bien escuchar palabras de aliento entre tantas malas intenciones. Se sintió en deuda con él y decidió ser ella quien diera el paso que, al parecer, ninguno se había atrevido a dar.

—En realidad, sí nos conocemos, abogado. Fue hace unos años, demasiado tiempo, puede que ni siquiera lo recuerde... —Trataba de esquivar las palabras para evitarle el indiscreto motivo por el que quizá no guardara memoria del momento; el alcohol suele ser enemigo del recuerdo.

—No creí que usted se acordara de mí —reconoció el abogado, intentando dignificar con una sonrisa la vergüenza que le provocaba el recuerdo—. Si he de ser honesto, deseaba que no lo hiciera. Creo que aquella noche bebí demasiado...

—Un detalle sin importancia.

—El problema siempre está en el detalle, por pequeño que sea. Pregúnteles a los de ahí fuera. Por culpa de un signo de puntuación se iniciaron estas revueltas —dijo hábilmente el abogado, refiriéndose a la petición de los obreros de la imprenta Sytin de cobrar los signos de puntuación y no sólo la letra impresa. Era la segunda vez que la condesa escuchaba esa anécdota—. Alguien que desprecia los detalles no suele creer en las casualidades.

—Le puedo asegurar que mi vida es una sucesión de casualidades. Más que creer en ellas, hay días que pienso que son creación mía —admitió mientras se incorporaba de su asiento y se despedía del letrado, tendiéndole el brazo. Aquella vez procuró no gritar cuando la mano nervuda de Prilukov la atrapó; no apreció la presencia de ningún escorpión—. ¿Me tendrá informada?

—Déjemelo a mí. Yo me encargo de todo. Usted despreocúpese. Y hágame un favor: procure no pasar por determinadas calles —le advirtió Donato Prilukov, temiendo la suerte que una dama de su condición podría correr en los focos de las revueltas.

La condesa aceptó el consejo con una leve inclinación de cabeza, aunque la recomendación llegaba un poco tarde.

Ella y su hijo Tioka, acompañados de Elisa Perrier, se habían visto atrapados en la avenida Nevski de San Petersburgo la mañana del Domingo Sangriento. La decisión de Vasili de llevarse a su hija Tatiana la convenció de no retrasar más su deseo de realizar un retrato a su pequeño. Ese día, a pesar de ser domingo, se encontraba en el estudio fotográfico de Karl Karlovich Bulla para recoger las fotografías que le había hecho unos días atrás. Las contemplaba con una sonrisa en el rostro; le gustaban cómo habían quedado y acertó al pedir más copias de las inicialmente previstas porque así podría enviar algunas a Ekaterina. Volteaba la cartulina con la inscripción «K. K. Bulla. San Petersburgo» en su reverso cuando escuchó los disparos. En un primer instante, creyó que habían sido los cristales del establecimiento, que habían reventado. Al escudriñar el rostro de Bulla en busca de alguna explicación, se topó con su reflejo en las gafas del fotógrafo; los avisos volvían a su vida.

Corrió para coger a Tioka, al igual que había hecho su doncella, y, siguiendo las instrucciones del dueño del estudio, se situaron en uno de los extremos del local, el más alejado del escaparate. Todavía no se habían agachado cuando la puerta del establecimiento se abrió violentamente.

—¿Ya no fotografía lo que pasa en su calle, señor Bulla? —preguntó con tono provocador el joven; respiraba agitado, como si hubiera estado corriendo durante días.

No le habría hecho falta que sus ojos se lo confirmaran. Conocía esa voz. La condesa se quedó de pie, observándole, como si de nuevo estuviera en el lugar equivocado y en el momento inoportuno. Ése parecía su terreno común. Su mirada pareció rebajar el tono agresivo del recién llegado, que accedió al local, cerró la puerta y bajó la persiana a modo de cortinilla, tanto del escaparate como del portón.

—Yaroslav... —Pronunció aquel nombre como si decirlo en voz alta corroborara que estaba allí de verdad.

—Maria. ¿Qué demonios...? ¿Qué haces aquí?

—No queremos problemas. Coja lo que quiera y no nos haga nada, por favor —balbuceó el fotógrafo para que la situación no fuera a peor.

La expresión del intruso mostró su contrariedad.

—No estoy aquí para robarle, sino para evitar que sigan haciéndolo.

—¿Qué está pasando? ¿Están disparando a la gente?

—Tus amigos, *condesa* —remarcó su título con desdén—, no llevan bien que el resto de los mortales exijamos los mínimos derechos para poder vivir.

Dejó a Tioka en el regazo de Elisa y se aproximó a él. Su amigo de la infancia ya había superado los treinta años y parecía más fuerte, más rudo; sus facciones se habían endurecido, como llevaba haciéndolo su carácter desde que el Terrible O'Rourke le echó de la propiedad de Otrada al encontrarle sosteniendo en brazos a su hija ante el hogar de la cocina, después del suceso con el chamán.

—Hace mucho que no sabía de ti.

—Yo de ti sí he sabido. Es difícil no seguir tu rastro cuando abres un periódico.

Pretendía herirla, pero la condesa no pareció advertir el golpe.

—¿Estás con ellos? —preguntó sin dejar de escrutar cada detalle de su fisonomía—. ¿También tú estás disparando?

—Estoy con los que me quieren.

Ninguno de los dos estaba dispuesto a bajar la guardia, pero la condesa no estaba asustada; dejó de estarlo en el momento en que le vio entrar por la puerta.

—¿Y quiénes son, Yaroslav? ¿Quiénes son esos que tanto te quieren?

—Son muy diferentes a los que te quieren a ti, aunque, por lo que he leído en la prensa, ninguno parece saber cómo hacerlo. Consuela comprobar que todos tenemos sangre en las manos...

Esta vez sí, el comentario impactó en la condesa como un puñetazo. El recuerdo de Alekséi Bozevski se hizo patente. Tragó saliva y apartó la mirada de Yaroslav, que ya se había arrepentido de lo dicho.

—Perdona. No he debido decir eso.

—Pero lo has hecho. Veo que sigue uniéndonos la sangre...

—Como dice Gapón, nuestra sangre será más útil a la causa de la democracia que cualquier otra agitación.

—¿Por qué hablas utilizando las palabras de otros? —preguntó la condesa—. ¿No tienes las tuyas propias?

—¿Y por qué vives tú utilizando el trabajo de otros?

—¿Ahora soy yo el enemigo? ¿También voy a tener la culpa de esto?

—No has cambiado nada. Siempre librándote de la culpa...

—Y tú siempre buscando culpables.

Yaroslav contempló a su antigua compañera de juegos, cuando los dos eran solamente unos niños. Tenía razón, la condesa no había cambiado tanto. Las aletas de su nariz seguían abriéndose al enfadarse o cuando estaba nerviosa, como sucedía cuando era pequeña y él se burlaba diciéndole que parecía un caballo. Como siempre, los ojos del joven terminaron posándose sobre los labios de ella, como si escondieran un imán. Fueron unos segundos, hasta que advirtió la presencia de Tioka, observándole como lo hacía su madre de niña. El pequeño le sonrió igual que le sonreía Maria Nikolaevna a su edad, y después alargó la mano y le entregó un caballo de madera en miniatura. Él lo cogió mientras le alborotaba el pelo.

—Creí que también se lo ibas a despreciar... —ironizó la condesa, recordando el día de 1896 en que se vieron en la estación de Moscú y su amigo de la infancia despreció su ayuda para localizar el cuerpo de Natasha, fallecida en los sucesos de Jodynka.

—Nunca he despreciado nada que viniera de ti —dijo él, con la mirada nublada.

Atraído por el ruido de los disparos, se dirigió a la entrada para levantar ligeramente la cortinilla y mirar fuera.

—Esperad aquí hasta que todo pase.

—No podemos. Nuestro tren sale en pocos minutos. Tenemos que cogerlo.

—Está bien. —Yaroslav suspiró. Tampoco eso había cambiado, la condesa siempre conseguía lo que quería—. Yo os llevaré. Si vais conmigo, nadie os hará nada.

Llegaron a la estación tal y como les había asegurado, sin que nadie los detuviese, los increpara o les hiciera daño alguno. Cuando Elisa y Tioka ya aguardaban en el compartimento del tren, la condesa quiso bajar al andén para despedirse de quien había sido su particular salvoconducto.

—¿Cuándo va a terminar esta locura?

—Tengo un amigo en el sóviet de San Petersburgo, el camarada Lev Bronstein, que dice que esta huelga comenzará con los signos de puntuación y terminará con el absolutismo. Y puede que eso se cumpla antes de lo que todos creen y consigamos cambiar la historia.

—¿Y qué pasa con nosotros? ¿Qué pasa con nuestra historia?

—Nunca ha habido una historia.

—Todos los revolucionarios sois iguales —respondió la condesa con desprecio, intentando ocultar su tristeza—. Sólo sois palabras vacías que repetís una y otra vez, sin comprender la verdadera historia que narran. Tú has estado más ciego que yo. Siempre ha sido así.

Fue a darse la vuelta, pero Yaroslav la sujetó por el brazo, deteniendo su marcha. Ambos quedaron encarados, más cerca de lo que habían estado nunca o quizá como siempre lo habían estado.

—Hazlo —le ordenó ella.

Durante unos instantes, tuvo la certeza de que lo haría.

Sus miradas se abarcaron, como si la condesa quisiera transmitirle el valor que siempre le había faltado con ella. Verlo con los ojos en blanco como aquel chamán que ofició la misa negra en el bosque de Otrada no le habría dado tanto miedo como comprobar su cobardía. Se zafó de su mano y subió al tren. De regreso a Kiev, recordó las palabras de aquel brujo después de soplar sobre ella el polvo blanquecino encerrado en su puño, el mismo que había utilizado durante el ritual: «Los dioses te miran. Ellos hablan a través de mí. Y yo te maldigo». Cerró los ojos para construir en su imaginación lo que Yaroslav se negó a hacer real. Ése había sido su particular Domingo Sangriento.

Con el recuerdo del joven merodeando aún en su cabeza y con los buenos augurios ofrecidos por el abogado Donato Prilukov, llegó al hotel de Moscú donde la esperaban su hijo y la doncella. El letrado le había hecho pensar. «Alguien que desprecia los detalles no suele creer en las casualidades». Por supuesto que creía en ellas; por algún extraño azar, ese hombre había vuelto a cruzarse en su camino. ¿Cuántas posibilidades había de encontrarse al mismo escorpión en toda una vida?

Estaba cansada, pero se sentía optimista. Cuando cruzaba el hall del hotel moscovita, el recepcionista llamó su atención con un discreto gesto. Había algo para ella. Al acercarse vio el pequeño paquete. Estaba franqueado en París.

—Acaba de llegar. Iba a mandar al botones a su habitación ahora mismo.

—Está bien así. ¿Es toda la correspondencia? —preguntó la condesa, como si esperase algo más.

—Hace unos minutos le subimos a la habitación un telegrama que entregamos a su doncella —informó él, sin dejar de sonreír y recibiendo el gesto de conformidad de la señora.

Al ver el remitente, no pudo esperar a llegar a la habitación para abrirlo. El nombre de François Coty siempre presagiaba algo bueno. Le había escrito unas semanas antes para felicitarle las fiestas y desearle lo mejor para el nuevo año; así supo en qué hotel estaba alojada. Rasgó el paquete con la misma ansiedad con que Tioka abría sus regalos. Su gesto de asombro al contemplar el perfume estaba justificado. El perfumista había cumplido otro de sus sueños al lograr que el artista joyero René Lalique diseñara el frasco de su nuevo perfume de inspiración oriental, L'Ambre Antique. Era una obra de arte, un original tarro alto y estrecho, realizado en vidrio soplado patinado y decorado con las delicadas siluetas de varias mujeres ligeramente drapeadas, que representaban a las mujeres sagradas de Roma, las vestales. Acarició con los dedos el relieve de aquellas sacerdotisas encargadas de que el fuego de Vesta, la diosa del hogar, nunca se apagara porque sería el augurio de una inminente desgracia. Las vestales disfrutaban de derechos que ninguna otra mujer tenía, podían testar, tener propiedades, nunca se preocupaban por el dinero, su palabra era sagrada en un juicio y no se sometían a la autoridad de ningún hombre; aquel que osara herirlas sería condenado a muerte.

Leyó la breve nota que incluía el paquete.

Querida condesa, una fragancia debe ser atractiva a los ojos tanto como a la nariz. Sigue usted inspirándome.

Quitó el tapón con forma de pistilo para descubrir el olor a un suave ámbar con reminiscencias de bergamoto y un toque de jazmín. Cerró los ojos para percibirlo mejor. Podría estar horas oliendo aquel aroma y no se cansaría. Se pasó el pistilo por las muñecas y las clavículas, y se sintió revitalizada.

Mientras caminaba por la mullida alfombra del pasillo que conducía hasta su suite, iba pensando en darse un baño caliente y pedir algo de comer, después de tirarse en el suelo a jugar con Tioka y escribir una carta a Ekaterina para contarle que ya tenía abogado. A su madre le alegraría saber que seguía sus recomendaciones. Sonrió al imaginar su rostro y aventuró cuál sería su respuesta: «Vive y sal ilesa». Ya había olvidado el Domingo Sangriento, desterrado el encuentro con Yaroslav y comprendido que ninguna maldición proferida por un chamán le cortaría las alas.

Nada más entrar a la habitación, su hijo corrió hacia ella, sin apenas permitir que dejara el paquete sobre la mesa. Desde que la condesa había ido a buscarle para llevárselo de la residencia de los abuelos maternos, el niño se mostraba más cariñoso y apegado a ella y sentía pavor cuando la veía salir por la puerta, ya que temía que no regresara o que su padre viniera a por él. Algunas noches las pesadillas le despertaban, alterado y bañado en sudor, chillando el nombre de su hermana Tatiana y llamando a gritos a su madre. Un motivo más para odiar a Vasili, al que maldecía cada noche como le había enseñado el tío Cillian, en nombre de su sangre irlandesa. El pequeño sólo se calmaba cuando ella acudía a tranquilizarle, diciéndole que estaba a su lado y que nunca nadie lograría separarlos. Luego Elisa le preparaba una taza de leche caliente con canela para ayudarlo a dormir, el mismo bálsamo que utilizaba Natasha con la pequeña Maria Nikolaevna.

—El recepcionista me ha dicho que había un telegrama para mí —comentó la condesa mientras volvía a contemplar el magnífico vidrio de Lalique del nuevo perfume Coty que prometía convertirse en su nuevo favorito.

—Sí, señora, lo acaban de entregar.

Sin dejar de sostener el frasco, abrió el telegrama. Venía de Otrada. Lo firmaba el Terrible O'Rourke.

El envase de L'Ambre Antique se precipitó contra el suelo. Las vestales que custodiaban el fuego de la diosa del hogar y de la unidad familiar se hicieron añicos, rotas sobre el pavimento. Habían descuidado sus votos, el fuego se había apagado y ése era su castigo.

Era el presagio de una desgracia.

30

Debía de ser algo realmente malo si el Terrible O'Rourke había roto su voto de silencio para comunicarse con su hija. Aquel telegrama taladró su corazón como las letras negras lo hicieron con el papel blanco del telégrafo, al igual que los posos de té en el fondo de la taza de porcelana nívea de su madre. Ekaterina estaba gravemente enferma. En el vocabulario de su padre las palabras se convertían en sentencias condenatorias, quizá por eso siempre optaba por asesinarlas. La apremiaba a regresar a casa y esa premura revelaba la inminencia de un desenlace poco halagüeño.

No recordaba haber realizado un viaje más largo y tedioso, o quizá era una entelequia de la vida para relativizar la gravedad con el escoplo del tiempo, en pos de la supervivencia. Otrada parecía alejarse en su horizonte a medida que ella se acercaba. Sus rezos parecían frenar el avance del tren sobre los rieles de la vía férrea y poner palos en las ruedas del carruaje. Una lucha infernal se desataba en su interior: por un lado, ansiaba llegar al destino antes de que sucediera algo terrible; por otro, deseaba ralentizar el retorno a su particular Ítaca para que el punto de llegada no se convirtiese en el de partida.

El paisaje que observaba desde la ventanilla era distinto a como había sido siempre. Cada montaña, río, camino, árbol o cerro que alimentaba su retina parecía extraño; no era el hábitat el que cambiaba a las personas como creyó en el despacho del abogado, eran las personas las que transformaban el hábitat.

La residencia familiar tampoco parecía la misma cuando surgió a lo lejos. Aquella mole de piedra se antojaba más lúgubre y menos acogedora que como la recordaba. Ni siquiera el enorme roble centenario, en el que su padre había ordenado instalar un columpio rojo para evitar que su pequeña se adentrase en el bosque, conservaba su ancestral porte majestuoso.

Cuando descendió del carruaje no quiso interpretar la mirada de los criados que acudieron a la entrada de la casa, alentados por el crujido de las ruedas sobre la tierra. Tampoco el semblante del ama de llaves, de pie en mitad del vestíbulo como el emisario de la parca, ni la actitud de desprecio de su hermana Olga, que descendía por la escalinata. Desdeñó todas las señales, incluso la que enviaba el retrato de la primera esposa del Terrible O'Rourke, que parecía mirarla victoriosa, enarbolando los laureles de la venganza; tenía que haber quemado esa pintura cuando se lo propuso a su madre. Obvió las señales para encarar sin intermediarios la cruda realidad. Quería ser ella la que escuchara la noticia de boca del hombre que había tardado más tiempo del necesario en enviar el telegrama. Entró en el despacho convertido en la guarida secreta del padre; ni siquiera había tenido el valor de encerrarse allí de por vida.

—¿Dónde está madre? —preguntó con la soberbia de saber la respuesta, pero exigiendo que él mismo le diera voz como forma de castigo.

El Terrible O'Rourke se había transformado en un fantasma. Los once años transcurridos desde que estipuló la ley del silencio contra su hija habían pasado sobre él como una plaga bíblica, sembrando de sombras, manchas y surcos su semblante. No había ríos de sangre ni lluvia de ranas ni ganado muerto ni invasión de langostas, tampoco diluvio de granizo y fuego, ni el cielo de Otrada se había oscurecido durante tres días de perennes tinieblas como lo hizo el de Egipto, pero en el rostro de su padre se había escrito el libro del Éxodo. El faraón no quiso liberar al pueblo hebreo como el Terrible O'Rourke no quiso redimir a su hija, y sobre ellos cayó el castigo divino. La séptima plaga que Dios envió sobre Egipto fue la muerte de todos los primogénitos egipcios. Al advertir la entrada de su hermana Olga, pensó que ni siquiera los dioses sabían hacer bien su trabajo. En consecuencia, la condesa había enviado una octava plaga sobre el terrible faraón en forma de pregunta que esperaba le sepultase en vida: «¿Dónde está madre?».

—Bajo tierra, el lugar natural de los muertos. Has tardado demasiado en llegar.

—No más que usted en enviar el telegrama.

—Mi hija Maria Nikolaevna, siempre vertiendo su culpa sobre los demás para que otros carguen con ella.

—Sólo cuando son culpables. Sólo cuando ellos son la carga. Pero eso ya lo sabe. Tiene sangre irlandesa...

El tiempo no había rebajado la tensión entre padre e hija ni había sabido domar el ambiente cargado y denso que gobernaba cualquier estancia donde ambos se encontraran.

—Tu madre empeoró en los últimos días. Nadie podía prever un desenlace tan rápido —argumentó el conde O'Rourke a modo de defensa más que de disculpa.

—No se subestime, padre —replicó intentando controlar la rabia que la carcomía.

La condesa sabía que su padre no había querido avisarla a tiempo para herirla, a ella y a su segunda esposa, a la que siempre culpó de su desgracia, como si ella hubiera sido la responsable de la muerte de la primera señora O'Rourke o la causante de que el otro señor O'Rourke, el tío Cillian, se hubiera alejado de él como de la peste. La facilidad de esa familia para repartir y eximirse de las culpas se remontaba a 1587, cuando María Estuardo responsabilizó a su prima la reina Isabel I de ordenar decapitarla mientras ésta culpabilizaba a la reina de Escocia de intentar conspirar para asesinarla, además del resto de los males que la acechaban. Las dos olvidaban antiguas culpas y responsabilidades, propias y ajenas. Hay linajes cuya sangre permanece intacta, como la de algunos santos. Pero quién podría culparlos de la inercia de la Historia.

—¿Vienes buscando culpables, Maria? —interpeló Olga, que en ese momento accedía al despacho, toda vestida de negro, con un rictus de impostada seriedad. Se situó al lado de su padre.

—Tu voz te delata, querida hermana; lo ha hecho siempre, como tu envidia y tu entendible impaciencia. Y ese detalle te condena a quedarte con lo que otros no quieren —contestó la condesa sin inmutarse y sin dejar de mirar fijamente a su padre. Pero todavía no había terminado con la primogénita y esta vez sí se molestó en mirarla—. Lo que me recuerda... ¿Cómo está tu marido, el príncipe Troubetzkoi? ¿Sigue a lomos de su caballo tratando de huir lo más lejos posible de ti?

—Al menos, mi marido está vivo —repuso Olga, con los ojos inyectados en sangre.

—El mío también, por desgracia. No hemos tenido suerte con nuestros esposos, hermana. Por fin, algo en común.

Olga había querido golpearla refiriéndose a la muerte de Alekséi Bozevski sin darse cuenta de que su marido seguía siendo el conde Tarnowski. Todos en esa familia parecían empeñados en herirla, pero no dejaban de errar el tiro.

—¿Y dónde está ese terruño bajo el que ha enterrado a mi madre? Supongo que bien alejada de la princesa como se llame, ya sabe, esa cuyo retrato cuelga de la pared de la entrada.

—No te atrevas...

—Tarde, padre. Usted también llega tarde para coartar mi atrevimiento. Lleva toda una vida de retraso.

Había emprendido ya el camino hacia la puerta cuando la voz paterna la obligó a detenerse.

—El testamento de tu madre se leerá esta tarde. Creo que ha dejado algo para ti —comentó el Terrible O'Rourke, orgulloso de conocer el contenido del documento.

—Me alegra no ser la única en la familia que invierte parte de su tiempo en leer. Al parecer, no es del todo cierto que las personas no puedan cambiar... —respondió la condesa mientras proseguía su camino hacia la salida. Antes de franquear la puerta, se volvió para añadir algo—: Acudiré esta tarde. Pero mi madre me dejó su herencia en vida. Lo siento, querida, también a eso has llegado tarde.

Como siempre que escuchaba a su hermana, Olga se sintió afrentada, aunque en realidad no supiera el motivo. Protestó airada ante el cabeza de familia, que la ignoraba de la misma manera que había hecho con Ekaterina y como nunca logró obviar a Maria Nikolaevna, a pesar de los votos de silencio impuestos y de las inútiles prohibiciones.

La condesa Tarnowska todavía escuchaba el eco de las infantiles quejas de su hermana cuando se dirigió a la planta baja. Sabía cuál seguía siendo el mejor lugar de la casa para obtener la información que precisaba. En el camino se cruzó con Elisa, que seguía sentada en el vestíbulo de entrada con Tioka, tal y como le había ordenado la señora. Había escuchado toda la conversación entre su ella y su padre; los muros de piedra no eran lo bastante sólidos para amordazar años de rencor. La doncella se incorporó nada más verla. «Saldremos en unos minutos. No me demoraré mucho», le confió su señora. Sin embargo, cambió de opinión y le pidió que la acompañara, añadiendo al pequeño a la improvisada comitiva.

Tras bajar las escaleras que la condujeron directamente a la cocina, se encontró a parte del servicio observándola como si hubieran visto un fantasma. Dedujo que hacía mucho que los habitantes de las zonas nobles de la residencia no se dignaban a bajar a los infiernos. Había pasado más de una década, pero aún reconoció algún rostro familiar y, lo que más extrañó a todos, todavía recordaba sus nombres. En aquellas miradas halló el recibimiento familiar y el sentimiento de duelo que no había vislumbrado en su propia familia. Hasta ese momento, no se percató de que ni su padre ni su hermana le habían dado el pésame por el fallecimiento de Ekaterina. Por fin se sintió en casa, en un hogar que había quedado más vacío desde la muerte de su madre. La condesa se sentó y agradeció el servicio de té que la antigua ayudante de Natasha le ofreció. Se acordaba de Alina. Tenía su edad, aunque parecía mucho mayor. Desde el fallecimiento de la madre de Yaroslav, ella se había quedado al frente de la cocina, heredando sus responsabilidades y su legado culinario. Lo comprobó cuando, junto con el té que también había servido a Tioka y a Elisa, puso sobre la mesa una tarta de cítricos coronada con canela. La visión de su postre favorito y el característico olor que desprendía consiguieron emocionarla. Demasiados recuerdos, demasiadas ausencias. Le costó contener las lágrimas, aunque logró esquivarlas con una sonrisa.

—Señorita, espero que...

—Alina, ya no soy señorita. Y si haces caso de lo que dicen las lenguas viperinas con la nariz metida en los periódicos, tampoco soy señora.

—A quién le importa un trozo de papel manchado de tinta. Aquí lo utilizamos para envolver el pescado y cubrir la basura. Se sorprendería cómo se deshacen las noticias en la mugre...

La condesa probó la tarta y comprobó que se deslizaba con la misma facilidad con que lo hacía cuando era Natasha quien preparaba la crema que cubría las láminas del bizcocho. Cuando la saboreó fue como si el pasado de la pequeña Maria Nikolaevna, colmado de tazas de chocolate con hojas de menta, cuencos de leche caliente con canela, leyendas misteriosas en la voz de la cocinera, tardes de patinaje sobre hielo junto a Yaroslav y mañanas adentrándose en el cielo con cada empujón del columpio, volviera a asentarse en ella, un *déjà vu* que le reconfortaba la vida.

—Natasha estaría orgullosa de su legado, Alina.

—Como lo estaba la señora Ekaterina de usted, señorita...

Escucharlo fue como una cuchillada en el corazón y amenazó con vencer su estoica resistencia al llanto. No quería hacerlo ante ellos y tampoco ante Tioka, que devoraba la tarta de cítricos y canela con el mismo ímpetu con que lo hacía su madre cuando tenía su edad, incluso sirviéndose de su dedo índice para comprobar la consistencia de la crema. En poco más se parecían madre e hijo; el niño había heredado el carácter de su abuela materna, tranquilo, paciente y silencioso, devoraba un trozo de pastel para poder digerir el dolor por la muerte de Ekaterina, al igual que ella tragaba el láudano para sobrellevar el sufrimiento.

—¿Sabe que su señora madre bajaba cada vez que recibía una carta suya para contarnos cosas de usted? —le confió Alina, a quien la habían vencido las lágrimas y se las secaba insistentemente con uno de los extremos del delantal—. Me recordaba a las noches que usted bajaba para estar con nosotros...

—¿Mi madre hacía eso? —preguntó sorprendida.

—Empezó a bajar cuando usted se fue de casa, como si no quisiera que nosotros la extrañáramos tanto como lo hacía ella. Pero no se preocupe, que no nos contaba todo lo que usted le confiaba en las cartas.

—¿Y cómo lo sabes?

—Porque los ojos de una mujer saben cuándo los ojos de otra guardan secretos.

—¿Dónde está enterrada, Alina?

—En el cementerio de la ciudad. En el panteón familiar.

—¿Está cerca de...?

—Está próxima... —respondió a media voz, sin dejar que la condesa terminara la frase para evitarle la mención de la primera esposa del Terrible O'Rourke.

—Así no tendrá que hacer dos visitas. Hasta muerta tiene que humillarla...

—No se haga mala sangre, señorita. A su madre no le faltarán flores frescas, se lo prometo.

—Las flores deberían ser para los vivos. Las flores para los muertos sólo sirven para tranquilizar la conciencia de los que se quedan.

—Si quiere, el cochero la acompañará —propuso Alina, y la pequeña de los O'Rourke, como siempre la veían en aquella parte de la residencia, aceptó el ofrecimiento y se incorporó para ponerse en marcha, junto con Elisa y Tioka—. No vuelva a irse sin despedirse, señorita.

—No lo haré. Lo juro.

Regresó del cementerio jurando en hebreo, solidarizándose con el pueblo por el que Dios había enviado las siete plagas. La lápida de su madre no era la que Ekaterina se hubiera merecido. El Terrible O'Rourke había decidido arrinconarla en muerte como lo había hecho en vida, prevaleciendo siempre la tumba de su primera esposa. Prometió arreglar la injusticia y también cobrarse la venganza. Prometió que ningún hombre volvería a doblegar, despreciar ni silenciar a ninguna mujer de aquella familia; ningún hombre volvería a arrancarle una sola lágrima. A su hermana Olga no la consideraba familia, por lo que el compromiso que adquirió ante el sepulcro de su madre le atañía únicamente a ella y a Tatiana. Desde ese día se acostumbró a hablar con los muertos y no limitarse a escuchar lo que ellos tuvieran que decirle.

Mientras Tioka jugaba entre las tumbas, la condesa hablaba a un trozo de piedra que albergaba más corazón que los miembros de su familia. Elisa escuchaba en silencio, como hacía siempre, porque ésa era la mejor manera de guardar un secreto. «Ese hombre nunca se mereció conocerla, madre», dijo la condesa. La reflexión provocó que el corazón le diera un vuelco en el pecho. Lo mismo había pensado ella de Alekséi: tampoco él se mereció conocerla; de no haberlo hecho, seguiría vivo.

Antes de marcharse, limpió de nieve la lápida de su madre mientras la tumba de la primera esposa continuaba cubierta con un manto blanco. Al menos durante unos segundos, la naturaleza consiguió hacer la justicia que el Terrible O'Rourke le negaba.

Su madre había muerto y, ante su tumba, sintió que los pilares de su existencia amenazaban con perder su firmeza. Cerró los ojos y volvió el rostro al cielo. Regresaron a su memoria las vestales del frasco de L'Ambre Antique y se identificó con aquellas mujeres romanas a quienes los hombres ordenaban sacerdotisas, otorgándoles algunos privilegios, pero con la condición de permanecer vírgenes, con una vida programada, sin posibilidad de amar a quien quisieran o de formar su propia familia. La primera vestal de la historia fue Rea Silvia, hija del rey Numitor. Su tío Amulio destronó a su propio hermano y asesinó a sus hijos varones para no ver amenazado su reinado, mientras que a ella la obligó a convertirse en vestal. Pero por mediación del dios Marte, Rea Silvia quedó embarazada y fue madre de los gemelos Rómulo y Remo, fundadores de Roma: la vestal fue madre de un imperio, madre de una civilización.

Los reflejos seguían cegando la vida de la condesa. Rea Silvia y Ekaterina. Amulio y el Terrible O'Rourke. El dios Marte y el tío Cillian. La madre había muerto y el imperio se tambaleaba.

Esa misma tarde supo que Ekaterina había convenido dejarle una cantidad de dinero para que pudiera vivir sin problemas económicos hasta que su vida se asentase. Si la razón y la justicia amparasen las leyes que regían el mundo, el legado habría sido mayor, pero el derecho zarista, aunque permitía la libertad de testar, también establecía unas líneas rojas que la limitaban, ya que prohibía disponer en testamento en lo referente al patrimonio agnado. El abogado lo llamó bienes gentilicios; la condesa entendió que el Terrible O'Rourke seguía teniendo bajo control la vida y obra de Ekaterina. Los que gritaban por la revolución aseguraban que eso cambiaría cuando llegaran al poder. Quizá Yaroslav tenía razón. O quizá la tenía el abogado Prilukov cuando decía que el problema era el pánico de poder y las ganas de cambiarlo todo.

En un fingido acto de generosidad alardeado con su voz grave, su padre le comunicó que había previsto para ella una pensión mensual vitalicia. No fue la cantidad estipulada lo que la enervó, sino que su progenitor esperase gratitud por su parte cuando sabía que, desde la muerte de su madre, el patrimonio paterno había aumentado como para alimentar a media Irlanda. Unos cuantos miles de rublos al año no conseguirían que la condesa desistiera de cumplir el juramento realizado ante la tumba de su madre. Cuando el Terrible O'Rourke le ofreció que se quedase con alguna joya de su madre, después de que Olga hubiera saqueado la mayor parte de ellas, la condesa se descubrió el cuello para mostrar dónde se guardaba la verdadera joya de la corona, las perlas que habían pertenecido a María Estuardo. Se consideró pagada sólo con ver la expresión de rabia de su hermana y el gesto de sorpresa del padre, garante legal de aquella reliquia familiar.

Antes de abandonar la residencia, quiso acercarse a las cuadras para enseñarle a Tioka el lugar donde su madre guardaba sus caballos cuando era pequeña. Se fijó en que acababan de pintar de rojo las puertas del establo y previno al niño para que no se manchase. El mozo de cuadras sonrió al ver cómo las observaba.

—¿Le gusta, señorita? —preguntó insistiendo, como todos allí, en el uso del diminutivo.

—¿Lo has pintado tú?

—Sí, señorita.

—Ha quedado muy bien; realmente inspirador.

—¿Quiere que le prepare algún caballo?

—Nada me gustaría más, pero no dispongo de mucho tiempo. Aunque quizá puedas ayudarme con algo —dijo antes de guiñarle el ojo a Tioka y buscar la mirada de Elisa.

Había jurado a Alina no abandonar la casa sin despedirse, y así lo hizo. Era una mujer de palabra y también de recursos. No tardarían mucho en comprobarlo.

Se despidió de ella, agradeciendo una cesta que gentilmente había preparado para que se llevara. Era la tarta de cítricos y canela.

—Cójala. El viaje es largo y seguro que el niño lo agradecerá. Siempre me ha recordado a usted, tiene sus ojos... —comentó la cocinera ante el oasis verde que se abría en la mirada del crío.

—Mientras no tenga la malicia del padre, me conformo.

—Seguro que es igual de travieso que era usted. Todavía recuerdo las regañinas que se llevaba el pobre Yaros...

Ese nombre cambió el gesto de la condesa, no pudo evitarlo.

—¿Mantienes el contacto con él? —se decidió a preguntar.

—Es él quien se encarga de mantenerlo y nosotros se lo agradecemos. No es fácil responderle, viaja mucho, ya sabe... —reconoció Alina, sospechando que ambas sabían que ése no era el verdadero motivo por el que a Yaroslav le resultaba complicado responder a las cartas. La Ojrana tenía oídos y ojos en los rincones más insospechados—. Nos dijo que la encontró en la estación de Moscú el día que fue a buscar a Natasha...

—Fue horrible lo de la pobre Natasha...

El recuerdo ensombreció el semblante de ambas. Ninguna de las dos quería una despedida más triste de lo que las circunstancias ya imponían.

—En la carta nos decía que estaba usted igual de bella y de caprichosa, lo mismo que le decía siempre cuando se peleaban de pequeños, ¿se acuerda?

—Siempre me hacía rabiar... —recordó sonriendo.

—Cada uno expresa el afecto como sabe —insinuó Alina, sin atreverse a mirarla a la cara—. Yaros tenía mucho aprecio a la señora. Se llevará un gran disgusto cuando sepa que ha muerto.

—Como todos, Alina. Igual que yo lo sentí por Natasha. Estos momentos nos igualan a todos.

Acompañada de su fiel doncella y de su inseparable Tioka, subió al carruaje y se alejó del que fue su hogar cumpliendo lo que prometió ante la tumba de su madre: no llorar por quien no lo merece.

Estaba viviendo su propio Génesis 19, pero sería ella quien escribiría aquel pasaje de su historia, como le animó a hacer el tío Cillian. No miraría atrás como la esposa de Lot para contemplar la ciudad maldita, la Sodoma que tantos sacrificios le exigió. Debía escuchar la voz de Ekaterina, que cada vez se alzaba más fuerte en su cabeza: «Vive y sal ilesa». El eco de su voz terció en la del ángel que instaba a la esposa de Lot a no mirar atrás: «¡Escápate! No mires hacia atrás ni te detengas en ninguna parte del valle. Huye hacia las montañas, no sea que perezcas». Si Dios no aceptaba la desobediencia y la castigaba petrificando al pecador en sal, ella no aceptaría más castigos divinos. Ningún pasado merecía ser más añorado que el futuro, porque eso equivaldría a firmar su condena de muerte.

Mientras el carruaje de la condesa se alejaba de la propiedad, el Terrible O'Rourke descendía por la señorial escalinata de su residencia para dirigirse al comedor, no sin antes consultar su reloj de bolsillo; le gustaba la precisión incluso en la hora de la cena. La cocinera había preparado unos *pelmeni* rellenos de carne de buey solicitados expresamente por él. Ekaterina odiaba ese plato; no le gustaba engullir una bola de carne envuelta en una masa con forma de oreja, hecha a base de harina, leche y huevo, y bañada con *smetana*, una crema demasiado agria para su estómago, un rechazo que heredó la pequeña de los O'Rourke cuando supo que algunas veces utilizaban carne de caballo para su elaboración. Llegó a tener pesadillas viendo a Nagaika convertido en una empanadilla que su padre engullía.

Cenaría con la única compañía de Olga, ya que su hija menor había preferido no permanecer más tiempo en la casa familiar, cada vez más vacía.

Al tiempo que la condesa sonreía captando la expresión cómplice de Elisa, y mientras el traqueteo del carruaje acunaba a un Tioka rendido de cansancio, el cabeza de familia llegaba al último tramo de escalera donde detuvo su paso en seco. Necesitó sujetarse a la balaustrada de madera, temiendo perder el equilibrio por lo que tenía ante sí. El retrato de su primera esposa que presidía una de las paredes aparecía cubierto de pintura roja, la misma con la que se habían pintado las puertas del establo. La enorme mancha todavía chorreaba por el lienzo, rebosando por el marco y formando sobre el suelo un charco del mismo color, como si fuera sangre. Una de esas manchas de sangre imposible de limpiar.

La condesa había ganado su particular batalla como lo había hecho Japón, derrotando a la flota rusa en la batalla naval de Tsushima, el 27 y 28 de mayo de aquel 1905. El almirante japonés Togo Heihachiro venció de manera humillante a la expedición rusa, hundiendo y destruyendo los navíos capitaneados por el vicealmirante Rozhestvenski. El fantasma de Napoleón en Trafalgar volvió a aparecer en el mar de Japón. «La derrota es un destino común del soldado. No hay nada de qué avergonzarse. El punto clave es si hemos cumplido con nuestro deber», le confió Togo a su rival ruso. Las palabras grandilocuentes siempre resultan más fáciles de pronunciar para el ganador. Aquella victoria fue crucial para que Rusia se viera obligada a firmar la paz y admitir su derrota. A veces, no valía con derrotar al enemigo; era necesario humillarlo.

Así se sentía el Terrible O'Rourke, sentado sobre un escalón de la señorial escalinata, agarrado a uno de los balaustres y contemplando el retrato de su primera esposa manchado de rojo. Derrotado y humillado, convencido de que había perdido algo más que la guerra.

31

El malestar del pueblo ruso por la derrota de su imperio en la guerra con Japón en septiembre de 1905 había llenado de sombras el reinado de Nicolás II y de revueltas las calles. El fuego que venía incendiando las avenidas y los campos de Rusia desde el Domingo Sangriento —avivado sobre las brasas aún encendidas de la tragedia de Jodynka sucedida nueve años antes— no se había apagado, y los rescoldos, si no se extinguen, propician nuevas deflagraciones. Las descontroladas llamas provocaron el atentado del tío del zar y gobernador de Moscú, Serguéi Aleksándrovich Románov, a quien muchos aún culpaban por aquella tragedia. Murió en febrero de 1905 mientras viajaba en su carruaje, asesinado por un poeta revolucionario llamado Kaliáiev, a quien la viuda del gran duque quiso visitar en prisión para tratar de entender qué le había llevado a cometer el asesinato. Cuando el asesino confesó que le había matado por ser un arma del régimen tiránico, ella le dijo que contaba con su perdón porque no sabía lo que había hecho.

La gran duquesa no era la única que buscaba desesperadamente respuestas que le permitieran comprender la situación. Los zares no entendían cómo su único heredero, Alekséi Nikoláyevich Románov, nacido en agosto del año previo, había llegado al mundo con la maldición del ombligo sangrante, la hemofilia, una enfermedad presente en el linaje de la zarina, que impedía la coagulación de la sangre y por la que ya habían muerto un tío y un hermano de la emperatriz. La sangre de los nobles, como la de sus súbditos, siempre era una fuente de problemas.

Cuando la sangre azul chocó con la sangre roja en las calles, el problema se magnificó. Los pogromos se desplegaron por toda Rusia. La persecución de los judíos no era nada nuevo; ya en el siglo XIV se les responsabilizó de ser los causantes de la peste. Quien quería encontrar un motivo para justificar un baño de sangre lo encontraba fácilmente. Desde el asesinato el 13 de marzo de 1881 del zar Alejandro II a manos del grupo terrorista revolucionario Voluntad del Pueblo, se extendió la creencia de que los judíos habían sido los responsables; de los seis detenidos sólo había una mujer judía, Guesia Gelfman. Muchos aseguraron que el zar ayudaba económicamente a grupos antisemitas como las Centurias Negras. El edicto de tolerancia con las minorías religiosas proclamado por el zar era papel mojado, como lo serían las exigencias del presidente estadounidense Roosevelt y de otros muchos líderes mundiales, instando a Nicolás II a cejar la persecución y el asesinato de judíos. Quizá el zar también pedía a la orquesta que tocara más alto, como hacía Ekaterina con sus *Nocturnos* de Chopin cuando no quería escuchar lo que se decía. Era la misma sordera que aquejaba a algunos periódicos rusos —también franceses y alemanes—, que volcaban sobre sus rotativas arengas alentando el odio a los judíos.

El ambiente comenzaba a ser asfixiante para todos, aunque por diferentes motivos, quizá porque no todos respiraban el mismo aire.

Tras el fallecimiento de su madre, la condesa comprendió que su estancia en Kiev era cada vez más complicada. Desde el altercado en el Grand Hotel y su posterior huida con Alekséi Bozevski, las miradas hacia ella habían cambiado. La sociedad, alta o baja, tiende a buscar culpables para saciar su sed de justicia y elige a quienes más satisfacen su entretenimiento para engrasar la maquinaria de los chismes. La condesa siempre había dado más juego que su marido en el tablero de la rumorología.

Las tarjetas de visitas empezaron a desaparecer de la bandeja de plata, donde tampoco asomaban las invitaciones a fiestas que antes proliferaban. Nadie quería a la condesa en sus salones de baile ni en sus tardes de té ni en sus banquetes; ni siquiera en sus paseos, a juzgar por cómo torcían el gesto y retiraban la mirada para evitar saludarla. Sobre ella había caído una maldición y, como en un tribunal injusto e irracional, no le amparaba el derecho a réplica ni a una defensa justa. De la misma manera que gozó de la admiración de todos, padeció el recelo de todos. Su leyenda negra de mujer fatal y hechicera de hombres iba creciendo, especialmente desde que se conoció el triste final del doctor Vladímir Stahl.

Sucedió en enero de 1905, antes incluso de la derrota rusa en la guerra. Esa tarde de invierno la condesa recogió una carta de la bandeja de plata y, al abrirla, descubrió algo que no esperaba. Le costó reconocer la caligrafía; la mano que había escrito esas líneas parecía temblorosa. Al observar el nombre del remitente, aventuró que sería por la bebida o por el abuso de morfina.

Querida condesa Tarnowska:

Le escribo estas palabras que seguramente sean las últimas desde la cama de un hospital. Acabo de salir del quirófano, donde los médicos no han podido hacer nada por salvarme la vida. No creo que viva más de media hora, una a lo sumo. Y cuando hablo de morir, me refiero a que mi corazón deje de latir porque yo llevo muerto desde el momento en que me negó la posibilidad de verla. Mi final está próximo. Si aguanto un poco más es por la esperanza de admirarla por última vez. Se lo ruego, permítame verla una vez más, aunque sea para escupirme a la cara.

Beso su mano y muero.

VLADÍMIR STAHL

Lo interpretó como un acto desesperado para captar su atención. Pese a la prohibición de mantener contacto con ella, era la segunda carta que recibía de él en apenas dos meses. Sus palabras le parecieron recargadas, sobreactuadas, y su mensaje aburridamente desesperado. Podía haber pensado que era el único amigo que le quedaba en Kiev, pero se convenció de que alguien que en verdad la apreciara no actuaría nunca como él lo hizo. En el ánimo de la condesa, su antiguo amigo y confidente era el responsable de la muerte de Alekséi Bozevski, del infame episodio todavía confuso en su cabeza, pero no en su cuerpo, y de su dependencia a la morfina. Había optado por ignorar la carta de un moribundo. Cuando supo de su fallecimiento, lo lamentó, pero no se consideró responsable, igual que el doctor Stahl no se sentía responsable de la muerte de Alekséi Bozevski porque, como él mismo reconoció, «sólo le he liberado de su sufrimiento. Y a ti también». Para Vladímir, la muerte era una liberación incluso más potente que la morfina. Siguiendo esa lógica, la condesa entendió que el barón por fin se había liberado y lo había hecho por decisión propia.

Las crónicas contaban que se había suicidado, aunque no se aclaraba si lo había hecho recurriendo a algún medicamento o de un disparo poco certero que alargó su agonía durante horas. Sin embargo, la muerte del barón Vladímir Stahl cayó a plomo sobre la reputación de la condesa. Según la rumorología, el doctor se había suicidado por amor, víctima de los hechizos de una bruja que ya contaba con otras tragedias a consecuencia de su seducción, como la de su cuñado Piotr Tarnowski o la vida destrozada del conde Tolstói, del que se narraban historias disparatadas, todas tristes y devastadoras. Como toda industria del chisme que se precie, surgieron de la imaginería colectiva otros nombres que nada tenían que ver con la realidad: hablaban de un sirviente encerrado en un manicomio después de volverse loco por ella, de un príncipe de un país oriental que había arruinado su reino por culpa del embrujo de la condesa, de un miembro destacado de la corte que había merecido un duro reproche del zar que le había llevado al suicidio, y algunos rumores aseguraban que un joven revolucionario se hacía con los favores de la condesa cada noche, después de quemar las calles. La maquinaria de la calumnia se puso en marcha más rápido de lo normal y de manera más creativa, como si la sociedad de Kiev estuviera sedienta de escándalos entre tanta revuelta callejera; los nobles también merecían sus momentos de esparcimiento, como los campesinos.

Con la misma premura, la condesa decidió hacer las maletas y salir del que había sido su hogar y que ahora amenazaba con ser su tumba, para dirigirse a Moscú. Allí al menos tenía un amigo que, además, era su abogado.

Durante unos meses, se alojó en un hotel moscovita, junto con su doncella y su hijo Tioka. Multiplicó sus visitas al despacho de Donato Prilukov y éste empezó a visitarla también en su hotel, siempre con el pretexto de la firma de unos papeles o para informarla de las últimas novedades del caso. Era habitual verlos en el salón de té del Metropol o paseando por los jardines de la ciudad, donde el abogado aparecía con algún regalo para el hijo de su clienta, por el que expresaba un cariño especial que resultó recíproco. Sus consultas no se referían únicamente a la marcha de su divorcio o a temas más personales como la elección del mejor colegio para

Tioka, sino a la administración del dinero recibido de la herencia de Ekaterina. El letrado tenía experiencia en este tipo de trabajos administrativos y en su cartera de clientes no sólo figuraban destacados miembros de la nobleza rusa, sino también algunas organizaciones obreras y proletarias. Como él mismo decía, «el problema de mis colegas es no diversificar la clientela».

—El problema es que algunos creen que todos los obreros son iguales, y no lo son. El campesinado abraza cada vez más el socialismo y el comunismo, y el proletariado urbano aún sigue haciendo carantoñas al zar, aunque Nicolás II desprecie por igual a ambos: si tienen que trabajar es que no son lo suficientemente buenos, deben de pensar en palacio. Creo que el zar sólo odia más a los judíos que a los obreros... —comentó Prilukov, demasiado acostumbrado a la solemnidad de un tribunal. Se percató de la expresión de su clienta—. No le interesa mucho la política, ¿me equivoco?

—Tiendo a interesarme por lo que me afecta y, sinceramente, no veo cómo un puñado de *mujiks*...

—El problema de Rusia es la ceguera, nadie parece ver lo que está por venir. Incluso algunos prefieren mirar hacia otro lado para fingir no verlo. Pero, créame, condesa, nos afectará a todos, aunque no a todos por igual —auguró mientras se encendía un cigarrillo—. El problema es que no ven que la revolución dejaría de tentar a los *mujiks*, esos campesinos empobrecidos e iletrados del campo, si ellos tuvieran algo en propiedad, como lo tienen sus colegas en la Europa occidental. Como le digo, todos ciegos; un imperio conformado por los que no ven y por los que no son vistos.

—Algunas veces, cuando le escucho, me recuerda usted a mi hijo —aseguró la condesa provocando la hilaridad del abogado—. A Tioka también le gusta jugar con las palabras. Jugamos a menudo: él dice una palabra y yo tengo que decir otra que me sugiera la suya. Puede estar horas, es agotador.

—Tioka es un niño muy inteligente. Aprendo mucho estando con él.

—¿Tiene usted hijos, abogado?

—Dos. Pero no les gustan las palabras. Y a su madre tampoco. ¿Quiere saber por qué? Al parecer, son las responsables de que su padre no pase el tiempo suficiente con ellos. Ahora resulta que las palabras son las culpables... El problema es la necesidad que tenemos de responsabilizar a alguien o a algo de todo lo que pasa.

—Qué extraña resulta la vida. Lo que su esposa y sus hijos lamentan es lo que yo más deseo: que mi hijo no vea a su padre —reconoció, deseosa de volver a centrarse en lo que realmente le afectaba.

Prilukov advirtió en la expresión de su clienta cierto desasosiego. La noticia recibida hacía unos días no era la esperada y su ánimo se había resentido, aunque no lo mostrara. Aquella mujer siempre parecía inmune al drama y al abatimiento, como si no existiera suceso lo bastante trágico para hacerla caer en la desesperación y arrastrarla al desastre. Al igual que sucedía en las novelas, no había melodrama que la protagonista no sobrellevara mejor exhibiendo un aspecto elegante, un vestido perfecto, un perfume exquisito y un peinado digno de las mejores manos de una aplicada doncella.

—Comprendo que esté usted afectada, pero que el tribunal deniegue la petición de divorcio es sólo el primer paso de toda esta historia. Ya tengo preparada la apelación que cursaré de inmediato. Le prometo que el Santo Sínodo no tendrá más remedio que ceder a nuestra petición. Déjemelo a mí. Yo me encargo de todo.

Hacía unos días que la justicia había denegado el divorcio solicitado por la condesa. El conde Tarnowski, afectado por el suicidio de una de sus amantes más conocidas, no se lo había puesto fácil, utilizando todo tipo de subterfugios y calumnias para deslegitimar a su esposa durante el proceso.

Aunque lo más demoledor fue el argumento al que recurrió el tribunal para su dictamen, basado en el hecho de que ambos cónyuges habían sido infieles por igual, poniendo al mismo nivel el adulterio continuado de Vasili y el enamoramiento de su esposa por Alekséi Bozevski. El pecado era el mismo, independientemente de la reincidencia. La justicia prefería poner el foco en la letal seducción inherente a la condesa que en el asesinato del amante de su mujer a manos del conde. La misma culpa tenía ella, por romper corazones y desatar pasiones, que él por caer en sus redes y verse condenado a protagonizar constantes duelos, al engranaje de la más cruel rumorología que «puede hacer que un hombre pierda la cabeza y se vea empujado a cometer una locura», tal y como recogía la sentencia de divorcio, que guardaba ciertos paralelismos con el veredicto de absolución de Vasili. Ni siquiera se contemplaba reabrir la causa para acusarle de asesinato. El abogado seguía teniendo razón en todo, el problema de Rusia era la ceguera.

—Lo que sí le recomendaría es procurar que no haya más altercados con respecto a su hija Tatiana, condesa.

—Yo no llamaría altercado al hecho de que una madre quiera ver a su hija. Sobre todo, si nadie ha llamado secuestro al hecho de que el conde Tarnowski se la llevara a la fuerza.

—Disculpe, quizá no he elegido bien las palabras. El problema es que el tribunal podría ver esa lógica materna como una provocación hacia su dictamen y un menoscabo a su autoridad.

—Me parece que la justicia sólo ve lo que no existe y obvia lo evidente. Eso no es justicia, señor Prilukov —argumentó la condesa, que encontraba en la mirada de su abogado la comprensión que los tribunales insistían en negarle.

—El problema es… que sigue usted llamándome señor Prilukov, y eso no está bien —bromeó en un intento de animar a su clienta. Lo logró en parte.

—Me ha hecho usted reír, señor Prilu... quiero decir, Donato.

—He estado pensando... —anunció mientras se incorporaba para servirse un vaso de whisky, no sin antes ofrecerle otro a su clienta, que aceptó de inmediato; había momentos en los que un té no era la mejor arma para afrontar un día complicado—. ¿Qué le parecería hacer un viaje?

—¿Un viaje? ¿Quiere decir a San Petersburgo? Sí, supongo que podría...

—El problema de Rusia es... Rusia. —El abogado insistía en comenzar sus frases como una sentencia reveladora—. Yo me refiero a un viaje de placer. Hablo de viajar por Europa, pasear por los Campos Elíseos de París, comer en Roma, asistir a un espectáculo en Berlín, pasar una jornada de compras en Milán...

—¿Quiere que me vaya de Rusia?

—Quiero que esté tranquila, que se distraiga, que vuelva a reír, que por un tiempo se despreocupe de todo, que visite la National Gallery de Londres, que adquiera la biografía *Rómulo, fundador de Roma* escrita por Jacob Abbott que acaba de publicarse y que la disfrute como lo haré yo en cuanto caiga en mis manos. Lo que quiero es que cometa una locura en Berlín y se suba a uno de esos autobuses públicos que recorren la ciudad. Imagínese, ¡toda una condesa rusa viajando en transporte público! Quiero que asista a la ópera en París, aunque procure que no atenten contra usted como lo intentaron en junio contra el rey de España Alfonso XIII —ironizó. El abogado también tenía esa cualidad, hacer que una broma sonara adecuada en los momentos más delicados, deshaciendo la tensión gracias al manejo de las palabras, jugando siempre con su interlocutor, al que obligaba a preguntarse si hablaba en serio o en broma—. Si no me equivoco, tiene usted raíces irlandesas. ¡Vaya a la National Gallery en Dublín! Yo estuve hace poco. Quizá encuentre cosas que la sorprendan y que la hagan sentirse en casa. Y deje que en Rusia la nobleza proteste por la intención del zar de crear de una Duma representativa, como en Inglaterra, ¡monarquía y Parlamento! Al fin y al cabo, el zar es primo hermano del rey inglés, Jorge V, y los dos son primos hermanos del káiser Guillermo II. Todo queda en casa, todo bajo el manto familiar de la reina Victoria, que Dios tenga en su gloria. ¡Y qué hay mejor que un buen árbol genealógico!

Donato Prilukov pronunció las últimas palabras de manera teatralizada, consiguiendo hacer reír a la condesa. Ella nada sabía de Dumas ni de parlamentos consultivos ni de sóviets de panaderos, tipógrafos, abogados, tenderos, conductores de ferrocarril o de trabajadores de centrales eléctricas, como nada sabía de aquellos signos de puntuación que, según el amigo de Yaroslav, derrotarían al absolutismo. Ella sólo escuchaba cuando le afectaba, al igual que el zar Nicolás II, que únicamente se mostró contrariado con las huelgas que asolaban el imperio cuando afectaron al ballet imperial. También la condesa se interesó por los panaderos cuando supo que dos compañías del primer Regimiento Cosaco del Don tomaron la panadería Filippov. Nadie podía culparla.

Al Prilukov le gustaba sentirse escuchado, era algo que siempre le reprochaba su mujer, y eso era justo lo que le gustaba de la condesa, que parecía disfrutar escuchándole, como si lo hiciera por primera vez. El binomio perfecto. Aunque una de las partes de ese conjunto estuviera instándola a marcharse de Rusia.

—¿Sola? —preguntó divertida.

—Una mujer como usted nunca está sola. La acompañan la belleza, la inteligencia, el gusto por la cultura, las ganas de vivir... Condesa, el mundo está ahí fuera esperándola para que usted lo disfrute.

—Habla usted de una manera que todo resulta fácil.

—En realidad lo es. Somos nosotros quienes lo complicamos todo.

La forma en la que Donato Prilukov le hablaba conseguía que olvidara todo lo malo y confiara en que una nueva vida era posible. Sus palabras le hacían concentrarse sólo en su voz, obviando sus ojos pequeños y saltones, su incipiente calvicie, una embrionaria papada y un escaso atractivo. Cuando aquel hombre departía, e incluso cuando callaba y la observaba con una sonrisa fraternal, saciaba su anhelo de seguridad y de protección como nunca había logrado un hombre. Quizá su problema con el sexo opuesto es que siempre había buscado en ellos la belleza y la diversión, el arrojo varonil y el embelesamiento que había leído en las novelas francesas y que podía no corresponderse con la realidad. Prilukov parecía distinto a los demás. La condesa no albergaba ningún sentimiento romántico hacia él, sino más bien afectivo, de gratitud y consideración, y él no parecía actuar con la pretensión de obtener algo a cambio que no fuera una resolución positiva de la demanda de divorcio. Y eso la conmovía. Cuanto más le miraba y más tiempo pasaba con él, más convencida estaba de que, al contrario de lo que la sociedad siempre le había enseñado, un hombre y una mujer podían ser simplemente buenos amigos.

—¿Qué me dice, entonces? ¿Se anima a realizar ese viaje? —preguntó el abogado.

—No sabría por dónde empezar...

—Déjemelo a mí. Yo me encargo de todo. Tengo amigos en muchos lugares. No será un problema.

—A usted es imposible decirle que no.

—No lo haga. Las negativas nunca han traído nada bueno —sonrió mientras se brindaba a acompañarla a la puerta—. En breve iré a verla con el plan de viaje. Por el dinero no se preocupe. Sus cuentas están saneadas, invertimos bien la herencia de su madre. Además, puede que incluso le haga una visita en algún momento de su travesía. Tengo clientes en Berlín y en París que debo visitar.

Aquellas dos frases del abogado —«Déjemelo a mí. Yo me encargo de todo»— se convirtieron en el cuaderno de bitácora de la condesa, en el abracadabra con el que el prestidigitador Prilukov llenaba su vida de ilusión, mostrándole que la perspectiva empequeñecía incluso las grandes derrotas, haciendo que los fantasmas del pasado desaparecieran con un simple toque de su varita. Ella sabía de ópera y de salones de bailes, no de espectáculos de magia; no tenía por qué saber que, para que un conejo saliera de la chistera, primero había que meterlo.

Mientras el mapa de Rusia se parcheaba a golpe de revolución, confeccionando el patrón de aquel convulso 1905 cosido con los hilos rojos de las concurridas huelgas de ferrocarriles, la condesa recorría el patronaje europeo.

Mientras la tripulación del acorazado Potemkin se amotinaba a finales de junio contra la autocracia del zar por culpa de un rancho de carne podrida llena de gusanos, la condesa comía en el London House, considerado el restaurante más caro del mundo, y se hospedaba en el hotel Negresco de Niza.

Mientras el Ejército Imperial reprimía con dureza la huelga general en Odesa, dejando cientos de muertos en las calles, la condesa se sentaba en butacas de terciopelo y dormía en camas con almohadones de plumas de ganso.

Mientras el pueblo ruso intentaba asimilar la derrota en la guerra contra Japón, la condesa frecuentaba la compañía de Sigmund Freud y se interesaba por su libro *Psicopatología de la vida cotidiana* y por la cocaína que el psicoanalista le indicó como medicamento milagroso utilizado contra la depresión y otras dolencias, siguiendo el consejo de su abogado de abrirse al mundo y descubrir todo lo nuevo que en él encontrara.

La vida parecía avanzar en dos trenes que marchaban en direcciones contrarias, con destinos diferentes a dos mundos completamente opuestos que sólo compartían un denominador común: el poder, en manos equivocadas, puede hundir el mundo.

El 2 de octubre, mientras caía una lluvia torrencial sobre San Petersburgo —encargada de hacer el trabajo de la policía de reprimir a los manifestantes, que vieron el fantasma de la gran inundación que asoló la ciudad dos años atrás—, la condesa paseaba con su sombrilla por los soleados campos Elíseos con Tioka jugando al aro, ignorando la detención de un trabajador de Kazán que respondía al nombre de Bednov; quizá si el nombre hubiera sido el de Yaroslav sí se hubiera interesado por la suerte del obrero, al que incautaron un cargamento de octavillas llamando a la huelga revolucionaria.

Mientras en Rusia se cortaban los hilos de los telégrafos, la condesa decidía sobre los hilos que coserían sus nuevos vestidos en los principales talleres de París.

La revolución, como la muerte, era contagiosa. Cuando los trenes rusos se quedaban sin vapor en las estaciones porque cientos de miles de trabajadores de los ferrocarriles habían ido a la huelga, ella subía a otro tren con destino a Viena. El único silbato que escuchaba la condesa era el del controlador ferroviario, lejos del que se escuchaba en las fábricas rusas llamando a parar la producción. La única bandera roja que contemplaba era la que enarbolaba el jefe de estación, no la que exhibían los trabajadores en las calles, bramando por el socialismo y por la erradicación de la autocracia zarista.

Cuando la tensión social que asolaba Rusia obligó al zar Nicolás II a aprobar un decreto para ofrecer la amnistía a presos políticos, viéndose forzado a firmar el Manifiesto de Octubre, ella leía el artículo de Albert Einstein sobre la relatividad en la revista científica *Annalen der Physik*: «La inercia de un cuerpo, ¿depende de su contenido energético?». Seguía interesándose únicamente por lo que le afectaba y el tema de la relatividad empezaba a apasionarla.

Su vida y el mundo iban a velocidades diferentes: ella acudía a los médicos de Londres para conocer los nuevos tratamientos de una dolencia que los especialistas denominaban «histeria» y visitaba a un especialista en Roma que le proponía probar la heroína como única alternativa a su adicción a la morfina y a la cocaína; mientras, en Rusia, las consultas de los médicos cerraban, contagiadas también por la huelga, como las de los abogados, los maestros, los artistas, los teatros, los periódicos...

Cuando algunos intelectuales se unían a la huelga del proletariado, la condesa ocupaba un palco en el Teatro de la Ópera de Roma para disfrutar de la interpretación de Guido Vaccari en *La valkiria*, acercándose los gemelos de oro y nácar blanco a su mirada esmeralda para contemplar con detalle a una pareja que advirtió entre el público: era el conde Pavel Kamarowski acompañado de su esposa Emilia, a la que vio muy desmejorada. No eran buenos tiempos ni para la violonchelista ni para una parte de la sociedad rusa que se negaba a compartir lo que tenía con los demás. No se acercó a saludarlos. Hay encuentros que conviene postergar en el tiempo. Recordó aquella primera vez que encontró a la pareja en La Scala de Milán, a la que ella acudió del brazo de Vasili para presenciar la ópera *Fosca*. La condesa auguró entonces que volverían a verse. Sus presagios seguían cumpliéndose.

Cuando las cartas y los telegramas del abogado no llegaban, ella sabía que eran las huelgas del servicio de correos ruso las que imponían su silencio. Nada por lo que inquietarse porque no le afectaba; al menos, en exceso. Sólo empezó a preocuparse cuando los giros bancarios de Prilukov empezaron a retrasarse. Entonces sí le interesó saber que el Banco del Estado ya no podía responder a la ejecución de las transacciones económicas porque el pánico del poder también era contagioso, sobre todo si lo provocaba el virus del dinero. Si los trenes no circulaban, la industria y el comercio no avanzaban y los ingresos de capitales no se movían, como tampoco lo hacía el dinero. Y cuando los salarios no llegaban, lo único que se movilizaba en Rusia era la calle. La revolución estaba resultando demasiada cara para que la protagonizasen obreros sin recursos.

Había llegado la hora de volver a casa. O, al menos, emprender el regreso a Rusia y finiquitar el viaje para iniciar uno nuevo.

Mientras en San Petersburgo, el 3 de diciembre de 1905, se disolvía el consejo de los diputados obreros que durante cincuenta días organizó las revueltas, armó a los obreros y dirigió las huelgas, y se procedía a la detención de los trabajadores implicados —incluido aquel camarada de Yaroslav, Lev Bronstein, que se hacía llamar Trotski—, la condesa y el abogado se reunían por primera vez entre las sábanas.

Algunas revoluciones sólo se admitían en la intimidad.

32

Sucedió sin más, como los incendios que asolan imperios.

No era algo previsto; a veces, las cosas ocurren sin que medie un plan preconcebido. Pensó que había sido la efervescencia por el viaje, hasta que entendió que el desencadenante fue la excitación que sintió al contemplar la expresión derrotista del Escorpión, que la empujó a llevar al extremo la confidencialidad entre abogado y cliente. Prilukov estaba sufriendo al contemplarla, como sólo había visto sufrir a los que la servían, y eso despertó en ella un enérgico sentimiento de posesión y de poder, una exaltación que tuvo que calmar. Ya no era ella quien padecía, sino el otro, y eso se había canalizado en ardor. Había regresado de aquella aventura pletórica, llena de energía y con fuerzas renovadas, como regresaban Afrodita y Venus, diosas de la belleza y del amor, y esas armas las hacían poderosas. En su cabeza rondaba la divinidad mitológica, pero en su cuerpo reinaba la Venus de las pieles, protagonista de la novela de Leopold von Sacher-Masoch que durante años escondió bajo una baldosa debajo de su cama. Su anatomía se asimiló a la de Wanda von Dunajew, desterrando a la Venus del espejo de Tiziano. Piel y poder. Ella había llegado al hotel vestida con un abrigo de terciopelo azul violeta ribeteado con pieles de marta cibelina, como en la novela, y él no pudo resistirse ni a la piel ni al poder. Era el mandamiento de Goethe:

«Debes dominar y ganar, o servir y perder, sufrir o triunfar. Tienes que ser martillo o yunque». Mismos lemas, distintas revoluciones.

Todavía se escuchaba el eco de la Marsellesa entonado por los manifestantes en las calles moscovitas cuando la condesa y el abogado evidenciaban que la lucha de clases era, en realidad, una entelequia. Lo único que ansiaban unos y otros era poseer lo que no tenían; no por justicia ni por dignidad, ni siquiera por la libertad; tampoco en nombre del pueblo ni por la gracia de Dios. Unos lo hacían por el placer de acceder a lo prohibido y otros por conservar lo que sólo puede ser suyo. Pero, al final, todo permanecía igual, todos ocupaban su lugar en el mundo. En las calles, el ejército zarista, el mismo que no pudo con las tropas niponas, aplastaba la cacareada revolución obrera.

En la habitación del hotel donde se hospedaba la condesa, ella fumaba los cigarrillos perfumados a los que se había aficionado en París utilizando una boquilla de oro tachonada de piedras preciosas, y él miraba el periódico como si ambicionara aprender de memoria el manifiesto que el comité ejecutivo del sóviet había publicado en la prensa afín, instando a los obreros a aceptar sus salarios únicamente en oro y a retirar el dinero de sus cajas de ahorros para provocar la bancarrota del Estado zarista.

—El problema es que el dinero siempre termina en las mismas manos, da igual el recorrido que haga. Y esas manos están cubiertas de oro, no de carbón.

—Acabas de poseerme y tú sólo te preocupas por el dinero. ¿Para eso queréis el poder los *mujiks*, para comportaros igual que aquellos contra los que lucháis?

—No me gusta que me llames así fuera de la cama. Yo no soy un *mujik* —repuso Prilukov, como si el término le ofendiera, lejos de la excitación que le provocó cuando la condesa se lo susurró entre las sábanas.

—Creía que la lucha de clases sólo concernía a los que estaban arriba y abajo, no en las posiciones intermedias. Pero supongo que el mundo no es tan sencillo.

El exceso de intimidad, como el exceso de celo del Ejército Imperial, había desterrado las buenas maneras y la conversación pasó al tuteo, despreciando títulos tanto nobiliarios como académicos. Ya no había condesas ni abogados. Se habían convertido en amantes.

—En los últimos tres años, los depósitos realizados en los bancos superaban a los reembolsos en cuatro millones de rublos —le explicó Prilukov, con el periódico aún en las manos—. Este año, en este mes de diciembre, los reembolsos han superado a los depósitos en más noventa millones de rublos. ¿Sabes lo que significa eso?

—¿Que los obreros ya son ricos y que dejarán de aburrirnos con su pesada revolución? —preguntó irónica la condesa.

—Que si el pueblo se lo propone, llevará al Estado a la quiebra. Adiós al zar, bienvenido el sóviet de los trabajadores.

—¿Quieres decir que, si una parte de tu clientela se hace rica, la otra parte se convierte en pobre, pero tú ganas igual porque representas a ambas?

Prilukov soltó una carcajada al escuchar su respuesta. De repente, había dejado de sufrir y volvía a la cama.

—El problema es que la revolución no está hecha para triunfar. Eso sólo pasa en Francia. Pero mientras lo intentan, todos necesitan dinero y, si no lo quieren depositar en las arcas del Estado, necesitarán a alguien que sepa guardarlo y ponerlo a buen recaudo.

—Pensaba que simpatizabas con el movimiento, con los obreros, con el proletario...

—Simpatizo con ellos, y eso incluye su dinero. Y si he aprendido algo moviéndome en ambos ambientes es que los ricos desconfían más que los pobres. A los pobres les quema el dinero en la mano, como si fueran brasas encendidas; quieren saber que lo tienen, pero siempre se lo confían a otro, como si estuviera maldito.

—Los burgueses sois tan dramáticamente audaces. Si os dejaran, seríais capaces de robarle la revolución a los obreros —bromeó la condesa, aceptando el abrazo de su amante.

—El problema es que la revolución en Rusia es obrera, proletaria, aunque se haya realizado con la ayuda de la burguesía y con el desconcierto pasivo del *mujik* inculto y pobre. «La Revolución rusa será obrera o no será». El problema lo enunció Plejánov en el Congreso Socialista de Londres hace una década, y sólo ahora escuchamos el eco de su predicción.

—¿Eso nos afecta?

La condesa se dio cuenta de que era la primera vez que utilizaba el plural para referirse a algo que únicamente atañía a sus intereses. Prilukov también lo advirtió y dirigió la mirada hacia ella. Ambos querían regresar al juego que los había llevado hasta allí. Pero el fantasma de la duda deshizo el abrazo y empezó a desenterrar palabras de la boca de la condesa.

—¿Hay problemas con mi dinero? —preguntó, abandonando la cama para envolverse en una bata de seda color champán, una de las prendas procedentes de la China que solía recibir en su residencia de Kiev en contraprestación a los negocios del conde Tarnowski.

Pensar en Vasili siempre la inquietaba. Desde la muerte de Ekaterina, ella sufragaba su costoso tren de vida con la herencia recibida, con las rentas que le arrendaba el alquiler de unos terrenos legados en vida por la familia y con la pensión de cuatro mil rublos anuales que le enviaba el Terrible O'Rourke, aunque temía que, después de ver el estado en el que quedó el retrato de su primera esposa, su padre se replanteara el pago. No tenía por qué pasar apuros económicos. Pero si los revolucionarios llegaban al poder, su riqueza podría verse comprometida. Regresó a la cama. Allí eran suyos el poder y la piel, mientras el abogado sufría. Fuera de ella, Prilukov no parecía padecer lo que ella hubiera deseado.

—¿Debo sacar mi dinero de Rusia?

—Déjamelo a mí. Yo me encargo de todo.

—Donato, mírame. —Se colocó frente a él. Sería capaz de abofetearle si no escuchaba la respuesta deseada—. ¿Habrá problemas con mi dinero? ¿Impedirán que pueda acceder a él?

—No soy brujo, querida.

—Eso no me tranquiliza. Y tú siempre me tranquilizas. Confío en ti.

—Eso es lo que debes de hacer. Confiar en mí y guardarte de los brujos —le dijo de manera convincente—. ¿Crees en espíritus y hechiceros, condesa?

—No —mintió categóricamente. No quería evocar la maldición del chamán ni los posos del té que leyó en la taza de porcelana de Ekaterina ni tampoco las voces que aparecían en sus sueños o cuando el efecto de la morfina gobernaba su espíritu más que su cuerpo.

—Quizá deberías. Sólo conociendo al enemigo podemos guardarnos de él.

—No creo que nuestros enemigos estén en el otro mundo.

—Cuando no vemos una explicación lógica en nuestro universo, solemos acudir a ese otro espiritual para encontrar una que nos satisfaga. En nuestra desesperación creemos que quienes lo habitan son más listos y sabios que nosotros, sólo porque creemos interpretar en sus supuestas manifestaciones la solución a nuestros problemas.

—Si empiezas a hablar de espíritus y de brujos, terminarás asustándome —mintió de nuevo la condesa—. Lo único que sé del más allá es que quien incumple una promesa realizada ante la tumba de un ser querido o en nombre de sus muertos verá caer sobre sí una maldición.

Los muertos no representaban un problema para ella; era a los vivos a quienes temía, los vivos que traicionaban, robaban y mentían. Por eso necesitaba que el abogado dejara de hablar de lémures.

—Maria... —Era la primera vez que Prilukov la llamaba por su nombre. Nada de condesa, nada de señora; simplemente Maria—. Si confías en mí, yo nunca te asustaré ni te haré daño. Sé que no has tenido suerte con los hombres porque, sencillamente, no eran los adecuados para ti. Yo no tengo nada que ver con ellos, yo quiero cuidarte y protegerte. Y eso incluye también tu dinero. Te mereces lo mejor, y yo me voy a ocupar de que no te falte de nada. Ni a ti ni a Tioka. Y tampoco a Tatiana cuando la recuperemos.

La mención de su hija pequeña hizo sonreír a la condesa. Volvió a la cama para dejarse abrazar por él.

—Me alegro de que no creas en brujos, porque eso te mantendrá alejada de ellos, no como a la mayoría de la aristocracia que rodea al zar. Los brujos deberían asustarnos en vez de aferrarnos a ellos como si fueran un oráculo. Me da la impresión de que no hemos avanzado nada desde la Antigua Grecia; seguimos acudiendo al oráculo de Delfos, pero el dios Apolo es ahora un monje de nombre Rasputín. Ése sí que debe asustarnos, aunque en realidad no pase de ser la pitia de Delfos, la sacerdotisa del oráculo, una simple pitonisa.

En la corte del zar Nicolás II había aparecido un brujo con pretensiones de convertirse en consejero imperial y revolucionarlo todo. La hemofilia del heredero había abierto la puerta al misterioso monje procedente de Siberia, al que se adjudicaban poderes sobrenaturales y la habilidad de realizar curas milagrosas. Nadie sabía que el heredero estaba enfermo, pero, a pesar del recelo de la familia real, los secretos acababan traspasando las murallas del palacio. La condesa lo sabía bien; ella misma, de la mano de Serguéi Solomko, había contemplado los mayores secretos de Catalina la Grande. La aristocracia y los ministros del zar no tardaron en recelar del enigmático brujo. Permitir el acceso de un monje de origen rural al círculo más íntimo del emperador sería como dejar entrar en palacio a un revolucionario. Los enemigos más peligrosos siempre actúan desde dentro. Pero la elocuencia y la hipnótica mirada de Rasputín habían conquistado a la zarina y acallado todas las críticas, incluso las de su propia familia. Los que conocían al brujo místico se referían a él como «el monje loco».

—El problema de los locos es que no son buenos consejeros, sobre todo si beben como cosacos y frecuentan burdeles para calmar sus instintos más animales. Algunos aseguran que Rasputín pertenece a la secta Jlystý. —Prilukov encontró en la expresión de la condesa la excusa perfecta para seguir hablando del brujo que seducía a la nobleza petersburguesa—. «Los azotados», como se hacen llamar, predican que el pecado es el único camino hacia la salvación y, por consiguiente, a la redención: cuantos más pecados cometan, más posibilidades tienen de salvarse porque más motivos tendrán para arrepentirse. Un círculo vicioso tan placentero como redentor, la panacea con la que sueña cualquier religión. Se flagelan, se emborrachan, llegan al éxtasis y terminan la sesión con una orgía.

Grigori Rasputín había llegado a San Petersburgo en 1903 recomendado por los líderes religiosos de Kazán. El confesor de los zares quedó impresionado por el discurso seductor del monje, que pronto se convirtió en la atracción principal de las reuniones de la alta sociedad, a cuyos miembros conquistó con su habla y su presencia, que parecía irradiar un halo de serenidad espiritual del que todos se contagiaban. Fueron las princesas montenegrinas Militsa y Anastasia las que convencieron a la zarina para que invitase a Rasputín a tomar el té en palacio en noviembre de 1905. Desde el nacimiento del zarévich Alekséi Nikoláyevich, la emperatriz decidió pasar más tiempo en el palacio de Tsárskoye Seló, lejos de la ajetreada vida del Palacio de Invierno y de los rumores de la capital del imperio. Apenas salía por miedo a que, en su ausencia, el heredero sufriera algún golpe o accidente que le provocara una herida o le causara una hemorragia que le costara la vida. Haría todo lo que estuviera en su mano para salvar la vida de su hijo, por encima de su bienestar, de su familia, de su marido y del Imperio ruso. Su papel de madre estaba por encima del de zarina; eso no podía decírselo al zar, pero sí al monje loco. Rasputín se involucró en la salud del zarévich, utilizando técnicas que en la corte parecían milagrosas, pero que, en las zonas rurales, los campesinos solían emplear con el ganado, presionando determinados vasos para alterar el flujo sanguíneo. Durante muchos años, el monje había peregrinado por numerosas aldeas de la geografía rusa adquiriendo la sabiduría de esos aldeanos, así como sus remedios tradicionales, y lo que allí se denominaba «métodos naturales» en la corte se interpretaba como medicina ancestral, remarcando su carácter espiritual. A Rasputín le bastó con prohibir la utilización del ácido acetilsalicílico en el tratamiento del heredero —lo que evitaría que la sangre se licuara impidiendo la coagulación— para ser considerado un brujo con poderes curativos. El pequeño se recuperó siguiendo sus instrucciones, y eso hizo que la zarina venerase su presencia hasta el extremo de que él debía aprobar cualquier indicación o tratamiento médico. Pronto, la salud del heredero no sería la única preocupación del brujo. A petición de la zarina, empezaría a tener opinión en todas las decisiones del zar, desde las distintas políticas y los nombramientos de ministros hasta la aprobación de leyes.

—La seducción. Ése el verdadero poder. El monje seduce a todas las mujeres que acuden a él con sus pecados y sus enfermedades, y las sana recitando las Escrituras, aunque para limpiar su sangre necesita practicar sexo con ellas. Al parecer, la palabra de Dios no es suficiente, sobre todo si se dispone de otras alternativas... —comentó Prilukov, guardando un silencio que esperaba la reacción de su amante.

—¿Qué otras alternativas? —Le había intrigado el gesto infantil del abogado.

—Por lo que cuentan esas mismas nobles que acuden místicamente a verle, el monje dispone de una milagrosa arma que llega a los treinta centímetros. Hay testigos que aseguran que Rasputín, además de la masturbación para curar la histeria, también utiliza la hipnosis. Un chamán en palacio —suspiró Prilukov, cáustico—. Y luego creen que la amenaza está en las calles y en las fábricas...

La condesa no quiso interrumpir la arenga del abogado, entregado al relato como si estuviera en un tribunal, aunque no era la primera vez que escuchaba hablar de esos métodos. Ella misma, bajo la prescripción médica de un reputado doctor francés, había acudido a la consulta de un experto en París para recibir el tratamiento del paroxismo histérico, consistente en la estimulación manual de los genitales femeninos por parte del médico para tratar los síntomas y los efectos de la misteriosa enfermedad que sólo afectaba a las mujeres: la histeria femenina. Según el facultativo que se lo prescribió, aliviaría algunos de los síntomas como el nerviosismo, el insomnio, la agresividad, los desmayos y la falta de apetito, además de reducir las convulsiones, así como la irritabilidad y las taquicardias. Era algo bastante común entre las mujeres de la alta sociedad; la prescripción médica eliminaba en la práctica cualquier rasgo inmoral o lascivo.

La condesa elucubró sobre lo que pensaría Prilukov si descubriera en su equipaje su última adquisición londinense, un dispositivo eléctrico de la compañía Hamilton Beach, inventado por el médico británico Joseph Mortimer Granville para aliviar el paroxismo de las mujeres, que evitaría que los médicos sufrieran los dolores y los problemas musculares que la masturbación asistida les provocaba. En realidad, no le interesaba lo que pudiera pensar el abogado. En las charlas mantenidas en Viena con el psicoanalista Sigmund Freud, en las que también apareció el fenómeno de la hipnosis, el austriaco le aseguró que el origen de la histeria se debía a alguna experiencia reprimida por el inconsciente. Su salud y su inconsciente sólo le pertenecían a ella. Lo que hiciera mientras estuviera consciente también sería asunto suyo, tal y como le juró a Ekaterina ante su tumba. Las promesas a los muertos exigían su cumplimiento más que las hechas a los vivos, si quería evitarse que ambos mundos se cruzaran.

La voz del abogado regresó a sus oídos.

—El problema es que el zar Nicolás no sabe distinguir a sus verdaderos enemigos. Puede que Rasputín le haga caer antes que los revolucionarios a los que tanto teme.

Le costaba entender el recelo que despertaba en Prilukov aquel personaje con el que, a su entender, él mismo guardaba bastantes similitudes. Para la condesa, el abogado se había convertido en una especie de oráculo al que ella acudía cuando necesitaba realizar una gestión, requería un consejo, precisaba mover su dinero o se animaba a realizar un viaje. Y desde hacía unas horas, también el sexo había pasado a ser un eslabón más de esa cadena invisible que los mantenía unidos. Pudo entender la dependencia emocional de la zarina hacia Rasputín; también ella había acudido a Prilukov cuando Tioka tuvo un accidente en un parque: un perro rabioso mordió al pequeño, y fue el abogado quien se encargó de que el niño recibiera la mejor atención médica ante el estado de nervios que mostraba la condesa y la impotencia que superó a Elisa. Prilukov se había convertido en su particular Rasputín. Pensó que, probablemente, existía una rivalidad entre los brujos, la misma que parecía existir entre los participantes e integrantes de la Revolución rusa, donde algunos desclasados empezaban a ver clases donde antes sólo veían masas, y no era lo mismo un obrero que un *mujik* o que un burgués; el proletariado también tenía sus clases y podían ser tan iracundas como las de la corte. Donato Prilukov se enfrentaba a esas dos rivalidades. A la condesa le divirtió ver al abogado convertido a la vez en un Rasputín y en un *mujik*, una dualidad extraña. Al imaginarla, torció el gesto, y el letrado lo advirtió mientras se vestía para regresar a su casa, junto con su mujer y sus hijos. Como él mismo había dicho, cada uno debía estar en el lugar que le correspondía.

—¿No me preguntas por el divorcio? —lanzó Prilukov mientras se abrochaba la camisa frente al espejo, en cuyo reflejo observó a la condesa, que seguía acostada en la cama. El abogado acababa de advertir que el caso que los había unido se disipaba en la boca y en la cabeza de su clienta.

—Viajar me ha abierto la mente. Tenías razón, querido, como siempre —dijo, sabiendo que así alimentaba el ego de su amante, algo que corroboró al observar su gesto de displicencia—. Me he dado cuenta de que no necesito el divorcio para poder vivir como más me convenga o acostarme con quien yo quiera.

—¿Quieres decir que ya no te interesa?

—Por supuesto que me interesa, pero no me urge. Antes, encerrada en mi ansiedad, secuestrada por el miedo que me provocaba Vasili, todo me parecía apremiante. Pero en cuanto me alejo de él, todo mejora. Sólo tengo que mantenerme a una considerable distancia. ¿Para qué necesito el divorcio ahora mismo?

—Lo necesitarás si quieres volver a casarte.

—¿Y por qué iba a querer hacer eso? No es algo que entre en mis planes... Al menos, de momento. Lo que necesito es recuperar a mi hija Tatiana. Y me temo que el divorcio no me facilitará eso.

—Es sólo cuestión de tiempo —aseguró el abogado antes de besarla y abandonar la habitación. No lo pronunció en voz alta, pero ella pudo escuchar el mantra que la acompañaba desde la primera vez que accedió a su despacho de Moscú: «Déjemelo a mí. Yo me encargo de todo».

—Tiempo —repitió—. Eso es justo lo que no tengo.

La condesa consultó la hora en su reloj, que había pertenecido a Alekséi Bozevski. Desde hacía unos minutos, una familiar premura le hizo desear que el abogado desapareciera. Seguramente la zarina también necesitaría tiempo y espacio para estar a solas, a pesar de que la presencia de Rasputín se hubiera hecho indispensable para ella. Agradeció que Prilukov, a diferencia de los demás, no protagonizara dramas sentimentales en la despedida, recurriendo a versos de poetas malditos o secuestrando su semblante con una apariencia febril que dilatara la despedida. Era un hombre práctico y esa cualidad resultaba cómoda para los intereses de la condesa. Se trataba de una transacción afectiva, no de escribir una oda al amor baudelaireano o sobreactuar en un drama de Shakespeare. Se hacía, se firmaba y cada uno volvía a sus quehaceres.

Después de observar desde la ventana de su alcoba cómo el abogado desaparecía en la oscuridad de la noche, la condesa fue a ver a Tioka, que dormía en la habitación contigua, al cuidado de su doncella. También la necesitaba a ella; la noche rebosaba necesidades.

—Ha sido una tarde agotadora, Elisa. Necesito dormir y descansar. Ven conmigo. Siempre es mejor cuando me ayudas.

Las dos mujeres entraron en la habitación de la condesa. Elisa no necesitó que su señora le indicara lo que debía hacer. Abrió el estuche negro que, desde la muerte de Alekséi, se había convertido en un compañero fiel. Allí convivían, con la familiaridad que otorga el tiempo, los pequeños tarros de morfina, la heroína y la cocaína.

Cualquiera podía obtener aquellas drogas mágicas sin receta médica. Si el doctor Stahl estuviera vivo, vería lo inútil que había sido la penalización que sufrió por parte de las autoridades médicas y militares cuando le retiraron la licencia por dispensar determinadas drogas sin prescripción médica o haciendo un mal uso de ella. Elisa dobló un pañuelo sobre el que colocó la jeringa, la aguja y la botellita de heroína. Siempre que lo hacía recordaba la primera vez que inyectó aquel fluido en el muslo de su señora; primero la sensación placentera le hizo derramar unas lágrimas, pero luego empezó a vomitar con los ojos enrojecidos, hasta que se desmayó y se desplomó en el suelo. Sólo ocurrió aquella vez, quizá porque el organismo esperaba otra sustancia. Las primeras veces siempre son distintas a cómo se piensan. La imaginación tiende a engañar, como los efectos de algunos descubrimientos farmacéuticos y como algunas decisiones.

—¿Cree que ha sido una buena idea, señora? —le preguntó Elisa, que había estado pendiente de la llegada y la salida del abogado.

—Ni siquiera ha sido una idea. Ha sido un impulso —reconoció la condesa mientras sentía la mano fría de su doncella sobre su brazo. Sus manos siempre eran suaves y delicadas, como ella. Y también sabían lo que debían hacer, como la propia Elisa.

—Un impulso fue comprar aquellos pendientes en el Bazar de l'Hôtel de Ville, la porcelana de Meissen en las Galeries Lafayette, el vestido de seda negra en Printemps, el baúl de viaje en Louis Vuitton, cenar en Maxim's porque quería ver las vidrieras y los murales de ninfas, o comprar ese aparato que se empeñó en adquirir en Londres. Lo de esta noche... —sugirió la doncella dirigiendo una mirada a las sábanas alborotadas de la cama de la condesa— es otra cosa.

—Tienes razón. En realidad, ha sido una inversión —reconoció mientras recogía el brazo a la espera de que el contenido de la jeringuilla hiciera su trabajo de manera eficaz, como lo había hecho Elisa—. Vienen tiempos convulsos, y en momentos de inestabilidad hay que centrarse en valores seguros.

Mientras el efecto narcótico del producto iba conquistando sus sentidos, se acordó de Rasputín y de los cuidados que profesaba al zarévich. No eran tan distintos. Al fin y al cabo, fue el mismo farmacéutico alemán, Felix Hoffmann, miembro del equipo del profesor Heinrich Dreser, el que había dado con la fórmula del ácido acetilsalicílico y también de la heroína, aunque lo que buscaba cuando obtuvo esta última era producir la codeína que aliviara el dolor durante el parto o atajara la tos de la tuberculosis y la neumonía. En su camino para la acetilación de la morfina, había encontrado la diamorfina. Una desviación casuística en su proceso abrió nuevos caminos insospechados. Los descubrimientos a veces superan las previsiones, se independizan y toman rumbos diferentes. Los responsables de la empresa farmacéutica Bayer se mostraban tan orgullosos de su hallazgo como el médico británico Joseph Mortimer Granville lo estaba de su invento, aquel pequeño aparato emisor de vibraciones que revolucionaría la medicina en el tratamiento del paroxismo histérico.

Todo en aquella época se antojaba sediento de revolución. La ciencia abría senderos para que la humanidad transitara de la mejor manera posible por los caminos del progreso, al igual que lo hacía la tecnología en aquel principio de siglo en el que muchos alardeaban de que el hombre sería capaz de superar cualquier obstáculo que le mostrara la naturaleza, gracias a la ciencia y a la tecnología.

La condesa había escuchado esas palabras en la Exposición de París de 1900. Ninguno preveía que las nuevas tecnologías y el progreso científico podrían volverse contra el hombre. Estaban convencidos de que ese positivismo, esa confianza en la ciencia que abrazaba la radioactividad, los productos químicos como la pasteurización, los avances médicos como los rayos X o las nuevas ciencias como el psicoanálisis marcarían el futuro. La fe ciega en la ciencia y en la tecnología, en detrimento de la fe ciega en Dios que había regido a los hombres hasta entonces. Una rivalidad entre confianzas ciegas pareja a la rivalidad entre brujos. Era cuestión de prioridades más que de preferencias. El mundo pedía más petróleo y electricidad que carbón y vapor; más cafés y teatros que iglesias y palacios; más arte expresionista que arte barroco, como *La caza de Diana*. La sociedad estaba ocupada en encontrar nuevos estamentos sociales como la burguesía, la clase obrera industrial o la incipiente clase media, así como nuevos oficios que los apuntalaran, tales como fontaneros, electricistas, médicos, abogados, físicos, ingenieros, mineros o químicos, y nuevas ideologías plagadas de «-ismos» que los sostuvieran, como el liberalismo, el sindicalismo, el conservadurismo… La vida cambiaba y los hombres se contagiaban de esos cambios.

También la condesa tenía derecho a avanzar por esos nuevos caminos con las armas que tuviera a su alcance.

El contenido de la jeringuilla se vació en su brazo como lo hicieron las calles. La heroína, aquella sustancia que las autoridades médicas habían comercializado como «el sustituto no adictivo de la morfina», fue cediendo su voluntad como lo hicieron las huelgas a partir del 19 de diciembre de 1905.

Esa noche, la condesa Tarnowska y el abogado Prilukov habían afianzado su relación y, en cierta medida, también su dependencia. Las cadenas que esclavizan aprisionan a las dos partes, pero el letargo narcótico no le permitió pensar en ello. Ya tendría tiempo de hacerlo. El tiempo, como el contenido de aquella botellita de cristal, solía disiparlo todo.

33

Corría el peligro de ser detenida, incluso encarcelada. Pero el juego era demasiado excitante para que el miedo lastrara su fantasía.

Era cerca de la medianoche cuando el apartamento situado en la calle Berggasse número 19 de Viena se vació de los ilustres asistentes a la tradicional sesión de los miércoles, donde se servía café con pastelitos mientras se entraba en el inconsciente de los invitados. Uno de los participantes, que había quedado rezagado del resto, sonrió con complicidad al anfitrión y se situó ante el espejo de paulonia dorado del salón. Su cuerpo estaba acostumbrado a amoldarse al deseo de los demás, en especial de los hombres, pero esa noche había conseguido ocultarlo. Un traje de tres piezas de caballero recubría las hechuras de la condesa. Su anatomía jugó a su favor: una estatura mayor que la media femenina, espalda ancha, brazos bien definidos, piernas largas, mandíbula cuadrada, incluso la nariz recta, cuyas aletas se abrían por la excitación, se aliaron con su brote de rebeldía. Sólo el lunar sobre el labio superior de su boca podría haberla desenmascarado, por lo que decidió tapar aquella sutil feminidad con un bigote postizo. Había que estar loca para salir a la calle vestida de esa manera; neurótica, lo calificaría el anfitrión, Sigmund Freud. En aquel febrero de 1907, la mujer tenía prohibido usar pantalones excepto sobre el escenario de un teatro, y no siempre. Allí es donde realmente estaba la condesa, en un teatro, representando una ficción, aunque el proscenio fuera muy real.

No había recibido una invitación formal del doctor Freud para asistir a su particular Sociedad Psicológica de los Miércoles. Ninguna carta había llegado a su bandeja de plata como la que el psicoanalista solía enviar: «Un reducido grupo de amigos y colegas me complacen con su presencia en mi casa para hablar de psicología y neuropatología. ¿Le gustaría unirse a nosotros?». La condesa había aceptado una invitación mucho más estimulante: la incitación al juego, la seducción de fantasear, la tentación de vivir un sueño en mitad de la realidad de los demás. Si el resto de los participantes, todos colegas, colaboradores y partidarios del psicoanalista austriaco, hubiera sabido que una mujer disfrazada de hombre se había colado en su exclusivo grupo, habría estallado el escándalo. Pero ése era el hábitat de la condesa: el escándalo y el disfraz, un carnaval para los sentidos. Y era tiempo de carnestolendas.

La idea de la provocación no era exclusiva de ella. Hacía un mes que había asistido a un espectáculo en el Moulin Rouge de París, *El sueño de Egipto*, donde la famosa escritora Colette —que ya había vendido medio millón de ejemplares de su escandalosa *Claudine*, aunque su autoría se la adjudicara su marido— y su amante, la marquesa de Belbeuf, Mathilde de Morny, *Missy*, representaban una escena lésbica. Missy aparecía vestida de arqueólogo y Colette representaba a la momia a la que el egiptólogo iba despojando de sus vendas hasta que finalmente la liberaba y se besaban. El escándalo estaba servido dentro y fuera del escenario. La aristócrata, sobrina de Napoleón III y nieta ilegítima del zar Nicolás I, solía vestir de hombre en su vida diaria, lo que le valía multas y detenciones. Y Colette la imitaba, cortándose su gran trenza cobriza hasta convertirla en una melena corta que escandalizaba por igual. La rebeldía y la provocación de aquellas dos mujeres inspiraron a la condesa para acudir vestida de hombre a la sesión de los miércoles, tal y como acudió Colette al salón de Madame Arman, vestida de marinero y con el pelo recogido en una gorra. No era lo único que las unía; también la escritora había sufrido a un marido adúltero que coleccionaba amantes, que dilapidaba el dinero en fiestas y orgías, que la utilizó para sus intereses, que la vejó y la humilló, hasta que la aparición de una noble amante en la vida de la escritora puso fin al matrimonio. Demasiadas señales para ignorarlas.

Cuando la condesa recibió el ofrecimiento de Freud, todas las piezas se ensamblaron en su cabeza.

Aquel 27 de febrero de 1907 había entrado en la reunión de la Sociedad Psicoanalítica de los Miércoles como una sacerdotisa disfrazada de hombre en el templo del inconsciente. Ése era su gran tesoro, el inconsciente, la única parte de su cuerpo a la que los demás no podían acceder sin su permiso. Ese misterio escondido a las miradas ajenas era lo que hacía poderosa a la condesa. Podrían observarla, cortejarla, amarla, desearla, podrían incluso violarla, utilizarla, martirizarla, odiarla, calumniarla y esquinarla, pero ninguno de ellos podría acceder a esa parte de ella encerrada bajo llave, donde guardaba sus secretos, la explicación a por qué era como era. Esa información oculta era el objeto de deseo tanto del anfitrión como del propio polizón de la velada.

—¿Satisfecha? —preguntó un complacido Freud.

El psicoanalista había participado desde el principio en aquel juego por puro interés. La condesa se había comprometido a someterse a una sesión de hipnosis con él, pero la condición era poder asistir a una de aquellas reuniones de los miércoles donde la presencia de la mujer estaba prohibida. Un *quid por quo* que beneficiaba a ambos.

—Ha habido un momento en el que pensé que uno de sus alumnos me descubriría. ¿Sabe a quién me refiero? El que metió la mano en la urna para sacar el papelito con el tema que iban a tratar y empezó a hablar del complejo de Edipo... La manera en la que me miraba cuando hablaba... —recordó, divertida, mientras se retiraba el bigote con un gesto de dolor—. Si lo supieran, me llamarían loca.

—A mí me llaman perro judío. La imaginación de los guardianes de la moral es poco original, por eso hacen del insulto su mejor argumento.

—A quién le importa lo que digan mientras nosotros nos divirtamos.

La condesa se mostraba excitada. No sólo por lo que había escuchado en aquella reunión sobre los traumas y el deseo sexual reprimido, sino por la naturalidad con la que se habló de todo ello, sin que mediaran miradas inquisitorias, reproches o recriminaciones morales. Todo lo que pudiera enunciarse podía ser comentado, igual que toda enfermedad que pudiera estudiarse podría ser curada. No había lugar para el miedo al rechazo, sino para el deseo de ser comprendido y tratado. El poder curativo de las palabras que tanto defendía el anfitrión.

—Parece usted una niña. ¿Sabe qué es lo más importante para un niño? Jugar. Ahí vuelca toda su vida, en el juego, en la diversión, en la travesura, en su imaginación. Aunque sepa que no es real, pero, en ese momento, ésa es su realidad concreta y es todo lo que le interesa. Y lo mismo que le pasa al niño con el juego, le sucede al adulto con su obra. Por ejemplo, usted, condesa: acaba de crear un mundo imaginario, se lo ha creído, lo ha representado y se lo ha hecho creer a los demás. Y eso le proporciona verosimilitud a su juego para que los demás lo tomen en serio, recurriendo a detalles de la propia realidad, pero sin perder de vista lo que es real y lo que no lo es.

—He vuelto a tener cinco o diez años, he regresado a mi infancia.

—El poder de la imaginación es el poder de fantasear. Ése es el verdadero placer porque, al contrario de lo que podamos pensar, la verdadera fruición está aquí —explicó Freud señalando con su dedo índice la sien de la condesa—. Cada fantasía es la satisfacción de un deseo, es decir, una rectificación de la dolorosa realidad. Y sólo hay dos tipos de deseo: el erotismo y la ambición.

—Suena todo tan escandaloso, tan artístico...

—El artista es un introvertido próximo a la neurosis. Animado por impulsos enérgicos, desea conquistar el amor, la riqueza, el poder y el honor. Pero le faltan los medios para procurarse esta satisfacción. Es usted una creadora genial, nada mediocre, porque con su creación ha hecho disfrutar a los demás, en este caso, a mí, el único que sabía que usted estaba bajo ese disfraz de hombre. Usted, condesa, ha hecho que su obra divierta y haga fantasear a otra persona. A eso me refiero cuando digo que, en toda persona, hombre o mujer, hay un neurótico. Pero las palabras son tan fácilmente manipulables como el individuo; quizá por eso no dejamos nunca de crear, de fantasear y de jugar.

—Prométame que no contará a nadie lo que ha sucedido aquí.

—No me creerían. Los profetas son de mente estrecha; negarían rotundamente que existiera algo, a pesar de que ninguno de ellos estuviera allí para poder asegurarlo. Se llaman expertos, críticos e incluso intelectuales. El ser humano es maravilloso...

—Creí que lo maravilloso era la mente.

—Depende de cuál. Por eso he accedido a este juego, porque me permitirá entrar en su subconsciente, que promete ser un territorio insospechado.

—Le he dado mi palabra y la cumpliré.

—Y no ha sido lo único. Me ha dado usted una idea que ya me rondaba. Incluso he dado con el título de mi próxima conferencia: «El poeta y el fantaseo».

—No puedo esperar a escucharla.

—Me siento creativo, incluso a mis cincuenta años. He fundado una revista sobre el psicoanálisis, he publicado el artículo sobre los personajes psicopáticos que deambulan por un escenario, *Gradiva*, de Jensen, y en diciembre me presentaré en Viena con la conferencia que le comento. Este 1907 será un buen año.

—La última vez que alguien auguró que sería un buen año no dejaron de pasar desgracias —reconoció la condesa. El vaticino de Freud le había recordado al realizado por el perfumista François en la carta que le envió junto a un frasco de La Rose Jacqueminot. «Su lanzamiento está previsto para el próximo año. Presiento que 1904 será un gran año para todos». Aquel 1904 llegó repleto de muerte, escándalo, acusaciones y calumnias para la condesa.

—Fantasee, querida. Use la imaginación y haga que ocurra. Sea dueña de su cabeza y será dueña de su vida. Toda persona esconde un poeta, igual que todo hombre y toda mujer oculta un neurótico. Y quien lo niegue es que está loco.

—Eso es lo que pensará mi doncella cuando me vea llegar vestida de esta manera. Aproveché que mi querida Elisa había ido a la farmacia para salir del hotel sin que me viera. Pero quién podría resistirse a esto...

—Las personas no podemos ni queremos renunciar a nada. Lo único que hacemos es cambiar unas cosas por otras. Es una manera de que las cosas importantes se queden como están; cambiando sólo lo superfluo.

Sin pretenderlo, o quizá sabiéndose luz en la oscuridad, el psicoanalista le había entregado la llave maestra con la que abrir cuantas puertas fueran necesarias para no renunciar a nada. Cuando se despidió de él, le aseguró que tenía que pasar algo extremadamente grave para que no acudiera a verle el 6 de diciembre de 1907 a la conferencia que ofrecería en Viena.

—Recuerde que tenemos un trato. La próxima vez tiene que prestarse a la hipnosis. Como le expliqué, es un método terapéutico. No haga caso de lo incultos que opinan sin saber. Son los mismos que consideran la histeria una especie de brujería y no una enfermedad de alma. La gratuidad de los estigmas en nuestra sociedad terminará condenándonos —sentenció Freud mientras acompañaba a su compañera de juegos a la puerta—. La espero a finales de año en Viena.

—En diciembre, después de escucharle su conferencia, me sentaré en su diván. Y podrá acceder al lugar donde nadie ha entrado.

Con las palabras de Sigmund Freud jugando en su cabeza, la condesa abandonó el apartamento de la calle Berggasse. Era tarde —el encuentro había empezado pasadas las ocho y media, después de la cena—, pero no le importaba. Iba vestida dc hombre y aparentaba serlo; ningún peligro le acecharía por el simple hecho de ser mujer. En el hotel sólo la esperaba su fiel doncella. Su hijo Tioka estaba cursando sus estudios en un colegio de Rusia. Desde que la Revolución rusa fue aplastada en diciembre de 1905, ella había seguido con sus viajes por la orgullosa Europa. Viajaba constantemente como si fuera en busca de algo, sin ser consciente de que quizá huyera de algo: Roma, Viena, Madrid, Londres, Berlín, Nápoles, Argelia... Más de una vez había recordado la frase que leyó el 1 de enero de 1901 en *Le Figaro*: «Qué afortunados somos de vivir el primer día del siglo XX».

Había hecho bien dejando París por unos días para desplazarse hasta Viena. Esa ciudad siempre lograba inspirarla, quizá por su espíritu creativo, como había dicho Freud. Las palabras «neurosis» o «histeria» no sonaban tan graves en la boca del psicoanalista como lo hacían en algunos estamentos de la sociedad. De hecho, cualquier palabra pronunciada por él siempre sonaba distinta. Le gustaba hablar con aquel hombre porque le hacía pensar, nada extraño en una persona que buscaba sanar y curar a través de la palabra. Sus libros la habían acompañado y abierto nuevos caminos en el conocimiento de su propio yo. Gracias a *La interpretación de los sueños*, entendió que sus sueños tenían un sentido aparte de un mensaje, y con la lectura de *Tres ensayos de teoría sexual* supo que no era la única que pensaba que la finalidad del sexo no era la procreación, sino el placer. Sin duda, se prestaría a esa sesión de hipnosis a finales de año en Viena.

Veinte minutos más tarde llegó al hotel. Deseaba darse un baño y ponerse cómoda. Fantasear con ser un hombre podía ser divertido un tiempo, hasta que la realidad terminaba imponiéndose.

Al acceder a la habitación, supo que algo sucedía. Y no era bueno.

Elisa Perrier tenía esa expresión de fatalidad que, de ser un personaje bíblico, anunciaría plagas. En un primer instante creyó que era por su indumentaria, pero pronto entendió que se equivocaba; aunque ver a su señora vestida con un traje pantalón no ayudó a que se calmase y acertara con las palabras.

—Condesa... —dijo finalmente, observándola como lo haría una madre—. Pero ¿qué hace vestida de esa manera? ¿Sabe qué hora es? Una mujer sola, en la calle, a estas horas... ¿Acaso quiere que me dé un infarto?

—Elisa, mírame bien... —Abrió los brazos para exhibir su aspecto—. ¿Quién iba a pensar que debajo de esto hay una mujer? Y eso que me he quitado el bigote postizo. Tendrías que haberme visto... Por un momento, frente al espejo, creí estar viendo al tío Cillian, ¿puedes creerlo?

—Señora, usted es la que no va a creer... —Elisa hablaba en voz baja e intentaba que la condesa también controlara el volumen.

—En cuanto te lo cuente, lo comprenderás y te reirás conmigo —aseguró, deshaciéndose del abrigo, el sombrero, la chaqueta y empezando a desabrocharse el chaleco, del que desprendió con cuidado el reloj prendido del tercer ojal.

Ni siquiera lo miró porque era el de Alekséi Bozevski y estaba demasiado excitada para dejarse vencer por la melancolía. Esa tarde había consumido cocaína; no hacerlo, estando en compañía de Freud, habría sido una falta de consideración. Quizá por eso estaba tan alterada o puede que fuera por la adrenalina de lo vivido en el apartamento de la calle Berggasse.

—Condesa, es usted la que no comprende lo que pasa... —insistió Elisa mirando repetidamente la puerta que comunicaba con la habitación contigua, como si temiera que de ella saliera un monstruo o algo peor, uno de los espíritus que atormentaban a su señora cuando la dosis narcótica no había calmado su ánimo.

—¿Qué pasa, Elisa?

—Está aquí.

—¿Quién? —Trató de encontrar la respuesta en los ojos de su doncella, que permanecían abiertos como si pudieran expresar lo que las palabras no se atrevían a comunicar. La condesa se mostró perdida durante unos instantes, hasta que despejó su mente—. ¿Otra vez? ¿Es que ya no quedan culpables que defender en Rusia? Porque leyendo la prensa, nadie lo diría...

La Primera Duma constituida por el zar Nicolás II en abril de 1906 había resultado fallida para los intereses de los revolucionarios, amén de efímera, al ser disuelta diez semanas más tarde. Esos últimos días de febrero de 1907, la Segunda Duma había iniciado su andadura sin demasiados visos de cambio ni de reformas, excepto la ley electoral propuesta por el primer ministro, Piotr Stolypin, que dotó de más representación y poder a los nobles y a los terratenientes. Los ánimos habían vuelto a calentarse, si es que alguna vez se enfriaron. Fueron pocos los que confiaron en las promesas de reforma hechas por el emperador cuando comprobaron que en el capítulo I de la primera Constitución de Rusia —llamada Leyes Fundamentales y aprobada en abril de 1906— se reconocía el Imperio ruso como una autocracia y se declaraba la supremacía del zar por encima de la ley y de la Duma.

En Rusia iban a necesitar algo más que abogados. Quizá por eso Donato Prilukov estaba en un hotel de Viena y no en su despacho de Moscú.

—Está muy enfadado, condesa.

—Siempre lo está. Lleva más de un año irritado con el mundo. No sé qué demonios le sucede, pero resulta de lo más aburrido. Y un hombre feo, bajito, regordete y enfadado no puede permitirse el lujo de ser tedioso y molesto. Al menos, si quiere estar con la condesa Tarnowska.

Desde su primer encuentro sexual a finales de 1905, en plena efervescencia revolucionaria, la naturaleza de aquella relación había cambiado. En sus inicios, el abogado y la condesa compartían tiempo y viajes por Europa, comían en los mejores restaurantes, acudían a los estrenos de ópera, recorrían las tiendas más selectas de las principales ciudades y se alojaban en los hoteles más caros. Niza, París, Marsella y Argelia habían sido los destinos favoritos de la pareja, que sólo se separaba cuando el abogado tenía que regresar a Moscú por temas relacionados con su trabajo. La condesa sabía que esas obligaciones también respondían a asuntos personales. Prilukov no había roto su matrimonio y eso le atormentaba, una tortura que no compartía su amante que, por mera comodidad y buscando el sentido más práctico de la situación, prefería que el abogado mantuviera intacta la relación familiar, ya que eso le obligaría a hacer continuos viajes de regreso, y así su presencia le resultaría más llevadera. Ella no estaba enamorada de él, nunca lo había estado. Su entrega respondía a parámetros de agradecimiento, de bienestar, de protección y de un interesado desahogo; otro *quid pro quo* que, sin embargo, la otra parte no parecía asimilar de la misma manera.

Prilukov se había enamorado perdidamente de la condesa, a pesar de haberle prometido que no era como el resto de los hombres que habían aparecido en su vida. Fue inevitable; también él cayó rendido a sus pies, incapaz de gestionar su pasión como pensó que podría hacerlo en un primer momento. Era un profesional, con estudios, con una vida organizada, con una familia a la que adoraba y que le idolatraba, con una reputación labrada a golpe de trabajo en una profesión que le respetaba y con una cartera de clientes que confiaba en él. Pero nada de eso resultó ser lo bastante sólido para no ceder al hechizo de la condesa Tarnowska. A medida que pasaba el tiempo, el abogado comenzó a mostrarse más nervioso, inquieto e irascible, lejos de la seguridad de la que siempre había hecho gala, perdiendo incluso la elegancia y la precisión que había caracterizado su discurso. Se le notaba consumido, con el rostro demacrado y el alma martirizada. Ya no enviaba flores ni escribía cartas ni telegramas ni proponía regresos a Rusia ni hablaba del zar ni de revoluciones. Los silencios prevalecían sobre su verbo, y eso, en él, era síntoma de una misteriosa enfermedad. Ya no empezaba sus frases aludiendo al problema, sino sentenciando al culpable.

—Cámbiese, señora, y entre a hablar con él. Está mal. Nunca lo había visto así. Me ha dado miedo.

—¿A quién se le ocurre presentarse de esta manera, sin avisar? ¿Es que ya nadie se anuncia antes de realizar una visita? ¿Dónde vamos a llegar, Elisa? Este mundo va a volverse loco y no tardará mucho. Créeme, y ya sabes por qué tienes que hacerlo...

—Sí, señora, por su sangre irlandesa. Pero mi sangre suiza me dice que hay algo que no va bien con el señor Prilukov.

—No le llames así cuando estemos solas. Sabes que me hace reír... —dijo sin poder contener la risa; hacía tiempo que no le consideraba un señor.

La puerta que tan insistentemente observaba la doncella, como si su mirada pretendiera contener al monstruo que esperaba al otro lado, se abrió de golpe. A ojos de la condesa, el abogado parecía una de esas figuras de cera que había contemplado en el Museo Madame Tussauds durante su último viaje a Londres. Tenía un aspecto descuidado, sudaba a mares, su escaso pelo lucía despeinado, con la camisa fuera del pantalón y los tirantes colgando a los costados. Parecía que se hubiera peleado con alguien y, sin duda, no había salido victorioso de la contienda.

—Tú estás loca... —dijo Prilukov como primera sentencia de la noche. La miraba entre extrañado y horrorizado, como si no reconociera a la mujer por la que había perdido la cabeza y estaba a punto de perder un equipaje mayor—. ¿Qué haces vestida de semejante forma?

—Donato, no creo que seas el más indicado para opinar acerca del vestuario de nadie —respondió la condesa, dirigiéndose hacia la habitación para terminar de desnudarse y ponerse más cómoda.

—¿Sabes el tiempo que llevo esperándote? —gritó el abogado, sin soltar la botella de whisky que sujetaba en la mano.

—Si me hubieras avisado de que venías, ni tú ni yo tendríamos este aspecto ahora mismo —advirtió mientras se desnudaba ante él con total indiferencia, para después envolverse en una bata de seda.

La mirada de Prilukov, inyectada en sangre, rabia y alcohol, no reflejaba la misma indolencia que la de su amante. Sintió la necesidad de lanzarse sobre ella y someterla, aunque, en realidad, siempre era ella la que llevaba las riendas en sus encuentros sexuales, como solía hacer cuando montaba a caballo. Al abogado le asustó no saber cómo empezar la doma y la galopada. Temía caerse del caballo y hacer el ridículo. Lo que más le preocupaba era quedar como un bufón, convertirse en una caricatura, algo de lo que había huido toda su vida, hasta que aquella mujer endiablada apareció en su despacho de Moscú y revolucionó su existencia como ningún sóviet había logrado hacer en ninguna fábrica, industria o territorio rusos. En la cama, ella mandaba; fuera del lecho, era Prilukov quien lo hacía; cada uno gobernaba con mano férrea su territorio. Pero algo había cambiado.

—¿Me vas a contar qué sucede para que te presentes en tan lamentable estado ante una dama?

—Tú eres una... —balbuceó Prilukov, pronunciando cada palabra con la cadencia de un martillo que golpea contra un yunque.

—Donato, te sugiero que contengas al *mujik* que llevas dentro o tendré que hacerlo yo.

Escuchar aquella palabra incendió más el ánimo del abogado, que corrió hacia la mujer como si quisiera matarla. Pero calculó mal el paso y se precipitó contra el suelo, quedando a escasos centímetros de ella. La condesa se limitó a observarle, intentando decidir si la situación le resultaba trágica o cómica. Se preguntó por qué estaba con un hombre así; se respondió que sería más farragoso encontrar a un nuevo abogado que le llevara su divorcio y sus finanzas.

La doncella se disponía a acceder a la habitación, no tanto por Prilukov como por su señora. Estaba demasiado tranquila para estar a solas con un hombre alterado y ebrio.

—No hace falta, Elisa. Déjamelo a mí. Yo me encargo de todo.

El mantra, propiedad de Prilukov hasta ese instante, acababa de cambiar de dueño. Tirado en el suelo, humillado y ridiculizado, había escuchado las palabras que le pertenecían en la voz de la condesa, que se erguía ante él tras usurparle el poder.

Ordenó a su doncella cerrar la puerta y dejarlos solos. Ya en la intimidad, se acercó a él y se sentó a su lado, para ponerse a su nivel. Prilukov no había tenido fuerzas para incorporarse; se había quedado sentado en el suelo, con la espalda apoyada contra un lateral de la cama.

—Dime qué te ocurre, Donato. Hace tiempo que no pareces el mismo.

—¡Es que soy distinto! ¿No te das cuenta de lo que ocurre? Eres una mujer inteligente, Maria. ¡Piensa! —Se levantó de un brinco y dejó a la condesa sentada en el suelo, observándole desde abajo.

Eso también había cambiado en el último año. Que la llamara por su nombre de pila ya no le agradaba. En su boca sonaba pueril y expresaba una familiaridad que lograba disgustarla. Aun así, no era el mejor momento para iniciar una discusión al respecto.

Desde el suelo, la condesa intentó ser comprensiva y acercar posiciones. Había sido un día largo, estaba cansada y quería irse a la cama; a poder ser, sola.

—Si es por tu mujer, entiendo que tuvieras que irte precipitadamente la última vez...

—¡No es por mi mujer! ¡Nunca ha sido mi mujer! Estoy dispuesto a dejarla por ti.

—Yo nunca te he pedido eso. Si quieres abandonar a tu familia, hazlo. Pero no me responsabilices de tu decisión.

—No se trata de mi familia. Se trata de ti y de mí, de todo esto. ¿Es que no lo ves? —gritó mientras paseaba nervioso de un lado a otro de la habitación. Observaba a la condesa desde arriba, como si aquella posición de superioridad definiera su estrategia de poder.

—Si tienes que regresar a Moscú, no te lo voy a impedir. Vuelve, si eso es lo que necesitas.

—¿Volver? —preguntó riéndose como un loco—. Si regreso a Moscú o si pongo un pie en cualquier parte del territorio ruso, me detendrán y me encerrarán. Y eso, si tengo suerte.

—Pero ¿de qué estás hablando? —Comenzaba a pensar que el alcohol no tenía nada que ver con el desvarío del abogado.

Hasta ese instante, no había reparado en las dos maletas que había junto al armario de la habitación, a escasos metros de la cama. Prilukov no solía viajar con bultos; como mucho, un discreto bolso de viaje. Solía decir que viajar ligero de equipaje le otorgaba una sensación de libertad que le permitía moverse sin ataduras y sin cargas de las que preocuparse. Esa vez, venía más cargado de lo normal. La condesa se quedó mirando aquellas dos maletas como si representaran la amenaza real en aquella estancia. Antes de preguntarle qué hacían aquellos bártulos en su habitación, dejó que el abogado respondiera a la pregunta que acababa de hacerle.

—Estoy hablando de que llevo cuatro meses sin poder pisar mi país. No puedo volver a Rusia. Me están buscando. Hay una orden de arresto contra mí. No puedo registrarme con mi nombre, no puedo utilizar mi pasaporte, no puedo acceder a mi dinero en el banco... Me he convertido en un fantasma.

La condesa le observaba como si fuera un desconocido que hablaba en un idioma nuevo que le resultaba imposible entender. Había un extraño en su habitación. Al final, el brujo se había convertido en un espíritu errante y perdido, expulsado de un mundo que no era el suyo.

—Pero ¿qué ha pasado? —preguntó mientras se incorporaba del suelo.

Aquella conversación iba a entrar por unos derroteros en los que ambos debían estar al mismo nivel.

—He robado el dinero de mis clientes. Unos cien mil rublos que los revolucionarios me habían confiado para custodiar en un lugar seguro. Es el dinero de los campesinos, de los trabajadores, de los obreros. Se han quedado sin nada, excepto las armas que utilizarán para matarme si me encuentran. Y lo harán; cuando una persona focaliza el odio en su enemigo, se le despierta un radar que demuele el escondite más insondable.

Mientras Prilukov expresaba el temor que sentía por su vida, ella se concentraba en elucubrar el contenido de las dos maletas. También su radar se había despertado. Intentó no mostrar sus cartas antes de tiempo.

—¿Por qué has hecho eso? —interpeló, como si le interesaran los motivos de un delito que ya había sido cometido y del que ella no sabía nada hasta ese momento—. ¿Por qué has robado ese dinero, Donato?

—Por ti. Todo lo he hecho por ti. Todo es culpa tuya —reconoció el abogado, que volvía a comenzar sus respuestas señalando al culpable—. Tú me has obligado a robar.

—No te atrevas a culpabilizarme de algo que sólo tú hayas hecho —advirtió amenazante la condesa, que empezaba a vivir aquella escena como un *déjà vu* arrancado del pasado.

—Me has convertido en un delincuente. Yo era un hombre de leyes, con una reputación intacta, una persona familiar, de moral recta, preocupado por las injusticias que asolaban a mis semejantes. Y ahora soy un prófugo de la justicia. Soy un vulgar ladrón porque tú me has convertido en uno.

—¡Yo nunca te he pedido que robaras! ¿Cuándo han salido esas palabras de mi boca? —interpeló indignada. De nuevo, ante ella, aparecían los hombres para culpabilizarla de las decisiones de otros.

—No dejas de pedirme dinero. ¡Nada es suficiente para la condesa! Vestidos, joyas, bolsos, cremas, perfumes, viajes, comidas… ¡Incluso el maldito estuche mágico que necesitas para estar tranquila! —gritó Prilukov, refiriéndose a la cocaína, la heroína y la morfina—. ¿Cómo quieres que consiga esas cantidades si no es sustrayéndolas?

—¡No lo sé! Ése no es mi problema. Tú eres el que administra mi dinero, dímelo tú. ¿O es que a mí también me has robado?

—¿Tu dinero? Tú no tienes dinero. ¿Es que no ves cómo vives? ¿Crees que esto se puede pagar con una herencia que ya no da más de sí? Llevas años dilapidando tu fortuna. La pensión que te manda tu padre no alcanza ni para tus vestidos, porque nunca tienes suficiente.

—¿Qué estás diciendo? —clamó tan asustada como enfadada.

La confusión la desorientó. El robo del dinero acababa de convertirse en su quebradero de cabeza. Prilukov había vuelto a hacerlo: transformar su problema en el problema de los demás. La misma sibilina transferencia a la que sometía su estado de ánimo: si él estaba enfadado, ella también debía estarlo; si él estaba contento, ella tenía que estarlo. Si él había robado, ella era cómplice. El fantasma de la ley de los vasos comunicantes amenazaba su equilibrio, como el capítulo I de las Leyes Fundamentales de Rusia aprobadas por el zar lo hacían con la revolución. Necesitó sentarse para asentar sus ideas mientras Prilukov seguía hablando.

—Desde hace más de un año, estás viviendo del dinero que yo consigo. Y te puedo asegurar que mi salario no puede mantener este tren de vida más propio de los Romanov que de un abogado de Moscú.

—Mientcs… —balbuceó la condesa, que empezaba a sentir cómo el aire le faltaba; la habitación daba vueltas de una manera vertiginosa.

—Pero no quiero que te preocupes —intentó calmarla, al ver cómo su rostro adquiría la tonalidad del mármol. La condesa no llevaba maquillaje esa noche, pero ni siquiera su piel era tan lívida—. Yo seguiré ocupándome de ti. Lo tengo todo pensado. Dispongo de dinero suficiente para que no te falta de nada. Sólo tenemos que organizarnos mejor, y tú confiar en mí, como lo has hecho siempre. Déjamelo a mí. Yo me encargo de todo.

—No es posible. No puedes venir aquí y decirme que mi dinero ha desaparecido, sin más, sin avisarme antes, sin una explicación previa… No puedes, Donato… Te lo prohíbo —acertó a decir la condesa, que apenas podía controlar el sofoco que le quemaba el cuerpo y le nublaba la visión.

—Te digo que no te preocupes. Yo te amo, eso es lo único que debe importarnos. Estoy dispuesto a hacer los sacrificios que sean necesarios. Sólo me interesa tu felicidad. Haría cualquier cosa por ti.

Las palabras de Prilukov sonaban demasiado familiares para la condesa. De nuevo, los fantasmas del pasado acudían para atormentarla. De nuevo, las voces y las imágenes superpuestas en su cabeza. De nuevo, las promesas de sacrificios y de locuras de amor. De nuevo, las culpas y las responsabilidades. Demasiado familiar. Demasiado doloroso. Quería gritar, silenciar todas aquellas voces, las que venían del interior y las que procedían de fuera. Deseaba desterrarlas de su mente y de su vida. Pero fue imposible. No pudo decir nada más. Y tampoco seguir escuchando la ristra de promesas del abogado. Todo se volvió negro.

Al oír el grito de Prilukov, Elisa entró a la carrera en la habitación y descubrió a su señora tendida en el suelo.

La buena noticia es que no era un ataque epiléptico, ya que su cuerpo permanecía inmóvil, sin convulsiones. La doncella corrió a por el bote de sales. Hacía mucho que no lo utilizaba, desplazado por otros remedios. Deseó que aquel botecito no guardara rencor y obviara la traición cometida a favor de los narcóticos. Sólo necesitó unos segundos para que la condesa recobrara la conciencia. Al abrir los ojos, encontró el rostro de preocupación de Elisa y la expresión triste de Prilukov. La inquietud de Munch rivalizaba con la tristeza de la madre de Dios en los iconos rusos.

La condesa volvía a reencarnarse en su diosa más afín, símbolo de la belleza, el erotismo, el poder y la inteligencia. Emulando *El nacimiento de Venus* de Botticelli, se mostraba desnuda ante ellos, desafiando con su desnudez las rígidas leyes imperantes. La virtud, la moral y el renacimiento se reencontraban varios siglos después.

Como la diosa del lienzo, la condesa exhibía una expresión pasiva, una mirada perdida pero hipnotizante, mientras valora si aceptar el manto que le ofrece Cloris, la ninfa de la brisa, para cubrirse, o si dejarse llevar por el soplo de aire de Céfiro, dios del viento del oeste. Quizá tendría que volver a Florencia para dilucidarlo. Quizá su particular renacimiento estaba en Italia, de cuyas aguas azules y cristalinas podría renacer, como la Venus de Botticelli.

34

Nos amamos unos a otros durante unas horas porque llorábamos juntos. ¿Por qué no podemos seguir haciéndolo?

La condesa leía con atención el artículo que el *Supplément Illustré du Petit Journal* publicaba en contra del cierre al público de la morgue de París, en marzo de 1907. Durante años, el depósito de cadáveres se había convertido en una de las mayores atracciones turísticas de la ciudad, cuyas visitas se contabilizaban por miles, superando incluso a las que recibía la catedral de Notre Dame. No importaba el estado de los cadáveres que se exponían detrás de una vitrina de cristal, si estaban mutilados, desnudos o parcialmente cubiertos, si presentaban cortes, golpes o heridas abiertas, si les faltaba un ojo o una pierna. Los trabajadores de la morgue rociaban los cadáveres con agua para darles una apariencia más presentable y facilitar su reconocimiento, ya que la idea había nacido como una manera de poder identificar a los fallecidos. Pero esa pretendida labor social no se correspondía con el verdadero fin lúdico de las decenas de miles de personas que acudían a verlo. Cualquier niño, hombre o mujer, joven o viejo, rico o pobre, anónimo o famoso, podía presenciar el espectáculo. Algunos ilustres escritores como Charles Dickens eran asiduos, así como los periodistas de los principales periódicos de la ciudad, que encontraban en aquel macabro museo de muerte las historias y los detalles escabrosos con los que alimentar sus publicaciones, amparándose siempre en la función social de su oficio para satisfacer el hambre del lector. Quizá por eso fueron muchos los reportajes que la prensa dedicó a criticar el cierre de las instalaciones.

—No entiendo cómo una ciudad como París puede convertirse en un espectáculo sobre la muerte. ¿Qué lleva a la gente a acudir a la morgue para observar cadáveres expuestos en una vitrina? —preguntó la condesa después de leer el artículo en el periódico.

Recordaba haber leído alguna mención de aquella peculiar morgue en la primera novela de Émile Zola, *Thérèse Raquin*, pero pensó que el esperpento sería fruto de la exageración literaria. Como decía Ekaterina, «los escritores son siempre tan dramáticos...». Nunca supo si era un halago o un prejuicio; no importaba, en algún momento, en algún punto, ambos conceptos terminaban por fusionarse.

Lo mismo sucedía con su voz y la de Elisa Perrier; siempre se encontraban.

—Es gratis, condesa. Eso es lo que hace que todos puedan ir, ricos y pobres. Lo gratuito siempre moviliza a las masas.

—Los rusos deberían aprender de los franceses a la hora de hacer revoluciones. Siempre se les ha dado mejor —sentenció mientras dejaba sobre la mesa el periódico y lo cambiaba por otro, sin fijarse en si había cogido *Le Petit Parisien* o *Le Petit Journal*.

—No sé para qué lee tantos periódicos, señora. No creo que vaya a encontrar en ellos nada que de verdad le interese.

La voz de Elisa se convirtió en un eco lejano cuando sus ojos color esmeralda encontraron la noticia, escondida en un pequeño apartado del diario. Entonces sí, entendió por qué la muerte podía parecer fascinante.

El corresponsal del diario en Venecia informaba del «triste fallecimiento de la entregada y dulce esposa del distinguido conde Pavel Kamarowski a consecuencia de unas desgraciadas complicaciones en su embarazo». La condesa se preguntó por qué los que escribían en los periódicos insistían en utilizar tantos adjetivos: triste, desgraciadas, dulce, entregada, distinguido… Los calificativos dependían de la mirada del observador, como sucede con el arte que cuelga de las paredes de los museos.

Levantó la vista del periódico y dejó sobre la mesa la lupa con mango de nácar que utilizaba para su lectura. Al hacerlo, un destello de luz apareció en la superficie de la lente, incitado por un rayo de sol. Alzó la mirada y contempló una de las maletas que Prilukov le había entregado en el hotel de Viena. Aquella noche, los gritos y las malas noticias desembocaron en promesas de amor eterno, de protección absoluta, de repeticiones insistentes de su conocido mantra y de una renovada confianza, afianzada por una prueba de fuego. El abogado había dejado a su cuidado el dinero en París mientras él viajaba a Berlín, donde un antiguo cliente podría arreglar su complicada situación, que le forzaba a viajar con papeles falsos. «Confío en ti, igual que quiero que tú confíes en mí. Por eso dejo el dinero a tu cuidado, para que sepas que volveré y que siempre voy a ocuparme de ti». Tal y como sucedía con los adjetivos y los lienzos, las palabras también estaban expuestas a distintas interpretaciones según los oídos que las escucharan. Aquel peculiar contrato de confianza había sonado diferente para la condesa: «Te dejo el dinero a ti porque sé que es lo único en lo que confías y eso me obligará a regresar, y a ti te exigirá esperarme».

El recuerdo de aquel cercano pasado no la distrajo de lo que en ese momento ocupaba su presente. En el interior de la maleta del abogado, metidos en una cartera de color verde, estaban los cien mil rublos sustraídos. Todo, excepto lo utilizado para pagar los gastos de alojamiento, comida, vestuario y algún capricho, como los dos perros pequeños, de pelaje blanco y negro, que la condesa había adquirido cediendo a la voluntad de su hijo. Tioka se había encargado de elegir sus nombres: Rip y Gip. La condesa ni sabía el significado de aquellos nombres ni le interesaba; no era algo que le afectase.

Esos dos animales no tardaron en convertirse en fieles compañeros. Cogió a uno de ellos y lo puso en su regazo. Se había dado cuenta de que pensaba mejor acariciando su suave lomo. Quizá era el agradable tacto de la piel lo que obraba el milagro.

—Elisa, necesito que mandes un telegrama por mí.

A los pocos días de enviar el telegrama colmado de adjetivos a la atención del distinguido conde Pavel Kamarowski, lamentando el triste fallecimiento de su entregada y dulce Emilia, y en el que la condesa Tarnowska se sentía «desolada, consternada y abrumada por la pérdida», recibió la ansiada respuesta. El afligido viudo respondía a la cariñosa misiva agradeciendo su bondad de corazón y su gentil mensaje de apoyo, además de su emotivo ofrecimiento que le había dejado sin palabras. En su telegrama, el conde accedía a recibir las condolencias en persona, «un gesto que nos reconfortará a los dos porque ambos la queríamos y apreciábamos». Al parecer, el conde Kamarowski era tan preciso a la hora de reconocer sentimientos puros y desinteresados como en el manejo de su florete de esgrima.

Ambos amoldaron sus agendas para hacer coincidir los horarios y el destino, aunque para ello tuvieran que doblar el mapa de Europa y recorrer miles de kilómetros. El viaje merecía la pena. El consuelo del alma siempre la merece.

—Señora, ¿cree que es buena idea? —preguntó Elisa mientras terminaba de llenar el baúl de la condesa.

—¿Buena? ¡Es perfecta! Y oportuna. Y misericordiosa. Dar alivio al que sufre, ¿no os enseñan eso en Suiza? —interpretó sarcástica, eligiendo los vestidos y las joyas que llevaría en el equipaje.

—Prilukov nos dijo que actuáramos con discreción. —Se refería especialmente al dinero.

—Y seremos discretas, no como él. Los abogados, y éste en particular, no dicen más que tonterías. Y te recuerdo que es un prófugo de la justicia. ¿En Suiza hacéis caso de lo que recomiendan los ladrones? —bromeó, intentando conseguir la complicidad de Elisa—. ¡Vamos, anímate! Todo saldrá bien. Además, tendríamos que irnos de París de todas maneras. Tenía pensado regresar a Rusia. Los resultados académicos de Tioka no están siendo buenos y quiero mirar otros centros escolares más adecuados para él; quizá una academia militar. Siempre le han gustado los uniformes... ¡Acuérdate de cómo se agarraba a tu falda!

—¿Debemos dejarle una carta? Para explicárselo...

—Elisa, es abogado. Sabrá interpretar las pruebas y los indicios. Además, me pidió que velara por el dinero, pero no especificó desde dónde.

La condesa Tarnowska y el conde Kamarowski habían quedado en verse en Varsovia, la tierra de la pobre Emilia, donde el viudo encargaría una lápida para la tumba de su mujer en un mármol único y delicado. Él saldría de Dresde, donde unos asuntos profesionales le obligaban a permanecer unos días, y ella partiría de París. Desde Varsovia, ambos se dirigirían a Rusia. Era un trayecto perfecto, que evitaba el peligro del territorio alemán que suponía Dresde, no fuera que un inoportuno azar situara a Prilukov en el mismo punto del mapa.

En nombre de la amistad y de la caridad cristiana ortodoxa, la condesa y el conde se reunieron diez años después de su primer encuentro en La Scala de Milán. Ella le había visto en dos ocasiones más, sin que él tuviera constancia: una, desde el palco que ocupaba en el Teatro de la Ópera de Roma, donde comprobó con sus quevedos el desmejorado aspecto de Emilia. La segunda fue en el Teatro Real de Madrid, donde el tenor favorito del conde Tarnowski, Guido Vaccari, representaba la ópera *Tristán e Isolda*, en 1906, hacía apenas un año. Tampoco entonces se acercó a él, pese a no ir con Emilia. La condesa estaba acompañada de Prilukov y prefería evitar que los vieran juntos, aunque fuera a miles de kilómetros de la madre patria. Los dos encuentros anteriores habían sido casuales. El tercero no respondía al azar, sino al renacimiento de la Venus, la diosa del amor, sin pudor, con osadía, mostrándose en todo su esplendor.

—No se puede imaginar la impresión que me produjo conocer el fallecimiento de mi querida Emilia, conde Kamarowski. Le ruego que me crea si le digo que el corazón me dio un vuelco —dijo compungida. No mentía, aunque tampoco decía la verdad que insinuaba. La condesa había tenido los mejores maestros.

—Cómo podré mostrarle mi gratitud, condesa. Haber hecho un viaje tan largo para expresarme su pésame y brindarse a acompañarme para elegir el mármol de la lápida de mi añorada Emilia... No tengo palabras.

—No podía negarme. No puedo imaginar otro lugar en el mundo en el que mi presencia se hiciera más ineludible.

—Mi dulce Emilia era un ángel; buena esposa, buena madre, una mujer discreta y afable... No sé cómo podré superar esta pérdida. Y mi pobre hijo, Grania... Es tan pequeño todavía. ¿Cómo voy a explicarle que su madre no volverá?

—Todo a su tiempo, conde. No sufra más por lo que ya no tiene remedio. Me parte el corazón verle así. Tiene usted que ser fuerte y dejarse auxiliar. Seguro que tiene familia y amigos que están deseando hacerlo. Y si le hace sentir mejor, desde este momento le ofrezco mi ayuda para cualquier cosa que necesite con su hijo. Yo también soy madre de un niño de la misma edad que Grania. Se llama Tioka.

—Es cierto, algo me comentó mi Emilia... —reconoció el conde, achinando la mirada como si estuviera buscando el recuerdo en su memoria.

—¿Lo hizo? —preguntó con una sonrisa tenue, temiendo que la violonchelista hubiera tocado la partitura equivocada.

—Apenas nada. Era tan discreta... No le agradaba hablar de las personas, ni siquiera de ella.

—No, no le gustaba. Ella siempre prefería el silencio antes que decir algo inconveniente o incongruente —afirmó la condesa mientras recordaba cómo calló su antigua compañera de internado cuando expulsaron del colegio al profesor de Literatura. El paseo con el viudo amenazaba con convertirse en una carrera de obstáculos semánticos.

El conde Kamarowski se quedó observando a la amiga de su mujer. Su mirada estaba vidriosa por el duelo, pero no lo suficiente para impedirle admirar la belleza serena de la condesa. Esa serenidad le otorgaba una paz indescifrable que le abrigaba el alma, resguardándolo del frío que anidaba en él. Comprendió el bien que el consuelo de una amistad aportaba en un momento así.

—Es usted una mujer muy generosa y de gran corazón. Es una lástima que Emilia fuera tan reservada. Me tenía que haber hablado más de usted.

—No, no lo creo —admitió ella, diciendo por primera vez una verdad sin ambages.

—Mi esposa apenas conocía a nadie. No le quedaba familia, murieron todos en ese desgraciado incendio. Nunca conocí a nadie de su pasado. Usted es la única. Y sólo nos vimos aquel día en la ópera de Milán. ¿Lo recuerda?

—¡Cómo olvidarlo! —La condesa dejó escapar un suspiro que una sonrisa tímida intentó recluir.

—Discúlpeme, quizá no quiera usted rememorar esos días. Sé que las cosas con su marido... —El conde se trabó con la cautela de no pisar más charcos de los que el cielo encapotado de nubarrones negros amenazaba con formar en el camino de manera inminente. Al contemplar el rostro de su acompañante, reparó en su indiscreción. Emilia le habría regañado—. ¿La he disgustado? Le ruego que me perdone. No era mi intención. A veces soy muy torpe.

A la condesa no podía extrañarle que cualquiera conociese su pasado. La prensa se había encargado de airearlo no sólo informando de los hechos, sino añadiendo detalles, opiniones y especulaciones que nada tenían que ver con la verdad, pero que a los ávidos ojos de los lectores se mostraban veraces, amén de suculentos por el morbo que producían. El mismo interés que había despertado la morgue de París durante años. Todo estaba inventado con respecto a los bajos instintos de la condición humana.

—No se disculpe, se lo ruego. No es usted quien debería excusarse. Pero no crea todo lo que se publica en los periódicos ni lo que se dice en determinados círculos. A algunos les gusta demasiado levantar muros de calumnias para enclaustrar a una mujer y aislarla del mundo, por mera diversión o para vender periódicos.

—No puede importarme menos el pasado de las personas. Eso es lo que siempre decía mi querida Emilia: no tenemos pasado, sólo presente.

—Siempre tan certera. Un ángel, nuestra Emilia.

El cielo se quebró en un estrepitoso trueno para segundos más tarde descargar un intenso aguacero, repentino y violento. La condesa casi sintió cómo Emilia se retorcía en su tumba. Si prestaba atención, incluso podría escuchar la rabia con la que hacía sonar su violonchelo, cuyas notas parecían mimetizarse con la tronada. Agradeció la amabilidad del conde al cubrirla gentilmente con su capa para resguardarla de la lluvia mientras la acompañaba hasta el coche en el que ambos regresarían al hotel. La tormenta eléctrica aumentó su crudeza. Si la música era una expresión humana, los truenos eran la más nítida revelación de la cólera de los dioses. Se le antojó incontestable que el violonchelo era el instrumento cuyo sonido se asemeja más a la voz humana.

Seguramente fue culpa del conde por mencionar aquella noche en La Scala de Milán o puede que fuera porque el sonido, al igual que el olor, evoca recuerdos que transportan al pasado, pero le vino a la memoria el último canto de Gajolo de la ópera *Fosca*, incluso con más intensidad que el estallido de la tormenta eléctrica:

> ¡Venecia... te desafío!
> Sobre este cadáver elevo mi grito de venganza.
> ¡A las armas! ¡Al mar!

Después de unos días en los que compartieron tiempo y confidencias, además de un servicio religioso por el alma de la difunta y la elección de la lápida en la que el viudo encargó tallar una de las frases más innecesarias para alguien que anhela el amor eterno —«Espérame en el cielo, mi ángel»—, ambos emprendieron juntos el viaje de regreso a Rusia, tal y como habían planeado. Entre ellos nació, con inusitada facilidad, el privilegio de las largas conversaciones que suelen brotar del seno de las amistades forjadas en el tiempo. No hubo silencios incómodos ni situaciones perturbadoras ni momentos molestos. Para el conde, aquel viaje en compañía de la condesa Tarnowska estaba resultando balsámico y sorprendentemente reparador, y eso propició la confección de algún plan conjunto con el que llenar los días venideros del calendario. Todos recomendaban al viudo que superase la pérdida, aunque sólo fuera por el bien de su hijo Grania. Le instaban a huir de un encierro en vida y a no recluirse en casa, y qué mejor manera de hacerlo que invirtiendo el tiempo en actividades que le tuvieran ocupado. Al saber del interés de la condesa por encontrar un nuevo centro escolar para su hijo Tioka donde reconducir su formación académica, el conde se ofreció a ayudarla. Tenía contactos y, si estaba pensando en un posible acceso a una academia militar, él podría realizar una gestión, dada su posición y su amplio expediente militar. El conde Kamarowski había entrado en el Ejército Imperial antes de cumplir los dieciocho años, y con el tiempo había llegado a convertirse en capitán de los cosacos, con una hoja de servicios que le valía la condición de héroe, sobre todo por su actuación en la última guerra ruso-japonesa, en la que había resultado herido. «Estaré encantado de escribir personalmente mi carta de recomendación para que Tioka sea admitido, si así lo desea, condesa», aseguró. El capitán de los cosacos no podía imaginar de qué manera lo deseaba.

El conde Kamarowski se despidió de la condesa Tarnowska, no sin antes solicitarle permiso para escribirla. Ella respiró aliviada; de lo contrario, lo habría tenido que pedir ella.

Apenas había transcurrido una semana de su despedida cuando el primer telegrama del conde llegaba al hotel donde se hospedaba la condesa junto a su inseparable doncella, que asistía con delectación a la maestría de su señora en el manejo de los hilos del destino. Si hubiese mostrado tanta diligencia con el *petit point*, no los dejaría siempre a medias. El bordado en diagonal le resultaba insulso, demasiado sencillo para una mente impaciente como la suya.

El conde Kamarowski no sólo había realizado en un tiempo récord la gestión para la admisión de Tioka en una academia militar, sino también para planear un viaje a Venecia, donde había adquirido una propiedad que estaba reformando cuando le sorprendió la muerte de su esposa Emilia. En su carta, y si la condesa lo consideraba oportuno, le proponía viajar con él hasta la ciudad de los canales. Sabía que era una mujer con un gusto exquisito y pensó que podría serle de ayuda con la decoración del palacio.

Después de leer cuidadosamente la carta, analizando cada una de las palabras, la condesa elevó la mirada al cielo. Le extrañó que no hubiera truenos y centellas. Quizá la violonchelista entendía que el concierto había terminado para ella. Tuvo que amordazar a Gajolo para que no insistiera en su grito de venganza. El gesto de satisfacción dejó claro a su doncella que no tardaría mucho en preparar los baúles de viaje.

Venecia no fue el único destino. Los nuevos amigos viajaron a las principales capitales europeas. Fue en París donde un simple detalle reveló a la condesa su hoja de ruta. Daban un paseo por sus calles, donde los ómnibus motorizados de varias plantas convivían con los cada vez menos habituales carruajes de caballos, cuando un comentario del conde Kamarowski pareció iluminarla:

—Es de agradecer que la motorización de los vehículos nos libre del desagradable olor de las heces de los caballos. El progreso se abre ante nuestros ojos y, a Dios gracias, ante nuestras narices. ¿No es digno de admiración?

—Lo es, querido, digno de admirar y de imitar.

El progreso había tomado París, como la mayoría de las ciudades europeas. Al servicio de metro eléctrico, que se había inaugurado en julio de 1900, lo denominaron desde las páginas de *El Radical* como «un agente del progreso moral». El progreso lo justificaba todo, también el olvido. Ya nadie parecía acordarse del traumático accidente del 10 de agosto de 1903 cuando un incendio en un tren de madera causó la muerte de ochenta y cuatro personas en las estaciones de Ménilmontant y Couronnes. Entonces se habló de «castigo divino al orgullo impertinente de París», según rezaba la prensa. Como decía Emilia, el pasado no importa, sólo el presente merece atención. La condesa también merecía progresar. No podía seguir aguantando el olor de los excrementos que algunos animales dejaban en su vida; debía limpiarla de inmundicias. Convenía avanzar y no mirar atrás. Tenía que ser valiente y dejar el pasado en el lugar que le correspondía.

Por si alguna sombra de duda aún nublaba su mente, la aparición de un taxi motorizado conducido por una mujer terminó de convencerla. Podía haber sido cualquier otro coche el que los recogiera para llevarlos al teatro de la ópera, pero apareció el primer taxi conducido por una mujer en París, con el número 29809 grabado en los farolillos. La condesa observó con admiración a madame Decourcelle, aferrada al volante con la misma confianza con la que ella acostumbraba a coger las riendas de Nagaika. A un lado, la bocina; al otro, el contador. La barata estola de piel que recubría el cuello del abrigo de la mujer no le impidió admirar su valía; los franceses seguían liderando el terreno de las revoluciones. La expresión risueña de la conductora encumbró la decisión que la condesa barruntaba desde hacía semanas. Se subió decidida al coche y se apearía de él con más determinación. Miraría al futuro, porque no podía obviar el progreso, aunque sí la sombra de un castigo divino por un orgullo impertinente.

Se sentía tranquila y feliz. Elisa lo notaba porque no requería los servicios del estuche mágico con la asiduidad de otras épocas más complicadas. Cuando la señora estaba calmada, todo a su alrededor se contagiaba. La relación con el conde Kamarowski parecía avanzar como el progreso, de forma inevitable, lenta pero segura. El conde no era especialmente atractivo para su gusto: era alto y delgado, con poco músculo y apenas pelo en la cabeza, un déficit que intentaba suplir con una cuidada barba pareja a un aristocrático bigote. Sin embargo, su porte era elegante y señorial; sus maneras, distinguidas; su gusto para vestir, exquisito; su conversación, rica en arte pictórico, música y deporte; su educación, delicada, y su compañía se acercaba bastante a lo que toda mujer de aquella sociedad de principios del siglo xx podía desear. Tenía casi diez años más que la condesa, una afición desmedida por la esgrima que le llevaba a participar en todos los campeonatos que se celebraban en los teatros europeos y una tendencia que pecaba de egocéntrica a la hora de hablar de sus méritos. Pero nada de eso parecía tan terrible en comparación con lo que ofrecía. De su brazo, la condesa había regresado a la vida de los salones de baile, las grandes fiestas, las cenas más glamurosas, los eventos sociales, los estrenos de ópera, los lujosos hoteles, los atelieres más caros y exclusivos, los brindis con copas de Baccarat rebosantes de champán y la esperada *rentrée* en la alta sociedad de la que había sido apartada por las acciones de los hombres que no la convenían.

La compañía de la condesa Tarnowska se volvió indispensable para el viudo. Hacía apenas unos meses del fallecimiento de Emilia, pero en su interior volvió a prenderse la llama de la pasión, como solían denominarlo las novelas a las que la condesa aún se aferraba con fruición. Los hombres son más débiles en la pérdida y mucho más prácticos en el renacimiento. La balanza parecía nivelada entre ambos, aunque los sentimientos del conde eran más sinceros que los de ella. Por eso todos los días él llenaba su estancia con ramos de flores que embriagaban con su olor el ambiente. Por eso le escribía a diario cartas llenas de agradecimiento que pronto terciaron en deseos carnales y promesas de una vida juntos. Por eso los regalos eran una constante en derredor de su nuevo objeto de deseo. La condesa se había convertido en una obsesión para el viudo, cuyas lágrimas de duelo habían evolucionado hacia un deseo ardiente por una mujer con un pasado problemático. Hablaba de ella con amigos, con compañeros y con su familia. El pequeño Grania estaba encantado con la aparición de aquella dulce y entrañable mujer que, aunque no era su madre, lo abrazaba, besaba y mimaba como si lo fuera, y que además había traído consigo a un muchacho de su edad, con el que se entendió desde el primer instante, ya que ambos compartían aficiones y gustos. La única que no parecía convencida de la elección del conde Kamarowski era su madre. La condesa Tarnowska, aunque bella y elegante, de exquisita conversación y con un *savoir être* pulimentado desde la cuna, no llegaba con la mejor tarjeta de visita. Su azarosa vida había saltado del papel labrado que la aristocracia empleaba para imprimir sus invitaciones al rugoso de los periódicos, cuya tinta ensuciaba reputaciones, manchas de tan difícil limpieza como las de sangre. Sin embargo, la reticencia materna alimentó el deseo del hijo, que no quería que una mujer así, inalcanzable en cualquier otro momento de su vida, se le escapara. Veía cómo otros hombres la contemplaban, advertía sus miradas de admiración sobre ella y de envidia sobre él. No sólo amaba a esa mujer, la deseaba como la deseaban los demás, pero únicamente él la tenía a su lado.

Así se lo comunicó por carta el conde Kamarowski a su madre, informando de su inminente llegada a su ciudad natal en compañía de la mujer a la que pretendía pedir en matrimonio.

—¿Orel? —preguntó la condesa al escuchar el nombre de aquel pueblo de recuerdo infausto, el mismo donde yacía enterrado el gran amor de su vida, Alekséi Bozevski. Tragó saliva, procurando que su gesto no se contrajera—. Desconocía que fueras de allí.

—¿Algún problema, querida? —Kamarowski había advertido una ligera sombra en el rostro de la mujer.

—Ninguno. De hecho, me encantará volver. Sólo estuve en una ocasión. Pero siendo tu lugar de nacimiento, estoy segura de que me enseñarás rincones nuevos.

Un recuerdo tiznado de muerte, aunque fuera el más doloroso de su vida junto a la pérdida de Ekaterina, no empañaría su progreso. No podía permitírselo. No en ese entonces.

El olor a limpio, a exceso y a éxito volvía a gobernar su vida.

El brillo de las joyas volvía a cegar sus ojos.

Las palabras de amor volvían a saltar de las novelas a las cartas con el sello del escudo heráldico de Kamarowski lacrado en rojo.

El mundo que un día perdió regresaba a ella.

Pero el fantasma del accidente de metro de París portando el «castigo divino al orgullo impertinente» amenazaba con hacer acto de presencia.

Una sibilina revolución se acercaba para empañar el brillo de los salones nobles, al igual que otra muy distinta lo hacía por las calles de las principales ciudades rusas. Tras los acontecimientos vividos en los últimos años, nadie podría decir que fuera algo inesperado, pero eso no lo hacía menos peligroso. Ni podía Rusia, ni podía la condesa.

35

Antes de iniciar el viaje a Orel, recibió una carta del conde Kamarowski. Las palabras empezaron a tejer un nudo en su estómago. No le sorprendió recibir el mensaje, sino los términos utilizados para cursar la petición y un inesperado uso del tuteo. Todavía no había intimado con el conde como él hubiera deseado, pero ya había tenido oportunidad de comprobar su dramática fogosidad de formas distintas. Era tan propenso al drama como a la exaltación de la vanidad.

> Para que pueda considerarte mía por toda la eternidad, estoy dispuesto a cometer el crimen de ser tu marido. Mi máxima felicidad sería convertirme en tu esposo, aunque sólo lo fuera por un breve lapso de tiempo, aun sabiendo que luego tuviera que enfrentarme a una cadena perpetua o a la pena de muerte. Cualquier sacrificio merece la pena para poder considerarte mía.

Al terminar de leer la carta, la condesa lanzó una exhalación. Seguía sin entender la obsesión de los hombres por equiparar el amor con el crimen, el sacrificio, la propiedad y la muerte. Que ellos expresaran el amor en términos belicistas decía mucho de su naturaleza y de la marcha del mundo; eran esos mismos hombres los que demostraban el amor a su patria lanzándose con orgullo y coraje a la guerra para matarse los unos a los otros.

—A mí me parece romántico —observó Elisa cuando su señora le entregó la carta para que también ella se deleitara con la prosa.

—A mí se me antoja dramático. Prefiero la tragedia en la ópera, a poder ser en tres actos, en vez de cuatro; hay cosas que conviene no alargar más de la cuenta.

—Cualquiera diría que no lo desea. Pensaba que ésta era su intención cuando le escribió para darle el pésame por la muerte de su mujer...

—Creo que es lo más conveniente. Un hombre noble, con una buena reputación, que me ha devuelto la vida que otros se empeñaron en arrebatarme; me ha regresado al lugar que me pertenecía por derecho. Y por si eso no fuera suficiente, está loco por mí. Ya lo has leído: estaría dispuesto a cometer un crimen y admitir la cadena perpetua o la muerte. Eso, en su jerga masculina, debe de significar que me ama. Es cierto que yo no siento el mismo amor que él siente por mí, pero ¡desde cuándo el matrimonio es fruto del amor! —exclamó la condesa, ensimismada en su propio monólogo.

Hablaba como si necesitara convencerse a sí misma más que a Elisa mientras paseaba por la habitación de un lado a otro, sorteando a Rip y Gip, que se empeñaban en seguir a su dueña, sin cuestionar tanto viraje en un recorrido tan corto. Pero la fidelidad y la lealtad consistían en eso, en seguir ciegamente los pasos del otro, aunque no se entendiera el camino ni se supiese a dónde llevaría, sólo que era allí donde el otro esperaba.

—El amor es una entelequia, Elisa. Sólo fachada, un disfraz, una máscara para cometer locuras pasajeras, con una caducidad inmediata, como estas flores que me envía el conde todos los días, aun sabiendo que se marchitarán en pocas horas. El amor es sólo un instante que no resiste el paso del tiempo, así que ¡por qué darle tanta importancia!

La doncella la miraba como si aguardase el final del soliloquio para entender a dónde conducía toda aquella verborrea. No creía una sola de sus palabras porque sabía que su señora era una romántica, más enamorada de la idea del amor que de la persona en sí, aunque la vida no le hubiera correspondido como a ella le hubiese gustado. Elisa no necesitaba tanta palabrería; la claridad de su mirada superaba con creces la negada a las palabras. Por esa razón, la condesa interpretó de inmediato lo que estaba pensando, porque los ojos de las personas fieles no mienten.

—No, no te cofundas, Elisa. Lo de Alekséi Bozevski sólo se puede vivir una vez. Es algo mágico y único, como el más valioso brillante. Por eso me lo arrebataron, igual que se lo arrebataron a él: por envidia, por vileza, porque el hombre siempre desea lo que tienen los demás, aunque sea para perderlo o destrozarlo. ¿Ése es el precio del amor? ¿La muerte, el dolor, la desgracia, el llanto, tener que recurrir a la morfina o la heroína para que el recuerdo de lo perdido no te lastre? No creo que lo valga. Me niego. Nunca más. Prefiero ser yo quien gobierne mis sentimientos y no al contrario. Es como montar a caballo: por mucho que ames al animal, tú eres quien debe llevar las riendas, dominarlo, decidir por dónde ir y qué terrenos evitar. Así se cabalga más seguro.

Detuvo el paso y Rip y Gip la imitaron sin apartar los ojos de ella, esperando un nuevo movimiento, una orden, algo que los ayudara a conocer el próximo paso. Lo mismo que hacía Elisa, pero sobre dos piernas.

—No quiero volver a sentirme como aquella noche en Viena, cuando Prilukov me dijo que no había más dinero. Y mucho menos pretendo revivir aquella otra en el hotel de Crimea, cuando mi vida se truncó por completo con la muerte de Alekséi. Nunca más permitiré que mis sentimientos por un hombre me hagan naufragar. Se lo prometí a mi madre. Y nadie miente ante una tumba, a no ser que esté tan loco como para aceptar la maldición que caerá sobre él si lo hace.

Ahora era la condesa la que miraba a Elisa, como si esperase algo de ella. Y parecía impacientarse.

—¿Y bien? ¿Qué respondes?

—¿Cuál es la pregunta? —replicó confusa.

—¿Crees que debo casarme con el conde Kamarowski? Porque si me lo ha escrito en una carta, no tardará en pedírmelo de viva voz.

—Señora... No creo que yo pueda contestar a eso.

—Da igual. Déjamelo a mí. Yo me encargo de todo.

Aquella frase provocó una espontánea corriente eléctrica que recorrió el cuerpo de ambas mujeres, como si fueran relámpagos enviados por Emilia. Al unísono, dirigieron la mirada a la mesilla donde estaba la cartera verde que contenía la suma robada por Prilukov a sus clientes.

—Sólo hay un pequeño detalle que resolver... —apuntó la condesa.

—El dinero —completó Elisa, convencida de que se refería a eso—. Él vendrá a por él.

—No, mi divorcio. Él tendrá que traérmelo.

El mes de mayo en Orel dejaba intervalos nubosos en el cielo azul a modo de bienvenida. La condesa apenas guardaba un recuerdo nítido de la única vez que pisó aquella tierra; por entonces, llevaba demasiada morfina en el cuerpo para poder sostener el dolor de enterrar al hombre a quien más había amado en la vida, el oficial más bello de la Guardia Imperial; hasta su recuerdo tañía lejano.

Cuando se apeó del tren y posó un pie en el andén, sintió que una fuerza invisible tiraba de ella. Pero se lo había prometido a Elisa: nada de espíritus, nada de sangre irlandesa y nada de visitas al cementerio. El pasado no admitía ser desenterrado por un presente que miraba, sentía y padecía de manera diferente. Distintos tiempos, mismos mensajes, diferentes interpretaciones. No se podía encontrar la tranquilidad entre los vivos si no se dejaba en paz a los muertos.

El conde Kamarowski había organizado varias actividades con amigos y familia para presentar en sociedad a la condesa. Para su tranquilidad, todos la recibieron con buenas palabras y grandes deseos de felicidad. Ella supo desplegar sus encantos: siempre divertida, atenta, cordial y cariñosa, ganándose a todos ellos, que no tardaron en caer bajo su influjo. Incluso la que sería su suegra aparcó su reticencia inicial y, ya fuera por una cuestión de educación o por consideración hacia su hijo, recibió a la condesa como la mujer que iba a estar junto al conde los próximos años. Además, entendía que su nieto Grania había desarrollado hacia ella un afecto especial en el momento en que más lo necesitaba; sólo por eso merecía una oportunidad.

También Tioka estuvo amable y bendijo aquella relación. Su madre y el conde habían pasado por Kiev a recogerle en el internado y aprovechar el viaje para hablar sobre su admisión en la academia militar. Veía a su madre feliz junto al conde Kamarowski, que siempre parecía agradable y afectuoso aunque no se tirase al suelo a jugar con él, como hacía Prilukov cuando llegaba a la habitación del hotel cargado con regalos y dulces. Era algo que el conde tampoco hacía con su hijo; no era ese tipo de figura paterna. Tioka encontró en Grania a un buen compañero de juegos; lo agradeció, ya que no había tenido posibilidad de crecer junto a su hermana Tatiana, a la que seguían sin poder ver por decisión paterna.

El conde Kamarowski tenía un interés especial por presentar a su prometida a uno de sus amigos. Era un joven con alma de poeta, oficio de periodista y mente de traductor. Lo apreciaba como a un hijo, en parte por la buena relación que le unía a su padre. Aunque había nacido en Moscú, trabajaba en la oficina del gobernador de Orel, donde, gracias a su buen hacer, se había hecho indispensable. Una tarde, el conde le invitó a tomar el té para hacer las presentaciones.

—Es un muchacho encantador. Algo tímido, reservado, como suelen ser estos jóvenes poetas de alma atormentada. Mi madre dice que es culpa de esos libros en los que tiene metida la nariz todo el día. Sinceramente, no creo que ni Dostoievski ni Baudelaire sean culpables de nada, pero sería demasiado complicado explicar a mi madre que la bebida atormenta más que los escritores, e incluso que los amantes. ¿Te he dicho que es el mejor traductor ruso de Baudelaire?

Se disponía a responderle cuando el aludido apareció con una tímida sonrisa. Al verle, el corazón de la condesa se detuvo para inmediatamente después palpitar con más fuerza. No podía creer lo que estaba viendo y mucho menos lo que empezaba a barruntar su mente. Un sutil vahído amenazó con desestabilizarla, aunque la punzada que le revolvió levemente el estómago actuó como estabilizador. Con los mejores modales y un tono de voz suave y melodioso, el joven se disculpó por llegar con retraso.

—Querida, te presentó a mi buen amigo Nikolái Naumov —introdujo de manera ceremonial el conde, sin disimular el orgullo y la satisfacción que le suponía—. Naumov, ella es la condesa Tarnowska.

Cuando el joven acercó los labios a la mano enguantada de la condesa, sus ojos se encontraron por primera vez, pero con la sensación de haberse visto con anterioridad.

—¿Está usted bien? —preguntó al advertir un gesto de desvanecimiento en la mujer.

—Un poco cansada de tanto ajetreo, no es nada —musitó.

—Discúlpeme. Seguro que mi retraso ha contribuido a su agotamiento. He llegado tarde porque no quería presentarme con las manos vacías. Mi querido Pavel me ha hablado tanto de usted y de su afición por la lectura que he querido traerle una de mis traducciones.

—Qué amable —respondió ella, incapaz, como él, de apartar la mirada—. No tenía que haberse molestado. Le prometo que lo leeré con pasión.

—¿Le gusta la poesía, condesa?

—Leo más novelas y cuentos, pero siempre es buen momento para abrirse a nuevas experiencias.

A partir de ese instante, fue el conde Kamarowski el encargado de llevar los hilos de la conversación, convirtiendo a su prometida y a su amigo en dos títeres que se movían dócilmente al compás de sus comentarios. La condesa evitó mirar al joven para que aquella extraña sensación que le provocaba no turbara su gesto y se hiciera evidente ante Pavel. Sin embargo, Nikolái Naumov no dejó de observarla en toda la tarde.

Los tres charlaron, rieron y compartieron plática, constantemente salpicada por anécdotas que los dos hombres narraban al unísono a la condesa, como si ya fuera cómplice de las aventuras. Cualquiera hubiese dicho que los tres se conocían desde hacía tiempo. Ésa era la sensación que invadió a la condesa nada más ver a Naumov. Su instinto no le había fallado cuando llegó a la estación de tren. Pero era algo tan inconveniente y disparatado que hizo un esfuerzo para quitárselo de la cabeza.

No fue la única vez que se vieron. La última noche en Orel, todos los amigos que habían sido presentados a la condesa coincidieron en la cena de despedida. Había pasado una semana desde su llegada y el tiempo había volado. El conde debía viajar a San Petersburgo para ocuparse de unos negocios, aunque eso no le privaría de la compañía de su prometida, y Tioka debía regresar al colegio. Los amigos habían preparado un espectáculo muy especial en honor a la pareja. Gracias a las amistades de uno de los asistentes, una compañía de teatro realizaría una representación durante la velada. Se trataba de *La gaviota* de Antón Chejov, un guiño al invitado sorpresa de la noche, Konstantín Stanislavski, uno de los actores, directores y creadores escénicos más destacados de la escena rusa, que logró revolucionar el panorama teatral gracias a la apertura del Teatro de Arte de Moscú, donde había representado con gran éxito numerosas obras de Chejov.

—Y díganos. ¿No piensa volver a actuar? El teatro no puede permitirse esa pérdida.

—Es usted muy amable, pero me temo que el teatro ruso, como la propia Rusia, puede permitirse muchas más pérdidas —reconoció, dejando un velo de misterio en sus palabras que él mismo se encargó de levantar, como si de un telón de teatro se tratara—. La vida a veces le sitúa a uno en escenarios imprevistos, pero que siempre esconden una lógica. Estos últimos tres años la vida me ha asestado varios golpes: la muerte de mi admirado Chejov, el suicidio de un entrañable amigo y colaborador del Teatro del Arte en las revueltas de 1905... Y no se puede decir que 1906 fuera un buen año para mí. Así que decidí desaparecer e irme de vacaciones a Finlandia. Fue allí donde empecé a poner negro sobre blanco lo que, a mi entender, es la esencia del teatro, que no es otra que la vida misma. Y para eso, el actor tiene que estar a la altura.

—Me parece tan complicado el teatro... —señaló la condesa.

—No más que la propia vida, querida. Mi particular revolución en el teatro aspira a que lo que suceda en el escenario parezca real. Ésa fue la esencia de mi proyecto, el Teatro del Arte, y ésa es la base del manual de actuación que he creado. En mi opinión, a la escena rusa, como a la propia Rusia, le sobra dramatismo, impostura, sobreactuación y el patetismo bohemio que tanto la caracteriza.

—Cuidado, Konstantín. Tenemos a un poeta bohemio entre nosotros... —ironizó el conde Kamarowski mientras alzaba la copa hacia Nikolái Naumov, despertando la risa cómplice de todos—. No provoque usted al joven, es capaz de recitarnos la obra completa de Baudelaire.

—El actor no debe simplemente memorizar un papel, tiene que sentirlo como si realmente lo estuviera viviendo, tiene que observarlo desde dentro, someterse a una introspección psicológica que justifique las acciones de su personaje. Debe existir una motivación interior para que la escena y el personaje sean creíbles. De lo contrario, ¿qué diferencia existiría entre una compañía de actores y un teatro de títeres hechos de madera y cuerdas?

—Pero eso requiere de un compromiso extremo —reconoció Nikolái Naumov—. ¿Qué sucede si un actor debe interpretar a un asesino? ¿Debe saber lo que se siente al arrebatarle la vida a una persona para ser creíble?

—Es curioso que hable usted de asesinato. Siempre les digo a mis actores que toda violación de la creación teatral es un crimen —reconoció Stanislavski—. El actor, el pintor, el escenógrafo, el operario de luces, el encargado del vestuario, todos ellos tienen un único objetivo, una única razón de ser: aquella que el autor ha volcado en su obra. Por ese motivo, no hay papeles pequeños, tan sólo artistas pequeños. Cualquier cosa que suceda sobre el escenario, sea palabra, música o decorado, tiene que tener una justificación. Sólo así el espectador lo sentirá como real, sólo así el teatro tendrá la misma tensión que la vida.

—Entonces, los mejores actores para interpretar a Hamlet o Raskólnikov serían los asesinos... —apuntó el conde Kamarowski.

—No necesariamente. Los actores deben confiar en su inspiración creativa, ayudándose de técnicas como la relajación corporal, la respiración y la capacidad de improvisación. Si se dan cuenta, es lo mismo que requerimos en la vida. Por eso, las propias vivencias de un actor también le ayudarán a dar veracidad a su interpretación, lo que yo llamo la memoria emocional, la técnica vivencial. En definitiva, forjar la creación subconsciente del actor a través de la psicotécnica consciente. Todas nuestras acciones tienen su origen en el subconsciente, en la vida y en el teatro. —Stanislavski había logrado la atención de todos, que ni siquiera bebían de sus copas por si eso suponía la pérdida de parte de la narración—. No hablo del hecho físico de matar, pero si un actor ha vivido el amor, el odio, la rabia, la cólera, el desamor, la desesperación o el deseo de asesinar a alguien, su interpretación se acercará más a la acción que el autor describe.

El silencio con el que le escuchaban se asemejaba al característico mutismo de un teatro lleno, pendiente de la actuación estelar de su protagonista. Konstantín Stanislavski había regresado a la escena atrayendo sobre sí los focos. Todos asistían a la conversación como si fuera parte de una función de teatro que se estaba representando en el salón del palacio del conde. Si Stanislavski resultaba tan convincente con sus actores como con ellos, su método supondría una revolución.

—La acción escénica ha de ser lógica, como el crimen. No hay interpretación sin lógica, de la misma manera que no hay crimen sin lógica, sin historia —añadió el director teatral.

—Después de esta conversación, la próxima vez que acuda a la ópera para disfrutar de *Fosca* o de *La traviata*, no podré verlas con los mismos ojos —bromeó Kamarowski—. La condesa y yo asistimos hace unos días al estreno de la ópera *Ariana y Barbazul* en el Opéra-Comique de París. Supongo que las cinco esposas que rechazan que Ariana las libere de las garras de Barbazul interiorizaron el rechazo a la liberación en piel propia...

—No me extraña que se negaran. No me pareció muy convincente Georgette Leblanc en su papel de Ariane. Es una soprano excelente, pero... —intervino la condesa.

—Lo peor que puede escuchar un actor sobre su actuación es un enorme y rotundo «No me lo creo» —admitió Stanislavski.

—Eso es lo que me pasó. En cambio, a Félix Vieuille interpretando al terrible Barbazul me lo creí desde el primer momento —admitió la condesa. Escuchar en su voz el mismo calificativo con el que se refería a su padre inyectó validez a la teoría de Stanislavski acerca del poder del subconsciente sobre un escenario. El recuerdo se materializó en una leve sombra que sobrevoló su expresión—. Aunque reconozco que no debe de ser sencillo defender un drama así sobre las tablas. Yo me pondría nerviosa y saldría corriendo del escenario —comentó entre risas.

—El proceso interpretativo es fácil de entender: tensión, relajación y justificación. Y después de esto, uno se sentirá liberado de todo lo superfluo. Nada que no suceda en la vida real.

—Debería usted escribir un libro. Sería de gran utilidad, y no sólo para los actores.

—Quizá lo haga, conde. Todos necesitamos un método y un sistema de actuación. Quizá así no nos sentiríamos tan perdidos.

—*El trabajo del actor sobre sí mismo en el proceso creador de la vivencia* —propuso Naumov—. Como título no estaría mal, aunque quizá peque de bohemio...

—Demasiado largo, en mi opinión. Como las óperas con más tres actos —bromeó la condesa, aunque sólo en parte.

La noche había resultado más interesante de lo que prometía una simple cena de despedida. La condesa siempre había agradecido la compañía de escritores, creadores y artistas porque hablaban de las emociones sin tapujos y sin la carga dramática existente en otros círculos. Mientras se dirigía a sus aposentos, recordó su último encuentro con Sigmund Freud. En siete meses acudiría a Viena para asistir a su conferencia «El poeta y el fantaseo». Al psicoanalista austriaco le hubiese gustado intercambiar impresiones con Stanislavski. Ambos tendrían mucho que compartir sobre sus particulares teorías acerca del subconsciente.

Cuando apenas la separaban unos pasos de la puerta de su habitación, una sombra en el pasillo la sobresaltó. Intuyó la presencia de alguien en la oscuridad.

—Señor Naumov... —susurró al verle—. Me ha asustado.

—No me lo creo —respondió la sombra, replicando la máxima de Stanislavski.

—¿Qué es lo que no se cree?

—Que ame al conde Kamarowski. No al menos como yo la amo a usted desde que nuestras miradas se cruzaron.

—Stanislavski estaba en lo cierto en cuanto a la exageración bohemia...

—No se ría de mí, se lo ruego. Los poetas somos almas atormentadas. No necesitamos que nos torturen más... O puede que eso sea lo que más necesitamos.

La condesa le observó como quien observa el incendio, consciente del peligro que encierra, pero incapaz de retirar la vista de las llamas. Aquel joven guardaba demasiadas similitudes con el último incendio que había devastado su vida en la lejana Crimea: sensible, una mirada febril, hermoso, romántico... Las palabras del padre del Teatro de Arte regresaron a ella; el subconsciente le estaba jugando una mala pasada.

—Debe de estar usted loco o borracho para atreverse a decirme algo así, y bajo este techo.

—Ambas cosas, pero eso no me impide ver con nitidez lo que se muestra delante de mí como si estuviera en un teatro. Y usted, condesa, está interpretando. No está viviendo el escenario. Konstantín se disgustaría.

—Sería el conde quien se consternaría si supiera lo que me está diciendo y lamentaría haberle invitado.

—Se arrepentirá usted si entra en su habitación, cierra esa puerta y yo permanezco fuera.

—Mucho me temo que mañana, cuando se despierte, será usted el que se arrepienta de este arrebato, señor Naumov.

—De lo único de lo que me arrepentiré será de no besarla.

—Es usted un niño caprichoso.

—Que no le engañe mi apariencia, no soy tan joven. Me faltan sólo unos meses para cumplir veintitrés años.

—Debe irse. Es tarde —le instó la condesa, sin que sus palabras terminaran de convencerla, como las malas interpretaciones. Las llamas del incendio resultaban demasiado hipnóticas para sus sentidos. Quizá someterse a la hipnosis de Freud no era tan buena idea. Demasiado peligro para alguien con un subconsciente tan rico.

—Sólo es demasiado tarde para desaparecer de su vida. Su mirada lo hace imposible; su belleza, irrealizable.

—Le pido que deje usted de hablar.

—Y yo le pido que, si no quiere escucharme a mí, escuche al menos a su corazón.

La condesa tenía la mano sobre el picaporte de la puerta de su dormitorio. Escuchó unos ruidos al otro lado e intuyó la presencia de Elisa, como la fiel guardiana que era. Ella era la única que la mantenía con los pies en el suelo, aunque no había podido evitar que pisara aquel terreno pantanoso.

—Debo irme —anunció, obligándose a vencer el picaporte.

—Jamás se lo permitiré. Jamás podrá irse de mí, condesa.

Cuando entró en la habitación, notó que la excitación le había secado la boca. Percibió la mirada de su doncella, que trataba de adivinar sus pensamientos; aún no los conocía, pero los presentía tan inoportunos como indecorosos.

—Señora, ¿qué le sucede? ¿Era el conde Kamarowski con quien hablaba?

—¿El conde? ¿Por qué iba a ser el conde? —se extrañó, como si su doncella hubiera preguntado algo irracional—. ¡Ay, Elisa! Por un momento pensé… Fue un instante, pero… ¡creí verle de nuevo!

—¿A quién?

La confusión de la doncella era entendible. Las visitas inesperadas solían presentarse de la mano de Prilukov, que, desde hacía dos meses, cuando las dejó en París al cuidado del dinero robado mientras él se marchaba a Berlín para intentar arreglar su delicada situación legal, no había vuelto a aparecer en sus vidas. O los revolucionarios rusos habían cumplido eficazmente su objetivo como si fueran franceses, o al misterioso cliente berlinés le estaba llevando más tiempo del previsto arreglar el desaguisado. Era lógico que Elisa no comprendiese a quién se refería la condesa cuando decía que creyó verle de nuevo.

—¿Es que acaso no le has visto? ¿No te ha provocado la misma impresión que a mí?

—Señora, si lograra entenderla...

—El joven Naumov. Nikolái Naumov —repitió como si aquellas dos palabras correspondiesen a alguna suerte de deidad—. Hasta su nombre parece música. ¿Me estoy volviendo loca? ¿Será el fantasma de Alekséi Bozevski, que me advierte de que no debo casarme con el conde? Al fin y al cabo, él está enterrado aquí...

—Condesa, no empiece con esas cosas, que me dan miedo y ya sabemos cómo acaban —rogó, recordando el estuche negro con las jeringuillas y las botellitas de vidrio.

—No empiezo, Elisa. Desde que vi a Nikolái, tengo la sensación de que Alekséi está conmigo.

—No juegue con fuego porque podría quemarse. Alekséi Bozevski está muerto y enterrado bajo esta misma tierra. Tiene que parar de decir esas cosas.

—Llevo días con una extraña sensación. Es un sueño que se repite cada noche —admitió con cierto temor.

—Cuéntemelo, señora.

—No. No conviene llamar a los espíritus. Dejémoslos tranquilos en su mundo, y nosotros en el nuestro.

Los espíritus no necesitaban ser anunciados para hacer acto de presencia. La condesa llevaba varias noches teniendo el mismo sueño, del que se despertaba alterada y sin más recuerdo que la sensación de estar siendo vigilada, como si una sombra la acechase. Lo intentaba, pero no era capaz de ver lo que escondía. Aquella sensación se parecía a la descrita por Edgar Allan Poe en su cuento *El hombre de la multitud*, en el que un joven decide seguir a un anciano durante dos días y, cuando al fin se encuentra cara a cara con él, el anciano pasa de largo como si no le viera, dejándole con el convencimiento de que ese hombre debía de ser un criminal perdiéndose de nuevo en la multitud de la que salió. «Este viejo —dije por fin— representa el arquetipo y el genio del profundo crimen. Se niega a estar solo. Es el hombre de la multitud».

Las palabras de Poe recorrían su vida como lo habían hecho con su cuñado, Piotr Tarnowski, antes de suicidarse. Hay secretos que no se dejan expresar, como hay libros que no se dejan leer.

Esa misma sensación de vigilancia, a modo de sombra, era la que aparecía en su sueño y le hacía despertarse en mitad de la noche. A la condesa le invadió una angustia idéntica a la del joven del cuento, la misma que ya advirtió La Bruyère: «¡Qué gran desgracia la de no poder estar solo!».

36

Agradeció abandonar Orel por la amenaza que suponía para su futuro. Disfrutó de llegar a San Petersburgo por el recuerdo de un pasado que supo abrazarla. Y le entusiasmó trasladarse a la Riviera Francesa junto al conde Kamarowski para oxigenar su presente del alocado vaivén temporal al que la vida la sometía.

La Costa Azul siempre lograba relajarla. Ver el sol besando el mar y tiñendo su superficie de un reflejo luminoso la invitaba a abandonarse, cerrar los ojos y soñar con un tiempo de tranquilidad y de paz que únicamente solía encontrar en el interior de una jeringuilla. Los paseos por la playa la ayudaban a pensar y tenía mucho sobre lo que hacerlo. El conde Kamarowski se había decidido a dar voz a las palabras escritas en papel. Lo hizo en el vagón de primera clase que los conducía al litoral francés, sin escatimar rituales: hincó la rodilla en el suelo y sacó del bolsillo de su levita un pequeño estuche cuyas dimensiones eran inversamente proporcionales al tamaño del diamante engastado en el anillo que contenía. El último que se postró a sus pies anillo en mano fue Vasili, y las consecuencias de aceptarlo —más allá de Tatiana y Tioka— fueron funestas; había cosas que se vivían mejor sobre el escenario de un teatro o entre las páginas de un libro. Pero el brillo de aquella pieza de alta joyería que ya lucía en su dedo sí parecía prometedor, y sus destellos cegaban cualquier inoportuno presagio o recuerdo. El anillo era de platino y, además de un gran brillante que se alzaba con todo el protagonismo de la confección, contaba con un círculo de esmeraldas que cercaba la piedra principal.

—Realizado especialmente para ti, es un diseño único. Tengo un amigo, Sotiris Boulgaris, que hace dos años abrió una tienda en Via Condotti de Roma, un joyero griego que tuvo que huir de su ciudad a causa de la guerra con los turcos. Le conozco desde hace tiempo, cuando tenía su tienda en Via Sistina —explicaba el conde Kamarowski que, como siempre que estaba nervioso, recurría a la incontinencia verbal para evitar los silencios—. Tiene dos hijos que le ayudan con las labores de diseño y en la búsqueda de las piedras preciosas alrededor del mundo. Uno de ellos quiere italianizar el nombre; piensa que Bulgari es más comercial. Les auguro el éxito, tienen un gusto exquisito. Italia es un país que inspira grandes oportunidades, querida.

—Es precioso, Pavel.

—Todo es poco para mi futura esposa. Te mereces lo mejor y siempre lo tendrás si permaneces a mi lado.

—No tengo palabras.

—Al menos, necesito una. Ya estoy un poco mayor para sostenerme sobre una rodilla durante demasiado tiempo... —dijo bromeando sobre su edad; solía hacerlo, seguramente como mecanismo de defensa.

Por su tono, la condesa adivinó que la detallada historia de la procedencia del anillo no había sido casual; llevaba implícito otro mensaje, también referente a su futuro.

—Las reformas de mi palacio en Venecia ya están prácticamente terminadas. Mi deseo es que nos instalemos allí, que construyamos un hogar tú y yo al que puedan acudir Grania y Tioka cuando lo deseen, como una familia. Quiero que lo llenemos de invitados que asistan a las fiestas que celebremos y, quién sabe, quizá ampliar la familia. En definitiva, un futuro junto a ti. Anhelo unir mi nombre al tuyo para siempre. No hay nada que pudiera hacerme más feliz. Mataría por conseguirlo. ¿Qué me contestas, Mura?

La condesa escuchó ese nombre en su boca, el mismo que empleaban Ekaterina y Alekséi Bozevski, y el subconsciente le envió un ligero estremecimiento que su pretendiente interpretó como un incontrolable impulso fruto de la emoción. Ni Stanislavski ni Freud habrían llegado a la misma conclusión que el conde Kamarowski porque estaban familiarizados con la interpretación del subconsciente. Aun así, la respuesta de la condesa no se demoró. Tenía treinta años, dos hijos, un pasado problemático y un presente amenazado por la penuria económica; el fantasma del romanticismo rancio en el que la dama debe pensar durante meses la respuesta a una petición de matrimonio ni siquiera apareció. Allí mismo le dio el anhelado sí, que llevaba implícitas otras legaciones: una seguridad económica que alejaría la escasez, el regreso a una sólida posición social, volver a escuchar la palabra «señora» precediendo su nombre sin que ninguna de sus letras desafinara en su conjunto, la tranquilidad de un futuro libre de amenazas al lado de un hombre protector... Quería un final feliz en su azarosa vida y estaba más cerca de conseguirlo.

Todo volvía al origen, todos volvían a ocupar el lugar que les correspondía en la vida. Sucedía al mismo tiempo que el zar Nicolás II disolvía la Segunda Duma, después de que el primer ministro, Piotr Stolypin, acusara a varios diputados socialdemócratas de estar preparando unas revueltas parecidas a las que asolaron el país en 1905. Para restablecer el orden, se convocarían nuevas elecciones, pero antes Stolypin aprobaría una reforma de la ley electoral que otorgaba más poder al voto de los nobles y terratenientes en detrimento de la clase trabajadora y los campesinos, lo que favorecía la autocracia del zar. Cada uno en su lugar. Una vez más, la historia de la condesa y la de Rusia avanzaban de la mano.

Sus pasos recorrían prestos el pasillo del tren, contemplando el anillo en esa misma mano. Quería llegar al vagón donde se encontraba Elisa para mostrárselo y comunicarle la buena nueva. Pero, al abrir las puertas del departamento de la doncella, advirtió que el brillo del rostro de Elisa no iba parejo al del brillante de su dedo.

—Condesa...

Las expresiones de Elisa Perrier tenían alma de telegrama. Eran abiertas, claras y concisas, de fácil lectura e inmediata comprensión. No necesitó más palabras para entender que algo grave pasaba y tampoco para descubrir que el hombre sentado frente a su doncella era Prilukov. Había tardado cuatro meses en regresar. La condesa sintió cierta decepción: se había equivocado al imaginarle muerto o en prisión. Una vez más, corroboró que los franceses eran más eficaces que los rusos a la hora de finiquitar sus revoluciones.

—¿Qué haces aquí?

—Eso es algo que tendrías que explicarme tú, Maria. Qué demonios haces aquí y no en París.

—Deja de llamarme así. No me gusta que te refieres a mí de esa manera.

—Supongo que prefieres que te llame condesa. Más ahora que pretendes serlo por partida doble —aventuró al advertir el voluminoso brillante en su dedo. Era complicado no verlo, incluso para alguien con problemas de visión como él, cuyos ojos seguían parapetados tras unas lentes. No eran las mismas gafas que llevaba la última vez que le vio, y quizá por eso le pareció que estaba diferente—. Espero que sólo estés con ese viejo para sacarle el dinero, como haces con todos.

—¿Cómo te atreves? —Se indignó ella, alzando la mano hacia el rostro del abogado con intención de golpearlo.

Sólo el rápido reflejo de Prilukov aferrando el brazo evitó la bofetada. Fue la única manera de que se incorporase, ya que no lo había hecho cuando la dama entró en el vagón, como se habría apresurado a hacer un caballero. La condesa pensó que su abogado no era de esas personas que cambiaban con el dinero: seguía siendo el mismo escorpión borracho con alma de *mujik* que sorbía las ostras y se dormía en la ópera. No era la primera vez que se sentía tan atónita como culpable por haberse visto atraída por alguien tan repulsivo; las trampas del cerebro, habría explicado Freud. Lamentó no haberle asestado la bofetada.

—No conviene que haga eso, *condesa* —aconsejó Prilukov, sin soltar todavía el brazo—. Sabes que me gusta tanto como a ti. Y no creo que a ninguno de los dos nos convenga excitarnos.

Ante ese comentario, Elisa hizo el amago de salir del departamento para que solventaran sus diferencias a solas, algo que impidió la voz enérgica de su señora. Después de unos segundos que a todos se les antojaron eternos, regresaron las palabras.

—Quiero que me devuelvas mi dinero —anunció Prilukov.

—¿El ladrón quiere recuperar su dinero? —preguntó sarcástica la condesa—. No dejan de sorprenderme las ironías de la clase trabajadora.

—Qué sabrás tú de clase trabajadora...

—Desde luego, menos que tú, que incluso sabes cómo robarles. El enemigo siempre viene de dentro.

Ambos guardaron silencio durante unos instantes, como si ya se hubieran dicho todo lo que pudiera herirlos y el duelo dialéctico hubiera permutado en desafío visual. Así se mirarían los nobles y los campesinos si la reforma agraria de Stolypin se aprobase y los primeros entregaran a los segundos determinadas tierras. El 1861 se abolió la servidumbre entregándoles la libertad, ahora se entregaría a los campesinos tierras. Ni la libertad ni la propiedad eran tan fáciles de obtener. Stolypin pretendía hacer lo que propuso Dostoievski: «Si queréis regenerar a la humanidad y conseguir que las personas dejen de comportarse como auténticos animales, distribuid la tierra entre ellos y lo lograréis». Y eso mismo era lo que se disponía a hacer la condesa.

—Elisa, dale su dinero y que se vaya —ordenó sin retirar la mirada de Prilukov.

La doncella cogió uno de los bolsos de mano situado en el compartimento superior del vagón. Lo puso sobre el asiento para abrirlo y, tras cerciorarse de que estaban a salvo de miradas indiscretas, cogió la cartera que contenía el dinero y se la entregó al abogado, que invirtió un tiempo en contarlo ante la mirada impaciente de las dos mujeres.

—Faltan unos miles.

—Denúncialo a la policía. A ver cómo el famoso abogado explica que le han robado el dinero robado. Será divertido, ¿no crees, Elisa?

—Señor Prilukov. No hay necesidad de complicar más las cosas —terció la doncella, que siempre se había entendido bien con el abogado—. Usted sabe que la señora podía haber hecho lo que quisiera con ese dinero, y, sin embargo, no ha sido así. Si falta algo es porque en estos meses ha habido gastos que...

—Elisa, ahórrate las explicaciones. El señor no las necesita.

Prilukov metió la cartera en su bolso de viaje. Cuando acabó, repartió la mirada entre las dos mujeres.

—¿Es eso todo lo que has venido a buscar?

—No creo que quede nada que pueda llevarme... —Observaba de nuevo el anillo en el dedo de la condesa—. Ya veo que no has perdido el tiempo. Me consta que lo has hecho bien.

—Así que eras tú el que has estado acechándome —descubrió la condesa, que por fin ponía rostro a la sombra de sus sueños, su particular «hombre de la multitud»—. Quienes no tienen nada que ocultar suelen dejarse ver y no merodean en la penumbra como delincuentes.

—Veo que sigues conservando tus capacidades para conseguir lo que quieres.

—Las capacidades las dictan las oportunidades, las mismas que hacen al ladrón.

Escuchar cómo le llamaba ladrón por segunda vez le dolió, como lo hacía que la condesa le llamara *mujik* fuera de la cama, el cuadrilátero de su particular juego sexual. El abogado seguía sin saber gestionar las humillaciones como tampoco supo nunca aceptar las derrotas en un tribunal de justicia. A pesar de esa incapacidad, en la sala de juicios siempre le tendía la mano a quien le había derrotado. En aquel vagón de tren también se aproximó a quien creía haberlo hecho.

—Yo he sabido amarte, condesa. Pero no dudes de que también sabré vengarme.

—¿Me estás amenazando?

—Los abogados no amenazamos, nos limitamos a advertir. Es más noble y profesional; tú entiendes de ambas cosas.

Se detuvo para contemplarla, como si el silencio ofreciera una tregua en su encarnizada guerra. El compromiso que anunciaba el brillante en el dedo de la condesa parecía haber aumentado su belleza. O quizá era el enfado por la presencia del abogado lo que ruborizó sus mejillas y le abrió las aletas de la nariz, de esa manera que tanto le excitaba. Prilukov deseaba besarla, postrarse a sus pies, dejarse humillar por ella, que es lo que verdaderamente le hacía feliz; lo habría hecho si eso le asegurase seguir con la historia que habían comenzado a escribir dos años atrás. Pero, aunque él no había ido a la guerra ni pertenecido nunca al ejército, sabía que había que atacar cuando el enemigo es débil, y, pese a que el dinero volvía a estar en su bolsillo, en aquel vagón él continuaba siendo la parte más frágil. Y esa debilidad se trasladó a sus palabras.

—Te estoy advirtiendo porque te amo.

La condesa soltó una carcajada cargada de ira y desprecio. La ligereza con la que se utilizaba aquel verbo empezaba a aburrirla. Y la soberbia del abogado, incluso en el momento de ser rechazado, intentando ser él quien pronunciara la última palabra, también. Aun así, cuando Prilukov se disponía a salir del vagón, entendió que debía ser práctica.

—¡Donato! —exclamó antes de que la puerta corredera se abriese, consciente de la inconveniencia de un final tan abrupto para sus intereses—. No te vayas así. Ninguno de los dos lo merecemos. Hemos vivido demasiadas cosas juntos como para despreciarnos de esta manera. Todavía quedan cosas que nos unen.

Por un segundo, Prilukov creyó que había esperanza, que la sombra del abandono se alejaba de él, que podrían darse otra oportunidad. Quizá si devolviera el dinero, ella le miraría como antes. Quizá si los trámites en Berlín llegaban a buen término y él recuperaba la reputación perdida, ella le daría otra oportunidad. Quizá si todo volviera a ser como antes, podría jugar de nuevo con Tioka, los dos tirados en el suelo de la habitación, obsequiarle con regalos al regresar de sus viajes, cuidar de la condesa. Pero el abanico de probabilidades desapareció como enmudece la música al final de la partitura, sin compasión, de golpe, sin miramientos con el pasado compartido.

—¿Tienes noticias del Santo Sínodo? —descubrió sus cartas la condesa.

El abogado cerró la puerta del vagón y regresó al lugar que había ocupado los últimos minutos, en silencio, como si estuviera madurando la respuesta.

—Creía que no te urgía tanto el divorcio...

El silencio era la única respuesta que la condesa pensaba ofrecerle. El brillante centelleaba demasiado como para obviar la realidad. La mirada de Prilukov también se iluminó.

—Quizá sea buen momento para que me presentes a tu futuro marido. Soy tu abogado, conozco tus intereses y tu situación. Y eso a los nobles siempre os ha importado mucho.

—Quizá sí. O puede que sea mejor momento para llamar a la policía y decir que un prófugo de la justicia está en el tren. Un ruso sin título nobiliario, sin más dinero que el sustraído a sus clientes más pobres, sin equipaje, con una orden de detención de las autoridades rusas, que viaja con papeles falsos... No sé, Donato, tú eres el experto. ¿Te estaré advirtiendo o simplemente amenazando?

—No te librarás de mí tan fácilmente, condesa.

—Acabo de hacerlo. Tienes tu dinero, que es lo que querías. Te he dado la oportunidad de terminar como amigos, y la has rechazado.

La tensión que se respiraba entre ellos hizo que ni siquiera se dieran cuenta de que las puertas del departamento se habían abierto. Tampoco apreciaron que un cuarto actor hacía su aparición en la escena, pidiendo vivir el escenario como adoctrinaba Stanislavski.

—Mura...

La voz del conde Kamarowski tomó cuerpo de protagonista y atrajo la atención de todos. Le miraron sorprendidos y asustados, como si, a pesar de su portentosa voz de tenor, tuvieran ante ellos a un fantasma con posibilidad de desafinar.

—¿Qué sucede aquí? —El conde recorría con la mirada los rostros del resto del reparto.

Su gesto era serio, pero no más de lo acostumbrado. Sus pequeños ojos inspeccionaban más con curiosidad que desconfianza, y su porte elegante ahuyentó cualquier cariz dramático o violento que pudiera surgir. No eran buenos tiempos para que un *mujik* y un noble ocuparan el mismo territorio.

—Usted debe de ser el conde Kamarowski... —se adelantó Prilukov en un intento de controlar la escena—. Permítame ser el primero en felicitarle por su compromiso. Es usted un hombre realmente afortunado.

—¿Y usted es...? —preguntó confundido mientras aceptaba estrechar la mano tendida, más por deferencia que por convicción. El aspecto de aquel individuo no le inspiraba confianza y tampoco entendía qué hacía en compañía de su futura esposa y de su fiel doncella.

—Querido, él es Donato Prilukov, mi abogado de Moscú —se apresuró a decir la condesa, temiendo que una indiscreción de su antiguo amante dejara al descubierto la trama que tanto le había costado escribir—. ¿Recuerdas que te hablé de él?

Sabía que pedía un imposible, porque nunca le había mencionado su nombre ni su existencia, y mucho menos lo que los había unido, pero era consciente de que la exquisita educación del conde impediría dar una respuesta improcedente, por muy sincera que fuese. La verdad no siempre traía la paz, sino, muy al contrario, la guerra.

—Elisa se lo ha encontrado en el tren, ¿puedes creerlo? —Al instante comprendió que debía dejar de hacer preguntas que pudieran toparse con una respuesta indeseada—. Al parecer, me envió un telegrama a mi última dirección de París, pero nunca lo recibí. Me olvidé de dejar en el hotel unas señas en las que pudiera localizarme y estos últimos meses hemos viajado tanto...

—¿Y qué era eso tan urgente que necesitaba comunicar? —quiso saber el conde.

Después de unos incómodos segundos que amenazaron con dejar sin respuesta la pregunta, la condesa retomó el relato.

—Es sobre mi divorcio.

—¿Está ya solucionado?

—Sólo faltan unos flecos —apuntó Prilukov—. Quizá se requiera una pequeña ayuda económica para terminar de convencer a las autoridades eclesiásticas. Dios también debe cuidar de su imperio, como lo hace el zar.

El gesto de la condesa se contrajo al adivinar las intenciones del abogado, que parecían pasar por conseguir más dinero del que se llevaría al salir del vagón. Le odió más de lo que le había aborrecido nunca. Estaba intentando jugar con ella y utilizarla, aprovechando su relación y el secreto que ambos compartían para obtener dinero del conde. Al parecer, Prilukov se comportaba igual con los nobles que con sus clientes campesinos. Pero el conde Kamarowski era un capitán de los cosacos para quien un simple trabajador no suponía ningún peligro.

—No veo por qué iba a requerirse ayuda alguna —respondió tajante. Los argumentos del abogado no le estaban gustando, en especial la referencia al zar y a la divinidad por cuya gracia gobernaba—. La razón asiste a mi prometida. No aprecio la necesidad de tener que pagar más cuando el derecho y la ley te amparan. Usted es abogado, debería saberlo.

—A veces hay contratiempos... —comentó el aludido con una voz que empezaba a perder fuerza, como lo hacía la reforma agraria de Stolypin.

—... que un buen abogado debe afrontar y solucionar con talento y trabajo, no con dinero. Para eso le pagan —anticipó el conde, desconociendo que su prestación profesional había sido altruista..

La llamada «corbata de Stolypin», como se conocía popularmente a la soga con la que se ahorcaba a los condenados por las revueltas socialistas y que institucionalizaría Fiódor Rodichev al mencionarlo durante una sesión de la Tercera Duma, parecía ajustarse cada vez más al cuello de Prilukov. El conde Kamarowski se fundía con las declaraciones que el primer ministro ruso acababa de realizar: «Tengo a la revolución sujeta por el cuello y, si sobrevivo, la estrangularé con mis propias manos». La condesa sonrió. «Larga vida al zar», pensó.

Sólo cuando Prilukov desapareció del vagón, volvió el color al rostro de las dos mujeres.

—Si ése es el abogado que tiene que conseguir tu divorcio, no nos casaremos nunca. ¿De dónde lo sacaste?

—Me lo recomendó un amigo de la familia.

—Haré que alguien se encargue de ello. Ese hombre no me ofrece ninguna confianza, sólo hay que ver su vestimenta. No entiendo cómo has podido confiarle tus asuntos. Afortunadamente, me tienes a mí para recomendarte lo que debes hacer

—dijo para después volverse a Elisa—. ¿Te ha enseñado la condesa el anillo?

—Lo hacía cuando ha entrado usted, señor.

—Nos casaremos en Venecia y viviremos allí, en el palacio del conde —añadió la condesa exaltada como una niña, como si ya hubiera olvidado su encontronazo con Prilukov—. ¿No te parece maravilloso? Estoy deseando llegar. Algo me dice que esa ciudad será la que me abra las puertas al mundo.

El tiempo transcurría por el calendario como si el vértigo fuera sólo cuestión de perspectiva. Venecia se abrió ante ella como sus numerosos canales lo hacían a la laguna. El Lido se impuso como su nuevo lugar en el mundo. Sus doce kilómetros de extensión no podían compararse con la sexta parte de la superficie terrestre que ocupaba el Imperio ruso, pero a quién le importaba el territorio cuando se sabía dueña de terrenos más importantes.

El hotel Des Bains se convirtió en su cuartel general y principal centro de operaciones para gestionar los preparativos de la boda. Hasta que se celebrase la ceremonia y mientras terminaban de amueblar la que sería la nueva residencia del matrimonio, la pareja se hospedaba en el hotel, en habitaciones separadas para evitar que cualquier comentario en los mentideros de la ciudad enturbiara su presencia. Había sido decisión del conde celebrar la fiesta de compromiso en ese recinto de aguas termales, oasis de tranquilidad y de beneficios terapéuticos, destino de las principales familias de la aristocracia europea y estadounidense. El art nouveau de sus instalaciones había conquistado también a la amplia comunidad rusa que desde hacía años se refugiaba en ese paraíso de aguas cristalinas y medicinales, lejos de la vorágine revolucionaria que amenazaba constantemente con incendiar la Rusia imperial. Amaban su tierra, pero no su convulsión. Todos querían huir de la crisis para que no los atrapara, como quien huye para que el sentimiento de culpa no le alcance.

—Esta mañana he hablado con un amigo de Nueva York. Llevan desde marzo temiendo una debacle financiera. Hay rumores de un desplome de los bancos ante la falta de liquidez, y ya sabemos en qué se traduce eso: falta de confianza en el sistema. Temen una crisis de pánico en Estados Unidos —comentó Gino Marchetti, uno de los amigos del conde Kamarowski que, esa mañana de primeros de agosto de 1907, también se encontraba en la terraza del hotel Des Bains para tomar un aperitivo antes del almuerzo.

—¿Qué opina el marqués Pateras? —preguntó el conde—. Como dueño de una compañía de seguros, estará informado de la fiabilidad de ciertas inversiones...

—Llegan vientos fríos del otro lado del Atlántico, es todo lo que puedo decir —resumió el marqués dándole una intensa calada al puro que acababa de encender—. Aunque mucho más gélidos llegan desde el este de Europa y no parece que nadie se asuste. Ya sabemos lo que suele ocurrir: no creemos en las crisis de pánico hasta que es demasiado tarde. Es entonces cuando los pobres entran en cólera y los ricos recogen beneficios. La historia de la humanidad.

—Esperemos que las crisis de pánico del Oeste y del Este no coincidan en un mismo territorio. Eso sí que haría que el mundo se desplomara, ricos y pobres. —Imitando a su amigo, el conde se disponía a encender su cigarro haciendo uso del pequeño cortador de puros que llevaba prendido a una cadena en un ojal del chaleco—. Pero, caballeros, estamos aburriendo a las señoras.

—Condesa, ¿irá usted a ver a su prometido al teatro Rossini? —se interesó el marqués Pateras.

Se refería al campeonato de esgrima que se celebraba en uno de los teatros de la ciudad, en el que la presencia del conde era habitual desde hacía unos años.

—Por supuesto. No hay nada más estimulante que ver a un hombre empuñar su espada sin necesidad de matar al contrincante. No sé por qué la esgrima no se impuso a los absurdos duelos entre caballeros.

—La vanidad masculina. Ésa es la razón. Sacan sus espadas o sus pistolas porque no sería noble sacarse otras cosas de los pantalones —sentenció la mujer del marqués.

—Querida, por favor...

—La marquesa tiene razón —rio Kamarowski—. Eso mismo pensaba Napoleón cuando el rey de Suecia, si no me equivoco, le retó a un duelo y el francés le dijo que le enviaría a un maestro de esgrima porque él no tenía tiempo ni sangre que perder. No sé si es cierto o una de las muchas leyendas que se cuentan, pero una cosa es innegable: siempre es mejor mandar a otro para que se encargue de lo desagradable. —El conde elevó su copa de champán—. Brindo por el militar y estadista francés, pero que quede entre nosotros. Ya sabemos de la susceptibilidad de algunos...

—¿Sigue recibiendo esas cartas? —preguntó Gino Marchetti.

El gesto del conde dejó entrever que la pregunta de su amigo había sido inoportuna, algo de lo que se percató cuando ya no había remedio.

—Caballeros, por favor, hay señoras presentes... —terció el conde en un intento de que la pregunta se disipara y la conversación discurriera por otros derroteros. También era tarde para eso.

—¿Cartas? —preguntó la condesa con curiosidad—. ¿Qué cartas?

—No es nada, querida. Al menos, nada que deba preocuparte.

—Me temo que he pecado de indiscreto. Discúlpeme, conde —admitió Gino.

—Pavel, ¿qué cartas? —insistió ella. Siempre que necesitaba una respuesta sin ambages, se refería a él por su nombre de pila.

—No quería alarmarte...

—Siento decirte que no lo estás logrando. Dime, qué ocurre.

El tema incomodaba al conde tanto como inquietaba a su prometida. Lo primero no tenía remedio; para lo segundo, sólo cabía una solución: contar la verdad, al menos una parte, lo suficiente para aplacar la insistencia de su futura esposa.

—Ya sabes la situación que se vive en Rusia. No todos allí nos muestran el mismo afecto con el que nos reciben los venecianos.

—Permítame, conde, que sea yo quien se lo explique a la dulce condesa, ya que he sido yo el responsable de meterle en este lío —medió Gino Marchetti—. Su futuro marido es un héroe de guerra, un hombre importante, un defensor del zar y de los valores de su imperio. Y eso no es algo que aprecien los revolucionarios. Esos salvajes no se conforman con incendiar las calles, paralizar el país y llevar a todos a la ruina, sino que han desarrollado una querencia especial por la correspondencia epistolar y escriben cartas incendiarias con amenazas de muerte a destacados hombres de honor. Pero, como bien señala el conde, no es nada de lo que una mujer deba preocuparse, y menos aún a poco más de un mes de celebrar su boda.

—¿Amenazas de muerte? —exclamó la condesa obviando la última frase de Marchetti.

—Tranquilízate, te lo ruego. Créeme, quien pretende matar a alguien no pierde el tiempo en amenazas: el que ladra nunca muerde, querida. Simplemente lo hace, sin avisos, sin anuncios.

—¡Pero eso es muy grave!

—No más que el disgusto que te acabo de dar, y eso sí que me preocupa. Marchetti, a partir de este momento deja usted de estar invitado a mi boda —bromeó el conde con el propósito de quitarle hierro al asunto.

El conde Kamarowski llevaba más de un año recibiendo una serie de cartas, algunas anónimas y otras que se escudaban bajo las siglas de un grupo revolucionario que aseguraba actuar en nombre del pueblo, utilizando eslóganes rimbombantes y valiéndose de palabras como «libertad», «honor» y «voluntad».

—Pero ¿quiénes son?

—Los mismos que gritaban «¡Muerte al zar! ¡Viva Japón!» cuando algunos nos dejábamos el honor y la vida en la guerra ruso-japonesa. Alborotadores que son muy valientes para gritar consignas, pero muy cobardes para coger un arma y defender a su país. Y eso siempre jugará a mi favor. Al menos yo sé cómo apuntar para dar en el blanco... —volvió a recurrir al humor, sin que nada de aquello pareciera preocuparle.

—¿Por qué no me lo habías contado?

—No había nada que contar, Mura. Te pido, por favor, que no te preocupes. Por lo único que estoy nervioso es porque el campeonato de esgrima se celebra en el mismo teatro en el que mi admirado Guido Vaccari representó *El elixir de amor*. ¡Voy a pisar el mismo escenario que él!

Los gritos de Tioka llamando la atención de su madre desde la playa zanjaron la cuestión. Las vacaciones de verano habían permitido que madre e hijo pasaran más tiempo juntos, y que ese tiempo lo compartieran también con el conde y con su hijo Grania. La condesa se incorporó, no sin antes disculpar su ausencia, para acudir a la llamada de Tioka. Elisa estaba con él. Cuando se disponía a abandonar la mesa, un empleado del hotel entregó al conde un telegrama en una bandeja. La condesa lo observó turbada.

—Querida, los revolucionarios no envían telegramas para amenazar de muerte —ironizó el conde.

La llegada de un camarero con una nueva remesa de bebidas hizo que el conde dejara el telegrama sobre la mesa. Seguramente sería alguna contestación a la invitación de boda.

La condesa caminó hasta la playa, besó a su hijo y le instó a cubrirse el cuerpo. Llevaba demasiado tiempo al sol, dañándose la piel y su reputación: un futuro conde no podía lucir una piel tiznada como la de un campesino. Mientras Elisa ayudaba a recoger los bártulos para volver al hotel, la condesa compartió con ella las últimas novedades.

—¿Tú sabías que el conde recibía amenazas de muerte?

—No. Pero sé quién no deja de recibir cartas de amor de quien no debería hacerlo. —La doncella abrió el bolso y le enseñó un sobre de color sepia—. Esto terminará mal. Estas cosas siempre terminan de la peor manera.

—¡Vamos, Elisa! No seas dramática —dijo mientras cogía el sobre—. Es un niño, un joven poeta obsesionado con la idea del amor. Estos escritores bohemios son así. Necesitan sufrir o creer que sufren para poder escribir. Les daría lo mismo escribir sobre la caída de la hoja si eso les resultara poético...

—El señor Naumov no es ningún niño. Pero es como un hijo para el conde. Si llegara a enterarse...

—No se va a enterar. Y si lo hiciera, se enorgullecería de que otros deseen a su futura esposa. Es un hombre, no lo olvides. Y los hombres desean lo que tienen otros hombres. Son como niños: por muchos juguetes que tengan, siempre quieren el que tiene el otro crío.

—Los niños no matan, pero los hombres se matan entre ellos para conseguir el juguete en cuestión.

—Aquí nadie va a matar a nadie, Elisa. Además, el conde tampoco me ha dicho que recibe cartas amenazadoras. ¡Por qué tendría que confesarle que recibo cartas de amor! ¡Qué tipo de matrimonio seríamos si no guardáramos secretos!

Esperó a llegar al hotel para leer la misiva. Así, cuando lo hiciera, podría quemarla sobre una bandeja y hacerla desaparecer, evitando que otros ojos que no fueran los suyos la leyeran.

> Mi comadreja:
>
> Sólo puedo pensar en ti. Me estoy volviendo loco. Necesito verte como necesito el aire para respirar. Sueño con besar tu cuerpo. Quiero vaciar mi alma en la tuya, mi cuerpo en el

tuyo. Espero tu carta ardiendo de deseo. Te amo. Beso este pliego con fuerza, soñando con el momento en que pueda apretar mis labios contra los tuyos.

Tengo sed de ti. Ven a mí.

Tu mono

—Me llama su comadreja —dijo de manera infantil la condesa.

—Señora, el niño...

—El niño no sabe ni lo que es una comadreja.

—Sí lo sé —respondió Tioka—. Es el carnívoro más pequeño del mundo animal.

Las dos mujeres se miraron y se rieron. Animado por las risas, Tioka amplió su respuesta, explicando que la comadreja era un mamífero con rostro tierno y seductor que esconde un carácter violento y sanguinario con el que caza a presas más grandes y peligrosas que ella. Incluso su nombre científico parecía pensado para disfrazar su cruel ferocidad: *Mustela nivalis*.

La entrada violenta del conde Tarnowski en la habitación impidió que el chico siguiera con su exposición. Traía en la mano el telegrama que el camarero le había entregado durante el aperitivo, y en la boca, un grito tan atronador como los truenos arrancados del violonchelo de Emilia.

—¡Sé lo de Prilukov!

37

El grito del conde Kamarowski paralizó la vida en la lujosa habitación del hotel Des Bains, como ese mismo día lo hacían las bombas francesas sobre la ciudad de Casablanca que, después de tres días de continuo fuego graneado, quedaría devastada y reducida a escombros. El capitán de los cosacos avanzó por la habitación enarbolando el telegrama al igual que las tropas francesas del general Antoine Drude lo hicieron blandiendo sus armas por la ciudad marroquí, con la intención de iniciar una revolución que amenazaba con arrasarlo todo.

Era la primera vez que la condesa le veía ese rictus exacerbado; el conde parecía más preocupado por el contenido de ese telegrama que por las amenazas de muerte en las cartas de los revolucionarios. Después de que Elisa enviara a Tioka a otra estancia de la suite, la condesa se acercó a Kamarowski para intentar calmarle, sin apartar la mirada del trozo de papel que él aprisionaba en su mano y que identificó como un campo de minas.

—¿Qué es lo que sabes?

—Lo peor que se puede saber de un hombre.

El rostro de Elisa estaba a punto de colapsar. La condesa, presa del pánico, intentaba controlar los efectos del aquel inesperado desembarco para que no provocara una guerra a gran escala. Pero, al igual que los enviados diplomáticos franceses y marroquíes, la condesa no encontraba las palabras adecuadas para zanjar la contienda. Hasta que el conde lo hizo.

—¿Cómo has podido, Mura? ¡Es un ladrón! Un maldito ladrón reclamado por la justicia —exclamó mientras agitaba el telegrama en la mano—. Después de nuestro extraño encuentro en el tren, escribí a un amigo del Ministerio de Interior ruso para que lo investigara. Y aquí lo explica todo. Hay una orden de detención internacional contra él, ni siquiera puede entrar a Rusia. Se le acusa de haber robado más de cien mil rublos a sus clientes. Dime que no estabas al corriente.

La condesa estuvo a punto de coger el telegrama y besarlo. La información que facilitaba sobre Prilukov no era la que más temía que el conde descubriera, y se sintió aliviada por ello. Incluso podía utilizar ese telegrama en su favor, aunque tendría que reaccionar con premura y destreza. Se dejó caer un sofá de la habitación, abatida, vencida, como la ciudad de Casablanca.

—¡Oh, querido! Es mucho peor que eso. ¡Ese hombre también me ha robado a mí! Prácticamente me ha dejado en la ruina. Él se encargaba de administrar mi dinero, mis propiedades, mis inversiones, la herencia de mi pobre madre, la renta de mi padre... ¡Todo ha desaparecido! Y, cuando intenté denunciarlo, me amenazó con arruinar mi divorcio y con difamarme delante de todos —explicó, compungida, ante la atenta mirada del conde y de Elisa, cuyos ojos se abrieron aún más cuando la condesa añadió—: Y no sólo me ha amenazado a mí... ¡También a Tioka!

El conde, conmovido, corrió hacia ella para tranquilizarla.

—Pero ¿por qué no me dijiste nada? —preguntó, obviando que él tampoco le había dicho nada sobre las cartas con amenazas de muerte—. Voy a ser tu marido. Debiste decírmelo.

—No podía. Él me aseguró que, si lo hacía, también iría contra ti y contra Grania. Está loco, Pavel. Es un loco peligroso —zanjaba la condesa mientras aceptaba el vaso de agua que le acercó su doncella.

Las manos de Elisa temblaban más que las de su señora. Sus miradas se encontraron durante un instante, en mitad del intenso drama, y ese vistazo le valió a la doncella para entender que su señora estaba viviendo el escenario. El encuentro con Stanislavski había sido fructífero. Sólo esperaba que la función resultase un éxito después de caer el telón y que nadie pronunciara la fatídica frase: «No me lo creo». Hasta entonces, debía seguir improvisando como si esa suite del Des Bains fuera el Teatro de Arte de Moscú.

—Por eso, al saber que recibías cartas con amenazas de muerte, me he asustado tanto. Ese hombre está dispuesto a hacer cualquier cosa —reconoció para después abandonarse al llanto.

—Te juro que, si vuelve a acercarse a ti, soy capaz de matarle —aseguró el conde intentando gestionar su rabia—. Tu bienestar y felicidad son lo más importante para mí. Te amo más que a nada en el mundo.

—Pavel, si algo te ocurriera... ¡no lo soportaría!

—No me pasará nada, querida. Y a ti tampoco, te lo prometo. —Kamarowski la estrechó entre sus brazos—. Por el dinero no te preocupes. Cuando te cases conmigo, serás una mujer rica. ¡Incluso ahora, ya lo eres! Todo lo mío es tuyo, Mura. ¿Cuánto dinero necesitas? —Sacó su chequera, buscando todos los recursos a su alcance para calmar el berrinche de la condesa.

—¡Pero yo no quiero tu dinero! ¡Te quiero a ti!

Elisa intentaba controlar el asombro que cada intervención de su señora le provocaba. Nunca había pisado La Fenice, pero para contemplar cómo una interpretación alcanzaba la excelencia no necesitaba salir de aquella habitación. Sin embargo, incluso los cabezas de cartel necesitaban rodearse de un buen elenco.

En el fragor de la escena, la condesa había desatendido la carta de Naumov que leía cuando se produjo la destemplada irrupción del conde Kamarowski. La fogosa declaración de amor del joven se había deslizado al suelo, en mitad de la habitación, sobre la colorida alfombra. Cuando la doncella reparó en ello, creyó que un giro del destino amenazaba la felicidad de los protagonistas, como en esas óperas que tanto le gustaban a su señora. Tenía que recuperarla, pero para eso tendría que cruzar la estancia. Buscó la mirada de la condesa, que seguía arrebatada entre los ánimos del conde, abrazada a él, pero eso no le impidió reconocer el peligro en el rostro de su fiel doncella. Siguió su mirada y, al atisbar la carta, le hizo un gesto casi imperceptible para que corriera a recogerla. Se disponía a hacerlo cuando la inesperada aparición de Tioka se adelantó a sus intenciones. El chico se agachó a coger el papel.

—¿Dónde está la comadreja? —preguntó con inocencia infantil, recordando que su madre había hablado del carnívoro más pequeño y a la vez más sanguinario del reino animal. Por más que miraba el papel, no encontraba el dibujo de una comadreja, como había imaginado.

—Vamos, Tioka. Deja a tu madre tranquila. Ven conmigo. Yo te ayudaré a dibujar animales.

—Voy a dibujar una marta, con el cuello muy largo y los dientes muy afilados, siempre atenta a sus presas para apresarlas y chuparles la sangre. Como aparecen en los libros del colegio. —Tioka se dejó llevar por su cuidadora, que ya le había arrebatado el papel de las manos.

—Sí, como en los libros.

En los días posteriores, el drama había dado paso a una novela de encuentros apasionados, amor y lujo, de esas que tanto le gustaban a la condesa. Los preparativos de la boda, fijada para mediados de septiembre, la tenían entretenida al igual que la competición de esgrima en el teatro Rossini hacía lo propio con el conde.

Gracias a la mediación de un abogado amigo de Kamarowski, el Santo Sínodo había concedido el divorcio a la condesa y era libre para contraer matrimonio. La agitación de los últimos días la obligó a recurrir a la complicidad de las jeringuillas mágicas para que las emociones no desbordaran su ánimo. Estaba demasiado cerca de su sueño para despertar de manera abrupta. Puede que esa cercanía le impidiera ver que, a veces, se desea tanto una cosa que el esfuerzo por conseguirla hace olvidar lo que realmente se quiere.

El conde iba superando los cortes de la competición deportiva. Como buen esgrimista, entendía la conveniencia de realizar movimientos certeros y rápidos para sorprender al rival, adelantándose a sus ataques para aquietarlos, aunque nunca provocando el cuerpo a cuerpo ni dando la espalda al adversario. Conocía el arte de tocar al competidor evitando ser tocado, que exigía una preparación física y una agilidad mental importantes. La condesa no sabía nada de floretes, de sables, de tarjetas amarillas, rojas y negras ni de armas blancas, y cada vez se fiaba menos de los códigos deportivos que, según aseguraba el conde Kamarowski, definían más a los caballeros que a los competidores. Sabía de caretas, aunque no del casco protector con rejilla frontal que los esgrimistas utilizaban para evitar lastimarse; también entendía de ataques, contraataques, de recuperar la posición y de mantener la guardia alta.

Las cartas apasionadas de Naumov cada vez eran más efusivas e incendiarias, pero mantenían entretenida a la condesa, que seguía viéndole con cariño y le permitía ciertos excesos porque le recordaba demasiado a Alekséi Bozevski. Cuando las dudas acudían a perturbarla, una dosis de morfina y un chute de heroína la ayudaban a ponerse su particular máscara para que ningún recuerdo la lastimase y le ofreciera la suficiente estabilidad y fuerza para avanzar y retroceder en cualquier momento, como en la esgrima.

Una tarde, el conde Kamarowski quiso sorprender a la condesa llevándola a visitar por primera vez el Palazzo Maurogonato, que en pocos días se convertiría en su hogar. Un edificio de tres plantas situado en la céntrica plaza de Santa Maria del Giglio y cuyo interior agradó a la condesa, aunque se lo había imaginado más grande. Todo aquel palacete irradiaba nobleza: la madera de las paredes, los muebles de diseño, las lámparas venecianas que colgaban del techo con un espíritu más amenazador que protector, las cortinas de terciopelo ribeteadas con hilos de oro y borlas pesadas, los tapices que vestían las paredes con el señorío que les otorgaba haber sido confeccionados en uno de los más carismáticos talleres de la ciudad, las alfombras persas extendidas por el firme rivalizando con aquella que recubría la ilustre escalinata y que ascendía por las tripas del edificio, los heterogéneos mármoles utilizados para las columnas interiores, los libros que conformaban la biblioteca, la última adquisición pictórica del conde en la Exposición Internacional de Arte de la Ciudad de Venecia, la señorial chimenea...

—Ten cuidado, querida —le advirtió cuando la condesa se asomaba a la vitrina de cristal que guardaba un hermoso y antiguo libro que permanecía abierto por una de sus páginas, como si temiera más la presencia humana que el paso del tiempo—. Es uno de los ejemplares de los *Quadragesimale* escritos por el franciscano Johannes Gritsch en 1440. Me ha costado mucho adquirirlo. Sería una desgracia que le sucediera algo. Después de ti, es lo más valioso que hay en esta casa.

La advertencia del orgulloso propietario hizo que la condesa retirara su delicada mano del cristal, como si la vitrina estuviera electrificada. Siguió recorriendo el salón de la biblioteca y una amplia sonrisa presidió su rostro al contemplar la disposición de libros. Al acercarse a uno de ellos, el pecho le golpeó como suele hacerlo la conciencia cuando advierte un mal comportamiento.

—Así que es aquí donde lo escondes —dijo al encontrar el ejemplar de la traducción al ruso de *Las flores del mal* de Baudelaire realizada por Nikolái Naumov—. Creía que lo habías perdido.

—Pensé que no querías leerlo. No sabía que te gustara Baudelaire.

—Siempre hay que dar una oportunidad a los poetas malditos —afirmó la condesa, aunque sólo ella sabía la verdadera intención de su respuesta.

Cuando se disponía a abandonar la estancia, el conde se lo impidió asiendo su mano con delicadeza y con un deje misterioso que ella no terminó de entender.

—Todavía no puedes irte. Estamos esperando algo. Mientras tanto, quiero que conozcas a Amalia, el ama de llaves. Ella se ha encargado de que todo esté en su sitio. Y no ha sido fácil, ¿verdad?

—*Contessa...* —dijo Amalia, con el encantador deje veneciano que hacía que todo sonara más exótico y que acompañó con una inclinación rápida de cabeza.

Le agradó aquella mujer regordeta, de disposición servicial y sonrisa amable, casi diría que maternal. No supo discernir si las dos nubes rosadas que enmarcaban su rostro eran fruto del rubor, del exceso de trabajo o de una piel demasiado delicada tras una larga exposición al sol.

—Tendrás que darle tu receta de la tarta de cítricos con canela. No le gusta que lo diga, pero, en cuanto a repostería se refiere, Amalia supera las manos expertas del cocinero.

—Qué cosas dice, *conte*... —sonrió ella, haciendo que sus coloretes aumentaran de tonalidad.

Unos golpes en la puerta del palacio cortaron el intercambio de halagos. Amalia se dirigió a la entrada y abrió uno de los batientes del portalón de madera y hierro. Dos hombres accedieron al interior portando un objeto voluminoso que requería la intervención de cuatro manos para su traslado.

—Buenas tardes. ¿Dónde lo ponemos, señor conde? —preguntó uno de ellos, apurado por no poder quitarse la gorra y sujetar el objeto al mismo tiempo.

—Pasen a la biblioteca, por favor. Justo encima de la chimenea.

La condesa observaba la operación con atención y curiosidad. No podía imaginar lo que escondía aquel paquete cubierto de telas y asegurado con cuerdas, que los dos operarios transportaban con sumo cuidado, como si portaran la silla de manos de la reina Carlota en la corte del rey Jorge III de Inglaterra.

Cuando los hombres descubrieron el misterio, el asombro de la condesa justificó el mimo en el manejo. Era un espectacular espejo cornucopia con un delicado marco tallado en pan de oro con motivos de volutas y rocallas de estilo rococó. Pero la sorpresa estaba en su cristal, decorado al ácido con la figura de la condesa enmarcada en una orla floral. Su expresión de asombro rivalizaba con el orgullo esculpido en el semblante del conde; su idea había sido bien acogida. Cuando los operarios terminaron de colocar el espejo cornucopia encima de la chimenea de mármol, como le había indicado el dueño de la casa, la condesa se situó ante él. Fue una sensación extraña: tres condesas encontrándose en un mismo lugar: la real, la reflejada y la tallada en ácido. Una tríada misteriosa, una trinidad profética, como el halo triangular que representaba a Dios en la Edad Media, un triángulo de protección, una figura de tres elementos relacionados entre sí para darle forma. Aquellos tres vértices tenían nombre de hombre y, al juntarlos, formaban el cuerpo de una mujer.

—¿Te gusta? —preguntó el conde por el simple placer de sentir reconocido su acierto.

—Es... No sé ni cómo expresarlo.

—Es lo que te mereces y la prueba de que eres todas las mujeres en una. Como ves, estarás presente en esta casa incluso cuando no estés.

De regreso al hotel, los futuros esposos se dirigieron a sus respectivas habitaciones antes de bajar a cenar con unos amigos, todos integrantes de la comunidad rusa asentada en Venecia. Había que guardar las formas; aunque él fuera viudo y ella una mujer separada, quedaba poco más de un mes para la boda y no estaría bien visto que los contrayentes compartieran habitación. Las formas, las apariencias, las máscaras y los disfraces... Estaban en la ciudad de la mascarada universal: aparentar lo que no eran, vestir la mentira con un disfraz que ocultara la verdad. Si iban a vivir en Venecia, no querían una corte de rumores acechándolos. La ciudad adriática ya tenía suficientes prejuicios hacia los rusos, sus excesos y sus fiestas.

Sólo uno de los invitados a la cena de aquella noche sabía que los futuros condes Kamarowski se conocían a fondo. Gino Marchetti había acompañado al conde en uno de sus muchos viajes a San Petersburgo y fue allí donde sorprendió a la pareja saliendo juntos de la habitación. Fue la primera y única vez que ambos habían compartido una noche de pasión, ya que la condesa se negó a repetirla hasta que estuvieran casados. Sabía medir los tiempos, las dosis entregadas y las cartas repartidas. En definitiva, el sexo para ella era como montar a caballo: sabía de qué riendas tirar y con qué intensidad. Una sola noche de amor le bastó al conde para enamorarse más de aquella extraordinaria mujer, apenas cinco meses después del fallecimiento de Emilia. Nunca antes había experimentado el placer sexual de la asfixia, ni los aparatos que se vendían en ciertos establecimientos de París a los que la condesa acudía sabiendo preservar su anonimato; tampoco las técnicas amatorias de las que había oído hablar en algunos círculos y que avergonzarían a su madre más que el pasado de la condesa, ni el placer que encerraba visionar fotografías de cuerpos desnudos o películas que mostraban diferentes prácticas sexuales. Jamás pensó que a su edad descubriría un mundo sensorial que se había mantenido vedado para él, que ni siquiera se había atrevido a imaginar y mucho menos a protagonizar. Estar con la condesa hechicera, una Venus eslava, como se la conocía en algunos círculos de la aristocracia rusa, le hacía sentirse vivo. Aunque le asustara la idea, no podría vivir sin ella, en el sentido más amplio de la palabra.

La noche de agosto en Venecia era tan agradable que la cena se hizo al aire libre, en los jardines del hotel. La velada, como las fachadas y el interior de la mayoría de los edificios de la ciudad adriática, requería vestimenta de gala.

—Quiero proponer un brindis —anunció el conde Kamarowski mientras se incorporaba.

—Siempre que no repitas el que hiciste hace unos días por Napoleón, será bien recibido —comentó Gino Marchetti, provocando la hilaridad del resto—. Sólo a su futuro marido, condesa, se le puede ocurrir semejante atrevimiento en Venecia, que todavía no ha olvidado que el general Bonaparte conquistó la ciudad, erradicó la Serenísima y terminó con once siglos de la República de Venecia como imperio comercial.

—No fue exactamente así, pero ya sabemos la rebeldía de los aristócratas venecianos, excepto cuando entregáis vuestra ciudad a los gabachos... —intentó defenderse el conde, sirviéndose también de la ironía.

—Tiene que venir un capitán cosaco para levantar su copa por quien se autoproclamó un Atila para el Estado véneto en el día de la fiesta de San Marcos. Díganme, ¿no es para matarle? —se contagió del tono bromista el marqués Pateras.

—Caballeros, estamos en 1907; no tengo ningún interés en regresar a 1797 —aclaró el conde, aceptando con humor las burlas y retomando su brindis—. Si me lo permiten las susceptibilidades de mis queridos amigos, intentaré subsanar mi error imitando al dux de la Serenísima cuando, desde la nave Bucintoro, lanzó un anillo a las aguas de la laguna para simbolizar el dominio de Venecia sobre el mar. Yo también he entregado un anillo a la mujer que ha surgido del mar como una Venus para redimirme de mi dolor y liberarme de mi sufrimiento.

—Obviaremos el hecho de que las tropas de Napoleón hundieron el navío Bucintoro para hacerse con el oro con el que estaba construido... —matizó entre risas Gino Marchetti.

—¡Oh! Cállate. Disculpe a mi marido, condesa. Hay hombres que sólo entienden el romanticismo en términos de conquista bélica.

—Si les soy sincera, no sé si sentirme halagada por las palabras del conde y por el anillo que ha colocado en esta mano —dijo mostrando el espectacular brillante con esmeraldas que permanecía en su dedo desde el día que se lo impuso en el tren—, o entenderlas como un aviso del dominio que pretende ejercer sobre mí. Pero sepa, mi querido y amado conde, que no soy un navío sencillo de hundir ni mucho menos de destruir.

La arenga de la condesa fue recibida con vítores y risas de los invitados, también del propio conde Kamarowski, que selló el parlamento de su futura esposa, primero con un protocolario beso en la mano y después con otro menos casto, celebrado con la misma fogosidad en los aplausos de sus amigos. Aquella mujer había conseguido lo imposible: sacar al conde del pozo en el que había caído tras el fallecimiento de Emilia. Todos adoraban a la que sería la nueva condesa Kamarowski. Cualquiera que observara la escena desde fuera la percibiría como un momento de felicidad absoluta y no tendría inconveniente en dejarse contagiar por la alegría.

Pero había alguien que no admitía la categoría de *cualquiera* y se movía entre los ángulos muertos del jardín del hotel. La mirada de la condesa se heló en mitad de la celebración cuando creyó verle. Sintió que se desmayaría allí mismo y, aunque media colonia rusa y una representación de la nobleza veneciana se mostrarían prestos a socorrerla, no estaba Elisa para ayudarla como sólo ella sabía hacerlo. El gesto turbado no pasó inadvertido para el conde.

—¿Te encuentras bien, querida?

—Perfectamente. Ha sido un pequeño vahído. Me temo que estos días debo aumentar mi dosis de hierro. Son tantas emociones juntas... —se justificó. Hacía mucho que no utilizaba su anemia como excusa para su comportamiento—. Si me disculpan, voy un segundo a la habitación. No van a tener tiempo ni de notar mi ausencia.

—¿Quieres que te acompañe? —se ofreció el conde.

—De ninguna manera. Sólo me llevará unos minutos. Tú vigila que los brindis no se desborden demasiado. No queremos escandalizar tan pronto a esta ciudad... —bromeó para borrar la inquietud del conde, como finalmente consiguió.

No quiso girarse ni una sola vez para comprobar si la sombra que creyó ver se correspondía con la que aparecía en sus sueños, hostigándola, como en el cuento de Poe. Su particular «hombre de la multitud» siempre era el mismo; su percepción no solía fallarle. Podía intuir su presencia sin verle, como un espíritu que regresa del mundo de los muertos para atemorizar a los vivos. Se preguntó si Rasputín también se comportaría así en palacio y si la zarina se lo permitiría. En su cabeza, Prilukov y Rasputín se mimetizaban desde la noche en que el abogado le habló del brujo loco que despertaba los recelos y protagonizada las intrigas de la corte.

Al entrar en su habitación, corrió a abrir la puerta contigua que comunicaba con la de su doncella, que la miró asustada por la agitación que presentaba.

—Creo que está aquí.

—¿El poeta? —preguntó Elisa mientras sacaba del bolsillo de su falda una nueva carta enviada por Nikolái Naumov. Siempre se las enviaba a ella para evitar que el conde las interceptara y, si lo hacía, que el enamorado indiscreto pareciera estarlo de la doncella—. Este hombre no se cansa nunca. Está en todas partes...

—¡No! No me refiero al mono —aclaró la condesa utilizando el apelativo con el que se refería a Naumov en las cartas—. Es...

No tuvo tiempo de explicarlo. En ese momento, Prilukov entró en la habitación. No había forzado la puerta y tampoco había llamado.

—Es increíble: cuando eres un ladrón, las habilidades delictivas se desarrollan solas... —comentó, burlón, mientras guardaba en el bolsillo el pequeño artilugio que había empleado para abrir la puerta.

—¿Qué haces aquí? —le espetó la condesa.

—Te echaba de menos. —El abogado paseaba por la habitación como si estuviera inspeccionándola—. Veo que no te hace ilusión recibir a los viejos amigos, condesa. Suele ocurrir cuando uno hace nuevas amistades y abandona las antiguas porque ya no le sirven.

—Ya te devolví tu dinero. Ése era el acuerdo: yo te daba los cien mil rublos y tú desaparecías.

—El trato ha cambiado. Ese dinero no es suficiente. Quiero más. Creo que es lo justo si debo renunciar a ti. Además, de alguna manera tendrás que compensar lo que he perdido por tu culpa.

—Has cometido un error viniendo aquí. El conde sabe quién eres y lo que has hecho. Le enviaron un telegrama sobre tu historial delictivo. Y alguien le ha hecho creer que puedes ser el misterioso hombre que le envía cartas amenazadoras.

—¿Ahora eres *alguien*? —preguntó cínico, sabiendo que únicamente ella podía haberse inventado aquella calumnia—. Creí que sólo los *mujik* merecíamos ese despectivo anonimato.

—¿Qué quieres, Donato? Dime qué tengo que hacer para que salgas de mi vida, y que no pase por llamar a la policía.

—Sólo te dejaré tranquila si me consigues más dinero.

—No tengo dinero. Tú mejor que nadie deberías saberlo.

—Pero tu futuro marido sí lo tiene. Pídeselo a él.

—¡Estás loco! Él no me va a dar dinero, nunca lo hace. Se hace cargo de todos mis gastos, me lo paga todo, pero nunca me entrega dinero.

—Hay otras formas de conseguirlo. Lo he estado pensando... —Se sentó en uno de los sillones de la habitación y cogió uno de los dulces que había en una pequeña fuente sobre la mesa.

Prilukov se mostraba confiado, seguro de sí mismo, como en sus mejores tiempos, cuando pisaba la alfombra de su despacho de Moscú y lanzaba peroratas para impresionar a sus clientes o para ensayar los alegatos que pronunciaría en el tribunal. En su etapa de abogado, siempre decía que una buena preparación era la base para ganar un caso, por complicado que éste fuera. Por eso había estado elucubrando la manera de poner fin a su complicada situación financiera para poder vivir, ahora que el ejercicio de su profesión no se lo permitiría. Siempre presumió de tener una mente brillante no sólo para las leyes, sino para sus recovecos, sus trampas y sus lagunas. La necesidad engrasa la cábala mental que algunos equiparan con la picaresca.

Prilukov se sabía observado. Por un momento sintió la efervescencia que le embargaba en un tribunal, cuando todos los oídos y las miradas estaban pendientes de él. También en esa habitación había logrado la completa atención, tanto de la condesa como de Elisa. Como si fuera parte de la puesta en escena, se incorporó del sofá y se sirvió un vaso de whisky del botellero. Se lo bebió de un trago y se sirvió otro, sin ofrecer a la condesa. Disfrutaba siendo maleducado con ella, como ella lo hacía con él cuando las palabras desaparecían de sus bocas y eran sus cuerpos los que hablaban. En ese terreno, el abogado siempre tuvo las de perder porque la condesa era quien gobernaba la situación y llevaba la mano ganadora.

—Vas a exigirle al conde Kamarowski que haga un seguro de vida a tu favor —ordenó finalmente.

—No pienso hacer eso. Debes de estar borracho para proponerme algo así. ¿Cómo crees que una dama como yo va a obligar a un hombre a hacerse un seguro de vida? ¿Por qué clase de mujerzuela me tomas?

—Si te niegas, yo mismo le contaré cómo una gran dama se ha encamado con un *mujik* durante más de dos años. Y si tú sabes mentir, yo también sé cómo hacerlo. Contaré a todos que fuiste tú la que me obligó a robar el dinero, que fue tuya la idea de sustraer los cien mil rublos a los pobres campesinos y que incluso me ayudaste a planearlo. Imagina la conmoción social. Ya estoy viendo los titulares de los periódicos: «Los amigos del zar siguen robando al pueblo ruso» —exclamó, abriendo las manos como si sostuviera en ellas al mencionado titular—. Todos me creerán: una mujer acostumbrada a los caprichos, a la buena vida, a los vestidos caros, a los hoteles de lujo, a viajar por el mundo… ¿Cómo se puede mantener una vida de excesos sin el dinero de un padre o de un marido? Además, la fama te precede, condesa.

—Eres un cerdo. Siempre lo has sido. No sé cómo pude…

—Fue por amor, querida. Tu amor a la naturaleza y al mundo animal. Pareces empeñada en tener un zoo. Yo empecé siendo un escorpión, ahora soy un cerdo. Tú eres una comadreja y el otro es un mono… —Extrajo de su bolsillo una de las cartas escritas por Naumov, ante la sorpresa de las dos mujeres—. Un poeta masoquista al que le gusta que le azoten, le peguen, le humillen y cuyo máximo placer es que le hagan sufrir por amor. Enhorabuena, has dado con la horma de tu zapato.

—¿Has registrado mis cosas? —La condesa le arrancó la carta de las manos y buscó en la mirada de Elisa la respuesta que no salía de la boca del abogado.

—Lo que me extraña es que el conde no lo haya hecho. Debe de estar tan ensimismado con todo lo que le enseñas que no ve más allá. ¿Se puede estar tan ciego de amor por una mujer?

—No creo que tú lo entiendas nunca. Sólo sabes hablar de dinero y disfrutas escuchándote a ti mismo, como el ser inferior que eres. Ni siquiera alcanzas a entender lo que es amar a una mujer. Yo puedo dar fe... —comentó con malicia refiriéndose a sus artes amatorias. Era una de las tres cosas que más irritaban a Prilukov: que dudaran de su virilidad, que se refiriera a él como *mujik* y que le dejaran en ridículo. Y la condesa era diestra en las tres—. Envidio la suerte de tu mujer: al fin se deshizo de ti. Eso es algo que me tendrá que agradecer toda su triste vida.

—No hables de mi mujer.

—Yo también puedo contarle muchas cosas de nuestra relación que seguro que tú no te has atrevido a detallarle porque eres un cobarde. Y a tus hijos también les encantará saber que su padre intentó quitarse la vida dos veces porque no era capaz de sostenerla, sin importarle ni su familia ni su amantísima esposa ni sus vástagos. Ésa es la grandeza de su padre, abandonarlos a su suerte, de nuevo.

La habitación se había convertido en un cuadrilátero en el que ninguno de los púgiles pensaba besar la lona. La condesa sabía dónde y cómo golpear. Los intentos de suicidio que Prilukov había protagonizado mientras estaba con ella le avergonzaban porque subrayaban su debilidad en un momento en el que intentaba afianzar una imagen de hombre fuerte y de ganador. Como abogado, era consciente de que, si el adversario encontraba su punto débil, tendría muchas posibilidades de vencerlo. Lo había hecho en muchos de sus casos, incluso utilizando métodos poco éticos, como el chantaje, las mentiras y las amenazas. Cualquier táctica valía para conseguir la victoria en un tribunal, incluso lo que no estaba permitido, siempre que nadie lo descubriera. Pero desde que se convirtió en un ladrón y su reputación fue arrastrada por el barro, ya no era el hombre decidido, seguro de sí mismo, soberbio y marcadamente vanidoso que solía empezar sus frases evidenciando cuál era el problema.

Era cierto que había intentado suicidarse en dos ocasiones y de las dos había culpado a la condesa, aunque fueran ella y Elisa las que le salvaron la vida. La primera vez intentó hacerlo ingiriendo una dosis de veneno mezclado con el té. Incluso se había comprado libros sobre venenos para controlar la dosis, pero o no los leyó o no supo interpretarlos correctamente, o puede que tan sólo fuera un modo de llamar la atención. Esto último era lo que pensaba la condesa, sobre todo cuando, después del segundo intento de suicidio, el farmacéutico que le había dispensado el bote de pastillas le confesó que el hombre que lo adquirió insistió mucho en preguntarle cuántas debía tomar para que se produjera un final irreversible; el abogado ingirió bastantes menos de la cantidad indicada. Prilukov no quería quitarse la vida, sólo quería cambiarla. La condesa se lo había echado en cara, haciéndole sentir ridículo. De nuevo humillado por quien siempre sabía recordarle el lugar que cada uno ocupaba en el mundo. «El orden natural de las cosas», como lo calificaba ella, ese que el tiempo termina imponiendo. Por eso le dolía que le recordara el suicidio: porque le volvía débil y vulnerable.

—Como ves, abogado, munición tenemos los dos para disparar. Un bonito duelo, al fin.

—Tienes razón. Pero yo ya lo he perdido todo: mi familia, mi casa, mi despacho, mi reputación, el amor... Y cuando a un hombre le despojan de todo, sólo le queda el dinero; ése es su único consuelo, la única divisa que nunca falla. Tú eres la culpable de la situación en la que me encuentro. Nadie más. Por eso vas a ayudarme a obtenerlo. Cuando lo hagas, te doy mi palabra de que desapareceré.

—¿Tu palabra? —rio exageradamente la condesa—. Hablando de divisas sin valor...

—Es lo único que puedo ofrecerte. Será mejor que te lo tomes en serio si quieres negociar.

—No puedo pedirle al conde que haga un seguro de vida a mi favor. ¿Es que no lo entiendes?

—Tú quizá no puedas. Pero alguien puede hacerlo por ti.

—¿A qué te refieres?

—Déjamelo a mí. Yo me encargo de todo.

A lomos de esa frase regresaba el Prilukov combativo, seguro y manipulador. Unos pasos en el pasillo llamaron la atención de la doncella.

—Señora, es el conde. Está viniendo a la habitación.

—Será divertido —se sonrió el abogado.

—Si te ve, él mismo te denunciará. O algo mucho mejor: te matará —dijo la condesa.

—Eso sí que será divertido porque esto no es Rusia, querida. En este país, si un hombre mata a otro, no se va de rositas como lo hizo el conde Tarnowski cuando asesinó a tu amante. En Italia, lo envían a la cárcel. Y eso te deja a ti sin boda y sin la fortuna del conde Kamarowski —explicó sereno, lejos de la premura que reclamaba la inminente llegada del conde. Prilukov había retomado el poder del relato, y la inquietud de la condesa se lo confirmó—. El seguro de vida que te propongo puede ser tan beneficioso para ti como para mí. Y como abogado, te aconsejaría que muevas tus convincentes hilos de hechicera para que el conde teste a tu favor. Uno nunca sabe lo que la vida le tiene preparado.

Unos golpes en la puerta anunciaron la presencia del conde como siglos antes lo habían hecho las tropas de Napoleón a las puertas de la Serenísima.

La condesa no iba a permitir que el dorado Bucintoro se hundiera de nuevo. A diferencia del dux Ludovico Manin, ella no pensaba rendirse entregándose dócilmente al Atila del Véneto ni a ceder ante ninguna conjura jacobina.

38

Los golpes en la puerta silenciaron la plática y a punto estuvieron de detener el pulso de los que ocupaban la habitación. El único que conservaba un semblante sereno era el abogado, a quien la tensión parecía recordarle sus tiempos de letrado intrépido, cuando la gestión de la incertidumbre era una constante.

Elisa fue la encargada de abrir la puerta. Mientras la condesa corría a esconderse junto con Prilukov en la otra habitación, le pidió a su doncella que improvisara cualquier excusa para no permitirle pasar.

—¿Está bien la condesa? —se interesó el conde cuando la puerta se abrió.

—Sí, señor. En unos minutos volverá a la cena. Son sólo los nervios por la boda. Un poco de aceite de jengibre en las muñecas y en la nuca, y como nueva.

—¿Puedo pasar? —se atrevió a preguntar. No era lo que un caballero debería haber propuesto, pero la preocupación le urgía más que la educación.

—No creo que sea necesario, conde. Si le ve nervioso, se inquietará más. Y ya sabe lo que pasa cuando ella se inquieta... —insistió Elisa, que había aprendido a mentir casi tan bien como su señora—. Le prometo que saldrá enseguida. Yo me encargaré de ello.

Mientras, en la habitación contigua, las dos sombras escuchaban en silencio los intentos de la doncella por parecer convincente. La ansiedad aceleraba la respiración de la condesa y agitaba su pecho, y la mirada de Prilukov se volvía febril.

—Estás realmente hermosa —susurró—. Los problemas siempre te han embellecido.

Su comentario la sorprendió tanto como logró indignarla.

—Estás enfermo. ¿Por qué me haces esto, Donato?

—Es pura necesidad. Tú deberías entenderlo.

Podría haberle respondido si el grito del conde Kamarowski no hubiera captado toda su atención.

—¡Mura! ¿Estás bien? Déjame pasar, por favor. Necesito confirmar que todo está en orden.

La voz del conde se escuchó más cerca. Elisa había sido incapaz de impedirle la entrada. La condesa se asustó: si Pavel descubría a su futura esposa en compañía de un ladrón sobre el que ella misma había dejado caer la sospecha de ser el responsable de las cartas amenazadoras, sería el fin de su sueño y el inicio de la pesadilla. Su cabeza se atoró como lo estaba haciendo su respiración. Los pasos del conde Kamarowski se acompasaron con sus latidos: rápidos, contundentes, como el reloj que marca los últimos segundos de vida de un condenado a muerte.

Sólo cuando la vio sufrir, Prilukov le indicó lo que debía hacer; aquélla siempre había sido la esencia de su relación. Seguía conservando el instinto para detectar el problema y ofrecer la solución.

—Será mejor que salgas, si no quieres que nos descubra. Eso significaría tu muerte social, la que más te preocupa. Sal y actúa con normalidad. Sabes hacerlo. Y recuerda, déjamelo a mí. Yo me encargo de todo.

Obedeció con la misma diligencia dócil de un sumiso con la voluntad anulada. Salió de la habitación cuando el conde estaba a un metro de franquear la puerta de la estancia. La sincronización fue tan limada que el abogado tuvo que esconder su sombra en el ángulo muerto del vértice de la puerta para evitar ser visto.

—Querido, ¿qué son esos gritos? —preguntó ella logrando parecer calmada.

—Estaba preocupado. Creí que te pasaba algo —se excusó mientras su mirada pretendía inmiscuirse en la oscuridad de la habitación contigua.

—Sólo comprobaba que todo estaba en perfecto estado. —Se retocó coqueta un mechón del cabello—. Te dije que no te preocuparas.

—¿Cómo no hacerlo, si eres lo más importante para mí? —se justificó, perdiendo interés por la oscuridad que encerraba la cámara aledaña.

Cuando los futuros condes Kamarowski abandonaron la habitación para regresar a la velada con sus amigos, Prilukov desertó de su condición de sombra. La mirada de Elisa podía ser tan inquisidora como la de su señora.

—¿Por qué hace esto, señor Prilukov?

—Porque la amo. Porque no soy capaz de entender mi vida sin ella. Ha entrado en mi cabeza como un virus maligno que lo ha invadido todo.

—Tiene usted una peculiar forma de demostrárselo.

—Él nunca será capaz de amarla como yo la amo.

—En eso tiene razón: el conde Kamarowski no amenaza, ni chantajea, ni vierte sobre ella la culpa de todas sus desgracias.

—Cada uno ama como puede, ni siquiera como sabe. Yo sólo puedo mantenerla a mi lado de esta manera.

—Qué equivocados están siempre los hombres. Y qué ciegos con todo lo que respecta al amor.

—Pensé que tú me entenderías, Elisa. Pertenecemos al mismo mundo. A los dos nos ha subyugado la condesa, nos tiene atrapados en sus redes y, cuando intentamos zafarnos, las agita para sembrar el caos y la confusión.

—No dice más que tonterías. Si realmente la quiere, permita que sea feliz. Libérela.

—Hay personas que no saben ser libres y necesitan a alguien que entienda lo que supone la libertad. Y yo soy ese alguien.

Aquella noche, después de la cena, la condesa necesitó los servicios de su doncella. Bendijo el día que decidió contratarla gracias a la recomendación de una amiga: «Te facilitará la vida. No podrás dar un paso sin ella». No falló en su predicción.

Ni siquiera tuvo que pedírselo. Elisa sabía lo que necesitaba su señora para calmar los nervios y poder descansar de un día con demasiadas emociones. La presencia de Prilukov siempre la alteraba, quizá porque sus palabras hallaban acomodo en su mente y en su espíritu. Lo hacían hasta que la tranquilidad de la aguja entraba en sus venas. Sólo así podía dejar de pensar y de escuchar las voces que le decían qué hacer.

Al día siguiente, los futuros contrayentes se acercaron a la plaza de San Marcos para sentarse en una de sus terrazas y degustar un aperitivo en el Caffè Florian. Mientras el conde Kamarowski leía la prensa ante una copa de vino dulce Justino Henriques, la condesa degustaba su *spritz*, la bebida a la que se había aficionado desde que llegó a Venecia. Admiraba los soportales de la plaza y el mundo contenido en ella. Aunque no lo admitiría en voz alta, Napoleón tenía razón cuando la calificó como «el salón más bello de Europa». Aquel emplazamiento era una especie de mirador por el que dejó deambular la imaginación: observando la basílica de San Marcos, levantada en mármol rosa de Verona con cúpulas de piedras de Istria —«Cuánto tiempo sin leer una carta con galla de Istria, cuánto tiempo sin tío Cillian»—, se vislumbró a lomos de uno de los cuatro caballos de bronce bañados en oro que pertenecieron a Constantinopla y que robaron durante la cuarta cruzada; la historia de una ciudad era también la historia de otras ciudades saqueadas, como sucedía con las personas. Contemplando el Palacio Ducal, de cuyas mazmorras Casanova escapó por los tejados en 1756, se imaginó acercándose a la Boca di Leone —un buzón en el que los vecinos echaban sus mensajes para denunciar actos delictivos— y depositando en él la carta donde relataba la felonía que le había propuesto Prilukov. Intuyendo el puente de los Suspiros, cuyas entrañas dibujaban el camino desde las estancias del duque que habitó el palacio hasta los calabozos del sótano, presumió que su propio itinerario vital también podría llevarla del palacio a la prisión. No sólo conjeturó con lo que veía, sino también con aquello que había desaparecido, como el campanario de Venecia, el famoso Campanile donde Galileo Galilei presentó su telescopio con el que observar el cosmos, que se derrumbó sobre aquella plaza hacía cinco años, conmocionando a la ciudad. Tras muchas discusiones, se acordó reconstruirlo en el mismo lugar que ocupaba: *«Dov'era, com'era»*, dictaminó el alcalde de la ciudad, Filippo Grimani, un año después del derrumbe, al comenzar la reconstrucción. La vida seguía poniendo las cosas en su lugar.

Todo eso imaginaba la condesa mientras degustaba su *spritz* en silencio. El conde le había intentado contar la historia de la bebida, pero no le había prestado demasiada atención; no le interesaba saber nada sobre los soldados del Imperio austrohúngaro y su nula resistencia al alcohol. Tenía cosas más importantes en las que pensar. A veces, el ruido en su cabeza era tan atronador que le costaba distinguir qué voces venían de dentro y cuáles de fuera. Aquella mañana no era una excepción.

—El príncipe Scipion Borghese ha ganado la carrera automovilística de Qing China a París. Catorce mil novecientos noventa y cuatro kilómetros en dos meses —comentó el conde, leyendo en el periódico la noticia de la llegada del ganador a la capital francesa el 10 de agosto de 1907—. Un día me gustaría hacerlo. Podría ser interesante.

—Nunca he entendido el atractivo de correr si no es para alcanzar algo realmente importante. Pero hacerlo simplemente para llegar antes que lo demás me parece un esfuerzo innecesario, amén de una pérdida de tiempo.

Como si su comentario tomara forma de presagio, vio a su doncella atravesar la plaza con paso apremiante. Elisa, Tioka y Grania habían salido del hotel después de que lo hicieran los condes y tuvieron que esperar a que una nueva embarcación los trasladara hasta la ciudad. No era un trayecto corto, debido principalmente a que la inmensa laguna que separaba el Lido de la plaza de San Marcos requería más de media hora para atravesarla. La doncella parecía sofocada, y no era por la duración del trayecto. Traía una carta a la condesa que le entregó después de que Tioka besara a su madre, al igual que hizo Grania, que desde el principio profesó un cariño maternal especial hacia ella. Fue Tioka quien preguntó al conde si podían tomar un helado.

—Pero en el Caffè Quadri. Son los que más nos gustan —aclaró con la complicidad de Grania. Se habían convertido en grandes amigos y, en breve, serían prácticamente hermanos.

—Tioka, no seas caprichoso. Molestarás al conde.

—Nada más lejos de la realidad. Ahora mismo nos acercamos al Quadri. Obviaremos que las tropas austriacas tomaban allí su café después de conquistar Venecia e iremos a pedir un *gelatto*. —El conde dejó sobre la mesa el periódico que estaba leyendo, se puso de pie y se tocó el sombrero en un gesto galante—. Señoras... Vamos a comprar ese helado.

La manera en la que aquel hombre se había convertido en la figura paterna que Tioka necesitaba emocionaba a la condesa, aunque eso mismo le provocaba tristeza al saberse lejos de su hija Tatiana. Seguía sin poder verla, a la espera de una resolución judicial que dictaminara sobre la custodia de la menor, y rezó por que en la vida de la pequeña existiera una figura maternal, aunque, conociendo la pulsión crápula del conde Tarnowski, lo vio complicado.

Apenas unos metros separaban el Caffè Florian del Quadri, pero fue la distancia y el tiempo suficientes para que la condesa pudiera leer la carta que le había entregado su doncella. Inspeccionó el sobre y advirtió que venía de Rusia.

—No viene de tan lejos —desveló Elisa—. El sobre puede, pero no la carta que contiene. Me la entregó Prilukov esta mañana. No sé qué ha hecho ni cómo lo ha conseguido, pero me dijo que se la diese cuando estuviera usted con el conde.

La condesa recordó la frase mantra del abogado: «Déjame a mí. Yo me encargo». Su antiguo amante no había perdido un segundo, y, viendo lo rápido que había actuado, ella no dudó de que llevaba tiempo preparándolo. Empezó a leer las líneas que conformaban el escrito. La firmaba un supuesto príncipe ruso y en ella le expresaba su amor incondicional, su deseo de desposarla en un futuro próximo y, para demostrarle sus intenciones, le ofrecía como garantía un seguro de vida de medio millón de rublos y una cantidad de cincuenta mil en efectivo, que le hacía llegar en un cheque, animándola a que lo cobrara cuando lo considerase oportuno.

Las dos mujeres se miraron.

—Está loco, completamente loco.

—Un loco brillante y eso lo hace peligroso. Ha pensado en todo —comentó Elisa, que alertó a la señora del regreso de Pavel con los dos niños, que venían relamiendo su helado, ajenos, en su edén infantil, de los sinsabores de la vida adulta—. Quiere que el conde conozca el contenido de esa carta. Dice que sólo así reaccionará.

La condesa sabía lo que debía hacer. Seguir viviendo el escenario. Interiorizar el drama. Bucear en su subconsciente y hacerlo emerger. Las palabras de Stanislavski resonaban como un metrónomo: «El proceso interpretativo es fácil de entender:

tensión, relajación y justificación. Y después de esto, uno se sentirá liberado de todo lo superfluo. Nada que no suceda en la vida real».

—¿Ocurre algo, Mura? —se interesó el conde al ver la turbación en el rostro de su prometida. Se fijó en la carta que tenía en la mano y que la condesa intentaba guardar en el bolso. Aquel papel debía de ser la causa de su azoramiento—. ¿Malas noticias? ¿Hay algo que pueda hacer?

—Una tontería. No tiene importancia.

El conde advirtió también el gesto de Elisa, parejo al de su señora. A veces, esas dos mujeres parecían un tratado de la mímesis aristotélica en las tragedias griegas.

—¿Quién te envía esa carta, Mura? —insistió él, convencido de que algo ocurría.

—No quiero preocuparte, querido. Sólo quiero casarme contigo lo antes posible y que seamos felices. No me importa lo que digan o quieran los demás —teatralizó su respuesta, en busca de una reacción del conde, que emergió de su boca con la misma facilidad con la que el *acqua alta* del Adriático inunda la plaza de San Marcos.

Kamarowski puso una mano sobre el bolso en el que la condesa intentaba torpemente esconder la carta. No necesitó pedirle con palabras que se la entregara. Conforme el conde iba leyendo, la perplejidad se transfirió a su rostro. Como la muerte, la consternación también era contagiosa.

—¿Quién es este supuesto príncipe y cómo se atreve a hacerte semejante proposición? —se indignó.

No era fácil verle enfadado. Sólo le había visto así en dos ocasiones y siempre después de recibir un mensaje. La primera fue tras el telegrama que le informaba sobre la condición de prófugo de Prilukov. La segunda, la carta de un príncipe que deseaba arrebatarle lo que era suyo. Con el conde, parecía que todos los ataques a su delicada tensión arterial llegaban a través del servicio postal.

—Querido, no te disgustes, te lo ruego.

—¿Por qué todos intentan que no te cases conmigo? ¿Por qué los hombres pretenden separarte de mí para hacerte suya? ¿Tienes algo que ver con esto, Mura? ¿Es que acaso no quieres casarte conmigo y alguien se ha encargado de propagarlo?

La condesa temió que el plan trazado por Prilukov hiciera agua antes de empezar. Por un instante, más que temerlo, lo deseó. Su mente iba más aprisa que su boca. Ojalá el conde Kamarowski se diera cuenta de que todo era un engaño, un ardid para saquear su fortuna. Imploró a todos los dioses para que, allí mismo, en el salón más bello de Europa, rompiera su compromiso y la abandonara, haciendo que el cuerpo de San Marcos enterrado en la basílica que lleva su nombre no fuera el único que yaciera en esa plaza. Se merecía que la abandonara. Era un hombre bueno, decente, que la amaba, que quería a Tioka, que le había entregado todo y le había ofrecido una segunda oportunidad para volver a ser lo que un día fue, para recuperar el lugar que le correspondía, una nueva vida igual o mejor a la que había perdido por su mala cabeza y las malas decisiones de los demás. El conde no se merecía haberla conocido, como tampoco lo mereció Alekséi Bozevski y otros muchos que habían quedado por el camino; la lista cada vez era más larga. El remordimiento aguijoneaba su ánimo y le hizo preguntarse por qué la desgracia y la muerte acechaban siempre a los hombres que osaban amarla.

Mientras contemplaba la indignación conducida por un halo de tristeza que se iba apoderando del conde, se preguntó si estaría siendo víctima de algún tipo de maldición. Regresó a ella el recuerdo del chamán soplando el polvo blanquecino, aquel lejano día en el bosque de la residencia de Otrada. «Los dioses te miran. Ellos hablan a través de mí. Y yo te maldigo». Como si fueran parte de la nube de partículas insufladas por el aliento del brujo, aparecieron los rostros de Yaroslav, Piotr Tarnowski, Paolo Tolstói, Alekséi Bozevski, Vladímir Stahl, incluso el de Vasili, el del profesor de Literatura del antiguo colegio de señoritas de Kiev y ahora también el de Pavel Kamarowski. Todos se volatilizaron en el aire, como las partículas de polvo. Su respiración se aceleró al tiempo que sus ojos se llenaban de miedo.

—Respóndeme, Mura. ¿Por qué intentan alejarte de mí?

—No lo sé. Te juro que no lo sé.

De nuevo, no mentía, aunque no decía toda la verdad. No lograba entender por qué los hombres que decían amarla no le permitían ser feliz.

Elisa se había llevado a los niños antes de que el conde empezara a leer la carta. Intuía que habría problemas y mejor mantener a los pequeños apartados, jugando en los soportales de la plaza, terminando sus helados y corriendo detrás de las palomas. Cuando vio al conde Kamarowski cruzar la plaza en solitario, volvió la mirada hacia la terraza del Caffè Florian donde su señora permanecía en la mesa, sola, cubriéndose el rostro con las manos. Ordenó a los niños que no se movieran de donde estaban y corrió hacia ella.

—¡Ay, Elisa! Pobrecito. No sabes la tristeza que he visto en su rostro. Pero ¿qué le he hecho? ¿Y qué nos estoy haciendo a mí y a Tioka? ¿Por qué me pasa esto? ¿Por qué siempre me sucede lo mismo? —preguntaba desconsolada, inmersa en un monólogo que no admitía respuesta—. Desearía morir aquí y ahora. ¡Ojalá estuviera muerta!

—No diga eso. Cálmese, se lo ruego. Piense en los niños —suplicó, después de recordar que no tenía consigo el estuche mágico que siempre lograba tranquilizar a la señora. Tendría que usar otras armas para contener el ataque—. El conde Kamarowski volverá, sólo está disgustado. No puede vivir sin usted. La ama por encima de todo.

—Todos dicen hacerlo, pero todos hablan de muerte, de asesinatos, de suicidios... No puedo más, Elisa. Yo no soy mala. No quiero esto —sollozó la condesa, completamente vencida. Hasta que algo pareció alumbrar su oscuridad—. Tú eres la única que siempre está a mi lado, cuidándome, sin pedirme nada a cambio. ¡Vámonos! Huyamos de aquí. Volvamos a París, a Londres, a Roma, a Viena... Necesito estar sola y pensar.

—Eso haremos, señora. En cuanto se tranquilice lo organizaremos todo. Usted, Tioka y yo juntos, lejos de aquí. Pero cálmese, asustará a los niños si la ven así.

Las palabras de la doncella se asentaron en su cabeza, como la morfina y la heroína entraban en sus venas para restablecer su ánimo. De nuevo la mímesis de la *Poética* de Aristóteles. Una tragedia griega acababa de tomar la plaza de San Marcos.

De regreso en el hotel del Lido, la condesa subió a su habitación. Necesitaba descansar y para eso requería que Elisa le inyectara el bálsamo que le facilitaría dormir profundamente y olvidarse de todo. Añoraba la oscuridad narcótica en cuyo regazo refugiarse, a salvo de todo lo que la luz enfocaba. Anheló ser la niña de las lentes oscuras, cobijada en su mundo particular donde sólo ella permitía el acceso de las voces, las sombras y los sonidos. Quería esa penumbra aliada, reparadora y protectora. «A veces, para ver mejor hay que apagar la luz». La voz del tío Cillian acunó su sueño.

Despertó horas más tarde. La falta de luz en el exterior le confirmó lo que le señalaba el reloj: había dormido todo un día. La dosis barbitúrica había sido fuerte y su doncella no había querido despertarla, ni siquiera cuando llegó la primera carta del conde Kamarowski, ni cuando llegaron dos más de Nikolái Naumov, ni cuando Tioka se empeñó en dar un beso de buenas noches a su madre, ni cuando el conde insistió de nuevo en golpear con los nudillos la puerta para acceder a la habitación; tampoco cuando llegó el servicio de comida, después el de la cena y al día siguiente los del desayuno y el almuerzo... Su señora necesitaba descansar de la vida y ella estaba allí para que sus necesidades y sus deseos se cumplieran. El ruido en el interior de la estancia le advirtió que la condesa se había despertado, sin necesidad del beso de ningún príncipe. Hacía más de dos siglos que Charles Perrault había escrito *La bella durmiente del bosque*; el tiempo había cambiado algunas cosas, aunque su moraleja persistía: la prudencia era tan buena alforja en el viaje de la vida como el valor y el amor. El bien y el mal pueden venir de cualquier persona, y convenía estar alerta porque las princesas y las malvadas brujas no habitaban sólo en los cuentos.

Antes incluso de abrir la puerta, un embriagador aroma la alertó y, cuando atravesó el umbral, observó el jardín de rosas en el que se había convertido la estancia. La mayoría eran de color rojo, sus favoritas, pero también las había blancas, rosas y amarillas.

—Son del conde Kamarowski. No ha parado de enviarlas. Junto a estas cuatro cartas. —Elisa era incapaz de esconder su satisfacción—. Y aún hay más en el pasillo, no cabían todas. Ahora que se ha despertado, mandaré que las metan.

—¿El conde ha mandado todo esto? —preguntó como si le costara creerlo.

—No sé de qué se extraña, todos los días le manda flores. Pero se ve que esta vez necesitaba vaciar las floristerías y los jardines de Venecia. Quizá tenga algo que decirle... —insinuó, tendiéndole las cuatro cartas.

La condesa tomó asiento para proceder a la lectura de todas ellas. La doncella se las había entregado en el orden de llegada. La primera contenía un compendio de miedos, preguntas y amagos de abandono, ante el temor del conde de no ser lo suficiente para «una mujer tan inalcanzable como tú, Mura, acostumbrada al halago continuo, ponderadamente justificado, al lujo y a la buena vida, en el que yo quizá no sea la compañía que tú necesitas, aunque esté seguro de que mi amor supera el de cualquier príncipe de cualquier reino que pueda existir en la tierra». La segunda versaba sobre «la desgracia en la que quedará inmersa mi vida sin tu presencia, sin tu compañía, sin escuchar tu cálida voz y sin ser cómplice de tu inigualable sonrisa. Pero si mi desdicha supone tu felicidad, estoy dispuesto a aceptarla para convertirte en la mujer más feliz del mundo. Porque ése es el verdadero amor: sacrificarse por la persona amada, velar por ella antes que por uno mismo, entregarse en cuerpo y alma hasta la muerte, si eso garantiza su vida». En la tercera misiva, escrita entre los vapores del alcohol a juzgar por el trazo discontinuo de la caligrafía y la naturaleza de algunas de las frases, el conde se entregaba a «un destino irreparable, en el que nada tendrá sentido sin ti. No me importa morir si no puedo vivir contigo. Sólo tu presencia conseguiría mitigar las ansias de acabar con mi vida, porque ésa sería la única manera de permanecer siempre contigo. Me he dado cuenta de que hace cinco meses que la pobre Emilia falleció. Sólo si tú vienes lograrás liberarme. Ven, mi amada Mura, y libérame de la noche eterna. Y si esta carta te parece ridícula, quémala, rómpela y destrúyela como harás con nuestro amor. Soy tu esclavo y siempre lo seré. Te amo». La cuarta y última, algo más coherente y práctica, que supuso escrita hacía pocas horas, le rogaba que accediera «a dar una oportunidad a nuestro amor sincero y entregado. Te amo sobre todas las cosas de este mundo y, si necesitas que asegure ese amor con alguna prueba fehaciente, lo haré. Doblaré si hace falta el seguro de vida que te propone el príncipe, triplicaré el dinero que tan vilmente te ofrece, obviando que eres una señora. Lo haré si eso te hace confiar en mi palabra y darte cuenta de que soy el mejor hombre para ti. Recuerda que te entregaste a mí aquella noche en San Petersburgo y desde entonces nos pertenecemos. No nos pertenece nuestro pasado, pero sí nuestro presente y nuestro futuro. Disfrutemos juntos de la libertad de amarnos. Liberémonos los dos. Ven y libera a tu conde de la tortura de no tenerte».

Tanto afán liberador hizo que la condesa deseara salir de aquella habitación e ir al rescate del moribundo. Se sentó ante el buró para escribir una carta de su puño y letra, expresándole su amor eterno y su promesa de permanecer siempre juntos, pero la rompió; demasiado entusiasta, excesivamente fácil, no era buena idea decirlo todo desde el primer momento. Cogió una nueva cartulina para expresarle su deseo de verle, pero la rasgó en varios pedazos; nada de deseo, el deseo siempre confunde. De nuevo, tomó la estilográfica regalo del conde —una Waterman comercializada ese año que prometía acabar con los escapes de tinta que emborronaban papel y dedos— y con ella escribió la nota definitiva: «Cenemos».

Conocía el riesgo de la correspondencia epistolar gracias a la novela de Pierre Choderlos de Laclos, *Las amistades peligrosas.* A ella no le pasaría lo mismo.

Apareció en el restaurante del hotel más bella que nunca. El vestido elegante, la mirada descansada, el pelo brillante y sedoso, la piel radiante, el perfume justo, las legendarias perlas de María Estuardo adornando su cuello después de un largo letargo, similar al que había protagonizado ella en las últimas veinticuatro horas. Todo parecía posarse sobre ella como si fuera la primera vez. También aquella cena tenía el espíritu de la primera cita que ellos nunca habían tenido, ya que se reencontraron a raíz de la muerte de Emilia en un cementerio, comprando la lápida para la fallecida; por mucho que le gustase Poe, no era el mejor lugar para cimentar una relación. El jardín del hotel Des Bains era más apropiado. Fue una velada romántica que el conde Kamarowski había preparado al detalle, para que todo resultara perfecto de principio a fin. A los postres, llegó el remedio a lo que había ocasionado aquella pequeña crisis en la pareja.

—No pienses que esto lo hago por la carta de ese príncipe ruso que recibiste ayer —aseguró, mostrándole unos papeles que había ordenado preparar a su abogado con la ayuda del marqués Pateras—. Quiero hacerlo porque creo que es lo correcto.

—Pavel, yo no quiero que hagas esto. No te lo he pedido, no lo necesito... —intentó excusarse la condesa. Sus palabras le recordaron que ella tampoco había pedido a Prilukov que robara dinero, y, sin embargo, el abogado lo hizo.

—Sé que no me has pedido nada, pero yo quiero dártelo. Lo único que siento es no haberlo previsto antes y que haya hecho falta la carta de un indeseable para reaccionar. Soy mayor que tú, Mura, y, aunque tengo previsto vivir muchos años junto a ti, si tú me lo permites, conviene dejar las cosas arregladas por lo que pueda pasar —explicaba detalladamente el conde—. Es una práctica habitual. Lo sé porque uno de mis mejores amigos, el marqués Pateras, es dueño de una compañía de seguros. Él mismo me ha animado a hacerlo y ha preparado estos papeles. Me gustaría que los leyeras y que me digas si estás de acuerdo. Si tienes algo más que proponer, dímelo con libertad; se hará lo que tú digas. He quedado mañana con el marqués y todo quedará firmado.

La condesa miró los papeles que Pavel puso sobre la mesa. Una ristra de apartados, cláusulas y términos legales que ella no entendía y que sólo le supondría un dolor de cabeza.

—Y hay algo más —anunció mientras metía los papeles del contrato en la carpeta de piel que entregó a la condesa—. Para ser consecuente con mi forma de proceder, también tengo previsto hacer testamento a tu favor. En unas semanas te convertirás en mi esposa y quiero que todo lo mío sea tuyo. Es la única manera que tengo de demostrarte mi amor.

Las palabras del conde la emocionaron, tanto por lo fácil que había resultado convencerle como por lo cerca que estaba de que Prilukov desapareciera de su vida. Aun así, intentó dejar clara su postura.

—Yo no quiero que hagas nada porque te sientas obligado por una estúpida carta. He recibido muchas como ésa en mi vida y todas me han dado igual. Sabes que te quiero y que accedí a casarme contigo mucho antes de esa carta y de lo que ahora me propones.

—Lo sé, Mura. Y eso me reafirma en mi decisión de hacerlo —admitió el conde cogiendo sus manos para besarlas—. No creas que no me doy cuenta de lo que despiertas en los hombres, de cómo te miran, de cuánto te desean. Pero no es culpa tuya, querida. Ayer, al leer la carta del príncipe con esas proposiciones, actué de una manera inexcusable. Pero soy un hombre y los celos me devoran, aunque sé que no tengo motivos.

—No digas eso. Son imaginaciones tuyas.

—Lo digo porque es verdad. Soy muy consciente de cómo te miran porque yo también te miré así cuando todavía no eras mía. Incluso el propio Nikolái Naumov te mira arrebatado, como si fuera a implosionar... Pobre chico, no ha tenido suerte con el amor. Todas las chicas con las que ha estado se asustan y salen corriendo, horrorizadas. No sé qué les dice o qué les hace. Supongo que las aburrirá leyendo a Baudelaire, estos jóvenes poetas... —dijo el conde, dejando claro lo que era evidente para todos.

La mención de Naumov amenazó con distraerla. Desconocía si el conde también estaba al tanto de las cartas que le enviaba a la condesa y de su contenido explícito. Entonces recordó las otras dos cartas del traductor de Baudelaire que había recibido y que aún no había abierto. Las reservaba para la noche, cuando estuviera a solas en su habitación, sin seguros ni contratos de los que preocuparse, sólo la fantasía. Ella sí sabía por qué las chicas salían corriendo y qué era lo que tanto les asustaba de Nikolái.

Lo que no imaginaba es que esa noche no estaría sola.

39

—No es suficiente. Este seguro no vale —sentenció, arrojando el contrato sobre la mesa.

Las palabras de Prilukov arruinaron la satisfacción con la que la condesa había llegado a la suite. Le sorprendió encontrarle sentado cómodamente en la chaise longue, leyendo el periódico y en compañía de Elisa, que la recibió con la misma turbación en el rostro que mostraba cuando el abogado aparecía sin avisar. Ni siquiera se molestó en preguntarle qué hacía allí y cómo sabía que el conde acababa de entregarle una copia del seguro. Sabía que la vigilaba, podía sentir su presencia en forma de sombra acechándola constantemente.

—¿Por qué dices eso? El contrato lo ha hecho un empleado del marqués Pateras. Tú sabrás mucho de leyes, pero él sabe de seguros. Por algo es propietario de una de las aseguradoras más importantes de Italia.

—Te digo que no vale. Le falta una cláusula.

La condesa cogió de nuevo el contrato, como si realmente entendiera algo de aquel maremágnum de palabras, y perdió su mirada en él. Lo único que comprendía era lo más importante: ella era la beneficiaria del seguro de vida y la cantidad asegurada ascendía a medio millón de liras. ¿Qué cláusula podía faltar?

—La más importante. Y tendrás que conseguir que la incluya —ordenó Prilukov.

El abogado calló unos segundos que invirtió en observar el gesto de confusión de la condesa. Sabía que no sería fácil, pero si alguien podía hacerlo era la propietaria de los ojos verdes que le miraban intrigados. Bebió el whisky que tenía en el vaso y lo dijo sin rodeos.

—Deben incluir una cláusula que admita que el seguro también se ejecutará en caso de suicidio o de muerte violenta.

—¡Ahora sí que te has vuelto loco! —exclamó la condesa—. Sabes perfectamente que ninguna aseguradora aceptará algo así.

—Te equivocas. Puede que aquí en Italia sea complicado, pero hay aseguradoras en otros países que sí lo hacen; Austria, por ejemplo. Yo mismo he asesorado en la contratación de esos seguros a algunos de mis antiguos clientes. Sobre todo, si el asegurado cumple con unos requisitos que, casualmente, el conde Kamarowski presenta.

—¿Qué requisitos?

—Es un hombre que recibe cartas con amenazas de muerte. Todos lo saben, incluso él mismo bromea con el tema. Ahí tienes el vericueto legal.

—¿Y por qué quieres incluir algo semejante?

—Debe ser un seguro completo. Imagínate que un miembro de un sóviet o un exaltado bolchevique enviado por Lenin decide matarle. Tú te quedarías sin el dinero del seguro y yo también. Y, en ese escenario, ni yo podría saldar mis deudas ni tú te librarías de mí. Y todo por no prever un pequeño detalle que no ocupará más de una línea en un contrato de cinco hojas.

La condesa le miró cómo si estuviera delante de un perturbado que, sin embargo, hablaba de manera metódica y con la suficiente frialdad para no parecer trastornado, incluso haciendo que su razonamiento pareciera lógico. «La acción escénica ha de ser lógica, como el crimen. No hay interpretación sin lógica, de la misma manera que no hay crimen sin lógica», le había dicho Stanislavski. La lógica lo hacía todo creíble. Ahora, sólo debía parecerlo ella cuando lo propusiera.

No tenía apetito. Ni al conde Kamarowski ni al marqués Pateras les extrañó la inapetencia de la condesa; ambos sabían que las mujeres pierden el hambre cuando quedan pocos días para la boda. Habían quedado para comer y comentar los pasos que debían seguir para contratar el seguro antes de la boda.

—Los italianos tenéis fama por vuestros platos de pasta, pero sois únicos en la preparación de las alcachofas. —El conde parecía relajado para estar contratando un seguro de vida o puede que ése fuera el motivo de su serenidad.

—Somos buenos en múltiples facetas, por eso fuimos imperio comercial y por eso nos lo arrebataron, por ser demasiado buenos y confiados —respondió Pateras—. ¿No tiene apetito, condesa?

—Desayuné demasiado tarde —se excusó, recurriendo a la mentira. Prefería calmar su ansiedad fumando uno de sus cigarros perfumados, que colocó en la boquilla de oro tachonada de rubíes.

—¿Tuviste oportunidad de leer el seguro, querida?

—Por supuesto, tal y como tú me pediste.

—¿Y le parece bien? ¿Tiene alguna duda? Hable con confianza, estamos entre amigos —propuso el marqués—. Siempre he dicho que los ojos de una mujer ven cosas que los hombres no somos capaces ni de vislumbrar.

—Puesto que lo comenta... Sí, hay algo que me preocupa: las amenazas de muerte que ha recibido el conde.

La observación hizo que los dos hombres clavaran su mirada en ella. El conde dejó de masticar las alcachofas y el marqués se llevó la servilleta a la boca; el asombro de ambos era evidente.

—¿A qué se refiere, condesa?

—Hace unos días supe de la existencia de varias cartas amenazadoras contra mi futuro marido. Si el conde quiere hacer un seguro de vida que le permita estar tranquilo, no creo que lo consiga con esa espada de Damocles sobre su conciencia. Si va a dar este paso por convicción propia, quiero que quede satisfecho y que ningún fleco perturbe la paz que anhela. Conozco a Pavel, sé lo perfeccionista que es y cómo le gusta tenerlo todo bajo control. ¿Me equivoco, querido?

—No, no lo haces.

—¿Y qué propone? —preguntó el marqués.

—Añadir una cláusula al contrato que garantice la tranquilidad y el bienestar del conde —reveló, manteniendo en silencio a los dos comensales que parecían haberse contagiado de la falta de apetito de la condesa, ya que no habían vuelto a probar bocado. La curiosidad y la expectación suelen matar el hambre—. El seguro debería incluir el deceso por muerte violenta.

El anuncio ahondó en el mutismo de los hombres que apartaron los ojos de ella y cruzaron una mirada.

—Me temo que eso no es posible, querida —indicó el marqués—. Esas cláusulas no suelen recogerse en los seguros de vida. Podrían dar pie a malos entendidos...

—En ese caso, me temo que es absurdo que sigamos adelante con la idea del seguro —dijo con la misma convicción del erudito que sabe de qué habla, excepto por el nimio detalle de que ella no tenía ni idea de lo que estaba hablando. Dio una nueva calada al cigarrillo perfumado a través de su boquilla, empleando su tiempo para deshacerse del humo de un modo que siempre resultaba insinuante, como todo en ella—. No quiero que el conde dé un paso tan importante en deferencia a mí, aunque también lo haga por asegurar su tranquilidad, y que esté todo el día preocupado. No quiero que nada le inquiete ni le perturbe porque algo no está bien hecho o de manera completa. Sé que no descansará. Te quiero feliz, Pavel. Es lo único que quiero. Y para eso no necesito un seguro.

—¿Hay alguna forma de poder incluirlo, marqués? —preguntó el conde, que parecía haber encontrado la lógica en el argumentario de su futura esposa, además de agradecer la preocupación que mostraba por verle feliz y tranquilo.

—Lo veo complicado, casi imposible. Al menos aquí en Italia...

La condesa le miró fijamente. Recordaba lo que había dicho Prilukov la noche anterior. Deseó que el marqués tuviera el conocimiento real que aparentaba y que conociera que ese tipo de seguros eran posibles en otros países. De lo contrario, tendría que comentarlo ella, recurriendo a la excusa del caso de un conocido, aunque siempre resultaría más sospechoso. Cuando escuchó al marqués retomar la palabra, respiró tranquila.

—Sin embargo, conozco una aseguradora que podría hacerlo. Está en Viena. Eso requeriría viajar hasta Austria, pero, si estáis dispuestos a hacerlo, yo mismo me encargaré de iniciar los trámites necesarios.

—Hazlo sin perder tiempo. Podemos aprovechar el viaje y pasar unos días en Viena. Y, ya que estamos allí, realizaremos también los trámites del testamento y lo dejamos todo preparado antes de la boda. ¿Te parece bien? ¿Eso te satisfaría?

—Siempre que tú lo estés, querido. Al fin y al cabo, todo esto ha sido idea tuya.

Diez días en Viena bastarían para arreglar las cosas. Eso quiso creer la condesa, aunque sabía que había organizado algo tan complejo como delicado. Estarían en la ciudad del eterno «vive y deja vivir», aunque esos días también sería el escenario de la cuarta sesión plenaria de la segunda Conferencia de Paz de La Haya. Se celebraría el 17 de agosto de 1907 y, más que evitar la guerra, los países intentarían establecer unos límites legales del conflicto armado una vez iniciado, soslayando las políticas de desarme de los estados, que habían aumentado de manera considerable sus gastos militares en armamento en los últimos años. En Viena, durante unos días, cohabitarían formalmente el derecho a la vida con el derecho a la guerra. Una paradoja de lo que pasaba en el mundo, un reflejo que se proyectó, una vez más, en la vida de la condesa.

El hotel Bristol de Viena se convirtió en su centro de operaciones. Lejos de ser un simple alojamiento, resultó ser el teatro de maniobras desde donde desenmarañar el nudo gordiano en el que se había convertido su existencia. Empezaba a sentirse esclava de aquellos tres hombres, de sus deseos y de sus juicios, a pesar de que eran ellos los que afirmaban estar atados a ella, subyugados a su deseo, dispuestos a matar y a morir por ella. Curioso vasallaje que transforma al amado en el encadenado, pensaba la condesa. Tenía que ponerse al frente de la situación si no quería que ellos tiranizaran su vida. Ella podría responsabilizarse de sus errores, pero no acarrear con las consecuencias de las decisiones ajenas que siempre la situaban en la intersección de todos los caminos. Eso la convertiría en víctima o en cómplice, y ninguno de los dos papeles estaba hecho para la condesa Tarnowska. Debía volver a su esencia, al poder de su belleza, al hechizo de su encanto. Lo mismo que la condenó en un pasado sería lo que la salvaría de un presente asfixiante y le permitiría vivir con tranquilidad en el futuro. La sociedad podría haber cambiado, pero ella no. En realidad, nadie lo hacía. Se lo había escuchado a su amigo Freud, el mismo que aseguraba ser más vienés que un vals, aunque en Viena se sintiera un extraño por el creciente recelo hacia los judíos. Nadie podía negarse a sí mismo, nadie era capaz de renunciar a sus impulsos naturales; quizá podría engañar a su conciencia, haciéndolos desaparecer, pero nunca al subconsciente, donde se enclaustrarían y aguardarían el momento más oportuno para aflorar, incluso más peligrosos. La condesa se había negado a sí misma durante demasiado tiempo y ahora, para poder sobrevivir, necesitaba volver a ser ella misma, volver al inicio. La bondad y la maldad no se pueden desterrar del alma de una persona. Podrían disimularse, pero nunca desaparecerían, como tampoco los miedos, los traumas o los olores de la infancia; están ahí, habían estado ahí desde el principio. Sólo necesitaban que los avivase.

La condesa había despertado.

Antes de abandonar Venecia, leyó las cartas de Nikolái Naumov, inundadas del dramatismo que define al alma rusa:

> Mi vida está vacía de sentido si tú no estás en ella. Vuelve a mí o moriré de pena. Todo me aburre. Todo me disgusta. Sin ti no valgo nada, comadreja. Eres mi felicidad pasajera. Verte es mi único deseo. Ven o no pararé de beber hasta morir.

Pensar en él y en los juegos que ambos compartían le hacía sentir bien. Junto con el contenido del estuche mágico, era de lo poco que conseguía relajarla. El joven traductor era el único de los tres que anteponía su propio sufrimiento al de ella, aunque lo hiciera por placer; el masoquismo no era algo exclusivo de las novelas. Por eso le envió un telegrama pidiéndole que fuera a Viena para poder estar juntos, instándole a extremar las precauciones porque nadie debía saber que estaba allí, en especial el conde Kamarowski. La condesa lo preparó todo al detalle: Elisa iría a recogerle a la estación de tren de Viena y le llevaría al hotel Meissl & Schadn, donde Naumov se inscribiría con un nombre falso y permanecería sin salir de la habitación hasta que ella le indicara lo contrario. El establecimiento estaba lo bastante alejado del hotel Bristol para evitar que el conde o Prilukov —también en Viena, para controlar que todo saliera según lo acordado— lo vieran, pero pertinentemente cerca para que ella pudiera acudir a su encuentro cuando lograra zafarse de la compañía del conde y de la vigilancia del abogado. No sería fácil, pero hacía mucho tiempo que su vida había dejado de serlo.

En un primer momento, pensó que tener a los tres vértices de su particular triángulo en el hotel Bristol le resultaría más práctico a la hora de manejarlos como a títeres de un teatro callejero. El conde ocupaba una habitación; ella, los niños y la doncella ocupaban dos contiguas, y en una tercera estaba Donato Prilukov para fiscalizar cada movimiento desde las sombras, su hábitat natural desde que adoptó la condición de prófugo. Pero si los dos hombres se topaban por casualidad en los pasillos o en las zonas comunes del hotel, le resultaría complicado explicarlo. Debía extremar las precauciones.

Gracias a la intermediación del marqués Pateras, la resolución del seguro de vida, con la inclusión de la cláusula instada por la condesa, se realizó con éxito. A los pocos días de llegar a la capital austriaca, ambos acudieron a las oficinas de la aseguradora para firmar el contrato sin que se produjera ningún contratiempo. Algo más farragoso resultó la redacción del testamento, en cuyo proceso el conde había pedido a su futura esposa que se mantuviera al margen. A la condesa le extrañó la petición, en la que advirtió algún tipo de desconfianza hacia ella, pero, por consejo de Prilukov, aceptó su voluntad. «No tiene que significar nada malo; al contrario. Algunos hombres no quieren incomodar al beneficiario de su última voluntad hasta que no está todo firmado». Para el trámite testamentario, el conde Kamarowski requirió la presencia de su abogado, que tuvo que viajar desde Orel hasta Viena para comprobar la documentación y asegurarse de que todo se realizaba correctamente. Los trámites se alargaron algunos días más de lo previsto debido a la gran carga testamentaria del conde. Las jornadas maratonianas de los abogados en los despachos permitieron a la pareja disfrutar de la ciudad, asistiendo al teatro, a la ópera, a museos y a restaurantes exclusivos, así como pasar más tiempo con los niños, que pronto regresarían a Rusia para empezar las clases.

Uno de esos días, el conde organizó con antelación una visita privada a la Escuela Española de Equitación donde le tenía preparada una sorpresa a su prometida. A pesar de las altas temperaturas que asolaban Viena en aquel mes de agosto, la visita no se centró en la pista ecuestre ubicada en un patio interior de verano del Palacio Hofburg, sino en la fastuosa sala barroca de invierno. Le impresionaron el recinto y su espectacular arquitectura, que confería a la sala la apariencia de un salón de baile más que de un picadero: el mármol, las columnas, la bóveda, los soportales, las lámparas del techo... Todo guareciendo una pista central de arena color ocre que contrastaba con el níveo de la estancia. Sintió que la historia tiraba de ella con delicadeza hasta el siglo XVI, cuando el archiduque Fernando I de Habsburgo hizo enviar a Austria cierto número de caballos españoles con sus correspondientes domadores, gracias a la mediación de su hermano Carlos I de España, para fundar la Spanische Hofreitschule. Un nuevo *déjà vu* la situó en el salón de la residencia familiar de Otrada donde tres pretendientes pedían su mano mientras la contemplaban vestida de amazona. Recordó a uno de ellos, el príncipe Troubetzkoi, mencionando la compra de tres caballos andaluces de pura sangre y cómo Vasili pretendió ridiculizarle. La voz del conde Kamarowski la rescató para devolverla al presente.

El conde tenía especial preferencia por mostrarle los caballos lipizzanos, unos ejemplares de sangre española, árabe y napolitana, únicos en el mundo.

—Estos equinos se han hecho famosos por su particular belleza, su elegancia, su estilo y su inteligencia. Hay que ser muy sutiles y perspicaces para moverse con ese arte y señorío. Fíjate en sus movimientos, Mura, parecen dibujados sobre la arena, finos y aristocráticos. Pero no es algo innato en el animal, sino fruto de una doma cuidada. Al principio puede parecer cruel, pero, viendo el resultado final de ese adiestramiento, uno comprende que merece la pena.

La condesa tuvo la sensación de que el conde había dejado de hablar de caballos. Quizá fuese una locura, pero cada palabra que pronunciaba sobre el lipizzano parecía dirigida a ella, recurriendo a la metáfora, como si emplease su particular galla de Istria para advertirla de que estaba al tanto de sus maquinaciones. O puede que fuera su subconsciente, enviándole los mensajes que ella creía sujetos y amordazados en su conciencia cuando estaba en compañía del conde, pero que brotaban de manera instintiva. Se abanicó con más brío. Empezaba a sentir más calor del que ya de por sí hacía en Viena.

—Lo más curioso es que estos potros nacen negros o con el pelo cobrizo y la naturaleza y el tiempo hacen que su color mude al blanco o al gris en sólo cinco o seis años. ¿No te parece impresionante? Nacer negro y morir blanco. ¿Cómo puede alguien experimentar un cambio tan radical? Una vida de contrastes. Nacer libre para morir domado. ¿Tú crees que las personas también sufren estas metamorfosis?

El conde Kamarowski no esperó la respuesta de la condesa, quizá porque ya la conocía o porque le divertía ver el gesto de confusión en el rostro de su prometida. Una sensación de bochorno la invadió. Tuvo la impresión de que las sombras se multiplicaban y las voces en su cabeza se confundían: unas le advertían de que el conde conocía sus intenciones, otras la instaban a tranquilizarse. ¿Estaría refiriéndose a ella, a su acuerdo con Prilukov, a Naumov o a sí mismo?

—Quiero que veas a los sementales jóvenes. Es impresionante cómo una mano experta es capaz de sacar de ellos todo lo que se propone. Es como moldear mantequilla. Su vulnerabilidad temprana y su debilidad los hacen perfectos para la doma, que puede durar años. Estos animales tienen una gran memoria, indispensable para que recuerden cada detalle, pero al final se logra una unión única entre el jinete y el caballo que los hace inseparables de por vida. ¿No crees que es una alegoría hermosa de lo que debe ser una relación? Así debe ser el verdadero amor, basado en la confianza, en el cuidado y en la dedicación.

La condesa evitó mirarle por miedo a que viera reflejada en sus ojos la verdad que escondía su subconsciente. Se concentró en el interior de la sala barroca de la escuela e imaginó a la emperatriz Isabel de Baviera —su idolatrada Sissi, asesinada en Ginebra en 1898 por Luigi Lucheni, un anarquista italiano de veinticinco años—, cabalgando en aquel recinto como solía hacer para escapar de las tensiones y las frustraciones que le deparaban la vida y su matrimonio. Se vio a sí misma a lomos de un caballo, montada a horcajadas para huir no sólo de la Escuela de Equitación, sino de la devoción del conde, de la presencia de Prilukov, de la espera impaciente de Nikolái Naumov y de todos los fantasmas del pasado que la perseguían. Ni Sissi pudo huir de su asesino a lomos de un caballo, ni ella podría escapar de la encrucijada en que se encontraba. A lo lejos, seguía escuchando la voz de su prometido, pero intentó resguardarse de su eco. ¿Estaría refiriéndose de nuevo a ella y su peculiar nudo gordiano? Estaba pensando demasiado. Su mente iba a la misma velocidad que los latidos de su corazón, que empezó a trotar como lo hacían los lipizzanos. Cerró los ojos y, sin saber por qué, se imaginó bailando en brazos de Alekséi Bozevski en aquella pista central de la sala barroca, como lo hicieron en el salón de baile del Grand Hotel de Kiev la noche en la que su vida cambió para siempre. Podía verle, sentirle e incluso olerle, hasta que la imagen de Naumov se interpuso entre ellos, sin respetar su ensoñación. Un pequeño vahído amenazó su equilibrio.

—¿Te encuentras bien, querida? Es culpa mía. Te estoy aburriendo con tanta charla. Discúlpame, es que no sabía cómo decírtelo...

—¿Decirme el qué? —preguntó, sin ser consciente de la lividez que barnizaba su rostro, imitando la tonalidad del interior de la sala barroca.

—Sé perfectamente lo que deseas. Lo sé desde hace mucho tiempo... —Una sonrisa que a la condesa le pareció diabólica cruzaba su rostro.

Dudó si lo que veían sus ojos era real o fruto de una imaginación demasiado engrasada por sus elucubraciones. En los últimos días, la presión que Prilukov ejercía sobre ella la había llevado a abusar de la morfina y también de la heroína, como único vehículo que le permitía olvidarse de todo. La condesa se aferró a la barandilla de mármol que tenía delante. La notó fría, como parecía la sonrisa del conde. Se preguntó si la empujaría, arrojándola sobre la arena por la que trotaban los caballos durante las exhibiciones.

—¿A qué te refieres? —Intentó que su voz no se mimetizara con su ánimo.

—Éste es mi regalo de bodas para ti, Mura —anunció el conde mientras la música empezaba a sonar y entraba un bello ejemplar lipizzano, recién traído de las caballerizas del palacio, situadas en el edificio Stallburg.

Era un hermoso caballo de piel rojiza, tan reluciente que parecía bañado en sangre. Todavía era joven y su piel no había mudado a un tono más claro. Se fijó en su cabeza alta y noble, en su cuello largo y elegante en contraste con sus patas, algo más cortas que las de otros equinos, en su cuerpo musculado. Pero sobre todo observó los ojos del animal, lúcidos, brillantes, vivaces, enmarcados en una mirada inteligente.

—Es un animal noble y bondadoso, alegre y cariñoso como tú, Mura —le susurró el conde al oído mientras uno de los empleados de la escuela acompañaba al caballo para que diera unas vueltas por la pista.

No supo si fue algo premeditado, pero al conde se le olvidó comentar que aquellos caballos eran especialmente dóciles y que convenía estar siempre pendientes de ellos, controlando la doma porque, si se sienten descuidados, pueden mostrarse indómitos y feroces, valiéndose de una libertad que no tienen.

—¿Por qué no lo montas?

—¿Ahora?

—¡Qué mejor momento que éste! ¿Para qué crees que hemos venido aquí?

La condesa aceptó, haciendo gala de una extraña conformidad que la acompañaba desde hacía días. Dudó en si montar a horcajadas o a la amazona. Cuando vio la silla victoriana colocada sobre el lomo del caballo, que la obligaba a montar con las dos piernas hacia el lado izquierdo, se sintió decepcionada —hubiera preferido montar a horcajadas o a la amazona—, aunque no dudó en mirar hacia arriba, desde donde la observaba el conde, sonreír y aceptar la ayuda del empleado de la Escuela de Equitación Española. Era un regalo inesperado, y lo agradecía de corazón. Le había contado al conde su amor por Nagaika y lo que sufrió cuando tuvo que sacrificarlo.

Mientras cabalgaba por la arena de la sala barroca volvieron a su mente las palabras de su prometido sobre la doma, el adiestramiento y la relación única entre el jinete y el caballo que los hacía inseparables. Se sintió una con el equino. «¿No crees que es una alegoría hermosa de lo que debe ser una relación? Así debe ser el verdadero amor, basado en la confianza, en el cuidado, en la dedicación».

Nunca había dejado pasar las señales del destino y no era buen momento para empezar a hacerlo.

40

Aquella noche sintió la necesidad de abandonar el hotel Bristol para acudir al hotel Meissl & Schadn. Necesitaba descargar sobre él toda la tensión acumulada no sólo del día, sino de las últimas semanas. El joven poeta era el único que la entendía en aquel triángulo amoroso convertido en un cuadrilátero de lucha, donde cualquier movimiento podía representar el éxito o la ruina, la vida o la muerte.

Desde que la imagen de Nikolái Naumov se había colado en la imaginación de la condesa, sustituyendo a la de Alekséi Bozevski en el baile soñado de la Escuela Española, sabía que acabaría en la habitación del poeta. Elisa cubriría su ausencia si el conde o Prilukov aparecían de improviso. Dudaba de que lo hicieran. Kamarowski estaba agotado por el intenso día y él mismo le había confiado que tenía previsto irse a descansar pronto para encarar la mañana siguiente con energía, ya que había quedado con su abogado para finiquitar los trámites fiduciarios. Con Prilukov había acordado encontrarse al día siguiente, en el Prater.

Al acceder al hotel Meissl & Schadn, preguntó por el nombre falso con el que se había registrado Naumov: el señor Édouard Durand. Mientras atravesaba el vestíbulo y subía a la habitación, sentía su cuerpo encenderse con sólo imaginar lo que iba a suceder. Aquella inflamada sensación únicamente la experimentaba con él, nunca con el conde Kamarowski, con quien aparte de una noche en San Petersburgo no había vuelto a tener intimidad sexual —aunque sí algunos juegos eróticos siempre guiados por ella y su variado instrumental—, y tampoco con Prilukov, con quien el sexo llegó a ser algo más impetuoso, centrándose especialmente en el intercambio de roles de la pareja, lo que más los estimulaba a ambos. Lo que le ofrecía Naumov no tenía que ver con la sexualidad como hecho físico, sino con la excitación sexual que provocaba el contemplar el dolor ajeno, el sufrimiento por el tormento impartido. La recompensa carnal era de otra naturaleza.

No había sido idea suya. La perversión erótica no era una parte consciente de la sexualidad de la condesa, aunque suponía, como le confió Freud, que su subconsciente guardaba las prácticas y los juegos sexuales a los que Vasili la sometió al principio de su matrimonio y cuyo recuerdo permanecía vedado en su memoria por el uso de fuertes sustancias narcóticas utilizadas durante las sesiones, de las que despertaba dolorida y con determinadas marcas en el cuerpo, sin recordar cómo se había hecho las lesiones. A lo máximo que la condesa había llegado era a sentirse atraída visualmente por la sangre, como le sucedió con Yaroslav el día del accidente en el lago helado o en las cuadras, cuando vio el vendaje cubriéndole la herida. La debilidad y la vulnerabilidad del otro la hacían sentirse poderosa, dominadora absoluta del placer ajeno más que del propio, y esa autoridad la excitaba. Recorriendo el pasillo del hotel, recordó la relación entre el jinete y los caballos domados; siempre había alguien que ostentaba el poder. El conde había hablado de los sementales jóvenes y cómo una mano experta era capaz de moldearlos a su antojo y conseguir de ellos lo que se propusiera. «Es como moldear mantequilla», había dicho. Y eso era Nikolái en sus manos.

Cuando entró en la habitación, él ya estaba sobre la cama, con el torso desnudo. En las mesillas había dejado unas cuerdas de cáñamo que la condesa sabía perfectamente cómo utilizar; las marcas en las muñecas, así como en su cuello, le daban placer días después, al contemplar las heridas en la piel. Se fijó en el látigo y en otros objetos que en la mente de Naumov alcanzaban la condición de juguetes sexuales. Sólo con verla, la mirada del joven se encendió y su respiración se volvió jadeante. Los dos estaban deseando meterse en el papel que aquel juego les había adjudicado. Conocían las reglas y los supuestos límites, aunque nunca habían llegado a ellos, quizá porque las lindes cada vez estaban más alejadas de la reprobación moral y física. La condesa empezó a desnudarse ante él y le recordó que tenía prohibido tocarla. «No, hasta que yo te lo permita». Cuando él intentó decir unas palabras, que salieron de su boca con el habitual tartamudeo que ataba su lengua cuando estaba nervioso o excitado, la mano de la condesa le abofeteó el rostro, recordando que ella era su dueña y no le había dado permiso para hablar. «Voy a tener que castigarte si no me obedeces». La amenaza sonó a recompensa en los oídos del poeta que, al ver a la condesa coger las cuerdas para atarle las muñecas, apenas pudo reprimir el ardor en forma de placer que se apoderó de su cuerpo. Su mirada febril se dirigió a los cigarrillos que había sobre la mesa.

No era la primera vez que el joven le suplicaba que los apagase en su piel. El primer día que se lo pidió, la condesa se negó, horrorizada. La negación era normal en la fase inicial del jugador inexperto en las prácticas del masoquismo y sadomasoquismo, como después le explicaría Naumov. Sintió ese mismo rechazo la primera vez que suplicó que lo azotara, le infligiera castigos corporales o lo humillara obligándolo a comportarse como un perro, caminando a cuatro patas con un collar alrededor del cuello y con un bozal en la boca. Ella no entendió cómo aquellas prácticas podían representar para él algún tipo de fruición, pero así era. «Si quieres hacerme feliz, hazlo. Sólo si eres cruel conmigo, si me hieres físicamente, sentiré placer. Te amo y te venero tanto que únicamente sintiéndome tu esclavo y sufriendo por ti puedo considerarme dichoso», le explicó. Se vio convertida en la Wanda de *La Venus de las pieles*, cuando Severin suplica que lo castigue y lo humille porque sólo así experimentará un placer cercano al éxtasis que no lograría con ninguna relación sexual. En la novela, ella también se muestra reacia al principio, hasta que entiende que cada uno siente y vive el placer de una manera y es entonces cuando accede a convertirse en su dueña, terciándose también en un placer para ella, y llegan incluso a firmar un contrato detallando el acuerdo de sumisión. La condesa guardaba en su memoria fragmentos de aquel libro que tanto le había escandalizado de pequeña y que escondía bajo la baldosa que había debajo de su cama. «Mi miseria es que te amo cada vez más, con mayor locura, cuanto más me maltratas y traicionas. ¡Oh! ¡Quisiera morir de dolor, de amor y de celos!».

Podía haber encendido uno de los cigarros del paquete que había sobre la mesilla de noche, pero sabía que la excitación del poeta aumentaría si utilizaba uno de sus cigarrillos perfumados. Su olor era tan característico que siempre anunciaba su presencia. La condesa sacó la boquilla de oro en la que colocó uno y lo encendió empleando más tiempo del normal, observando la respuesta corporal de Naumov, que cada vez se mostraba más agitado. Se entretuvo en dar unas caladas antes de acercarse a él, echarle el humo sobre la cara y comprobar que las cuerdas en las muñecas estaban bien apretadas. «¿Estás seguro?», le preguntó de manera teatralizada, como si no conociera la respuesta. Él tenía la boca amordazada con un pañuelo que la condesa le había colocado previamente, asegurándose de que quedara lo bastante apretado, pero su mirada respondía por sí sola. Cuando sintió la primera quemadura en el pecho gritó de placer, obligando a la condesa a taparle la boca con su mano. No quería que nadie en el hotel se quejara por los ruidos, que ningún empleado llamara a la puerta alertado por los gemidos. Sin darle tiempo a recuperarse de la primera quemazón, la condesa volvió a dar una honda calada sin soltar el humo, puso la lumbre de su cigarrillo sobre el pecho de Naumov, que volvió a contraerse, y, al retirarlo de la piel, expulsó el humo sobre la herida. A cada quemadura aumentaba el placer. La condesa conocía la técnica y no dejaba descansar al cuerpo del sufrimiento, lo multiplicaba con cada representación. Después de los cigarrillos, no hubo tregua. Cogió la vela que ella misma había encendido y vertió la cera sobre el torso de él, deteniéndose en las heridas. Las lágrimas rodaban por el rostro de Naumov: la confirmación muda de que estaba haciendo bien su trabajo. Cuanto más dolor, más placer; cuanto más placer, más entrega; cuanta más entrega, más poder. Ésa era la ecuación de aquella relación. Por un segundo dudó de si debía retirarle la mordaza, al ver cómo la respiración renqueaba, pero él mismo le indicó que no lo hiciera. Cualquier otro día hubiera parado allí, pero esa noche debía ir más lejos. La condesa había acudido a verle no sólo para aliviarse ella misma de las tensiones, sino para comunicarle algo. Sabía que su mensaje le haría sufrir de una manera en que a él no le gustaba, y quiso compensarle.

Cuando Naumov aún se retorcía de dolor —el summum del placer—, la condesa le desató las muñecas y le ordenó que se tirase al suelo e imitara a un perro. Le colocó el collar con pinchos que él había comprado, le obligó a ladrar, como él había pedido, y le hizo correr detrás de un palo que ella le arrojó, instándole a cogerlo con la boca y acercárselo a su dueña. Mientras Naumov interiorizaba su papel, la condesa había cogido el látigo sin que él lo viera. El primer latigazo le pilló de improviso, como evidenció el grito ahogado que salió de su garganta. Una marca rojiza quedó grabada sobre su espalda, a la que se unieron otras tres hasta que, en el cuarto verdugazo, la piel se rasgó y las primeras gotas de sangre aparecieron sobre ella. Ése era uno de los límites. La condesa se detuvo a pesar de que su perro pedía que siguiera. No lo hizo. En vez de eso, derramó cera derretida sobre las heridas.

Según le aseguró Naumov, aquellas prácticas eran su verdadera liberación, el abandono absoluto, la entrega a sus instintos más básicos para deshacerse de las ataduras morales y dar prioridad a las físicas. Necesitaba a una mujer cruel, malvada y dominadora para llegar al éxtasis. Requería el castigo corporal como fuente de gozo. No es que el poeta se hubiera dejado influenciar por la belleza perversa encerrada en *Las flores del mal* o *El pintor de la vida moderna* de Baudelaire durante sus traducciones. Su inclinación por el placer del dolor y por el masoquismo le venía de pequeño, cuando pedía a sus amigos que le peinaran con un peine de hierro con púas afiladas o le proponía a algunas de sus novias que lo azotase. Por eso salían espantadas; ellas no entendían el placer como él. Pero la condesa sí lo hacía.

Pasaron más de tres horas hasta que Naumov se dio por satisfecho. Su cuerpo estaba dolorido y su espíritu agotado, pero, según sus palabras, su alma estaba plena. La condesa también se sentía relajada, aunque, viendo la expresión de dolor del joven cuando se resentía de algunas de las heridas, no podía evitar desarrollar un leve sentimiento de culpa que desaparecía al instante, en cuanto veía la sonrisa y el gesto de placer de su compañero de juegos.

—Mi comadreja, me has hecho el hombre más feliz de la tierra. Y te quiero dar las gracias porque esta noche te has entregado de lleno. Te amo más que cuando entraste por esa puerta, si es que eso es posible —reconoció mientras le cubría el cuerpo de besos, empezando por los pies, otro de sus fetiches.

—Debo decirte algo que quizá no te haga tan feliz.

La confesión de la condesa interrumpió el sendero de besos que el joven estaba abriendo sobre la piel blanquecina de su amada. Esos besos eran lo máximo a lo que podía aspirar el poeta en el plano emocional: no eran amantes, sino ama y esclavo. Tal vez le recordase a Alekséi, pero Naumov no era él, y ella lo tenía claro.

—¿Qué sucede, condesa?

—Lo inevitable. Lo que no puede sorprendernos a ninguno de los dos porque lo esperábamos desde que comenzamos esta locura —dijo muy seria, encendiendo otro de sus cigarrillos. El olor dulzón estremeció a Naumov.

—Dime qué ocurre.

—Te voy a liberar. En el fondo, es una buena noticia.

—Me liberas cada vez que estoy contigo. Acabas de entregarme una buena dosis de libertad —respondió el joven sin entender, o sin querer hacerlo.

—En menos de tres semanas me caso con el conde Kamarowski. Cuando regreses a Orel, encontrarás la invitación. Él mismo te la envió.

El gesto de confusión de Naumov la sorprendió hasta que supo interpretarlo: el joven no entendía qué le estaba diciendo. Debía ser más explícita.

—Querido, cuando me case con el conde sólo me entregaré a él. No podremos vernos más. No volveremos a estar juntos. Esta noche nuestra relación muere y, con ella, nuestro amor.

—Pero eso es imposible. Eso supondrá mi muerte. Yo necesito verte, estar contigo, olerte... No puedes hacerme esto. Es como si me asesinaras.

—No seas dramático, Nikolái —solicitó la condesa, incorporándose de la cama para empezar a vestirse—. Esto no tiene futuro. Es sólo un juego. Así me lo explicaste tú mismo, un juego al que, como recordarás, yo ni siquiera quería jugar.

La condesa no mentía. Había leído muchas novelas sobre este tipo de prácticas y las había presenciado y experimentado en las fiestas del gran duque Pávlovich, siempre de la mano de

Vasili, pero Naumov fue el único hombre con el que habló abiertamente de masoquismo. Lo hizo como hablaba con Freud de psicoanálisis, de tendencias sexuales reprimidas en la infancia, de traumas y de abusos, comentándolo sin tapujos, sin falsas moralinas impuestas por una sociedad que se escandalizaba en los salones sociales, pero pecaba en las alcobas. Los libros sólo sacaban a la luz lo que sucedía en las sombras y trataba de esconderse. Sin embargo, él no parecía estar de acuerdo.

—Pero yo te amo, te amo con toda mi alma. Y pensé que tú me amabas igual. ¿Has estado jugando todo este tiempo conmigo? ¿Te has estado riendo de mí? —preguntó, más dolido por el abandono que por los latigazos.

—¿Cómo puedes decir eso? —se indignó la condesa—. ¿Acaso no has visto lo que he hecho por ti? ¡Me he convertido en alguien violento por tu culpa! Me has obligado a pegarte, a hacerte daño hasta gritar de dolor, incluso esta noche has sangrado. Ni siquiera he tratado así a un animal en mi vida. ¿Eso es amar a una persona? ¿Convertirla en un monstruo sólo para satisfacer tu propio placer?

—Eso de lo que hablas es un juego; los adultos juegan, sólo eso. Pero nosotros tenemos algo más. Nosotros nos amamos y eso no es ninguna diversión, va mucho más allá —intentó explicar Naumov—. No he amado a nadie como te amo a ti. Por ti sería capaz de todo, de aguantar el mayor sufrimiento del mundo, la mayor injusticia, el más cruel de los castigos, pero sólo si eso te hace feliz. Estaría dispuesto a dar mi vida por ti, condesa.

—Todos decís lo mismo. Os llenáis la boca con palabras que no son nada más que eso, simples y vacías palabras. Pero en realidad, ¿qué hacéis para demostrármelo? Nada. No hacéis nada. Me tenéis harta.

—¿«Te tenemos»? ¿Quién más hay en esta habitación? ¿O es que acaso hay alguien más con el que me engañas?

El comentario de Naumov y el verbo empleado arrancaron una carcajada sincera a la condesa, aunque no había razón para reírse.

—Eres tú con quien estoy engañando a mi prometido. ¿Ni siquiera entiendes eso?

La condesa había terminado de vestirse mientras Naumov permanecía desnudo en la cama, intentando gestionar una pérdida más que un abandono. No había sentido tanto dolor en su vida y no sabía cómo afrontarlo. No se parecía a ningún otro tormento físico. Su alma había sido herida de muerte, y un alma doliente, a diferencia de un cuerpo, no puede sanar; simplemente agoniza. Sin mediar palabra, se incorporó, abrió el cajón de la mesilla y sacó un revólver. Cuando la condesa quiso darse cuenta, Naumov ya se había colocado el cañón contra la sien.

Ella le miró aterrada. Observó la mano trémula del joven. No sólo temió que se disparase adrede, sino que el arma se le resbalara y consiguiera el mismo efecto. Aunque fuera por egoísmo, no quería otra muerte más en su conciencia. No sería justo para ella ni tampoco para él. Le apreciaba, podría incluso haberse enamorado de aquel joven, aunque sólo fuera porque le recordaba a Alekséi Bozevski, pero era un sentimiento que no se podía permitir; cada vez que lo había hecho, alguien había muerto.

—No me importa morir. La muerte no me da miedo. Sólo temo a la vida si no puedo estar contigo. Así que tú decides. Y no pienses que no me atreveré.

—Baja el arma, Nikolái. No hagas tonterías. Te harás daño y no creas que sacarás ningún placer de ese dolor.

—No hay lugar en este mundo para mí si no puedo amarte. Yo te amo, ¿no lo entiendes? ¡Te amo!

La condesa pensó que los hombres solían confundir excitación con enamoramiento; quizá por eso se enamoraban tan rápidamente, con la misma celeridad con la que se desenamoraban.

—Si de verdad me amas, deja el revólver donde estaba. Tienes capacidad para el sufrimiento. Así que sufre como lo hacen los hombres valientes. Jamás podría amar a un cobarde. ¿Eres un cobarde, Nikolái?

—Sin ti, lo soy.

Un sonido metálico le indicó que había amartillado el arma. Lo próximo sería el disparo. Le sorprendió su propia entereza y, sin saber por qué, se sintió orgullosa. Pensó que sería mejor para los dos: ella debía mostrarse fría, dominando la situación, dejando claro quién mandaba. Sólo así el joven tendría una oportunidad.

—En ese caso, espera a que salga de la habitación y después haz las paces con Dios.

La condesa recorrió el pasillo del hotel esperando escuchar la detonación. Lo único que de momento escuchaba eran los martillazos de su corazón contra su pecho. Descendió por las escaleras rezando para no escuchar el disparo. Pasó por delante de la recepción implorando no percibir la detonación. Llegó al hotel Bristol sin poder contener las lágrimas.

La última vez que lloró fue cuando Alekséi Bozevski perdió la vida. Se había prometido no volver a hacerlo. Había prometido ante la tumba de Ekaterina no permitir nunca más que un hombre le hiciera entregarse al llanto. No era buena manteniendo promesas.

41

Las imágenes de la noche vivida junto a Naumov en la habitación del hotel Meissl & Schadn se proyectaban en su memoria. Sobre ellas se impresionaban fragmentos de la novela de Leopold von Sacher-Masoch: «Cuanto más fácilmente se entrega la mujer, más frío e imperioso es el hombre. Pero cuanto más cruel e infiel le es, cuanto más juega de una manera criminal, cuanta menos piedad le demuestra, más excita sus deseos, más la ama y la desea».

La historia de su vida.

Aquella mañana de finales de agosto auguraba un día soleado que invitaba al paseo y al esparcimiento. Era un día importante, el último que pasarían en Viena. Todo aquello que los había llevado a la ciudad austriaca estaba resuelto satisfactoriamente: el seguro de vida contratado por el conde Kamarowski y la modificación de su testamento, ambos documentos a favor de la condesa. Sólo quedaba una cosa por hacer: «el encuentro con el diablo», en sus propias palabras.

De camino al Prater donde había quedado en verse con Prilukov, la última carta de su tío Cillian también entró a formar parte del collage de su memoria: «No permitas que nadie escriba tu historia. Hazlo tú misma». Aferró con fuerza contra su pecho el bolso donde llevaba una copia del seguro de vida firmado horas antes por el conde, aunque ella sólo podía pensar en Naumov. Un suicidio en un hotel siempre se convierte en un titular, y si no había visto nada en la prensa es que finalmente no había apretado el gatillo. Las malas noticias vuelan a más velocidad que cualquier ave migratoria. Permanecer fría e indiferente le había servido para evitar una muerte, y se disponía a mantener ese perfil cuando se encontrara con el abogado. Seguir las enseñanzas de Sacher-Masoch era su particular método de supervivencia.

La elección de la gran explanada recreativa del Prater había sido decisión suya; convenía manejar el escenario porque así podría dominar mejor a los personajes. Los lugares de encuentro definen a las personas y aquello que las une, un particular «tercer lugar» como terreno común. Para reunirse con Nikolái eligió el Café Central, ubicado en Herrengasse, muy cerca de Michaelerplatz, donde acudían los intelectuales desde que, diez años antes, demoliesen el emblemático Café Griensteidl, en cuyo interior se creó la corriente literaria Jung-Wien. La condesa sabía que ese «tercer lugar» era el escenario perfecto para un hombre de letras, donde podía tener a mano un nutrido surtido de periódicos no sólo nacionales, sino de toda Europa. Recordó la expresión plácida, rayando lo infantil, de Naumov observando las revistas literarias más destacadas del mundo sobre el mármol de las mesas del establecimiento: el *Burlington Magazine*, el *Mercure de France*, la *Neue Rundschau*... Sonrió al recordar la canción «An die Musik» compuesta por Franz Schubert que el poeta le canturreó al oído: «Oh, arte hechicero, ¡cuántas horas grises, cuando me atenaza el círculo feroz de la vida, has inflamado mi corazón con un cálido amor, me has conducido hacia un mundo mejor!». Se consoló pensando que quizá el dolor que le había provocado la noche anterior con su abandono le serviría para escribir un libro de poemas con el que emular a su idolatrado Baudelaire.

Pensar en Naumov le aceleró el corazón. Sintió el impulso de salir corriendo hacia el hotel Meissl & Schadn, abrir la puerta de su habitación y rogarle que se fueran juntos lejos de todo y de todos, huir de aquella Europa que los percibía con desconfianza porque siempre hay quien disfruta incomodando con la mirada a alguien, aunque sea de los suyos, como a Freud le miraban en Viena. Pero Naumov no era Alekséi y dejarse llevar por el ímpetu de la «felicidad pasajera», como el poeta solía referirse a ella en sus cartas, sería pecar de debilidad y tenía que permanecer fría, cruel e infiel. Iba a encontrarse con Prilukov y él, lejos de la ternura que le provocaba el poeta, le sugería la malicia del escorpión. Las primeras impresiones suelen ser las correctas, aunque a veces aparezcan disfrazadas.

El Prater había sido un coto de caza que ahora presumía de ser uno de los parajes más abiertos de la capital austriaca porque, en sus más de seis kilómetros cuadrados de superficie, se congregaban personas de muy diferentes clases sociales, profesión, edad y condición, que paseaban por sus jardines y observaban admirados la gran noria instalada en 1897 para conmemorar los cincuenta años del reinado del emperador Francisco José. Unos y otros tenían las mismas posibilidades de escuchar la música que tocaban las orquestas en directo, disfrutar con los espectáculos de títeres, de las atracciones de ferias que colmaban aquel gran parque de atracciones o de tomarse un café, un helado o una manzana caramelizada. Era un lugar de encuentro común que lo mismo servía para reunirse con amigos, pasar el día en familia o dar largos paseos junto a la persona amada. La multitud era el mejor escenario para pasar inadvertido. La muchedumbre siempre engañaba; uno podía suponerse expuesto a las miradas de todos cuando, en realidad, nadie veía a nadie porque cada cual iba a lo suyo. La normalidad y el gentío son el mejor disfraz para quien aspira a ser invisible.

La condesa había querido que Elisa, Grania y Tioka la acompañasen a la gran explanada verde del Prater. No había razón para que los chicos pasaran en una habitación de hotel sus últimas horas en Viena, antes de regresar a Rusia para iniciar las clases. Además, esa compañía familiar aumentaba su sensación de seguridad.

—¡Mira la noria! —exclamó Tioka, que nunca había visto una tan grande—. Madre, ¿podemos subir? ¡Por favor! Nos portaremos bien y tendremos cuidado, lo prometo.

La condesa observaba aquella construcción de hierro de casi sesenta y cinco metros de altura, de cuatrocientos treinta toneladas de peso, con treinta cabinas desplegadas por su rueda y un diámetro de sesenta y un metros. «Muchas vueltas tendrá que dar la vida para que me suba a esa noria», pensó. No le convencieron las explicaciones de la doncella asegurando que la noria gigante no alcanzaba apenas velocidad y que por eso tardaba quince minutos en dar una vuelta entera.

—La velocidad máxima no llega a los tres kilómetros por hora, y, en ese caso, se tardarían unos cinco minutos en dar una vuelta completa —comentó Elisa leyendo el folleto que tenía en las manos—. Pero se detiene al llegar arriba para que la gente pueda observar las vistas de la ciudad.

—¿No preferís ver una película o subir antes en el tiovivo? —preguntó la condesa mientras miraba hacia arriba, contemplando aquel monstruo empeñado en dar vueltas para volver siempre al mismo sitio.

Desde que el Prater acogió la Exposición Universal en 1873, en su gran explanada se había mantenido el centenar de puestos, pabellones y recintos feriales que hacían las delicias de los visitantes, convirtiendo la Rotunde y el pabellón de los viajes en las atracciones más buscadas. «Panorama» era una atracción visual que permitía viajar por las principales ciudades de Europa como París, Londres o Berlín sin moverse del parque, sólo apagando la luz y dejándose llevar por las proyecciones de imágenes. La condesa deseó que la vida real fuera tan sencilla: sentarse, apagar la luz y dejarse llevar.

—¿Y qué tal un teatro de títeres? —propuso Elisa, que había visto unos cuantos desde que accedieron al recinto ferial.

—No. Queremos subir a la noria —refunfuñaban Tioka y Grania, que observaban la atracción como si su enorme rueda los hubiese hipnotizado.

—¿No os da miedo montar en algo tan alto?

—¡El miedo es para los cobardes! —gritaron los dos niños al unísono, como si fuera parte de un juego.

Tioka y Grania se pasaban el día jugando, inventando historias, simulando ser alguien que no eran, personajes inventados o reales, capitanes rusos enfrentándose a capitanes turcos. «Vamos a jugar a la caza del turco», decían, y podían pasar horas desaparecidos, escondidos, y, cuando por fin se dejaban ver, era para blandir sus espadas de madera y simular grandes batallas.

—Elisa, vete con ellos. Será mejor así. Es casi la hora...

—Condesa, ¿no prefiere que me quede cerca?

La doncella estaba al tanto de los planes de su señora. Elisa era la única en la que podía confiar, la única discreta, la única que no utilizaba el chantaje ni la amenaza ni pedía nada a cambio. Siempre estaba donde debía estar, ocupando el lugar que le correspondía. «Bendito orden establecido», pensaba a menudo la condesa.

—Está bien, Elisa. No te preocupes.

Los vio alejarse felices, dispuestos a enfrentarse a aquel reto de altura. Echó de menos la inocencia de la infancia; las cosas buenas siempre duran poco, quizá por eso la vida resulta a veces tan injusta y desproporcionada.

La condesa consultó su reloj de bolsillo. Presionó el minúsculo botón colocado en el canto para abrirlo. A un lado, en la esfera, comprobó que el abogado llegaba tarde, como siempre; al otro, la foto de Tioka le confirmaba que había hecho bien abandonando a Naumov, liberándolo de ella y liberándose ella misma de Prilukov. Su hijo se merecía lo mejor, y lo más adecuado para todos era el conde Kamarowski.

Mientras esperaba, empezó a deambular por uno de los paseos de la explanada y se detuvo a contemplar un espectáculo de marionetas que se representaba ante la atenta mirada de unos niños, sentados en un semicírculo frente a la caseta de madera y escoltados por padres o cuidadores que contemplaban de pie la misma función. Se dio cuenta de que los pequeños se reían en los momentos en los que los adultos se mantenían serios, y éstos se reían de cosas que los críos obviaban, seguramente porque no las entendían. Una rigurosa representación del ciclo de la vida. Intentó prestar más atención a la historia de los títeres y, cuando lo hizo, su corazón dio un vuelco. Era el mismo cuento que le leía Ekaterina a ella, la fábula de Iván Krylov, «El cisne, el bagre y cangrejo». La voz del narrador había presentado a los protagonistas de la historia:

—Un cisne, un bagre y un cangrejo a tirar de un carro se pusieron y los tres juntos se engancharon de él...

A cada palabra que pronunciaba, la fábula iba tomando otro cariz en la cabeza de la condesa, donde pareció abrirse un escenario distinto para acoger una versión diferente a la que había interpretado de pequeña.

—La carga para ellos no habría sido pesada...

Dejó de ver un carro para contemplar un seguro y un testamento.

—... pero es que el cisne tira hacia las nubes, el cangrejo hacia atrás y el bagre hacia el agua...

Dejó de ver animales para ver a Naumov, Prilukov y al conde Kamarowski.

—Quién de ellos es culpable, quién no lo es, no nos toca juzgar. Sólo que el carro todavía está allá.

Dejó de contemplar un mero espectáculo de títeres para ver una representación de su vida.

—Cuando entre socios no hay acuerdo, su asunto no ha de marchar bien y antes saldrá de allí un padecimiento.

Escuchar aquella moraleja en boca de una marioneta de madera cogida con hilos confirmó su teoría. De niña entendió aquella fábula de manera diferente a como lo estaba haciendo de adulta. Mientras todos aplaudían y reían, ella se mantuvo seria y pensativa. La vida en un escenario, un escenario en la vida; todo subido a una noria que daba demasiadas vueltas para regresar al mismo lugar. Se habría mareado si una voz no la hubiera sacado de aquel bucle infinito.

—En Viena, el amor y el arte se entienden como un derecho reconocido de todo ciudadano. Lo dijo un burgués judío, no recuerdo quién... —dijo Prilukov a su espalda, fiel a su condición de sombra. Su aparición sobresaltó a la condesa—. ¿Te he asustado?

—No haces otra cosa, últimamente —reconoció mientras abría el bolso para extraer la copia del seguro y terminar con aquello lo antes posible.

Quería finiquitar aquel asunto, deshacerse del abogado y unirse a Elisa y a los niños. Pero Prilukov tenía otros planes.

—Caminemos. Será mejor.

Mientras paseaban por uno de los caminos más tranquilos y arbolados de los muchos trazados en aquella gran pradera en el corazón de Viena, el abogado revisó los papeles. El seguro recogía todo lo que él había sugerido: un montante asegurado de quinientas mil liras, la inclusión de la cláusula que permitiría cobrar el dinero en caso de muerte violenta y la condición de que, llegado el caso, el pago se efectuaría en mano y a nombre de la condesa viuda.

—No era tan complicado... Te dije que no tenías razones para preocuparte.

—Ya he hecho lo que querías. He cumplido mi palabra. Ahora cumple tú la tuya y desaparece.

—No sé por qué estás tan enfadada. Esto te beneficia más a ti que a mí. Eres tú la única beneficiaria.

—Te olvidas de que me estás exigiendo que te entregue el dinero de ese seguro —le recriminó la condesa.

—No es para mí. Lo utilizaré para devolver el dinero que robé a mis clientes.

—Eso es malversar dos veces, Donato. Robar para restituir lo robado, típica jerga de abogados. —Aunque se había comprometido a no conversar con él, porque siempre conseguía llevarla por un camino indeseado, era imposible permanecer callada frente a Prilukov—. Además, si eso es verdad, te bastaría con cien mil rublos, ¿por qué pedir una cantidad mayor?

—El resto lo donaremos a fines más altruistas. Quizá eso te haga sentir mejor.

—Lo único que hará que me sienta mejor es que dejes de hablar en plural. Tú y yo ya no tenemos nada que ver. Cuando antes lo entiendas, mejor para todos.

—Sigo sin comprender por qué insistes en hacerte la víctima. Gracias a mi consejo, el conde ha hecho testamento a tu favor. Sinceramente, no creí que capitularía para dejártelo todo ignorando a su propio hijo. Tienes que reconocerme que ha sido una buena jugada convencerle de que dejara esa carta manuscrita a su hijo Grania, instándole a aceptar lo testado sin oponerse a nada —comentó satisfecho el abogado, como solía hacer cuando obtenía una sentencia a favor de su cliente—. Quién iba a decirlo: al final, he sido yo quien te ha convertido en una mujer rica. Yo, un maldito y despreciable *mujik*, no un marqués ni un príncipe.

—¡No querrás que te dé las gracias! Lo he hecho obligada por ti. Eres tú el que espera ganar algo con esto. Yo voy a tenerlo de igual manera cuando me case con él.

—Lo que no esperaba es que tuvieras que pagar tú las tres primeras mensualidades del seguro porque el conde no tuviera efectivo... —reconoció divertido el abogado.

—¿Cómo sabes eso? —Era una pregunta absurda; Prilukov tenía amigos y contactos en todos sitios.

—Olvidas que, cuando la aseguradora Gresham no quiso realizar el seguro, fui yo quien te recomendó acudir a la compañía Ancora, aunque el marqués Pateras se adjudicara la idea.

—Sí, se me olvidada que el diablo está en todas partes.

—El problema es... —empezó a decir Prilukov recuperando su antigua manera de comenzar las frases; aquello no era un buen presagio para la condesa— que un seguro de vida no sirve de nada si el tomador está vivo. Y lo mismo ocurre con el testamento. Si el conde Kamarowski vive más que tú, lo que hemos hecho no servirá de nada.

—¿De qué estás hablando ahora?

—Tengo algo que decirte. Será mejor que entremos —sugirió el abogado, al llegar a la puerta de la atracción Venecia en Viena, donde un collage de imágenes fijas y en movimiento recreaban la ciudad adriática en mitad del Prater.

El interior de la caseta de madera estaba prácticamente a oscuras para permitir el óptimo visionado de la película. Las personas que se encontraban dentro reían y comentaban sobre las góndolas que aparecían en las iconografías, los canales, el atuendo de los *gondolieri*, la plaza de San Marcos, los puentes, el Lido... Todos creían estar en la hermosa Venecia, pero era la condesa quien deseaba más que nadie estar en aquella ciudad a seiscientos kilómetros de distancia, ya que eso la alejaría del hombre que la escoltaba. No sabía por qué razón habían entrado en aquella barraca, pero supuso que lo que Prilukov tenía que decirle era lo bastante grave como para tener que hacerlo en voz baja, evitando que ella reaccionara de manera improcedente. Aunque la condesa seguía dominando el escenario, el abogado escribía la función que se representaba en él.

—Habla —le ordenó.

—El conde Kamarowski debe morir para que podamos cobrar el seguro. Es la única forma de que puedas percibir esta cantidad y, además, ejecutar el testamento. Lo dice la ley, no es cosa mía.

La condesa se volvió hacia él y observó cómo los fotogramas de las góndolas y el agua del Gran Canal de Venecia se proyectaban no sólo sobre las paredes del pabellón, sino sobre su rostro y su cuerpo. El abogado mantenía intacta su facilidad para sorprenderla. Incluso a ella le costaba dar crédito a lo que acababa de escuchar. Necesitó unos segundos para reaccionar, un tiempo que él empleó para fijar la mirada en la película y evitar así el contacto visual. El reflejo de las olas de la laguna seguía irradiándose sobre su rostro.

—¿Estás insinuando que mate al conde? —comentó en voz baja, sintiendo cómo las palabras le arañaban las cuerdas vocales.

—No. Sólo estoy diciendo que, si no muere, no hay dinero. Así de sencillo.

La condesa abandonó de manera precipitada el pabellón. El ambiente en su interior se había vuelto mefítico y necesitaba respirar aire fresco, como si eso fuera a cambiar lo que había oído. Prilukov tardó unos minutos más en salir. La conocía bien; si hubiese ido tras ella de inmediato, la mujer habría sido capaz de golpearle y de llamarle asesino a voz en grito. Cuando finalmente se reunió con ella, la condesa ya había tenido tiempo de poner en orden las palabras que saldrían de su boca.

—¡Estoy muy cansada de tus maquinaciones absurdas! Lo que no sé es por qué sigo escuchándote —dijo enfadada, intentando tragarse el alarido que tenía aferrado en la garganta—. ¿Crees que no sé por qué haces todo esto? ¡Me lo dijo Elisa! Lo haces para poder permanecer a mi lado, para tenerme atrapada contra mi voluntad, subyugada a tus caprichos. Y también sé que le confesaste que toda esta locura es porque me amas. Eres tan patético, Donato... Un pobre hombre ridículo, un muerto de hambre, un ladrón que tiene que quitarle el dinero a otro porque no tiene la hombría de ganarlo por sí mismo.

—Lo que tú digas, condesa —respondió Prilukov sin inmutarse—. Pero el conde debe morir para poder hacer efectivo el seguro.

—¿Quieres matar al conde? —Estaba fuera de sí, con los ojos encendidos, pero no por pena ni dolor, sino por la rabia que la consumía. Cuando creía estar cerca del final de la pesadilla, surgía algo que la alejaba aún más, víctima de una macabra marea que parecía divertirse jugando con su destino. Se encaró al abogado—. ¿De verdad quieres asesinarle? ¡Adelante! ¡Hazlo tú mismo, si tanto lo deseas! Pero desaparece de mi vida. ¡Me aburres! No quiero volver a saber nada de ti.

—¿No me crees capaz? ¿Es eso? —preguntó, irritado, al intuir que la condesa se estaba burlando de él.

—Sinceramente, no lo creo. Si no eres capaz de quitarte la vida, ¿cómo pretendes asesinar a alguien?

—Ya me he convertido en un ladrón por tu culpa. Puedo convertirme en un asesino por ti.

—Me das pena. Sólo hay una cosa peor que un hombre ridículo: un hombre que provoca lástima. Y no te engañes, eso no tiene nada que ver con las clases sociales, sino con el carácter de cada persona.

—Haré que te tragues tus palabras. Te juro que no pararé hasta conseguirlo.

—Estoy deseando ver cómo lo haces —le espetó la condesa, mostrándole una sonrisa tan afilada como el puñal que hubiera deseado tener en ese momento para acabar con él allí mismo. Nunca había deseado matar a nadie, pero, en aquel instante de rabia, lo habría hecho—. Miserable *mujik*... No has tenido el valor ni de empuñar un arma junto con los tuyos y pretendes que otros lo hagan por ti.

La condesa se disponía a alejarse cuando Prilukov le asió con fuerza el brazo y la detuvo. Mientras con su mano izquierda apretaba su antebrazo, con la otra sacaba algo del bolsillo de su chaqueta. Con un gesto obligó a la condesa a mirar el objeto que mantenía en la mano. Era un revólver. Lo había adquirido en el hotel Drouot, un emblemático establecimiento de subastas en París abierto en 1852, y había pagado por él una gran suma de dinero a un hombre para que no hiciera preguntas. Las preguntas siempre lo complicaban todo, por eso había que comprar el silencio. Sin papeles, sin referencias, sin nombres, sin nada que pudiera indicar su procedencia o la identidad de su propietario; un arma sin historia previa, la fantasía de todo aquel que sueña con la venganza sin dejar huella.

—Llevo semanas practicando. Hace veinte días acudí a un campo de tiro de Viena para aprender a disparar y, créeme, he hecho avances. Te sorprendería lo que un hombre lleno de odio y con una insaciable sed de venganza puede hacer por amor.

El abogado no mentía. El 7 de agosto se había presentado en un campo de tiro militar para practicar con un revólver Flobert. Firmando en el registro de entrada como señor Zeiffer, había solicitado recibir unas clases rápidas, insistiendo en su interés por mejorar la puntería a corta distancia. Cuando el empleado del campo le preguntó el porqué, bromeó diciendo que quería disparar a un hombre. «¿A qué distancia hay que estar para disparar a una persona?», preguntó al instructor que colocaba los blancos móviles. «Depende del efecto que quiera lograr con su disparo», le contestó. «Quiero matarlo. ¿A qué distancia debería estar para asegurarme de hacerlo?».

—Tres pasos. Ésa es la distancia a la que debo estar del conde Kamarowski para poder dispararle y asegurarme de que muera —aseguró Prilukov, que había conseguido cambiar el rictus irónico de la condesa por uno de terror—. Incluso he pensado en colocar algo de veneno en la munición. Me he convertido en un experto en venenos. He comprado y leído muchos libros al respecto. Aunque una toxina sería más efectiva si utilizara un arma blanca, un puñal o un cuchillo; hasta sé el punto exacto donde debería asestarle el golpe al conde: justo aquí, en el estómago, o en la yugular, o aquí, en esta parte del muslo; se desangraría como un cerdo.

La mirada de la condesa se había vuelto opaca mientras el abogado no dejaba de señalar puntos de su cuerpo.

—Pero cómo has podido... —acertó a preguntar.

—Desde que supe que me abandonabas como a un perro para casarte con él, tuve claro que haría cualquier cosa para detenerlo. Los perros rabiosos son muy peligrosos y no paran hasta morder a su presa y contagiarle la misma rabia. Tú deberías saberlo, acuérdate de lo que le sucedió a Tioka hace unos años.

La condesa recordaba aquel incidente que sufrió su hijo mientras jugaba en un parque y que, gracias a la mediación del abogado, se solucionó en la consulta de uno de los mejores médicos de Moscú. El comentario había sido un golpe bajo, pero ella no tenía pensado permanecer durante más tiempo en aquel cuadrilátero. No iba a permitir que la mención a su hijo la distrajera; muy al contrario, tuvo un efecto inverso.

—Muy bien. Entonces lo tienes fácil. No me necesitas para nada. Todo tuyo —respondió mientras se zafaba de la mano de Prilukov y se disponía a alejarse.

—El problema es que, si yo mato al conde Kamarowski, perderé tu amor para siempre.

—Tengo algo importante que decirte que quizá te haga cambiar de opinión: ya has perdido mi amor, Donato. Hace mucho que lo hiciste. Me temo que no existe ningún «para siempre» en lo concerniente a nosotros.

—Tú no eres una mujer capaz de amar a un asesino —siguió hablando el abogado, como si no hubiera escuchado la aclaración de la condesa—. Así que he estado pensando...

—Agradecería que dejaras de hacerlo. Eso sólo me acarrea problemas.

—Lo mejor será que alguien lo haga por nosotros. Alguien que esté más familiarizado en el manejo de las armas, alguien con el alma herida, alguien débil y vulnerable, a quien no le importe su vida porque acaban de romperle el corazón... Resulta tan fácil que hasta parecerá sencillo. El crimen siempre lo es; lo que suele fallar es la ejecución. A no ser que una mente brillante lo organice.

La condesa escudriñó su rostro. Sólo había necesitado unos segundos para convertirse en un extraño. Incluso su voz parecía distinta, más aguda.

—Esto no es algo improvisado. ¿Cuánto tiempo llevas pensando en ello? —Se acercó de nuevo a él—. No es algo que se te haya ocurrido en Viena, ¿verdad?

—Siempre me has entendido a la perfección. Eres la mujer que mejor lo ha hecho. Somos almas gemelas. No sé por qué te empeñas en separarnos.

Unos gritos llamaron su atención lo suficiente para aniquilar ese duelo de miradas. Las voces procedían de unos metros más allá de donde ambos se encontraban. Todo fue muy rápido. La gente empezó a mirar hacia la explanada donde se ubicaba la noria. Conforme iban acercándose, los gritos le parecían más familiares, y su rostro se petrificó al ver de quién procedían. Era Elisa.

—¡Condesa! ¡Es Tioka! Se empeñó en subir otra vez... Le dije que no, pero se coló en una de las cabinas, en una que estaba inutilizada... No pude verlo, no me di cuenta.

La narración de la doncella era irregular y, lejos de calmar la desesperación de su señora, sólo conseguía aumentarla. La condesa miró hacia arriba y vio cómo la cabina de Tioka se balanceaba violentamente frente a la estabilidad del resto, amenazando con volcar en cualquier momento. La inquietud creció cuando empezaron a desprenderse algunas piezas de la armadura de la góndola que cayeron e impactaron contra al suelo. Cuanto más fuerte era el vaivén de la cabina, más gritaba Tioka. La condesa escrutaba a un lado y a otro, incapaz de pensar, de reaccionar. Buscaba a alguien que pudiera hacer algo para rescatar a su hijo. Sólo escuchaba sus gritos llamándola. El encargado de la atracción se dedicaba a mover unas palancas de arriba abajo, sin obtener ningún resultado ante la desesperación de todos. La condesa miró en derredor y lo único que encontró fue el rostro familiar de Prilukov. De nuevo, como en tantas ocasiones desde la primera vez que entró en su despacho de Moscú, estaba ante él rogándole que la ayudara.

—Donato, por favor, haz algo.

—Tranquilízate, Maria. No va a pasar nada.

—Si salvas a mi hijo, te prometo que haré todo lo que me pidas. Lo juro por la memoria de mis muertos.

Era la primera vez que el abogado contemplaba la desesperación en el rostro de la mujer por la que había renunciado a su vida. Había visto en él preocupación, odio, rabia, dolor, pero nunca ese rictus desencajado por el terror, que desdibujaba sus facciones.

—Déjamelo a mí. Yo me encargo.

Prilukov se aproximó a la caseta del encargado de la noria, que negaba con la cabeza en señal de desconcierto.

—Está inutilizada. Debe de ser un fallo eléctrico —explicaba el empleado.

—Pero se construyó previendo que esto pudiera pasar. Puede accionarse a mano… —Prilukov conocía bien la historia de la construcción de la noria a cargo de los diseñadores ingleses, Walter Basset y Harry Hitchins.

—Así es, señor. Es lo que estoy intentando hacer, pero no resulta fácil y lleva un tiempo. Además, el mecanismo manual está demasiado duro, necesito ayuda. Pero no se preocupe, ya he llamado para que vengan refuerzos. Enseguida estarán aquí.

—¿Y la cabina? ¿Por qué se mueve tanto?

—Está averiada, a la espera de reparación. Yo mismo coloqué el cartel de fuera de servicio para impedir que alguien subiera. Pero ese crío… no lo vi. Ni siquiera sé cómo logró subir.

—¿Puede vencerse? —preguntó con cierta aprensión Prilukov.

—No sabría decirle. Espero que no...

No había terminado la frase cuando una lluvia de cristales cayó a escasos metros de donde se encontraban, provocando una repentina estampida del público congregado que presenciaba la escena en espera de un desenlace. Las ventanas de la góndola de Tioka habían reventado de alguna manera que nadie podía precisar. Todos quedaron en silencio, hasta que un nuevo impacto arrancó nuevos gritos: era el cartel que el operario había colocado en la cabina inutilizada.

Los gritos de Tioka no dejaban espacio a la calma ni a la paciencia; esas dos palabras no entraban en el vocabulario de la madre ni tampoco en el del abogado. El cariño que sentía hacia el muchacho era sincero, como había demostrado en los últimos dos años.

La ayuda de la que hablaba el operario no llegaba y la desesperación de la condesa no consentía una espera mayor. Sin pensárselo dos veces, Prilukov trepó por la construcción metálica de la noria, ante el asombro de los presentes. Cuanto más alto escalaba por la estructura de hierro, más gritaba la multitud que se había congregado alrededor de la noria, sobre todo cuando el inesperado héroe resbalaba o trastabillaba. Fueron minutos de pánico porque la góndola en la que se había quedado atrapado Tioka estaba a varios metros del suelo. Mientras ascendía por el esqueleto de hierro, agradeció que el pequeño no estuviera a más altura o que se hubiera quedado en lo alto de la atracción. Sólo podía concentrarse en una cosa: no mirar hacia abajo; eso resultaría letal para alguien aquejado de vértigo, como era su caso.

Elisa intentaba tranquilizar a su señora, que alternaba la mirada entre la cabina por donde asomaba la cabeza de su vástago y el cuerpo de Prilukov, que seguía avanzando de manera segura, aunque para una madre fuera demasiado lenta. Una y otra vez repetía la misma promesa que le había hecho al abogado. «Si salvas a mi hijo, te prometo que haré todo lo que me pidas. Lo juro por la memoria de mis muertos», susurraba como un mantra. La doncella la escuchó con preocupación, pero no dijo nada; se limitó a apretarle la mano para hacerle saber que no estaba sola mientras con el otro brazo acogía a Grania, que prefería no mirar y permanecía con la cara metida en su regazo.

Cada avance del improvisado héroe de la noria, como ya se referían a él algunos de los congregados, se acompañaba de un clamor generalizado. Cuando apenas quedaba un par de metros para alcanzar la cabina, el abogado forzó demasiado la postura y eso le hizo perder el equilibrio. Evitó el resbalón y la posterior caída agarrándose con fuerza a uno de los brazos de hierro de la noria, pero no la brecha en la cabeza que le provocó el golpe ni tampoco la pérdida de un zapato, que se precipitó contra el suelo ante el consecuente clamor del público. Cualquiera hubiera mirado hacia abajo, pero él sabía que eso sólo empeoraría las cosas. En ese instante, la voz de la condesa le insufló el valor que necesitaba para seguir avanzando, obviando el inminente flaqueo de sus fuerzas: «Donato, por favor, ten cuidado». En sus oídos, aquel grito confirmaba que la condesa se interesaba por él. En la boca de la mujer sonó a que el bienestar del abogado garantizaría la salvación de su hijo. El espectáculo de marionetas volvía a entenderse de una forma u otra, dependiendo de quién lo contemplara.

Tras unos inquietantes minutos, Prilukov llegó a la góndola y se precipitó a su interior, rezando por que no cediera con el peso extra. Los gritos de Tioka cesaron: la presencia del abogado consiguió serenarle. El público entregado aplaudía con fuerza, como si lo que acababan de presenciar fuera parte del espectáculo. Casi al mismo tiempo llegaron los refuerzos solicitados por el operario, que empezaron a maniobrar manualmente para hacer que el mecanismo de la atracción cediera. Les llevó casi una hora desalojar la noria. Cuando Prilukov bajó de la cabina con Tioka, el chico dio un brinco para alojarse en los brazos de su madre. Ya no gritaba; sólo hacía preguntas: «¿Habéis visto cómo me ha salvado Donato? ¿Lo habéis visto?».

La condesa abrazaba a su hijo, pero su mirada se ancló en la de su salvador. El odio y la desconfianza que anidaban en sus pupilas una hora antes habían desaparecido. Su pensamiento había sido profético: «Muchas vueltas tendrá que dar la vida para que me suba a esa noria».

La rueda seguía girando.

42

Las maldiciones son de otro mundo, uno incontrolable para el hombre, aunque se manifiestan en el suyo. Por eso suscitan tanto miedo.

La condesa conocía bien ese mundo, sus reglas y a quienes lo habitaban. Hacía mucho que no miraba las hojas de té en el fondo de la taza; la última vez que lo hizo, su dibujo le mostró la muerte de Ekaterina. Entonces miró hacia otro lado y guardó silencio, pero eso no evitó el fatal desenlace. La única forma de no ver las señales de ese inframundo era cerrando los ojos o dejando de tomar infusiones. Ella había optado por lo segundo y, aun así, la ceguera no había regresado; veía lo que estaba a punto de suceder. No hubiese hecho falta que Prilukov se lo recordara la tarde anterior, cuando ella le dio las gracias por lo que había hecho durante el incidente de la noria del Prater.

—Te prometo que no olvidaré lo que has hecho por Tioka.

—Eso ya lo he oído antes. Pero tu memoria es frágil, condesa —dijo con cierta ironía—. No sólo lo he hecho por ti, sino por él; quiero a ese niño como si fuera mío, igual que quiero y me preocupo por su madre.

—Lo sé. Eso tampoco lo he olvidado —admitió, dispuesta a aceptar cualquier cosa que le dijera. Acababa de comportarse como un héroe, y quién le niega nada a un titán.

—Yo tampoco he olvidado lo que me dijiste una vez: a quien incumple una promesa realizada ante la tumba de un ser querido o en nombre de sus muertos verá caer sobre él una maldición.

El abogado había repetido las mismas palabras que ella utilizó al principio de su relación para expresarle el valor de una promesa. Quizá por eso la condesa no lo tomó como una amenaza, sino como una simple advertencia. Su vida se había complicado desde el momento en el que Tioka decidió subir a esa noria.

Era la última jornada de su estancia de diez días en Viena. En un principio, los futuros contrayentes habían planeado regresar juntos a Venecia para ultimar los preparativos de la boda. Pero el incidente de la noria había desbaratado el programa inicial. La condesa viajaría a Rusia, a su tierra natal, Otrada, para cursar en mano las invitaciones de boda a su familia y también se acercaría a Orel con el propósito de cerrar algunos flecos del viaje de su futura suegra. «Aprovecharé el viaje para acompañar a Grania y a Tioka de regreso al colegio, y así no hacen el trayecto solos con Elisa», le había dicho al conde, que accedió de inmediato al parecerle buena idea. Lo primero era mentira; nadie de su familia estaba invitado a la boda. Lo segundo era cierto; ella misma acompañaría a los niños al colegio en Kiev y les desearía suerte en sus exámenes. Mientras el conde Kamarowski tornaba a la ciudad de los canales, la condesa regresaría a Orel por orden de Prilukov. De nuevo, él se ocuparía. «Déjamelo a mí. Yo me encargo de todo».

La condesa debía cumplir su promesa. Lo hizo desde aquella mañana del 27 de agosto de 1907. El abogado le ordenó enviar un telegrama a Nikolái Naumov, instándole a reunirse con ella en un hotel de Orel. «Tengo que verte. Es urgente que hablemos. Perdóname. Tu felicidad pasajera». Claro, conciso y tramposo. No era el único ardid que Prilukov tenía preparado para el joven poeta, aunque la condesa iría conociendo el plan sobre la marcha. La única ventaja que tenía es que podía seguir controlando el escenario y desplazarse por él libremente, ya que el Escorpión sólo podría orquestar la escena desde fuera; seguía siendo un prófugo de la justicia y, si ponía un pie en Rusia, lo detendrían de inmediato. Eso le daba una ventaja que pensaba aprovechar a su favor, aunque desconocía cómo. De momento, se limitaba a seguir las directrices del héroe del Prater.

Después de enviar el telegrama a Naumov, acudió a la cita con el abogado, tal y como planearon la tarde anterior, tras el incidente ocurrido en la noria. Elisa permaneció en el hotel Bristol para terminar de hacer el equipaje y en previsión de que el conde Kamarowski apareciera para preguntar por su señora; la doncella siempre sabía encontrar la excusa perfecta para justificar las ausencias.

La condesa se dirigió a la reunión con tiempo suficiente para visitar uno de sus lugares favoritos de la ciudad, que ella misma había elegido como escenario del encuentro. Necesitaba respirar, alejarse de todos y recapacitar, antes de que todo comenzase y no hubiera marcha atrás. Quizá la perspectiva la ayudaría a ver las cosas de manera diferente o, al menos, a aclarar las ideas. Cuando atravesó la plaza Schiller para acceder a la Academia de Bellas Artes de Viena únicamente pretendía entretener su pensamiento. El arte siempre conseguía calmarla y también inspirarla. Hacía mucho que no contemplaba *La caza de Diana*, así que decidió que fueran los pinceles de Rembrandt, Van Dyck o el Bosco los encargados de tomar su relevo. En los libros, como en los cuadros, siempre lograba encontrar las respuestas a preguntas que ni siquiera conocía. Caminó por las salas y se detuvo ante el tríptico de *El juicio final* del Bosco. Estaba abierto, por lo que pudo contemplar los tres escenarios recreados: el pecado original, el juicio final y el infierno. Creía haber pasado por las tres representaciones. Detuvo la mirada en el postigo de la derecha, donde se abría el infierno, para contemplar a la mujer mordida por la serpiente y comida por un escorpión. La visión la hirió como si también a ella le atravesaran los cuchillos con los que trinchaban a los pecadores en el cuadro. Se fijó en el diablo que llevaba quevedos y en los demonios disparando un cañón cuya munición despedazaba a un hombre. El óleo le hablaba con más claridad; más que un cuadro, parecía un espejo donde podía ver su propio reflejo, el de Prilukov —incluso con las lentes puestas—, el de Naumov y el del conde Kamarowski. El infierno desatado en la tierra como consecuencia de la incongruencia del hombre. O la historia del mundo había cambiado poco desde su creación, o el Bosco era un visionario. Demasiados condenados, demasiados incendios, demasiada oscuridad. El reino de los demonios, las brujas y el diablo. Todo era demasiado real para permanecer encerrado en un óleo.

La condesa avanzó para dejar atrás los pecados, los tormentos, las condenas y los juicios, como si eso le permitiera huir del destino. Llegó a otra de las salas donde las respuestas seguirían sucediéndose. Fue ante *Bóreas rapta a Oritía* de Rubens, donde la mitología griega volvió a su vida para marcarle el camino. Frente a ese óleo pudo sentir el aire invernal del dios del viento, robusto y violento, que en el pincel de flamenco aparecía con el cabello helado cuando secuestra a la princesa ateniense para llevársela a su tierra, Tracia, la región más fría. Allí, a la tierra más gélida del Este, era adonde la condesa regresaría para cumplir la promesa que le había hecho a Prilukov. Como los griegos, ella también entendía que los vientos podrían serle favorables o representar su ruina. Sería complicado, pero se encargaría de que los vientos se aliaran con ella y no con el abogado, aunque todavía no sabía cómo. Si Rubens había logrado demostrar su maestría con el pincel para dotar de movimiento a los cuerpos, ella haría lo propio.

Abandonó aquella sala. Se había hecho tarde demasiado deprisa. Ésa era la consecuencia de perderse en los anales de la historia del arte, que el tiempo vuela tan rápido como los pensamientos. Consultó su reloj: pasaba de la hora señalada. Prilukov se retrasaba; nunca entendió el abogado que a una dama no se le hace esperar. Deambuló por algunas de las salas para entretener su espera. Se fijó en un hombre que portaba una carpeta con varios lienzos bajo el brazo y que se había detenido ante uno de los cuadros. Imaginó que sería un alumno o quizá un aspirante que se postulaba para pasar el exigente corte de la Academia de las Bellas Artes. Cuando el joven se percató de la presencia de la mujer, se quedó observándola unos instantes, como si fuera un cuadro más en la sala. La condesa sintió su mirada gélida y cortante hasta que una mueca que pretendía ser una sonrisa elevó las mejillas del extraño; la acompañó con un movimiento de cabeza a modo de saludo.

—¿Le importaría si le hago una pregunta? —El desconocido parecía amable pero algo invasivo—. Serán sólo unos segundos y me ayudaría mucho.

—Por supuesto, será un placer. Aunque no sé si podré serle de ayuda...

El joven desató las tiras de tela que mantenían cerrada la carpeta. Sus manos eran llamativamente blancas y temblaban un poco. La condesa no quiso sacar conclusiones precipitadas, pero no veía cómo dominar un pincel con manos trémulas.

—Dígame, ¿cree que tengo posibilidades de que me admitan? —preguntó mientras le enseñaba algunas de sus pinturas.

—Debe saber que no soy ninguna experta, tan sólo una aficionada a la que también le gusta pintar. Pero si dependiera de mí, yo diría que sí —dictaminó, llevada por el compromiso.

No mintió, pero tampoco le entusiasmaba lo que veía en aquellas láminas. El arte es algo subjetivo y ella no era nadie para quebrar las ambiciones y los sueños de aquel joven que, quizá por los nervios de enfrentarse a una primera entrevista con los responsables de la Academia, o quizá por las palabras de la condesa, había empezado a sudar. Eso no le impidió seguir enseñándole sus bocetos para que continuara con la evaluación. Todas las pinturas parecían iguales, todos eran paisajes de la naturaleza, prados, lagos, montañas, bosques, ríos y también algunos edificios. Le inquietaron en particular sus naturalezas muertas; había algo en ellas que las hacía espeluznantes. Un detalle llamó su atención.

—¿Por qué no pinta usted personas en sus cuadros? —preguntó la condesa.

—Las personas sólo traen problemas —reconoció el muchacho con naturalidad, sin dejar de mirar sus láminas—. No se me dan bien las personas, son complicadas de plasmar en un óleo. Prefiero los paisajes y los edificios porque me permiten jugar con la luz y el color. La naturaleza y la arquitectura me ofrecen la posibilidad de fijarme en los pequeños detalles, donde reside la esencia de las cosas.

La condesa se interesó por una de sus láminas y el joven le dijo que era un paraje de Braunau am Inn, su lugar de nacimiento. Ella sonrió mientras asentía con su cabeza. Su obra le pareció fría, con trazos vagos y excesivamente indefinidos, del todo impersonal, sin ninguna personalidad que la hiciera diferente, mucho menos única, pero no podría calificarla de mala; sólo era aburrida. Si aquel joven fuera un actor pisando un escenario, al contemplarlo uno diría: «No me lo creo».

—Su técnica para la perspectiva es interesante —apuntó la condesa, intentando decir algo que no hiriera su sensibilidad; conocía a los artistas y su naturaleza insegura. Pero después de ver el tríptico de *El juicio final* del Bosco, hablar de perspectiva y riqueza de detalles era un pecado que supondría la entrada directa en el infierno.

—Me lo dicen mucho, incluso me han sugerido que pruebe mejor con la arquitectura, pero tengo claro lo que quiero. La perspectiva siempre es interesante y no sólo en el espacio, también el tiempo. Eso es lo que define un cuadro y también a una persona. Yo aspiro a convertirme en un artista.

—Seguro que conseguirá que le recuerden por su obra, aunque todavía es muy joven.

—No crea, tengo dieciocho años, pero la vida me ha hecho madurar muy deprisa —reconoció de manera escueta, ya que no pensaba compartir con una extraña su infancia difícil con un padre violento—. Intento que mis obras reflejen la tranquilidad que yo no tuve de pequeño. La infancia no puede marcar la existencia, ¿no cree?

—Tengo un amigo que opina justo lo contrario —admitió la condesa pensando en Freud. El recuerdo la abrigó y rememoró la cita que tenía dentro de poco más de tres meses para acudir a la conferencia del psicoanalista en aquella misma ciudad.

—Su amigo se equivoca. Le pasa a mucha gente. Por eso no pinto personas.

La aseveración le pareció demasiado cortante para un joven que ni siquiera había empezado a vivir, recién llegado a Viena y con vocación de artista. En su opinión, le sobraba soberbia, aunque eso podría ser algo positivo para un creador.

Escuchó unos pasos en la sala contigua y adivinó que sería Prilukov. Pensó en una manera educada de despedirse del desconocido.

—Le deseo suerte, señor...

—Me llamo Adolf. —Le tendió la mano, un gesto que la sorprendió, pero que aceptó. La notó blanda, como si no tuviera sangre, lánguida y floja. Sintió lástima por los pinceles—. Adolf Hitler. Quédese con mi nombre. Quizá un día pueda presumir de haber estrechado mi mano.

—No dudo de que así será —dijo, por mero compromiso y agradeciendo que el joven no se interesara por ella como lo hizo por escuchar su opinión sobre sus pinturas—. De nuevo, le deseo mucha suerte.

—La suerte, como la perspectiva, siempre depende de qué lado esté uno y desde dónde se contemple la escena. Confío más en la técnica que en la suerte.

La condesa se alejó de él. Sin saber por qué, se sintió aliviada a pesar de ir al encuentro del abogado. Le pareció un joven raro, tan frío como su pintura. No era una experta, pero dudó de que nadie pudiera contemplar su obra con buenos ojos en un futuro próximo, aunque sólo la suerte y la perspectiva tendrían la última palabra. El arte siempre era la expresión de un periodo histórico, el resultado de una época, como lo era la vida de una persona.

Regresó a su presente en el que Prilukov volvía a tener protagonismo.

—¿Quién era? —preguntó observando con curiosidad al joven que se empeñaba en meter sus láminas en la carpeta, después de que acabaran desparramadas por el suelo por un torpe manejo.

—Nadie. Alguien extraño.

—Supongo que todos lo somos en algún momento de nuestras vidas. Depende de las circunstancias.

Decidieron pasear por las salas de la Academia para que el abogado le contara sus planes. Prilukov tenía razón, las circunstancias de la condesa habían cambiado por una mala decisión: ir con Tioka al Prater y permitir que subiera a la noria. Eso se tradujo en una promesa instintiva al albur de una situación: «Si salvas a mi hijo, te prometo que haré todo lo que me pidas. Lo juro por la memoria de mis muertos». Se arrepentiría de aquellas palabras de por vida, pero lamentaría más pagar las consecuencias por incumplir un juramento.

—Esto acabará en menos de una semana. A partir de entonces, nada será igual. Todo habrá terminado y seremos libres. Recuerda esto cuando te asalten las dudas. Te conozco; eres inestable y cambias de opinión en cuestión de horas.

La condesa le observó. Su voz revelaba la misma frialdad que las pinceladas del joven estudiante de Braunau. No había inquietud, al contrario, vislumbró cierto halo de soberbia y una extraña seguridad que la asustó. Prilukov hablaba de planear un asesinato como si se tratara de un caso más de los muchos que defendió ante un tribunal, convencido de la veracidad de sus argumentos, porque eso era lo único que salvaría a su cliente, aunque supiera que la mayor parte de ellos eran falsos.

—Sólo tienes que hacer lo que yo te diga. Después de dejar a Tioka y a Grania en el colegio de Kiev, te reunirás con Nikolái Naumov en Orel. Tienes la excusa perfecta: vas a ver a tu familia política, estarás con tu futura suegra y te encargarás de que ella envíe un telegrama a su hijo para contarle que habéis estado juntas. A nadie en la ciudad le extrañará que te veas con el joven Naumov porque es amigo de la familia y el conde lo considera como un hijo.

Prilukov hablaba con decisión, sin mirar un papel. Estaba todo en su cabeza. Lo había estudiado a conciencia. La condesa se limitaba a escuchar e intentar no olvidar ningún detalle. Ya tendría tiempo de pensar si había alguna manera de salir de aquella trampa del destino.

—A tu amante le dirás...

—No le llames así —fue lo único que se atrevió a decir.

—A Naumov le dirás que no estás segura de la boda, que no quieres al conde Kamarowski, pero que te casas obligada porque, si te negaras, él sería capaz de hacerte daño. No sería la primera vez que...

—Jamás me ha hecho daño, no pienso decir esa barbaridad.

—Te ha hecho daño porque descubrió vuestra aventura y ha amenazado con vengarse de Naumov y de ti.

—No lo creerá. Él conoce a Pavel.

—Lo creerá. Ya lo creo que lo hará. Lo tengo todo planeado al detalle. Sólo tendrás que seguir mis instrucciones que te iré contando a su debido tiempo.

—¿Y para qué me has hecho venir si no piensas contármelo?

—Tú y yo nos comunicaremos a partir de ahora vía telegrama. Pero no usaremos nuestros nombres. Yo seré el señor

Zeiffer en Viena y De Bouchy en Venecia; tú la señora Boucheron. Apréndetelo bien. También usaremos nombres en clave para referirnos a ellos: el conde Kamarowski será «Adele» y nos referiremos a Naumov como «Berta».

—Pero ¿por qué...?

—Deja de hacer preguntas y obedece —ordenó con un tono severo que sobresaltó a la condesa, que empezaba a verse superada por las circunstancias.

Durante la noche, había acariciado la idea de que Prilukov se olvidaría de cometer aquella locura y creyó que ella podría hacerle cambiar de opinión, pero la convicción con la que se expresaba acabó con sus esperanzas. El abogado advirtió su gesto de preocupación. Entendió que quizá le habría hablado con demasiada vehemencia. La condesa era una mujer débil cuando estaba expuesta a situaciones de tensión, por eso él debía asegurarse de que la presión fuera constante para tenerla bajo su control. La cogió de las manos, la miró como solía hacerlo cuando le prometía ser su salvador y vio cómo esbozaba una tímida sonrisa.

—Déjamelo a mí. Yo me encargo de todo.

El conde Kamarowski la acompañó a la estación y le prometió que le escribiría cartas todos los días para hacer menos dura la separación. «Cuando regreses a Venecia, estaremos juntos para toda la vida, Mura», le dijo antes de besar con devoción sus manos. La condesa le observaba con un halo de tristeza en la mirada, que el conde interpretó como el abatimiento que mostraba su futura esposa por los días que estarían alejados. Cuando entró en el departamento de primera clase del tren que la llevaría a Kiev, descubrió que el conde lo había hecho llenar de flores. Por primero vez, el olor a rosas, lejos de aliviarla, remarcó su congoja. No pudo evitar el llanto, echándose a los brazos de Kamarowski, que intentaba consolarla como a una niña. «¡Vamos, vamos, querida! Que no te vas para siempre. Nos veremos en unos días», decía con cierta satisfacción al ver lo enamorada que estaba la condesa. Mientras él se acercaba al otro departamento ocupado por Grania y Tioka para despedirse también de ellos, haciéndoles prometer que se aplicarían en sus estudios, Elisa y ella se quedaron solas, mirándose con la frialdad que otorga la complicidad del crimen, conscientes de la farsa que estaban protagonizando. Ninguna de las dos quiso pronunciar palabra alguna; ni podían ni sabrían qué decir para que sonara convincente.

El sonido del silbato anunciaba algo más que la salida del tren. El conde regresó para despedirse de su prometida, besó de nuevo su mano y, con un gesto cómplice dirigido a Elisa, se atrevió a besar a la condesa en los labios, aprovechando la privacidad del compartimento. Después se apeó del tren y se quedó plantado en el andén, del que no se movería hasta que el ferrocarril se perdiera en el horizonte. Ésa era su perspectiva de la despedida. Ella pensaba hacer lo mismo, y durante unos segundos se mantuvo en la ventanilla de la que no pensaba separarse hasta que el conde fuera un punto en el horizonte. Pero algo se lo impidió.

Cuando el tren ya había iniciado la marcha, una presencia inesperada irrumpió en el departamento. Apenas tuvo tiempo de reaccionar cuando fue arrancada de la ventanilla y alguien le asestó un golpe en la cara que la dejó inconsciente sobre los asientos. Elisa corrió a socorrer a su señora, que empezaba a sangrar por la ceja y presentaba un pómulo enrojecido.

—Está bien, no te preocupes. Ponte en la ventana y sigue saludando al conde, como si no pasara nada —ordenó Prilukov, calculando el tiempo que le quedaba para poder bajarse del tren—. ¡Hazlo! Te digo que la condesa está bien. He tenido cuidado al golpearla. Cuando se despierte, dile que lo siento, que no he tenido más remedio y que lo comprenderá cuando reciba mi próximo telegrama, ¿entendido?

El silencio de la doncella, aún conmocionada y de pie junto a la ventana, agitando la mano y observando cómo el conde le devolvía el saludo, hizo que el abogado repitiera su pregunta, esta vez de manera más brusca.

—¡¿Lo has entendido?!

—¡Sí, sí! Se lo diré. Pero no comprendo por qué...

—Tú ayúdala en todo lo que te pida. Al final, todo tendrá sentido. Y dos cosas más: no le pongas hielo en el golpe; no queremos que baje la inflamación. Y si le preguntan qué le ha pasado, que no diga nada, mucho menos la verdad.

Cuando Elisa volvió su rostro hacia él, Prilukov ya había desaparecido. No podía permanecer en ese tren porque entrar en Rusia, para él, no era una opción.

La condesa tardó más de una hora en recuperar la conciencia a pesar de los cuidados de su doncella, que no dejó de aplicarle paños fríos en la frente, aunque siguió las instrucciones del abogado y evitó colocar hielo picado sobre la zona lastimada. Prilukov tenía esa capacidad incluso en su ausencia: las personas le obedecían. Quizá por eso había sido uno de los mejores abogados de Moscú.

43

El primer telegrama apócrifo que recibió la condesa explicó el porqué del puñetazo en el tren, que el paso del tiempo había convertido en una gran mancha morada y verde en su pómulo izquierdo.

> Acabo de enterarme de tu aventura con ese sinvergüenza de Nikolái Naumov al que consideraba como un hijo. Os detesto a los dos y no pararé hasta destruiros. Me avergüenzo de haber estado enamorado de ti. Eres una mujerzuela despreciable, una ramera digna de una casa de lenocinio que no merece nada de lo que le he dado. Arruinaré tu vida. Y también la de ese hombrecillo pequeño y sin honor.
>
> Te odio.
>
> CONDE KAMAROWSKI

Lo había enviado Prilukov, falsificando la firma y el contenido. Según las instrucciones del abogado, debía enseñarle el telegrama a Naumov en su primer encuentro en Orel. Antes de mostrárselo, tenía que insistir en el carácter violento del conde hacia ella, aunque nadie lo supiera.

Elisa Perrier tenía el mensaje en la mano y, cuanto más lo leía, más peligrosa le parecía la jugada.

—Todavía estamos a tiempo de evitarlo, señora.

—No tengo elección. ¿Acaso crees que quiero hacerlo? —respondió la condesa a quien ninguna botellita de morfina parecía calmarla—. Estoy hecha un lío, me voy a volver loca. Aprecio al conde Kamarowski; a Nikolái le quiero, pero sé que es imposible, como lo fue con Alekséi Bozevski, a quien amaba como no he amado a nadie; y estoy atada por vida a Donato, a quien ni quiero ni aprecio, por culpa de una promesa que hice para que a Tioka no le pasara nada.

La condesa caminaba nerviosa por la habitación del hotel de Orel donde se había inscrito junto a Elisa, antes de ir al encuentro de Naumov. Un día antes, había dejado a Tioka y a Grania en el colegio de Kiev, del que saldrían para asistir a la boda de sus padres que se celebraría el 14 de septiembre. El conde Kamarowski había regresado a Venecia y desde allí la escribía a diario, contándole los últimos detalles de la celebración nupcial. Y Prilukov permanecía en un hotel de Viena, bajo el nombre falso de señor Zeiffer, esperando noticias de la supuesta señora Boucheron desde Rusia, sobre la marcha de su diabólico plan. Todos los actores estaban en el escenario, algunos aguardaban entre bambalinas, pero el papel protagónico lo tenía la condesa Tarnowska, que ya percibía el vértigo de la interpretación del que advirtió Stanislavski: la maldición del «No me lo creo». Sabía que todo lo que sucediera en el escenario tenía que parecer real si quería que su representación se saldara con éxito. Para conseguirlo, ella tenía que creerse el papel, interiorizarlo, aunque en realidad no lo sintiera. No sería la primera vez que fingiría en su vida, pero sería la más importante de todas.

—¿Y si huimos? —insistió la doncella mientras terminaba de arreglar el pelo de su señora.

—¿De quién? ¿De los tres? ¿Y de qué serviría eso? —preguntó, desesperada, mientras encendía otro de sus cigarrillos perfumados, esperando que llegara la hora para ir al hotel de Naumov—. No hay a dónde huir y tampoco a dónde volver.

La única salida es terminar con esto. Hay que ver las cosas con perspectiva, es la única solución. Con un poco de suerte, conseguiré que nadie salga herido o, al menos, muerto.

Las dos mujeres encontraron sus miradas en el espejo, en silencio, como si las palabras pudieran romperlo y traer consigo siete años de mala suerte.

Una hora después, la condesa entraba en la habitación de hotel donde la esperaba su amante. Desde que había recibido el telegrama, Naumov no podía disimular la excitación por la llegada de la mujer que amaba. Aquellas escuetas palabras en su telegrama —«Tengo que verte. Es urgente que hablemos. Perdóname. Tu felicidad pasajera»— le habían hecho albergar esperanzas de un futuro en común. Estaba seguro de que la condesa rompería el compromiso con el conde Kamarowski y accedería a unirse a él de por vida. Al principio sería un escándalo, pero los poetas torturados tenían alma suficiente para aguantar el tormento, y la condesa ya tenía experiencia en driblar aquelarres mediáticos y sociales.

Naumov había llegado antes al hotel para pedir que preparasen una botella de champán. Estaba convencido de que tendrían motivos por los que brindar esa noche. Cuando la vio entrar en la habitación, su expresión de felicidad terció en un rictus de preocupación.

—Mi amor, pero ¿qué ha sucedido? —preguntó al ver su rostro.

La condesa no se había maquillado apenas para evitar tapar la huella del puñetazo de Prilukov. Sabía cómo interpretar su papel, aunque le dolería más engañar a Nikolái que el golpe recibido.

—No es nada, no te preocupes. En unos días ya estará bien.

—Dime qué ha pasado —insistió.

No hubo respuesta, sólo un llanto incontrolado que el poeta no supo cómo refrenar. Después de las lágrimas llegó todo lo demás: el conde Kamarowski no la hacía feliz, la trataba mal, se enfadaba con demasiada facilidad, bebía en exceso, disfrutaba humillándola, recurría al recuerdo constante de su primera mujer, Emilia, con quien no dejaba de compararla con la intención de despreciarla, era un hombre tremendamente celoso, muy irascible, cuando estaban a solas la obligaba a hacer cosas que ella no quería... La condesa no escatimó en detalles que dejaron atónito al joven poeta.

—Pero ¿cómo es posible? Le conozco desde hace tiempo y nunca imaginé...

—Y eso no es todo. Hay algo aún más grave... —anunció la condesa. Era el momento de introducir al nuevo personaje en la trama—: Sabe lo nuestro, sabe que eres mi amante.

—Eso es imposible.

—Nunca le había visto tan enfadado. Intenté negarlo, decirle que era todo mentira, que no era cierto lo que decía el anónimo...

—¿Qué anónimo? —preguntó Naumov, que cada vez entendía menos.

—Recibió un anónimo hace unos días, cuando todavía estábamos en Viena. Alguien debió de vernos juntos, quizá en el hotel o quizá en el Café Central, y le escribió dándole detalles muy precisos, incluso los más íntimos. No sirvió de nada negarlo. Y cuando lo intenté, reaccionó así. —Señaló el moratón en su pómulo.

—Cobarde, enfrentarse así a una mujer... —reaccionó con ira Nikolái, apretando los puños.

—No se conformará con ir contra mí. También va a por ti —aseguró mientras se incorporaba de la butaca en la que se había sentado para dirigirse a coger su bolso y extraer algo de su interior. Era el telegrama apócrifo enviado por Prilukov—. Toma, léelo. Yo no puedo.

Naumov recorrió con la mirada el telegrama con la misma expresión de espanto que lo acompañaba desde la llegada de la condesa.

—No sabes las cosas que me dijo...

—¡Le mato! —gritó fuera de sí—. Te juro que le mato como vuelva a hacerte daño. Me da lo mismo lo que me haga a mí, pero no permitiré que a ti…

—¿Y cómo vas a impedirlo? —preguntó la condesa sin darle tiempo a pensar. No necesitaba más promesas, quería hechos; había ido hasta allí para asegurarse de tenerlos—. ¿Qué vas a hacer para no permitírselo?

—Lo que me pidas.

—Libérame de él, Nikolái. Eres mi única esperanza —suplicó mientras cogía las manos del hombre—. Hay que pararle. Me da miedo. Es capaz de todo. Me dijo que iba a propagar todo tipo de agravios y calumnias sobre nosotros.

—Lo haré. Te lo prometo. Hoy mismo se lo comunicaré. Me batiré en duelo con él para restituir tu honor.

Cuando la condesa escuchó la propuesta, estuvo a punto de abofetearle. En un duelo, el conde Kamarowski lo destrozaría sin necesidad de blandir el arma. Ése no era el ofrecimiento que esperaba escuchar. De nuevo le tocaba improvisar ante la falta de recursos del actor de reparto.

—¿Un duelo? —El tono dejaba ver que ésa no era ni siquiera una opción—. No lo permitiré. Eso sólo me traería más problemas. ¿Y si te pierdo? Él puede matarte, ¿no lo entiendes? No podría resistirlo. Hay que pensar en otra cosa.

—¿Qué quieres que haga? ¿Cómo esperas entonces que me enfrente a él?

—¡Eso es! ¡Tú lo has dicho! La única manera es enfrentándote a él, cara a cara, pero olvídate de duelos. El conde es rápido e inteligente y, si le das ventaja, no dudará en tenderte una trampa. Te odia como me odia a mí, o incluso más. ¡Oh, querido! Has tenido una gran idea…

—No sé si te entiendo… —titubeó Naumov—. ¿Quieres que le mate?

—Si eso es lo que tú deseas, lo respetaré. No veo otra solución. De lo contrario, nos arruinará la vida. Te lo dije en

Viena: si sigo con él, tendré que casarme y, una vez me case, jamás podremos vernos. ¿Es eso lo que quieres? ¿No volver a verme?

—¡No! Yo quiero estar contigo toda mi vida. No hay nada que desee más.

—Entonces, no queda más remedio. Está en tu mano. Eres el único que puede solucionarlo.

La situación empezaba a superar al poeta, que se quedó mirando la botella de champán que había puesto a enfriar minutos antes; pensó en lo feliz que era entonces y lo confuso que le parecía todo en ese instante. Lo único que se había enfriado era el ambiente. Se sentó en el borde de la cama, como si estuviera agotado por algún esfuerzo físico. Intentaba entender lo que había sucedido desde que la condesa había entrado por la puerta, pero le costaba poner en orden sus ideas. Había bebido demasiado mientras esperaba su llegada y su mente parecía demasiado difusa.

—Pero, condesa, yo no puedo matar a un hombre desarmado...

—No es un hombre desarmado. Es un hombre que me ha golpeado, humillado y amenazado. Y yo también iba desarmada...

—Pero es el conde Kamarowski, es como si fuera mi padre...

La respuesta cambió el semblante de la condesa, algo que él advirtió. No sabía qué había dicho, pero no había sido lo adecuado.

—Te pido disculpas. No he debido venir. Me he equivocado contigo. Creí que me amabas, que harías todo lo posible por defenderme y lucharías por nuestro amor. Qué equivocada estaba... —dijo fríamente la condesa mientras recogía sus cosas, entre ellas, el telegrama apócrifo que había quedado sobre la cama.

Antes de llegar a la puerta, Nikolái intentó detenerla.

—¿Te vas? —inquirió extrañado.

—No hay nada en esta habitación que me retenga.

—Pero ¿por qué? —suplicó al borde del llanto.

—Tendré que buscar en otro lugar a quien sepa vengarme y defender mi honor —respondió, viendo cómo los ojos de su amante se volvían vidriosos—. Y no llores; al menos en eso, sé un hombre.

Le observó durante unos segundos intentando mantener el hielo en su mirada. Necesitaba mostrarse fría y tan hiriente como la hoja de un cuchillo atravesando la carne. Al ver la reacción de sus palabras en el rostro de Nikolái, entendió que lo había logrado. Hacía tiempo que no se recordaba siendo tan cruel. Le partió el alma ver la misma expresión en el poeta que había visto en Alekséi Bozevski momentos antes de morir, cuando suplicaba por un poco de morfina para conseguir dormir dos horas. «Tan sólo unas horas, Mura. Dormir, descansar, olvidarme de todo...».

El portazo tomó forma de bofetada en el rostro de Naumov. Intentó salir tras ella, pero estaba demasiado confuso para hacerlo.

Cuando la condesa llegó a la habitación donde la esperaba Elisa, se dejó caer sobre la cama. Estaba alterada y triste al mismo tiempo, pero no contrariada ni enfadada.

—Quizá esto sea lo mejor. Así Nikolái quedará liberado de mí y no le complicaré más la vida. Le quiero, Elisa, de verdad que le quiero... Sin embargo, él no puede ofrecerme lo que yo deseo, es demasiado joven, demasiado débil, inocente, indeciso... —titubeó la condesa, como terminó haciendo Nikolái en los últimos instantes que estuvieron juntos—. No puedo pensar con claridad, estoy demasiado cansada...

La doncella entendió lo que su señora necesitaba. Mientras el contenido de la jeringuilla pasaba del émbolo a la sangre de la condesa, aún tuvo fuerzas para confiarle algo.

—Mañana iré al cementerio. Necesito ir a ver a Alekséi. Necesito hablarle...

—No es bueno hablar con los muertos, señora. Nunca admiten réplica.

—Tampoco lo es hacerlo con los vivos.

Al día siguiente, la condesa despertó con hambre. Elisa lo entendió como una buena señal: siempre que su señora mostraba apetito, las ideas surgían con mayor fluidez. Endulzó su té más de la cuenta y le añadió un buen chorro de leche. Era la única manera de que los posos no quedaran en el fondo de la taza; no necesitaba más mensajes de los que ya tenía. Mientras sonaba en el gramófono «Stein Song», cantada por Haydn Quartet, la condesa se afanaba en la lectura del periódico y en dar pequeños trozos de jamón dulce a Rip y a Gip, que continuaban mirándola como siempre, a la espera de nuevas órdenes, mientras con sus lenguas rosadas degustaban el dulzor del embutido.

Cuando llamaron a la puerta, fue Elisa quien acudió a abrir. El botones le dio una carta y varios telegramas que la doncella entregó a la señora. La carta era del conde Kamarowski, declarando nuevamente su amor, todo lo que la extrañaba y cómo contaba los días para volver a abrazarla. Los telegramas eran todos del señor Zeiffer, pidiendo saber cómo iban las cosas y dando nuevas indicaciones que la condesa se limitó a leer para después abandonar sobre la mesa.

—Esta mañana enviaremos un telegrama a Prilukov, mejor dicho, al señor Zeiffer, para decirle que Naumov no está dispuesto a matar a Kamarowski. Lo enviarás tú, Elisa; es mejor que nadie me identifique a mí como el remitente del telegrama —dijo la condesa, empeñada en alimentar a los perros—. Acuérdate de escribir «Berta» cuando te refieras a Naumov y «Adele» cuando hables del conde. Y firmarás como la señora Boucheron.

—Espero acordarme de todo.

—Si quieres te lo escribo en un papel. Debemos hacerlo en clave, como si habláramos de otras cosas. Algo así como: «Berta no quiere conocer a Adele. Busca otra compañía. Ternura infinita» ¿Nunca lo has hecho? A mí me enseñó el tío Cillian, aunque aquello era más divertido que esto, la verdad.

—¿Ternura infinita? —A Elisa le extrañó que, dada la situación, su señora expresara ese gesto de cariño hacia el abogado.

—Tengo que hacerle creer que le quiero y que estamos juntos en esto. De lo contrario, se enfadará, se pondrá nervioso y aparecerá en cualquier momento para complicarnos la vida. Mejor tenerlo contento —explicó mientras se terminaba su taza de té y se incorporaba para buscar sus guantes y su sombrero. Se disponía a salir—. Esta mañana quiero ir al cementerio a visitar la tumba de Alekséi Bozevski.

—¿Cree que es buena idea? —volvió a preguntar Elisa, tal y como hizo la noche anterior y cada vez que una decisión de su señora le parecía contraproducente.

—¿Por qué no?

De nuevo, volvieron a llamar a la puerta. Pensó que sería otra carta del conde; podía llegar a escribir hasta tres y cuatro misivas diarias, y esa dinámica epistolar sólo podía significar una cosa: se aburría y la echaba de menos. O quizá se trataría de otro telegrama de Prilukov. Se equivocó en sus suposiciones.

—Condesa, el señor Naumov —anunció la doncella con un gesto de sorpresa.

Apenas tuvo tiempo de reaccionar cuando vio aparecer al poeta. A pesar de que Elisa le había pedido que esperase en la salita, el joven no quiso hacerlo. Tenía prisa por ver a la señora.

—¿Qué haces aquí? —La condesa tenía a Rip entre los brazos, habló sin dejar de acariciarle el lomo.

—Tengo que hablar contigo.

—Creo que ayer ya nos dijimos todo lo que teníamos que decirnos.

—Lo he pensado mejor —reconoció mirando a la doncella para indicar que le gustaría quedarse a solas con la señora.

—La condesa tiene que terminar de arreglarse antes de salir al cementerio —intervino Elisa ante el asombro de su señora, que no entendía por qué compartía con él sus planes—. Si es tan amable de esperarla fuera, no tardará mucho.

Ante el silencio de la condesa, Naumov obedeció las indicaciones y esperó en la estancia contigua. Cuando Elisa cerró las puertas correderas que separaban los dos espacios, su señora la miró desconcertada.

—¿Se puede saber por qué le dices lo del cementerio?

—¿No lo entiende? Él puede acompañarla al camposanto y, cuando estén ante la tumba de Alekséi Bozevski, usted le cuenta su historia: que su marido, el conde Tarnowski, le disparó por celos y cómo Alekséi murió por no renunciar al amor que sentía por usted —detalló la doncella, como si estuviera narrando el argumento de una novela—. Así le convencerá de todo lo que quiera. No hay nada que envalentone más a un hombre que la rivalidad con otro, aunque esté muerto. De hecho, eso siempre supone una desventaja para el vivo. ¡Quién puede competir con un difunto! Sería tanto como hacerlo con un espíritu.

La condesa se quedó observándola, sin saber qué decir, como si necesitara procesar sus palabras.

—¡Elisa! Me sorprendes. Es un plan brillante —dijo finalmente, culpándose de no haber sido ella la que tuviera la idea—. No sabía que tu cabeza era tan endiablada.

—Condesa, ya sabe que yo por usted estoy dispuesta a todo.

—Lo sé. —Le cogió las manos—. Y quiero que sepas que nunca lo olvidaré. Además, mi bienestar siempre será el tuyo.

Antes de salir hacia el cementerio, la doncella quiso preguntarle algo más.

—Señora, ¿sigo enviando el telegrama al señor Zeiffer?

—Por supuesto. Hazlo, y no te demores.

Nikolái Naumov aceptó acompañarla al cementerio de Orel. Mientras caminaban entre las tumbas de la necrópolis, las palabras de la doncella seguían resonando en la cabeza de la condesa, rivalizando con el recuerdo del entierro de Alekséi Bozevski, tres años atrás. Desde entonces, muchas cosas habían pasado en su vida, pero ninguna de ellas pudo borrar el amor que sentía por quien fuera el oficial más bello de la Guardia Imperial, su único y verdadero amor. Él la supo comprender mejor que nadie y por eso entendería que tuviera que utilizarle para estar a salvo; sabía que contaría con su perdón.

Tal y como recomendó Elisa, la condesa le contó la historia ante la tumba de Alekséi. No tuvo que fingir ninguna emoción porque sus sentimientos eran verdaderos; Stanislavski estaba en lo cierto en cuanto a la interiorización de los sentimientos, «las propias vivencias de un actor también le ayudarán a dar veracidad a su interpretación, lo que yo llamo la memoria emocional».

Cuando terminó de vaciarse emocionalmente, se entregó a la dramatización.

—Él no hubiese permitido que el conde Kamarowski me tratara mal. Ni siquiera hubiese hecho falta que yo le pidiera nada; él habría vengado mi honor —reconoció la condesa con lágrimas en los ojos, que tampoco eran fingidas—. Y como él, muchos otros. Pero no te culpo, Nikolái, comprendo que no todos amamos por igual ni tenemos la misma capacidad de entrega ni de sacrificio.

—Te equivocas, condesa. Yo estoy dispuesto a morir por ti.

—No pronuncies esas palabras en vano. ¡No te atrevas! Y menos ante la tumba de un hombre que entregó su vida por amor, que se dejó matar por mí y que vivió un calvario inimaginable durante un año sólo por seguir estando a mi lado, sin importarle el dolor que eso le ocasionaba. Ése es el verdadero dolor que define el amor.

—Yo soy capaz de soportar todo el dolor del mundo por ti.

—No hablo de juegos sexuales, Nikolái.

—Yo tampoco —dijo encarándose con ella. Sus facciones estaban rígidas y su mirada se había llenado de espinas que herían incluso a quien la contemplaba—. Ningún sacrificio será demasiado grande si lo hago por ti, por nosotros.

—Los poetas siempre os llenáis la boca de palabras, pero son sólo eso, mera narrativa. No puedo confiar en ti.

—¿Y ahora puedes? —Sacó de su bolsillo un revólver.

Era la segunda vez en menos de una semana que un amante le esgrimía un arma para demostrar hasta dónde sería capaz de llegar por eliminar a un competidor y expresarle así su amor incondicional. La condesa se quedó observando el arma; era la misma que Naumov se había colocado en la sien cuando ella le comunicó en el hotel Meissl & Schadn de Viena que no volverían a verse.

—¿Estás seguro, Nikolái?

—Lo estoy.

—Júramelo ante la tumba de Alekséi Bozevski. Si alguien incumple una promesa realizada ante la tumba de un muerto, caerá sobre él una maldición.

—Te lo juro. Juro que mataré al conde Kamarowski. La única maldición que temo es una vida sin ti.

La condesa se abrazó a él. Pero Naumov también necesitaba escuchar algo de su boca.

—Jura ante los muertos que, cuando acabe con Kamarowski, serás mía para siempre, que no habrá más hombres y que te entregarás a mí en cuerpo y alma.

—Lo juro —dijo la condesa, asegurándose de colocar su mano en otra tumba que no fuera la de Alekséi. La maldición era efectiva si se realizaba por los muertos propios, no por los ajenos. Así se lo había explicado Natasha, la cocinera de la residencia de los O'Rourke en Otrada.

Nikolái habló de sellar el acuerdo sobre las lápidas del camposanto, pero la condesa le hizo entrar en razón. A las pocas horas, los dos amantes y ahora cómplices se entregaban a la morbosa intimidad, donde la condesa se mostró dispuesta a complacer todos los caprichos fetichistas de su amante, aunque algunos le resultaran repugnantes. La metamorfosis de poeta a asesino parecía haberle acrecentado el hambre de masoquismo, y su imaginación voló como lo habían hecho sus valores morales desde que realizó la visita al cementerio.

—Hay algo que no me atrevía a pedirte, pero hoy es un día que marcará un antes y un después en nuestras vidas —le confesó Naumov.

La condesa se temió lo peor cuando le vio coger una navaja que guardaba entre los muchos objetos que llenaban su pequeño maletín de perversión, como él insistía en llamarlo.

—Has jurado que serás mía para siempre, pero yo también quiero darte una prueba de que seré tuyo para toda la eternidad —le confió, entregándole el puñal—. Quiero que me marques, como a un animal. Quiero que todo el mundo sepa que soy de tu propiedad.

El poeta descubrió su pecho para que la condesa grabara en él su nombre. Ella aceptó. Aunque le pareció una locura, no estaba en disposición de negarle nada. Cogió el mango de la afilada cuchilla y la sopesó durante unos segundos. Tenía miedo de no controlar la presión y hacerle más daño del previsto.

—Tengo una idea. —Se incorporó de la cama para coger su alfiler de sombrero de oro y marfil. El extremo era lo bastante afilado para quebrar la piel, e incluso provocar la muerte de alguien si se hundía en el punto de la anatomía preciso—. Mejor si utilizo algo de mi propiedad.

La propuesta convenció al hombre, que se excitó más de lo que estaba. Sintió cómo su carne se rasgaba al contacto con el prendedor, convertido en improvisado punzón, y tuvo que amortiguar sus gritos de dolor con una almohada. Cuanto más rajaba su piel más éxtasis sexual alcanzaba. La condesa le observaba; no había visto a ninguna persona que sintiera tanto placer cuando le infligían dolor. Era algo extraño para lo que su amigo Sigmund Freud tendría alguna teoría. Y seguramente también encontraría alguna explicación a la satisfacción que experimentaba ella cuando dominaba a los hombres de aquella manera, aumentando su poder sobre ellos, anulando su voluntad y convirtiéndolos en sumisos. En esos momentos, ellos eran los esclavos y no ella. Era un interesante cambio de roles, como el que experimentaba cuando compartía intimidad con Prilukov, al que le excitaba que le llamara *mujik*, satisfaciéndola también a ella. Quien gobernaba la voluntad del otro sirviéndose de su vulnerabilidad era el que realmente ostentaba el poder. Esa sensación la hizo sentirse más segura, convencida de que podría controlar cualquier situación.

Cuando terminó, contempló su nombre escrito sobre la piel de su amante. Era la primera vez que alguien le había pedido algo así y le excitó. Pasó la lengua por el grabado y, después de hacerlo, volvió a levantarse de la cama, ordenando a Naumov que no se moviera porque no había terminado con él. Sacó de su bolso el pequeño frasco de L'Origan. Lo prefería al nuevo que Coty había sacado aquel mismo año, L'Effleur, una fragancia más floral y menos intensa. Su perfume debía ser un reflejo de su vida, compleja y sensual, como lo era el perfume aparecido en 1905, con prevalencia del sándalo oriental, la madera de cedro y el ámbar, que legaba sobre su piel una sensación animal que otorgaba la magia del almizcle, su particular esencia de seducción. Regresó a la cama y vertió parte del contenido sobre la herida del pecho de Nikolái. De nuevo los gritos. De nuevo el placer. De nuevo la condesa ostentaba el poder.

Había sido una noche intensa, pero no quería abandonar la habitación sin darle algo más. Colgó de su cuello un medallón con su retrato y un mechón de su pelo.

—Así me tendrás siempre cerca del corazón.

—Ahí te llevo siempre. Y a partir de esta noche, por partida doble —reconoció Naumov.

—Mañana volveremos a vernos y planificaremos el viaje a Venecia para que cumplas con tu juramento. Y cuando lo hagas, estaremos juntos para siempre. Seremos libres para poder amarnos.

De regreso en su hotel, la condesa informó de sus avances a Elisa, que llevaba todo el día esperando noticias de su señora. Habían llegado nuevos telegramas de Prilukov en los que se le notaba nervioso ante el mensaje recibido esa misma mañana, donde se le informaba de que «Berta» no quería conocer a «Adele» y se le instaba a buscar otra compañía, es decir, alguien más que pudiera hacerlo por él. En los telegramas llegados durante la jornada, Prilukov se mostraba dispuesto a ser él mismo quien asesinara al conde si Naumov no accedía.

Mientras el 31 de agosto de 1907 se firmaba el último fleco para la formación de la Triple Entente, en la que Francia, Rusia y el Reino Unido de Gran Bretaña e Irlanda formarían un bloque frente a la amenaza expansionista de Alemania, la condesa asistía a su particular Triple Entente con la que ella, Prilukov y Naumov aunarían fuerzas para acabar con el conde Kamarowski.

Al tiempo que el conde Aleksandr Izvolski y sir Arthur Nicolson firmaban la Entente anglo-rusa que terminaría de armar aquella Triple Entente, la condesa escribía un nuevo telegrama a Prilukov informándole de que Naumov cumpliría su misión.

Tres países que en el pasado habían tenido problemas se unieron frente al enemigo.

Tres personas que habían compartido un pasado aún sin saberlo se unieron para deshacerse de un adversario.

Dos realidades reflejadas en un mismo espejo.

Europa se encaminaba hacia la formación de dos grandes bloques: uno, la Triple Entente; otro, la Triple Alianza formada por Alemania, el Imperio austrohúngaro e Italia. Ninguno imaginaba que las secuelas desembocarían en la Gran Guerra.

La condesa se enfrentaría a aquel nudo gordiano que llevaba tiempo tejiéndose y que, al igual que le ocurrió a Alejandro Magno, la situaba ante la encrucijada de deshacerlo o cortarlo directamente. Tampoco ella podía sospechar a dónde le llevaría su alianza.

44

Los telegramas entre el señor Zeiffer y la señora De Boucheron no dejaron de cruzarse, aunque los de él superaban con creces los de ella.

La condesa percibió que Prilukov estaba inquieto y creía saber el motivo; le conocía mejor de lo que él pensaba. Desde que le confirmó que Naumov había accedido a cometer el crimen en nombre del amor que sentía por ella, el abogado ya no era el primer candidato de la lista de la condesa. Él mismo se lo había dicho en una ocasión en el despacho de Moscú cuando, al principio de su relación, se saltó el privilegio abogado cliente para hablarle del caso que defendía: «Las mujeres siempre prefieren al autor material de un crimen por encima del autor intelectual; la admiración se convierte en deseo y los héroes no suelen serlo por su cerebro. Es algo animal, no lo pueden remediar. En realidad, ninguno de nosotros podemos: es la naturaleza humana».

La inseguridad del abogado siempre se traducía en verborrea; cuanto más nervioso estaba, más telegramas enviaba. Era consciente de que una plétora telegráfica suponía un riesgo, ya que la oficina postal se quedaba con una copia de todos los telegramas que se enviaban, lo que aumentaría la posibilidad de que cualquier indiscreción entre ellos pudiera poner en alerta a algún empleado y, como consecuencia, a la policía.

Para contrarrestarlo, sus mensajes eran cada vez más enrevesados y complejos de interpretar, lo que provocaba que la condesa tuviera que escribirle de nuevo para pedirle que fuera más claro. La comunicación se volvió farragosa. Además, la condesa había decidido cambiar de planes y marcharse dos días antes de lo previsto de Orel; era una ciudad demasiado pequeña para que la gente no empezara a murmurar y a hacer preguntas, y tampoco se fiaba de los empleados de los hoteles ni de su capacidad para guardar secretos.

El 31 de agosto y el 1 de septiembre, la condesa Tarnowska y Nikolái Naumov estuvieron en Moscú, un territorio más discreto para ellos, ya que podrían pasar más inadvertidos. La condesa envió un telegrama a Prilukov para comunicárselo e instarle a que le escribiera al hotel moscovita donde se alojaba. Eso no impidió que algunos de los telegramas que el abogado ya había enviado a nombre de la señora Boucheron a Orel y a Kiev se perdieran en el lugar de destino o quedaran en alguna oficina postal, ante la imposibilidad de encontrar a su receptor. Le urgía darle nuevas indicaciones y recibir información complementaria. Necesitaba saber qué arma iba a utilizar Naumov para atentar contra el conde Kamarowski. Para eso acordaron referirse a un plato caliente si decidía utilizar un cuchillo para matarle, mientras hablarían de un plato frío si se decantaba por hacerlo con un revólver. También le pidió, o eso creyó entender en la complejidad del telegrama, que le detallara cuántas entradas tenía el Palazzo Maurogonato, donde el conde residía desde su regreso a Venecia. La condesa no entendió por qué quería saber ese detalle. Ésa era una información que tenía que facilitarle a Naumov porque sería él quien se presentaría en la residencia para cometer el crimen, para lo que había pensado hacerle un plano. Así que decidió no responder al abogado.

El último telegrama enviado por la condesa no sirvió para aclarar las dudas de Prilukov:

Berta no se decide entre plato frío o caliente. No tiene apetito. Intentaré que coma. Besos. Señora Boucheron.

Ante la falta de precisión, Prilukov envió otro:

Haz que la niña coma o tendré que ir yo a obligarla. Si no se alimenta, no podrá estudiar y aprobar sus estudios.

La tarde del 1 de septiembre, la condesa había salido a hacer unas compras en Moscú, antes de regresar al hotel para ir a cenar con su amante y después al teatro. Era el último día en la ciudad, ya que al día siguiente saldrían para Kiev y, desde allí, Naumov cogería un tren hacia Venecia, pasando por Viena y Verona, y ella se quedaría unos días más en la ciudad kievita. Le explicó a su doncella que estaría en las Galerías GUM, en la Plaza Roja. Hacía mucho que no se perdía por los centenares de tiendas agrupadas en aquel edificio con una impresionante fachada de doscientos cuarenta y dos metros.

Cuando se encontraba eligiendo unas prendas de lencería, vio cómo su doncella entraba a toda prisa en la tienda. Parecía sofocada. A la condesa le recordó a Amalia, el ama de llaves del Palazzo Maurogonato, por las dos rosetas de su rostro. Debía de haber pasado algo grave para que apareciera con esa urgencia. Por su cabeza pasaron todo tipo de posibles escenarios: Prilukov, presa de los nervios y los celos, había decidido matar él mismo al conde Kamarowski; o quizá el conde había podido repeler el ataque y había terminado matando al abogado; o puede que se hubiera producido un accidente y cualquiera de los dos podría estar muerto, quién sabe si un ataque al corazón o un atropello; incluso pensó que habían detenido al abogado, ya que llevaba varios meses en busca y captura; o algo mucho peor: podría tratarse de Tioka, que hubiese sufrido algún contratiempo y los responsables del colegio intentaban ponerse en contacto con ella... La llegada de Elisa puso coto a su imaginación.

—Condesa... —Intentaba recuperar el aliento sin conseguirlo. No recordaba haber corrido tanto en su vida, ni siquiera por las praderas verdes de Sainte-Croix, en su Suiza natal.

—¡Habla! —exclamó impaciente, sin entender que su doncella había venido demasiado rápido y todavía le faltaba el aire.

—El señor Naumov... —acertó a decir Elisa entre jadeos ante la exasperante mirada de su señora, que, en ese instante, se dio cuenta de que no había valorado el nombre de Nikolái en sus posibles teorías de fatalidad.

—¿Qué le pasa? ¿Está muerto?

Ni siquiera ella supo por qué pregunto eso, pero lo hizo.

—Todavía no.

—¿Todavía? ¡Qué quieres decir!

—Está completamente borracho, tiene un arma en la mano y asegura que, si no aparece usted, se suicidará. Grita cosas que ni siquiera entiendo. ¡No sabe lo que me ha costado convencerle de que no hiciera nada...! ¡Pero es que está muy nervioso!

—¿Y le has dejado solo?

—No. Le he dejado con los perros —contestó Elisa, como si Rip y Gip fueran dos cosacos del Don—. No me mire así, señora. Esos dos condenados ladran tanto que son capaces de convencer a cualquiera. Y bien sabe usted que al señor Naumov le ladran más que a nadie.

La condesa pagó las prendas de seda que tenía en la mano y regresó al hotel junto con su doncella, utilizando el servicio de un taxi privado que había aparecido en Moscú ese mismo año, ante la creciente demanda de la prestación por parte de la ciudadanía, algo que ni siquiera había valorado hacer Elisa.

Cuando caminaban de manera apresurada por el pasillo que las conducía a la habitación donde aguardaba el poeta, escucharon los ladridos de los perros. Las dos mujeres se miraron: aquellos aullidos podrían significar cualquier cosa. Al abrir la puerta, encontraron a Rip y Gip ladrando como fieras ante un Naumov que los apuntaba con el revólver, indistintamente, como si no supiera a cuál de los dos disparar primero. Viendo la escena, la condesa confirmó sus sospechas de que Naumov sería incapaz de matar a nadie; si no encontraba el valor necesario para disparar contra un perro, mucho menos iba a hallarlo para apuntar al conde y apretar el gatillo.

—¡¿Se puede saber qué demonios te pasa?! —exclamó, como si estuviera regañando a Tioka. El grito acalló a los dos perros, que se concentraron en mirarla, exactamente igual que Nikolái.

—¡No vuelvas a dejarme solo! ¡Con lo que voy a hacer por ti, no puedes separarte de mi lado! —se le encaró, sin recordar que todavía llevaba el revólver en la mano, provocando el grito de Elisa.

—¿Quieres bajar eso? —bramó la condesa mientras le arrebataba el revólver como si fuera un juguete—. Estaba comprando algo especial para ti. Sólo me he marchado un par de horas. Creí que te vendría bien descansar antes de que saliéramos a cenar y al teatro.

—¡No quiero ir al teatro!

—Pensé que te distraería, que te haría pensar en otra cosa y te relajaría.

—Sabes perfectamente lo que me relaja.

Al escuchar la respuesta, Elisa entendió que su presencia en la habitación era innecesaria. Cogió a los dos perros, les puso el collar, al que ató una correa, e informó a la señora de que se los llevaba a dar un paseo. La simple visión del collar rodeando el cuello de Rip y de Gip hizo que la mirada de Naumov se volviera febril. La condesa comprendió la inutilidad del dinero gastado en lencería; habría sido mejor adquirir una fusta, un alfiler nuevo y algo de perfume. Los planes, cuanto más sencillos, mejor resultan. Aquella tarde lo comprobó de nuevo.

Esa misma noche, aprovechando que Naumov dormía profundamente, telegrafió a Prilukov.

> Berta está nerviosa por el viaje. Quizá los problemas de estómago le impidan conocer a Adele. Besos. Señora Boucheron.

La condesa hubiese preferido hablar con él por teléfono, pero el abogado había sido muy claro al respecto: nada de llamadas telefónicas. Las operadoras solían escuchar las conversaciones, y por su propia experiencia sabía que algunas de ellas recibían un dinero extra por parte de la policía si facilitaban alguna información que pudiera ser relevante.

A las pocas horas, recibió la contestación desde Viena:

> Berta nos dará problemas si no come. Creo que tendré que hacer yo la comida. Adele no puede quedarse sin alimento. Todo mi amor. Señor Zeiffer.

La condesa no esperó para responderle:

> Quizá Berta no pueda comer. Mejor no forzar. Señora Boucheron.

Por un momento, creyó que el abogado entraría en razón y desistiría de sus intenciones criminales. Ella lo había intentado tal y como había prometido, pero el plan hacía agua. Prilukov era un hombre inteligente. Como abogado debía conocer los límites de cada defensa y de cada acusación, y también que hay casos que están perdidos antes de llegar a juicio. El último telegrama del abogado demostró lo equivocada que estaba.

Déjamelo a mí. Yo me encargo. Besos. Zeiffer.

Una vez más, esas dos frases la estremecieron. Si Prilukov decidía matar al conde Kamarowski, había muchas posibilidades de que lo consiguiera. Esa idea intranquilizó a la condesa, que no quería a nadie muerto. Era muy consciente de que Naumov no sería capaz de matar a nadie. Era un poeta, un alma torturada, un joven que abrazaba ilusiones y se perdía en las palabras, vaciándolas o llenándolas de contenido. Como decía siempre Ekaterina, es raro encontrar un poeta o intelectual que sea activo en tiempos de guerra. El joven estaba hecho para utilizar las letras como única munición y el único dolor que era capaz de provocar era el que ordenaba infligir contra sí mismo.

Ésa fue la razón por la que la condesa admitió la propuesta de Prilukov cuando sugirió que el poeta fuera el asesino del conde Kamarowski. Con esa jugada, el abogado se deshacía de dos contrincantes superiores a él, el conde y el joven escritor, y así tendría vía libre para recuperar a la condesa y obtener el dinero del seguro. Pero ese plan garantizaba a la condesa Tarnowska controlar la escena y lo que en ella sucedía: si Naumov era elegido, no habría asesino ni muerto, y eso serenaba el alma de la condesa, así como un amplio margen de movimientos que utilizaría para controlar al conde, al abogado y al poeta. Sin embargo, el último telegrama desde Viena cambiaba las cosas.

Si Prilukov asesinaba al conde Kamarowski, ella ya no dominaría la escena ni a sus personajes. El gran teatro se había convertido en un teatrillo de marionetas y había un títere cuyos hilos no podría manejar. La catarata de elucubraciones le impidió conciliar el sueño en toda la noche y se negó a que

Elisa obrara el milagro por obra y gracia de una inyección. Tenía que pensar y hacerlo rápido, y su doncella tenía que escuchar y aconsejarla.

—Quizá sea mejor así. Mañana, cuando Nikolái despierte, le diré que tenía razón, que todo ha sido una locura y que no cogerá ningún tren a Venecia. Me niego a hacerle más daño; ya se hace él demasiado.

—¿Y qué hacemos con el señor Prilukov?

—Nada. Con él es mejor no hacer nada. Ésa será la manera de deshacernos del abogado. Caerá en su propia trampa.

—¿Cómo?

—Escribiré al conde Kamarowski mostrando mi preocupación porque en Moscú se dice que el famoso abogado prófugo de la justicia va diciendo que irá a Venecia para atentar contra él. No le costará creerlo después de haber recibido cartas amenazándole de muerte.

—Y usted se encargó de hacerle creer que Prilukov podría estar detrás de ellas... —completó Elisa la explicación de la señora, como si todo encajara.

—El conde pondrá en alerta a los *carabinieri* y, cuando el abogado aparezca por Santa Maria del Giglio con la intención de entrar en el Palazzo Maurogonato revólver en mano, será apresado.

—¿Y si dice que usted está implicada en el plan?

—Todos sabrán que miente. Es un ladrón buscado por la justicia. Y, además, si yo fuera su cómplice, ¿por qué iba a avisar al conde?

—Y de ese modo...

—El señor Prilukov irá a la cárcel, Nikolái Naumov seguirá traduciendo a poetas malditos y yo me casaré con el conde Kamarowski quien, por cierto, me ha dejado en su testamento como única beneficiaria. Otra razón por la que nadie podría creer que yo me complicaría la vida intentando asesinar al conde para hacerme con su dinero. Ya dispongo de él, incluso en el hipotético caso de que la boda no se produjera, puesto que así lo indicó en el testamento.

—Pero el conde ha contratado un seguro de vida a su favor, condesa, por valor de medio millón de liras...

—Y a pesar de eso, yo le he avisado de que van a matarle. ¿Quién en su sano juicio haría eso si realmente quisiera cobrar un seguro de vida?

Elisa miró a su señora mientras una sonrisa pícara aparecía en su rostro, desterrando a Munch de sus facciones. Quizá la época gloriosa de los expresionistas estaba a punto de quedar atrás. Pero Elisa nunca había tenido olfato artístico.

Cuando Nikolái Naumov se despertó al día siguiente, el equipaje ya estaba preparado. Él no lo sabía, pero la condesa se había encargado de que disfrutara de un sueño reparador introduciendo en su whisky una dosis extraída de su estuche mágico.

Los ladridos de Rip y Gip recordaron al poeta el lamentable episodio que había protagonizado hacía unas horas por culpa del alcohol. Le sucedía con la bebida lo mismo que con las palabras: nunca sabía la medida exacta para asegurarse una buena gestión; pecaba por exceso o por defecto. Puede que por eso fuera traductor, porque le resultaba más fácil ajustarse a lo ya escrito; lo único que debía hacer era ceñirse a las palabras creadas por otros; desde niño había tenido un gran sentido del servicio.

Cuando accedió a la estancia donde estaba la condesa perfectamente arreglada, leyendo la prensa y alimentando a los perros con pequeños trozos de jamón, fue incapaz de controlar el rubor que le encendía el cuerpo. Siempre le habían dado vergüenza los cobardes, los hombres poco decididos, y quizá por eso no le gustaba mirarse al espejo. Sin embargo, el semblante de la condesa parecía decir lo contrario. Estaba relajada, feliz y pletórica.

—Querido, ¿has descansado bien?

—Condesa, tengo que hablarte. Lo de ayer... Te debo una disculpa.

—Soy yo la que debe disculparse. ¿Té? —preguntó mientras le servía una taza sin esperar su respuesta—. Tú tenías razón. Era una locura.

—No lo es. Y voy a hacerlo, aunque sea lo último que haga en la vida —aseguró removiendo el brebaje y bebiéndolo sin ganas.

—Te digo que no es necesario. Fue una tontería todo lo que dije del conde, el telegrama, la visita al cementerio...

—Para mí sí es necesario. Mataré al conde Kamarowski por ti, pero también por mí. Es mi decisión, y nada de lo que digas podrá convencerme de lo contrario —anunció con una seguridad que distaba mucho de la sumisión que mostraba en la intimidad.

Se levantó y regresó a la habitación para terminar de asearse y coger el tren que le llevaría a Venecia para cumplir lo prometido.

Su contundente respuesta dejó sin habla a la condesa, logró silenciar los ladridos de Rip y Gip y devolvió la inquietud al gesto de la doncella. Pocas veces había conseguido tal unanimidad el poeta. Las dos mujeres se miraron, contemplando cómo se derrumbaba el detallado castillo de naipes que habían construido la noche anterior. La condesa observó la taza de té que el poeta había dejado sobre la mesa y no pudo evitar cogerla, verter su contenido en otro recipiente y fijar la mirada en los posos. Lo que vio hizo que se dejara caer en la butaca, sujetándose la cabeza con las manos. Elisa ató a los perros y se los llevó a dar su paseo matinal, esperando que a su regreso su señora hubiera encontrado una solución.

La condesa hizo todo lo posible para que Naumov cambiara de opinión, utilizando todas sus armas de seducción, esgrimiendo los argumentos que siempre habían funcionado con él, pronunciando las palabras claves que antes abrían todas las cerraduras y ahora sólo parecían abrir la caja de Pandora. La mitología seguía siendo el espejo en el que se reflejaba su vida. Volvía a emular a la bella del mal, la mujer a quien los dioses entregan una vasija con la prohibición de que la abriera. La curiosidad la llevó a desobedecer y ocurrió lo que siempre sucede cuando se juega con fuego: que el placer desaparece y asoma el peligro. Pandora liberó todos los males al mundo, y sólo consiguió cerrar el recipiente a tiempo para mantener la esperanza, dentro. Pero en el fondo de la taza de té, y a diferencia de Pandora, la condesa ni siquiera halló un vestigio de ilusión.

Fue imposible convencer a Naumov de que cejara en su empeño.

Antes de trasladarse a la estación para coger el tren que los llevaría a Kiev, la condesa mandó un telegrama a Prilukov informando de las últimas novedades.

> Berta ha recuperado el apetito. Está deseando encontrarse con Adele. Sólo ellas dos. Déjalas solas. Besos. Señora Boucheron.

Durante el trayecto, recibió la contestación. Un empleado del tren se la entregó a Elisa, que, previamente, se había encargado de comunicar que cualquier mensaje que llegara a la atención de la señora Boucheron le fuera entregado a ella.

> Entiendo que Berta va en serio. No me fío. Mandaré a alguien que la acompañe para asegurarse de que el encuentro sea feliz. Confía en mí. Sé firme, no cambies. Siempre tuyo. Señor Zeiffer.

La condesa lo había intentado, pero las decisiones de los hombres seguían imposibilitando las suyas. Por un instante, odió a los tres por mantenerla esclava de sus caprichos, al albur de sus deseos, despreciando y anulando los de ella, sometiéndola. Si eso era lo que querían, que lo hicieran, pero que la dejaran tranquila. Tampoco Pandora había pedido que los dioses le hicieran ese regalo envenenado; la culpa había sido de ellos, por darle semejante responsabilidad a alguien cuya curiosidad hacía previsible lo que hizo. La culpa peca siempre de aleatoria.

Durante las siguientes horas recibió más una docena de telegramas, aunque imaginó que muchos otros se habían perdido por el camino, dado que el servicio telegráfico no era tan rápido como los movimientos de la condesa. En ellos, Prilukov le ordenaba que Naumov se deshiciera de cualquier objeto que pudiera identificarle, incluido el pasaporte; le hizo llegar uno falso, que le entregó un empleado del tren en un sobre cerrado. Eso sólo tenía dos posibles lecturas: borrar su verdadera identidad o que Naumov no pudiera regresar a Rusia al carecer de un documento acreditativo. El abogado había retomado el mando, controlando todos los detalles. Cuando eso sucedía, la condesa se limitaba a obedecer y a cumplir las órdenes. Guiada por esa premisa, pidió a Naumov que le devolviera el medallón con su retrato y su mechón de pelo que le había entregado unos días antes. En su lugar, le puso al cuello una cruz de oro con la inscripción: «Dios te salve y te proteja». «Cada vez que toques y beses esta cruz, me estarás tocando y besando a mí», le confió la condesa.

—¿Estás seguro de que quieres hacerlo? Te prometo que no me enfadaré si decides negarte. De hecho, te pido que lo reconsideres. Nada de esto es necesario. Ya me has demostrado que me amas.

—Todavía no, pero lo haré en unas horas. Te lo juré ante la tumba de tu antiguo amante y tú me juraste que serías mía para siempre. Mi sacrificio no es nada comparado con la recompensa que recibiré a cambio. Un momento frente a la eternidad; es una tentación demasiado fuerte para resistirse a ella.

—En ese caso, escúchame bien todo lo que voy a decirte.

La condesa fue explicándole lo que tenía que hacer: le dibujó un plano del Palazzo Maurogonato y le enseñó la gran escalinata que conducía a la habitación del conde Kamarowski, ubicada en el ala derecha nada más subir las escaleras, así como las ventanas que daban tanto a la plaza de Santa Maria del Giglio como al puente sobre un pequeño canal, a mano izquierda, según se abandonaba el palacio. Le indicó que debía alojarse en el hotel Danieli utilizando un nombre falso, «Prodorowski», insistiéndole en que no hiciera cambios: tenía que ser ahí. Naumov no preguntó nada, sólo escuchaba y obedecía mientras estudiaba la distancia entre el hotel Danieli y el palacio del conde. Le aconsejó que se cambiara el peinado y se afeitara el bigote; escuchar esta indicación fue lo único que pareció contrariarle, pero aseguró que lo haría. Le recomendó no llevar nada en los bolsillos del traje excepto el revólver, que envolvería en un trapo, y dinero para poder pagar los trayectos en góndola, los billetes de tren y las posibles eventualidades. Le aconsejó que no hablara con los *gondolieri*, y sólo lo necesario con los empleados del hotel, para que nadie pudiera identificarle *a posteriori*.

—Y, sobre todo, no hables con el conde ni establezcas contacto visual con él, más allá del imprescindible. Colócate ante él, apunta y dispara. Debes ser frío y no pensar, Nikolái. Pensar siempre acarrea problemas.

—¿Y si me dice algo?

—¿Por qué te va a hablar? Le estás apuntando con una pistola. La sorpresa le impedirá decir nada, siempre que reacciones rápido y sin contemplaciones. No le des opciones o estarás vendido, y tú serás la víctima. ¿Lo entiendes?

—Perfectamente.

—Y hay algo más que no debes olvidar. Tienes que escribir una carta con tu nombre dirigida a mi persona y que me enviarás a Kiev, reconociendo que, debido a mi negativa de acceder a tus proposiciones, la vida no tiene sentido para ti y has decidido acabar con ella —le indicó la condesa. Al escuchar estas palabras, la expresión de Naumov se contrajo.

—¿Por qué debo hacer eso?

—Es sólo una carta trampa. Como la que yo te escribiré al hotel Danieli rechazando tu oferta porque tengo previsto casarme con el conde. Es sólo un trámite. Los dos sabemos que es falso, pero esas cartas suponen una garantía para mí, si algo no sale como pensamos.

—Nada va a salir mal. Si eso ocurriera por algún motivo, me suicidaré para que nada pueda comprometerte.

Ahora fue el rostro de la condesa el que se contrajo.

—Si haces exactamente lo que te digo, todo saldrá bien. Cuando hayas disparado al conde, asegúrate de que está muerto, sal de allí corriendo, arroja el revólver al canal y camina hasta una góndola que te lleve al hotel Danieli. Allí te cambiarás de ropa, incluido el sombrero, recogerás tu equipaje y pedirás un transporte para la estación de ferrocarril de Santa Lucia. Tu tren hacia Verona sale a las 9:50 de la mañana. Y a partir de ese momento, serás Édouard Durand —le explicó mientras le entregaba el nuevo pasaporte con su nueva identidad.

Hablaba con seguridad, como si hubiera pensado en todos los detalles, pero en realidad no hacía más que repetir las indicaciones que Prilukov le había escrito en los telegramas. Si las cosas salían como ella esperaba, toda esa explicación sería inútil porque Prilukov sería detenido y Naumov se libraría. Pero no se fiaba de ninguno de los dos y mucho menos de los caprichos del destino. Mejor prepararse para cualquier escenario.

—Tendrás tiempo suficiente de llegar a la estación sin prisas y comprar el resto de los billetes para Milán, Roma, Florencia y Nápoles. Pasados unos días, cuando el eco del crimen se haya difuminado, nos reuniremos para amarnos eternamente.

El final del relato era lo que más había convencido a Naumov.

La condesa encontró en el iris de su mirada lo mismo que había visto en los posos de té de su taza. Una sensación de tristeza la invadió, empujándola a hacer lo que todavía no había hecho con el poeta. En el vagón de primera clase que los conducía a Kiev, vivieron su primer encuentro sexual pleno, sin látigos, sin quemaduras de cigarrillos, sin ríos de cera ardiente recorriendo la piel, sin cuerdas de cáñamo, sin alfileres punzantes, sin heridas, sin sangre... La condesa vio el rostro de Alekséi Bozevski sobrepuesto en el de Naumov, y eso hizo que también ella obtuviera el placer que no tuvo tiempo de disfrutar con el oficial más bello de la Guardia Imperial. El destino parecía unir los puntos del dibujo de su vida. Sólo había que esperar para ver qué imagen final saldría.

Mientras descansaban, un nuevo sobre entraba por la rendija de la puerta corredera del departamento, en el que habían colocado un cartel de «No molestar» para que nadie interrumpiera su intimidad. La condesa miró el trozo de papel. Deseó que fuera el último. Pero deseó aún más que las palabras en él contenidas le hablaran de abandonar el plan.

Sin embargo, las palabras escritas son reacias a satisfacer los deseos de quien las lee. Son soberbias por norma e independientes por naturaleza.

45

La última vez que vio a Naumov, el joven besaba la cruz de oro que le había colgado al cuello. Desde el vagón del tren que le llevaría a Venecia —pasando por las estaciones de Varsovia, Viena y Verona—, le gritó que la amaba, un aullido desesperado, salvaje, como el del condenado que sabe que será el último. La condesa recordó que una semana antes se había despedido del conde Kamarowski en la estación de Viena y quizá ya no volvería a verle. Deseó que los trenes dejaran de salir de su vida y comenzaran a llegar a ella mientras el niño que vendía periódicos voceaba los titulares: «Los mercados inestables. Pánico del hombre rico. Posible caos bancario. Roosevelt pide calma».

Cuando llegó al hotel de Kiev donde esperaría acontecimientos junto a Elisa, abrió el último telegrama recibido en el tren. Prilukov le informaba de su decisión de subirse en Viena al convoy en el que viajaba Naumov con dirección a Venecia y con parada en Verona. Sería el tren de las 21:20 y llegarían a la ciudad de los canales el 3 de septiembre de 1907. El abogado no se fiaba de que el poeta fuera capaz de llevar a cabo el plan. En el telegrama le explicaba que viajaría con dos detectives privados para evitar que pudiera escapar si finalmente atentaba contra el conde Kamarowski. De esa manera, el letrado se aseguraba de que sus dos grandes rivales desaparecieran al mismo tiempo. Todos querían el terreno despejado para ser los únicos en el corazón de su amada. Ninguno de ellos luchaba por una revolución de ideas ni de clases sociales, ni siquiera por el pánico de los mercados; su rebelión estaba motivada por la razón más antigua del mundo, la que se urdía en nombre de una mujer.

La condesa no entendió por qué Prilukov había involucrado a dos personas más. Eso iba contra la naturaleza del plan. Si todo salía como habían previsto, habría dos testigos incómodos que podrían volver a sus vidas en cualquier momento. No había sido buena idea y así se lo hizo saber en un nuevo telegrama. También le pidió una vez más que no hiciera daño a Naumov y le reiteró que todavía estaba a tiempo de cambiar de idea. El abogado interpretó esa petición como una prueba de lo enamorada que estaba la condesa del poeta, algo que despertó sus celos enfermizos, así que decidió no contarle la verdad para evitar que hiciera alguna tontería, como avisar al conde Kamarowski o impedir que Naumov cumpliera con lo prometido. Le dio a entender que realmente iba a Venecia para impedir que el poeta cometiera el crimen y que los dos hombres que le acompañaban lo hacían para detenerlo, en caso de que finalmente se decidiera a matar al conde; lo apresarían antes de acceder al palacio, no sería necesario involucrar a la policía veneciana y todo quedaría en un susto sin consecuencias.

La condesa le creyó al entender que el plan tenía su lógica: de esa manera, Prilukov se llevaría el dinero que ella misma le daría una vez celebrada la boda y al que tendría fácil acceso después de convertirse legamente en la señora Kamarowski; Naumov quedaría fuera de juego, bien detenido, bien encarcelado, pero, desde luego, fuera de la órbita de la condesa, que jamás aceptaría estar con un delincuente, acabando así con los celos del abogado. Él sabía que la condesa Tarnowska no estaba enamorada de Kamarowski y que su principal rival era el poeta. Una vez eliminado de la partida, el abogado creía tener posibilidades para volver con ella. Ya se las ingeniaría él para conseguir que la condesa se divorciara del conde, no sin antes asegurarse una buena situación económica y social.

Todo parecía una compleja jugada de ajedrez sobre un tablero cuyas casillas cambiaban constantemente de color, desbaratando los movimientos de las piezas y las reglas que lo regían. A la condesa siempre le había gustado jugar y, en su cabeza, era lo que estaba haciendo. Ekaterina solía decir que los rusos cometen todo tipo de locuras porque se aburren y admiten cualquier aventura que aniquile el tedio; la voz de su madre aún la visitaba en sus sueños.

El recepcionista del hotel de Kiev donde se alojaba la condesa también le entregó varias cartas enviadas por el conde Kamarowski desde Venecia, en las que se mostraba nervioso y excitado, probablemente a consecuencia del consumo de alcohol. Le preocupaba el silencio epistolar de su futura esposa, aunque imaginaba que había estado ocupada con los preparativos del ajuar y convenciendo a su familia de que asistiera a la boda, y salpicaba su carta con ardientes palabras sobre ansiados encuentros íntimos. Sin ganas, la condesa cogió una cuartilla de papel y empezó a escribir unas líneas, diciéndole lo mucho que le amaba, las ganas que tenía de casarse con él y de realizar todas sus fantasías, lo equivocado que estaba al pensar que no era el hombre que ella merecía y lo pronto que estarían juntos para siempre. Le resultó fácil, eran las mismas palabras que llevaba utilizando los últimos días en todas sus comunicaciones, sólo cambiaba el receptor. Firmó como al conde le gustaba que firmara sus cartas, «tu casta prometida»: a ojos de su futuro marido lo era, ya que sólo una vez yacieron como amantes.

Los despachos siguieron llegando. Prilukov le había recordado que en las próximas horas debía enviar tres nuevos telegramas a Naumov para que los recibiera en cada una de las paradas de tren hasta llegar a Venecia: uno le sería entregado en la estación de Varsovia —«Dios te bendiga y te proteja»—, el segundo lo recibiría cuando el tren efectuara su parada en Viena —«Te amo sólo a ti»—, y el tercero, al llegar a Verona —«Mi corazón está contigo»—. La idea, según el abogado, era infundirle ánimo para que no cambiara de opinión. Ninguno de los tres iría firmado, pero los tres compartían el mismo nombre falso que figuraba en el nuevo pasaporte francés de Naumov: Édouard Durand. También llevaba otro pasaporte de nacionalidad ruso, a nombre de Serguéi Prodorowski, que sólo utilizaría en Venecia, principalmente para inscribirse en el hotel Danieli.

Siguiendo las indicaciones del letrado, la condesa también escribiría un cuarto telegrama que enviaría al día siguiente, el martes 3 de septiembre, que firmaría con su nombre verdadero y enviaría al hotel Danieli a la atención del cliente alojado en la habitación cuyo número le revelaría en un futuro telegrama; insistió en que no incluyera el nombre a quien iba dirigido, ni Naumov ni Prodorowski, únicamente el número de habitación. El texto de aquel mensaje estaba ya escrito:

> No tengo intención de aceptar su descabellada propuesta. No sé qué ha podido llevarle a albergar en su cabeza semejante insensatez. Espero que el tiempo le ayude a aclarar sus ideas. Le deseo lo mejor, pero será lejos de mí. Mura.

Ese telegrama sería parte de la coartada de la condesa Tarnowska en una posible investigación policial.

El 3 de septiembre amaneció nublado en Kiev, pero, cuando la condesa se despertó, el cielo había mudado y el sol brillaba desde hacía unas horas. La claridad en la habitación hizo que se incorporara exaltada. Se asustó al ver la hora que era: pasaban cuarenta minutos del mediodía. Ya tenía que haber enviado el cuarto telegrama al hotel Danieli para que le llegara al cliente allí hospedado. Se apresuró a salir de la cama, se puso la bata de seda y accedió a la estancia. Estaba vacía. No había rastro de Elisa ni de los perros. Volvió a mirar el reloj para asegurarse de que realmente era tan tarde. Cuando lo confirmó, una ola de calor se apoderó de su cuerpo hasta que escuchó la cerradura de la puerta de la habitación y, justo después, los ladridos de sus canes. Cuando vio a su doncella, no entendió por qué estaba tan tranquila.

—¡Me he quedado dormida! ¡Por qué no me has despertado! —gritó sin poder controlar su nerviosismo—. Debía mandar el cuarto telegrama a Naumov, al hotel Danieli, rechazando su proposición, tal y como me indicó Prilukov...

—Condesa, tranquilícese... —intentó calmarla Elisa, como de costumbre.

—¡Cómo voy a calmarme! ¡Era parte de mi coartada! ¡Donato insistió mucho en ello! —Paseaba inquieta por la habitación, ante la atenta mirada de Rip y Gip.

—Yo misma lo hice.

—¿Tú? —preguntó confusa, como si lo que escuchaba no tuviera sentido.

—Por supuesto, en cuanto recibí el telegrama del señor Prilukov, firmado con el nombre que nos dijo que utilizaría en Venecia, De Bouchy. En él comunicaba que el señor Naumov, registrado como Prodorowski, estaba en la habitación número 80 —explicó la doncella pausadamente para que su señora entendiera y tratara de rememorar—. ¿No se acuerda que lo hablamos anoche, antes de acostarnos? Usted me dijo que, si todavía dormía cuando llegara el telegrama de Prilukov informando del número de habitación, fuera yo a enviar el telegrama que usted misma dejó escrito. Y eso he hecho. Además, tuve cuidado de no incluir ningún nombre en el destinatario, sólo especifiqué que era para el cliente de la habitación número 80. Así que sigue usted teniendo coartada.

Tranquilícese. ¿Ha desayunado? ¿Ordeno que le suban algo? Aunque a estas horas, quizá sea mejor que almuerce...

—Elisa, creí que me iba a dar un infarto. Al no verte, pensé que todo había sido un mal sueño...

—Antes de que se me olvide... —advirtió la doncella, después de dejar las correas de los perros en el mueble de la entrada y depositar el periódico en la mesa—. Hay una carta del conde Kamarowski y un nuevo telegrama de Prilukov.

—Qué pesadilla de hombre. ¡Es que no va a dejar nunca de mandar telegramas! —protestó—. Algunas personas no deberían dejar de trabajar porque se aburren y empiezan a pensar insensateces...

—Se lo dejo todo sobre la mesa. Voy a servirle un té mientras encargo la comida. ¿Tiene hambre, condesa?

—Lo que tengo son ganas de que todo esto termine. Y una enorme jaqueca... —dijo mientras abría primero el telegrama de Prilukov. Negó al tiempo que entornaba los ojos—. No entiendo lo que dice. Sus mensajes son como jeroglíficos. ¿Por qué no deja de escribir de una maldita vez? ¿Cuántos telegramas nos hemos intercambiado en la última semana?

—A vuela pluma, entre el señor Zeiffer y la señora Boucheron, se habrán intercambiado más de ciento cincuenta, sin contar los que se han distraído por el camino, que supongo han sido unos cuantos, y los que todavía están por venir de parte del señor De Bouchy. Y no cuento los que ha intercambiado con el señor Naumov o Édouard Durand...

—¿Llevas la cuenta?

—Siempre, señora. De todo.

La condesa se sentó ante el buró y comenzó a escribir el texto del telegrama que enviaría al hotel Danieli a nombre del señor De Bouchy.

> No entiendo qué pregunta quieres que responda. Berta prefiere un plato frío. Haz lo que quieras. He hecho todo lo

que pediste. Ayer por la tarde telegrafié a Verona. Sólo te amo a ti. Ternura infinita.

—Añade este otro a tus cuentas. Sinceramente, espero que sea el último —dijo la condesa entregándole el papel a Elisa—. Pero no vayas a enviarlo ahora; comamos antes. No creo que un telegrama más o menos marque la diferencia.

Como había ordenado su señora, Elisa acudió a la oficina de telégrafos a enviar el telegrama. Lo hizo después de comer, confiando en lo que había dicho la condesa: «Un telegrama más o menos no marcará la diferencia».

Pero la marcó.

Si el telegrama hubiera sido enviado antes de comer, hubiese podido llegar a manos del señor De Bouchy. Pero al hacerlo por la tarde, cuando el despacho llegó al hotel Danieli, el destinatario ya no se hospedaba en el establecimiento. Un lamentable altercado entre cuatro huéspedes se saldó con la expulsión de tres de ellos —el señor De Bouchy, el señor Jean Roussie y señor Pierre Declaire— y con una amenaza de denuncia, finalmente no presentada en la comisaría, por parte del señor Prodorowski, el cliente de la habitación número 80. El joven ruso había regresado antes de tiempo al hotel y encontró a dos hombres, los señores Roussie y Declaire, registrando su estancia. Hubo un forcejeo, golpes y amenazas que se saldaron con la expulsión de los dos alborotadores y de un tercer individuo que iba con ellos, el señor De Bouchy. A los tres, la dirección del hotel Danieli les propuso alojarlos en otro establecimiento, el Grand Canal Monaco, pero sólo De Bouchy aceptó el ofrecimiento.

El último telegrama de la condesa no llegó a su destinatario, pero quedó registrado en la recepción del Danieli. No podía saber que Prilukov se había cambiado de hotel a la hora de comer, trasladándose al Grand Canal Monaco, donde se registró como señor Zeiffer. Ese cambio de nombre imposibilitó que se le entregara el telegrama cuando un empleado del Danieli acudió con él al segundo hotel, al no figurar ningún «señor De Bouchy» en el listado de huéspedes.

Quien sí recibió un telegrama fue el cliente de la habitación número 80 del hotel Danieli, el supuesto señor Prodorowski. Aunque conocía de antemano su contenido, ya que la condesa le explicó que era sólo una coartada necesaria para ella, a Naumov le desagradó leerlo.

> No tengo intención de aceptar su descabellada propuesta. No sé qué ha podido llevarle a albergar en su cabeza semejante insensatez. Espero que el tiempo le ayude a aclarar sus ideas. Le deseo lo mejor, pero será lejos de mí. Mura.

A nadie le gusta ser rechazado, aunque sea en falso. Percibió cada palabra como una cuchillada en el pecho; cada frase, como la hoja del puñal retorciéndose en la herida, causándole un daño casi irreparable. Pero el dolor siempre le estimulaba. Arrugó el telegrama en un puño, lo tiró sobre la cama y cogió su bolso de viaje, del que extrajo el revólver Nagant que había elegido para matar al conde, en detrimento de la Russian de Smith & Wesson. Después de envolverlo en un pañuelo, se lo metió en el bolsillo del pantalón, se puso su Homburg de fieltro blanco y salió a la calle. Había llegado el momento.

Debía conocer con antelación el lugar donde cometería el crimen.

Fue repasando mentalmente el plano que le dibujó la condesa con las indicaciones para llegar desde el hotel Danieli hasta el Palazzo Maurogonato. Era un trayecto corto, pero, para un extranjero que pisaba por primera vez Venecia, las calles se convertían en una maraña de laberintos. La idea era asesinar al conde el miércoles 4 de septiembre a primera hora de la mañana, cuando apenas hubiese gente en la calle. Eso facilitaría las cosas, también la fuga, planeada teniendo en cuenta que el tren hacia Verona saldría a las 9:50 de la estación de Santa Lucia.

Aquel paseo, una vez caída la tarde, no era más que un reconocimiento previo del terreno para acudir al escenario con más seguridad al día siguiente, eliminando posibles contratiempos. Pero el último telegrama de la condesa le había revuelto por dentro. Sabía que era falso, aunque eso no disminuía el malestar. Además, venía firmado como Mura, lo que, en su cabeza, otorgaba más veracidad al contenido. Estaba tan distraído en analizar el telegrama que las palabras que lo contenían desfiguraron los trazos del plano que tenía dibujado en su memoria. Se había perdido por obsesionarse con algo que sabía simulado.

Caminó durante unos minutos, pero todas las travesías le parecían iguales. Las calles eran idénticas, los edificios, similares: las placas con el nombre de las vías, las fuentes, la ropa tendida en los balcones, los canales, los establecimientos de comida, las sillas a la entrada de las casas... Le dio la impresión de estar dando vueltas para volver siempre al mismo lugar. Cuando quiso darse cuenta, la noche había caído sobre Venecia y la oscuridad no era buena compañera de viaje. Una sensación claustrofóbica comenzó a invadirle. Conocía lo que ello significaba: sus manos no tardarían en temblar, empezaría a sudar, se le secaría la boca y un desagradable tartamudeo le dificultaría el habla. No debía hacerlo, pero tenía que preguntar a alguien por Santa Maria del Giglio, aunque evitaría nombrar el Palazzo Maurogonato; siempre sería más fácil acordarse de un extranjero que la noche anterior preguntó por el lugar donde a las pocas horas se cometió un asesinato. Su italiano era fluido, lo suficiente para entender las indicaciones. El primer intento fue infructuoso: la mujer que procuró explicarle cómo llegar hablaba muy rápido, tenía prisa e iba demasiado cargada para detenerse a ayudar a un hombre que sudaba en exceso. Naumov pensó que sería buena idea entrar en una cantina; allí le indicarían mejor y podía aprovechar para beber algo que calmara su agitación. Cuando salió del establecimiento quedaban pocos minutos para la medianoche. Su nerviosismo se había aplacado más de lo necesario, pero había conseguido que un lugareño se brindara a acompañarle hasta el lugar. «No tiene pérdida. Se ve enseguida, incluso de noche. Es completamente blanca».

La garantía de que uno va a perderse llega después de escuchar la expresión «No tiene pérdida». El amable veneciano debió de vérselo en la cara, amén de su poca claridad mental después de una considerable ingesta de alcohol, y tuvo a bien recorrer con él los pocos metros que le separaban del lugar, apenas un par de minutos caminando.

«Recuerde, *amici* —le dijo el hombre al despedirse, a menos de medio metro de la iglesia que había utilizado como referencia—: Ponte Duodo, Campiello de la Feltrina y Campiello Santa Maria Zobenigo. Lo que le digo, no tiene pérdida».

Naumov le agradeció su amabilidad, aunque ya lo había hecho invitándole a varios tragos en la cantina. Se convenció de que controlaba la situación. No estaba tan borracho como podía parecer y no había cometido ninguna imprudencia, ya que se había limitado a escuchar.

Caminó unos pasos hasta adentrarse en la plaza y se situó ante la monumental fachada de la iglesia, que se erguía solemne, orgullosa de sus líneas barrocas trazadas en mármol. Pocas veces había visto algo igual: aquella mole blanca humillaba a la oscuridad de la noche, venciéndola y destronándola. Se quedó observando aquella majestuosidad como seguramente lo hizo Stendhal ante la basílica di Santa Croce en Florencia. También él sudaba, sufría violentas palpitaciones en el pecho y en las sienes y creyó que se desmayaría, aunque lo suyo poco tenía que ver con las «sensaciones celestes dadas por las Bellas

Artes y los sentimientos apasionados» que motivaron el éxtasis del escritor francés y que detalló en su libro *Roma, Nápoles y Florencia*. Sus sentimientos eran otros y venían motivados por causas diferentes.

En ese momento, una mujer de avanzada edad cruzaba la plaza.

—Disculpe, señora, ¿es ésta la iglesia Santa Maria del Giglio?

—No. Es la iglesia Santa Maria Zobenigo. ¡Estos jóvenes...! Siempre quieren cambiarlo todo. Sólo así creen que han inventado algo —marmulló la anciana alejándose, sin añadir nada más, excepto un susurro preñado de gruñidos.

La respuesta de la mujer le dejó una sensación de pérdida y confusión, como si la vida acabara de abandonarle. Miró a su alrededor para confirmar la aseveración de la señora, pero no había nadie. Volvió la cabeza hacia la fachada de la iglesia y entonces lo vio: una construcción en piedra representaba a un ángel con grandes alas de color oscuro desplegadas y soplando una trompeta que sostenía en la mano.

—El Ángel de la Fama —dijo una voz a su espalda, consiguiendo que Naumov diera un respingo.

—¿Disculpe? —preguntó al joven con gesto amable y risueño que le hablaba.

—Todos los turistas lo observan de la misma manera. Parece que tiene algo mágico, hipnótico. Los que vivimos aquí ya ni lo miramos. Es lo que tiene la costumbre, que dejamos de apreciar la belleza cuando la consideramos de nuestra propiedad.

—Si no le importa que le pregunte, ¿es ésta la iglesia Santa Maria del Giglio?

—Sí, señor. Así se llama.

—Una mujer me ha dicho que no, que era la iglesia Santa Maria Zobenigo.

—Seguro que era una anciana... —adivinó el joven, que sonrió al escuchar la confirmación por parte de Naumov—.

Así la denominaban antiguamente, pero todos la conocemos como Santa Maria del Giglio. A las personas mayores no les gustan los turistas, intentan que no vuelvan y tratan de confundirlos todo lo que pueden. Dicen que los que vienen de fuera no traen nada bueno y que terminarán hundiendo Venecia. No haga caso. Esta ciudad está abierta a todos los que vengan con las mejores intenciones.

—Entonces... —añadió Naumov mirando a su alrededor— aquello debe de ser...

—El Palazzo Maurogonato, y yendo por ahí saldrá al Gran Canal. Y caminando unos metros... —el joven señaló en otra dirección— se encontrará con la plaza de San Marcos. ¡Cuidado con las palomas! Son traicioneras. Buenas noches.

Naumov volvió a levantar la mirada hacia el Ángel de la Fama; imponía mirarlo, pero lo consideró cómplice por la ayuda recibida.

Caminó unos pasos para descubrir el *palazzo*. En esa parte de la plaza no había apenas luz. Siempre le había dado miedo la oscuridad, desde niño, quizá por los castigos que le imponía su madre, cuando lo metía en un baúl que cerraba con llave.

A pesar de la paupérrima iluminación, pudo distinguir las ventanas del edificio que la condesa había dibujado en el plano y también el puente situado a la derecha —a la izquierda, si se daba la espalda al edificio—, sobre un canal, una de las alternativas de huida que tendría después de disparar contra el conde. Confirmó la cercanía de la ventana con el suelo; sólo requeriría un salto que no revestía peligro. Mientras estudiaba el lugar, vio algo que detuvo su corazón. Entre la oscuridad, apreció un puntito naranja que se encendía y se apagaba. Afinó más la mirada y distinguió que eran dos los puntos luminosos. Le llevó unos segundos acostumbrarse a las sombras que nacen de la oscuridad y, cuando lo hizo, entendió que era la lumbre de dos cigarrillos. Se sintió no sólo observado, sino inquietantemente perseguido. Quién iba a fumar escondiéndose entre las sombras si no era para no ser visto mientras observa. El miedo se apoderó de él, y no se avergonzó de ello. Retrocedió sobre sus pasos y contempló la plaza: estaba vacía. Nadie en las ventanas, nadie en la calle, nadie en los establecimientos cercanos que ya estaban cerrando, excepto aquellas dos lumbres anaranjadas prendidas de la turbiedad, que le observaban como los ojos encendidos de un demonio. Sus piernas parecían adormecidas, sin duda por el temor, que las hacía inmunes a las órdenes del cerebro, instándole a salir de allí. Sólo el estruendoso tañido de las campanas marcando la medianoche le arrancó de ese hechizo e inició la huida. Corrió sin saber hacia dónde, sin que sus pasos siguieran una lógica. Consiguió recordar las palabras del *amici* de la taberna que le había indicado cómo entrar y salir de la plaza —«Ponte Duodo, Campiello de la Feltrina y Campiello Santa Maria Zobenigo. Lo que le digo, no tiene pérdida»—, pero, al desconocer las calles, la explicación carecía de lógica en su cabeza. Por fin llegó a una gran explanada donde aún había actividad. Al menos había luz, ya que los camareros de las terrazas estaban recogiendo las mesas y las sillas que volverían a montar en apenas unas horas. Caminó unos pasos con la respiración entrecortada, mirando hacia atrás para comprobar si le seguían aquellos ojos del diablo. Quizá el Ángel de la Fama le había ayudado de nuevo, o quizá la luminosidad de la plaza de San Marcos hacía invisible el peligro. Se encaminó hacia los soportales y encontró la leyenda escrita en una de sus columnas, custodiando un establecimiento denominado Caffè Florian: VIVA SAN MARCO. VIVA LA REPUBBLICA. Deseó brindar por ello, aunque sólo fuera por beber un trago, pero prefirió volver al hotel, tras preguntar a uno de los camareros si podrían venderle una botella.

—No solemos hacerlo, pero... —dudó el empleado al ver el aspecto del hombre y entender que realmente lo necesitaba—. Que no digan que no tratamos bien a los turistas. ¿Una botella de vodka? O mejor, ¿una de Justino Henriques? Los rusos son muy aficionados a este vino dulce. Lo sé porque entre nuestra clientela hay muchos...

—Me llevo las dos, gracias —dijo con ganas de zanjar la conversación—. ¿Sabe dónde puedo encontrar a estas horas una góndola?

—Muy cerca de aquí. No le llevará más de un par de minutos andando. No tiene pérdida.

Al escuchar la última frase, Naumov estuvo a punto de torcer el gesto, pero lo cambió por una expresión de agradecimiento que acompañó con una generosa propina.

Regresaría al hotel en góndola para evitar perderse una vez más y con la esperanza de burlar la vigilancia que desde que había llegado a Venecia intuía a su espalda.

No fueron un par de minutos, sino cinco, pero la góndola le dejó en el pequeño embarcadero situado en el lateral del hotel Danieli. Durante el trayecto miró varias veces hacia atrás para comprobar si alguna otra embarcación le seguía, pero las aguas del Gran Canal estaban desiertas. Se preguntó si la ansiedad unida al alcohol no le habría jugado una mala pasada, pero no podía quitarse de la cabeza aquellas dos luces anaranjadas brotando de la oscuridad. Imaginó que serían los mismos caballeros que habían entrado en su habitación aquella tarde. Estaba demasiado cansado para pensar y todavía tenía que escribir la última carta a la condesa, confesando que se sentía abatido por el rechazo sufrido y que su vida no tenía sentido si debía vivirla sin ella. Era lo acordado para reforzar la coartada de su amada si algo salía mal. Le había obligado a aprenderse la carta de memoria para que no cometiera ningún desliz.

Cruzó el vestíbulo y se dirigió a la recepción del hotel.

—¿Sería tan amable de despertarme a las siete de la mañana?

—Por supuesto, señor Prodorowski —dijo el amable recepcionista, Fabrizzio, el mismo empleado que había atendido su denuncia cuando se produjo el altercado con los dos hombres en su habitación, unas horas antes—. ¿Ha disfrutado de la ciudad esta noche?

—Seguramente mañana lo haré más. Muchas gracias. No se olvide de avisarme a la hora indicada, por favor —solicitó educadamente. Antes de retirarse, quiso asegurarse de que sus ojos no le engañaban cuando observó la casilla vacía de la habitación número 80—. ¿No hay ningún mensaje para mí?

—No, señor. ¿Espera alguno?

—Ninguno. Buenas noches.

Sequía de telegramas. Por fin. No necesitaba nuevas palabras que enturbiaran aún más su confusa mente. La noche iba a ser larga. Entró en la habitación y dejó la botella de vodka y la de Justino Henriques sobre el escritorio. Tomó asiento, abrió la botella de vino dulce con la boca, bebió un trago largo, derramando unas gotas sobre la cartulina en la que empezó a escribir la carta encomendada. Su memoria no le falló.

> Querida condesa:
>
> Éste es mi adiós definitivo. He sido un esclavo para usted sin que ello me supusiera sacrificio alguno. La amé en mi vida y la amaré en mi muerte. Porque voy a morir. La única persona que podría salvarme era usted, pero ha decidido no hacerlo. No la culpo. La libero de toda responsabilidad. Uno puede elegir a quién ama, pero no puede obligar a nadie a que lo ame. Su negativa me condena a muerte, pero todo ha sido culpa mía. Escribo estas líneas con embriaguez de alcohol y de muerte. Adiós. La amaré siempre.
>
> Siempre suyo,
>
> NIKOLÁI NAUMOV

Antes de doblar el papel para introducirlo en el sobre, besó la carta imaginando que la besaba a ella. Una vez más, obedeció lo que la condesa le había ordenado. Si en unas horas las cosas no salían según lo planeado, él se suicidaría disparándose en el velo del paladar para desfigurar su rostro y evitar ser reconocido, tal y como había prometido. Con esa misiva se responsabilizaba de todo, dejando a la condesa libre de toda sospecha y de toda mácula. Las manchas de sangre seguían siendo difíciles de limpiar.

Dejó la carta sobre el escritorio y cogió la botella de vodka. Su rostro se reflejó en el vidrio, pero él creyó ver a Severin, el masoquista enamorado de *La Venus de las pieles*, cuando, obligado por Wanda, firmó su carta de suicidio: «Cansado de las decepciones de un año de existencia, pongo fin libremente a mi vida inútil». Y todavía había personas que no creían que las novelas surgen de la propia vida...

Quizá sería su último servicio porque eso es lo que realmente era, un servidor. Alguien le dijo un día que había llegado a ser tan buen traductor porque sabía estar al servicio de lo escrito, sin esperar reconocimiento, resignado, en silencio, entregándose hasta el final y dando por buenas las palabras de otro. Ese alguien fue el conde Kamarowski, a quien, en unas horas, arrebataría la vida como los autores arrebatan el alma de los traductores, sin consideración, sin piedad, porque era lo acordado.

Se sentó en la cama. Bebería hasta quedarse dormido. Cuando despertara, sería el primer día del resto de su vida, o quizá el último.

Cerró los ojos. Deseó que, al abrirlos, ya hubieran pasado varios años. Uno, dos, tres... Los suficientes para que las cosas volvieran a ocupar su lugar en el mundo. Eso significaría que todo había pasado. Cómo ansiaba abrir los ojos...

La volatilidad del tiempo en un solo parpadeo.

Cuarta parte

Venecia
4 de marzo de 1910
Dos años y medio más tarde

Las masas nunca han sentido sed por la verdad. Se alejan de los hechos que no les gustan y adoran los errores que les enamoran. Quien sepa engañarlas será fácilmente su dueño; quien intente desengañarlas será siempre su víctima.

Gustave Le Bon, *Psicología de masas*

46

Los pasos de sor Modestina por el pasillo, al compás del tintineo metálico de las llaves atadas a la cintura, le anunciaron que había llegado la hora. Dejó el pincel sobre la mesa, con cuidado de colocar las cerdas manchadas de pintura roja sobre los periódicos, y sonrió al encontrarse de nuevo con los titulares referidos a su persona.

«La condesa Tarnowska: la mujer de la que toda Europa habla».

«El rostro más famoso de este principio de siglo».

Así hablaba de ella la prensa europea y estadounidense que recibía a diario, desde hacía treinta meses, en su celda de la prisión de mujeres ubicada en la isla de la Giudecca, antes llamada Spinalonga por su forma de espina alargada. El edificio era el antiguo convento delle Convertite que, siglos atrás, fue el primer lugar en aceptar a prostitutas que deseaban abrazar una nueva vida.

Desde su detención en septiembre de 1907 en Viena y su posterior traslado a Venecia en octubre de ese mismo año, la condesa ocupaba una celda de pago que podía sufragar gracias a la generosa suma que recibía todos los meses de su padre, el Terrible O'Rourke. Ese dinero le permitía vestir su estancia con buenos muebles; la cama, con sábanas de lino; la estantería situada en una de las paredes, con libros y revistas, principalmente de moda y actualidad; el armario, con ropa de tejidos caros con prevalencia de seda y gasa; el tocador, con toda clase de perfumes, cremas y aceites para su cuidado personal, donde nunca faltaba un frasco de perfume de Coty. Su vida había cambiado mucho desde aquel fatídico 4 de septiembre de 1907 a las ocho de la mañana, cuando uno de sus amantes atentó contra la vida de su prometido, el conde Kamarowski, con la planificación de otro antiguo amante y su persuasiva colaboración. Así lo contaban los periódicos de todo el mundo, recreándose en escabrosos detalles, algunos ciertos y otros adulterados o directamente inventados, que harían las delicias de los ávidos lectores. Pero ella sabía quién era, y la fragancia de L'Origan en su piel y el eco de ese aroma en la celda se lo reafirmaban. El olor siempre va ligado a la memoria, aunque la mente tiende a confundir deseos con recuerdos reales. Aquellas palabras la transportaban a la compañía de Freud, cuyas teorías estarían muy presentes en la línea de defensa diseñada por su abogado. Las circunstancias impidieron que cumpliera su promesa de acudir a la conferencia que el psicoanalista ofreció en Viena en diciembre de 1907, pero él sí cumplió la suya de introducirse en su cabeza para explicar su vida y sus acciones gracias a sus teorías psicológicas, como su equipo legal se encargaría de trasladar a los miembros del jurado.

La condesa se incorporó de la silla y contempló el lienzo apoyado en el caballete que llevaba meses pintando. Una réplica de *La caza de Diana*, una reminiscencia más del pasado que, sin embargo, tenía una particularidad que lo anclaba al presente: los rostros de los dos hombrecillos agazapados tras un seto observando a las ninfas eran los de Nikolái Naumov y Donato Prilukov, y también estaban el conde Kamarowski, como un elegante galgo; Alekséi, como el ave atravesada por una flecha; y Vasili, como la pieza de caza atada de cuatro patas a un palo portado por dos ninfas. No eran los únicos que aparecían representados: todas las ninfas tenían la cara de alguna conocida de la condesa: Ekaterina, Natasha, Elisa, Emilia, Olga, la marquesa de Kassel... La propia condesa tenía su espacio como la diosa de la caza. Todavía quedaban rostros que transportar al óleo, en especial el de la ninfa que miraba fijamente al espectador, cuyo semblante había comenzado a perfilar sin estar segura de a quién correspondía; era algo extraño, como si el pincel tuviera vida propia. Había tomado la idea del tríptico del juicio final; no el del Bosco, que contempló en su última visita a la Academia de las Bellas Artes de Viena, sino el del pintor alemán Hans Memling, quien, como buen retratista, plasmó los rostros de personas conocidas en las figuras de los condenados que aparecían en el retablo, cobrándose así alguna venganza pendiente.

Sor Modestina introdujo la llave en la cerradura después de llamar a la puerta, como solía hacer siempre que acudía a la celda. No lo hacía por su condición aristocrática, sino por el respeto que se había ganado la ilustre presa después de dos años y medio en prisión preventiva. Gracias al cuidado de las monjas, a sus rezos y a su buen comportamiento, la interna que ocupaba aquella celda ya no era la mujer nerviosa, problemática y enferma que había llegado. Las religiosas, al igual que las presidiarias, se disputaban su atención. Tampoco eso había cambiado: su magnetismo personal y su capacidad de seducción permanecían intactos. Desde pequeña, Maria Nikolaevna O'Rourke había sido la personificación de la expresión rusa *prinudit k druzhbe* —obligar a ser amigo— que solía utilizarse para definir los objetivos rusos en los países extranjeros. Nadie podía resistirse a su presencia, a su compañía, a su poder de persuasión, incluso a su voz melodiosa, razón por la que siempre la elegían para leer en alto la Biblia a las hermanas y al resto de las presas durante el almuerzo o las misas diarias de maitines. También era habitual que tocara el órgano, unos momentos que la condesa disfrutaba porque le permitían tener aún más presentes las enseñanzas de Ekaterina y sus *Nocturnos* de Chopin.

Cuando la religiosa entró en la celda, la condesa estaba colocándose la estola de piel sobre la levita negra con la que asistiría al juicio. Presentarse ante el Tribunal Penal vestida prácticamente de luto no había sido una elección propia. Ella había pensado en una indumentaria más acorde con su personalidad —quizá un elegante vestido estilo imperio, en color verde, azul cobalto o rojo—, pero su equipo de abogados, liderado por Arturo Vecchini, se lo desaconsejó.

Se acercó a sor Modestina para besarle la mano y ésta, a su vez, le dibujó con el dedo pulgar la señal de la cruz en la frente, como solía hacer; era un ritual que aliviaba a ambas por igual.

—Condesa, no debe estar nerviosa. Dios está con usted. Él no permitirá que le pase nada malo. ¿Necesita algo que yo pueda traerle?

—Si le digo que un *spritz*, ¿se enfadará conmigo, hermana? —bromeó, sabiendo que encontraría la complicidad de la religiosa.

—He traído algo que la animará más o menos igual.

Sor Modestina extrajo con su virginal mano un pequeño frasco del bolsillo de su hábito. Era una botellita de vino de Marsala. Cuando la condesa vio cómo la religiosa vertía un poco de líquido en una cuchara, se acordó de Ekaterina, su botellita de láudano y la cucharilla que llevaba colgada en el extremo de una cadenita atada a su cintura. Era bueno que los recuerdos siguieran abrigándola y dibujándole un amago de sonrisa porque, en apenas unas horas, no serían tan benévolos.

—¿No querrá emborracharme, hermana? —comentó irónica.

—Los caminos del Señor son inescrutables, hija.

—Dígamelo a mí... —susurró mientras se colocaba el collar lavallière que le había enviado un admirador desconocido.

Desde su entrada en prisión, no había dejado de recibir regalos, ya fueran libros, dulces, perfumes, joyas, vestidos, flores, bombones, grandes cantidades de dinero o apasionadas cartas de amor. Pero cuando los días previos al juicio la prensa comenzó a informar del inminente proceso, los envíos de los admiradores secretos —hombres en su gran mayoría— se multiplicaron. No le importaba quién fuera el misterioso remitente del lavallière, pero la joya estaba de moda y, aunque había seguido los consejos de sus letrados sobre la indumentaria, necesitaba llevar algo que la definiera lo suficiente para sentirse segura. El collar se componía de dos finos colgantes de diferente longitud superpuestos entre sí, y de uno de ellos pendía una piedra preciosa que —según explicó la condesa a la religiosa— no era auténtica. Mentirle a una monja no podía ser tan grave como mentirle a Dios. La joya distaba de ser como el lavallière de la zarina de Rusia, con diamantes y amatistas; se acercaba más al que había popularizado la actriz Eva Lavallière, que terminaría convirtiéndose y retirándose a un convento.

Antes de la llegada de la religiosa, se había escondido en su pecho un pétalo de rosa del gran ramo de rosas rojas que había recibido la noche anterior. Le resultó curioso: el pasado seguía anclado en su vida como tabla de salvación, justo cuando se dirigía a un lugar donde querían condenarla por él. Era la condesa Tarnowska, un imperio de contradicciones.

Cuando terminó de colocarse el gran sombrero con el velo negro que le taparía el rostro, se contempló en el espejo de cuerpo entero, ubicado en una esquina de la celda. El lavallière asomaba sobre una blusa bordada de color blanco, el único detalle que rompía el negro riguroso, y tuvo que admitir que estaba hermosa. El encierro de dos años y medio la había hecho aún más bella. Le hubiese gustado contemplarse unos minutos más para admirar el resultado, pero la presencia de la hermana le recordó que debía comportarse como llevaba tiempo haciéndolo y que su condición natural, tan proclive a la vanidad, podría entenderse como un pecado venial. «El que oye la palabra pero no la pone en práctica es como el que se mira a sí mismo en un espejo: se ve a sí mismo, pero en cuanto se va, se olvida de cómo es». Santiago 1:23-24.

Que leyera la Biblia con voz angelical no quería decir que interiorizara lo leído. Stanislavski le habría dado su plácet a pesar de contradecir su método interpretativo.

Aceptó el vino de Marsala como la mujer obediente en la que se había convertido, al menos, ante sus nuevas compañeras de vida y, tras limpiarse los labios, besó las fotos que descansaban sobre su mesilla de noche: la de Ekaterina y la de Tioka, en la que aparecía con el fallecido conde Kamarowski. La elección de esa fotografía no había sido casual, al menos su abogado no creyó que lo fuera cuando acompañó a los peritos psiquiátricos, a los que la prensa seguía llamando «alienistas», para que realizaran un examen médico a su clienta. La imagen de su hijo y el conde se había tomado por cortesía del hotel Des Bains durante una de sus largas estancias en el Lido. En el cajón de su mesilla había otra foto de Tioka, la que le hizo K. K. Bulla en su estudio de la avenida Nevski de San Petersburgo, que solía sacar cuando no esperaba visitas en la celda. Al ir a coger los guantes de piel negros que había sobre la mesa, sus ojos volvieron a encontrarse con la noticia:

> Hoy comienza el esperadísimo «juicio de los rusos» en la Corte de los Assizes.
>
> El gran acontecimiento judicial será el epílogo de la oscura tragedia rusa que tuvo por escenario Venecia. Nunca ha habido un juicio más emocionante.

Quizá *Gazzettino* exageraba. Quizá *Gazzetta di Venezia* se excediera. Quizá la condesa Maria Tarnowska era la única que sabía la verdad.

La góndola que la llevaría al Tribunal Penal de Venecia la esperaba desde hacía unos minutos. La condesa había pagado doscientas liras por una embarcación con *felze* —una cabina cerrada— y quiso costear otra igual para Elisa. Cuando señora y doncella se encontraron, y con el permiso de sor Modestina, se fundieron en un abrazo sincero. A Elisa le agradó comprobar que el pelo de su señora seguía oliendo a eucalipto, aunque no estuviera ella para cuidárselo. A la condesa le gustó ver que su fiel sirvienta llevaba puesto el camafeo que le regaló con su imagen tocando un arpa céltica, *cláirseach*. Si se mantenían unidas, nada podría pasarles. Compartían prisión, pero no se veían tanto como les hubiera gustado por recomendación de sus abogados y de la dirección de la penitenciaria de mujeres. La condesa lo consideraba absurdo, ya que ella misma pagaba la defensa de su doncella.

—Sabe que no permitiré que nadie hable mal de usted. Si por mi fuera, me declararía culpable para ahorrarle este padecimiento.

—No digas eso, Elisa. Ninguna de las dos somos culpables, sino víctimas de la malicia de otros —dijo mientras la doncella le besaba las manos—. Mantente firme. Pronto nos reiremos de todo esto y nos iremos lejos de aquí. Confía en mí.

—Siempre lo he hecho.

Las dos embarcaciones habían sido pintadas y acondicionadas a conciencia. La góndola de la condesa era la número 276 y atravesaba el Gran Canal con la diligencia y la expectación con que lo haría la zarina Alejandra. Un sol propio de una primavera adelantada cubría de destellos las aguas, como si la laguna también se hubiera engalanado para recibir a la «fatal protagonista del drama que encierra en sí misma la psicología más oscura de las que se han registrado en los anales judiciales de los últimos tiempos», según publicaba *Adriático*. «El alma de esta fascinante mujer es demasiado compleja para los simples mortales».

El vaivén de las aguas que hacía bailar la barca veneciana no calmaba la inquietud de la condesa. Apenas unos centenares de metros separaban la isla de la Giudecca de su destino final en el tribunal de justicia, a trescientos metros de la plaza de San Marcos. Miró hacia el suelo de la embarcación y fantaseó con que se abriera y pudiera escapar. No era tan descabellado: no hacía mucho aún existían las llamadas «sirenas», unas góndolas que en lugar de fondo llevaban acoplada una especie de jaula que permitía a los clientes, especialmente de la aristocracia, bañarse en las aguas medicinales de la ciudad sin ser vistos, resguardando su intimidad y su anonimato.

Desde el interior del *felze* escuchaba el graznido de las gaviotas fundiéndose con el murmullo de los miles de curiosos que se arremolinaban en los puentes y en las inmediaciones del tribunal para verla llegar. Se había preparado para ese momento con la ayuda de su abogado y de las religiosas de la prisión, pero lo desconocido suele adquirir formas dantescas en la imaginación, corrosivamente alentada por la ignorancia. No sabía si gritarían, si escupirían, si arrojarían piedras, verduras o flores, si la odiaban o la amaban, si creían a pies juntillas lo que contaban los periódicos o tenían opinión propia más allá de la opinión publicada. Era difícil prever la reacción de extraños, aunque tampoco resultaba sencillo presagiar el comportamiento de los conocidos; de lo contrario, no estaría en esa góndola camino del proceso del siglo, como insistía en calificarlo la prensa.

Desde la pequeña ventana de la cabina observó la humedad y el musgo verdoso que la marea alta alzaba desde la línea del agua por las paredes de piedra, de la misma manera que el rubor comenzaba a teñir su rostro. Agradeció el velo negro de su sombrero; eso le permitiría esconder el sonrojo. La voz de uno de los *gondolieri* le comunicó que estaban llegando. No tenía por qué, pero el hombre sintió la necesidad de hacerlo, como siempre sucedía con la condesa: el *prinudit k druzhbe*, la necesidad de ser amigo de esa misteriosa mujer. La góndola se detuvo y, segundos más tarde, se abrió la puerta de la cabina. El griterío era ensordecedor. Había ganas de verla. Se bajó el velo para ocultar su rostro y salió del *felze* aceptando las manos de los dos *gondolieri*, tendidas hacia ella.

—Condesa —dijeron ambos al unísono.

—Muy amable, Piero —pronunció dulcemente mirando al primero. Luego imitó ademán con el segundo—. Muchas gracias, Vittorio.

La condesa había preguntado sus nombres antes de subir a la embarcación y ese detalle los sorprendió. Eso le otorgaba un peculiar poder sobre ellos que la revestía de un halo de autoridad.

Lo que sucedió a continuación tenía más de divino que de mundano. En cuanto la condesa pisó tierra, el clamor cesó y un silencio devoto se apoderó de los curiosos: sólo tenían ojos para esa figura que se alzaba ante ellos como una diosa. Las bocas se cerraron, las voces callaron, las opiniones dejaron de importar. En la mitología griega, la diosa del amor y la belleza femenina era Afrodita; en la romana, Venus. En Venecia había aparecido entre las aguas la condesa Tarnowska.

Durante los escasos metros que tenía que recorrer hasta la puerta de la Corte de los Assizes, pudo escuchar el latir de los corazones de los presentes a más velocidad que el suyo propio. Caminó despacio, con la cabeza alta, el cuerpo erguido, sin mirar al suelo, con las manos entrelazadas sobre el regazo, como si estuviera rezando. No desvió la mirada para abarcar su alrededor, no había nada que ver; todos estaban allí para observarla a ella. Pudo notar el ligero velo negro acariciándole tímidamente las facciones, como si quisiera besarla para infundirle ánimo. Rogó que no se levantara una ráfaga de aire que destapara su rostro; era algo que se reservaba para el momento adecuado porque quería medir la reacción del público. Unos minutos antes, tiritaba de frío; ahora ardía como las brasas del infierno. Se preguntó si sería una señal. Si la hubiese sorprendido su reflejo, lo habría entendido como tal, pero no apareció ninguno.

Se acordó de las palabras escritas en una carta anónima recibida en prisión hacía días: «Eres como Venecia: el amor y la belleza te enferman, pero no puedes renunciar a tu naturaleza, y ésa será tu tumba». Estaba convencida de que conocía al autor de esas letras, un cobarde que no se atrevía a dar la cara o quizá un valiente que encontraba en la sinceridad la única arma que blandir ante un enemigo invisible.

El silencio alfombraba los pasos de la condesa, escoltada por cuatro *carabinieri*, cuyos nombres conocería más tarde.

Cuando su silueta elegante, bella y aristocrática desapareció en el interior del edificio, se escuchó un espontáneo bramido en el exterior, como si hubieran liberado a una jauría de bestias que se desgañitaba gritando: «¡A la horca! ¡Pena de muerte! ¡Asesina!». Pensó si el autor de la carta anónima estaría entre los que voceaban o entre los que se mantuvieron mudos; probablemente eran los mismos. Al fin y al cabo, Venecia era la ciudad del carnaval, el imperio de las máscaras, y nadie podría extrañarse del misterio que encerraba.

Condujeron a la condesa a la sala habilitada para ella y su equipo de abogados, que utilizarían durante los recesos del juicio. No era la estancia habitualmente reservada para los letrados y sus representados, ya que ésa se destinaría a acoger a la prensa congregada para cubrir el juicio. En el «juicio de los rusos», cada acusado tendría su espacio propio donde estaría con su equipo legal para evitar que coincidieran.

Al acceder a la estancia, la condesa se encontró con sus abogados —tres, igual que tendría cada uno de los acusados—. Fue el titular, Arturo Vecchini, el que se dirigió a ella con una sonrisa paternal.

—Condesa, espero que haya descansado. Va a ser un día largo, aunque ya le advierto que no será el más complicado.

—El insomnio se ha convertido en mi fiel compañero desde que entré en ese lugar infernal. Estoy segura de que Dios lo llenó de monjas como una argucia, un guiño macabro, aunque celestial. ¿Puedo fumar? —preguntó cuando ya había sacado su pitillera de oro del bolso.

—Por supuesto —asintió el segundo abogado, Adriano Diena, mientras encendía una cerilla de fósforo rojo para prender el cigarrillo malva de la condesa.

Al observar cómo aspiraba la primera calada, dejando el característico olor perfumado de aquel tabaco y con una elegancia intrínseca imposible de fingir, entendió el poder de seducción de su clienta, del que tanto había leído en la documentación del caso y en los periódicos. Su atracción era animal. Se podía saber mucho de una persona por la manera en que aspiraba la primera bocanada de un cigarro; lo había visto cientos de veces entre sus clientes. Si el juicio dependiera de esa imagen y del dominio de la persuasión, lo tendrían ganado. Pero los procesos judiciales, al igual que los cigarrillos, pierden poder de sugestión conforme se van consumiendo, el humo se disipa y la ceniza hace que la magia fenezca.

—Los letrados Diena y Gotti han querido esperar para poder saludarla. Ahora deben irse a la sala para asegurarse de que todo está en su lugar —anticipó Vecchini la salida de sus dos colegas, que sólo tardaron unos segundos en recoger las carpetas y abandonar la sala—. En menos de diez minutos se abrirán las puertas para el acceso del público y entonces quedará media hora para que dé inicio la primera sesión del juicio.

—Sí, los he oído. Parecían ansiosos... —comentó con sarcasmo mientras daba una nueva calada y expulsaba el humo parsimoniosamente, como si nada a su alrededor pareciera perturbarla.

—No se preocupe por lo que digan o griten. Están ahí para hacer ruido.

—Me preocuparía que no lo hicieran. Conozco lo que el aburrimiento puede provocar, soy una condesa rusa. Y también estoy familiarizada con la sed de venganza: desciendo de María Estuardo, reina de Escocia. Le cortaron la cabeza y la orden la dio su prima, Isabel I de Inglaterra. Créame, vengo preparada. Estoy acostumbrada a las traiciones y a los finales trágicos.

El letrado la miró con una sonrisa labrada con el cincel de la experiencia. Su aspecto amable y educado, siempre elegante y conciliador, escondía una realidad mayor. Arturo Vecchini estaba considerado uno de los abogados más célebres e importantes de Italia. Era un intelectual, un hombre culto, cuya brillante oratoria se estudiaba en las universidades. Durante muchos años se dedicó a la docencia y fue un destacado periodista, en la dirección del periódico *Corriere delle Marche* y de una de las revistas literarias más importantes del país, *Preludio*. En 1886 fue alcalde de Ancona, su ciudad natal, y más tarde diputado parlamentario en 1891. A sus cincuenta y dos años, había liderado la defensa en los casos judiciales más importantes del país, como el juicio Murri, un caso mediático que puso ante el espejo a la sociedad italiana, a la política y a la prensa, como prometía hacer el denominado «juicio de los rusos», aunque éste con mayor repercusión internacional. Era un gran defensor de la ciencia forense y de la psicología, y su capacidad de persuasión con la prensa, los jueces y el jurado había quedado demostrada en las principales salas de justicia. Por eso, cuando el primer abogado contratado por la condesa Tarnowska abandonó su defensa por causas nunca explicadas —la rumorología aseguraba que el letrado se había enamorado perdidamente de su clienta, aunque también se comentó que no se vio capaz de enfrentarse a un caso tan complejo—, Vecchini no dudó en aceptar el reto. Aquél era un desafío muy sugestivo, igual que los encuentros con una mujer que, como él, conocía el arte de persuadir, convencer y acaparar la atención. Los duelos siempre obligaban a Vecchini a sacar lo mejor de sí mismo. Le gustaba estudiar a las personas y, cuanto más observaba a su defendida, más le cautivaba, no ya en el sentido físico, como le sucedía a la mayoría de los hombres, sino como un desafío profesional.

—No parece nerviosa, condesa.

—Los inocentes no se muestran nerviosos.

—Por mi experiencia, en juicios como éste, hasta el presidente del tribunal suele estarlo.

—¿Necesita que lo esté, abogado?

—Lo que necesito es que escuche lo que voy a decirle. —Vecchini sirvió un vaso de agua y se lo acercó a la mujer, aunque no lo hubiera pedido—. Un juicio es el peor lugar para esconder secretos. Y usted sabe que una persona sólo está a salvo cuando están a salvo sus secretos. En la sala a la que estamos a punto de entrar saldrá todo aquello que usted no quiere que se sepa; lo que es verdad, pero también lo que no lo es, lo inexacto, aquello que mis colegas se encargarán de retorcer para que una mentira adquiera visos de veracidad. Sólo necesitarán una para sembrar la duda en la cabeza del jurado, del juez, de la prensa y de todos esos que callaron acobardados ante su presencia y que recuperaron el valor y los insultos en cuanto no la tuvieron delante. Para ellos, eso es justicia, aunque no sea justo.

La condesa lo escuchaba sin poder dejar de mirarlo, aunque lo hubiera deseado. El parlamento de Vecchini era directo, nada pomposo, alejado de la retórica, la gesticulación excesiva, la hipérbole y la mención literaria que solían caracterizar sus alegatos en un tribunal. Le gustó que su defensor también tuviera una máscara que podía quitarse y ponerse a merced de sus necesidades y de las circunstancias. Eso lo convertía en cómplice de la condición humana, especialmente de la suya.

—Quiero que mire al juez cuando esté sentada ahí dentro; eso le hará saber a su señoría que respeta su autoridad. No establezca contacto visual con el jurado; lo pueden entender como una provocación y necesita que la crean. Yo le diré cuándo debe mirarlos. Muéstrese seria, no enfadada. Intente que nadie sepa qué es lo que piensa realmente, porque eso le otorga una posición de poder sobre ellos que ni siquiera yo tengo. No sonría, a menos que yo se lo indique; la sonrisa es el disfraz más difícil de descifrar. Necesito que se muestre tranquila pero no soberbia, tampoco excesivamente segura ni afectada: la sensación de culpa nos condena más que nuestros actos. No hable ni gesticule ni suspire y tampoco haga muecas o gestos. Los juicios revelan el carácter de una persona. Necesito que recuerde esto.

La condesa cogió el vaso de agua y bebió un pequeño sorbo, aunque no tenía sed. Después volvió a ponerlo sobre la mesa.

—¿Algo más? —preguntó con ironía; no recordaba a ningún hombre que le hubiera hablado con tanta convicción.

El abogado se giró hacia ella para mirarla mientras se colocaba la toga negra de mangas anchas y cuello de terciopelo. Invirtió unos segundos en examinarla. Finalmente, extrajo del bolsillo de su pantalón un pañuelo blanco que ofreció a la condesa.

—El maquillaje la hace menos accesible. Retíreselo. Eso la humanizará y parecerá más vulnerable... No se preocupe —añadió al advertir el gesto de contradicción de su clienta—, no lo necesita. Está hermosa, aunque no sé si eso jugará a nuestro favor o en contra nuestra.

La condesa sacó un pequeño espejo de su bolso y fue retirando pacientemente el maquillaje, aunque con reticencia. No solía maquillarse para los demás, sino para ella; estar guapa la hacía sentirse segura. No entendía por qué pareciendo menos atractiva parecería menos culpable. Eso sólo podría pensarlo un hombre. Su propio abogado le estaba pidiendo que renunciara a su particular máscara, que era tanto como que en el carnaval de Venecia alguien ordenara retirarlas del rostro de los participantes. Cuando terminó, cerró el espejo de mano, lo volvió a guardar en el bolso y miró a su abogado no para buscar su conformidad, sino para advertirle de que la obediencia ciega era lo que la había llevado allí.

—Espero que cuando me propone parecer vulnerable no me esté pidiendo que llore. Prometí ante la tumba de mi madre que no volvería a derramar una lágrima, y menos por un hombre. No lloré cuando nací y quizá todo el problema venga de ahí, ya sabe, la infancia es un laboratorio de traumas. Puede que tenga un trastorno de personalidad... —dijo la condesa, que confirmó que a Vecchini se le daba tan bien escuchar como hablar, aunque al escuchar sonreía más—. Mi querido Sigmund Freud, al que sé que usted aprecia, me aseguró que los sociópatas no sienten.

—Pues finja, condesa —aceptó él la provocación—. Estamos en un teatro.

47

A las diez de la mañana se abrieron las puertas para que el público accediera a la sala del tribunal. Si el sol no luciera en lo alto, cualquiera habría podido pensar que quienes aguardaban desde hacía horas ante las vidrieras del edificio esperaban para asistir al último estreno operístico en La Fenice.

En realidad, sí era un espectáculo teatral, desde el escenario hasta los personajes, pasando por la tragedia, el público y la crítica. Se habían impreso postales con la imagen de la condesa Tarnowska y del conde Kamarowski —él, «la ingenua víctima de la pasión»; ella, «la triste y fascinante heroína del delito»—, y los vendedores voceaban su mercancía como si estuvieran en un puesto del mercado de verduras y frutas ubicado a pocos metros del Palacio de Justicia. Daba igual el precio de venta, se agotaban en los primeros minutos. Todos querían tener a la condesa en sus manos, aunque fuera en papel. Sin embargo, la cartulina más ambicionada era la entrada blanca sellada con la fecha del día del juicio. Este boleto daba derecho a acceder a la sala para asistir a las sesiones de mañana y tarde, y a ocupar un asiento en la primera fila, inmediatamente detrás de los bancos reservados para la prensa. La entrada blanca con el sello de «Permanente» era válida para todas las jornadas del juicio y no había que entregársela a los ujieres al final del día. La única condición para los que poseían esas entradas era la puntualidad, ya que, al no estar numeradas ni ser nominativas, no se reservaban los asientos y se regía por estricto orden de llegada; si la sala estaba llena, aunque tuvieran entrada, se les denegaría el paso. La conmoción social que suponía la celebración del «juicio de los rusos» había generado un mercado negro donde se revendían los tíquets a un precio desorbitado, ante la desesperación de los trabajadores del tribunal.

La Corte de los Assizes se había sometido a un lavado de cara. Desde hacía dos años y medio se sabía que sobre Venecia recaerían todas las miradas. Las paredes se pintaron de un blanco intenso, casi cegador, lo que provocó bromas sobre la necesidad de una justicia ciega; los techos se decoraron con representaciones que imitaban el estilo rafaelesco; se pulieron los suelos hasta conseguir que relucieran, aunque eso ocasionara más de un resbalón; se lijaron las puertas para posteriormente barnizarlas y que quedaran como nuevas; se reformaron las vidrieras de los portones de entrada, se abrillantaron las balaustradas; se limpiaron las lámparas del techo; se lustraron las escaleras y las columnas de mármol. La sala que acogería el juicio también fue reformada, pintada y modernizada: cambiaron los antiguos bancos del público por unos más lustrosos y acondicionaron la zona reservada para las partes, los acusados, el jurado y la presidencia del tribunal.

El presidente del Tribunal de lo Penal, el ilustre Angelo Fusinato, había dado orden de mantener despejados los pasillos que conducían a la sala de juicios por los que transitarían los acusados, sus abogados y los testigos, y de no admitir la presencia de público, con independencia del color de su entrada. También insistió en que los actores principales —acusados, abogados, jurado, testigos y peritos expertos, así como los propios trabajadores del edificio— accedieran al tribunal por la puerta de entrada del Campo della Bella Viena, mientras que el resto de las personas —público, familiares de los acusados y prensa— debían hacerlo por la puerta principal del Palacio de Justicia.

Los días previos al comienzo del juicio, la prensa había dedicado varios artículos a la figura del juez Fusinato, un magistrado respetado y con una gran trayectoria a quien, a sus setenta y cinco años y a pesar de estar prácticamente apartado de la carrera judicial, se le pidió que accediera a presidir el tribunal. Unos creían, no exentos de cierta maldad, que su edad le impediría caer bajo el influjo seductor de la condesa; otros aplaudían la elección por ser el más indicado, a tenor de su dilatada experiencia, para enfrentarse a un juicio tan complejo. Los periódicos destacaban su buen talante, siempre cortés, educado, cordial y expresivo, acostumbrado a hacer gala del llamado ingenio veneciano, y nunca hiriente con ningún abogado, acusado o periodista, vehemente en las formas, pero recto con las leyes.

Fue el juez quien permitió, a petición del abogado Vecchini, que ni la condesa ni Elisa Perrier hicieran esposadas el trayecto desde la prisión de la Giudecca a la Corte de los Assizes. Fue una decisión que no se hizo extensiva a los otros acusados, Nikolái Naumov y Donato Prilukov, que llegaron con las manos esposadas por delante del cuerpo, y así también saldrían, escoltados por dos policías, uno a cada lado, asiéndolos del brazo. Lo que no permitió el presidente fue que los *carabinieri* que custodiaban a la condesa vistieran de paisano ni que fueran las monjas de la prisión quienes la acompañaran.

A las diez y media de la mañana del viernes 4 de marzo de 1910, la sala ya estaba con el aforo completo. Menos los cuatro acusados, todos ocupaban su lugar en la Corte de los Assizes. El juez Fusinato había sido el último en entrar. Desde su lugar privilegiado en la presidencia de tribunal, ubicado sobre una tarima más elevada que el resto de las partes, y acompañado por otros dos jueces situados uno en cada extremo, divisaba toda la sala. A su izquierda estaba el banquillo donde se sentarían los acusados, cercado por una reja de un metro de altura a modo de jaula. Justo delante de ellos y en el mismo sentido se hallaba la bancada donde se sentaba la defensa de la condesa Tarnowska. Enfrente de ellos y a la derecha del juez, estaba el habitáculo del jurado, mientras que el resto de las defensas, así como la fiscalía y la parte civil, ocupaban su lugar al costado de la bancada de los acusados, todos frente a la presidencia del tribunal. También se había dispuesto en mitad de la sala una zona reservada para los dos traductores con los que contaría el proceso: el profesor Guglielmo Passigli —catedrático de ruso de la Universidad de Roma La Sapienza y traductor al italiano de la novela *Guerra y paz* de Tolstói— y el profesor Ernesto Zezi —encargado de traducir la mayoría de las comisiones rogatorias enviadas desde Rusia durante la instrucción del juicio—. Detrás de todos ellos se habían colocado unas mesas para la prensa e inmediatamente después estaban los bancos destinados para el público, ocupando la primera fila los poseedores de la entrada blanca, tanto permanente como fechada, así como los familiares de los acusados que lo solicitasen.

La sala había sido un hervidero de comentarios ácidos y sensacionalistas, bromas morbosas, risas nerviosas y rumores de toda índole hasta la entrada del presidente del tribunal. Todos querían asistir al proceso, pero sobre todo deseaban ver a quien la prensa había denominado mujer exótica con rasgos vampíricos, diabla seductora, sirena malvada, bruja hechicera, *femme fatale* o serpiente peligrosa por cuyas venas corre la sangre de los Borgia, sin escatimar comparaciones con Circe, Salomé, Medea, Fedra, Gismonda o Mesalina.

El juez Fusinato tomó asiento con cara circunspecta. Sin levantar la mirada, como si temiera lo que pudiera encontrarse, se ajustó el birrete negro que únicamente usaba él y los otros dos magistrados que lo acompañaban, ambos un escalón por debajo de la presidencia, aunque en la misma tarima. Sobre su mesa se alzaba un pequeño saliente en el que había una carpeta repleta de papeles y una solitaria campana. El juez posó la mirada en ella, esperando no tener que utilizarla demasiado, aunque se le antojó complicado. La escena adquirió un cierto cariz místico cuando un haz de luz entró por la ventana situada a la izquierda del juez, justo detrás de la bancada de los acusados, aún ausentes de la sala. En el escenario de La Fenice, ese cañón de luz buscaría situar el foco sobre la protagonista para deleite del público. El juez entornó los ojos como respuesta al estímulo. Sacó su reloj de bolsillo y lo puso sobre la mesa, al lado de la campana. Al abrirlo, vio la hora que las manecillas marcaban: las 10.35. El tintineo de la campanilla recordó al de la esquila de un convento llamando a los fieles. Unos segundos después, se escucharon unos pasos que procedían de la estancia anterior al tribunal y todos los ojos se dirigieron a la puerta de arco de madera situada en el extremo derecho de la presidencia, con la misma expectación que mostraban los romanos que aguardaban la salida de los gladiadores al Coliseo, anhelando ver luchas encarnizadas, fieras exóticas, condenados devorados por bestias sedientas de sangre, combates a muerte y cacerías. Si Tertuliano hubiera estado en la Corte de los Assizes de Venecia, hubiese escrito lo mismo que firmó cuando cincuenta mil espectadores llenaban el Coliseo: «Están fuera de sí, ya agitados, ciegos y excitados por sus apuestas».

La primera en salir fue Elisa Perrier, delgada, menuda y tímida. La decepción entre el público fue evidente; esperaban ver aparecer en el coso a un león, un elefante o un leopardo africano, no a un gatito. La doncella siguió la indicación del *carabiniere* de situarse en el extremo del primer banco de la grada. Caminaba despacio, sin desviar la mirada del suelo, con un vestido color azul pálido que escondía bajo un abrigo marrón con cuello de piel de astracán y un pequeño sombrero, del mismo color garzo del vestido. Se sentó en silencio y nadie volvió a fijarse en ella; podría haber desaparecido de la sala y ninguno la hubiera extrañado. Los ojos de los asistentes volvieron a concentrarse en la puerta de arco de madera y la espera tuvo su recompensa.

Un murmullo de asombro y admiración se extendió por la sala, dejando boquiabiertos y ojipláticos a los presentes. Ahí estaba el elefante que se exhibió en la inauguración del Coliseo, la jirafa que sacó a la arena Julio César para deleitar a los presentes. La condesa apareció bajo el arco de la puerta y se detuvo, por un instante, como si estuviera decidiendo si cruzar o no el umbral. Los dos *carabinieri* que la escoltaban la miraron sin decir nada y eso hizo que el murmullo aumentara de volumen. El juez Fusinato ladeó la cabeza hacia la puerta de los acusados: la entrada de la condesa Tarnowska había traspasado a ella la prestancia majestuosa que hasta ese momento ostentaba el presidente del tribunal, una abdicación forzada como la de María Estuardo, reina de Escocia, obligada por la aristocracia escocesa a renunciar en favor del infante Jacobo en 1567. Aunque el juez Fusinato intentó en varias ocasiones recuperar el trono en su corte, la figura carismática de la acusada lo hizo imposible.

La condesa se situó en el otro extremo de la primera bancada de los acusados. Sólo un *carabiniere* la separaba de su doncella. Permaneció con el velo negro sobre la cara para decepción de los asistentes, que no tuvieron forma de vislumbrar las facciones que habían llevado a tantos hombres a la perdición. Apenas lograron intuir una tez pálida, casi de porcelana, y un semblante hierático. Algunos comentaron que el propio juez le había prohibido levantarse el velo para no causar desórdenes en la sala, rumores infundados alentados por algunas publicaciones. Llamó la atención su estatura, más alta de lo que el imaginario colectivo había elucubrado a raíz de las fotografías y los dibujos publicados en prensa, ya que les sacaba dos cabezas a los *carabinieri* que la escoltaban. Con aire aristocrático, se sentó con la espalda recta y las manos en el regazo, una sobre la otra, y mantuvo la barbilla erguida. En ningún momento dirigió la mirada al público ni a los representantes legales, ni siquiera se giró a su izquierda para mirar a Elisa, a la que ya había saludado fuera de la sala. Se limitó a seguir los consejos de su abogado, no establecer contacto visual con nadie, fijando únicamente sus ojos en la presidencia del tribunal. Sabía que era la gran atracción en aquella sala donde todos los ojos estaban puestos sobre su figura, pero sería ella la que decidiera cuándo y cómo mostrarse al gran público.

Justo después entraron los otros dos acusados, que ocuparían la segunda bancada en la grada. Primero lo hizo Donato Prilukov, con un aspecto notablemente desmejorado. Había engordado, con lo que su papada había aumentado de manera considerable y sus ojos se habían hundido en dos grandes pozos oscuros, también había perdido pelo y, aunque nunca se había caracterizado por un gusto exquisito a la hora de vestir, el traje con el que se presentó en la Corte de los Assizes estaba viejo y gastado. Él sí atisbó al público sin denotar ninguna afección, mirando sin ver, para después dirigir una mirada despectiva hacia la condesa, aunque sólo durante unos segundos. El último en aparecer fue Nikolái Naumov. Parecía el más nervioso de los cuatro, como si aquella exposición pública le atemorizara más que el propio juicio. Su apariencia era frágil, débil, casi enfermiza. Se le notaba vulnerable, a punto de echarse a llorar, como el niño abandonado por su madre que no entiende por qué le han dejado solo y se siente perdido en un entorno al que no pertenece. «Pobre hombre, dan ganas de abrazarlo», comentó en voz baja una señora entre el público, contando con la aquiescencia de varias mujeres a su alrededor. El *carabiniere* le indicó que ocupara su lugar en el banquillo, detrás de la condesa. La cercanía física aumentó su inquietud y su ánimo trémulo, obligándole a enterrar la cabeza entre las manos para no tener que verla. Sin embargo, verla no era su único problema. La condesa se había perfumado ese día como todos los demás, y esas gotas de L'Origan de Coty sobre su piel anunciaban su presencia y todo lo que ella provocaba. Naumov se estremeció ante esa fragancia que convertía su memoria en la escombrera de recuerdos de un pasado convulso y de sus prácticas sexuales. Como cuando, a petición suya, la condesa le grabó su nombre en el pecho antes de rociarlo con ese mismo perfume. Pensar que estaría tan cerca de ella los dos meses y medio que estaba previsto que durase el juicio le consumía. Ella notó la agitación a su espalda, pero ni siquiera entonces se dignó a mirarle.

La elección del jurado acapararía la primera sesión completa del juicio. No resultó una empresa fácil. Toda Venecia ambicionaba asistir como público a las audiencias, pero nadie deseaba la obligación de ser jurado y la responsabilidad que suponía. Una cosa era el morbo de contemplar un espectáculo excepcional y otra muy distinta el compromiso de participar en él. La remuneración económica era de cuatro liras diarias, una cantidad que no compensaba el trabajo, la entrega y la necesidad de abandonar los quehaceres diarios y trasladarse desde los pueblos a la ciudad. Para desentenderse de esa servidumbre, los ciudadanos seleccionados recurrieron a todo tipo de excusas en sus certificados médicos: problemas de visión, hemorroides, episodios diarreicos, neurastenias, úlceras sangrantes, dolencias cardiacas, enfermedades intestinales, desordenes neuronales que afectaban a la movilidad, lumbalgias... Los pretextos utilizados motivaron la mofa en algunas publicaciones satíricas venecianas como *Sior Tonin Bonagrazia*: «¿Cómo puede un miope ver y juzgar la atrocidad cometida por la Tarnowska?».

Después de una larga y laboriosa deliberación entre las partes, el jurado quedó conformado. Doce hombres de diferentes perfiles, condición social, profesión y edad: un boticario, un camarero, un profesor de universidad, un gondolero, un médico, un empleado del casino, un arquitecto, un tendero, un estudiante de literatura, un enterrador de San Michele, un ingeniero y un peluquero, además de varias personas para suplir posibles bajas de los miembros titulares. No fue sencillo encontrar a la docena de hombres que tendría el encargo de dirimir el grado de responsabilidad de cada uno de los acusados. Porque eso era lo que se juzgaba realmente. Todos sabían quién era el asesino del conde Kamarowski. Las confesiones de los detenidos se produjeron desde un primer momento. Nikolái Naumov había confesado el crimen, y tanto la condesa Tarnowska como Donato Prilukov reconocieron su implicación en la trama, pero insistiendo cada uno en haber sido influenciado por el otro, debido a su debilidad mental y a la capacidad de seducción del contrario. En cuanto a la implicación de Elisa Perrier, todos parecían coincidir: no era más que otra víctima de la situación que ni siquiera merecía la atención de los medios ni del público.

Ante todos ellos, y bajo la atenta mirada del resto de los presentes, se procedió a la lectura de los cargos de los cuatro acusados. Se hizo de manera ceremoniosa y, conforme lo escuchaban, los doce pares de ojos del jurado se posaban sobre los aludidos con pretensión de escrutarles el alma a cada uno de ellos.

Nikolái Naumov, veintiséis años, acusado de asesinato premeditado y de tenencia de armas.

Donato Prilukov, cuarenta años, acusado de planear el asesinato con premeditación, de complicidad necesaria y de planificar una estafa de medio millón de liras.

Maria Nikolaevna O'Rourke, treinta y dos años, acusada de planear el asesinato con premeditación y de complicidad necesaria.

Elisa Perrier, treinta años, acusada de complicidad necesaria.

El «juicio de los rusos» comenzaba su andadura después de dos años y medio de espera, aplazamientos, amenazas de suspensión por razones de procedimiento, como el estado de salud de los implicados, y diversas cuestiones administrativas. Tenían por delante setenta y ocho días, cuarenta y ocho sesiones, más de cuarenta volúmenes de documentación, actas judiciales, comisiones rogatorias y declaraciones juradas transcritas al ruso, italiano y francés, doscientos cincuenta testigos propuestos por las diferentes partes para afianzar sus defensas y acusaciones, y decenas de expertos, en especial médicos; sólo a la condesa Tarnowska la examinaron más de veinticinco especialistas, nueve de ellos alienistas, reconocidos psicólogos y psiquiatras.

La presencia de periodistas llegados de distintas partes del mundo, sobre todo de Europa y de Estados Unidos, evidenciaba el gran interés que suscitaba el juicio. Muchos de los diarios italianos aumentaron su número de hojas para dar más cabida a la información del proceso, así como su tirada, compitiendo entre ellos por hacerse con la pluma de los reporteros y los escritores más conocidos del panorama local y nacional, rivalizando incluso en el tratamiento visual del caso, ya que algunos periódicos locales como *Gazzettino* empleaban a dibujantes, al carecer de los recursos tecnológicos para la reproducción e impresión de fotografías, y otros como *Gazzetta di Venezia* optaron por fotógrafos para ilustrar sus páginas.

Los abogados más famosos de Italia, ataviados con sus togas y sus rictus de solemnidad, ocupaban su lugar. También ellos atraerían las miradas del mundo entero. Sabían que al día siguiente se hablaría de sus preguntas, sus alegatos, su oratoria, su manera de interrogar, su discurso, incluso se analizaría su tono, su intención, sus giros procesales... No era un caso cualquiera: la prensa hablaba del juicio del siglo, y, si los periódicos escribían, la población leía.

El equipo legal de la condesa estaba liderado por Arturo Vecchini, acompañado por Adriano Diena y Giulio Gotti.

La defensa de Prilukov la conformaban los abogados Luzzatti, Caratti y Florian.

Nikolái Naumov contaba con Marigonda, Driussi y Bertacioli.

Elisa Perrier, con la terna legal formada por Musatti, Jachia y Elia.

En la fiscalía, Randi y su adjunto Zanchetta.

Mientras que la parte civil, que representaba a la madre y al hijo del conde Kamarowski, corría a cargo de los abogados Carnelutti y Feder.

Todos eran espléndidos oradores, pero la verdadera disputa se esperaba entre las dos grandes figuras del cartel legal: el defensor de la condesa, Arturo Vecchini, y el fiscal general, Vittorio Randi. Ellos serían los auténticos gladiadores en la arena de la Corte de los Assizes y, como tales, sabían de la importancia de la lucha con valor y de la necesidad de ganarse al público. Su gladio, su particular arte de la espada, sería su oratoria; y sus virtudes guerreras, su perspicacia y su habilidad. Quien venciera se llevaría la hoja de palma o incluso la corona de laurel.

El espectáculo estaba a punto de comenzar.

48

La condesa sabía que todas las partes implicadas en el proceso, desde la defensa de los otros acusados hasta la fiscalía, pasando por la parte civil, pondrían el foco sobre su persona. Su abogado le había advertido que irían a por ella con todas las armas que tuvieran a su alcance porque la consideraban el blanco más fácil, aprovechando la gran conmoción social que su figura había provocado, y también porque era el eslabón más débil ante un ataque masivo. «Inventarán cosas, exagerarán, mentirán, pero usted debe permanecer tranquila. Ya llegará nuestro turno». Vecchini recurrió a Honoré de Balzac para resumir lo que iba a suceder: «Todo depende del juicio y el juicio se centrará en cosas pequeñas que verá volverse inmensas». *Un asunto tenebroso* era una novela a la que solía recurrir el abogado cuando sus casos se poblaban de sentimientos, desafíos e intereses. La ficción se hermanaba con la realidad.

El fiscal Randi se incorporó con energía. Tenía ganas de empezar y de ser escuchado. Bebió un vaso de agua para aclararse la garganta o quizá para aumentar la expectación por su intervención. Se atusó el bigote, asegurándose de que el agua no lo había mojado. Llevaba un libro en la mano que abrió por la hoja marcada mientras se dirigía al jurado.

—Mesmerismo —declamó, como si fuera el emperador Adriano en el balcón del Palatino—: Doctrina del magnetismo animal, expuesta en la segunda mitad del siglo XVIII por el médico alemán Mesmer. Magnetismo animal. Quédense con esta palabra porque es la que define a la condesa Tarnowska. Un enigma de mujer que pocos se atreven a descifrar, pero les aseguro que yo no me achantaré a la hora de hacerlo. Desenmascaré para ustedes quién es ella. Demostraré que la condesa es la auténtica mente criminal de este caso, una asesina envuelta en seda y olores de jazmín.

El fiscal, sin dejar de dirigirse al jurado, pero abriendo su audiencia a toda la sala, especialmente al público que lo observaba sin pestañear, alargó un brazo para señalar a la acusada.

—Esta mujer fatal venida de Rusia, que no tiene nada que envidiar a Lucrecia Borgia, a lady Macbeth o a la mismísima Cleopatra, fue la mente brillante y tenaz que planificó el asesinato de su prometido, el conde Pavel Kamarowski, un hombre bueno, respetado, un héroe de guerra que se enamoró perdidamente de la mujer equivocada y le entregó todo lo que tenía, incluso su propia vida. Y para ello utilizó a dos cómplices, dos de sus amantes: al joven e imberbe le ordenó empuñar el arma para matar al conde; al más veterano le envió para asegurarse de que el asesino no saliera con vida del Palazzo Maurogonato tras matar a la víctima. Pero la condesa, una fémina con una inteligencia fuera de lo común, sobre todo para el crimen, se aseguró de que su prometido contratara un seguro de vida por el que ella recibiría quinientas mil liras en el momento de su muerte. En este juicio demostraremos que ella obligó al infeliz conde a incluir una cláusula en ese seguro que recogiera la muerte violenta.

La teatralidad con la que gesticulaba el fiscal tenía fascinado al público, hasta el punto de que les costaba guardar silencio, tal y como había pedido el presidente del tribunal antes del inicio de la sesión. Fusinato lo repitió en varias ocasiones, no quería que su sala se convirtiera en un teatro, mucho menos en un circo, aunque tuviera todos los elementos para serlo.

—Maria Nikolaevna O'Rourke ha dejado un reguero de muertes cuyo rastro es muy fácil de seguir. Una mujer caprichosa, liviana, calculadora, viciosa y derrochadora, capaz de gastarse más de dos mil liras en una cena con amantes o cien mil liras en artículos de belleza. Hablamos de una crápula, ávida de sexo y de dinero, una mujer que hizo de la infidelidad su modo de vida. No hay hombre que esta mujer haya conquistado que no haya terminado bajo tierra. Ya desde pequeña, fue expulsada de un colegio de jóvenes aristocráticas por engatusar a un profesor y llevarlo hasta la perdición, al despido fulminante y a su posterior suicidio. Al mismo final abocó a su cuñado, un joven de dieciséis años, víctima de su hechizo letal, que terminó ahorcándose; es responsable asimismo de la caída en desgracia del conde Paolo Tolstói, a quien sedujo sin importarle que fuera amigo de su esposo y se vio obligado a batirse en duelo por ella; también de la muerte de un insigne y reputado doctor, el barón Stahl, que ayudó a la condesa en sus horas más bajas y ella se lo agradeció empujándolo al suicidio, negándole incluso su última voluntad, que no era otra que verla una última vez... La lista es aún más larga y daré buena cuenta de ella en este juicio con el permiso de esta ilustre presidencia, pero basta con decir que esta mujer lujuriosa, sedienta de sangre como un vampiro, consiguió que su marido acabara en la cárcel por disparar contra su amante, Alekséi Bozevski, un soldado de la Guardia Imperial del zar que falleció por sucumbir a sus encantos y al que previamente la condesa había disparado en la mano como una prueba de su amor por ella. Créanme si les digo que la acusada es la personificación del diablo.

El velo negro de la condesa se movió sutilmente, como si una leve brisa lo hubiera agitado. La mención de Alekséi hizo que su respiración se agitara. Cerró los ojos en un intento de gestionar la ira y deseó poder hacer lo mismo con los oídos para dejar de escuchar semejante sarta de mentiras. «Lo está contando todo mal. No es así como sucedió», pensaba la condesa, que seguía siendo el blanco de la exposición de Randi.

—No se dejen engañar por sus ojos verdes, esos «ojos de sirena», como los calificaba en sus cartas su amante y ahora compañero de banquillo Nikolái Naumov, que se dejó arrastrar por sus cautivadores cantos hasta el infierno. La condesa Tarnowska no sólo provocó el suicidio de muchos hombres, sino que les compró la soga con la que ahorcarse. En este juicio escucharemos innumerables testimonios de cómo manipuló a su antojo a hombres, mujeres e incluso niños, utilizando para conseguir su vil propósito todo tipo de subterfugios y mentiras. Oiremos relatos estremecedores sobre sus prácticas sexuales, en las que convertía en esclavos a sus amantes. Esta sala será testigo de las orgías que durante mucho tiempo esta bruja rusa realizó en la ciudad de Kiev, donde vivía con su marido y sus dos hijos, a los que abandonó para huir con su nuevo amante, dejándolos desamparados y solos. Oiremos las declaraciones de testigos que relatarán la afición de la condesa por la magia negra, por el consumo de cocaína, heroína y morfina, y nos conmoveremos al escuchar sus gritos de alegría al conocer que su marido había sido encarcelado después de disparar contra su amante, exclamando como una poseída: «¡Por fin lo mandaré a Siberia!».

El último comentario del fiscal Randi, que nadie había escuchado ni leído en ningún artículo de prensa, motivó un susurro generalizado que inundó la sala, como el agua anegaba el Coliseo de Roma para escenificar batallas navales, las naumaquias que popularizó Julio César. El presidente hizo un amago de tocar la campana para atajar el murmullo y evitar que creciera, pero se quedó en un simple ademán. Los asistentes estaban demasiado pendientes de la oratoria del fiscal como para distraerse hablando.

—La condesa Tarnowska no supo ser una madre para sus hijos, no quiso ser una esposa para su marido, ni siquiera se molestó en ser buena amante. Esta mujer que se sienta hoy en el banquillo de los acusados nació para ser una *femme fatal*. Les ruego que escuchen con atención todo lo que sobre ella se va a contar y que no pierdan detalle del contenido de los ciento ochenta telegramas que intercambió con sus amantes y cómplices de este vil asesinato, que dejan al descubierto su verdadera naturaleza. No la miren, no merece la pena; conseguirá embaucarlos, como a todos. Obsérvenla a través de los testimonios de quienes la conocieron y que, a Dios gracias, aún viven para contarlo. No posen sus ojos en ella, háganlo sobre el pequeño huérfano Grania, hijo del conde Kamarowski, que meses después de perder a su madre también perdió a su padre a manos de esta mala mujer que se presentó ante él con ínfulas de convertirse en su nueva madre. No sientan lástima por ella, alberguen ese sentimiento humano por el fallecido, cuya madre estará ante ustedes para mostrarles cómo una auténtica mujer y madre llora la pérdida de un hijo.

El final de la exposición del fiscal arrancó una improvisada y nada protocolaria reacción entre el público, que seguía creyéndose en el patio de butacas de La Fenice. Un conato de aplauso se escuchó ante la mirada atónita del juez Fusinato, que en esta ocasión sí tuvo que hacer sonar la campana.

—¡Les repito por enésima vez que esto no es un teatro! —exclamó con voz firme y visiblemente contrariado—. Es un tribunal de justicia. No toleraré este comportamiento en mi sala y tampoco tendré miramientos a la hora de desalojarla.

El silencio que las palabras del juez sembró en la Corte de los Assizes confirmó quién ostentaba la autoridad en el tribunal. Los asistentes ni siquiera se atrevieron a mirarse entre sí; se limitaron a contener la lengua y algunos incluso el aliento.

El siguiente en hablar fue el abogado titular de la defensa de Nikolái Naumov. Al incorporarse, Driussi rozó involuntariamente un montón de papeles que terminaron esparcidos por el suelo. Algunos lo entendieron como un augurio de lo que sería el futuro de su defendido, que observaba el incidente con la misma expresión trémula con la que apareció en la sala. Tras recoger los documentos con la ayuda de su colega Marigonda —el tercer abogado, Bertacioli, estaba indispuesto y no pudo asistir—, pidió disculpas a la presidencia del tribunal y procedió a iniciar su exposición.

—La importancia de estar en el lugar equivocado, en el momento inoportuno. Ésa es la delgada línea que separa a los verdaderos culpables de aquellos inocentes que son manipulados hasta retorcer su voluntad. Mi buen amigo y colega, el criminólogo Scipio Sighele, estudió hace tiempo la región de Artena, en la provincia de Roma, y comprobó que había un paraje denominado Il Piano della Torretta, donde se concentraba la mayoría de los robos y homicidios que se producían en esa región. Eso le llevó a pensar que hay lugares donde suelen confluir las fuerzas del mal, un particular atavismo, una herencia discontinua que también afecta a los territorios y no sólo a las personas. La condesa Tarnowska es la personificación de ese lugar maldito. Y sus víctimas son todos aquellos que caen en sus redes, que entran en su territorio y se convierten en pobres infelices, personas sin voluntad, sumisos al carácter de esta mujer a la que el *New York Times* ha bautizado con enorme tino «la Circe moderna», esa hechicera que transformaba en cerdos a los hombres que caían rendidos a sus pies.

El abogado había cogido el ejemplar del periódico estadounidense y lo mantuvo en la mano, con el brazo en alto, durante unos segundos, para luego depositarlo en su mesa. Lo había hecho de una manera dramática, pero nadie censuró su sobreactuación. Caminó de nuevo hacia el lugar donde estaba el jurado.

—Nikolái Naumov era un joven brillante, un intelectual, una persona con estudios y preparación, descendiente de uno de los grandes literatos rusos, Iván Turguénev, y con una sensibilidad especial para el arte, la literatura y la poesía. Un poeta, un hombre acostumbrado a empuñar una única arma, la pluma, y una única munición, la palabra, y eso le convirtió en el mejor traductor ruso de Charles Baudelaire. Los versos que tantas veces transcribió se han convertido en el epitafio que lo acompañará siempre: «Yo soy el siniestro espejo donde la furia se contempla. ¡Yo soy la herida y el cuchillo! ¡Yo soy la bofetada y la mejilla! ¡Yo soy los miembros y la rueda, y la víctima y el verdugo! Y soy de mi corazón el vampiro».

El abogado hizo una pausa para dejar que los versos calaran en los presentes y que éstos los volcaran sobre el acusado. Luego prosiguió:

—Nikolái Naumov es también una víctima en todo este lamentable y desgraciado crimen, una víctima inocente, confundida, engañada, empujada al delito por lo que él consideraba amor y que no era más que un interés oscuro y vil. Él se enamoró de una mujer hermosa, que lo miraba, lo espoleaba, lo provocaba, que no se cansaba de alimentar su deseo y también su esperanza, escribiéndole cartas y telegramas que mostraremos a lo largo de este proceso, incitándole al pecado, tanto venial como mortal. Lo estaba utilizando, aunque él no lo sabía porque el amor, al igual que la justicia, se muestra con una venda en los ojos. Los verdaderos culpables le dejaron ciego con mentiras, alcohol y falsas promesas, hasta que finalmente la condesa le hechizó para cometer un pecado mortal contra el señor Kamarowski, pero también contra sí mismo. La bala que mató al conde también se instaló en el cuerpo de mi defendido, y no hay bisturí ni cirugía ni ciencia que logre extraerla de su interior.

Las miradas de los doce miembros del jurado se volvieron hacia el aludido, más acurrucado que sentado en el banco de los acusados, justo detrás de la condesa, adoptando la figura de una sombra, alguien insignificante, casi invisible. Su aspecto era enfermizo. Resultaba complicado saber si eran las lágrimas, el sudor o la fiebre lo que sacudía sus hombros y empalidecía su semblante; quizá el abogado estaba en lo cierto y la bala homicida aún seguía acuartelada en su cuerpo, pudriendo su alma.

—Para que exista una *femme fatal* debe existir un hombre débil física y mentalmente. Mi defendido es un hombre frágil, quebradizo, timorato, imberbe, acomplejado. Sólo tienen que mirarle para corroborarlo. —Driussi señaló a su cliente, que se sintió intimidado y clavó la mirada en el suelo, donde anhelaba enterrarse para desaparecer de aquella pesadilla—. Pero ese raquitismo emocional no lo convierte en un mal hombre, tan sólo en un juguete, también sexual, en las manos de la condesa. Nikolái Naumov no ha querido mentir. Él ha reconocido su error, ha confesado su culpa. Es culpable de disparar el revólver, pero no es el responsable de este crimen. En un momento de ofuscación, con la voluntad arrebatada y la conciencia anulada por el alcohol, se puso frente al conde Kamarowski y apretó el gatillo, pero eran otros los verdaderos culpables, eran otros quienes realmente sostenían el arma homicida. Fueron ellos quienes pusieron su mano sobre la de mi cliente para que efectuase el disparo. Mi dedo acusa a la condesa Tarnowska —elevó la voz mientras señalaba a la mujer, con vehemencia en el gesto, algo que provocó que el público y el jurado se sobresaltaran, aunque la aludida ni siquiera se inmutó—, de la misma manera que su dedo y el de su otro amante, Donato Prilukov, señalaron a mi defendido para convertirlo en un desgraciado el resto de su vida. Nikolái Naumov llegó a solicitarle el perdón al conde Kamarowski, un hombre que había sido como un padre para él, una buena persona que no titubeó al concederle la absolución requerida porque conocía al muchacho que tenía ante él; sabía que era bueno, inocente y demasiado dócil, arcilla en las manos criminales. Si la propia víctima tuvo a bien perdonar a su atacante, ¿quiénes somos nosotros para no hacerlo? ¿Con qué autoridad moral nos atreveremos a condenarle por el hecho de caer en la tentación y sucumbir a los encantos de una bruja embaucadora, nuestra particular Circe? También ella se instaló en una isla del Mediterráneo, y, para desgracia de todos, esa isla ha sido Venecia y no la Eea de la mitología griega que nos narra Homero en su *Odisea*. Sólo les pido a los miembros del jurado algo que espero que entiendan como una advertencia: guárdense del efecto de las pócimas y la brujería de esa alimaña hecha mujer o acabarán siendo víctimas de ella, como lo fue Nikolái Naumov.

El tercer turno de palabra fue para la defensa de Donato Prilukov, a cargo del letrado Cesare Luzzatti. Su defendido parecía ser el más interesado en escuchar la exposición de su antiguo colega. Le desagradaba ocupar un lugar que siempre había observado desde otro extremo de la sala. Nadie miraba al acusado, todos preferían escuchar a su abogado.

—No necesito recurrir al teatro ni a libros ni a ilustres personajes para dirigirme a ustedes. La verdad es la única luz que debe cegarnos, y por eso la justicia es ciega. En la Antigua Roma, Iustitia era la diosa de la Justicia y de la fuerza moral que inspiró la imagen de la justicia, una silueta femenina con los ojos vendados, una balanza en una mano y una espada en la otra para llevar a cabo su misión, que no es sino la de imponer el orden natural en el mundo. Me gustaría que ustedes se vendaran los ojos para ver la cosas como son en realidad, sin fuegos de artificios, sin trucos de ilusionista, sin elementos capciosos. La verdad sólo es una, no admite interpretaciones ni coartadas, ni siquiera detalles fácilmente manipulables por unos y por otros. —El abogado hizo una pausa que utilizó para dar unos pasos y aproximarse al jurado—. Donato Prilukov era un hombre sencillo. No tenía riqueza ni título nobiliario y tampoco pertenecía a ningún círculo de poder. No había adornos artificiales en su vida, sólo el derecho y la moral. Su mundo eran las leyes, la justicia, ayudar a los demás, defender a los inocentes y solidarizarse con los más desprotegidos. Era un simple trabajador, un abogado que durante años se labró una carrera de éxitos en la que incluso dedicó su tiempo a causas caritativas por las que se negaba a cobrar a sus clientes. Un buen hombre, altruista, amante de su familia, felizmente casado y con dos hijos a los que adora y que le adoran, y por los que trabajaba de sol a sol para que no les faltara de nada. Nos lo contarán sus compañeros de profesión, sus amigos, las personas que saben cómo es, entre ellas su propia esposa, la persona que mejor le conocía hasta que esa diabólica mujer apareció en su vida para desbaratarla y reducirla a la mínima expresión.

Al escuchar que la esposa del acusado iría al juicio para testificar a favor del marido que la engañó, traicionó y abandonó, volvieron a la sala los susurros y los cruces de miradas, sobre todo entre las mujeres que la abarrotaban. Muchas de ellas no pudieron evitar una expresión burlona y morbosa, anhelando los buenos momentos que el «juicio de los rusos» les depararía.

—Desde que la condesa Tarnowska irrumpió en su vida y le pidió que intercediera por ella en su proceso de divorcio, algo por lo que el señor Prilukov tampoco quiso cobrar llevado por un sentimiento de compasión, él se convirtió en otro hombre, en una persona por completo distinta. La condesa le obligó a cuidarla, a entregarse en cuerpo y alma, a gastar en ella todo el dinero que tenía, y, cuando se terminó y no quedaba más, se vio forzado a robar el peculio a sus propios clientes para satisfacer los deseos de su amante, que seguía malgastándolo caprichosamente en vestidos, fiestas, perfumes, joyas, viajes de placer, hoteles de lujo, pieles... Le exigió que abandonara a su familia, que dejara en la estacada a la buena mujer con la que había construido un hogar y a sus dos hijos para ocuparse del hijo de la condesa, al que colmaba de regalos, juguetes y atenciones. La condesa le convirtió en un hombre esclavizado, sumiso, dúctil, burlándose a menudo de su condición social. Se reía de él por ser un simple trabajador, lo llamaba *mujik* de manera despectiva porque sabía que le dolía, un hombre de condición social inferior al que poder dominar y, en sus perversos juegos íntimos, sentirse dominada por él. El señor Prilukov estaba ciego, también a él le pusieron una venda en los ojos, como a la diosa de la Justicia. Y lo seguía estando cuando la condesa le ordenó que pensara en algo para deshacerse de su prometido de una forma rápida y lucrativa —aseguró Luzzatti, deleitándose al contemplar cómo había logrado la atención del jurado, que seguía su oratoria con el mismo deleite que sus continuos movimientos de un lado a otro de la sala—. Él intentó zafarse, incluso huyó de ella, no sin antes entregarle el dinero robado como compensación y comprometiéndose a reemplazárselo a sus legítimos propietarios en cuanto pudiera. Cien mil rublos que en las manos de la condesa se evaporaron en apenas unos días. Pero ni siquiera eso consiguió calmar su sed de dinero y de ambición. Necesitaba más, y por eso exigió a mi representado que buscara el modo de conseguirlo a través de un seguro de vida. En este proceso demostraremos que fue la condesa quien trató de convencer al señor Prilukov de asesinar al conde Kamarowski, le instó a comprar libros que versaban de venenos, le conminó a hacer unas prácticas de tiro al blanco para afinar su puntería y, cuando él se negó rotundamente a cometer semejante fechoría, intentó manipularle utilizando a otro amante para enardecer sus celos y conseguir que cediera. Como mi defendido siguió sin hacerlo, y viendo que la condesa había logrado embaucar a otro amante, no dudó en trasladarse a Venecia acompañado de dos detectives privados para intentar evitar que el plan urdido por esta mujer diabólica de mente criminal llegara a buen puerto.

El abogado terminó la frase elevando la voz, convirtiéndola casi en un grito. Sabía que así tendría más efectividad.

—A Donato Prilukov no le da vergüenza confesarlo: tenía miedo de la condesa porque sabía de lo que era capaz. Ella lo convirtió en un ladrón y aspiraba a convertirlo en un asesino. Ésa es la verdad. Un buen hombre empujado por las circunstancias orquestadas por una mala mujer para arrastrarle al averno tan bien descrito en la *Divina comedia*. Ya nos lo advirtió Dante Alighieri: los rincones más oscuros del infierno están reservados a aquellos que mantienen su neutralidad en tiempos de crisis moral. Ése es el gran delito de mi cliente, intentar mantenerse al margen de la locura urdida por la condesa, por miedo a perderla. Pero nada más puede achacársele con la ley en la mano. Ni planeó el crimen ni empuñó el arma ni intimidó a la condesa ni indujo al autor material del asesinato del conde Kamarowski, el señor Naumov, al que ni siquiera conocía y con el que no había cruzado una palabra en su vida —aclaró Luzzatti manteniendo en las manos el libro de leyes que había cogido de su mesa durante su intervención—. Regreso a la diosa de la Justicia, y me da lo mismo que sea la griega Temis, la egipcia Maat o la romana Iustitia, para pedirles equidad en su balanza, poder de la razón en su espada e imparcialidad en su juicio. Que el velo de la justicia cubra su mirada para aquello que no sea la ley y la verdad.

Después de escuchar la exposición de la parte civil, que se centró en pedir piedad y consideración para la madre del conde Kamarowski y para el pequeño Grania, y en coincidir con los argumentos de la fiscalía, el silencio volvió a reinar en la sala de juicios.

Había llegado el momento de escuchar uno de los discursos más esperados.

49

El abogado de la condesa Tarnowska, Arturo Vecchini, tardó en incorporarse de su asiento y, cuando lo hizo, se tomó su tiempo para observar al jurado, al público, al resto de los colegas y a los acusados. Se demoró en ellos, hasta conseguir incomodarlos a todos, menos a su defendida. Después volvió a la mesa y cogió una fotografía que había ordenado ampliar.

—La santísima trinidad. —Sostenía la instantánea donde aparecían el escritor Friedrich Nietzsche, el filósofo Paul Rée y Lou Andreas-Salomé; ella subida a un carro, blandiendo una fusta a modo de látigo y cogiendo las riendas a las que ellos estaban atados por el brazo, como si fueran bueyes—. Seguramente conozcan a los dos hombres que aparecen en esta fotografía, pero quizá tengan dificultades para reconocerla a ella: escritora, filósofa, psicoanalista, una mente brillante admirada por Freud, también de nacionalidad rusa, como mi defendida, hermosa, inteligente y con una capacidad de seducción que, seguro, les resultará familiar. Lou Andreas-Salomé quería ser libre y salió de su Rusia natal para estudiar en la Universidad de Zúrich, una de las pocas universidades que aceptaban mujeres. Cayó enferma y escribió un bello poema, «Himno a la vida», que versaba sobre su sed de libertad, su recuperación y su anhelo de abrirse al mundo. Lo consiguió y viajó hasta Roma, donde conoció a dos hombres, Paul Rée y Friedrich Nietzsche, quien nada más verla le dijo: «¿De qué astros del universo hemos caído los dos para encontrarnos aquí el uno con el otro?». Los tres se convirtieron en grandes amigos, denominándose a sí mismos «la santísima trinidad». Pero ellos aspiraban a algo más que a una amistad con la joven: anhelaban casarse con ella, poseerla, amarla, dominarla. Lou rechazó las dos proposiciones de matrimonio que ambos le hicieron. Rehuía de las ataduras y también de mantener relaciones sexuales porque eso la sometería al hombre. Pero los quería y decidieron vivir los tres juntos para escándalo de familiares, amigos y una sociedad cuyas reglas morales no admitían esa particular trinidad. Esta foto —Vecchini la mostró de nuevo al jurado y al resto de la sala— se tomó en Lucerna en 1882. Fue en esa época cuando Nietzsche escribió en *Zaratustra*: «¿Vas con mujeres? No olvides el látigo», que muchos malinterpretaron, como a menudo sucede con lo que se dice, se lee o se escucha.

El abogado hizo un breve silencio, una estudiada pausa valorativa para permitir que lo narrado se asentara en la mente de todos mientras se situaba cerca de la condesa. Buscaba que procesaran el relato y lo relacionaran con el caso que los ocupaba. A los pocos segundos, tras dejar la fotografía sobre su mesa, prosiguió.

—Es curioso el mimetismo de la historia con sus personajes. Sí, he dicho mimetismo, no mesmerismo, como ha hecho anteriormente mi colega. Hablemos con propiedad; es la única manera de llegar a la verdad. Y permítanme que empiece yo. Este caso no es otra cosa que un inmenso teatro de títeres, una farsa, un cuento, una de esas leyendas que nos reúnen alrededor de un fuego para mantenernos entretenidos. El «juicio de los rusos», lo han llamado los representantes de la prensa para hacerlo más atractivo a una sociedad como la nuestra, enferma de la fiebre rusa que la aqueja desde hace tiempo. Todo lo que viene de Rusia es un espectáculo, como los ballets rusos de Diáguilev que triunfan en París y que todos anhelan ver llegar a Italia, en tan sólo unos meses. Pero esto —exclamó el abogado mientras abría los brazos para abarcar la sala de la Corte de los Assizes—, esto es algo mucho más serio. Hablamos de un crimen, de la muerte de una persona a manos de su asesino confeso, Nikolái Naumov, con un personaje oscuro, Donato Prilukov, que pudo haber evitado el asesinato y no lo hizo pese a ser un hombre de leyes, como ha insistido en definirlo su abogado, y que es la verdadera mente criminal y el ideólogo del fraude, ya que fue él quien propuso la contratación de un seguro de vida para hacerse con medio millón de liras, como demostraremos en su momento. Y con una mujer, la condesa Tarnowska, sobre la que todos insisten en verter la culpa cuando no hay un solo dato verificado ni un hecho contrastado que evidencie que ella planificara este execrable asesinato, tampoco que lo cometiera ni que pudiese evitarlo de ninguna manera. Pero los dedos siguen señalándola. Todo son frases pirotécnicas y anécdotas deformadas, palabras tergiversadas y una ristra de prejuicios sociales e individuales. Asistimos a un combate de esgrima en el que todos los hombres blanden su espada para arremeter contra la mujer, contra la condesa, de la que todos aseguran estar perdidamente enamorados y por la que declararon, una y mil veces, estar dispuestos a matar o a morir por ella. ¡Qué clase de amor es ese que sienten! Yo se lo diré: el amor interesado y corrupto que practican determinados hombres hacia una mujer y que, cuando ésta rechaza sus proposiciones, los lleva a convertirla en la culpable de todo, en la bruja, la asesina, la mala de la historia. ¿Y saben por qué? Porque tienen la potestad para hacerlo y la inmunidad para sostenerlo, esa que les entrega la sociedad en la que viven. Ustedes —enunció Vecchini, señalando al jurado para después dirigir su acusación al público asistente—, y ustedes también, y todos los que colaboramos en este espectáculo somos culpables y responsables. Sí, damas y caballeros, no nos escondamos, no seamos hipócritas: si la condesa es culpable de algo que ni siquiera ha cometido y en lo que ha sido una mera espectadora, nosotros también lo somos y por los mismos motivos.

La inculpación colectiva del abogado Arturo Vecchini hizo que algunos se revolviesen en su asiento, quizá incómodos por la acusación o como muestra de interés ante lo que se estaba diciendo. No se oía un susurro ni una queja o protesta. Era el momento de escuchar a uno de los abogados y oradores más reconocidos de Italia.

—El único poder que la condesa ambicionaba era el de ser libre. Así la educó su familia, un linaje de nobles, descendientes de la dinastía Estuardo, una casta de héroes y valientes guerreros irlandeses. La condesa desciende de María Estuardo, reina de Escocia, a la que también traicionaron los suyos. Pero no crean que la vida fue fácil para mi defendida. La enfermedad ha sido su inseparable compañera desde que nació: se quedó ciega a los ocho años, sufrió varios accidentes que le hicieron temer por su vida, también una severa anemia, graves episodios de epilepsia, fiebres tifoideas y a partir del parto de su primer hijo, Tioka, y también de su hija Tatiana, contrajo una enfermedad sanguínea que inoculó un veneno en su cuerpo, legándole problemas de movilidad, dolores insufribles y episodios de ausencia, sin olvidar un delicado pero contrastado asunto, como es la enfermedad mental presente en el árbol genealógico de su familia materna y que, como nos aclararán los expertos, nos permite hablar de razones genéticas que explican trastornos psicológicos y desequilibrios químicos en el cerebro. Para intentar combatirlos se vio obligada a recurrir a ciertas sustancias que calmaran su infortunio y se hizo adicta a la morfina, inducida por uno de esos hombres que tanto aseguraban amarla, mientras que otros la convencieron para caer en la cocaína y la heroína. Estos hombres no buscaban el bienestar de mi defendida, sino el suyo propio. Ésa era la única forma de tenerla sometida, atada a ellos, al servicio de sus caprichos y no al contrario, como algunos insisten en asegurar tergiversando la realidad, empeñados en hablar sólo de dinero cuando lo que realmente se ha robado aquí ha sido la libertad de la condesa, la única y verdadera herencia legada por su madre y por su padre, que hoy está presente en esta sala porque no ha querido dejar sola a su hija.

Las palabras del abogado hicieron que la sala se envolviera en un rumor, buscando al progenitor de la acusada. La propia condesa quebró la frialdad mantenida hasta ese instante para buscar con la mirada a su padre, situado entre el público, en uno de los extremos de la primera fila. El Terrible O'Rourke había recorrido casi cuatro mil kilómetros para estar al lado de su hija y darle su apoyo. Todos observaron a aquel hombre mayor con porte aristocrático, cuya expresión cansada y triste, aunque regia, quedaba enmarcada por un gran mostacho y una espesa barba blanca que nacía de sus patillas y le cubría ambos lados de la cara, dejando despoblada la barbilla. El hombre no se esperaba la alusión por parte de Vecchini, cuyos honorarios pagaba él, y pareció incomodarle la atención del público; ya era bastante doloroso observar cómo juzgaban a su hija en un país foráneo y con leyes extranjeras, como para además tener que abandonar el anonimato. La visión de su padre hizo que, por primera vez, la condesa sintiera flaquear sus fuerzas. No pudo evitar emocionarse y derramar unas lágrimas bajo el velo negro que continuaba cubriéndole el rostro. Todos dirigieron la mirada hacia ella, transformando la evidencia en palabras: «¡La condesa está llorando!».

Arturo Vecchini se acercó al banquillo de los acusados para entregar a su defendida un pañuelo blanco que extrajo del bolsillo del pantalón. Ella lo cogió, agradeciéndole el gesto, mientras el letrado le decía unas palabras de ánimo inaudibles y le daba unos golpecitos en la mano.

El juez Fusinato parecía conmovido por la escena. Él también era padre, seguramente tendría la misma edad que el Terrible O'Rourke, y podía entender el sufrimiento paterno. Menos comprensivas se revelaron las acusaciones y el resto de las defensas, que lo interpretaron como una argucia de Vecchini para conmover al jurado y a la sala. El fiscal Randi y la parte civil se disponían a protestar, pero, al observar el semblante compungido del juez, decidieron dejarlo pasar. El abogado de Nikolái Naumov no tuvo tantos miramientos y se levantó para expresar con cierto sarcasmo que también se encontraban en la sala el padre, la hermana y el sobrino de su defendido, por si alguien quería sentir lástima por ellos.

—Señor Driussi, muestre un poco de respeto —le espetó el juez, visiblemente molesto—. Lo cortés no quita lo valiente, y le recuerdo que no está en su turno de palabra. Estamos en los discursos iniciales. Si nadie se ha levantado para reprenderle por utilizar los calificativos que ha elegido para denominar a la acusada en su alegato, no entiendo qué razón puede encontrar para hacerlo usted cuando ni siquiera le han mencionado.

—Pero, señoría... —intentó protestar el abogado.

—Le he dicho que se calle. No voy a permitir estos comportamientos en mi sala. Respeten sus turnos y a sus colegas si quieren ser respetados —exclamó aún más molesto—. Abogado Vecchini, continúe, haga el favor.

—Gracias, señoría. A lo largo de este proceso desenmascararemos a la verdadera condesa Tarnowska, a la que deberíamos llamar por su nombre: condesa O'Rourke; ya no tiene sentido utilizar el apellido del que fuera su esposo, ese hombre ruin y cruel del que se divorció. Un marido que la violó la misma noche de bodas, cuando sólo contaba con dieciséis años, que le fue infiel desde el primer momento y que, cuando ella, como la buena esposa que anhelaba ser, intentó acercarse a él, la introdujo en un mundo de corrupción, de orgías y de perversión del que sólo consiguió salir cuando su corazón fue tocado por un joven de la Guardia Imperial rusa, Alekséi Bozevski, del que no fue amante porque jamás tuvo relaciones íntimas con él, pero que la trataba como una mujer ambiciona y desea ser tratada: con respeto, con amor, con deleitación. Por primera vez en su vida, la condesa conoció el verdadero amor hasta que su esposo decidió arrebatárselo por celos, y lo hizo disparando contra él, delante de todos.

En ese punto del relato, se escuchó en la sala un sonoro murmullo de sorpresa. No sería él quien enmudeciera al público, por lo que esperó a que el juez hiciera lo propio.

—No es cierto que la condesa abandonara a sus hijos ni que se fugara con su amante, como los periódicos y las lenguas viperinas de la sociedad insinuaron, y como les interesa decir a mis colegas de la acusación. Los hijos se quedaron a cargo de los abuelos maternos mientras ella recorría Europa buscando una cura médica que pudiera salvar la vida de Bozevski, al tiempo que la justicia rusa declaraba al marido inocente, al entender que actuó movido por los celos y empujado por la infidelidad de su mujer. ¿Y saben lo primero que hizo cuando fue puesto en libertad? Aprovechar la ausencia de la condesa para secuestrar a su propia hija, con la única intención de separarla de su madre. Pero eso nunca se contó así porque no convenía. Tampoco es cierto que la condesa disparase con un rifle a la mano a Bozevski, sino que fue él quien decidió ponerla *motu proprio* contra el cañón del arma para demostrarle su amor; un juego que se les fue de las manos, y nunca mejor dicho. Uno encuentra mayor entretenimiento buscando la versión más morbosa, aunque no se corresponda con la verdad… ¡De alguna manera hay que vender periódicos!

Poco amigo del tratamiento que la prensa hacía de este tipo de procesos judiciales, Vecchini no era partidario de conceder entrevistas ni de leer los periódicos durante los juicios y huía de los periodistas como de la peste porque, las pocas veces que hablaba con ellos, hallaba sus palabras tergiversadas en titulares y artículos.

—Es el sino de la condesa, que ya está acostumbrada a que todos hablen de su vida sin que nadie escuche su verdadera historia. Y como esto, todas las mentiras que se contarán en este juicio y de las que ya los prevengo. Siguen insistiendo en convertirla en alguien que no es, en velarla, en hacerla invisible, en privarla de la libertad para impedir que sea ella misma la que lleve las riendas de su propia vida.

Arturo Vecchini se aproximó a su mesa para servirse un vaso de agua. Como siempre hacía, se tomó su tiempo para beber, sabiendo que sus palabras aún resonaban en la mente de los miembros del jurado y del resto de la audiencia.

—Mis colegas insisten en denominar a la condesa *femme fatal*. Lo hacen de manera premeditada para que esa idea se asiente en sus cabezas y cale en su subconsciente. No permitan que jueguen con ustedes como han hecho con ella. El delito de la condesa Tarnowska es ser bella, atractiva y seductora. Eso la convierte en una mujer irresistible y, por tanto, peligrosa. Pero son los hombres los que la han convertido en un objeto de deseo, no ella. Ha sido la respuesta, la lascivia y la voluntad del hombre la única llave para abrir esa cerradura. Son los ojos, la mente y las decisiones del hombre los responsables de que la condesa esté sentada en el banquillo, acusada de un crimen que planeó un hombre resentido por el abandono y que cometió otro hombre celoso por no poder hacerla suya.

La voz clara y firme de Vecchini se transformaba en finos hilos que movían las miradas, convertidas en títeres, para dirigirlas hacia los acusados, que no sólo se sentían observados, sino analizados.

—Habla uno de mis colegas sobre un lugar atávico, Il Piano della Torretta. La condesa Tarnowska en efecto es un lugar, pero un lugar del que nadie quiere salir, en el que todos ambicionan permanecer de por vida. ¿Y saben por qué? Porque es la imagen del amor prohibido: pasional, sensual, impulsiva, bella, seductora... Todos se enamoraron perdidamente de ese ideal, pero la acción es de ellos, no de la condesa. ¿Acaso debe encerrarse en casa, ocultar su belleza y su sensualidad al mundo porque esa sociedad, que ahora intenta condenarla, es incapaz de gestionar sus deseos? Claro que ustedes, miembros del jurado, son todos hombres y quizá les resulte complicado entenderlo... Puede que algún día se obre el milagro y veamos a mujeres formando parte de un jurado popular, ejerciendo su libertad como ciudadanas de derecho que son.

El comentario del abogado provocó tanta sorpresa entre el jurado como estupefacción en el presidente del tribunal y deleite entre el público, donde las mujeres no pudieron evitar emitir murmullos de aprobación; de no ser por la intervención de la campana del juez Fusinato, que intuyó la formación de una pequeña rebelión en su sala, se hubieran arrancado en un aplauso.

Arturo Vecchini observó la mirada de súplica más que de autoridad que le envió el magistrado. Consciente de que ya había logrado lo que quería —el favor del público femenino, así como dejar constancia de que la condición de mujer situaba a su defendida en una posición desfavorable frente al resto—, el abogado no fue más allá. Si el presidente le hubiese llamado al orden, el riesgo habría valido la pena. Pero no lo hizo, quizá para no darle opción al abogado, que retomó su discurso.

—Mi colega el fiscal les ha rogado que no miren a la condesa. ¿Se han preguntado por qué? Para que no vean la verdad. Yo les pido justo lo contrario: mírenla. Observen a esa mujer que ni siquiera se atreve a retirarse el velo de la cara para que no la juzguen antes de tiempo porque ha tenido la desgracia de nacer bella y hermosa. Esta mujer está obligada a enclaustrarse para que una virtud otorgada por la naturaleza o por la providencia no se interprete como un vicio, una fuente de lujuria, un camino de perdición. La condesa no es una mujer libre para mostrarse tal y como es porque, para los hombres, es una representación del deseo sexual, la viva imagen de la sensualidad. No quieren que esta mujer sea libre porque eso le otorgaría un poder que ellos consideran un derecho intransferible, que sólo les pertenece a ellos y que se niegan a compartir, mucho menos con una fémina. Dicen que es malvada porque les asusta que sea libre. ¿Se dan cuenta? —preguntó Vecchini al jurado, aunque también abrió su mirada al público de la sala, especialmente a las mujeres que la abarrotaban en un número mayor al de los hombres. Quería que ellas comprendieran mejor que nadie lo que estaba explicando—. Piénsenlo bien: la idealizan porque la demonizan, el amor se convierte en odio y la devoción en crueldad y venganza. La condesa es un producto de la imaginación perversa y enferma de los hombres que han querido poseerla para hacerla suya y de nadie más, para que sea de su propiedad. Y cuando ella ha intentado zafarse de todos ellos, como esta defensa demostrará a lo largo de este proceso, la han anulado, humillado, amenazado, calumniado, vapuleado, acusado e injuriado. Y cuando ella ha intentado huir en busca de su libertad, han seguido arrastrándola hasta sentarla en el banquillo a la fuerza y por decisión de dos hombres que tuvieron a bien implicarla para justificar sus vilezas. Y todavía los escucharemos jurar que la amaban, incluso que siguen amándola.

El abogado calló durante unos instantes, que empleó para esbozar una sonrisa.

—Estoy seguro de que mis colegas recurrirán al «alma rusa» para justificar este comportamiento masculino. No los crean. No hay alma rusa, hay alma criminal. Yo les pido que escuchen bien lo que van a oír aquí; háganlo bajo su criterio, no bajo los prejuicios que han sentado a mi clienta en ese banquillo. La condesa Tarnowska es una víctima más de este absurdo y nosotros lo demostraremos. Por eso, cuando escuchen que todos pretenden poner el foco sobre esta mujer, ustedes ya sabrán por qué lo hacen: por un abuso de poder consentido. La condición de víctima conlleva un abuso consentido por todos. No lo permitan ustedes, hagan valer su libertad para discernir entre el bien y el mal, y, sobre todo, entre la verdad y la mentira. Hagan uso de su voluntad antes de que alguien se lo impida.

El abogado Vecchini terminó su alegato con una inclinación en señal de respeto al jurado mientras el público estallaba en un incontenible aplauso que se convirtió en un nuevo quebradero de cabeza para el juez. Tardó varios minutos en restablecer el orden.

Con la intervención del abogado de Elisa Perrier —una exposición breve en la que remarcó que la verdadera injusticia de todo el proceso era que una simple empleada de la condesa se viera involucrada en la acusación del crimen—, se cerró el turno para las proclamas pronunciadas por los abogados de las distintas partes.

El abogado de la condesa se había quedado casi afónico.

En las sesiones sucesivas, se escucharían las voces de los protagonistas.

La voz desvela muchas cosas de una persona, tantas que tiene la facultad de desnudarla. Arturo Vecchini lo sabía y por eso solía ensayar sus discursos solo, en una góndola en mitad del Gran Canal, lejos del mundanal ruido. Quizá por eso llevaba bajo el brazo el libro *El matrimonio del cielo y el infierno* de William Blake: «La desnudez de la mujer es la obra de Dios».

Muchos deseaban escuchar cómo la condesa se desnudaba ante ellos para que su voz revelara el misterio.

50

La Corte de los Assizes siempre estaba abarrotada de público para asistir a las sesiones del «juicio de los rusos». Un retablo costumbrista de la sociedad veneciana con representantes de la burguesía, del pueblo llano y de la aristocracia. Las entradas blancas seguían siendo el bien más preciado y todos, sin excepción de clases, se mostraban dispuestos a cualquier cosa por conseguir uno de los boletos. Incluso el juez Fusinato sufrió presiones de altos cargos, así como de familiares y amigos, para facilitarles la entrada al juzgado. Desde su presidencia, observaba entre el público a señoras, rostros conocidos de la alta sociedad veneciana, que se hacían pasar por simples campesinas para que no las reconocieran, vistiendo ropajes que no hubieran donado ni a la beneficencia. También contempló un fenómeno extraño que no supo si encuadrarlo en el apartado de las anécdotas curiosas o preocupantes: desde que había comenzado el juicio, las mujeres que asistían como público empezaron a imitar la indumentaria de la condesa, sus vestidos, sus sombreros, sus guantes, sus estolas de pieles, su característica blusa de encaje blanca y su inseparable collar lavallière, que se convirtió en el complemento de moda más usado por las damas de Venecia; incluso hubo quien se atrevió a llevar velo, tanto dentro como fuera de la sala.

Entre los asistentes asomaban cada vez más personajes famosos, actrices, cantantes, pintores, escritores y artistas que no querían perderse el espectáculo y, de paso, inspirarse en ella para algunas de sus representaciones artísticas. La famosa actriz italiana Lyda Borelli, que en ese momento triunfaba interpretando *Salomé* de Oscar Wilde, manifestó su deseo de dar vida a la condesa Tarnowska en el cine. El interés por el «juicio de los rusos» había traspasado fronteras e incluso actrices reconocidas como Sarah Bernhardt, la artista más popular de Francia, hablaba de la condesa: «No puedo más que lamentar de todo corazón que la condesa Tarnowska no convirtiera a Guy Daunay —crítico de *Matin*— en uno de sus amantes. Ahora estaría muerto o transformado en un asesino; eso me libraría de muchos dolores de cabeza y me evitaría leer sus críticas innecesariamente sinceras sobre mi trabajo». Otras voces, como la del poeta Daniel Lesueur —seudónimo de la escritora francesa Jeanne Lapauze—, se congratulaban de encontrar en la vida real a una de las mujeres fatales que habían hecho ricos a tantos escritores. Todos tenían algo que decir de la condesa, aunque ella todavía no había dicho nada.

Cada día eran más los periodistas llegados de todas las partes del mundo a Italia, y no lo hacían para cubrir la erupción del Etna, que llevaba veintiún días asolando la zona de Catania y que coincidió con el inicio del juicio y la declaración de los acusados, ni la IX Exposición de Arte Moderno de la Ciudad de Venecia, inaugurada en el mes de abril. No querían escuchar el rugido del volcán ni contemplar arte como los turistas, tampoco deseaban dar de comer a las palomas de la plaza de San Marcos o recorrer las aguas del Gran Canal. Anhelaban ver a la condesa y también a sus amantes, aunque en menor medida. Ellos dos fueron los que iniciaron los interrogatorios de las partes.

Nikolái Naumov se incorporó para declarar. Todos querían oírle y no se sintieron defraudados cuando escucharon un hilo de voz fino, tímido y débil, casi inapreciable, que no hacía más que corroborar su frágil aspecto. Muchos se preguntaron si realmente era así o, por el contrario, seguía instrucciones de sus abogados. Fueron ellos los que hicieron hincapié en presentarle como un ser desvalido, con poca personalidad y problemas de carácter desde su edad más temprana, y le obligaron a relatar cómo una accidentada caída de una mesa de billar cuando era pequeño, una herida en la cabeza durante su juventud y varias sesiones de hipnosis realizadas por sus compañeros de universidad pudieron hacer mella en su forma de ser. A través de las preguntas de sus letrados y del resto de los representantes legales, recordó las cartas que se escribía con la condesa, los apelativos cariñosos que ambos utilizaban entre sí —«comadreja» para ella; «mono» para él— y, entre temblores y lágrimas, reconstruyó el día que el conde Kamarowski le presentó a su prometida, cómo sus relaciones se volvieron íntimas y reconoció haber sido azotado, humillado y torturado por ella, obviando que era él quien lo solicitaba.

El juez Fusinato solía interrumpir el interrogatorio de las distintas partes para indagar en algunos detalles que consideraba no aclarados y que podrían ser claves para el enjuiciamiento del caso.

—¿La condesa le realizó quemaduras con cigarrillos?

—Sí, señoría. En los brazos y en el pecho.

—¿Puede mostrármelo?

Una oleada de susurros llenó el aire y Naumov miró asustado al juez y después a su abogado, con un gesto confuso e inquieto con el que clamaba ayuda.

—Señoría, no creo que sea necesario que mi defendido realice algo tan íntimo en público. Usted mismo ha decretado un día de puertas cerradas para abordar estos asuntos delicados y personales.

—Abogado Driussi, creía que precisamente usted agradecería que el señor Naumov enseñara sus heridas para que todos podamos ver esa supuesta crueldad de la condesa a la que usted no ha dejado de referirse desde que entró en esta sala. Creo que el jurado tiene derecho y necesidad de verlo con sus propios ojos para poder juzgar.

—Está bien, señoría. Pero quiero que conste mi objeción. —Driussi volvió a sentarse, mientras se cuestionaba si semejante paso iba a ser bueno para su defensa, como insinuaba el magistrado, o más bien lo contrario.

De manera timorata y con una lentitud enfermiza, Nikolái Naumov se fue desabrochando la camisa. Las manos le temblaban; el rostro, hasta entonces exangüe y ceroso, se le encendió como si estuviera ardiendo por dentro, y los ojos, inundados de un sentimiento de vergüenza, no se alzaron en ningún momento. El juez le pidió que abandonara su lugar en el banquillo de los acusados y se acercara al centro de la sala para que sólo él y el jurado tuvieran oportunidad de contemplar las heridas. Obedeció y, abriéndose la camisa, los elegidos por Fusinato pudieron ver las pequeñas marcas rosadas y redondeadas de los cigarrillos sobre su piel. Sus expresiones fueron diferentes: la del juez, flemática, y las del jurado se debatían entre la incredulidad, la decepción y el desagrado.

—¿Dónde dice usted que la condesa le tatuó su nombre con un puñal o un objeto punzante?

—Aquí, señor juez. Fue con un alfiler de su sombrero —susurró el acusado mientras se señalaba el pecho, donde aparecía escrito «Maria». Parecía estar sufriendo por la exposición pública a juzgar por el temblor de manos y la tartamudez.

La condesa observaba el espectáculo y pensó que ese padecimiento le estaba acarreando placer a su antiguo amante. Le conocía bien y recordaba la condición que había puesto para acceder a matar al conde, aunque no lo hubiera reconocido en el juicio: Naumov le hizo prometer que, si conseguía su objetivo, la condesa lo ataría desnudo a un trineo y le haría caminar sobre la nieve a la vista de todos, con una máscara en la cara, mientras ella le azotaba. Deseó levantarse y contarlo, dejar en evidencia los silencios del poeta y desvelar la verdad que él callaba. Cerrar los ojos e imaginar al menos que lo hacía. Pero no lo hizo. La condesa recordó el consejo de su abogado: ningún gesto que pueda indicar su culpabilidad, y entornar los ojos mientras Naumov mostraba sus heridas de guerra, aunque en realidad fueran de placer, podría darlo a entender. Se limitó a seguir escuchando las preguntas del juez.

—Usted ha declarado que la condesa grabó su nombre en su pecho y vertió perfume sobre la herida. ¿Por qué hizo eso?

—No sé si para desinfectarla o para causarme más dolor.

—¿Le torturaba y usted se dejaba, sin oponer resistencia? —insistió el juez, que no daba crédito a lo que estaba diciendo el acusado—. ¿Eso le daba placer a usted o a ella?

—Creo que a los dos —respondió sin levantar la vista, ya desde su lugar en el banco de los acusados y con la camisa abrochada.

—¿Así era el sexo entre ustedes?

—No tuvimos sexo hasta el último día, en el tren —reconoció tartamudeando—. Esto sólo eran juegos...

Relató otros detalles referentes al telegrama —que ahora sabía apócrifo— del conde Kamarowski amenazándolos, la visita al cementerio, el juramento de amor eterno que realizó ante la lápida de Alekséi Bozevski, su compromiso de matar al conde porque la maltrataba, las instrucciones que ella le dio sobre arrancar las etiquetas de la ropa, afeitarse el bigote, deshacerse del revólver arrojándolo al canal después de cometer el crimen, así como los nombres falsos que deberían utilizar en los telegramas. También mencionó la cruz de oro que le regaló la condesa el último día.

—Cuando me la puso alrededor del cuello me dijo: «Dios te salve y te proteja». Ésas fueron sus palabras exactas.

—¿Guarda usted esa cruz?

—La llevo siempre conmigo. La policía me la quitó, pero mi abogado logró que me la dejaran conservar en la celda.

—¿Por qué quiere un regalo de la mujer a la que acusa de haberle convertido en un asesino y de arruinarle la vida?

La pregunta del juez no tuvo una respuesta inmediata. Naumov seguía mirando al suelo, exteriorizando un decoro rayano en lo virginal, incluso cuando el magistrado le hablaba y se dirigía a él. La condesa podía verle gracias al reflejo de un espejo situado al otro lado de la sala, a la izquierda del juez y al costado de la grada del jurado. Contemplar la imagen de su antiguo amante le hizo sentirse más segura. El juez Fusinato esperaba la contestación, al igual que el resto de la sala; todos, menos la condesa, que conocía la respuesta de antemano. La voz de Naumov corroboró su creencia.

—Porque la sigo amando... —murmuró entre lágrimas y sollozos, escondiendo el rostro entre las manos y provocando el clamor solidario del público, que sorprendió con un aplauso al final de su declaración.

«Pobre hombre, ¡sigue enamorado de esa mujer!». «Pero ¿qué les da esa hechicera?», comentaban las mujeres sentadas entre el público mientras los miembros del jurado se miraban, conformándose con hacer gestos que decían más que las palabras amarradas en sus lenguas.

No fue la única muestra de apoyo público que se produjo al final de la declaración del acusado. Hubo otra que pareció ofender al juez incluso más que el aplauso, que Fusinato había zanjado de inmediato usando su campana. Al día siguiente, abrió la sesión con un reproche.

—Se me ha comunicado por parte del *gondoliere* que traslada al acusado Nikolái Naumov de la prisión a este tribunal que ayer fue aplaudido a su paso por el puente de la Fava. Quiero pensar que esa desproporcionada manifestación de mal gusto y contraria a la moral es obra de unos descerebrados con serios problemas a la hora de discernir el bien del mal o que, directamente, carecen de valores y de respeto a la víctima —declamaba el magistrado, con un rictus serio y contrariado que no era habitual en él—. Debo recordarles que estamos juzgando un crimen execrable y que el señor Naumov, aunque le asistan no pocos atenuantes, asesinó a un hombre que además era su amigo, y nunca está justificado aplaudir a un asesino. Espero que estas conductas, dentro y fuera de mi sala, no se repitan o me veré obligado a clausurarla al público y seguir con las sesiones a puerta cerrada.

La reprimenda del juez fue seguida con un silencio sacramental, como si todos hubieran entendido la gravedad de la recriminación, aunque realmente no lo hacían. Sólo querían aparentarlo para poder seguir disfrutando del juicio.

Finalizada la dramática declaración de Nikolái Naumov, que pareció quedar exhausto después de los interrogatorios, llegó el turno de escuchar a Donato Prilukov.

Apareció en la sala muy desmejorado. Su abogado se encargó de contar que su defendido estaba viviendo una pesadilla en prisión, donde se había intentado suicidar dos veces: la primera, ahorcándose; la segunda, consumiendo cloral, aunque nadie explicó cómo lo había conseguido. Todos pudieron escuchar su voz, más firme y segura que la de Naumov, relatando cómo era su vida antes de que la condesa irrumpiera en ella, el prestigio que tenía como letrado, su idílica familia, el amor incondicional de su mujer y sus hijos, y lo bien relacionado que estaba en Moscú. Contó que en la víspera de Año Nuevo de 1905 recibió una carta de amor de la condesa —algo que el abogado Vecchini refutó, al no coincidir las fechas ni existir constancia física de dicha carta—, relató cómo cada día se veía forzado a gastarse grandes cantidades de dinero en ella si quería responder a sus caprichos y mantener su tren de vida, obligado a quitárselo a su familia y a sus clientes. Mencionó haber tenido varios «momentos de lucidez» en los que comunicó a la condesa su intención de abandonarla y cómo ella recurría a desmayos, gritos y súplicas para evitar que lo hiciera. Entró en detalles sobre cómo ella le incitó a elaborar un plan para deshacerse del conde y le pidió expresamente que la liberara de él porque, cada vez que el conde Kamarowski la tocaba, «sentía como si los sapos recorrieran su cuerpo», y aseguró que fue él quien intentó que la mujer desistiera de su criminal propósito, distrayéndola con la idea de contratar un seguro de vida que la reportaría una gran cantidad de dinero. También precisó que él era un ser sometido a la voluntad de la condesa, que sólo el olor de sus cigarrillos perfumados le hacía perder la razón y que no fueron pocos los desprecios y las humillaciones de la condesa que tuvo que soportar en la esfera pública y, especialmente, en la privada, donde ella le obligaba a realizar ciertas prácticas sexuales, como la asfixia o las flagelaciones, características de la secta Jlysty, a la que aseguraban que pertenecía Rasputín.

El abogado Vecchini fue el más incisivo durante el interrogatorio a Prilukov.

—¿Cuántas veces ha intentado usted suicidarse?

—No sé qué interés puede tener eso.

—Claro que lo sabe. Usted se ha dedicado al derecho hasta que decidió cambiarse de bando y convertirse en un delincuente. Conteste a la pregunta, si es tan amable.

—Señoría, ¿es necesario insultar a mi cliente? —protestó el abogado Luzzatti.

—Nadie ha insultado a su cliente. El señor Prilukov es un ladrón, prófugo de la justicia, ha cometido fraude de ley al utilizar documentación falsa y se le imputan delitos de fraude a una compañía de seguros y posible complicidad en un asesinato con premeditación. La palabra «delincuente» referida a su cliente se me antoja ponderada —replicó Vecchini—. Pero si el juez lo cree pertinente, podemos repasar la colección de insultos y descalificativos utilizados contra mi defendida por todas las partes de este juicio...

—No será necesario, abogado. Prosiga —reconoció Fusinato—. Y usted, señor Prilukov, responda a la pregunta.

—He intentado quitarme la vida dos veces en prisión y otras dos durante mi relación con la condesa.

—Eso hace un total de cuatro. ¡Vaya! No es usted muy bueno logrando sus propósitos. A no ser que eso también sea responsabilidad de la condesa... —ironizó Vecchini, que no dio tiempo a que nadie protestara; le bastó con escuchar el rumor de unas tímidas risas entre los asistentes para continuar—: ¿Por qué intentó suicidarse en prisión si es usted inocente?

—Por el sentimiento de culpa. Quería reparar el mal que le había hecho a mi familia, a mis clientes y a mis colegas de profesión. No veía otra salida...

—¿Es cierto que en Riga usted le regaló una pitillera de oro a la condesa donde mandó grabar «la Generala», porque ella era la que mandaba?

—Sí, señor. Así es.

—¿Se lo pidió ella?

—No, pero...

—¿Le pidió ella que abandonara a su mujer y a sus dos hijos cuando era usted quien se llevaba a su familia a otro hotel situado a escasos kilómetros de donde se encontraba con la condesa, para poder estar usted de vacaciones al mismo tiempo con las dos mujeres sin renunciar a ninguna?

—No hizo falta que me lo pidiera, no veía otra salida...

—Veo que tiene usted problemas para encontrar salidas —satirizó Vecchini al escuchar la misma excusa en boca del acusado—. Dígame, ¿le pidió ella que robara cien mil rublos a sus clientes, que comprara libros sobre venenos, que realizara prácticas de tiro en Viena, que preguntara a qué distancia debía disparar a un hombre para asegurarse de matarlo o que se gastara cuatro mil liras en unos cigarrillos para envenenarlos con cianuro, bromuro y cloroformo? ¿Le pidió la condesa algo de todo lo que usted hizo?

La cascada de preguntas del abogado Vecchini irritó al acusado, que se limitó a sonreír irónicamente mientras movía la cabeza de izquierda a derecha, en señal de negación.

—Después de que la condesa le informara de sus intenciones de contraer matrimonio con el conde Kamarowski, ¿le pidió ella que la persiguiera por todos los hoteles donde el futuro matrimonio se hospedaba, especialmente en Viena y Venecia, para chantajearla y amenazarla? ¿Le solicitó ella que mandara un telegrama apócrifo haciéndose pasar por el conde Kamarowski para despertar la ira y los celos de Nikolái Naumov? ¿Fue ella quien le rogó que la golpeara en el vagón de tren cuando iba al encuentro de Naumov para que pareciera más real su falsa acusación de maltrato hacia el conde? —Cuantas más preguntas formulaba Vecchini, más inquieto parecía Prilukov, evidenciando su falta de control en más de una ocasión—. ¿Fue mi clienta quien decidió que usted acudiera con dos detectives privados a Venecia para detener a Naumov, algo que no hicieron finalmente porque usted se lo impidió en el último momento, como escucharemos de boca de uno de esos detectives cuando llegue el turno de los testigos? ¿De verdad pretende que nos creamos que una mujer como la condesa Tarnowska conocía los vericuetos de la ley sobre herencias y las complejas cláusulas en contratos de seguros, y no así alguien como usted, acostumbrado a retorcer la ley y a la gestión de pruebas a su conveniencia? ¿Quiere hacernos creer que una mujer como la condesa, que ni siquiera sabe sostener un arma, le puede dar indicaciones al señor Naumov de cómo debía suicidarse, colocándose el revólver en una determinada posición en la cavidad bucal para que, tras la detonación, nadie pudiera reconocer su rostro? ¿Pretende que pensemos que fue ella quien tuvo la ocurrencia de que Naumov se arrancara las etiquetas de la ropa, viajara con pasaporte falso y escribiera cartas con las palabras legalmente precisas para librarse ella y usted de toda sospecha o culpa? ¿De verdad considera que somos tan tontos?

—Está usted intentando que yo parezca culpable... —respondió nervioso Prilukov, visiblemente enfadado, al tiempo que dirigía una mirada colérica tanto a su equipo legal como al presidente del tribunal, como si les pidiera clemencia y no entendiera por qué no cumplían con su trabajo y se la daban.

Pensó en protestar como ya lo había hecho durante el proceso de instrucción del caso, cuando afirmó que era imposible defenderse en Italia si la justicia no le permitía presentar las pruebas y los testigos que requería. Pero recordó que a ningún juez le gusta que le acusen de no gestionar bien su sala y decidió no decir nada al respecto, por si su reacción pudiera perjudicarle.

—Ya que parece que la condesa le pedía muchas cosas, aunque no abriera la boca, sepamos qué pasó cuando sí dijo lo que quería —expuso Vecchini—. ¿Le rogó la condesa que desapareciera de su vida porque iba a contraer matrimonio con el conde? ¿Le suplicó que dejara de verla, de escribirle y de acceder sin permiso a su habitación, incluso en presencia de la doncella, Elisa Perrier? ¿Le imploró la condesa, también a través de telegramas, que cejara en su empeño, que se olvidara de matar al conde, y obtuvo por su parte una negativa e incluso una amenaza velada al hijo de la condesa? Y una última pregunta: ¿por qué no hizo caso a lo que la condesa le pidió explícitamente y, sin embargo, usted sí realizó cosas que achaca a mi clienta cuando ella ni siquiera las verbalizó ni pensó?

—Las cosas no son blancas o negras...

La piel amarillenta del acusado iba tomando un tono anaranjado, lo que pareció satisfacer a Vecchini.

—Sí lo son, señor Prilukov. Son tan sencillas como eso: o se suicida o no se suicida. O mata o no mata. O roba o no roba. Pero veo que aún tiene usted problemas para llevar a cabo sus propósitos y esos «momentos de lucidez» de los que usted hablaba hace unos minutos no proliferan. Siempre resulta más cómodo culpabilizar a los demás. Es una buena manera de aliviar la conciencia y calmar el espíritu. Por mi parte, esto es todo, señoría.

Al ver alejarse al abogado, dándole la espalda, la cólera de Prilukov se desbordó ante la sorpresa general, incluida la del juez Fusinato.

—¡Ella es la única culpable! Ésa es la única pregunta que usted no ha hecho porque no quiere escuchar la respuesta —gritó fuera de sí, con la vena de la frente y el cuello dibujando una tirantez que amenazaba con lograr lo que no consiguió el cloral—. Ella hizo del consumo de morfina y de cocaína mi particular infierno, que yo mismo pagaba, como todo lo demás. ¡Y no, señor Vecchini! Ni siquiera tuvo que molestarse en pedírmelo. La condesa es de ese tipo de mujeres que no necesitan expresar lo que desean porque lo cogen con total impunidad, sin que un hombre pueda hacer nada. Ella ha arruinado mi vida sin que yo se lo pidiera. Y ustedes se niegan a darse cuenta porque seguramente han caído bajo el hechizo de esta bruja.

La campana del juez Fusinato sonaba con la misma vehemencia que la campana de una iglesia tocando a rebato. En ese instante, la condesa Tarnowska fue presa de un ataque de nervios y sufrió un desmayo. La primera en acudir en su ayuda fue Elisa, pasando incluso por encima del *carabiniere* situado entre ellas, para administrarle los primeros auxilios mientras pedía un bote de sales para recuperar a su señora, que permanecía inconsciente sobre el banco. Después acudieron sus abogados, Diena y Gotti, para cogerle la mano y abanicarla con uno de los documentos procesales, mientras el titular, Arturo

Vecchini, observaba la escena de pie, sin moverse. No era amigo de espectáculos, a no ser que eso beneficiara a los intereses de su cliente, y, por su velada sonrisa, aquello lo hacía; se había asegurado de que así fuera en su interrogatorio a Prilukov, antes de que llegara el turno de la esperada declaración de su defendida.

El jurado comentaba entre sí, el público se levantaba para intentar ver a la condesa, los fotógrafos se empujaban para captar la imagen de la acusada desmayada sobre el banco, los periodistas escribían fogosamente en sus libretas, los abogados de las otras partes protestaban, unos airadamente y otros con simples gestos, mientras los *carabinieri* trataban de mantener la calma y el orden en la sala, procurando que los ánimos no se incendiasen más de lo que estaban. El juez se vio obligado a suspender la sesión durante unos minutos que se convirtieron en horas. Todavía quedaba mucho juicio y uno de los momentos más anhelados por todos, también por él: la declaración de la condesa Tarnowska.

51

—Condesa, ¿confía en mí? —preguntó el abogado Vecchini.

—Me cuesta conjugar ese verbo. Mire dónde he acabado por confiar... —comentó mientras se encendía uno de los cigarrillos perfumados que tanto dieron que hablar en las declaraciones anteriores—. Pero sí, confío en usted. Tampoco me queda otra opción.

—Tomaré sus palabras como un elogio, como algo positivo. Y, ahora, haga usted lo mismo con las mías. Quiero que me escuche y entienda bien lo que voy a decirle porque su actitud y su manera de responder durante el interrogatorio influirán en la decisión del jurado. —Como siempre que iba a decir algo importante, el letrado guardó silencio unos segundos; un silencio previo que alimentaba el interés de quien escuchaba—. No conteste con dos respuestas a una sola pregunta: eso haría creer al jurado que es culpable. Cuando el juez, los otros abogados o yo mismo la interpelemos, conteste únicamente a lo preguntado, no se alargue, no acicale su respuesta; recuerde que no se adorna la verdad, sólo la mentira. Así que nada de entrar en detalles; no es una actriz, no está en un escenario, no disfrute del momento.

—El primer día me dijo que era un teatro.

—Mentí.

—¿Lo hace mucho?

—Sólo cuando es necesario.

—Eso no hace que me sienta segura.

—Es que no quiero que se sienta segura, ni mucho menos confiada. Necesito que esté en guardia; el exceso de seguridad lleva a cometer muchos deslices y no queremos eso —le confió el abogado, antes de seguir desgranando una retahíla de consejos para su clienta—: Cuando hable, evite mirar al suelo, debe observar fijamente a su interlocutor. ¿No dice la prensa que su mirada hechiza? Aprovechemos las piedras que nos lanzan para convertirlas en nuestras armas de defensa. No se frote las manos ni apriete los labios; parecerá nerviosa y creerán que pretende engañarlos. Tampoco carraspee antes de hablar ni se cubra la boca con la mano; pensarán que miente. Mantenga la cabeza erguida; la vergüenza suele confundirse con culpabilidad. No se rasque la cara ni el cuello, a no ser que quiera que ellos crean que está dudando. Y no cruce los brazos; les hará creer que está a la defensiva. Si va a cruzar las piernas, que sea siempre en la dirección de quien le está hablando; eso le demostrará que sus preguntas y su presencia no la intimidan. Recuerde: las palabras mienten, el cuerpo no.

La condesa parecía abrumada ante semejante avalancha de consejos. Cuando Vecchini vio que cerraba los puños, se acercó a ella y le cogió las manos como lo haría un amigo.

—No mantenga los puños apretados; parecerá enfadada y no lo está. Y hágame un favor... —añadió provocando una mirada de extrañeza en su defendida, que no creía estar en condiciones de hacer favores—. No hable de usted en tercera persona. Eso sólo lo hacen los imbéciles y los culpables. Y usted no es ninguna de las dos cosas.

Hacía mucho que nadie lograba dibujar una sonrisa en el semblante de la condesa. No supo si se alegró más por saber que su abogado no la consideraba tonta o por creer que era inocente. Vecchini le había preguntado mil detalles para preparar su defensa, pero nunca si era culpable.

—Hable despacio y suave para que lo que diga suene sincero. Y no mienta; prefiero que guarde silencio, o que diga que no entiende la pregunta, o incluso que no lo recuerda. Los mentirosos se delatan a través de sus mentiras. Pecan de soberbios y orgullos, eso les hace creerse más listos que nadie y se confían. —El abogado dio un golpe en la mesa de la sala donde aguardaban el inicio de la sesión, y todos los presentes se sobresaltaron—. Y es entonces cuando ellos mismos se condenan, porque la confianza es la tumba de los mentirosos.

—Yo no miento. Nunca lo he hecho.

—Eso ni siquiera me importa, condesa.

El abogado cogió las carpetas, los libros y su maletín de piel, y puso fin a la conversación.

—Señor Vecchini... —dijo la condesa antes de que él le abriera la puerta de la estancia para dirigirse a la sala de juicios—. Yo no tengo talento para las intrigas.

—Procure no decir eso en el tribunal. Hay mentes perversas y prefiero no darles un hilo del que tirar para que conviertan esto en una comedia.

Faltaban cinco minutos para las cuatro de la tarde del 12 de marzo de 1910 cuando la condesa Tarnowska inició su declaración. El silencio era casi religioso, cargado de intenciones y presagios. Tanto las miradas del jurado como las del público cayeron sobre ella, y pronto se unieron las del resto de los presentes en la Corte de los Assizes. Cuando el juez Fusinato declaró abierta la sesión de la tarde, las manos de la condesa anticiparon lo que todos llevaban días esperando que sucediera. Con suma delicadeza y con la parsimonia de la que sabía que podía abusar, comenzó a retirarse el velo de la cara. Sus dedos prendieron el borde del tul, dócil y gradualmente. Cuando su rostro quedó al descubierto y supo que la atención de la sala estaba centrada en ella, volvió por vez primera la mirada desnuda al público, a modo de dádiva, como muestra de su generosidad. Una exclamación admirativa se escuchó en la sala, como si durante unos segundos aquella mujer les hubiera arrebatado el aliento y amenazara con no devolvérselo. Unos instantes bastaron para contemplar su rostro lívido, inmaculado, sin apenas maquillaje en sus facciones rectas, angulosas, innatamente regias. La condesa separó apenas los labios como si se dispusiera a decir algo, pero sólo fue un ardid para mantener la tensión. Gracias a eso, repararon en el pequeño lunar sobre el labio superior. Advirtieron la boca carnosa y sonrosada, los pómulos altos, sus resplandecientes ojos color esmeralda encuadrando la mirada de la que tanto se había hablado en el proceso y un cabello castaño salpicado por mechones rubios que aportaban la misma luminosidad a su rostro que los haces de luces que inundaban la sala. El embeleso del público fue terciando en un murmullo cada vez más audible, que obligó al juez Fusinato a utilizar su campanilla para que el silencio volviera a la corte. El presidente del tribunal era consciente del reto que tenía por delante: habría de gestionarlo con mucha mano izquierda para evitar que la situación se descontrolara. También a él lo observarían con lupa, diseccionando con la precisión de un escalpelo sus preguntas, sus gestos y sus comentarios. Empujado por esa creencia, se dirigió a la acusada:

—Señora condesa —empezó el juez utilizando el tratamiento aristocrático, lo que provocó el primer murmullo de los muchos que se producirían durante la declaración de la acusada—. ¿Quiere usted hablar desde el lugar que ocupa en el banco de los acusados o prefiere hacerlo en el centro de la sala, enfrente de mí?

La condesa se puso en pie, elevó la barbilla y dirigió la mirada al juez, con ambas manos sobre la barandilla de la jaula.

—Si no le importa, prefiero hacerlo desde aquí —manifestó en italiano, al igual que habían hecho los dos acusados que declararon anteriormente; era un idioma que había estudiado y perfeccionado durante los dos años y medio de su prisión preventiva.

Era la primera vez que se escuchaba la voz de la condesa Tarnowska y, como en los grandes estrenos operísticos de La Fenice, todos querían más.

—Recuerde que debe hablar alto y claro. Si no entiende algo que le pregunten o necesita que se lo traduzcan, hágamelo saber y los intérpretes que nos acompañan se encargarán de hacerlo. Ahora le preguntarán las distintas partes, su propio abogado, y sepa que, como presidente de este tribunal de justicia, yo también podré realizarle en cualquier momento cuantas preguntas estime convenientes. ¿Lo entiende?

—Lo entiendo, señor juez.

Su voz no decepcionó: sensual, con un tono espiritual y seductor, como el sonido del arpa céltica considerada como la voz de los ángeles. Así fue como sonó durante el interrogatorio que inició su equipo legal, en el que recordó su frágil salud desde su más tierna infancia, las infidelidades de su marido, las orgías a las que la obligaba a asistir, el parto de su primer hijo en el sofá del cuarto de baño de un hotel mientras Vasili jugaba y se acostaba con otras mujeres a escasos metros, los duelos entre caballeros con ella como trofeo, las violaciones, el incidente con el rifle contra la mano de Alekséi Bozevski que ambos malinterpretaron como un inocente juego, el disparo de su marido contra él, el peregrinaje en busca de un remedio médico y el posterior fallecimiento de su amante, su adicción a la morfina y la recomendación de un médico romano de usar cocaína para desintoxicarse de ella, la muerte del doctor Vladímir Stahl, el secuestro de su hija Tatiana por parte de Vasili, la aparición del «escorpión» Prilukov, el reencuentro con el conde Kamarowski en la ópera y tras la muerte de su esposa, la incursión del traductor ruso de Baudelaire y sus exigencias masoquistas, el dominio que Prilukov ejercía sobre ella, el incidente que vivió con Tioka en la noria del Prater de Viena, los ciento ochenta telegramas intercambiados los días previos al crimen...

Su voz suave y melódica resonaba en la sala de la Corte de los Assizes como la de Violetta Valéry en *La traviata*. La acústica de la sala era espléndida, pero la voz de los ángeles podía sonar demasiado afinada para determinados oídos, más interesados en el ruido, la gravedad y la rudeza, y en tentar a los serafines para convertirse en demonios. Los representantes de la fiscalía, de la parte civil y de las defensas de los dos acusados varones anhelaban arrancar las alas de ese ángel de la muerte que representaba la condesa y no vacilaron en utilizar todas las artimañas semánticas para conseguirlo, haciendo uso de la teatralización, la tergiversación y, en ocasiones, de una enfática sobreactuación que cosechó las protestas de Vecchini, así como numerosas llamadas al orden por parte del juez Fusinato. Sin embargo, la condesa no perdía el control ni los nervios y seguía modulando su voz a su antojo, sin que ningún músculo de su cara se tensara. Se sintió a lomos de Nagaika, gobernando la montura y marcando el camino por el que quería ir y no por donde intentaban llevarla los demás.

No fueron pocas las veces en las que el gesto de los abogados se torció al ver cómo la condesa driblaba sus preguntas y sus argumentos; tenía contestación para todo y para todos, e incluso, algunas veces, parecía burlarse de ellos. El público cada vez disfrutaba más y sólo lamentaba no poder aplaudir como hubiera deseado.

—¡Usted no tiene amantes, tiene víctimas! —le espetó el abogado de Prilukov, Luzzatti, desesperado por no hallar el punto débil de la condesa, que seguía mirándole sin apenas inmutarse y sin caer en sus trampas.

—¿Cuál es la pregunta, abogado? Tendrá que hacerme una, si quiere que le responda.

Francesco Carnelutti, de la parte civil, no salió mejor parado de su enfrentamiento con la condesa.

—¡Usted abandonó a sus hijos, arrastró a sus amantes al infierno! ¡Usted torturó a los hombres, los masacró, los ridiculizó, los humilló, los hacía gritar de dolor...!

—¿Estaba usted allí? —respondió con tono sereno la condesa, enmudeciendo y ruborizando al letrado, que se había dejado arrastrar por un exceso de vehemencia—. Debió de estarlo para asegurarlo tan categóricamente, sin siquiera tener la necesidad de transformar su acusación en pregunta.

El fiscal Randi, incapaz de obtener de ella las pruebas de culpabilidad que anhelaba, optó por menospreciar su dominio del idioma.

—Señoría, no entiendo a la acusada. Solicito que intervenga el intérprete. No logro comprender el italiano que habla la condesa.

—Es normal que no me entienda; usted es de Bolonia —expuso con sorna, haciéndose eco de una burla habitual a la musicalidad del boloñés, con un acento céltico que adulteraba el italiano. Mientras sonaban algunas risas entre el público, la condesa se permitió sonreír al fiscal; sabía que ese gesto desconcertaría al adversario, y él lo era.

—Yo la entiendo perfectamente, letrado —terció el juez tratando de ocultar la sonrisa que el comentario le había provocado—. El problema debe de ser suyo. No entorpezca más la marcha de este juicio.

Durante varias sesiones, la condesa respondió a todas las preguntas sin inmutarse ante las descalificaciones, los insultos y las insinuaciones. Hablaba de manera suave, parsimoniosa, en parte porque aquella lentitud soliviantaba a los abogados rivales, que se mostraban irascibles frente a una mujer serena y cuyo discurso sonaba sincero.

Al ver la violencia y el sentido nada práctico con el que los equipos legales de Prilukov y Naumov, así como la fiscalía y la parte civil, interrogaban a la condesa, insistiendo una y otra vez en las mismas preguntas, el cuarto día de su interrogatorio el juez Fusinato decidió llevar él mismo la interpelación de la acusada, brindando la posibilidad al resto de los letrados de realizar alguna pregunta que no hubiera formulado al final de su intervención.

—Señora condesa, ¿por qué no avisó al conde Kamarowski de las intenciones del señor Naumov y de la presencia del señor Prilukov en Venecia?

—A veces, saber la verdad sólo empeora las cosas. Las personas creen que revelando sus secretos o diciendo la verdad se sentirán mejor porque se verán liberadas de un gran peso, pero no suele ocurrir así.

—¿Por qué dice eso? Explíquese, por favor.

—Hace años, cuando mi cuñado Piotr me dijo que estaba enamorado de mí, opté por decírselo a mi marido, el conde Tarnowski, y lo único que conseguí fue enfadarle y que le diera una paliza a su hermano menor. Era sólo un chiquillo de dieciséis años que leía demasiada poesía, no sabía ni lo que sentía, no le juzguen mal… —interpretó la condesa como si quisiera justificarlo, lo que le granjeó la consideración del público y del jurado—. Son los adultos quienes deben saber lo que sienten y no reaccionar como niños.

—Usted también tenía dieciséis años cuando se casó con el conde Vasili Tarnowski… —comentó el juez.

—Así es, prácticamente una niña, y además era virgen. Pero las mujeres maduramos antes y yo lo hice a marchas forzadas, aunque algunos no quieran verlo…

—Pero no cree que si el conde Kamarowski hubiera sabido que el señor Naumov…

—Lo sabía, señor juez —lo interrumpió ante la sorpresa del magistrado, que, sin embargo, no dijo nada—. El conde sabía que Nikolái estaba enamorado de mí. Lo supo cuando descubrió una de las cartas que me enviaba continuamente, a pesar de rogarle que dejara de escribirme, de buscarme y de insinuarse, porque me iba a casar con el conde.

—¿Lo sabía? ¿Y cómo reaccionó el conde?

—Se rio. Dijo que era normal, que todos los días era testigo de cómo los hombres me miraban. Exactamente me dijo: «El que ladra nunca muerde, querida». Eso me dijo —recordó la condesa mientras se llevaba a la nariz el pañuelo blanco que había sacado de su bolso; el recuerdo pareció haberla emocionado—. Me dijo que no le diera importancia, que eran chiquilladas, que conocía el carácter apasionado de Nikolái porque lo había visto con otras mujeres y que ya se le pasaría. Y le hice caso. Yo siempre le hacía caso al conde Kamarowski.

—Pero esto era distinto: pretendían atentar contra su vida, no escribir una simple carta de amor... —exhortó el juez.

—Es que yo nunca creí que realmente fuera a matarle, ni por un momento se me pasó por la cabeza que lo haría. De lo contrario, habría avisado al conde —respondió la condesa, con voz firme aunque emocionada. Siguiendo el consejo de su abogado, miraba fijamente al juez cuando le hablaba—. Estaba convencida de que todo era un juego. Nikolái jamás sería capaz de hacerlo, ¡es un poeta, por el amor de Dios! Era un ser amoroso, cariñoso e incluso inocente. Con lo que no contaba era con sus celos enfermizos y, sobre todo, con la cantidad desorbitada de alcohol que consumió aquella noche. Cuando bebía él... No, no quiero hablar de eso...

—Siga, condesa —le instó el juez—. Cuente lo que tenga que contar, si eso nos ayuda a comprender.

Al escucharlo, el abogado Vecchini se revolvió en su silla. Estaba colocado de espaldas a su clienta, por lo que no podía hacerle ninguna seña para que no hablara más allá de lo necesario. Miró a sus ayudantes para que fueran ellos los que la advirtieran, pero tanto Diena como Gotti estaban hipnotizados mirando y escuchando a la condesa. Si hay algo que disguste a un abogado es no saber qué va a decir su cliente, y Arturo Vecchini lo desconocía. Pero confió en ella. Sabía que la condesa manejaba el escenario, cualquiera que éste fuera.

—Verá, señor juez, cuando Nikolái bebía, solía amenazar con suicidarse, pero nunca con matar a nadie. Recuerdo una vez, y mi doncella Elisa puede confirmárselo porque fue ella quien me avisó, que el conde Kamarowski y yo estábamos de viaje en San Petersburgo. Nikolái se emborrachó, estaba muy nervioso y alterado, y se presentó en el hotel donde yo solía hospedarme, exigiendo verme. Al no estar en ese momento y sólo encontrar a mi doncella, amenazó con suicidarse allí mismo y tuve que escribirle un telegrama conminándole severamente a que dejase el alcohol. Recuerdo bien las palabras que escribí: «Te prohíbo que bebas. Eres mío». Era la única forma que tenía de convencerle y que desistiera de su actitud: dirigirme a él de manera tajante. Sólo así se tranquilizaba. Y funcionó porque me escribió un telegrama en el que me decía: «Soy tu esclavo. Haré todo lo que me digas». Le hubiera dicho cualquier cosa para conseguir calmarle y que no cometiera ninguna locura. Y no fue la única vez...

—¿Hubo más? —se sorprendió el juez.

—Sí. En Viena, cuando se presentó por sorpresa, unos días antes de que se celebrara mi boda con el conde...

—¡Tú me escribiste para que fuera! —gritó Naumov al tiempo que se incorporaba justo detrás de ella, en el segundo banco de la grada de los acusados.

Su arrebato asustó a todos, excepto a la condesa, que ni siquiera se sobresaltó y que no se dignó a girarse hacia él. Al ver su reacción impasible, todos interpretaron que ya debía de estar acostumbrada a esos brotes coléricos.

—Señor Naumov, no puede hablar ahora —le reprendió el juez, visiblemente contrariado—. Ya tuvo su momento y se respetó su turno de palabra. Si vuelve usted a interrumpir, lo expulsaré de la sala. Espero que sus abogados se lo hagan entender. Continúe, condesa...

—En Viena se repitió la escena. Él estaba en un hotel cercano al nuestro, en el Meissl & Schadn, y una noche volvió a beber demasiado. Me envió un mensaje amenazando con suicidarse si no iba a verle inmediatamente.

—¿Y qué hizo usted?

—Lo único que podía hacer para evitarlo: acercarme al hotel. Cuando entré a su habitación, tenía un arma en la mano...

La afirmación despertó una ola de murmullos en la sala, acallados por los siseos del público que no quería perderse ningún detalle.

—¿Y qué pasó?

—Se la quité como pude. Estaba muy nervioso. Le arrebaté el arma de las manos, pero su estado de agitación era tal que me pidió que le calmara. Y él sólo sabía serenarse de una manera —reconoció la condesa, que había vuelto a emocionarse—. Me obligó a...

—Señoría, le ruego que recuerde que usted mismo ha estipulado una sesión a puerta cerrada para hablar de ciertos temas demasiado delicados para discutirse en público... —protestó el abogado Vecchini, más para advertir a su clienta del terreno pantanoso que estaba a punto de pisar que para conseguir la aprobación del juez.

—Por supuesto, letrado. Pero creo que la condesa podrá terminar su frase...

—Me obligó a hacerle daño —completó ella—. Preferiría no entrar en detalles ahora, señor juez. Lo haré en esa sesión a puerta cerrada, como señala mi abogado.

—¿Era la primera vez que le pedía que le hiciera daño?

—No. Lo hacía siempre, aunque a mí me desagradaba.

—¡Mentira! ¡Eres una embustera! ¡Tú disfrutabas más que yo! ¡Podía verlo en tus ojos! —voceó de nuevo Naumov para desesperación de Driussi.

La campanilla del juez Fusinato volvió a sonar con fuerza para hacer callar al acusado y apagar las voces de los asistentes, que habían comenzado a reaccionar intercambiando pareceres en voz alta.

—¡Se lo he advertido, señor Naumov! Me va a obligar a hacer lo que no he hecho nunca en más de cincuenta años de carrera judicial —confesó soliviantado el juez—. Una palabra más y lo expulsaré de la sala. ¿Es eso lo que quiere?

—Señoría, le ruego que disculpe a mi cliente —terció Driussi, en un intento de calmar al magistrado y para que la reacción de su defendido no le perjudicara—. No es fácil para él escuchar a la condesa...

—Tampoco me está resultando sencillo a mí escucharla porque su defendido no deja de interrumpir. ¡Caray con los poetas! —profirió contrariado el juez.

La reacción de Fusinato provocó el regodeo de Vecchini, que veía cómo una de sus teorías tomaba forma en la sala: «Denme un hombre enamorado y será el mejor testigo de la parte contraria». Freud nunca le fallaba; los recuerdos del hombre enamorado le convierten en el testigo menos fiable porque suele confundir la realidad con el deseo y la pasión le hacer perder el control y, por ende, la razón.

—Disculpe, condesa. Nos habíamos quedado en la petición del señor Naumov de que usted le infligiera dolor físico. Sabiéndolo, ¿por qué fue a verle? ¿No pensó también que eso era un juego y que realmente el señor Naumov no tenía intención de quitarse la vida, sino que sólo quería saciar sus instintos?

—Claro que era un juego. Los hombres siempre juegan conmigo y, pase lo que pase, yo soy la culpable y la que siempre pierde. Pero ¿cómo arriesgarme a que cumpliera su amenaza? ¿Cómo saber que la bebida no había llevado al límite a una mente ya de por sí exacerbada? —aclaró la condesa, con una pátina cristalina en su mirada—. Antes, cuando se ha recordado la muerte del doctor Stahl, el hombre que me forzó después de drogarme cuando Alekséi Bozevski estaba a punto de morir, el fiscal me ha acusado de crueldad por no acudir cuando el barón me envió una carta pidiéndome que fuera a verlo. ¿No lo ve, señor juez? Si les hago caso, me critican y me culpan de las consecuencias. Y si los ignoro y me niego a seguir su juego, me tildan de mujer cruel. ¿Qué es lo que debo hacer entonces? ¿Qué es lo correcto? ¿Por qué siempre me ponen en una situación en la que, decida lo que decida, estaré a expensas de los caprichos de los hombres? ¿Por qué debo ser yo la responsable de sus decisiones?

La confesión desesperada de la condesa emocionó al público y también al jurado, que pasó de intercambiar miradas a cruzar comentarios en voz baja. El juez estuvo tentado de hacer sonar nuevamente la campana, pero en vez de eso aguardó unos segundos y miró entre sus hojas antes de hacer una nueva pregunta:

—Asegura el señor Prilukov que usted le obligó a hacer cuanto hizo. ¿Qué dice usted a eso?

—¿Es necesario que diga algo? Es completamente absurdo. Sus mentiras caen por su propio peso. Lo que sí me gustaría decir, señor juez, es que yo no lo engañé en ningún momento. Siempre le dejé claro que no quería compromisos, que mis experiencias con los hombres habían sido nefastas, y él lo sabía porque se encargó de mi divorcio, aunque después he sabido que alargó el proceso hasta lo inimaginable para mantenerme a su lado y tener poder sobre mí. Jamás le pedí que dejara a su esposa, supe de su existencia mucho después de iniciar mi relación con él. Yo era una mujer sin compromisos, él era el que estaba casado.

—¿Le pidió usted que robara para darle el dinero?

—¿Para qué iba a hacer algo así? A pesar de lo que diga el señor Prilukov, yo tenía mi propio dinero, aún hoy dispongo de él y, gracias a ello, puedo costear mi defensa y mi celda en la prisión. Gracias a mi padre, a mi familia y a mis rentas, el dinero nunca me ha faltado, aunque mi situación financiera se resintió, y no me importa reconocerlo, por el consumo de morfina y de cocaína con el que envenené mi sangre. —La condesa introducía un nuevo argumento en forma de atenuante que su abogado emplearía más adelante—. Sin olvidar que iba a casarme con el conde Kamarowski, que además de ser un caballero, gentil y siempre educado conmigo, era un hombre rico que me devolvió el estatus social que me arrebató mi marido con falsas acusaciones. Pavel se encargó de que no me faltara de nada y, sin yo pedírselo, arregló su testamento para beneficiarme, además de contratar un seguro de vida que, quiero insistir, tampoco le solicité. Dígame, señoría: ¿por qué razón iba yo a querer que el conde muriera, si con él tenía todo lo que una mujer podría desear? ¿Por qué iba a querer matarle para cobrar un dinero del seguro que incluso era inferior a lo que podría tener junto a él? Si soy tan fría, calculadora y criminal, ¿por qué iba a ir contra mis propios intereses? ¿Qué ganaría yo con todo eso?

Las preguntas de la condesa, pronunciadas en un tono pausado y sereno, hicieron que todos callaran. Ni el jurado ni el público ni tampoco los periodistas parecían encontrar la respuesta a la pregunta enunciada por la condesa —«¿Qué ganaría yo con todo eso?»— y eso ya era una respuesta.

Después de unos segundos, que se alargaron como si Maria Nikolaevna Tarnowska hubiese hipnotizado el reloj, el juez Fusinato siguió con sus interpelaciones.

—¿Usted amaba al conde Kamarowski?

Ahora era la condesa la que se tomaba su tiempo, que invirtió en esbozar una sonrisa triste y contemplar sus manos enguantadas en piel.

—Por supuesto que le amaba —dijo al fin—. Le quería mucho, me sentía muy bien a su lado y jamás se me hubiera ocurrido hacerle daño. Sin embargo, y aunque desde pequeña he buscado el amor tal y como lo leía en las novelas, anhelando encontrar al hombre que me amara y me protegiera, debo decir que he estado muy perdida en cuanto a distinguir el amor verdadero. Espero que no se moleste nadie por lo que voy a decir, pero estoy aquí para contar la verdad, así me lo han aconsejado mis abogados. El gran amor de mi vida fue Alekséi Bozevski.

Al pronunciar ese nombre, sus ojos se llenaron de lágrimas y se le quebró la voz. Cuando recobró la serenidad, en parte gracias al vaso de agua que el juez ordenó ofrecer a la condesa, siguió hablando:

—Hasta entonces no sabía lo que era amar y él me lo enseñó. Y por eso lo asesinaron vilmente. Mataron al gran amor de mi vida en nombre de un pretendido y falso amor, el que enarbolaban otros hombres, convirtiéndolo en sinónimo de violencia, muerte y dolor. Eso no es amor, al menos yo no lo entiendo así. No comprendo el asesinato o el suicidio como muestra de amor, pero ellos sí lo hacen y se empeñan en involucrarme. Tampoco lo entiendo como fuente de sufrimiento, pero algunos, como el señor Naumov, me lo hicieron creer así y yo, sólo por complacerle, accedí y obedecí, como he hecho siempre. He tenido esa desgracia en mi vida, aunque yo no lo haya elegido. Y eso, señor juez, sólo me confundió.

—Y si quería al conde Kamarowski, ¿por qué seguía viéndose con otros dos amantes?

—No era así, señoría. Sólo me veía con Nikolái Naumov porque le tenía un gran cariño y me daba miedo que cometiera una locura. Y no me equivocaba, ya que, después de comunicarle que lo nuestro debía finalizar porque iba a casarme con el conde, amenazó con suicidarse. Mi doncella, la señora Perrier, puede confirmárselo —aseguró mientras miraba a Elisa, que, sin encomendarse a nadie, tampoco a sus abogados, corroboró con un movimiento afirmativo de cabeza lo que su señora decía—. Quiero aclarar también que no mantuve relaciones sexuales con el señor Naumov hasta el último día, cuando partió hacia Venecia, pero sólo pensando que podría hacerle cambiar de opinión y cejar en su propósito. ¡Qué inocente fui! Le traté como a un niño porque se comportaba como tal.

En cuanto al señor Prilukov, hacía mucho tiempo que no estaba con él, excepto cuando aparecía sin avisar para amenazarme. En una ocasión...

La condesa se calló de manera repentina. Volvió a sacar el pañuelo para llevárselo a la boca. Hizo ademán de hablar, pero no llegó a hacerlo.

—Hable, condesa, ¿qué iba usted a decir? —reclamó el juez.

—No sé si debo...

—Debe, mujer, claro que debe —insistió Fusinato mientras el abogado Vecchini mantenía la mirada fija en un punto indefinido en el centro de la sala; temía que, por tensar la cuerda, ésta terminara rompiéndose.

—El señor Prilukov llegó a amenazarme con unas tijeras y a decirme que me cortaría la cara si algún día le abandonaba. Y no fue la única vez —reconoció la condesa mientras un murmullo de sorpresa e indignación recorría la sala—. En otra ocasión me dijo que él había sabido amarme, pero también sabría vengarse. Y, como ve, cumplió su palabra...

—¡Señoría! ¿Cómo podemos saber que eso es verdad y no un invento de la condesa, perdón, de la acusada? —protestó el abogado Luzzatti, que veía que, cuanto más hablaba la mujer, más culpable parecía su defendido.

—¿Es eso verdad, señor Prilukov? —preguntó el juez dirigiéndose directamente al acusado e ignorando los gestos de su abogado.

Después de unos segundos, el interpelado respondió muy serio.

—No lo recuerdo —dijo secamente, sembrando el desconcierto en la sala y la desesperación en su equipo legal, que sabía que un «no lo recuerdo» suele interpretarse en un juicio como un reconocimiento implícito.

—¿Es cierto, condesa, que le pidió al señor Prilukov que la liberara? —preguntó el juez Fusinato después de apuntar algo entre sus notas.

—No en el sentido que él quiere hacer creer, aunque seguramente eso tampoco lo recordará. Yo sí recuerdo bien el momento. El conde Kamarowski y yo estábamos con unos amigos en la terraza del hotel Des Bains cuando apareció por sorpresa el señor Prilukov. Lo hacía a menudo para ponerme nerviosa, y debo decir que lo lograba. Acudía a mí para chantajearme, diciéndome que nunca conseguiría el divorcio para poder casarme con el conde si no accedía a sus caprichos. También me pedía dinero y, si me negaba, me amenazaba con ir a ver al conde para calumniarme con todo tipo de mentiras. Fue entonces cuando, desesperada y llorando, le dije que me liberara, que desapareciera de mi vida, que volviera con su mujer. Era de él de quien debía liberarme, no del conde Kamarowski. Y no fui la única que se lo pidió. Mi doncella también lo hizo —reconoció la condesa contando, de nuevo, con un asentimiento de la aludida.

Elisa recordaba aquella noche en el hotel del Lido cuando Prilukov apareció después de varios meses. Su memoria guardaba en formol aquellas palabras: «Si realmente la quiere, permita que sea feliz. Libérela».

—¿Le comentó usted al señor Prilukov que cuando el conde la tocaba era como si unos sapos recorrieran su cuerpo? —interrogó el juez, tras consultar los papeles que tenía sobre la mesa.

—Eso es imposible, porque el conde no me tocaba —reconoció la condesa para asombro de todos—. Sólo vivimos una noche de amor en un hotel de San Petersburgo, que él mismo menciona en una de sus cartas, considerando ese encuentro como la prueba de que sería su esposa. Desde ese día, el conde fue un caballero, como siempre. Yo jamás podría haber dicho algo semejante.

Cada respuesta de la condesa sembraba un silencio que parecía satisfacer a su equipo legal, principalmente a Arturo Vecchini, aunque su gesto no evidenciaba ninguna emoción. Sabía que no existe la victoria hasta que el jurado lee el veredicto y que cualquier revelación inoportuna o comentario indiscreto podrían dar al traste con la mejor de las defensas.

—¿Qué ha sentido cuando ha escuchado decir al señor Naumov que todavía la ama? —indagó el juez Fusinato.

—Nada —contestó, provocando una nube de susurros—. No puedo sentir nada porque es mentira. Ahora me doy cuenta. Ni me amaba entonces ni lo hace ahora; si realmente me hubiera amado, jamás me habría acusado. Pero es la historia de mi vida. Me quieren a su lado, les da lo mismo de qué manera y están dispuestos a todo para conseguirlo, aunque eso signifique matar a alguien o matarse a sí mismos, porque siempre me responsabilizarán a mí. Por eso es imposible que sienta nada. Eso es lo que me ha provocado tanta traición en nombre del amor: insensibilidad. Aunque seguro que otros lo llamarán frialdad, crueldad o cualquiera de los calificativos que me llevan dedicando desde hace años y ante los que yo no puedo hacer nada.

—Una última cuestión y acabamos... —anunció el juez consultando el reloj de bolsillo que tenía sobre su escritorio, junto a sus notas y la campanilla—. ¿Propuso usted al conde Kamarowski incluir una cláusula en el seguro de vida relativa a la muerte violenta?

La condesa se tomó unos segundos para contestar.

—Sí, lo hice —reconoció, haciendo que la sala estallara.

Ni la campana del juez Fusinato ni sus llamadas al orden lograron apaciguar el ambiente tan rápido como lo hacían antes. Cuando la corte quedó nuevamente en silencio, la condesa continuó:

—Me gustaría explicarlo. No fue idea mía, yo sólo lo propuse porque creí que era la única forma de que el señor Prilukov desapareciera de mi vida. Yo no sabía nada de seguros ni de contratos ni de cláusulas... ¡Qué iba a saber yo! El señor Prilukov me dijo que, si tenía que renunciar a mí, al menos debía darle dinero. Me aseguró que lo utilizaría para restituir los cien mil rublos que robó a sus clientes en Moscú y que el resto lo donaría a causas altruistas. Estaba tan desesperada que le creí, pero, antes de acceder a hacerlo, llegó una carta apócrifa firmada por un príncipe ruso que me ofrecía matrimonio, todas sus riquezas y un seguro de vida valorado en medio millón de rublos. En realidad, la carta la envió el señor Prilukov; no había ningún príncipe ruso, pero la misiva logró su objetivo y enojó al conde Kamarowski. Se disgustó mucho, fue nuestra primera y única discusión. Me dijo que no entendía por qué todo el mundo intentaba separarnos y se ausentó durante varias horas. Al día siguiente, quedamos para comer con un amigo dueño de una empresa de seguros, que ya tenía todo preparado. Pavel también dio orden a su abogado de cambiar su testamento a mi favor, aunque esto fue decisión suya, jamás mencioné nada de eso —explicó la condesa, haciendo una breve pausa para beber agua. Incluso una operación tan cotidiana como coger un vaso y acercárselo a la boca se convertía en motivo de fascinación entre los asistentes—. Ésa es la verdad sobre el seguro de vida. Ésa y que yo tuve que pagar las tres primeras mensualidades porque, cuando se contrató, Pavel no tenía liquidez para abonarlo —comentó, sonriendo por la anécdota: terminó pagando tres meses un seguro de vida que apenas estuvo vigente una semana—. Lo entendí como la única forma de librarme de las amenazas continuas de ese hombre ladrón y embustero que ahora también entiendo que nunca me amó.

—¿Y usted quiso al señor Prilukov alguna vez? —preguntó el juez.

—Creo que sí. Nunca he estado con un hombre al que no quisiera, no sé si ellos pueden decir lo mismo. Sí, le quise, aunque nunca estuve enamorada de él, son cosas distintas. Al principio me hacía sentir bien, segura y protegida en un momento en el que yo era muy vulnerable. Acababa de perder al amor de mi vida, mi marido se había llevado a mi hija Tatiana y lo único que quería era divorciarme de él y conseguir la custodia de mi pequeña. El señor Prilukov se portó muy bien conmigo entonces, como yo con él. Pero el tiempo desgasta todas las relaciones. Unos lo aceptan; otros no lo hacen y recurren a las mentiras, las amenazas y la violencia.

—Sólo me queda algo por preguntar —anunció el juez, por segunda vez—. ¿Por qué no acudió usted *ipso facto* a Venecia cuando recibió el primer telegrama del conde Kamarowski comunicándole que Naumov había intentado matarle?

—De Kiev a Viena sólo parte un tren al día. Cuando recibí ese primer telegrama, ese tren ya había partido. Le escribí para decírselo y le pedí que me explicara qué había pasado exactamente.

—Pero ¿también escribió un telegrama a Prilukov?

—Por supuesto. Quería saber qué había sucedido y por qué no había evitado que Naumov atentara contra el conde, como me dio a entender que haría en varios telegramas. De nuevo, me había mentido y, de nuevo, me di cuenta de ello demasiado tarde.

La condesa estaba exhausta. Llevaba días contestando a las preguntas de las diferentes partes y del juez Fusinato. La mirada de Arturo Vecchini le hizo saber que el esfuerzo había merecido la pena.

Cuando subió a la góndola que la llevaría a su celda de la prisión de la Giudecca, donde descansaría hasta la sesión del día siguiente, sucedió algo inaudito que no había ocurrido hasta entonces. Su embarcación empezó a llenarse de flores que la multitud lanzaba a su paso. Fue el *gondoliere* quien, sorprendido por el cambio de actitud de la gente —que había dejado a un lado los gritos de «¡Bruja!» y «¡A la horca!», reemplazados por ramos de rosas rojas—, abrió la cabina para entregar a la condesa algunas de esas flores. Los que se arremolinaban al paso de su transporte, y contemplaron la mano pálida de la condesa recogiendo las flores, enloquecieron y empezaron a saludarla y a aplaudirla: «¡Guapa! ¡La queremos, condesa! ¡Estamos con usted!»... La multitud no dejaba de arrojar ofrendas florales y cartas de amor que los *gondolieri* recopilaban como si achicaran agua.

Nadie pudo ver la sonrisa que se dibujaba en su rostro; pensó en la reprimenda del juez Fusinato que los aguardaba al día siguiente, como cuando supo que habían aplaudido a Naumov a su paso por el puente de la Fava, después de su interrogatorio. Pero no sucedió. No hubo ni una palabra al respecto, ni rastro de reproche en la boca del magistrado. Tampoco del ceño fruncido que éste había mostrado en las sesiones previas al interrogatorio de la acusada y que desapareció mientras la escuchaba.

La condesa había vuelto a obrar su hechizo.

52

Ni siquiera notó cómo el *espresso* le abrasaba el paladar; al comisario Fanelli le quemaban más los ojos por lo que leía en los titulares de la prensa.

«Asombrosa inversión de roles en el juicio del siglo». «Todos quieren a la condesa». «El efecto Tarnowska toma Venecia». «De criminal a víctima». «Sexualidad, escándalo, fascinación, prohibición y sensacionalismo: esta mujer lo tiene todo»...

Le hubiese gustado prender fuego a los diarios allí mismo; si no lo hizo fue por la estima que seguía profesando al Caffè Florian, que, en los últimos meses y con más motivo que antes, se había convertido en el lugar al que llamaba casa. No se atrevió a levantar la vista para evitar la mirada impertérrita de los que habitaban los retratos de la Sala de Hombres Ilustres. Prefirió consultar su reloj. «Maldito Lucca y su condenada falta de puntualidad». Todos los calificativos que cruzaban su mente contradecían el análisis de los periódicos sobre la principal acusada.

La prensa local, nacional e internacional se hacía eco de la intervención de la condesa en el «juicio de los rusos». El *New York Times* informaba de la metamorfosis que las palabras de la procesada habían obrado en las mentes congregadas en la Corte de los Assizes, y recogía la opinión del destacado criminólogo positivista y médico César Lombroso. «Si la condesa rusa realmente planificó el asesinato del conde Kamarowski en Venecia, es la criminal más notable de estos tiempos modernos». El mismo diario incluía la declaración del famoso escritor Gabriel D'Annunzio, parejo al sentir popular: «Eres más feliz creyendo lo que ella dice que creyendo lo que temes que sea realmente. A nadie puede extrañarle que los hombres hayan estado dispuestos a pecar, asesinar y morir por su sonrisa».

Las declaraciones de la condesa durante los interrogatorios no habían dejado indiferente a nadie. Su presencia borraba todo lo demás, anulando al resto de los protagonistas de la historia. Unos a favor, otros en contra, todos examinándola bajo un prisma que aumentaba cualquier nimio detalle a la categoría de prueba inculpatoria o exculpatoria. El artículo «La Encantadora», publicado en el periódico *La Stampa*, aseguraba que la condesa no estaba dotada de una gran belleza, que era demasiado rusa para el gusto italiano, que decepcionó que no fuera más rubia, y la calificaba como una heroína de una novela de amor, pasión y crímenes violentos. El diario *Corriere della Sera* reconocía no saber si realmente era bella, más bien interesante y seductora, y el reportero aseguraba que, de cerca, apreció una piel seca y una nariz demasiado grande, mientras que el *Adriático* prefería centrarse en su «alma sabia, sinuosa, resbaladiza y malvada tutelada por una voluntad de hierro, como una serpiente que gira alrededor de una daga afilada». La revista *Simplicissimus*, en la que Thomas Mann había empezado su carrera literaria, publicaba el artículo «La belleza fatal» en el que se aseguraba que «la condesa tiene un grave defecto: no es suficientemente bella para esta tragedia».

Había nacido una estrella y su nombre era condesa Maria Tarnowska.

—¿Preparado para el gran día, comisario?

Lucca mantenía intacta su facultad de hacer la pregunta inadecuada en el momento menos oportuno. Si no fuera por el corte de pelo —más corto que antes—, un ligero aumento de peso del que culpaba al amor y su reciente ascenso a subcomisario, nadie diría que habían pasado dos años y medio desde que resolvieron el caso. El tiempo no había sido tan benévolo con Fanelli: estaba más delgado y ojeroso, y su rictus circunspecto se había endurecido. Había dejado de mascar raíz de regaliz para triturar caramelos; la ansiedad no le permitía chuparlos, mucho menos saborearlos.

—Si por gran día entiende una nueva sesión esperpéntica en los Assizes, le diré que sólo los payasos lo están. —Lanzó a su colega el periódico, que titulaba en primera página «¡Liberen ya a esta mujer! El mundo necesita amarla», para después buscar en el bolsillo de la chaqueta un caramelo.

No había pasado buena noche. Las pesadillas en las que aparecían el cuerpo sin vida de su hija flotando en las aguas del Danubio y el cadáver de la joven aristócrata Sofia Kailenskaya, recostada en la cama de una habitación del Danieli, le impidieron descansar antes de su declaración en el tribunal. Hubiese agradecido un trago liberador, pero esa opción no estaba sobre la mesa. Seguía sin fumar y sin probar el alcohol —se lo había prometido a su esposa—, pero cada día lo añoraba más, como se extraña lo perdido, como se anhela lo prohibido.

—Lo hará bien. Usted se expresa mejor que cualquiera de nuestros colegas, la gente le escucha. ¡Míreme a mí si no y vea dónde he llegado por escucharle! Además, domina el escenario como nadie —le animó Lucca mientras agradecía al camarero del Florian el café que le acababa de servir; el primero para él, el segundo para el comisario.

—Yo sólo domino la escena del crimen y el sentido común, y no encontraré nada de eso ahí dentro. —Al comisario no le gustaban los juicios ni lo jueces y mucho menos los abogados; jugaban con las leyes como trileros, retorcían las declaraciones de los testigos y echaban por tierra las investigaciones policiales—. Los vivos no sonamos sinceros cuando hablamos de los muertos; al contrario, parecemos fantasmas hablando de otras almas errantes.

—Está hecho usted un poeta.

—Los policías no sabemos hablar en público, siempre parecemos forzados y da la impresión de que, si no mentimos, al menos ocultamos algo.

—Quizá seamos mejores escribiendo... —balbuceó Lucca. La idea de escribir una novela sobre el caso le rondaba desde hacía más de un año.

—Es usted un insensato. —Fanelli consultó de nuevo su reloj, aunque no le hubiera hecho falta; el ardor de estómago ya le había avisado; en pocos minutos debía acceder al tribunal—. ¿De verdad sigue con esa idea absurda? Un policía escribiendo un libro... El día menos pensado veremos a un espía escribiendo novelas de espionaje. No sé cómo le aguanta Nicoletta; esa preciosa muchacha no sabe lo que hace casándose con usted. Hablaría con ella de no dárseme tan mal...

El comentario hizo que los fantasmas de la pasada noche regresaran para inquietarle. Fanelli parecía observarlos en el interior de la taza de su segundo *espresso,* como sombras chinescas dibujándose en el «agua negra hirviente». Lucca intentó romper aquel silencio incómodo en el que el comisario solía refugiarse con asiduidad en los últimos meses.

—Ya sé que no le gustan las bodas, pero le esperamos... Nicoletta sería capaz de no casarse si usted no viene.

—Tampoco me gustan los entierros y no dejo de ir a ellos.

Hacía seis meses que el comisario había perdido a su mujer. Su muerte le volvió aún más reservado. Era cierto que, desde el suicidio de su hija, el matrimonio no hablaba demasiado, pero, a cierta edad, la compañía es la mejor conversación que pueden tener dos personas que ya se han dicho todo, incluso lo que deberían haberse callado.

Fanelli se tragó sus fantasmas con el último sorbo del café y los dos policías se encaminaron hacia el tribunal. Era una mañana especialmente fría y húmeda, como imponía el manto de la laguna, pero la destemplanza del comisario se acrecentó a escasos metros de la Corte de los Assizes, donde la muchedumbre que se arremolinaba para presenciar la llegada de la condesa comenzó a vitorearla: «¡Condesa, la queremos! ¡Libertad para la condesa Tarnowska! ¡Guapa!».

Lucca pudo escuchar cómo el comisario trituraba sin piedad el caramelo que acababa de meterse en la boca. Su mirada ardía.

—Mírela. Está encantada con todo lo que está pasando a su alrededor; sólo le falta ponerse a cantar, y no descarto que lo haga. Nació para esto y lo está disfrutando.

—Está siendo juzgada y, gracias a su investigación, terminará condenada. —Lucca intentaba ofrecer la perspectiva más optimista—. Usted encontró las espinas que se escondían en el pescado y ella está en la prisión de una isla con forma de espina. Su destino está escrito.

—Ya suena usted a escritor. Sólo espero que escriba mejor de lo que habla. Más vale que entremos. Cuanto antes terminemos con esto, antes saldremos de este circo.

La prensa apenas dedicó espacio a la declaración de Fanelli en la que analizó los detalles de su investigación, sus conversaciones con el conde Kamarowski antes de fallecer o la interpretación de los más de ciento ochenta telegramas intervenidos con la que lograron resolver el caso. Tampoco les importó demasiado el testigo que acudió a declarar para relacionar a la condesa Tarnowska y al conde Kamarowski con el suicidio de Sofia Kailenskaya, el 6 de febrero de 1907. Según su relato, la joven aristócrata de veintiún años había coincidido con la pareja en un trayecto de tren a París y la habían invitado a alojarse con ellos y asistir a una fiesta en la que Sofía conoció a un hermoso joven de origen español, Eduardo. Cuando la condesa los sorprendió juntos, reprochó a su invitada no haberle presentado al joven más apuesto de la fiesta —del que, según el testigo, se había encaprichado— y, en represalia, la acusó de haberle robado joyas y dinero. Sofía fue detenida, encarcelada durante un día y puesta en libertad por falta de pruebas. Cuando regresó a recoger su equipaje, encontró a la condesa Tarnowska con Eduardo, compartiendo intimidad en connivencia con la doncella. Fue entonces cuando decidió coger un tren a Venecia, comprar dos botellitas de láudano y quitarse la vida en una habitación del hotel Danieli.

La historia tenía los componentes necesarios para convertirse en pasto de la prensa, pero los periódicos y el público estaban cegados por el brillo de la nueva estrella del momento, la condesa Tarnowska, y no vislumbraban nada fuera de ese foco. Ni siquiera hubiera hecho falta que Vecchini echara por tierra el testimonio del testigo demostrando que en febrero de 1907 la primera esposa del conde Kamarowski aún estaba viva, por lo que la condesa Tarnowska y el conde no habían entablado todavía una estrecha amistad.

A Fanelli no le defraudó que tanto los periódicos como la sala relegaran la historia de Sofía al ostracismo: no esperaba nada de ellos, así que no podían decepcionarle. Los difuntos no tienen cabida en el mundo de los vivos. Sabía que los muertos no son buenos testigos en un juicio, su historia se desvanece porque el ruido mata el recuerdo, su palabra no vale porque es silenciosa, su evocación distrae y, aun siendo víctimas, nadie siente lástima por ellos; siempre tienen las de perder. Quizá por eso, cuando salió de la corte, el comisario había apartado con vehemencia la postal de la condesa Tarnowska —«la triste y fascinante heroína del delito»— que un vendedor le ofrecía para después observar pensativo la invitación de boda de Lucca y Nicoletta, que llevaba desde hacía semanas en el bolsillo interior de la chaqueta: los vivos, como los supervivientes, sólo tienen cabida en el mundo de los vivos; sólo ellos merecen una oportunidad. Y Fanelli se la daría asistiendo a esa boda.

El juicio continuó con la declaración de más de doscientos cincuenta testigos que fueron desfilando por el estrado, eternizando las sesiones para regocijo de todos, aunque sin lograr poner nada en claro, excepto que cada uno tenía su versión de los hechos: sirvientes de la señora alabando su honestidad y su gran corazón; familiares de la condesa que relataban la enfermedad mental de algunos miembros de su familia, como sus dos tías maternas; conocidos que corroboraban su vida de crápula en burdeles; las monjas sor Modestina y sor Elena de la Giudecca, contando lo dócil y respetuosa que era la condesa y lo mucho que rezaba, lloraba y sufría desde que estaba en prisión —«Una mujer con tan buen corazón no puede cometer un crimen», dijo una de ellas—; compañeros de trabajo de Prilukov hablando de su valía profesional, así como de lo mucho que cambió cuando conoció a la condesa y la mucha cocaína que empezó a consumir; la esposa del acusado relatando lo buen padre y marido que fue hasta que dejó de serlo; colegas y antiguos compañeros de Naumov relatando su humor negro, sus sesiones de hipnosis, su tendencia al masoquismo que le hacía pedir a las chicas con las que salía que le frotaran la cabeza con un peine de hierro con cerdas afiladas, y su adicción a la bebida…

Los testigos coparon varias de las jornadas del proceso judicial: camareros y recepcionistas de los hoteles de Viena, Venecia, París, Berlín, Varsovia, Moscú, Kiev, Orel y Otrada donde se habían alojado los acusados, recapitulando numerosos chismes que el tribunal admitía, ya que el código italiano recogía el rumor como testimonio factible —«testimonio de oídas»—; la madre del conde Kamarowski mostrando su convicción de que la condesa lo había planificado todo y cómo su nieto Grania parecía estar enamorado de ella; un empleado de la compañía de seguros Gresham recordando el enfado del conde por tener que viajar a Viena para que la aseguradora L'Ancora admitiera sus cláusulas y el silencio mantenido por la condesa durante el proceso de contratación; el comisario de la policía vienesa, Maurice Stuchart, relatando que Prilukov rogó que le cambiaran de sala para no oler los cigarrillos perfumados de la condesa porque le alteraban gravemente, y que lo único que preguntó la condesa cuando le comunicó el fallecimiento de su prometido fue con qué traje iban a enterrarle, además de interesarse por sus perros Rip y Gip y por su doncella; el comisario Carusi de Verona evocando las lágrimas de Naumov; el cónsul ruso De Soundy asegurando lo enamorados que parecían el conde y la condesa; el *gondoliere* que llevó a Naumov a la estación de Santa Lucia y que recibió una propina de cuatrocientas liras, rememorando lo alterado que estaba su pasajero y aprovechando para decir que no había vuelto a ver el dinero que depositó en comisaría; el médico de guardia del hospital revelando las últimas palabras del conde Kamarowski después de anunciarle la llegada de la condesa para comprobar su nivel de consciencia, que le hicieron murmurar al moribundo: «¿Dónde está? ¡Quiero verla!»...

Fueron los testimonios médicos los que provocaron más confusión e interés. Todavía había aspectos y circunstancias del crimen que podían sorprender tanto al público como al jurado y, por descontado, a los periodistas. Por la Corte de los Assizes desfilaron todos los médicos, enfermeras y monjas que habían atendido al conde Kamarowski. La sombra de la negligencia médica merodeó en el ambiente hasta asentarse en la sala de una manera rocambolesca. Unos aseguraban que la herida del conde era mortal de necesidad, y otros, que el conde no habría muerto si no le hubiesen quitado los puntos para realizarle un lavado de estómago, puesto que, hasta esa mala praxis, se estaba recuperando sin problema y no presentaba síntomas de peritonitis. El esperpento en torno a lo que dieron en llamar «causa contribuyente» con respecto a la muerte del conde Kamarowski alcanzó su cénit cuando el juez Fusinato llamó como testigo al doctor que dio la orden del lavado de estómago y éste aseguró no saber de lo que le hablaba.

—No sé por qué me hacen declarar —reconoció confuso el doctor Cavazzani, un hombre de más de sesenta y cinco años con perenne expresión de desconcierto—. Yo no recuerdo haber tratado a ningún conde Kamarowski. Y mucho menos realizarle un lavado de estómago. Pero, vaya, que siento mucho que se haya muerto.

—¡Pero hay testigos, colegas suyos del hospital, que aseguran que dio la orden y realizó la intervención! —prorrumpió igual de confuso el juez.

—¿Eso dicen? Pues yo no lo recuerdo. De hecho, creo que estaba de vacaciones. O esos caballeros mienten o yo sufro de un proceso de amnesia considerable.

—¡Esto es una locura...! —El juez Fusinato negó con la cabeza mientras buscaba entre sus papeles.

Se vio obligado a llamar de nuevo al estrado a los doctores y enfermeras que ya habían testificado para que volvieran a hacerlo.

—A ver si consigo que me lo aclaren: el conde Kamarowski ¿falleció a causa de los disparos de bala, de una negligencia médica o de un error en el diagnóstico?

—No sabría decirle. La medicina no es una ciencia exacta —respondió otro de los médicos—. Yo no habría realizado ese lavado de estómago, pero, si el doctor Cavazzani lo consideró oportuno, no seré yo quien le lleve la contraria. Él goza de una dilatada experiencia, tan larga que ya está jubilado desde hace un año y medio, aunque fue por razones de salud.

—¿Qué razones son ésas? —requirió el juez.

—La cabeza. Tenía lagunas mentales, y no me refiero al sonambulismo que sufría. Hablo de la amnesia que algunos atribuyen a una demencia crónica.

Por primera vez, el juez Fusinato compartió el runrún aparecido en la sala, mientras que la defensa de Naumov se frotaba las manos paladeando la gran baza que se abría ante ellos si la causa de la muerte del conde no fueron los disparos efectuados por su cliente, sino una incorrecta *lex artis* médica.

La declaración de los psicólogos fue uno de los aspectos que más dieron que hablar y más tinta consumieron. Los equipos legales de los acusados sabían que se jugaban gran parte de la sentencia en la carta de los atenuantes psiquiátricos, donde también se incluía el abuso de alcohol y de otras sustancias, como la cocaína, la morfina y la heroína. Los abogados contrataron a los mejores y más carismáticos peritos psiquiátricos para evaluar el estado mental de sus clientes y para elaborar informes que garantizaran una condena más laxa. Si la ley se lo hubiese permitido, los abogados habrían declarado locos a sus clientes.

El profesor Luigi Cappelletti fue el primero en hablar sobre el informe mental de Nikolái Naumov.

—Hablamos de una persona anormal, desde el punto de vista psicológico y fisiológico. Su frecuencia cardiaca es normal, pero sus latidos se vuelven anómalos bajo la influencia de emociones fuertes, lo que le convierte en un inútil a la hora de gestionar su sistema nervioso. Como consecuencia de esa anormalidad, sufre constantes temblores, pesadillas, sudoración extrema y crisis de ansiedad que se traducen en numerosos tics nerviosos faciales —explicaba con frialdad y distancia el perito, como si la persona de la que hablaba no se encontrara presente en la sala y sin buscarle ni una sola vez con la mirada. Si lo hubiera hecho, le habría encontrado temblando, sudoroso y con la cabeza entre las manos—. El señor Naumov es un masoquista psíquico que entiende el amor y la pasión bajo parámetros de sufrimiento, dolor, esclavitud física y mental. El dolor físico le produce placer, el sufrimiento le lleva al éxtasis; me atrevería a decir que como consecuencia de la frialdad y los castigos que le infligía su madre cuando era niño, azotándole con un cinturón y encerrándolo durante horas en habitáculos oscuros y reducidos. Carece de memoria moral, aunque sí intelectual: es capaz de recitar de corrido poemas y fragmentos de libros, pero tiende a confundir la realidad con el deseo, en especial en lo tocante a sus encuentros con la condesa Tarnowska. Tiene una imaginación apasionada y quizá por eso tiende a mentir. Carece de voluntad, es fácilmente impresionable, sufre cambios de humor constantes, tiene ideas suicidas... Es nuestra opinión, el señor Naumov es un neurópata histérico, agravado por el abuso de alcohol, que le inhibe de los conceptos morales más básicos. Con esa base, creemos que no era plenamente consciente de sus actos.

—Por lo tanto, ¿no es responsable de lo que pasó? —preguntó el juez.

—Lo que digo es que actuó en un estado de semilibertad psíquica y eso confiere una semirresponsabilidad. Estaba en un estado mental que disminuía en gran medida su libertad de acción, pero sin excluirla por completo. Por eso, en el momento de la confesión, admitió que él no lo mató, que fue la condesa. Eso da a entender que la pasión por esa mujer paralizó sus facultades mentales; era un ciego con un revólver en la mano que actuaba por sugestión morbosa, un autómata con un claro trastorno de adoración excesiva. Además de estar bajo los efectos del alcohol.

—¿Puede ser considerado un enfermo mental?

—No, pero va camino de serlo.

Cuando el perito encargado del informe de Naumov terminó, todos dirigieron su mirada hacia el acusado, corroborando que el psiquiatra había realizado un perfil bastante fiel a la realidad.

Donato Prilukov no era partidario de este tipo de informes; no lo fue durante la época que estuvo en activo como abogado y no le gustaba serlo cuando era él el acusado. Su gesto, como durante todo el juicio, era de disconformidad, de contrariedad y de un permanente desagrado por encontrarse en aquella situación, aunque eso no le impidió escuchar lo que los peritos psiquiátricos decían sobre él y lo que afirmaban sobre sus numerosos intentos de suicidio.

—Estamos ante un individuo que sabe diferenciar el bien del mal, pero no tiene tan clara la diferencia entre lo inmoral y lo amoral. Bajo nuestro prisma, estamos ante una persona amoral, un individuo que carece de valores. En él observamos un perfil de hombre acomplejado, especialmente por su condición social. Eso le llevó a robar a los que consideraba inferiores a él y a sucumbir ante aquellos que sabía superiores en el estamento social, como la condesa. Se trata de un hombre más listo que inteligente, le gusta escucharse y ser escuchado, lo que explica su exacerbada vanidad. Es probable que se deba a algún trauma de la infancia; alguien en la escuela o en el vecindario debió de tratarle mal, de humillarle, y por eso se debatía entre la venganza hacia esos representantes sociales y el placer que le reportaba ser vejado por alguien de clase superior, lo que explicaría por qué deseaba que la condesa le llamara *mujik* en sus encuentros íntimos.

—¡Eso es una soberana estupidez, como toda esa ciencia de farsantes! —exclamó el aludido desde el banquillo, provocando el enfado del juez.

—Tenga usted cuidado con esa actitud, señor Prilukov. No permito esta clase de comportamiento en mi sala.

—¡Por favor! Lo lleva usted permitiendo desde el principio, menos cuando se trata de la condesa. Eso ya es otra historia, ¿verdad, *señoría*? —se rebeló mientras su equipo legal le exigía que se callara.

Prilukov insinuaba lo que ya habían publicado algunos periódicos sobre que Fusinato también había caído bajo el hechizo de la acusada, a la que trataba con delicadeza, refiriéndose a ella siempre como condesa.

—Le aconsejo, señor Luzzatti, que haga callar a su cliente. De momento, me veo obligado a imponerle una multa económica que quizá le haga replantearse nuevos atentados contra la autoridad de este tribunal como el que acaba de realizar. Parece mentira que sea precisamente un antiguo abogado el que muestre un comportamiento tan deleznable —comentó visiblemente alterado el juez Fusinato, antes de indicar al perito psiquiátrico que continuara con su informe.

—En cuanto a las numerosas tentativas de suicidio, cabe poner de relieve el notable conocimiento que el señor Prilukov tenía de su ejercicio anterior, ya que en todos los intentos sabía la dosis exacta o el procedimiento adecuado para que su propósito no llegara a buen puerto.

—¿Quiere decir que no deseaba suicidarse y que sólo buscaba llamar la atención? —insistió el juez con su pregunta.

—Quiero decir que el acusado sabía dónde estaban los límites.

—Hace unos días escuchamos al comisario de la policía austriaca decir que, en su opinión, era la condesa quien denotaba una gran influencia sobre el señor Prilukov, basándose en el nerviosismo que mostró al oler sus cigarrillos perfumados. ¿Cuál es su opinión como experto del comportamiento?

—Según las pruebas realizadas y el estudio de personalidad, mis colegas y yo nos inclinamos a pensar lo contrario; el señor Prilukov siempre procuraba llevar la voz de mando, excepto en los encuentros íntimos. Recuerde que, según las declaraciones de los policías y de la propia condesa, cuando coincidieron en la comisaría por primera vez después de ser detenidos, fue él quien le ordenó en ruso que guardara silencio —*tishina!*— y no contara nada. Y que, en la correspondencia analizada, en particular en los telegramas que intercambiaron los acusados en los días previos al crimen, el señor Prilukov siempre empleaba la frase: «Déjamelo a mí. Yo me encargo de todo».

—¿Cree que el amor que le profesaba a la condesa era real?

—Hay muchos tipos de amor, pero me aventuraría a decir que fue un amor condicionado por el poder y puede que, en menor medida, por la pasión irracional. Como ya se ha comentado aquí, el cerebro es propenso a confundir la excitación sexual con el enamoramiento.

Otro de los momentos de mayor expectación en la sala fue el testimonio como perito del prestigioso ginecólogo y psicólogo genovés Luigi Bossi.

—La condesa Tarnowska está enferma. No debería estar en un tribunal de justicia, sino en un sanatorio. Esta mujer padece una neuralgia que la hace irresponsable de sus actos. En mi opinión, debería ser objeto de lástima, no de deseo ni de desprecio, ni de odio. Es dependiente del consumo de cocaína, su sangre está envenenada desde su primer parto y ese veneno se ha traspasado a las células neuronales haciéndola mentalmente inestable.

—Explíqueme mejor lo del envenenamiento de la sangre —solicitó el juez Fusinato.

—El estado psicológico, y me atrevería a decir psiquiátrico, de la condesa Tarnowska es el resultado de un lento proceso de envenenamiento de la sangre de origen ginecológico; en concreto, uterino. Al dar a luz, algunas mujeres experimentan una reacción química que altera el sistema neurológico, provocándoles una intoxicación paulatina de la sangre y de las células del cuerpo que puede afectar de gravedad a sus órganos vitales y, especialmente, a su actividad mental. Es bastante común, aunque no se hable de ello. Una simple intervención quirúrgica podría arreglarlo, pero, al manifestarse con el paso de los años, no siempre es posible esa operación y hay que recurrir a otros tratamientos menos invasivos, aunque con resultados más tardíos.

—¿Quiere decir que, si algún médico se hubiera dado cuenta del estado de la condesa, ninguno de nosotros estaríamos aquí? —preguntó Arturo Vecchini.

—Si la condesa hubiera sido operada después de dar a luz a su primer hijo o, posteriormente, cuando dio a luz a su hija, esta última hace más de diez años, su enfermedad podría haberse curado. Tenga usted en cuenta que, durante un parto, en el cerebro se generan sustancias químicas; imagine cómo puede afectar eso al normal funcionamiento de la actividad cerebral. Para que me entienda: hablamos de una bomba de relojería introducida en un cuerpo humano que puede estallar en cualquier momento.

—En su experta opinión, respaldada por la ciencia y por la publicación de varios libros, entre ellos, *A propósito de la enfermedad uterina, ovárica y psicopática*, ¿considera que la condesa Tarnowska es una víctima? —inquirió Vecchini.

—Sin lugar a dudas. De hecho, es una doble víctima, por su enfermedad y por la imagen que están dando de ella este tribunal y la justicia italiana. Se la está tratando de manera injusta y, si me permite decirlo, creo que urge una reforma penal para el tratamiento de algunos casos que involucran a mujeres. Hablo de una reforma en la que el régimen sancionador que se les aplique considere el hecho de que la mayoría de los delitos que cometen se debe a una intoxicación por influencia psíquica, normalmente de origen genital.

—Bajo su experta opinión, ¿lo cree determinante a la hora de considerarlo un claro atenuante? —insistió Vecchini.

—Es más que un atenuante. Tal y como yo lo veo, el envenenamiento alcohólico es voluntario y siempre es consecuencia de un vicio, mientras que la intoxicación de la sangre de la condesa a raíz de su maternidad es del todo involuntaria. No parece justo comparar ambos —explicó el perito, provocando el enfado del abogado de Naumov, que veía en el alcoholismo de su cliente una buena baza.

—¿Calificaría usted a la condesa como una mujer enferma? —intervino el juez Fusinato.

—Muy enferma y por numerosos motivos. Aparte de la intoxicación de la sangre que ya he comentado, la herencia genética materna de la locura, incluso su etnia eslava, han afectado de forma negativa a su salud. Hay muchos estudios que aseguran que las mujeres de la aristocracia rusa presentan habitualmente neurosis y psicosis que ofrecen un campo de estudio fisiopatológico muy interesante. El reconocido criminólogo Cesare Lombroso asegura que el espíritu étnico ruso es psicópata y que el alma eslava era la violencia al servicio de la fantasía —dijo, provocando las protestas de los ciudadanos y los periodistas rusos que se hallaban en la sala.

El juez tuvo que acallarlas con su campanilla, recordando a los asistentes la obligación de guardar silencio. Después, ordenó proseguir al testigo.

—Además, no hay que olvidar que la condesa ha vivido numerosos episodios traumáticos a lo largo de su vida como el tifus, una ceguera que abarcó cuatro años de su vida, episodios de epilepsia, un traumatismo debido a una caída que la mantuvo inconsciente varios días, serios desarreglos menstruales, un cuadro histérico que explica la ambivalencia de sentimientos y sus constantes cambios de opinión, la mordedura de un perro rabioso, fuertes cefaleas, violaciones por parte de su marido, humillaciones y vejaciones a mano de sus amantes, intoxicación sanguínea con repercusiones mentales por el consumo continuado de cocaína y morfina, ya que esas sustancias cuando llegan a la sangre pueden provocar psicosis... Y su cuadro clínico revela que tiene cálculos hepáticos, un riñón móvil, anemia...

—¿Cree que la condesa estaba sugestionada por el señor Prilukov y que eso la obligó a seguirle la corriente en sus delirios? —interpeló Vecchini.

—Así es. Un claro ejemplo de demencia temporal provocado por una crisis nerviosa, un impulso irresistible de acabar con todo lo que significaba una amenaza para ella, una reacción disociativa.

—¿Está usted diciendo que la condesa Tarnowska está loca? —quiso saber el juez.

—La condesa tiene una constitución neuropática. Según los informes, su diagnóstico revela una histeria menor. Pero la histeria es una enfermedad, una anomalía del sistema nervioso que puede derivar en muy diferentes psicopatías, desequilibrios fisiológicos y psíquicos que aleja a quien los sufre de un estado pleno de conciencia.

—Entonces, ¿lo está? —instó el juez.

—Lo que la ley llama locura puede no coincidir con lo que la ciencia estima como tal. La ley habla de enfermos mentales; la ciencia, de enfermedades, de sus causas y de sus síntomas. Pero si me pregunta si la condesa era consciente de sus actos y decisiones, mi respuesta es no.

—Si no es consciente de sus actos, tampoco es responsable... —matizó el abogado Vecchini—. ¿Debería quedar libre la condesa?

—Debería ser libre para ser tratada como requiere su enfermedad. Insisto: hablo desde la ciencia, donde la conciencia es algo multifacético. La ley entraría más en terrenos morales. Creo que ustedes tienen para eso los artículos 46 y 27 del Código Penal, pero no me corresponde a mí... —El perito se refería a los apartados de la ley italiana que hablaban de enfermedad mental completa y de la semienfermedad de la mente.

—Cierto, no se pierda usted en artículos legales. Con la ciencia en la mano, ¿sería justo que la condesa fuera condenada por los cargos que se le imputan? —reformuló Vecchini su pregunta.

—Sería uno de los errores judiciales más vergonzosos de nuestra historia. Y aún peor, una injusticia de libro. Cuando la historia nos contemple dentro de unos años, se llevará las manos a la cabeza y seremos nosotros los juzgados. Y si me lo permite, me gustaría contemplar la conveniencia de la presencia de un ginecólogo en todo jurado que juzgue el delito cometido por una mujer. El aparato genital femenino influye muy considerablemente en el estado nervioso y psíquico de las mujeres.

Conforme avanzaba el juicio, más nerviosas se mostraban las partes. El juez Fusinato tuvo que calmar los ánimos en más de una ocasión, incluso mediar para que una rebelión por parte de los abogados de las defensas y la fiscalía no terminara con el abandono colectivo de los letrados, por considerar unos que no se estaba respetando su turno de palabra y otros que estaban siendo burlados, evidenciando que el juicio estaba siendo fútil, ya que nadie estaba siendo capaz de demostrar los hechos, perdidos en detalles morbosos que sólo servían para alimentar titulares y tertulias de café. Tampoco resultaron útiles las confrontaciones que los letrados pidieron realizar entre los acusados, especialmente con la condesa, ya que ella siempre salía victoriosa de los duelos dialécticos, razón por la que dejaron de solicitarlo.

No faltaron los desmayos, las indisposiciones y las ausencias de los acusados —resultaba traumático para el público cuando era la condesa la que no acudía al juicio por motivos de salud—, así como de algunos de los letrados, como el fiscal Randi, que sufrió un grave accidente en su domicilio y fue sustituido por Zanchetta, quien, al caer también enfermo, alimentó la creencia de que la silla de la fiscalía estaba maldita.

El público y la prensa manifestaron su contrariedad por la celebración de la «audiencia negra», la sesión a puerta cerrada donde se exhibieron las pruebas con un contenido más íntimo y pudoroso, como una colección de más de quinientas fotografías eróticas, películas pornográficas, instrumentos utilizados durante las prácticas masoquistas, cartas detallando aspectos obscenos y detalles escabrosos que hicieron sonrojar al juez y provocaron numerosos ataques de nervios entre los acusados varones y varios desmayos de la condesa.

Cuando el juez Fusinato decretó diez días de suspensión del juicio para estudiar las nuevas informaciones médicas reveladas, acusaciones y defensas lo agradecieron. Al regresar, todos estaban preparados para escuchar los discursos finales de las partes. La sentencia estaba próxima.

53

Una rosa roja. Solitaria, fragante y todavía fresca, con la humedad del rocío impregnada en sus pétalos. Desde que comenzaron los alegatos finales, la condesa Tarnowska siempre encontraba esa flor sobre el cojín en el que se sentaba dentro de la jaula de los acusados. El primer día creyó que era un detalle de su equipo legal; el segundo pensó en un admirador secreto y sospechó de Naumov, eterno enamorado, e incluso especuló que podría ser un obsequio de su padre, aunque el Terrible O'Rourke nunca había sido hombre de expresar sentimientos, mucho menos de enviar flores. No era ninguno de ellos.

La condesa volvió a sentirse observada, pero no por los cientos de ojos que la escrutaban a diario en la sala; era la misma sensación que tenía cuando sabía que alguien la vigilaba. De nuevo, Poe la visitaba con un ejemplar de *El hombre de la multitud* en la mano. Su mirada barría el interior de la sala en busca ese alguien, pero lo hacía en vano. Su ritual siempre era el mismo: cogía la rosa, se la acercaba a la nariz para olerla durante unos segundos y la depositaba sobre el pasamanos de la balaustrada, donde quedaba hasta el final de la sesión; entonces la recogía y se la llevaba. Había perdido parte de su frescura, pero seguía desprendiendo su perfume, una fidelidad innata a su naturaleza.

Los alegatos de las distintas partes habían sido vehementes, todos focalizados en la condesa. Las acusaciones y descalificaciones subieron de tono. Especialmente beligerante se mostró la parte civil: Francesco Carnelutti protagonizó un discurso duro y demoledor, con varios momentos de tensión que mantuvieron la atención de los asistentes. Cuando la condesa vio cómo la miraba el letrado antes de comenzar a hablar, supo que estaba a punto de lanzar una filípica.

—¡Yo la acuso a usted, Maria Nikolaevna Tarnowska, despojándola de ese tratamiento aristocrático artificial para una criminal, de ser la verdadera culpable e instigadora de este crimen! Usted mató por pura y mera lujuria. Arrebató la vida del conde Kamarowski por el deseo de tenerlo todo y lo hizo a traición. No fue por celos ni por miedo ni por venganza, mucho menos por odio o por amor, sino por la codicia de robar. ¡Por la lascivia del oro! Mató por joyas y perfumes caros, por vestidos glamurosos, por viajes exóticos... A su lado, el hombre que roba en una esquina de la calle a un viandante para poder comer es un auténtico caballero. Usted no es más que una mujer vil, perversa, retorcida, una bruja eslava, una salvaje llegada de Rusia para cometer un crimen abominable.

La voz del abogado veneciano sonaba atronadora en la abarrotada sala del tribunal, congregando la atención de los presentes, que apenas se atrevían a respirar para no perder la dramatización del alegato.

—Con orgullo entono mi «Yo acuso», como Émile Zola entonó su *J'accuse* en el caso Dreyfus, sin importarle las repercusiones. Yo la acuso de ser una asesina que utilizó el arma de las caricias, los besos, las mentiras y el peor de los engaños para arrebatarle la vida al hombre que murió inocente, creyendo que su prometida le amaba y que, con un hilo de voz, la llamó en su último aliento de vida. He traído pruebas, no rumores. He mostrado evidencias y hechos que exponen la doble traición que define este execrable crimen. Dos traiciones insólitas. Dos almas enfermas porque la maldad es contagiosa. Yo acuso también a Donato Prilukov, porque mató como lo hacen los cobardes, enviando a otro para empuñar el arma y rehusando salvar la vida de una persona inocente y desarmada; antes bien permaneció escondido entre las sombras, observando el vil asesinato. Señores del jurado, no voy a decirles cómo hacer su trabajo. Pero déjenme advertirles de algo: he construido un muro consistente, un dique de granito que el fuerte oleaje de la defensa tratará de romper con furia y mucha espuma. Recuerden: la acusación es inapelable e indestructible como un muro de piedra y seguirá en pie para toda la vida.

La sala estalló en un aplauso tan cerrado y celebrado que la campana del juez Fusinato no tuvo nada que hacer en esa batalla acústica. La condesa permaneció inalterable, como su equipo legal; sabían que debían esperar a que pasara la tormenta y que, con el cielo limpio de nubes, su alegato volvería a ser el más esperado.

A la exposición de la parte civil le siguieron las del resto de las defensas y acusaciones.

La fiscalía solicitó al jurado la condena de todos los acusados por asesinato, incluida la doncella, Elisa Perrier, a la que calificó de alma mercenaria, de oprobio de la condición humana y amante embelesada de la condesa. Despreció lo que denominó psicología de divanes en favor del verdadero sentimiento de justicia, y «no de estos bárbaros vestidos de europeos, no del alma eslava que no es otra cosa que la depreciación del valor de la vida inherente a un país como Rusia. ¡Rasca a un ruso y hallarás un cosaco!», exclamó un recuperado y excitado Randi, sin percatarse de que el hombre que ocupaba el trono de Italia estaba casado con una mujer eslava, procedente de Montenegro; intentó subsanarlo diciendo que no todos eran iguales. También tuvo tiempo para acusar a los Estuardo, ascendientes de la condesa, de malvados e hipócritas, «muy dados a perder la cabeza bajo una espada, vulgares, banales y aventureros».

La defensa de Nikolái Naumov, al alimón entre los abogados Marigonda y Driussi, solicitó al jurado que manifestara la misma piedad de la que había hecho gala el conde Kamarowski y que validó su propia madre concediéndole el perdón al acusado para lograr la redención de su cliente, que desde el primer día se mostró arrepentido y ya había reconocido que arrastraría su condena moral de por vida. Driussi puso de relieve la vergonzosa negligencia médica como verdadera causa de la muerte del conde y reprochó a la fiscalía que pidiera cadena perpetua para su cliente, recordándole un caso anterior en el que Randi había pedido la misma pena para un acusado con problemas mentales que terminó suicidándose en prisión, en vez de estar internado en un manicomio, un comentario que provocó la ira del fiscal y su amago de abandonar la sala ante la desesperación del juez. El alegato terminó con una llamada a que el jurado antepusiera la misericordia al juicio, «igual que el juicio de Dios será siempre bajo la luz de la piedad».

Los abogados de Donato Prilukov insistieron en que las intenciones no son perseguibles y que su defendido tuvo una presencia pasiva en todo el complot para asesinar al conde. «Con la ley en la mano, mi cliente sólo es culpable de guardar silencio y de no impedir lo que él tampoco estaba seguro de que fuera a suceder. Calló, sí. Hizo mal, también. Pero eso no lo convierte en un asesino ni tampoco en responsable. Y si hay una mínima duda en el jurado, tienen la obligación de absolverlo. Si la soga con la que mi cliente intentó suicidarse en prisión en dos ocasiones se rompió, no sean ustedes más crueles que ese trozo de cuerda que desistió de condenarle».

Y llegó el turno de la defensa de la condesa Tarnowska.

Al abogado Arturo Vecchini le habían visto el día anterior meditando y memorizando su alegato final a bordo de una góndola, en mitad del Gran Canal. Aquel paraje silente le ayudaba a concentrarse, lejos del ruido y con el bálsamo que representaban las aguas medicinales de la laguna. En la Corte de los Assizes, se incorporó para dirigir su último discurso al jurado. Ante de empezar, posó una mano sobre la de la condesa para infundirle ánimo y le obsequió con una sonrisa paternal.

—Afirmaba Aristóteles que la tragedia debe suscitar en el espectador horror y piedad. Nos ocupa una tragedia griega en el corazón de Venecia protagonizada por ciudadanos rusos. El poder de las almas rusas por las que todos sienten fascinación. Hemos asistido a una representación teatral de la novela *El poder las tinieblas*, de Tolstói, quien sabemos que estos días también está viviendo tiempos sombríos. Sé que algún periodista ha hecho mención a esta obra. —Se refería Vecchini a Eugenio Lupi, del *Adriático*—. El mundo no ha cambiado tanto y la sociedad mucho menos. En esa obra de Tolstói no hay una sola mujer buena, aunque sean víctimas de los tejemanejes de despiadados hombres; en cambio ellos, los varones, no son tan malos, aunque sean adúlteros, cómplices de asesinato, colaboren en el envenenamiento del marido engañado o realicen prácticas sexuales condenables como acostarse con la hijastra. Piensen en esto: ¿por qué Shakespeare no culpó a ningún hombre por la muerte de Ofelia en *Hamlet*? Ficción y realidad se superponen y la segunda suele superar a la primera. La ficción es hija legítima de la realidad. La literatura es una mera imitación de la vida. Y la condesa Tarnowska, que creció leyendo esa literatura de atmósferas sombrías, violentas pasiones y personajes exóticos, ha sido víctima de ella. Hoy se enfrenta al mismo juicio que afrontó Gustave Flaubert cuando publicó *Madame Bovary*, acusado de presentar a una mujer como Emma, cuya tragedia reside en no ser libre para abandonarse a sus pasiones sin pensar en las consecuencias, como lo hacen la mayoría de los hombres del mundo sin que nadie les pida explicaciones. Las cadenas que convierten en esclava a Emma son las mismas que aprisionan a mi defendida. Su delito es ser mujer. La pregunta no es si la condesa es culpable. La cuestión real es otra: si la condesa Tarnowska fuera un hombre, ¿estaría sentada en el banquillo de los acusados?

La voz del abogado llegaba cautivadora a los oídos del jurado y del público, entregados a una escucha religiosa por su brillante oratoria, su cuidada modulación de voz y un dominio de la escena que convertía su presencia en una fuerza hipnótica que le otorgaba un innegable poder sobre la audiencia.

—Todo crimen tiene una lógica; de lo contrario, no existiría. La lógica de este crimen es sencilla. Sabemos que Nikolái Naumov disparó al conde Kamarowski; él mismo ha confesado ser el asesino. Pensar en este pobre hombre me lleva al poema fúnebre del emperador Adriano: *Animula, vagula, blandula / Hospes comesque corporis / Quae nunc abibis in loca / Pallidula, rigida, nudula, / Nec, ut soles, dabis iocos...* «Pequeña alma blanda y errante, huésped y compañera de mi cuerpo, descenderás a esos parajes pálidos, rígidos y desnudos, donde habrás de renunciar a los juegos de antaño...». Suficiente tiene con lo que cargará de por vida en su conciencia. Lo que de verdad nos ocupa en este juicio es saber quién ideó el asesinato. Recurramos a la lógica para conocer la respuesta. ¿Cuándo surgió el plan para matar al conde Kamarowski? —preguntó el abogado mirando, uno a uno, a los miembros del jurado. Guardó silencio durante unos segundos—. ¿Lo recuerdan? Permítanme ayudarlos: en el momento en el que Donato Prilukov se entera de que la condesa Tarnowska va a contraer matrimonio con el conde Kamarowski. Eso le dejaría fuera de la ecuación y alejado de la condesa. Estaría solo, como el prófugo de la justicia que era. Ésa es la lógica de este crimen. Fue Prilukov quien ideó el asesinato para no perder a la condesa y, de paso, conseguir un dinero que le facilitaría la vida, cometiendo un fraude a una aseguradora. Para ello, no dudó en influenciar a la condesa y lo hizo con amenazas y chantajes, incluso utilizando al pequeño Tioka, porque sabía que era una mujer vulnerable a la que dominaba fácilmente. Recuerden su mantra: «Déjamelo a mí. Yo me encargo». ¡Ya lo creo que lo hizo! Pero volvamos a la lógica. ¿Quién salía ganando con la muerte del conde Kamarowski?

Las preguntas del abogado Vecchini tenían la facultad de hacer pensar a los que le escuchaban. Quizá era su retórica pausada y docta, su elocuencia o su aspecto de intelectual, pero todos le escuchaban como si estuviera descifrando un complicado jeroglífico. La búsqueda de una respuesta se reflejaba en el rostro de los miembros del jurado, y a ellos se dirigía, porque la batalla de la opinión pública, a esas alturas del proceso, ya no tenía importancia. Era al jurado a quien necesitaba convencer y su mirada se posaba sobre ellos, como el sol en las aguas adriáticas.

—¿Quién sacaba provecho del asesinato del conde? La condesa Tarnowska no. ¿Por qué iba a matar a su prometido si, permaneciendo a su lado, lo tenía todo y, además, sin compartirlo con nadie? ¿Por qué asesinar al hombre que le ofrecía grandes lujos, espectaculares palacios y el regreso a la alta sociedad? ¿Por qué matar a quien cuidaba de ella y de su hijo, que la protegía, que la colmaba de atenciones y de regalos, a quien podía ayudarla a reunirse con su hija Tatiana? ¿Qué significaba medio millón de liras de un seguro de vida si podía tener mucho más con el conde vivo? Sólo hay una persona a la que beneficiaría la muerte del conde Kamarowski y es la misma que ideó el crimen: el señor Prilukov. Aférrense a la lógica para juzgar este caso. Háganlo reconociendo a los peores enemigos de la lógica: la pasión y la fascinación, y sin olvidar que los más bajos instintos suelen superar a la razón.

Los miembros del jurado seguían la intervención de Vecchini y, en cada consideración del abogado, sus miradas se volvían como un resorte hacia la condesa, que también los miraba a ellos, aunque la mayor parte del tiempo se concentraba en observar a su abogado, que seguía en el turno de palabra.

—¿De dónde viene la fascinación que la condesa Tarnowska provoca en sus admiradores, que son capaces, por decisión propia, de matar e incluso de acabar con su propia vida? ¿De dónde viene el embeleso que despierta? Lo hemos visto en estas semanas de juicio. Ustedes, el jurado, han visto que ha sido necesario expulsar a uno de sus miembros porque no pudo evitar enamorarse de ella, como él mismo confesó al juez Fusinato cuando le fue interceptada una carta de amor dirigida a la condesa donde le expresaba su intención de salvarla de una injusta condena, aunque fuera manipulando al resto de los jurados. Y también han sido partícipes ustedes, representantes de la prensa, llegados de cualquier rincón del mundo, atraídos por el morbo de esta mujer. Y, por supuesto, el público, que ha llenado a diario esta sala para verla, escucharla y estar en la misma estancia, y que, una vez en la calle, no ha dudado en imitar su forma de vestir, de peinarse, de mirar, de hablar... —enumeró Vecchini, provocando que los presentes en la sala se miraran unos a otros, incómodos ante la evidencia—. ¡Hasta las fuerzas del orden público han caído deslumbradas por su presencia! Hemos visto cómo ha sido preciso cambiar a diario a los *carabinieri* que escoltan a la condesa, porque se encontraron en su poder cartas de amor, billetes de tren y elaborados planes de huida de los que ella no sabía nada. Incluso entre mis colegas, al inicio de la instrucción del caso, se tuvo que apartar a un fiscal porque, embelesado por su belleza, intentó saltarse la ley y, de nuevo, sin conocimiento de mi defendida.

»¿Es ella culpable de lo que provoca en todos nosotros, de lo que nos despierta su figura, de lo que sentimos cuando la miramos? ¿O somos nosotros los responsables por no saber gestionar nuestros sentimientos? ¿A quién deberíamos condenar, a ustedes, por sentir lo que sienten, o a ella, por provocar en ustedes unas emociones que ella ni siquiera puede controlar? Piensen dónde estaríamos hoy si la condesa hubiera tenido la suerte de dar con un hombre bueno, protector, que la amara como el amor verdadero obliga a amar; si hubiera aparecido ese hombre que la librara de peligros, que no la indujera a la mala vida, que velara por ella...

Las últimas palabras del abogado provocaron un curioso acto reflejo en la sala, imitando la disposición de la Sala de las Estaciones del Caffè Florian, donde dos grandes espejos, situados uno frente al otro, lograban un efecto de bucle infinito. Conforme el letrado iba desplegando su oratoria, las miradas del jurado y del público se volvían sobre la condesa imaginando la ilusión narrada por Vecchini, mientras que ésta dirigía la mirada hacia ellos, buscando a ese a quien su abogado describía. Y entonces, lo vio.

En ese momento supo quién era la persona que dejaba una rosa roja sobre su cojín en el banco de los acusados, quién era el centinela que la observaba, quién era aquel hombre bueno del que hablaba Vecchini y que el destino le negó. Ante sus ojos apareció un rostro familiar, aunque cincelado por el tiempo, ubicado al fondo de la sala. Una exhalación salió de su boca mientras sus ojos se humedecían por la emoción y las lágrimas empezaron a correr por su rostro. Todos los presentes interpretaron aquella reacción turbada por la lógica de las palabras de su abogado, pero la lógica de la condesa caminaba por otros lares. Unas palabras del pasado regresaron a su mente: «Mis huellas siempre te traerán a mí».

El hombre al final de la sala era Yaroslav. Por un instante, sus miradas, al igual que los espejos contrapuestos del Florian, se atravesaron.

Las palabras de Vecchini seguían resonando en la sala.

—No se engañen: aquí se está juzgando también a una sociedad modelada a base de prejuicios y arquetipos elaborados por la mente del hombre. Este proceso ha sido un tratado de psicología sobre todos los temas que asolan a la condición humana: la maldad, el deseo, el amor, el odio, los celos, el sentimiento de posesión, la muerte, la soledad, el sexo, la incertidumbre... Ustedes no van a escapar de este juego, también van a ser juzgados, observados y criticados. Su veredicto los definirá tanto a ustedes como a la sociedad en la que viven. Y, al igual que la condesa, no podrán escapar de la cárcel del escrutinio salvaje, del bisturí de las lenguas viperinas en el que se ha convertido la opinión pública y la opinión publicada que, por desgracia y por falta de personalidad y conocimiento, tienden a comulgar en una misma. Se lo dije el primer día: miren a la condesa, no rehúyan su mirada, que sus ojos la observen, la contemplen, la analicen. Porque ella es su reflejo, ella es el espejo en el que ustedes se contemplan. Algunos temen los reflejos porque les anuncian verdades. Mírenla, mírense y, sólo entonces, decidan. Recuerden las *Meditaciones* del emperador romano Marco Aurelio: «Castiga sólo a quien cometió el crimen». Háganlo. Por lógica. No actúen con la condesa como lo hicieron los hombres de su vida. Libérenla ustedes, ya que nadie ha podido hacerlo.

Una oleada de aplausos selló la alocución de Vecchini, superando incluso la ovación dada a la parte civil. La memoria es débil y sólo evidencia lo nuevo, lo último, despreciando el recuerdo, siempre erosionado por el juicio del tiempo.

Sólo quedaba el discurso de la defensa de Elisa Perrier, que seguía siendo el rostro invisible en una sala que ambicionaba grandes perfiles y devoraba oratorias. El abogado de la doncella recurrió a la literatura para pedir la absolución de su clienta, comparándola con la criada de Medea, las doncellas de Cleopatra, el ama de llaves y sirvienta Coralina de Carlo Goldoni, la Brangania o la doncella fiel de la princesa irlandesa Isolda, que hace todo lo posible para que su señora viva el amor junto a su enamorado.

Después de escuchar los discursos de todas las partes y antes de que el jurado se retirara a deliberar, el juez Fusinato ofreció a los acusados la posibilidad de dirigirse a la sala. Nikolái Naumov fue el primero en acceder y hablar al jurado y al público al que, por primera vez, miró directamente.

—Soy una ruina moral. Mi vida ya no tiene sentido. Al margen de lo que me ocurra, siempre seré el asesino de un hombre bueno que fue como un padre para mí y que no hizo nada para merecer su final. Mi vida está rota. No tengo futuro, tampoco lo merezco. Soy la desgracia de mi familia.

El segundo en aceptar el turno de palabra que le ofreció el presidente del tribunal fue Prilukov, que volvió a declararse inocente del crimen.

—No me importa lo que digan de mí; yo sé la verdad. Y la verdad es que intenté ayudar a una mujer como he ayudado a muchos otros. Si hice algo mal, fue influenciado por ella, que anuló mi voluntad, lo que me hace irresponsable. No creo que haya podido defenderme como me hubiera gustado. Conozco el funcionamiento judicial y sé que dará igual lo que yo diga.

La condesa Tarnowska, por indicación expresa de su abogado, y Elisa Perrier, por consejo de la condesa, declinaron hacer uso de la palabra para decepción del público, que siempre ambicionaba más dosis de aquella enigmática mujer.

Todo estaba dicho. Sólo quedaba esperar a conocer el fallo de jurado.

Cuando el juez Fusinato levantó la sesión, la mirada de la condesa se ancló al final de la sala. No encontró lo que deseaba. Yaroslav había desaparecido como lo había hecho tantas veces de su vida, condenándola a un destino que la había convertido en la mujer de la que toda Europa hablaba.

54

La condesa Tarnowska no había pasado buena noche, a pesar de los cuidados de sor Modestina. No había vino de Marsala ni tisana que lograra calmarla, ni siquiera la taza de leche caliente con canela que Elisa recomendó a la religiosa como bálsamo infalible para aquietar la zozobra de su señora. Su consuelo no estaba en la tierra porque su desasosiego venía del cielo.

La víspera anterior a conocerse la sentencia, el 19 de mayo de 1910, el cometa Halley atravesó la cúpula celestial de Venecia. Como la propia historia de la condesa, la leyenda del astro mudó en una fábula efectista que puso ante el espejo la realidad de la condición humana. La aparición del cometa Halley fue fugaz, tranquila, sin sobresaltos, pero la prensa se encargó de alimentar su llegada con grandes dosis de sensacionalismo que ayudaron a acrecentar la histeria de una sociedad iletrada, que temía lo que desconocía y se fiaba de lo que contaban aquellos que tampoco sabían de lo que hablaban porque lo hacían de oídas. Los titulares recogían declaraciones como la del astrónomo francés Camille Flammarion, que afirmaba que el cometa podría arrasar con la vida en el planeta, aunque otros aseguraban que la cola del cometa ni siquiera rozaría la capa gaseosa de la Tierra. Por supuesto, las opiniones de estos últimos no interesaban porque iban en contra del espectáculo.

A la sombra del Halley, mientras algunos optaban por el suicidio o por refugiarse en sótanos y búnkeres, las mentes iluminadas y abiertas a los grandes negocios aprovecharon para comercializar todo tipo de productos, desde whisky, abanicos, barajas de naipes, postales o libros, hasta pañuelos, joyas o dulces, y se volcaron en la organización de fiestas, grandes celebraciones y espectáculos fastuosos, todos al grito de «¡Que viene el cometa!». Algo semejante había sucedido con el «juicio de los rusos»: «¡Que viene la Tarnowska!».

El mal presagio del cometa Halley que venía de otro mundo inquietó a la condesa, que temió que su resplandor se tradujera en un augurio fatal, como tantas veces había sucedido en su vida.

Arturo Vecchini fue a visitar a su clienta a la celda de la prisión de la Giudecca. Como era habitual en él, no acudiría a la lectura del veredicto porque no soportaba la tensión del momento ni el espectáculo que intuía, después de un juicio con una repercusión mediática internacional como nunca antes había conocido. Pero el letrado tranquilizó a la condesa, haciéndole saber que su equipo legal estaría con ella.

—Si me condenan a muerte, ¿cree que los periódicos, que tanto espacio me han dedicado, amanecerán al día siguiente de mi ejecución con un borde negro en señal de luto, como cuando fue asesinada la emperatriz Isabel de Baviera?

—Condesa, nadie va a ejecutarla. Esto es Italia.

—Pero pueden encerrarme de por vida.

—Aquí la cadena perpetua dura dos décadas —comentó el abogado con intención burlona.

—¿Acaso hay alguna diferencia? —preguntó angustiada.

—A estas alturas, ¿me obligará a preguntarle de nuevo si confía en mí?

—No puedo estar más tiempo encerrada, señor Vecchini. No me lo merezco. No he hecho nada, excepto obedecer a todos los que han ejercido su poder sobre mí.

—Hemos hecho una buena defensa. Confíe en mí. Vendré a verla después de la lectura de la sentencia. Y recuerde, pase lo que pase, no es el final.

—Puede que para mí lo sea —sentenció, sin poder dejar de pensar en una condena de veinte años.

—No lo será. —Vecchini se incorporó de la silla para despedirse de su clienta y abandonar la celda.

—¿No tiene ningún consejo que darme? Se me hace extraño estar en su compañía y que no me diga cómo debo comportarme o qué debo hacer.

—Piense en lo que hará cuando quede libre y salga de aquí.

—Eso es fácil: encontrar a un hombre al que no pueda seducir porque sea él quien me seduzca a mí. Entonces sabré que he encontrado lo que siempre busqué.

Violentas ráfagas de aire barrían las calles y levantaban el oleaje en los canales el día en el que se conocería la decisión del jurado. La fuerza del viento provocó que la gran vidriera que decoraba las puertas de la Corte de los Assizes cayera a plomo contra el suelo, y el estruendo acalló el clamor del pueblo, congregado desde primera hora de la mañana en los alrededores del tribunal.

En su traslado de la prisión de la Giudecca a la sala de juicios, la condesa pudo ver que las calles que se abrían al Gran Canal y los puentes que atravesaban los pequeños canales estaban repletos de personas que querían contemplar su último viaje, antes de conocer si su destino sería la cárcel o la libertad, por la que pocos apostaban. Lo contemplaba todo a través de los cristales de la cabina de su góndola, como si fuera una mera observadora y no la protagonista de aquel espectáculo. No le inquietaba la presencia de curiosos ni de periodistas, con los que el día anterior había hablado para agradecerles sus crónicas, no siempre certeras ni tan elogiosas como ella hubiera deseado, pero sabía que la mayoría se mostraba partidaria de su figura, aunque sólo fuera por seguir engordando la gallina de los huevos de oro y no matarla.

Tenía prisa por llegar al tribunal, más que por conocer el dictamen del jurado, para comprobar si habría una rosa roja en el banco de los acusados. Durante las largas horas de insomnio que poblaron la noche anterior, las palabras de Yaroslav, aquellas que le decía cuando se enfadaban por algo que siempre terminaba pagando él, acudieron a su encuentro: «Siempre inocente. Nunca responsable de nada. Los culpables son siempre los demás. Debe de ser cómodo vivir en tu mundo, sin conciencia, ni culpa ni remordimiento». Se preguntó si en verdad le había visto el día previo o si su subconsciente le había jugado una mala pasada; incluso se planteó si su amigo de la infancia podría haber fallecido y la visitaba desde el mundo de los muertos que ella tanto veneraba. El desvelo le hizo abrigar la idea de que fuera el autor de la carta anónima recibida días antes de comenzar el juicio: «Eres como Venecia: el amor y la belleza te enferman, pero no puedes renunciar a tu naturaleza y ésa será tu tumba». Aquella noche intentó entretener la vigilia en el lienzo que pintaba de *La caza de Diana*; sólo entonces descubrió que el rostro de la ninfa desnuda que la miraba fijamente desde el cuadro tenía las facciones de Yaroslav.

Cuando finalmente accedió al tribunal, exhaló un profundo suspiro al contemplar que la rosa roja descansaba encima del cojín sobre el que se sentaría por última vez. Al menos, no había sido un sueño; aquello sí era real. Levantó la vista para buscar su rostro y lo encontró. La vida le había cambiado, endureciendo sus facciones, musculando su cuerpo, pero su mirada era la misma. Yaroslav la observaba con la misma expresión febril y embelesada de siempre, con el semblante obnubilado de la primera vez, y eso hizo que la condesa se sintiera en casa, a salvo. La mirada de ese hombre siempre la hacía volver al principio de todo, al inicio de su historia, cuando cualquier cosa era posible, cuando todo era sencillo. Le hubiera gustado correr hacia él para gritarle que la empujara más fuerte, como cuando se balanceaba en el columpio, o, aún mejor, hubiese deseado que él se interpusiera entre ella y el tribunal para guarecerla de la sentencia, como hizo con la cuchilla de la bota de un chico en el lago helado. Pero la entrada de los doce miembros del jurado y del juez Fusinato arruinó la ilusión que el deseo construía en su mente. Había llegado la hora y ni siquiera sabía qué horario marcaban las manecillas del reloj, esas agujas que siempre suenan diferente cuando se espera algo de ellas.

El presidente del tribunal había entregado una serie de preguntas a los miembros del jurado para que respondieran a ellas y dirimieran la responsabilidad de cada uno de los acusados. Después de varias horas de deliberación, habían llegado a un acuerdo. El portavoz del jurado se incorporó para proceder a la lectura.

El silencio reinante en la sala se correspondía con el solemne mutismo del cortejo fúnebre del rey del Reino Unido de Gran Bretaña e Irlanda, que en esos momentos se celebraba en Londres. Mientras nueve reyes de la realeza europea acudían montados a caballo al funeral de Estado de Eduardo VII, la condesa se imaginaba a lomos de Nagaika, huyendo al galope de aquel tribunal. Mientras la campana del Big Ben tañía sesenta y ocho veces por los años del monarca fallecido, las de la plaza de San Marcos repicaban, como si quisieran anunciar el inminente veredicto. El portavoz del jurado se llevó la mano al corazón y, con la voz clara —«Por mi honor y mi conciencia, expongo que ésta es la declaración de los jurados»—, fue leyendo la condena, hermanada con el tañido de las campanas.

Nikolái Naumov, culpable de asesinato premeditado.

Donato Prilukov, culpable de ser cómplice necesario del asesinato premeditado e inductor de un fraude al seguro.

Maria Nikolaevna Tarnowska, culpable de ser cómplice necesaria del asesinato premeditado.

Elisa Perrier, no culpable.

El jurado había tenido en cuenta las circunstancias atenuantes, tanto el consumo de alcohol de Nikolái Naumov como la adicción a la morfina y a la cocaína de la condesa Tarnowska, y también la inestabilidad mental demostrada por los equipos legales de ambos —no la de Prilukov—, así como la llamada «causa contribuyente» referente a la negligencia médica en el tratamiento del conde Kamarowski, lo que afectaría a las penas previstas.

El juez Fusinato se retiró a su despacho para redactar la sentencia, donde volcaría el veredicto del jurado y establecería la cuantía de las penas.

Nikolái Naumov, condenado a tres años y un mes de prisión.

Donato Prilukov, condenado a diez años de prisión.

Maria Nikolaevna, condenada a ocho años y cuatro meses de prisión.

Elisa Perrier, puesta en libertad.

La lectura de la sentencia significó el final de un tiempo, como las exequias de Eduardo VII sellaron el final de una época aún anclada en reminiscencias victorianas respecto a la aristocracia. Una era sumida en la efervescencia onírica de una *Belle Époque* que se refugiaba física y psicológicamente en la morfina para no ver cómo los imperios estaban a punto de desmoronarse. Una etapa que contemplaba los últimos destellos del boato y la ostentación que deslumbraron a quienes vivieron inmersos en un tenso y artificial periodo de paz. En pocos años caerían imperios, pero nadie quería atender a su olfato para intuir que Roma se quemaba. El hundimiento del Titanic en abril de 1912 como símbolo de la supremacía de la naturaleza sobre la tecnología ideada por el hombre; el atentado en Sarajevo contra el heredero de la corona del Imperio austrohúngaro, el archiduque Francisco Fernando, en junio 1914, y el estallido de la Gran Guerra, en julio de ese mismo año, cristalizarían la amenaza.

No tardó en vocearse la resolución judicial a los miles de personas que esperaban en el exterior de la Corte de los Assizes. Los bomberos tuvieron que emplearse a fondo con las mangueras para entorpecer el avance de la multitud que quería ingresar en el tribunal, unos para protestar por lo que consideraban una sentencia demasiado dura o demasiado laxa, y otros para felicitar y ver de cerca a la condesa. «El juez ha caído rendido a la seducción de la condesa», decían unos. «Qué gran injusticia, ella es inocente», gritaban otros.

Los *carabinieri* y el ejército intentaban controlar a las masas que se arremolinaban en el lugar, que no tardaron en protagonizar peleas, altercados y disturbios que pusieron en riesgo la seguridad no sólo de los miles de curiosos que abarrotaban la zona, sino de quienes se encontraban en el tribunal. Muchos fueron detenidos, otros enviados al hospital y algunos prefirieron tirarse a las aguas del canal o subirse a los tejados de los edificios para tener mejor perspectiva de la salida de la condesa. Todos sabían que, al igual que había sucedido con el cometa Halley, el paseo de la condesa se evaporaría rápidamente, y de aquel fuerte oleaje mudado en maremágnum social sólo quedaría una espuma que terminaría disolviéndose en las aguas y en la memoria colectiva.

El bullicio que se vivía en el exterior llegó a las entrañas del tribunal, donde aún se escuchaba el eco de la sentencia. El juez Fusinato ordenó que los condenados fueran trasladados a sus respectivas salas, hasta que se estableciera el orden en las calles. Ese lapso de tiempo hizo que la condesa coincidiera con el resto de los acusados en los pasillos. Donato Prilukov se mostraba abatido; los *carabinieri* tuvieron que hacerse cargo de él para evitar que se desplomara en el suelo. Elisa Perrier se posicionó a la vera de su señora, asegurando entre lágrimas que se cambiaría por ella en ese mismo instante. Con la complicidad y anuencia de los dos *carabinieri* que la escoltaban, la condesa se acercó a Naumov, cuyo semblante febril y desencajado reflejaba la culpabilidad que sentía por lo que había sucedido, aunque hubiera recibido la condena más leve de todas, a excepción de la doncella. Había dicho la verdad de lo que él había vivido, pero eso no le hacía sentir mejor. Cuando vio a la condesa aproximarse a él, empezó a temblar y estuvo a punto de echarse a llorar; si no lo hizo, fue para no empañar su mirada y evitar que las lágrimas desdibujaran la imagen de la mujer a la que seguía amando.

—Tenga coraje, querido. Yo rezaré por usted —dijo dulcemente la condesa, ante el estupor de los presentes, que contemplaban la escena sin saber cómo interpretarla—. Dígame, Nikolái, ¿le gustaría besar mi mano?

Nada más escuchar su voz, las lágrimas de Naumov se desbordaron de sus ojos para inundar su pálida tez. Sus labios besaron la mano blanquecina de la condesa, que pudo notar la humedad del llanto empapando su delicada piel.

—Condesa, ¿la he decepcionado? —preguntó atormentado, con los remordimientos carcomiéndole por dentro.

—Querido, el amor es siempre decepcionante. Pero piense, como lo hago yo, que hay historias que mantienen a las personas unidas para siempre. Y confío en que la nuestra sea una de ellas.

—Daría mi vida por que así fuera.

—¿Podrá usted perdonarme por el mal que haya podido ocasionarle? —preguntó la condesa, recogiendo la mirada embelesada del hombre.

—¡Ya la he perdonado! Pero usted, condesa, ¿podrá perdonarme a mí por lo que hice?

—La tragedia tiende a afianzar los grandes amores, siempre que sean verdaderos. Quizá esto sólo sea una prueba más.

¿Querrá usted esperarme hasta que cumpla mi condena? ¿Promete hacerlo?

—La esperaré, condesa. Lo juro por mi vida. El destino nos unirá para siempre.

Todos pudieron contemplar lo que jamás pensaron que verían después de dos años y medio de prisión provisional y setenta y ocho días de juicio: el carisma seductor de la condesa permanecía intacto e inalterable, a pesar de todo lo sucedido.

Prilukov fue testigo de la escena y reaccionó escupiendo al suelo. Miró a la condesa con odio mientras Naumov lo hacía con devoción, Elisa con admiración y los guardias con fascinación. Distintas miradas para observar a una misma persona.

Cuando los *carabinieri* se llevaron a Naumov para trasladarlo a prisión, como minutos antes habían hecho con Prilukov, la doncella se acercó a su señora con una sonrisa, sin necesidad de decir nada porque las dos mujeres seguían entendiéndose con la mirada. La condesa aún no se había puesto el guante del que se había desprendido para que Naumov pudiera besar su mano desnuda, y se disponía a sacar de su bolso el frasco de perfume para rociar unas gotas de su fragancia favorita sobre la piel de sus muñecas y en sus clavículas.

—Llega un momento, Elisa, en el que hay que aceptar la derrota para empezar a edificar sobre ella una victoria.

Al terminar de perfumarse, y sin dejar de mirar a su doncella, dejó caer el pequeño frasco de cristal, que se estrelló contra el suelo. No hubiera sido necesario; la esencia de la condesa Tarnowska permanecería en Venecia durante mucho tiempo.

Notas de *La condesa maldita*

La condesa Tarnowska fue trasladada a la prisión de Trani desde la cárcel de la Giudecca. Allí aprendió la técnica del bordado de encajes que las religiosas que regentaban la prisión enseñaban a las presas. Sus piezas artísticas eran célebres en toda Italia.

Durante su cautiverio, siguieron publicando informaciones, historias y leyendas sobre la condesa. En el mes de agosto de 1913 se publicó que había fallecido en el vagón de un tren ruso. No era cierto. La condesa continuaba en prisión.

El Terrible O'Rourke fue a visitar a su hija en numerosas ocasiones durante su encarcelamiento, tanto en la Giudecca como en Trani. Continuó sufragando los gastos de su hija durante su cautiverio.

El 10 de junio de 1915, la condesa Tarnowska salió de prisión, un año después del asesinato del heredero de la corona del Imperio austrohúngaro, el archiduque Francisco Fernando en Sarajevo. Unos aseguran que la condesa recibió un indulto del rey Víctor Manuel III de Italia; otros, que la justicia tuvo a bien contabilizar el tiempo que pasó en prisión preventiva.

Aunque en un primer momento aseguró que se alistaría como enfermera voluntaria en el frente ruso durante la Gran Guerra, la condesa se trasladó a París, donde comenzó una nueva vida bajo el nombre de Nicole Roush. Allí conoció a un diplomático estadounidense que rompió su matrimonio para trasladarse a Estados Unidos a vivir con ella.

En 1916 entabló una relación con el francés Alfred de Villemer, con el que se asentó en Buenos Aires, Argentina, donde regentó una tienda de telas, encajes, sedas y bordados, un comercio de lujo que reunió a lo mejor de la alta sociedad bonaerense. Junto a él encontró la estabilidad sentimental.

Alfred de Villemer sufrió un infarto en 1935 y la pareja se trasladó a Santa Fe, buscando una vida más tranquila. En 1940 falleció Villemer, casualmente el mismo año que informaron del fallecimiento del primer marido de la condesa, el conde Vasili Tarnowski, víctima de una bala perdida durante una cacería.

Maria Tarnowska murió el 23 de enero de 1949 en Santa Fe, Argentina. Su fiel asistente, Elisa Perrier, hizo los trámites para repatriar su cuerpo a Ucrania, respetando el deseo de su señora.

Su hija Tatiana, que tenía seis años la última vez que vio a su madre, se encargó de darle sepultura en la cripta familiar de Otrada. Muchos aseguran que acudía todos los días a la tumba de su madre para depositar una rosa roja.

Nikolái Naumov fue enviado a la prisión de Volterra. Su salud empeoró notablemente y eso, unido a su buen comportamiento, redujo de manera considerable su condena después de un año en prisión. Regresó a Rusia, donde murió meses más tarde de sífilis, según algunas informaciones, en un asilo.

Donato Prilukov cumplió su pena en varias prisiones: Oneglia, Bari, Augusta... Su condena, como la de los tres acusados, se vio reducida. Cuando salió de la cárcel viajó a Rusia, inmersa en plena revolución, para intentar rehacer su vida, pero su familia ya no estaba allí. Terminó suicidándose.

La hija de la condesa Maria Tarnowska, Tatiana Tarnowska, se convirtió en actriz y fue la primera esposa de Alekséi Kápler, un conocido actor, cineasta, guionista y escritor ruso, con quien tuvo un hijo, Anatoli, en 1927, el único nieto de la condesa del que se tiene constancia. Tatiana murió en 1994.

Alekséi Kápler se relacionó con la hija de Stalin, Svetlana Alilúyeva, veinte años menor que él. Para muchos, entre ellos la propia Svetlana, éste fue el motivo por el que, en 1943, Kápler fue condenado a cinco años de exilio por delitos de agitación antisoviética, un año después de recibir el premio Stalin.

Del hijo mayor de la condesa, Tioka, no se volvió a tener noticias.

El funeral del conde Kamarowski se realizó en la iglesia San Giorgio dei Greci de Venecia y fue repatriado a Rusia el 11 de septiembre de 1907. La condesa solicitó que se le permitiera asistir, pero su solicitud fue denegada por encontrarse detenida en Viena.

El Palazzo Maurogonato en Santa Maria del Giglio, escenario del crimen, se transformó en un hotel —hotel Ala Venezia— cuyo bar lleva el nombre de Tarnowska. El establecimiento se ha transformado en un templo consagrado a la condesa. Su imagen es un icono.

La condesa Tarnowska se convirtió en un personaje de referencia para la literatura y el cine, siempre relacionándola con el arquetipo de mujer fatal. Durante mucho tiempo, su imagen inspiró el vestuario y los peinados de las mujeres, gracias a los dibujos y las fotografías publicadas en periódicos y revistas.

En 1917, la actriz polaca Diana Karenne produjo y protagonizó una película sobre la condesa, *Circe*, de la que no se guarda registro audiovisual.

El cineasta Luchino Visconti trabajó varios años en un guion basado en la historia de la condesa Tarnowska; el primer título que valoró fue *Muerte en Venecia*. El proyecto no salió adelante porque la censura de Mussolini se lo impidió, al considerar que la condesa era un mal ejemplo para la población femenina.

Visconti intentó recuperar el guion en varias ocasiones después de la Segunda Guerra Mundial. En 1946 se habló de las actrices Isa Miranda y Clara Calamai para interpretar a la condesa en la gran pantalla, y de Vittorio Gassman en el papel de Naumov, pero no prosperó.

Veinte años más tarde, en 1966, Visconti volvió a intentarlo y eligió a Romy Schneider para el papel de la condesa Tarnowska, con la que se trasladó a Venecia para recorrer los escenarios de la historia y realizar un reportaje fotográfico.

El cineasta Antonio Pietrangeli, colaborador de Visconti, se disponía a filmar una película sobre la vida de la condesa, cuyo rodaje tenía previsto comenzar en septiembre de 1968. Sin embargo, se ahogó en julio de ese mismo año durante el rodaje de su última película.

Nunca se supo quién era la persona que depositaba la rosa roja sobre el cojín de la condesa Tarnowska en la bancada de los acusados, aunque algún periódico italiano aseguró que era un compatriota ruso.

El baile de disfraces celebrado en 1903 en el Palacio de Invierno sirvió de inspiración para el vestuario de la película *La amenaza fantasma*. En 1913 se editó una baraja de cartas en la que aparecían disfrazados los miembros de la familia del zar. Durante la Unión Soviética fue la baraja más utilizada.

El cuadro *La caza de Diana* de Domenichino se encuentra en la Galería Borghese de Roma.

El 3 de diciembre de 2020, la Oficina de Correos italiana creó un sello de edición limitada con motivo del 300 aniversario del Caffè Florian, que aún hoy continúa abierto en la plaza de San Marcos.

En 1952, la Asociación Americana de Psiquiatría (APA) desacreditó la histeria como enfermedad y afirmó que se trataba de un mito.

Maria Tarnowska siguió fiel al perfume de L'Origan de Coty hasta el final de sus días.

Bibliografía

Accorsi, Andrea, y Massimo Centini, *I grandi delitti italiani risolti o irrisolti*, Roma, Newton & Compton, 2005.

Antonioni, M., A. Pietrangeli, G. Piovene y L. Visconti, *Il processo di Maria Tarnowska. Una sceneggiatura inedita,* Turín, Il Castoro, 2006.

Azara, Liliosa, y Luca Tedesco, *La donna delinquente e la prostituta: L'eredità di Lombroso nella cultura e nella società italiane,* Roma, Viella, 2019.

Baroncini, Daniela, *Artifici del piacere. Moda e seduzione femminile nella letteratura contemporanea*, Roma, Carocci, 2015.

Baudelaire, Charles, *Las flores del mal*, Madrid, Alianza, 2022. (Y otras ediciones).

—, *El esplín de París (pequeños poemas en prosa),* Madrid, Alianza, 2014. (Y otras ediciones).

Bertolini, Gino, *Le anime criminale*, Venecia, Istituto Veneto di Arti Grafiche, 1914.

Bossi, Luigi Maria, *A proposito di Malattie utero-ovariche e psicopatie - Urgenza di riforme nel sistema manicomiale*, Varese, Istituto Ostetrico-Ginecologico della R. Università di Catania, 1912.

Daemmrich, Horst S., *Themes and Motifs in Literature. Rewriting Texts Remaking Images. Interdisciplinary Perspectives*, Nueva York, Peter Lang Publishing, 2010.

Dalle Vacche, Angela, *Diva: Defiance and Passion In Early Italian Cinema*, Austin, Universidad de Texas, 2008.

Della Mora, Giovanni, *Fascino, disonore e morte. Storia di Maria Tarnowska, l'ammaliatrice. Processo ad una ammaliatrice*, Riga, Edizioni Accademiche Italiane, 2016.

Dumas, Alejandro, *La Dama de las camelias*, Barcelona, Ediciones B, 2016.

Ferrero, Guglielmo, y Cesare Lombroso, *La donna delinquente: La prostituta e la donna normale*, Turín, L. Roux e C., 1893; Nabu Press, 2014.

Freud, Sigmund, *Psicopatología de la vida cotidiana*, Madrid, Alianza, 1966.

—, *Obras completas*; ordenamiento, comentarios y notas de James Strachey con la colaboración de Anna Freud, asistidos por Alix Strachey y Alan Tyson, Buenos Aires, Amorrortu, 1991.

Fugagnollo, Ugo, *Maria Tarnowska. Un giallo nella Venezia Liberty*, Venecia, Helvetia, 1982.

García Pérez, María Isabel, «El arquetipo de la *femme fatale* en la obra de Annie Vivant», en Eva María Moreno Lago (coord.), *Escrituras y escritoras (im)pertinentes: narrativas y poéticas de la rebeldía*, Madrid, Dykinson, 2021.

Guidotti, Livio, *Il Processo. Maria Tarnowska*, Colección I Processi Celebri, vol. 6, Editrice Curcio, 1955.

Habe, Hans, *La Tarnowska*, Barcelona, Plaza & Janés, 1965.

Hollick, Frederick, *The Diseases of Woman, Their Causes and Cure Familiarly*, Nueva York, Burgess, Stringer & Co, 1847; Universidad de Harvard, 2007.

Kingston, Charles, *Remarkable Rogues. The Careers of Some Notable Criminals of Europe and America*, Chapter 1, *A Russian Delilah*, Londres, John Lane Company; Nueva York, The Bodley Head, 1921.

Krafft Ebing, Richard von, *Psychopathia Sexualis*, The Tears Corporation/Creation, 2000.

—, *Psychopathia Sexualis: With Especial Reference to the Antipathic Sexual Instinct,* Forgotten Books, 2021.

—, *Psychopathia sexualis, 69 historias de casos*, prólogo de Luis García Berlanga, Valencia, La Máscara, Colección Malditos Heterodoxos, 2000.

Krylov, Iván Andréievich, *Fábulas*, Elejandría.

Kurth, Peter, Tsar: *The Lost World of Nicholas and Alexandra*, Londres, Little, Brown and Company, 1995.

Lenin, Vladímir Ilich, *Obras completas*, tomo 6, Moscú, Progreso, 1981.

Montanelli, Indro, *Gente qualunque*, Milán, 1963; Rizzoli, 2003.

Nietzsche, Friedrich, *Fragmentos póstumos (1885-1889)*, vol. IV, Madrid, Tecnos, 2008.

Oneill, Therese, *Unmentionable: The Victorian Lady's Guide to Sex, Marriage and Manners*, Little, Brown and Company, 2016.

Radzinsky, Edvard, *The Last Tsar. The life and death of Nicholas II*, Nueva York, Anchor Books, 1992.

Russel, Guy, *Guilty or not guilty! Stories of Fifty Sensational crimes in many Countries*, Londres, Hutchinson, 1931.

Sighele, Scipio, La *muchedumbre delincuente*, Madrid, La España Moderna, 1892; Olejnik, 2020.

Simoni, Gastone, *Circe. La contessa Maria Tarnowska. I processi celebri*, Roma, Cinestar, 1949, año 1, n.º 1.

Smith, Douglas, *Former people, The final days of the Russian aristocracy*, Nueva York, Farrar, Straus and Giroux, 2012.

Standage, Tom, *The Victorian Internet: The Remarkable Story of the Telegraph and the Nineteenth Century's On-Line Pioneers*, USA, Bloomsbury, 2014.

Stanislavski, Konstantín, *El trabajo del actor sobre sí mismo en el proceso creador la vivencia*, Barcelona, Alba, 2003.

Tarnowsky, Pauline, *Étude Anthropométrique sur les Prostituées Et les Voleuses*, Forgotten Books, 2018.

Trotski, León, *1905*, Barcelona, Planeta, 1975.

—, y otros, 1905, Centro de Estudios, investigaciones y Publicaciones León Trotsky CEIP, 2006.

Urbancic, Anne, «Circe and Marie Tarnowska by Annie Vivanti: Reflections on the space between self and fiction», en, Rossella M. Riccobono, *A Window on the Italian Female Modernist Subjectivity: From Neera to Laura Curino*, pp. 32-44, New Castle, Cambridge Scholars Publishing, 2013.

Von Sacher-Masoch, Leopold, *La Venus de las pieles*, Barcelona, Tusquets, 1993.

Vivanti, Annie, *Circe, il romanzo di Maria Tarnowska*, Milán, Società Anonima Editoriale Dott Riccardo Quintieri, 1920

—, *Circe. Il romanzo di Maria Tarnowska*. Milán: Edizioni Otto/Novecento, Milán: Quintieri, 1912.

—, *Circe. Novela de Maria Tarnowska*, ed. C. Caporossi, Milán, 2011

—, *Maria Tarnowska. With an introductory letter by Professor L. M. Bossi of the University of Genoa*, Nueva York, The Century Co, 1915.

Wyndham, Horace, *Crime on the Continent*, London Thornton Butterworth limited, 1928.

Zanchi, Franca, «Maria Tarkowska. La contessa in nero», en Adriana Arban, Francesca Bisutti, Maria Celotti y Paola Mildonian (coord.), *Personaggi stravaganti e Venezia tra '800 e '900*, Le Storie del Fai, vol. III, Treviso, Antiga, 2011.

Zweig, Stefan, *El mundo de ayer. Memorias de un europeo*, Barcelona, Acantilado, 2012.

Otras fuentes bibliográficas

Il processo di Maria Tarnowska, dirigido por Giuseppe Fina, con Rada Rassimov, Umberto Orsini y Roberto Bisacco, RAI, 1977.

Amarcord, Fellini, «Il retro di 'Happy Country': il processo Tarnowska e altri frammenti», *Rivista di studi felliniani, Fellinian Studies Magazine*, 1-2, agosto de 2007, pp. 61-70.

Chicco, Donatella, «La criminalità femminile», Edizioni Università di Trieste, 1 de enero de 2012.

Huertas García, Alejo, y José Luis Peset Reig, «Psiquiatría, crimen y literatura: El criminal nato en el naturalismo zoliano», *Revista de la Asociación Española de Neuropsiquiatría*, vol. V, n.º 13, 1985.

—, y José Luis Peset Reig, «Psiquiatría, crimen y literatura (y II) La mujer prostituta y la mujer criminal en la obra de E. Zola», *Revista de la Asociación Española de Neuropsiquiatría*, vol. VI, n.º 18, 1986.

Newerkla, Stefan Michael, «Das irische Geschlecht O'Reilly und seine Verbindungen zu Österreich und Russland», en *Diachronie – Ethnos – Tradition: Studien zur slawischen Sprachgeschichte*, Jasmina Grković-Major, Natalia B. Korina, Stefan M. Newerkla, Fedor B. Poljakov, Svetlana M. Tolstaja. Brno, Tribun EU, 2020.

Pagani, Maria Pia, «Dalla cronaca mondana al dramma borghese: il giovane d'Annunzio e la femme fatale russa», Università degli Studi di Pavia.

Salmaso, Andrea, *Maria Nikolajewna O' Rourke Tarnowska, «L'Affare dei russi» Venezia (1907-2007)*, Venecia, Hotel Ala Venice.

Sulpasso, Bianca, «Il processo di Marija Tarnovskaja», en *Kesarevo Kesarju, Scritti in onore di Cesare G. De Michelis*, pp. 431-447, Edited Marina Ciccarini, Nicoletta Marcialis, Giorgio Ziffer, Firenze University Press, Biblioteca di Studi slavistici, vol. 23, 2014.

Trozzi, M., «Il Processo di Maria Tarnowska. Assise di Venezia: 1910», *Gli oratori del giorno. Rassegna mensile d'eloquenza*, 1930, 10-11, pp. 36-43.

Venturi, Gianni, «Serpenti e dismisura: la narrativa di Annie Vivanti da *Circe* a *Naja Tripudians*», en *Les femmes écrivains en Italie (1870-1920): ordres et libertés*, Croniques Italiennes, n.º 39/40, pp. 293-309, París, Université de la Sorbonne, 1994.

Zukerfeld, Sofía, «La mujer anarquista de fines de siglo XIX. ¿Una doble caracterización ideológica y de género?», II Congreso Internacional de Investigación y Práctica Profesional en Psicología

XVII Jornadas de Investigación Sexto Encuentro de Investigadores en Psicología del MERCOSUR. Facultad de Psicología, Universidad de Buenos Aires, Buenos Aires, 2010.

ARCHIVO DE PRENSA

ABC, *Adriático*, *Eco de Cartagena*, *El Diluvio*, *El Progreso*, *El Progreso de Santa Cruz de Tenerife*, *Gazzettino di Venecia*, *Giornale d'Italia*, *Il Piccolo della Sera*, *La Correspondencia de España*, *La Época*, *La Stampa*, *New York Times*, *Sior Tonin*, *Times*.

Números destacados:
Eco de Cartagena: 17 de marzo de 1910.
El Progreso de Santa Cruz de Tenerife: 23 de marzo de 1910.
El Diluvio: 1 de abril de 1910.
Gazzettino: 14 de noviembre de 1908.
La Correspondencia de España: 21 de marzo de 1910.
La Época: 20 de marzo de 1910; 6 de junio de 1915.
New York Times: 15 de septiembre de 1907; 13 de marzo de 1910; 16 de marzo de 1910; 3 de abril de 1910; 1 de diciembre de 1912; 12 de septiembre de 1915.
Piccolo della Sera: 14 de noviembre de 1908.
Times: 21 de mayo de 1910.

Artículos:
D'Annunzio, Gabriele, «La Leda senza Cigno», *Corriere della Sera*, 27 de julio al 31 de agosto 1913, seis entregas.
D'Enno, Douglas, «The Day the Music Died», 25-26 de noviembre de 2000.
«Il processissimo a le Assise», *Sior Tonin*, 12 de marzo de 1910.
«Il verdetto e la sentenza nel processo dei russi», *Corriere della Sera*, 21 de mayo de 1910.
Janni, Ettore, «Circe», *Corriere della Sera*, 31 de agosto de 1912.

La Jeunesse, Ernest, «Marie Tarnowska», *Le Journal*, 13 de agosto de 1912.
Lelli, Enrico. «Ciò che tacque Maria Tarnowsky detto da Annie Vivanti», *La Stampa*, 5 de agosto de 1912.
«The countess who tortured her lovers», *Albury Banner and Wodonga Express*, NSW, Australia, 1 de diciembre de 1911.
Vivanti Annie, «Perché scrissi "Circe"», *La Donna*, n.º 188, 5 de noviembre de 1912.
—, «Una visita al Penitenziario di Trani», *La Donna*, n.º 191, 19 de noviembre de 1912.

«Para viajar lejos no hay mejor nave que un libro».

EMILY DICKINSON

Gracias por tu lectura de este libro.

En **penguinlibros.club** encontrarás las mejores recomendaciones de lectura.

Únete a nuestra comunidad y viaja con nosotros.

penguinlibros.club

Penguin Random House Grupo Editorial

penguinlibros

LA DOMENICA DEL CORRI

Anno . . . . . L. 5 – L. 10. –
Semestre . . . . . 2,75 – 5,25

Si pubblica a Milano ogni Domenica
Supplemento illustrato del "Corriere della Sera"

Per tutti gli articoli e illustrazioni è riservata la proprietà artistica e letteraria, secondo le leggi e i trat

Anno XII – N. 11.
13-20 Marzo 1910.

Le cause celebri: l'inizio del processo dei russi alla Corte d'Assise di Venezia per assa

(Disegno di A. Beltrame).